连丽如 口述 李滨声 插图

# 評書三國演義

## 七 刘备进川

中華書局

**图书在版编目(CIP)数据**

评书三国演义. 七,刘备进川/连丽如口述. —北京:中华书局,2023.9
ISBN 978-7-101-16328-5

Ⅰ.评… Ⅱ.连… Ⅲ.评话-中国-当代 Ⅳ.I239.8

中国国家版本馆 CIP 数据核字(2023)第 163124 号

---

| | |
|---|---|
| **书　　名** | 评书三国演义(七)刘备进川 |
| **口 述 者** | 连丽如 |
| **插 图 者** | 李滨声 |
| **责任编辑** | 梁　彦　马　燕 |
| **责任印制** | 陈丽娜 |
| **出版发行** | 中华书局<br>(北京市丰台区太平桥西里 38 号　100073)<br>http://www.zhbc.com.cn<br>E-mail:zhbc@zhbc.com.cn |
| **印　　刷** | 天津善印科技有限公司 |
| **版　　次** | 2023 年 9 月第 1 版<br>2023 年 9 月第 1 次印刷 |
| **规　　格** | 开本/710×1000 毫米　1/16<br>印张 21¾　插页 6　字数 300 千字 |
| **印　　数** | 1-2000 册 |
| **国际书号** | ISBN 978-7-101-16328-5 |
| **定　　价** | 68.00 元 |

# 自 序

为自己写序，旨在传承北京评书。

评书是加以评论的书，说评书尤其是说中國的才子书《三國演義》，故事情节人人知晓，怎能不评呢？演員说评书是有立场的，你说的书是你本人素质的展現，不能含糊。

评，要恰到好处，要有艺术性，要与時俱进，要具备文化深度，要与听众同感，要有思考余地，要评对地方，要评论人物。時代在前进，艺术要前行。

评书是地道的口头文学艺术，语言是活的，要干净漂亮、诙谐幽默。为了让各阶层的听众接受你的艺术，一个评书演員要虚心学习政治、生活、体育、地理及舞台各类语言，以适应书中人物和情节的需要。

评书是一个人的舞台，但要扮演各种社会角色，一、二、三人称的灵活运用是关键。

即便你已经有了很扎实的基本功，即便你是评书艺术的忠实粉丝，还是希望你能仔细读读我的话本《评书三國演义》。这套书继承了我父親研究《三國演義》

四十年的心血，也有我付出多半生的劳动，还有评书大家李鑫荃先生的精华……

在这部书中你会看到一个评书演员多么需要学习京剧艺术。

希望学习评书的青年演员从我的说书生涯中借鉴一下评书艺术的间架结构，怎么开书，怎么"入活"，怎么留"扣儿"，怎么提高，怎么"把点开活"……

"懂多大的人情说多大的书"老人的教诲深有体会，用心看看，我的体会都在书中的字里行间。

我今年七十五岁了，一片好心而已。

丁酉年春二月 鸳鸯 连丽如

截江夺斗

義釋嚴顏
梨園客

金雁橋
梨園客

戰馬超
梨園寫

逍遥津
梨園客

劫魏营
梨园家

# 目　录

# 自　序

为自己写序，旨在传承北京评书。

评书是加以评论的书，说评书尤其是说中国的才子书《三国演义》，故事情节人人知晓，怎能不评呢？演员说评书是有立场的，你说的书是你本人素质的展现，不能含糊。

评，要恰到好处，要有艺术性，要与时俱进，要具备文化深度，要与听众同感，要有思考余地，要评论人物，要评对地方。时代在前进，艺术要前行。

评书是地道的口头文学艺术，语言是活的，要干净漂亮、诙谐幽默。为了让各阶层的听众接受你的艺术，一个评书演员要虚心学习政治、生活、体育、地理及舞台各类语言，以适应书中人物和情节的需要。

评书是一个人的舞台，但要扮演各种社会角色，一、二、三人称的灵活运用是关键。

即便你已经有了很扎实的基本功，即便你是评书艺术的忠实粉丝，还是希望你能仔细读读我的话本《评书三国演义》。这套书继承了我父亲研究《三国演义》四十年的心血，也有我付出多半生的劳动，还有评书大家李鑫荃先生的精华……

在这部书中，你会看到一个评书演员多么需要学习京剧艺术。

希望学习评书的青年演员从我的说书生涯中借鉴一下评书艺术的间架结构，怎么开书，怎么“入活”，怎么留“扣儿”，怎么提高，怎么“把点开活”……

“懂多大的人情说多大的书”,老人的教诲深有体会。用心看看,我的体会都在书中的字里行间。

我今年七十五岁了,一片好心而已。

连丽如

丁酉年春二月惊蛰

# 第一八一回　许仲康夺船避箭

臂挽鞍鞒护主身，手持篙楫在波津。若非许褚倾心救，孟德应为泉下人。

上回书说的是割须弃袍，今天该说夺船避箭了。《三国演义》是中国第一部才子书，也是描写战争最好的一部历史小说。当然，咱们一般都看官渡、赤壁、彝陵三大战役，但描写最生动的，跟电影蒙太奇一样的，就是潼关曹操跟马超这一战了。您看，上回说割须弃袍，整个儿画面都在您脑子里了：三十万大兵的杀人战场，曹操被马超战败，先把相貂摘了，然后脱红袍，又把胡子割了，所有西凉人马全追曹操一个人。曹操跟马超这一战，虽说比不了那三场大战役，但仍然写得十分生动，十分了得。所以说《三国演义》不但有权谋机变、诗词歌赋，还有人情往来、战争画面，确实是值得您好好看的一部书，也是值得我们好好说的一部书。

昨天准备这段夺船避箭，我就琢磨：为什么曹操跟马超这次战役，没那么快解决？为什么非得割须弃袍，夺船避箭？这就说明主要描写的是马超之勇，而曹操的谋略是随着战争的发展变化出现的，并不是事先预备好的，那曹操就已然很了不得了。

马超誓报父仇，指挥大队人马追赶曹操，最后曹操头戴三角头巾跑。追着追着，马超往前一看，就曹操一个人，旁边已然没人陪着了。这下儿马超高兴了，高声喊嚷："曹贼，你跑不了了！" 催马拧枪往前追。曹操回头一看："呀……" 真吓坏了，四面八方没有自己的战将，只有马超纵马持枪追赶自己，还有百步之遥。曹操知道马超不但枪法好，箭法也准，武艺高强，本领出众，曹操真害怕了。"曹贼，你拿命来！" "吧嗒" 一声，吓得曹操马鞭子掉在地下了。这时，曹操看前边有一棵树，心说：这回好了。

马超追赶曹操，他可没看见这棵树，净注意曹操了，心说：我离你只有百步之遥，马往前再一蹿，估计尺寸，大枪扎你后心正合适。马超掌握好尺寸，往前一催马，“啊呀呀呀呀呀”，眼看要到了，正好是这尺寸，“欻”，大枪就过来了。曹操突然往这棵树的旁边一拐，这就是曹操的聪明之处，马超的枪想撤回来已然来不及了，往前一扎，以为能扎到曹操的后心，没想到扎到树上了：“噗……” 为什么扎到树上也是这声儿，跟扎人差不多？因为树是活的。大枪扎到活树上就不好办了，活树有水分，再想往回撤可不容易。再说马超这一枪使尽全身之力，百分之百的力气都在这条枪上呢，想一枪把曹操扎死，给爹爹报仇，给兄弟报仇，结果一枪扎到树上，这会儿曹操已然绕到树后去了。马超两膀一晃千钧之力，往回一拔：“开……” 好容易把枪拔出来，曹操已然跑远了。马超催马拧枪，高声喊嚷：“曹贼，你哪里走！”“啊呀呀呀呀呀”，追得这快。眼瞧要追上了，曹操心说：玩儿完了。再往四外看，一个保驾的战将都没有。

眼看曹操就要死在马超之手，就在这时，有人高声喊嚷：“丞相休得惊慌，末将来也！” 曹操顺声音看，马超也顺声音看，来了一员小将，金盔金甲大红战袍，胯下马，掌中一口刀，正是曹洪。“哎呀，快来救我……” 曹操往旁一闪，曹洪掌中这口刀对着马孟起，“欻”，搂头盖顶就是一刀，马超赶紧合枪招架。曹洪扳刀头献刀攥，马超枪杆往出一划。两人二马一错镫，圈回马来再战，杀在一处。曹操瞧着：嘿，幸亏曹洪来了，现在自己还是顾逃命要紧啊。曹操继续往前跑，“啊呀呀呀呀呀”，寻找自己的部队。曹洪使出全身之力，跟马超杀在一起，就玩儿了命了。一个掌中五钩神飞枪，一个掌中一口刀，两个人杀了四十多个回合，棋逢对手，将遇良才，分不出输赢胜败来，可曹洪就急了。为什么？自己这口刀，一刀比一刀迟，一刀比一刀慢，渐渐顶不住了。再看马超，浑身的力气都贯到这条枪上，一枪比一枪急，一枪比一枪快，枪枪进逼曹洪。如果曹洪有个闪失，马超接着再往前追曹操，曹操还得有生命危险。曹洪汗都下来了。

就在这紧要关头，有人高声喊嚷：“曹洪，闪开了！” 曹洪听声音就知道谁来了，大将夏侯渊。夏侯渊掌中刀，催马就奔了马超，“欻”，刀就下来了。马超只好舍了曹洪，迎敌夏侯渊。他们动起手来，曹洪就闪开了，心说：夏侯渊来得太及时啦，再晚来一会儿，我这条命可能就得扔在马超手里。夏侯渊跟马超杀了几十个回合，心说：我得跑，时间长了我也顶不住。一边打一边跑，一边打一边跑。打着打着，前边炮声一响，“叨”，马超一看，前边是山，由打山后闪出曹操的兵将来了，就见曹操催马跑过去了。马超心想：得啦，现在曹操身边有曹洪，还有夏侯渊，兵将又来了，我就一个人，后边的兵将都没到呢，今天已然没法儿要曹操的命了。如果我被陷重围，就可能死在曹兵之手，孤军深入的事儿我不干。想到这儿，马超虚点一枪，拨转马头就跑，曹操的兵将也没追。马超回去了，曹操得救了。

曹操带着残兵败将往前走着走着，看见一座营寨。曹操心说：哎呀，我兄弟曹仁真是一员大将。因为曹操在出兵之前，让曹洪跟徐晃带兵替钟繇镇守潼关，曹仁就跟曹操说：“曹洪年轻，而且脾气不好，性情急躁，恐怕潼关有失。”曹操说：“那你赶紧押送粮草，到前边给曹洪打个接应。”等曹操的人马赶到潼关，曹仁说：“您赶紧扎营，把营寨扎好，有了立脚之地，就好办了。”今天再看曹仁这座大营，安扎得铁桶相似。曹仁看曹操回来了，打开寨门，把曹操的残兵败将接进寨中。曹操来到中军大帐，洗了洗脸，漱了漱口，坐这儿休息休息，然后摘盔卸甲，一伸手把三角头巾摘下来了。再一摸胡子，曹操心说：嘿嘿，我今天败得可太惨了。这就叫“割须弃袍于潼关，夺船避箭于渭水”。曹操往这儿一坐，大伙儿想乐也不敢乐。您说三角头巾可以摘了，胡子怎么办呢？齐茬儿。大伙儿谁也不敢乐，你一乐，曹操一生气，把你宰了怎么办？大伙儿还得给曹操道惊。

曹操马上传令：“来呀，命曹洪进见。”现在曹洪摘盔卸甲脱战袍，已然缓过气儿来了，来到中军大帐，跪倒在地：“曹洪拜见丞相。”“子廉，幸亏有你，不然今天我就死在马超贼手。”今天要没有曹洪，曹操真死了，幸亏上回失潼关曹操没杀曹洪。曹操重赏曹洪，曹洪谢过曹操之后，往旁边一退。至于到底赏了多少两，咱也就甭说了，反正没给咱们一两，也没从咱兜儿里掏出一两，是吧？然后，曹操传令：“曹仁。”“在。”“而今潼关一战，吃了小小败仗，不足挂齿。”大伙儿一听：还小小败仗呢？胡子都没了，还不足挂齿啊？“马上传本丞相的命令，紧闭营门，高挑免战牌。任凭西凉人马如何叫骂，不准出战，出战者斩！”曹仁马上把这道命令传出去了。整个儿营寨布置好了，营寨里一杆旗一支兵，一杆旗一支兵，后边架上强弓硬弩；营寨外前边栽埋鹿角栅、铁蒺藜，挖好战壕；然后营门一关，免战牌就挑起来了。大伙儿也不明白曹操想干什么。

第二天，马超指挥西凉人马在曹营外把阵势列开，直接开骂，把曹操祖宗三代骂得不吐核儿。当兵的也没法儿报啊，只能禀报曹仁。曹仁来到中军大帐：“丞相，您听见了吗？”“已然听到了，任凭他们叫骂。”曹操听见了，反正骂人没有好听的，说骂我长得好看？不可能啊。“高挑免战牌，不准出战，出战者斩！”“是。”曹仁出去传令。

一天骂，两天骂，三天骂……天天西凉人马都到这儿骂，曹营这些当兵的受不了了：虽然骂的是丞相，丞相在中军大帐里听没听见不知道，但我们可都听见了。要是骂丞相不是东西，我们都跟着不是东西呀。当兵的都有将领管着，就找他们的主管战将；战将都有主将，就找他们的主将……找着找着，就找到曹仁这儿了。“您说这怎么办呢？”“怎么啦？”“西凉人马天天这么骂，丞相又老不出战，这算怎么回事儿啊？”“高挑免战牌，出战者斩！”“啧，您说丞相这回怎么了，打了一回败仗怎么变这么怂了？”“你说谁呢？”“丞相至于不至于的呀，不就……是割须弃袍么。”“哼，找死吧你？嗯？”大伙儿你一言我一语，就给曹仁出主意。

曹仁实在也憋不住了，找曹操来了。“丞相。”“何事？”“这……这些战将都来找我，都说西凉人马不过仗着有马。”“嗯，西凉骑兵不少。”“有大枪。”“是，西凉人马都使长枪。战将们还讲些什么？”“那……战将们都说了，西凉人马虽然有马、有长枪，但咱们可以准备好弓箭往出射，一射就把他们都射跑了。”“好啊，曹仁，你去告诉众位将军，马超手下西凉人马马快枪长，我知道，现在咱们营门紧闭，把营寨守护好，他们攻不进来，就算他们的枪再长，能扎得着你们吗？他们的枪再长，能扎得着我吗？战与不战，不在于贼兵之手，而在我曹某之意。”打不打得听我曹操的。我这座营寨安扎得很好，西凉人马攻不破这座营寨，他们突然拿大枪一扎，变十二丈五,都扎到我这儿来了?不可能啊。战与不战,是我曹操决定的。“你们有什么可怕的?你们的任务就是守住营寨。”“哎。”曹仁只好出去传令。这样,不管西凉人马叫战,西凉人马骂战,曹操就是不出战。

这天,中军官打听完消息,带着远探来到中军大帐,单腿打千儿往地下一跪:“报!”“何事?”“丞相,探马来报,现在马超潼关之内又增加了两万羌兵。”“哦?哈哈哈哈哈哈……”中军官心说:您还乐呢?二十万人马都打得您割须弃袍了,现在又增加两万,您那胡子可还没长出来呢,再割割哪儿啊?中军官瞧着曹操,没想到曹操还乐,也不明白曹操到底乐什么。其实您看《三国演义》就琢磨,大家都爱琢磨刘备的哭,但您也得琢磨琢磨曹操的乐。赤壁鏖兵,火烧战船,八十三万人马的连营三百里,被诸葛亮借东风,周瑜一把火、黄盖一放火,全烧了。曹操好容易逃出来了,天降大雨,把这场大火灭得差不多了,曹操一乐,把赵云乐出来了;曹操一乐,把张飞乐出来了;曹操一乐,把关云长乐出来了。曹操是真高兴吗?身边就剩二十七个人了,还高兴?不可能,而是曹操心胸宽广。那现在增加了两万羌兵,曹操的乐是真的还是假的?真真假假,虚虚实实。

过了没几天,曹操正在中军大帐之中坐着,有人来报:“报!”“何事?”“关上又增加羌兵一万五千人。”“好,哈哈哈哈哈哈……”这回比上回声儿还大,把这些战将都乐毛了。“羌兵来到潼关,马超增兵,我营大喜。来呀,摆上酒宴,大家共同贺喜!”大伙儿一听:丞相是疯了,戴三角头巾戴糊涂了。人家又增兵了,两次增兵一共增加三万五千人了,结果您还乐,还摆上酒宴贺喜?其实曹操的目光还是很远的。曹操手下的战将都认为马超增兵对曹操不好,但曹操认为马超增兵很好,因为增加的是羌人部落的兵。

《三国演义》说到这儿了,您都知道曹操自山东起事之后,保着汉献帝刘协迁都到河南许昌,灭吕布、灭袁术、灭袁绍,北征乌桓,两次战宛城败张绣;然后大兵南下,刘表死了;火烧战船,赤壁鏖兵,曹操打了败仗回来了。但您要知道,曹操毕竟统一了中国北方。那曹操最怕谁?除了刘备、孙权,西川还有刘璋,汉中还有张鲁,敌人大部分都集中在江东、四川、汉中和荆州。他最怕自己领兵到江东打仗时，西凉马腾、韩遂趁机出兵。现在正是机会，马超、韩遂已然出兵来到潼关，曹操就希望一网打尽。所以说现在马超增加了兵力，曹操虽然没有确实的把握，不知道用什么战术可以战胜马超，但马超增兵对曹操来说是件好事儿：你把所有兵力都增加到潼关，我想出主意来一下儿就能把你全部消灭，我就没有后顾之忧了。这才是曹操乐的真心。那曹操乐的假心呢？就是他现在还没主意呢，但没主意也得乐，不能哭。“哎呀，我没主意了，呜呜呜呜呜呜……”不可能。

丰丰盛盛的酒宴摆上了，大伙儿陪着曹操喝酒，也不敢大声儿嚷，谁也不知道曹操到底是什么心情，所以一边喝着酒，一边瞧曹操。曹操喝着喝着，把酒杯一放：“众位，你们以为曹某没有妙计可破马超吗？”大伙儿一想，是那么回事儿，但不能说呀。“众位将军有何计策？”这就是曹操的高明之处。要是打了胜仗，“正合我意”；谋士一出好主意，“与我所见相同”。跟咱们的教练一样，按照教练的部署，踢赢了，是吧？要是败了呢，那就是没按照教练的部署去做。（注：笑声）世界上都是这道理。现在曹操一问，徐晃站起身形：“丞相，我有个办法。”“公明，计将安出？”“丞相，现在马超把所有兵将屯于潼关，咱们的人马在南岸。您是不是派出一支人马，从蒲阪津渡过黄河，到北岸去抄马超的后路？这支人马准备好之后，您指挥大队人马过北岸攻击马超。这一来，马超腹背受敌，时间一长，马超必败。”

我昨天看了看地图，虽然看不太明白，但大概齐也知道点儿了。这儿是长安；这儿是潼关，在长安东边；黄河由潼关这儿拐弯儿，这条支流叫渭水。马超在潼关，蒲阪津在潼关正上方。潼关西北是陕西，东北是山西，正东是河南。徐晃出主意，让曹操蔫不唧儿派出一支人马，由蒲阪津渡口过去抄马超的后路，偷偷地埋伏好了，然后曹操指挥人马往北打，使马超腹背受敌，必然大败。“好，照计而行。公明，你带着朱灵，点齐四千人马，准备好应用之物，暗中渡过蒲阪津，隐藏在山麓之中，不能让马超发现。等我带领人马北上过河时，发出号令，前后夹击。”“遵令。”徐晃带着朱灵，点齐四千兵,都是精兵,蔫溜溜过河。说四千兵过河,马超能不知道吗?您得分什么年代。搁现在,马超就知道了。有个人一偷拍,“啪”,一条信息过去,马超立刻就知道了。那时没有这么先进。

然后,曹操传令:“曹洪听令。”“在。”“你马上到蒲阪津,等徐晃人马渡过去之后,你就预备船只,人马分成三队,先渡过五千人马,到北岸安营扎寨。”“遵令。”“曹仁听令。”“在。”“你留在南岸看守营寨。”“遵令。”“许褚听令。”“在。”“你带领一百卫士,陪同本相,明日日出在蒲阪津指挥人马渡过黄河,到北岸杀敌。”“遵令。”虽然这块儿《三国演义》写得有点儿含糊,但我觉得我说得一点儿都不含糊,我看地图,基本找明白了。曹操十万大兵,给了徐晃和朱灵四千人,剩下九万多人怎么过河?没现在这么方便。雄赳赳,气昂昂,搭座桥就过去了?不可能。曹操让曹洪在蒲阪津准备船只,头一批先过河几千兵,到北岸扎好营寨,人马没有落脚之地不行。说您上北京来,北漂儿,买不了房,那也得先租个地儿,得先有个地儿住下来之后再想办法找工作,不能说满大街找工作,连晚上住哪儿都不知道。曹操也如此,必须有先头部队过河安营扎寨。所以头一支人马最好过。

第二天早上起来,头一支队伍过去了,到北岸扎营。那马超知不知道?知道。马超已然得报,曹操大队人马在蒲阪津准备过河,因为有曹洪在那儿准备船只。马超一听,赶紧跟他叔父韩遂商量。韩遂说:“贤侄,你看应该怎么办?”“不能让曹操过来。我带领人马前去据住北岸,曹操兵将只要敢来,来一个杀一个,来两个杀一双,绝不能让曹操到了北岸,不然曹操派人马抄了咱们的后路,这仗就没法儿打了。”“贤侄,依我看,兵书战策有云:‘兵半渡而击之。’你不用占据住北岸,只需指挥人马,等曹操的兵将过一半儿时打,他的人马必会落入渭水之中,一败涂地。”“叔父高明。”咱们就通过这一件事儿看,马超是一个有勇无谋之人。潼关这一战,看的就是马超的勇,看的就是曹操一步一步的智谋,看的就是曹操如何用智谋克制住马超的勇。“好,就按叔父之见,半渡击之。”随后马超立刻传令,全军备战。

咱们翻回头来再说曹操。头一支先头部队已然过去了，在北岸安营扎寨；曹仁指挥后队人马看守住南岸的营寨；那中间这支队伍人就多了，好几万人，一拨儿一拨儿过河，曹操看着都不敢嚷。那曹操干吗呢？曹操坐在马扎儿上。说给曹操找个沙发行不行？那时候没有啊。那时候能有个马扎儿，也叫胡床，已然很不简单了。我们家有马扎，不知道现在年轻朋友们家里还有没有马扎儿。有钱人家的马扎儿，黄花梨的、紫檀的；一般人家的马扎儿，就是榆木的，上边搭上一点儿软的皮子，甚至连自行车车带都行。总而言之，能够折起来，提溜起来，溜达溜达出去了。反正退休了，一个月拿三四十块钱吧，我说的可是我小时候，老头儿提溜着一个马扎儿，上公园了。“来，咱们下盘棋呀？”两人都把马扎儿打开，往这儿一坐，打开一张棋盘，下棋。跳马，出车，拱卒……这是那时候。现在您都有条件了，是吧？随着社会发展，人的生活水平也在不断进步。可曹操那时候没有什么坐的东西，就一个马扎儿，已然很不简单了。

曹操坐在马扎儿上，想往后靠可没地儿靠，手持宝剑，往地上一戳，旁边一百卫士，在这儿看一拨儿一拨儿的兵将过河。谁不想先过去呀？都想先过去。这边过着河，那边曹操发出探马打探军情。“丞相，了不得了，白袍将军到了！”“啊?！”曹操顺声音一看，尘沙荡漾，土气飞扬，就知道马超的人马到了。为什么叫白袍将军呢？就是潼关马超这一战把曹操兵将吓的。马超亮银盔甲素征袍，胯下白龙马，掌中五钩神飞枪，雪里银装一身白，所以曹操兵将都管马超叫白袍将军。马超催马拧枪，指挥骑兵，“哗……”跟海水涨潮似的就到了。“丞相，了不得了，白袍将军来了，您快躲躲吧！”“休得惊慌。”曹营的兵将乱了，但曹操不害怕，害怕也不成啊，马超已然来了。曹操真沉得住气，如果他沉不住气，这些兵将怎么办呢？大伙儿争着上船，争着过河。曹操用剑一指：“尔等休得惊慌。”“丞相，了不得了，白袍将军离您都不到一百步了！”曹操仍然坐这儿没站起来。这时，河里可乱了。曹洪准备的船只，甭管哪条船都是满堂座儿，哪条船上都淤了，应当装四十人，都装了有六十人了，全往船上爬，跟吵蛤蟆坑似的。马超跨马持枪，高声喊嚷：“曹贼，你哪里走，马超来也！”“啊呀呀呀呀呀”，马超带着骑兵，“欻”的一下儿，就到了。

眼瞧着就要到曹操旁边了，许褚正在河中，驾着一条船，十几个水手划船掌舵，“欻”的一下儿，直奔江岸。许褚在船上见马超奔曹操来了，许褚身上可穿着重铠呢，垫步拧腰，纵身形，“啪”，由船上一跃，正跳到曹操身旁。“丞相，随我来！”伸手就薅住了曹操的脖领子。“啊……”马超到了，一枪扎上，曹操就完了。许褚把曹操往自己身上一背，再往河里一看：坏了。您想，这条船许褚可没拴上，他从船上往岸上跳的时候，船离岸边还挺近的，就他跳上岸背起曹操这么会儿工夫，这条船顺流而走，就离岸边有一丈多了。那些兵将可不管这套，有船就上，往船上就跳。许褚一看就急了，可此时马超已然到了，许褚背着曹操，使尽全身之力，一跺脚：“嗨！”往起一蹿，“欻”的一下儿，就落在这条小船之上，“嚓……”船直颤悠。您想，许褚多重，再加上曹操，两人一墩不要紧，把那些刚才爬到船上的兵将都弄到水里去了，这得多大的劲儿啊。这些人刚爬上船，一撒手，全掉下来了，可还想上船，不上船就得死了。为什么？马超来了，马超的箭法好，这些骑兵排着一射箭，大伙儿全得死。

这些兵将都往这条船上爬，许褚急了：你们都上这条船，丞相怎么办啊？许褚攥宝剑把儿，按绷簧，“嚓楞楞”，宝剑出匣，“欻欻欻欻”，谁够船帮，就剁谁的手，惨叫声不绝于耳，实在没法儿听，惨不忍睹。这时，马超带领兵将已然来到岸边。“曹操，你跑不了了。来，射箭！”西凉兵将抽弓搭箭，认扣填弦。许褚一看：坏啦，箭要都奔这条船上射，这条船就是靶心啊。许褚低头一看，发现一样东西，也不知道哪位战将爱自个儿的马，把马鞍子卸下来之后搁船上了。许褚伸出左手，就把马鞍子举起来了。曹操真聪明，“滋溜”一下儿，就抱住了许褚的左脚，人就趴在许褚的脚下了。要不怎么说许褚有救驾之功呢，曹操抱着许褚的左脚，上边许褚举着马鞍子护着，箭射到马鞍子上，可就射不到曹操身上了。那马超手下的人也得射呀，一阵梆子响，乱箭齐发。倒是没射着曹操，有马鞍子护着呢；射到许褚身上，许褚身披重铠，箭头儿都嵌到甲上了，没真正射到身体。许褚勇啊，伸右手由身背后把兵刃取出来，举着刀拨打雕翎箭，左手仍然用马鞍子护着曹操。马超箭法好，手下这些骑兵箭法也好，这一射不要紧，把船上这些水手都射死了，没人掌舵了，这条船就在河面中间打转儿。许褚一看，这不行，带着曹操往前一跃，曹操抱着许褚的左脚跟着往前跑。许褚来到舵前，用两条腿一夹，就把舵夹住了。许褚用腿掌舵，左手仍然举着马鞍子护住曹操，右手拿着刀。马超坐在马鞍鞒上一瞧：这员战将怎么这么勇啊。就这样，这条船直奔北岸。船为什么还能走？因为许褚左手举着马鞍子，一看水手没有了，用腿夹着舵，右手把刀收起来，抄起一支船篙，撑着这条船直奔对岸。

等到了对岸，上了岸，曹操这才惊出一身冷汗。许褚把曹操放在一块大石头上："丞相，请安坐。""啊……"曹操再往南岸一看："哈哈哈哈哈哈……""您还乐呢？"这就是曹操伟大的胸怀。曹操坐这儿乐，众将听说曹操来了，全过来了，跪倒在地："丞相受惊，我等之罪，我等之罪……""哈哈，何罪之有啊？"此时马超带领人马还要继续往下追。要是他沿着岸追，了不得了，只要大队人马追上，过了河就能把曹操杀了。可就在这时，由渭南县南山之上下来好多动物，有人纵马放牛，山上全是马，全是牛，全是羊。西凉人马又爱吃肉，羌人以肉食为主，一看：这可不错，可就顾不得上船，也顾不得射箭，更顾不得去追赶曹操了，都过来抢牲口了。纵马之人是谁？渭南县令丁斐。说许褚夺船避箭于渭水，但这是许褚的职责，因为他本身就是曹操的护卫队长。曹操有两个护卫队长，一个是典韦，一个是许褚。典韦已然死在宛城；许褚有守卫之责，任务就是保护曹操。那现在纵马放牛的这个人，算是救了曹操了。如果说马超带领西凉人马继续追下来，那曹操恐怕连北岸都上不了。

曹操这时才发现对面山上有人纵马放牛，曹操心里跟明镜儿似的。曹操一看许褚："仲康，多亏有你，才护我来到北岸。""哎，丞相您看对面，山上如果没有人放牛放马，又哪有你我君臣的命在？"这就是许褚不争功。许褚心里明白：我虽然救了丞相，但如果西凉人马继续往下追，人家也有水军，马队要是过来上了船，过到北岸，丞相就会面临极大的危险。曹操一听，马上传令："来呀，召见纵马放牛之人。曹洪听令。""在。""凿漏船底。”把所有曹营兵将坐的这些船的船底凿漏了，不能再给西凉人马使用。

书说简短，大伙儿把曹操接到中间大帐之内。说是真正的行营吗？不是，就是扎的一座野营，也就是先过河的五千人马刚刚竖了点儿桩子，潦潦草草搭了点儿帐篷。曹操升座中军大帐。时间不大，渭南县令丁斐来了。中军官往里回禀：“启禀丞相，现在渭南县令丁斐，也就是刚刚纵马放牛之人，前来拜见。”“请。”曹操能够赏罚分明。时间不大，丁斐进来了，跪倒在地：“丁斐拜见丞相。”“好啊，你知道在此地将牛马放出，奇功一件。回到朝中，封你为司隶校尉。”“谢丞相。”不简单，丁斐被封为司隶校尉。曹操也当过司隶校尉。司隶校尉是干吗的？汉武帝时设立的一个官职，能秘密监察皇上周围身边所有抹不清的亲戚关系，他在暗中能够监视，权力非常大。每年两千石的俸禄，级别在二品上下，有时高一点儿，有时低一点儿。曹操说回到朝中之后封你为司隶校尉，实际曹操说封就封了，汉献帝不过傀儡而已。“谢丞相。丞相，今天贼兵虽退，可有一节，明日还要前来。”“明天我自有办法，你且退下。”“谢丞相。”丁斐走了。

曹操可不敢歇着，知道马超指挥人马还得来，马上传令，在河边挖甬道。什么叫甬道？就是走道儿。您看，现在有甬路，花园里都有，两边种着花草，中间这条路叫甬路。曹操说的甬道，就是靠着河挖陷马坑，表面用尘土覆盖，不能让西凉人马看出来。只要他们前来，就让他们落在陷马坑内。同时在甬道里筑高墙，虚插旌旗，虚张声势，以疑惑马超兵将。因为西凉人马现在就怕曹操安营扎寨，只要曹操安营扎寨，有了立脚之地，这仗就不好打了，所以得让你曹操的营寨立不起来。那曹操在甬道里假装设立高墙，虚插旌旗，好像要扎营，然后锣鼓喧天，炮响鼓响，让西凉人马不知道里边到底干吗。

曹操正布置呢，马超得报了。原来马超回到营中，韩遂已然摆上酒宴给他庆功。“叔父，我问您一件事儿。”“贤侄，何事？”“本来曹操坐在岸边，我过去一枪就能把他扎死，这时来了一员勇将，把曹操负到船上。”负就是背，背曹操上船了。“曹操这才逃生。这员战将怎么这么勇，您知道他是谁吗？”“贤侄，曹操手下两员最勇的战将，一个典韦，一个许褚。典韦已死在宛城，这个人可能就是许褚。据说此人横拉八匹马，倒曳九牛回，力量太大了，勇力过人，人称‘虎痴’。今后你遇见他，必须多加小心，他是曹操的侍卫队长。”“哦？确实，我对许褚也有耳闻。”爷儿俩正说着呢，有人来报：“报！”马超用手一指：“何事？”“曹操正命人修甬路，筑高墙，遍插旌旗。”“好啊，让他的营寨立不起来。叔父，我马上指挥人马前去。”“慢着，跟曹操打仗你不能着急。贤侄，这么办，你看守住这座营寨，我带领一支人马杀过河去，不能让曹操安营扎寨。”“既然如此，那就派庞德陪同叔父前往，叔父带五万兵去如何？”“五万兵可以了。”马超手下趁兵，曹操才有十万人马，马超带着二十万西凉人马来的，而且两次增兵，那羌兵打起仗来可勇了。

庞德奉命，全身披挂，胯下马，掌中一口截头刀；老将韩遂带着手下四员大将，一共五万大兵，三声炮响，冲出大营，就奔河边来了。您想，马超在潼关这儿，下边有营寨，想奔河北就奔河北，想奔河南就奔河南。庞德、韩遂率领五万大兵冲上来了，人马往前走，万也没想到曹操挖了陷马坑。庞德带着骑兵在前面，“噗通、噗通、噗通……”全掉到陷马坑里了，这下儿可坏了。庞德急了，纵身形由坑中一跃而起，“噌”的一下儿，上来了。上来是上来了，手中攥着这口截头刀，胯下这匹马可还在坑里呢，庞德只好步行，就听炮鼓连天，杀声震耳。“拿呀……杀西凉人马啊……拿马超、韩遂呀……”“哗……”庞德顺声音一看，韩遂的人马已然被曹兵围上了，可自己胯下没有马呀。庞德瞧了瞧，就见有一员战将催马举刀过去了。“呔！”庞德这一喊，这位一回头。您想，谁能不回头啊？突然“呔”一下儿，呔谁呢？就得回头瞧瞧。一回头不要紧，“噌”的一下儿，庞德蹿过去，截头刀在空中一挑，就把马上这员战将腰断两截了，您说庞德多勇。这员战将是谁？大将曹永，咱们也别叫他大将了。曹永死了，尸身坠地。其实庞德不想要他的命，就想要他胯下这匹马。

庞德纵身一跃，骑上曹永这匹马，截头刀往前一指：“曹营兵将听真，你家将军庞德来也！”庞德催马举刀，往前就杀，老远就看见韩遂了。“韩老将军，庞德来也！”截头刀上下翻飞，扇砍劈剁，削瓜切菜一般。再加上西凉人马勇敢杀敌，这两场战役已然把曹操兵将杀怕了，一边喊一边往后退：“了不得啦……不光有马超啊……还一庞德呢……”“哗……”闪出一条人胡同来。庞德催马举刀就奔韩遂了：“老将军随我来！”庞德马一拨头，在前开路，后边韩遂跟着，带领人马往外杀，且杀且走，杀出重围，回到寨中。一清点人马，死了两员战将，死了二百多兵。这一冲不要紧，曹操的营寨还是没有扎好。

马超赶紧摆上酒宴给叔父接风，奖励庞德。“叔父，我想这一仗之后曹操连夜还得扎营，所以今晚我去偷营劫寨。”“侄儿，你可要小心了。”“叔父放心，无妨。”马超安排下来了，庞德、马岱两路人马埋伏好了，然后马超亲自带领一万大兵前去偷营劫寨。前边先锋官是成宜，成宜是韩遂手下八员大将之一。等到夜里，借着星斗月色光华，马超软盔软甲，带着骑兵就出来了。

曹操有准备没有？有准备。曹操跟韩遂这一仗虽然没输，但损失也不少，回来之后就跟曹洪说：“你领兵在四面八方埋伏好了，虽然咱们是野营一座，但也要严防马超夜里前来偷营劫寨。”曹洪就在营寨外边都布置好了。这回马超也不知道怎么着，用了点儿脑子，离曹操的这座野营还有十里地，一声令下：“全军止住。”人马不动了。“成宜。”“在。”“我给你三十名骑兵，你带着他们杀到曹营之中，如果成功，你就高声喊嚷，我立刻指挥人马杀上前去；如果有埋伏，你马上就撤回来。”“遵令。”成宜带着三十名骑兵过来一看，四外没有曹操的人马，赶紧就杀进来了。刚一杀进来，四面八方就有了动静了，“叨叨叨”。曹操的兵将也是，你们倒等会儿啊，这才冲进营中三十一个人，响什么炮啊？四面八方曹兵曹将往上一涌，那这三十名骑兵跟成宜就跑不了了，全军覆没，成宜死在夏侯渊刀下。马超这边一听，心说：那我就别去了。所以你说这次偷营劫寨没成功吧，可就死了一员战将，死了三十名骑兵。马超指挥人马回来了。

再说曹操，急坏了，心说：我这座营寨安扎不好，几万人马没地儿待，也没地儿埋锅造饭，也没地儿睡觉，总不能时时刻刻都在野地里待着啊，怎么办呢？赶紧暗中派人给曹仁送信儿。曹仁说:“这么办,两军必须得联系到一块儿。”让曹操用船筏搭起三座浮桥,接连河南、河北两岸。然后曹仁把用来运送粮草的车辆穿在一起,以为屏障。曹操刚把三座浮桥搭好,马超指挥人马到了,一人手中一支火把,到这儿就点,那这些车船还不着啊？三座浮桥连带这些车辆全烧没了,营寨还是安不了,曹操急得直跺脚。

荀攸说:“丞相您看,这儿有的是沙子,咱们用沙土一堆一堆,堆成土城,西凉人马就没办法了。”曹操赶紧命三万人全来运沙子,一堆一堆……还没堆成形儿呢,就听炮响,“叨叨叨”,“啊呀呀呀呀呀”,“哎哟,了不得了,白袍将军又来了……”其实马超没来,来的是马岱、庞德,每人带着五百骑兵。好家伙,西凉骑兵可好,马好,兵也勇。这边堆,马岱带领五百骑兵,把这些沙土全踏平了;那边再堆,庞德带着五百骑兵,又踏平了。不管怎么着,曹操这座营寨就是安不了,没法儿安营就没法儿打仗,没法儿打仗就没法儿战胜马超。曹操急坏了。潼关战马超是由八月开始的,现在已然九月底了,这可是阴历。潼关这地方风硬,而且那时的气候跟现在不一样。您看,我小时候北京的地都冻裂了,现在多暖和呀;我小时候吃的都是冻白菜,现在好白菜还紧着溜儿（注:北京土语,尽快、赶紧。溜,音liù）地扔呢,对不对？那时一到九月底,朔风凛凛,彤云密布,连着几天看不见太阳,冷风凄凄,压得人喘不过气儿来。曹操坐在大帐中发愁:这座营寨就是安不下,可怎么办呢？

正在这时,中军官进来了。“丞相。”“何事？”“启禀丞相,来了一位山中隐士,要求见丞相。”“好,请他进见。”隐士求见,曹操才能跟马超决一死战,使用反间计,抹书斩韩遂。谢谢众位,下回再说。

# 第一八二回　虎痴裸衣斗马超

许褚裸衣战马超，孟德一怒把盔抛。潼关斗勇阵阵败，贾诩离间智谋高。

潼关一战咱们正说到热闹地方：战马超。夺船避箭于渭水，割须弃袍于潼关，今天接着往下说潼关之战。

说起战争场面，就谈起上回书马超追杀曹操时那棵救命树。我记得“文化大革命”前，我整理我父亲的那些资料，过去我们家开广告社，我父亲有大账本，把剪报什么的都贴在账本上，我就看见这棵救命树了。救命树的照片，到底在什么地方，怎么回事儿，《北京晚报》某天登的。后来在“文化大革命”中，这些东西都烧了。我一想起这个，就想起我父亲那一辈老艺人攒下这些东西来的苦，您能够积攒下这些资料，就为了说好《三国》。现在比较好办了，手机一查就查出来了，就知道这棵救命树到底是怎么回事儿。这棵树高五米，直径两米，至于到底是不是那棵树，咱们甭管，反正报纸就这么登的，这棵树是槐树。后来我一看登出来的照片：怎么是两棵呀？我记得在我父亲收集的资料上看的照片是一棵。据说这棵树就在城内东大街的一个中药店里，后来因为修三峡工程，就把它移到县博物馆了。您看，评书演员必须注重搜集资料，尽量要把书说得合理。

那么战马超这场战役是不是真的？是真的。说为什么能够写得这么好？您相不相信曹操打了这么多天的败仗？写《三国志》的陈寿您都知道，他是属于曹魏的，既然属于曹魏，那基本上他写出来的东西就算再符合历史，也要美化曹操，贬低刘备，但可不敢贬低诸葛亮。在写曹操这方面，有些曹操的缺点必须得收敛，但就在这么收敛的情况下，割须弃袍、救命树、夺船避箭，曹操一个仗跟着一个仗败。为什么？说明曹操被马超打晕了。

曹操在潼关以十万大兵迎敌，而马超二十万西凉人马兵扎渭口。要打仗就得有落脚的地方，就得扎营。简单扎下一座行营好办，俩辕门，车往这儿一插，这就是辕门；然后旁边栽埋鹿角栅、铁蒺藜，支搭帐篷，一座简单的营寨就起来了。但曹操要打算在潼关跟马超打仗，必须扎下一座牢固的营寨，得建得跟一座小城一样。难不难？太难了。

曹操天天发愁，吃不下饭，睡不着觉，晚上坐在灯下表面是观书，其实脑子里都在想如何扎下这座营寨。这时，值日中军官进来了。“丞相，您还没睡呢？”“有军情吗？”“有。”“马超出兵了？”曹操立刻就一激灵。为什么？让马超打怕了，从来曹操也没打过这样的败仗。“不是，有一位山中隐士求见。”“哦，见我何事？”“要跟您陈说方略。”四个字，很简单：陈说方略。什么叫方略？说白了就是主意。我来给您出出主意，告诉您现在应当怎么办。那曹操当然高兴了，吩咐一声：“请。”曹操马上下地穿好鞋，披上衣裳，亲自出寝帐迎接。

时间不大，这位隐士来了。曹操抬头观看，只见这个人“鹤骨松姿，形貌苍古”——《三国演义》原文对这位隐士的形容就是这八个字。鹤骨，仙鹤多美，可您看它走起道来飘飘然又有劲，高抬腿，轻落地，美。松姿，跟松树似的，非常潇洒。苍古，就是苍劲古朴。这个老人往这儿一站，个儿可不矮，身高得到九尺开外，体态已然说了，鹤骨松姿。这个人长得很有棱角儿，紫巍巍的面皮，紫中透黑，黑中透亮，须发皆白。说曹操在黑夜之间能看这么清楚？曹操寝帐外有灯，借灯光一看，这个人长得有棱有角，就是长得很硬，看来经过不少风雨沧桑。看年纪得在七十上下了。您看，我现在也七十多了，还能说书呢，比你们四五十岁、三四十岁黄金时代的人一点儿也不弱呀。过去说人活七十古来稀，现在七十多岁不算老。头上竹簪别顶，身穿黑色长衫，腰系丝绦，白袜云鞋，很潇洒。苍眉虎目，两只眼睛烁烁放光，高鼻梁，四字口，一部白胡须根根透风、根根见肉。穿得很朴实，而且干净利落。中军官赶忙上前，用手一指：“老先生，这就是我家丞相。”“娄子伯拜见丞相。”“哦，先生请。”曹操把这位接进寝帐，两个人分宾主落座，有人献上茶来。

茶罢搁盏，曹操仔细看着这个人。“请问先生仙乡何处？”“在下京兆人，隐居在终南山，姓娄名子伯，道号梦梅居士。”“哦……”曹操一听：了不得。京兆是哪儿？就是首都附近。您看，像北京现在就扩大了，原来通州离着挺老远的，现在通州人就是京兆人。过去汉朝时，都城长安、洛阳，后来迁到许昌，周围京畿地面也随着扩大。那时候都城在哪儿，它周围附近的老百姓就都叫京兆人。说隐居在终南山，终南山可了不得，道教文化、佛教文化、财神文化、钟馗文化，可以说终南山是发祥地，是福地。终南山在秦岭中脉，好多隐士高贤都隐居在终南山。“今日先生前来见我，不知有何赐教？”曹操聪明，知道你来了就是出主意来了，所以开门见山。“丞相，我知道您想跨渭河两岸扎下大营，那为什么不趁天时，今天就安营扎寨呢？”“啊呀……先生，此地为沙土地带，扎不了营，我也着急呀。”“丞相您看，怎能忘记天时呢？连日来彤云布合，已然阴沉数日，朔风一起，马上就要大冻。您为什么不借这个机会，让军士挑土泼水，沙土遇冻成冰，天亮此寨必然筑成。请丞相思之。”“哦……”梦梅居士娄子伯说出这番话，曹操如梦方醒：“哎呀，忘记赤壁东风矣。”我忘了赤壁鏖兵时，诸葛亮借东风，一把火把我烧得干干净净了。其实曹操是真蒙了，脑子就没往那儿想。“哎呀，忘记了天时，忘记了天时……呜呼呀，我真是让马超打得魂不附体。”曹操真说实话，实在是让马超打得晕菜了。（注：笑声）曹操恍然大悟：“谢过先生。”“丞相，您马上传令，让军士们挑沙土，然后准备水，铺一层沙土泼一层水，铺一层沙土泼一层水。您听，现在风声已起，立刻开始动工，明日天明冻土已成。丞相，告辞。”人家不在这儿赖着。说您这儿暖和，我多待会儿？不可能。终南山的隐士，出完主意就走。

《三国演义》并没有交代清楚，娄子伯为什么要给曹操出这个主意？我想，作为山中隐士，他也有倾向性。您看，咱们马上要说到离间计了，曹操用离间计，马超斩韩遂。那离间计应该用到谁身上，应该怎么用？人是有感情的动物，喜怒哀思忧恐惊，着急、生气、失意，睡不着觉，天底下没有一个人是纹丝不动的。娄子伯为什么要给曹操出主意？据我想，山中隐士也不愿意老打仗，马超带领西凉兵将在这儿一打，长年的战争，老百姓也承受不了。这是我往好里想。往坏里想呢，不知道娄子伯跟曹操到底是什么关系，咱们也就不管了。

娄子伯出完主意，告辞要走。“先生且慢。来呀，黄金伺候。”中军官很聪明，知道这主意了不得，马上拿出千两黄金。“丞相，请您赏赐军士们。告辞。”人家不要。曹操马上传令，让军士们挑沙土，同时因为军中没有运水的工具，就让军士准备缣囊运水。渭河有水，得把水从河里提溜出来，然后弄到沙土堆那儿，往土堆上泼水，这就得用缣囊。什么叫缣囊？缣，就是双道儿的丝织品。要按实际说，就是两道儿经两道儿纬，用这种方法织出来的糙布，然后做成口袋，里边盛上水。当兵的这边一拨儿挑土的，那边一拨儿运水的，铺一层土浇一层水，铺一层土浇一层水，好把沙土冻起来。风已然刮起来了，冒着凛凛朔风，曹兵担土运水，您说当兵的苦不苦？太苦了。曹操亲自督战。就这样，一宿之间，天也不阴了，风也把云彩刮散了，这座土城也成功筑成了。曹操一看，高兴了：“好！”眼望终南山，感谢梦梅居士。当兵的也踏实了，没想到一夜之间就把这座小土城盖起来了。

曹操是高兴了，马超也得报了。马超派出的探马打探军情，看天光一亮，曹操这儿一座小土城儿已然起来了，马上回去禀报。马超一听，马上带着随从人员，几十匹马，离着挺老远就列开队伍，马孟起抬头观瞧。此时太阳已然出来了，阳光一照，一堆土挨着一堆土，一座土山连着一座土山，土垒已然围成，里边开始安营扎寨了。“啊呀……此乃天助也！”马超不明白，因为他是一勇之夫，不明天时，不明地理。诸葛亮说了，身为主帅，上知天文，下知地理，中知敌人主将用兵如何，才能打胜仗呢。但马超不懂啊，他以为是老天助了曹操。曹操的土城已然筑成了，不好攻了，一座座跟冰山似的，都是用沙土堆成的，里边几万人马正在安营下寨。你再想不让曹操安营下寨，已然办不到了。马超回到营中。

第二天吃完早战饭，马超点齐两万大兵。“来，杀上前去！”三声炮响，大队人马杀奔曹营，“欻”的一下儿，把阵势列开，长枪短刀，刀斩斧齐，整齐严肃，军容严整。正当中是马孟起，左边庞德，右边马岱，三员大将压住全军大队。“叫战。”“叨叨叨”“叶噜噜噜噜噜噜噜……”“曹操啊……你出营一战啊……”“哗……”喊喝声音震动天地。曹操的营中慢慢儿有动静了，就见当兵的把营门开了，“啵哏哏哏哏哏”，营中走出两匹马。头一匹马上正是曹操，头戴相貂，身穿紫袍，腰横玉带，足蹬官靴，稳坐在官座马上。身后一员大将，威风凛凛，杀气腾腾，掌中双刀，保着曹操。两匹马一前一后出了大营，曹操勒住坐骑。马超一看，这不像打仗，要打仗得出兵列阵。马超看见曹操了，恨啊：我爹招你惹你了，我兄弟招你惹你了？你杀了我爹，还杀了我两个兄弟，我跟你誓不两立，今天我就是报仇来的。“曹贼！”曹操看了看马超，心里哆嗦不哆嗦？哆嗦。险一险儿回了，自己人头就得落地，就得死在马超的五钩神飞枪下，没想到能活到现在。“对面可是马超吗？马超，你欺我不能安营扎寨。可现在你来看，我的营寨已然筑好，你还不下马归降，等待何时？”马超闻听，气往上撞，双眉倒竖，二目圆睁，脸上颜色更变：“呸！曹贼，你杀了我父亲，害了我两个兄弟，此仇不报，非为人也，今天我就要你的性命！”

一抖大枪，马超就要上前，刚一催马，“欻”，又勒住了，双脚一扣镫，马不往前走了。为什么？马孟起突然发现曹操身背后这员战将了。跳下马来平顶身高在丈二开外，脑袋这么大个儿，胳膊这么粗，肚子这么大，长得黑黪黪，黑亮黑亮的。两道浓眉斜插入鬓，一双大环眼，眼珠努于框外，狮子鼻，高颧骨，大嘴岔儿，咧腮颌，胡须在腮边扎里扎煞，压耳毫毛“突突”乱颤。头戴镔铁板沿荷叶盔，头上红缨飘洒，盔上垂八宝，轮、螺、伞、盖、花、冠、鱼、肠。四指宽勒颔带密排镔铁钉，包耳护项，双卡搂颔骨，不为好看，为的是遮枪挡箭。胸前护心镜冰盘大小，身背后葫芦镔铁顶五杆护背旗，铁杆钢纛皂缎色，上绣飞老虎。狮蛮带三环套月搭钩，肋下佩戴一口宝剑，绿鲨鱼皮鞘，镔铁吞口皂绒绳，双垂灯笼穗儿。鱼褟尾满都是镔铁搭钩，皂青缎色软战裙分为左右，虎头战靴牢踏在一对镔铁镫内。胯下马鞍韂嚼环鲜明。这员大将怒目而视。马超心说：这就是“虎痴”许褚吗？上回书说了，曹操夺船避箭于渭水，马超回去问过韩遂。

马超一停，曹操都愣了：马超要扎我，怎么突然又不扎了？他看着马超，马超一愣："我来问你，你营中有个虎侯安在？"马超这人说话比较得体，没直接叫虎痴，问的是虎侯。许褚心说：就在这儿呢。往前一催马，曹操往旁边一闪，许褚不能"噌"的一下儿就越到曹操马前去，那会儿等级森严。还甭说那时候，搁现在也不行。您说我跟老贾俩人儿在这儿走着，王玥波老在我们头里晃悠，您瞧瞧我多大的蔓儿啊（注：笑声），这不行，怎么着也得把我们老两口子摆在头里，是不是？许褚催马直奔马超："沛国谯郡许仲康在此。马超，你拿命来！""啊呀……"马超一看，这个人可了不得。也不知道为什么，马超拨转马头，跟自己的压阵官说："曹操未带兵将，不是前来作战，你我撤兵，明日再战。"马超愣带人回去了。

马超撤兵了，曹操带着许褚也拨马回归大营，来到中军大帐前，有人接过马去。走进大帐，曹操稳坐在帅案之后，许褚往旁边一站。曹操一抱拳："众位将军，今天我带仲康出营会马超，马超本想挺枪刺来，没想到看见仲康在我身后，就问我：'你营中有个虎侯安在？'仲康往前一催马，结果马超退兵了。嘿嘿，原来马超也知道我营中有虎侯，虎痴在也。"许褚一听，心中高兴：我愣把马超吓走了。"丞相，请您下战书，明日让马超应战，我必取马儿项上人头。""那马超英勇无敌，不在吕布之下。""哎……有俺许仲康在，何惧马儿？请丞相下战书。""好。"这叫什么？这就叫战以气胜。中军官伺候着，马上把纸笔墨砚预备好，然后曹操说，书记官写，把这封战书写好了。许褚在上边画了押，交给下书之人。下书人是一名小校，带着两个随从，三个人骑着马离开曹营，遘奔马超大营前去下书。

书以简洁为妙。战书递到马超手下中军官之手，中军官往上一递，马超打开一看，气坏了："笔墨伺候。""唰唰唰"，马超写下一句话："明日必取虎痴人头。"我应战，明天打吧。战书让下书人带走不提。

第二天吃完早战饭，马超跟曹操各自领兵，双方出营，来到曹营外杀人的战场，双方列阵。曹操在旗纛伞盖之下，怀抱令旗令箭，压住全军大队。众战将金盔金甲、银盔银甲、铜盔铜甲、铁盔铁甲，一个个威风凛凛，杀气腾腾，众星捧月一般捧护着曹操。马超这边，正当中是老将军韩遂。

说老将军，那时叫老将军，搁现在韩遂也就是中年人，刚到不惑之年，但马超管他叫叔父，所以韩遂在西凉大营中就是老将了。左边庞德压住左军阵脚，右边马岱压住右军阵脚，其余都是韩遂手下的战将，八员大将已然死了仨，成宜是在偷营劫寨时被夏侯渊杀的，程银和张横是跟韩遂攻打曹操野营时战死的，还剩五个。

两军人马把阵势列圆，马孟起双足一点镫，镫带绷镫绳，催坐下马，掌中五钩神飞枪，来到两军疆场，勒住坐骑。那边虎侯许褚催坐下马，掌中双刀，直奔两军疆场。“呔！”“呔！”俩人儿都呔。二话甭说，既然已经下了战书，直接打吧。马超使的是长兵刃，抖枪就扎，许褚用双刀往出一磕，马超赶紧撤枪，许褚双刀往下一砍。两个人二马盘旋，就冲杀在一处。两匹马跑开了，八个马蹄儿翻蹄亮掌，马尾巴跟一条线儿似的来回乱转。双方的兵将擂鼓叫战，“叶噜噜噜噜噜……”“杀呀……了不得啦……虎侯啊……虎将军啊……”从打这时开始，曹营兵将就改口了，都管许褚叫虎侯。这边西凉人马给马超擂鼓助威，“叶噜噜噜噜噜……”“马将军啊……您杀呀……英勇无敌呀……”两军人马看着，这杀人的战场可真了不得。什么叫玩儿命啊？这回可看见了。许褚玩儿命，马超也玩儿命，两人就较着劲儿。马超这条五钩神飞枪一枪比一枪急，一枪比一枪快，枪枪进逼许褚；许褚双刀抡动如飞，见招破招，见式破式，套式还招。两个人棋逢对手，将遇良才，打了一百个回合，分不出输赢胜败。

打着打着，许褚就觉着腿底下不对：哦，我不累得慌，是马小子累了。“嘿，待会儿再打。”“好嘞。”马超也感觉出来了，两个人各自回阵。曹操一看：“仲康，怎么回来了？”“换马。”说一员战将就有一匹马吗？战将必须得有备用的马匹。没有备用的马匹不行，您当是现在开车呢？那有钱的，家里趁三辆车、两辆车；那没钱的好不容易才贷款买了一辆车，当宝贝似的，就没有备用车了。但古时候的战将必须得有备用马。两个人各回本阵，各自换马。

书不说废话。换好马匹，两个人二次催马，来到疆场之上再战，一个挺枪，一个举刀。两个人又打了一百个回合，已然两百个回合了，还是不分输赢胜败。现在什么时候？刚才我说了，九月底。朔风一刮，天就凉了。但您想，折腾了二百个回合，甭说他们，我说一钟头书都出汗，再看许褚，浑身是汗，遍体生津。“小子，你稍等。”马超心说：我倒要看看你回去干吗。马超勒马停蹄在这儿等着。就见这位回到阵中，曹操愣了：又干吗来了？许褚甩镫离鞍下马，“啪”，盔摘了，护心宝镜摘了，护背旗一根一根也摘了，勒甲丝绦也解了，甲也卸了……曹操看愣了，众战将也看愣了，曹兵也看愣了，西凉人马也看愣了。许褚不但把外边的脱了，连里边的也脱了，盔铠甲胄，衣裳带内衣全脱了，连鞋跟袜子都脱了。那时候不叫袜子，叫裹脚布。

反正许褚全脱了，赤条条，然后上马，抬腿摘双刀，高声喊嚷：“马超，你拿命来！”马超愣了，再看许褚：嗬，好家伙，这是什么体型啊？壮勺盔子，脑袋这么大；大二膀子，两块大腱肉；腩子肉翻着，翅子肉横着；太阳穴鼓着，眼睛努着。一团尚武的精神，整个儿一施瓦辛格，健美呀。（注：笑声）您看健美运动员，是不是我们这开脸儿？施瓦辛格就是健美运动员出身。我要说别人，您各位记不住，中国人对健美运动还不太认可，是吧？马超一看，这小子真是玩儿命来了。许褚抡双刀就砍，马超立刻横枪招架。两个人二马盘旋，又杀在一起。您说《三国演义》写得有没有意思？许褚裸衣斗马超。天那么冷，许褚身上“欻欻”冒热气，真玩儿命啊。马超也玩儿命，擎定五钩神飞枪，心说：这回不用扎盔，不用扎甲，只要枪碰上他，他就得死，我这枪上有五个钩儿呢。没想到许褚见招破招，见式破式，套式还招，又打了二十七八个回合，旗鼓相当，分不出胜负。

曹操在阵中一看：“夏侯渊。”“在。”“曹洪。”“在。”“你们左右杀上前去，把我的虎侯救回来。”“遵令。”这边是夏侯渊，胯下马，掌中刀；那边是曹洪，胯下马，掌中刀。一个镔铁盔甲皂征袍，一个金盔金甲大红战袍，两匹马往上就冲。您想，韩遂能闲着吗？往前一指：“杀！”左右两边，一边是庞德，一边是马岱。马岱胯下马，掌中刀；庞德胯下马，掌中一口截头刀。两军人马打了交手仗，可就打乱了营了。马超在乱军之中找曹操。曹操这回机灵了：我不能再让你们看见我，就在门旗之下躲着。这一打不要紧，西凉的人马会射箭，韩遂一声令下：“我军射箭。”一阵梆子响，弓弩齐发，“哧哧哧哧哧哧哧哧哧……”当时许褚胳膊上就中了两箭。许褚不怕，愣用肌肉一挤，顶住这两支箭，在胳膊上支楞着。夏侯渊一看，赶紧过来拿马一圈：“回吧。”夏侯渊把许褚救回来了，曹操看着心疼。曹洪指挥人马在这儿迎敌，庞德、马岱指挥西凉人马大杀大砍，曹操损失的兵将可就不少了。曹操一看，必须撤兵，不然就更惨了。

两军各自收兵回营，马超回到自己阵中。“叔父，从古至今，玩儿命打仗者，必是许褚。”马超都服了。有这么打仗的吗？先打了一百个回合，然后回去换马；换马回来之后又打了一百个回合，跑回去摘盔卸甲脱战袍，裸衣而战。说他是虎痴，他还来劲儿了，是有点儿傻不楞登的。穿戴盔甲我不好扎，裸衣而战多好扎呀，对不对？可惜没扎着他，不过他也中了两箭。

再说许褚回到营中，把箭拔下来，军医官赶紧帮他清洗包扎，然后穿上衣服，曹操赐宴压惊不提。曹操着急，心说：这仗可没法儿打。但梦梅居士娄子伯这一来，曹操突然就想起来了：马超为什么能阵阵赢，而我阵阵输？跟他斗勇，我斗不过他，营中没有能制伏马超的勇将，那我为什么不用智啊？曹操马上传令，派人去看看徐晃和朱灵的营寨安扎得怎么样了。探马回来禀报：“两位将军随时候令出兵。”这说明两个人带着四千精兵已然埋伏好了。曹操又传一令，让他们跟手下兵将备好葫芦，就是水葫芦；备好干粮袋，就是粮食；随时准备前后夹击西凉人马，要灭马超。命令传下去了，但曹操着急呀。

这一天，曹操正在营中吃酒。“丞相，外边马超叫战。”“哦，待我观之。”曹操带着亲兵护卫来到土城下，甩镫离鞍下马，顺梯子上了土城，往下一看，马超带着五千骑兵就在土城外来回转，荡起尘土多高来。再看马孟起，亮银盔甲素征袍，胯下白龙马，掌中五钩神飞枪，就这股劲儿，英勇无敌。曹操气坏了，伸手就把盔摘下来了，往下一扔：“马儿不死，我死无葬身之地！”正好在土城下值班的大将是夏侯渊，他听见了，心说：丞相这是恨马超啊。马超不死，死无葬身之地，连自个儿埋在哪儿都不知道。您想，夏侯渊跟曹操什么交情啊？那是一家子。夏侯渊胯下马，掌中刀，武艺高强，本领出众。听曹操这一说，夏侯渊气坏了："来，本部人马集合！"甭管哪员大将，手底下都有自己的兵。夏侯渊一声令下，手下两千亲兵齐队。夏侯渊在马上一抬腿，摘下这口钩镂古月象鼻子大刀。"来，响炮出兵，暂取马儿人头！"曹操在土城之上听见了："且慢……"

且慢还没说完呢，"叨"，炮就响了。头声炮响，营门开放；二声炮响，旌旗飘摆，绣带高扬；三声炮响，齐催坐马，各抖丝缰。两千人马，当中是夏侯渊，冲出营寨，就把队伍列好了。"马超，拿命来！""嘿嘿，夏侯渊，你是我手下败将。"马超往前一催马，抖枪就扎。两个人二马盘旋，冲杀在一处。曹操在土城上一看：糟了！马超神勇，一过三十回合，夏侯渊的刀法就迟慢下来了。曹操急了："来呀，出兵！"当时土城内除了守城人马之外，没有其他准备作战的兵将，值班的就是夏侯渊。曹操点齐一千亲兵，响炮出营。本想给夏侯渊打个接应，结果马超一看：曹操出兵了，杀夏侯渊管什么用啊？我得杀曹操，取他的心给我父祭灵。"曹贼，你哪里走！"往前一催马，"啊呀呀呀呀呀"，直奔曹操来了。曹操一看："呀……"手下亲兵护着，曹操拨转马头就跑，马超在后边紧紧追赶。夏侯渊也顾不上跟马超打了，赶紧带着两千亲兵，还有曹操的一千亲兵，保护曹操。但架不住马超手下五千轻骑兵快呀，再说马超胯下这匹千里马了得吗？

越追越快，越追越快，眼看就要追上曹操了。"报！""何事？"马超勒坐骑低头一看，一个远探，浑身是土，遍体生津。"启禀马将军，现在河西出现了一支曹军在抄咱们的后路，四千精兵已然把阵势列开了。""啊?!"马超人高马大，回头顺声音一看，尘沙荡漾，土气飞扬。"来，收兵回营。"五千轻骑兵跟着马超，大队人马头改尾，尾改头，断线风筝一般，撤兵回归大营。曹操都不知道是怎么回事儿，连忙传令："哎呀，回归营寨。"曹操和夏侯渊带三千亲兵回营了。

单说马超，回到营中来见韩遂。"叔父，难道咱们后边真有曹操的兵将吗？""是啊。远探来报，是徐晃和朱灵。""啊，徐晃，一员了不起的曹将。""是啊，他们带四千精兵早就在河西扎下大营，刚才出兵想抄咱们的后路。”“哎呀，叔父，腹背受敌，如何是好？”“贤侄，现在天气已冷，你我叔侄是不是升座大帐，跟战将们商议商议这仗应该如何打？”“好啊，就依叔父之见。”“来，擂鼓升帐。”三通聚将鼓响，大营里一干诸战将全身披挂，来到大帐，分列两旁。当中帅案之后，一边是韩遂，一边是马超，升帐办公。马超看了看帐中众将：“众位将军、列位先生，而今曹操派出一支人马在河西安营，欲抄咱们的后路，曹操在河北也已扎下营寨，西凉人马腹背受敌，这仗可不好打了。不知哪位将军有妙计能够破曹？”大家一听，你看看我，我看看你，谁也不说话。有一人挺身而出：“韩将军、马将军，在下想出个主意，不知二位将军能听否？”韩遂顺声音一看，正是手下大将李堪。“李将军，有话就讲在当面。”“好，二位将军请听。”到底李堪出何妙策？贾诩献计，曹操抹书间韩遂。谢谢众位，下回再说。

# 第一八三回　曹操抹书间韩遂

说《三国》，录《东汉》。到书馆儿，周六见。

要说我不累得慌，那是瞎说；可说累得慌呢，就得认着。这礼拜录了八讲《东汉》，今儿礼拜六还得给您说书。累是累，就是高兴。为什么呢？爱干这个。不忘初心，牢记使命。（注：热烈的掌声）

接着说这部《三国》，上半部就拿马超结尾了。说马超为什么会败？四个字：有勇无谋。所以成事之人身边得有谋士，有给他出谋划策的。您看我们宣南书馆，这爷儿几个，也得有出主意的，也得有先锋官，也得有书记官。刚才就是我们书记官上阵了（注：指梁彦），是吧？再过一会儿，我们先锋官也该上阵了（注：指王玥波），是吧？老纂弄纂弄，给我们出主意的，现在正卖茶卖瓜子儿呢（注：指贾建国），是吧？有时候不听他的真不行，他还真能出个好主意。

刚才我说了，马超有勇无谋。但曹操在当时犯了一个什么错误呢？曹操也犯了跟马超同样的错误，斗勇不用谋。火烧战船，赤壁鏖兵，曹操八十三万人马一败涂地，就该吸取经验教训。结果在潼关，曹操跟马超一打起仗，让马超打蒙了，割须弃袍，夺船避箭，险一险曹操的命丢在马超的手里。马超也是真玩儿命，要报父仇，杀父之仇不共戴天，自古以来就这么说的。所以马超玩儿命，曹操要跟他对玩儿命，那能玩儿得过马超吗？说打架都怕玩儿命的，这位真玩儿命了，真拿起砖头擂你，可你还想活呢，你就不敢真擂他，所以就让他把你擂上了，是吧？我一看见玩儿命的，赶紧跑，都不看热闹。为什么？我怕他红了眼，一擂砖再把我擂着。所以说曹操也陷在马超的勇敢之下，他也有点儿犯迷瞪。但幸好曹操提前安排徐晃和朱灵带一支人马在河西安营，在马超的后边，前边是曹操在河北的大营,等于给马超来个前后夹击,那这仗就没法儿打了。马超不敢再追曹操,急忙收兵回归大营。到了营中,马超命人把叔父韩遂请过来。

上回说到这儿,我就想,因为我听过一个年轻人说《三国》。他是怎么说的呢?说马超回到营中,把韩遂叫来了。您看,中国人就怕说话,尤其北京人,就怕野调无腔。因为马超的父亲马腾跟韩遂是磕头的把兄弟,所以马超就得视韩遂如父,叔父。把韩遂叫来?冲这一样儿,这个年轻人就不称职,您就甭说评书了。说评书的演员确实肩负着传承中国传统文化的任务。不是说我们毛病多,作为评书演员,就必须得培养你自个儿的素质。说我们素质够不够?不够。既然不够,那就得往够的方面去发展。

我举个例子。我走在大街上,有人跟我打听道儿。"哎,东四应该往哪边儿走啊?"我往西一指:"那边儿。"不是我连丽如犯坏,什么叫哎啊?我满头白发,你叫我一声阿姨能怎么样呢?就算叫我一声奶奶也不为过吧?我都这个岁数了,现在也老打听道儿。"哎哟,这位大哥,您能不能告诉告诉我,到通县应该怎么走啊?"礼下于人,必有所求。中国人是非常讲究仁义礼智信的。

所以作为评书演员,必须提高自身素质。素质到了,书也就到了,人家也就爱听了。刚才我跟一个家长说:"小孩儿听评书,对成长非常有好处,潜移默化就把中国传统文化接受了,潜移默化他的素质就提高了,潜移默化他的文学水平就提高了,潜移默化他的语言表达能力、逻辑思维能力和为人处事能力都会提高。"我小时候脾气急,好多事儿说翻就翻,后来越说书越明白,越说书越明白。其实我有时也办傻事儿,就因为性情太直。但直爽还是中国人的特色,尤其北京人,知道长幼尊卑,知道如何处事;北京人不卑不亢,不会拍马屁。我并不是说外地人不好,你们为什么都爱听北京评书呢?确实北京环境好,是古都,人文文化在这儿摆着呢。可在北京说书,想挣出钱来不容易;能坚持十年,我们更不容易。没有你们的支持和鼓励,我们也走不到今天。咱们干脆聊天儿得了,甭说书了,是吧?(注:笑声)

马超回到大营,赶紧命人把韩遂请来。"叔父,您知道么,河西出现曹操的一支人马。”“我已然知道了。贤侄，你看应当怎么办呢？”马超当时也没主意了。现在天寒地冻，马无蒿草，人吃的粮食运输也困难，仗可就不好打了。“叔父，这样，您升帐议事，把众位将军都请来，咱们商议商议。”“好，擂鼓升帐。”叔侄升帐，众将参见二人，然后分列两旁。韩遂把经过一说：“众位将军，咱们有什么办法可以抵抗曹兵？”大伙儿你看看我，我看看你。韩遂手下有一员大将叫李堪，挺身而出：“韩将军、马将军，天寒地冻不好打仗，我想应该派人面见曹操请和，暂时息兵罢战，等春暖花开时再从长计议，您看怎么样？”“这个……”韩遂手捋胡须，看了看李堪，歪头又看马超。这次干吗来了？替马超报父仇来了。那这仗到底怎么打，关键还得马超拿主意。韩遂一看马超，马超没话说。为什么？马超犹豫不决。一是因为韩遂是前来帮忙的，众将也是前来帮忙的；二来现在天寒地冻，不好动兵。可我说不打了，向曹操请和？我到底干吗来了？就是带着西凉人马誓报父仇，誓杀曹操。现在要说不打了，这句话由打我马超嘴里说不出来。马超一抬头，看着韩遂，韩遂心里跟明镜似的。

这时，韩遂手下两员大将，一个叫杨秋，一个叫侯选，两个人同时抱拳拱手：“韩老将军、马将军，李堪将军说得太对了。现在这天气，仗没法儿打，不如先去向曹操请和，等到春暖花开，咱们再来帮马超将军报仇。”这就是给马超一个台阶儿。韩遂再看马超，马超一皱眉，又点了点头，还是犹豫不决。韩遂说：“既然三位将军都说了，咱们还是暂时向曹操请和吧，贤侄？”马超没说话。他这会儿不说话，等于两个字：默许。韩遂马上命人拿过纸笔墨砚，然后提笔给曹操写了一封书信，意思就是请和，双方暂且息兵罢战，等到春暖花开再从长计议。书信写好了，派谁到曹营下书？杨秋挺身而出：“末将愿往。”“好吧，这封信给你。”杨秋带着手下人离开大营，遘奔曹营。

书不说废话。曹操命杨秋进见，杨秋进来把书信呈上，曹操打开一看：“哦……”曹操心中一动：为什么今天会送来这样一封书信？还是韩遂亲笔写的。这就说明徐晃和朱灵带四千精兵过河西扎营，埋伏在马超身后，使西凉人马腹背受敌，这件事达到目的了，成功了。曹操心里叫着自己的名字:曹操啊曹操,你天天跟马超斗,光知道斗勇,为什么不斗智呢?现在这么一个主意就吓得他要请和。曹操终于明白过来了。跟马超斗勇,马超不怕曹操。可曹操足智多谋,手下又有这么多谋士,为什么不斗智呢?曹操冲杨秋一摆手:“好吧,你暂且回营,来日必回消息。”“谢丞相。”杨秋告辞走了。

杨秋刚走没一会儿,外边脚步声音响,走进一个人,这人就是谋士贾诩。前文书分析过贾诩。整部《三国》谋士如云、策士如雨,所有这些谋士中,唯独贾诩出一个主意,成功一个主意,成功率百分之百,这可不容易。尤其贾诩原来不是曹操手下的人,还跟曹操是对立面儿,出过好几回主意都让曹操吃亏了,现在到了曹操手下说一不二,您说他心里有数没数?“拜见丞相。”“哎哟,文和来了,有事吗?”曹操一看就明白了:他就是来给我出主意的。“丞相,刚才杨秋来,是不是请和,因为冬天不宜作战,想等到开春再议呀?”“哈哈,正是。”“那丞相意下如何?”“文和,依你之见呢?”要不怎么说曹操是奸雄呢,曹操多会儿都不先说。你出的主意好,我就听,我也是这样的想法;你出的主意不好,我就不听,证明你没我高。“丞相,依我之见,您应该佯为应允。”您假装答应下来。“但得容您徐徐退兵,因为您兵多。您告诉韩遂、马超,我答应你们了,准备撤兵。然后您造上几座浮桥,表示出退兵之意。然后,您可以使用反间之计,让马超跟韩遂相拼。只要他们反目,借机您再下手,此战必能成功。”曹操听到这儿,不由得轻轻拍了几下巴掌,《三国演义》原文是“抚掌大喜”。“好,太好了。天下高见,竟能如此相合。”您看是不是?(注:笑声)“文和之谋,正是我心中之事。”你出的主意正是我心里想的。“来呀,写封书信,明日回复马超、韩遂。”书信写好,写上第二天的日期。然后曹操传令,让兵士搭浮桥。

第二天,书信送走了,浮桥也开始搭了,当兵的一点儿一点儿往回撤,实际是制造假象。信送到马超手中,马超看完,就跟韩遂商议。“叔父,曹操现在虽然答应请和,而且还给咱们河西之地,但他是世之奸臣,咱们不可不防。他到底是真心许和,还是假意许和?难道其中还有什么奸计吗？”“依贤侄之见呢？”“依侄儿之见，咱们应该把营寨重新布置。后边既然有徐晃的营寨，那得在后边加强把守；前边既然有曹操的兵将，那也得在前边加强把守。我想，今天您在前防备曹操，小侄我在后以拒徐晃。明天叔侄对调，我在前对付曹操，您在后对付徐晃。一天一换，您看如何？”“好，就依贤侄。”

您看，这就是马超多疑。从这件事上就可以看出来，马超并不相信韩遂。所以说曹操用离间计，应该怎么用？离间计应该针对谁？针对多疑者。既然针对多疑者，那具体应该实施在谁身上？还得用在多疑者的左膀右臂上。左膀右臂，这是老百姓的话；按古书上说，按文词儿说，就是股肱。就是在多疑者和他最亲近的人中造成离间，让他们自相残杀。说人都有喜怒哀乐忧恐惊，七情六欲，没有人说我这一辈子什么感情都不动的。说甭管多好的好吃的，我不会瞧一眼，值多少钱我也不带瞧的，那不成傻子了么？关键在于人能不能控制自己，这才是最高境界。说我爱喝酒，没关系，少喝点儿，酒要少喝，事要多知。酒色财气，人要控制住自己，能够控制住自己的欲望，我觉得这个人的修养就到位了。

离间计应该针对什么人使用？针对多疑者使用。如果掌权之人多疑，那就最容易实施离间计了。想当初刘邦跟项羽争夺天下，刘邦知道项羽倚靠何人，龙且、周殷、范增，还有大将钟离昧。刘邦驾前有个谋士叫陈平，这个人聪明已极，就跟刘邦说：“这么办，您给我四万斤金子。”刘邦一听：“你要干吗去啊？”“我要拿着这些钱到项羽营中去实施反间计，反间计成功，您就能够战败项羽。”刘邦这人好，信任陈平，给你四万斤金子。那陈平使的主意高了，最后离间计终于成功。项羽最信任谁？最信任钟离昧和范增，管范增叫亚父嘛。有一回，项羽派一个使者到陈平的营中，看看陈平到底怎么回事儿。陈平一听，计上心头，命人摆上一桌丰丰盛盛的酒宴，山中走兽云中燕，陆地牛羊海底鲜。都摆齐了，使者到了。“我奉楚霸王之命前来拜见。”陈平一听，马上命人把宴席撤了，改成一般层次的招待，而且故意告诉手下人：“我还以为是范增派人前来呢。要是范先生派人前来，那就得摆上丰盛的酒宴相待。”这使者一听，马上回去禀报楚霸王。您说项羽能不心疑吗？从此之后，项羽再也不相信范增了。所以想用离间之计，得分怎么用，到底用在谁身上。

马超多疑，要和韩遂互换防地。这一来，就给曹操实施离间之计打下了坚实的基础。曹操得报，马超和韩遂换防，一天韩遂，一天马超；一个面对我曹操，一个面对驻扎在河西的徐晃。曹操就把贾诩叫来了。“文和，你可知敌意如何？”“哈哈，正好您趁机使用离间之计呀。”曹操马上派人去打听：“明日是谁面对我？”探马回来禀报：“明天是韩遂主持军务，以对我营。”“好啊。”

第二天，曹操吃完早战饭，传令：“亮队出营。”头声炮响，曹营营门开放；二声炮响，旌旗飘摆，绣带高扬；三声炮响，齐催坐马，各抖丝缰，曹操带着手下众将涌出营外，把阵势列开。韩遂得报，赶忙传令：“点兵一万。”然后带着手下五员大将冲出大营，迎着曹操的人马列阵。双方人马把阵势列圆了。曹操回头一看，捂嘴而笑：“好啊，随我来。”大伙儿往后一撤，曹操催马走到阵前。对面韩遂的兵将一看就愣了：哟，怎么曹操亲自上阵了，他要打仗啊？看曹操头戴相貂硬翅乌纱，身披紫蟒，锦簇簇，花绒绕，蟒翻身，龙探爪，下衬海水江涯，腰横玉带，足蹬官靴，肋下连宝剑都没戴。曹操身穿官服，没顶盔没贯甲，马上也没挂着兵刃，这副打扮儿肯定不是打仗的。“嘿，你瞧，这就是曹操。”“曹丞相？我瞧瞧。”因为之前跟曹操打仗，一般都是马超带兵，韩遂的兵很少出战，所以大部分兵士没见过曹操。

今天曹操来到两军阵前，双足一扣镫，两只眼睛一射光，您就看这人的威严、气势可了不得。别瞧曹操个儿矮，按现在话说曹操是个半残，但眼睛一扫，把韩遂手下所有兵将的眼神儿都拢过来了。“嘿，瞧人家曹操……”“够个样儿啊。”“哎，个儿不高啊。”“别瞧人家个儿不高，瞧人家那神情，你瞧瞧。”好么，这可是跟曹操敌对的。大伙儿你挤我，我挤你，都想往前挤，好看得清楚点儿。“别挤，别挤……”“我我我……能不能过去合个影啊？”“你就凑合自拍一个得了，往微信群里一发。”“哎哟，我手机没电了。”“我给你。”“叭叭叭”一照，但谁也不敢过去，谁也不敢跟曹操说话。曹操一看，哈哈大笑："哎呀，西凉兵将，我就是曹操，长得也没什么稀奇古怪的，又不是四目两口。"不是两张嘴四只眼睛。"只不过足智多谋耳。"我就是主意高。

这时，曹操这匹马还往前走，曹操说话的声音西凉兵将已然听得很清楚了。"对面兵将听真，曹某有请韩将军说话。"人家曹操不是打仗来了，请韩遂说话。韩遂跟曹操认识啊，看曹操单人独骑，离他自己的兵将已然很远了，连口宝剑都没戴，马上也没挂着兵刃。你说人家点名儿跟我聊天儿，让我出去，怎么办？韩遂也是客情儿，礼尚往来嘛，赶紧甩镫离鞍下马："更换官服。"摘盔卸甲，护背旗、护心镜都脱了，摘下宝剑，换上官服，马上的兵刃一摘，韩遂拢丝缰认镫扳鞍上马，跟曹操学，马往前催，来到曹操面前，一抱拳："丞相，韩遂礼过去了。"两个人本来就认识，现在人家过来跟你聊天儿，你不能过去："曹操，我给你一枪。"这不行，是吧？（注：笑声）所以韩遂也是以礼相待。"哎呀，韩将军，当初我跟你父亲在朝中同举孝廉，我尊称你父亲为叔父，现在想来已过去多年了。""是啊。"韩遂只能搭茬儿说是啊。韩遂的父亲当初中孝廉时，确实跟曹操共过事，能说不是么？"你甭在这儿巴结我？"（注：笑声）曹操接着往下说："多日不见，不知韩将军妙龄几何？"您多大岁数了？"我四十已过。""哈哈，小我矣，老夫今年五十七岁。"意思就是我比你大十七岁，我又跟你父亲共过事，我应该是你叔儿那辈的，只不过没说出来。"韩将军，西凉风土如何？"跟韩遂聊上了，声音还挺大。虽然说旁边没有录音的，那时也没有麦克风这样的设备，但西凉兵全能听得见，听着两人聊什么吧。"丞相，当然比不了国都啊。""是啊。想当初韩将军护发，常常前去沐发，西凉可有否？"

这是什么意思呢？因为汉朝男的也留长发，作战时需要顶盔贯甲，有甲胄；平时就是拢发包巾。头发多少天一洗，在汉朝都是有规定的，工作四天休息一天，这天叫休沐日。为什么叫休沐日呢？就是这天你得好好洗洗脑袋，不然都馊了，是吧？四天上班，第五天就让你洗头发去。说沐就是洗头发吗？对，沐是洗头发，浴是洗澡，盥是洗手，都不一样。洗呢？是洗脚。所以说中国的传统文化非常深奥。

曹操知道韩遂特别爱自个儿的头发，才有此问。“唉，西凉比不了都市。”西凉跟洛阳没法儿比，西凉确实没有这样的条件。两人再往下聊。“今天早上吃的什么？”“吃的培根……还喝了一碗咖啡。”这不是我，说的是美国人啊，或者是中国有的年轻人。我不知道这培根有什么好吃的，说不上来，反正用培根炒点儿菜，还真有点儿味儿。总而言之，曹操跟韩遂聊完早晨吃什么，又聊一会儿中午吃什么，然后早上起来看没看北京电视台播出的《北京评书大会》，听没听王玥波的《神女》……（注：笑声）两人越聊越高兴。聊了多长时间？按过去说是一个时辰，现在话就是俩钟头，真能聊。

马超早就得报了，气得忿儿忿儿的：韩遂，你是我叔父，竟然跟我的杀父仇人在阵前聊上了？等一会儿聊完了我得问问他。马超就在这儿较着劲盯着。按说你等人家聊完了再往上较劲啊，不介，刚一听说就这样，问完如果不对茬儿，恨不得扇他嘴巴，就这劲头儿。所以说一个人要想改变自个儿的看法是不太容易的，就怕一条道走到黑。你往回想想，曹操为什么这么办？脑子里多根弦儿，这事儿不就解决了吗？不介，他跟我的杀父仇人在一块儿聊，俩人肯定算计我呢。越陷越深，人家的离间计就越能成功。

中国有四个字：“事缓则圆。”两口子打架也是这样，“你有小三儿”，“你还有小四儿呢”。俩人老这么琢磨，其实根本没这么档子事儿。她为什么逗你？就是为了气你。你要回过头一想——因为昨天我做的饭她不爱吃，我给我妈炖肉去了，回来给她熬了一碗白菜，她当然不愿意了——那不就没事儿了么，是不是？所以事缓则圆，就怕一条道走到黑。我怎么瞧这小子这么不地道啊，他为了治我，我怎么瞧他怎么像要治我。其实人家就是斜着眼看了一眼，这两天眼睛不太舒服，实际上根本没瞪他，可他就是觉得瞪他了。所以一个人为人处事，不能一条道走到黑。夫妻之间、父子之间、朋友之间、领导和下属之间，以及社会上各种各样的关系之间，遇上事儿都应该琢磨琢磨为什么这么做，应当以何相对，这样就和谐了。

再说曹操和韩遂。过了一会儿，两人聊完了。曹操说：“好，明日再会。”“别明日啊，我后天才来呢。”您瞧，这俩人还商量钟点儿。曹带着手下兵将回归大营，韩遂也得带兵回来呀。

韩遂刚回来，马超就进来了。“叔父。”“哎哟，贤侄你来了。”“聊什么来着？”“没聊什么呀。”韩遂能说什么，可不是没聊什么吗？“没聊什么，能聊一个时辰？”“他……确实没聊什么。”“那他聊什么了？”“他聊……我多大了，他多大了。”“那也说不了一个时辰啊？”“嗯……还有早上起来他吃的什么，我吃的什么，听书没听书。”“不对，你们没谈起交兵之事？”“交兵之事，他不说我能问吗？我起这头儿干吗呀？”“那能聊一个时辰？”“可说呢。”“好啊叔父，竟然背着我与曹操聊天儿？”“那当时我也不能派人叫你呀，你一来他就不会聊了，他就回去了。”“叔父，这次您是前来帮我报父仇，我父亲是您磕头把兄弟，您可不能忘了杀兄之恨啊。”“贤侄放心，没忘没忘，你千万别往心里去。这样，我给你出个主意。”“什么主意？您说吧。”“后天两军对垒，他不找我聊来，我找他聊去，行不行？我带着几员大将，咱们的兵打着门旗，贤侄就躲在门旗后边，只要曹操出来跟我一聊，你过去一枪把他扎死。”“真的？”“我蒙你干吗呀？我确实一点儿歹心都没有。”“那好，一言为定，我就藏在门旗之下，他一出来我就把他扎死。”“好啊。”定下来了，马超气哼哼回去了。

第二天调防，第三天又调过来了。马超来见韩遂，脸沉得难看极了。“叔父。”“贤侄来了。”“出兵。”“哎，出兵。”韩遂点齐一万大兵，五员大将保着，三声炮响，冲出大营，列开阵势。门旗之下，马超胯下马，掌中五钩神飞枪，隐藏好了，就在这儿等着。只要曹操一出来，我就把他扎死，给我爸爸报仇。韩遂派中军官前去叫战，请曹丞相阵前回话。中军官骑着马往前走，曹营兵将得拦啊。“干什么的？”“我是韩将军派来的中军官，韩将军请曹丞相出营会话。”很客气。

其实曹操早有主意了。第一天曹操跟韩遂聊完之后回到大营，立刻把贾诩找来商量。“文和，我在阵前与韩遂会话，你听明白了吗？”“我听说了。丞相，您这主意虽然好，可有一节，这主意不到家。我给您出一条妙策，准能让马超跟韩遂打起来。”“好啊，什么妙策？”“您这么办这么办……”“好。”曹操答应了。曹操是答应了,可马超也不知道,韩遂也不知道。

今天韩遂带领人马叫战,派中军官去请曹操出来会话。一会儿的工夫,曹营中也出来一名中军官。“你回去告诉韩将军,我家丞相今日偶感风寒,刚才试表三十九度六,只能后天再与韩将军会话。”“好啊,告辞了。”中军官回来一说,韩遂一扭头:“贤侄,你听见没有?”马超也没办法。所谓“背主做窃,不能定期”,说我上他们家偷东西,全定好了,“后天我那哥们儿的主人上西伯利亚,等他上机场了,你就上我那儿去。我媳妇在他们家当保姆呢,咱把他们家来个底儿掉”。没想到那天去倒是去了,可人家没走,西伯利亚有大风,不能起航。所以想进去偷,没偷成。这就叫“背主做窃,不能定期”。你倒是想跟人家聊天儿,结果人家发高烧了。没办法,马超搽着寒气儿回来了。这就是两气了,两气夹攻。

这边曹操在营中跟贾诩说:“那就按着你的计策执行。”什么计策?贾诩告诉曹操:“您给韩遂写一封书信,信上写得含糊其辞。”我都不知道这封信应该怎么给您编,《三国演义》原文没有,还真不好编,反正含糊其辞。“在重要之处您涂改抹去,让人看不明白,还得猜疑。然后您把信封好,派人给韩遂送去,这是第一个办法;第二个办法,我暗中结交韩遂手下的战将;第三个办法,您搭上浮桥开始走人,一队一队一队,假装慢慢撤兵。这条计策定然成功。您想,马超一知道您这封信到了,肯定质问韩遂,但韩遂说不出来道不出来,马超就一定认为是韩遂把您的书信涂抹了。而且您派人去给韩遂下书时,得想办法让马超知道。”“敲锣打鼓?”“那不行。您可以多派点儿人去,一块儿聊着天儿就过去了,在韩遂的营中待上半天,马超必然得报。”“好吧。”曹操提笔给韩遂写了一封信。曹操聪明,知道哪儿含糊其辞,哪儿涂抹,哪儿来个大瞎疙瘩。这封信写完,封好了。

曹操让中军官带着二十四名小校,二十五匹马,后边还有四十个兵,就为下这么一封书信。所有的人都骑着马,一支马队由打曹营出来了,来到韩遂的大营。“下书。”“哪儿的书信啊?”“曹丞相派我们来的,要把书信送给西凉太守韩将军。”“好吧,你们谁跟我进来呀?”中军官说:“我跟您进去。”其他人都在这儿等着，中军官拿着书信走进大帐，往地下一跪，书信呈上，然后告辞走了。

韩遂赶紧打开书信，心说：曹操给我写信干吗呀？明天早起吃……画了一个大瞎疙瘩，这是什么呀？后天歌舞厅、大剧院……看半天，信上含糊其辞，瞎抹一通儿。“哎哟……”韩遂着急呀，心说：曹操这是干吗呀？这时，马超进来了。“叔父，听说曹操给您下书了？”“啊……我还没看明白呢，你来瞧瞧。”马超接过书信一看：“这是怎么回事儿？您什么时候改的？”“他……刚送来，我还没改呢……嘻……”（注：笑声）这句话说漏了，您说这不生生挤兑韩遂么？“您没改，那上边这么些涂涂抹抹的？”“确实没改呀。”“那曹操写这封信到底要干吗？”“我不知道，也许是把草稿送来了。”“曹操这么精明的人，会把草稿送来吗？不可能啊。准是曹操跟您商议要害我马超，所以您才会在信上涂涂改改。”“贤侄，你算算这钟点儿，再说，我这儿也没有纸笔墨砚啊。”“哼，谁知道您藏在何处。一人藏东西，万人找不着啊。”“嘿……孟起，你可不能这么诬陷我，我确实没有歹心。”“没歹心？那这封信是怎么回事儿？”“我哪儿知道啊。”马超气坏了，拿着信，手直哆嗦：“韩叔父啊韩叔父，你跟着我前来为我父亲报仇雪恨，没想到现在竟然做出这样的事情，跟曹操勾结在一起。”“没有啊！”“韩遂！”马超可不客气了，张嘴叫韩遂了。帐中几员战将一看，赶紧站起来了。“马将军息怒，马将军息怒，您出来……这封信我们都看见了，确实刚送来，韩将军什么都没抹，没抹呢。”“哦，一会儿抹是吧？”“您先回去，千万别生气，我们这就给你们爷儿俩说和。没事儿没事儿……”马超愤恨而去，韩遂可在帐中跺了脚了。

几员战将回来一看：“您别生气了。”“我能不生气吗？他诬陷我！”这几个人，尤其杨秋、贾诩的金子已然送来了，有钱能使鬼推磨。再说杨秋他们都是韩遂手下，马超他爸爸死了，跟这些人有什么关系？八员大将死了仨，现在钱已到手，您说他们能没有想法吗？“韩将军，您瞧见刚才的气势没有？即便把曹操灭了，回到西凉，到底是您做主还是他做主？”“可说呢，是他做主是我做主啊？”“您干不过他呀。他武艺高强，本领出众，气势就压着您呢。”“那……我怎么办呢？”“您不如趁这机会归降曹丞相吧，归降之后不失功名富贵。”“可是……这样做，我对不起马腾啊。”“哎哟，您还想着对不起人家呢？他刚才就想扎您，恨不得拿枪把您捅了。他不相信啊，愣说您跟曹操勾结在一起。而且您刚才也说漏了，什么叫我还没改呢？也没有您这么说话的呀。”“那……怎么办呢？”“您还是归降吧。”这几位都拿了贾诩的金子了，众口一词，劝韩遂归降曹操。韩遂一想，也只能这样了。“好，那我就写上一封密书吧。”韩遂写了一封密书。写好之后，一抬头：“谁去下书呀？”杨秋说：“还是我去吧。”

书说简短，杨秋去了，把这封信交给曹操。曹操看完，高兴了。“你回去告诉韩遂，只要杀了马超，就封韩遂为西凉侯，你为西凉太守，其余众将尽封为侯爵。”“哎哟，谢丞相谢丞相……”“还有，你告诉韩遂，今夜让他把马超找来，然后你们布置好了，举火为号，我指挥兵将由营外杀进去，咱们里应外合，取马孟起项上人头。”“好，丞相，一言为定。”杨秋回来禀报韩遂，韩遂开始布置，就在营前营后预备好了茅草、柴禾，预备好硫磺烟硝引火之物，就等夜间放火了。然后韩遂又和手下众将商量，怎么把马超叫来。“你们谁能把马超请来？如果他不来呢？”“那您也得想办法把他找来呀，他不来咱们烧谁呀？”大伙儿你一言，我一语。杨秋说：“事不宜迟，再要耽误下去，就要出事儿了。”正在这时，就听马超在帐外高声喊嚷：“呔！老儿韩遂，你想要我马超这条性命吗？马超来也！”

您想，马超能不知道吗？营中净是马超布下的探子，近探、远探都全了。得到消息，立刻禀报马超。马超是傻子呀？就算再有勇无谋也明白了，肯定是韩遂勾结曹操要害自己。别等你先下手了，我先来来吧，先下手为强，后下手遭殃。马超来到韩遂的大帐之前就听见了，里边杨秋正说：“别耗着啦，再耗下去，出了事儿就麻烦了，谁惹得起马超啊？咱们几个加一块儿也打不过马超啊。”“是啊，那谁去呀？杨秋，你去。”“我不能再去了，我已然进曹营两回了，要是我去，马超未必会相信我。”“那你们谁去呀？”大伙儿全看韩遂。韩遂说：“我能去吗？马玩，你去。”“我我我……也不行。哎，杨秋，你主意多，还是你去。”“我不能去呀，再这么耗下去，就麻烦了……”

帐外马超听得清清楚楚，果然韩遂跟曹操勾结在一起，想要自己的性命，攥宝剑把儿，按绷簧，“嚓楞楞”，宝剑出匣。“呔！你敢害我马超吗？今天就先取你项上人头！”

# 第一八四回　曹孟德剑履上殿

古怪形容异，清高体貌疏。语倾三峡水，目视十行书。胆量魁西蜀，文章贯太虚。百家并诸子，一览更无余。

刚才这几句开场诗说的是张松。张松一出世，《三国演义》的故事就由打中原地区往西北方向移了，先往西北方向移，再往西南方向说，汉中的张鲁、西川的刘璋，故事就集中到这块儿了。为什么说后部《三国》比前部《三国》更难说呢？因为后部《三国》我说得太少了，而且很多地方没说过。实际也确实难。凡是书，后边多少都会有点儿败笔，是吧？听《水浒》，《水浒》后边有败笔；听《东汉》，《东汉》后边有败笔；听《三国》，《三国》后边也有败笔。但在败笔书的情况下，还得把它说好了，确实不容易。

上回书说到曹操用反间计抹书间韩遂，马超跟韩遂起了内讧。虽说曹操跟马超在潼关这一仗，既不如前边的官渡之战和赤壁之战，也不如后边的彝陵之战，但在描写战争场面上，是《三国演义》中最精彩的。您琢磨去吧，书中打仗一步步，如同电影的蒙太奇，画面清清楚楚地印在您脑子里：割须弃袍，夺船避箭，然后建筑冰城，抹书间韩遂……一场场历历在目，所以这一仗的战争场面描写得相当成功。您想，割须弃袍于潼关，夺船避箭于渭水，之前曹操就算再狼狈，也没有这次潼关战马超这么狼狈。后来曹操终于明白了，以勇对勇来对付马超是不行的，想战胜马超必须用智。正好贾诩出的离间计，曹操这才抹书间韩遂。历史上很多人都使离间计，离间计一般都实施在掌权者手下最亲近、最重要的人身上，按老百姓话说是左膀右臂，落到文字上就是股肱之臣。在他们身上实施成功了，就等于把他们的力量从内部撤掉了。韩遂的心一向着曹操，马超怎么办呢？所以抹书间韩遂成功了。本来曹操已然被马超打怕了，打糊涂了，现在明白了。

马超一怒之下，手拿宝剑来到韩遂的帐中，斩向韩遂。韩遂情急之下用手一搪，马超把韩遂的手砍掉了，从此韩遂就残废了。韩遂手下五员大将围困马超，马超连杀两人，再想找韩遂，韩遂踪迹皆无，已然被手下人救走了。紧接着，营中的火就起来了。因为事先杨秋已然跟曹操商量好了，曹操带领众将在韩遂大营的四面八方埋伏好了，只要营中火起，曹操的人马马上杀进韩遂的大营，这一仗就能成功。马超身处乱军之中才明白过来，指挥人马往出杀，找不着马岱，也找不着庞德了。前边许褚，胯下马，掌中双刀；后边徐晃，胯下马，掌中宣花大斧；左边夏侯渊，一口刀；右边曹洪，一口刀。四面八方都是曹操的人马，高声喊嚷："拿呀……拿马超啊……""哗……"这下儿马超可惨了。而且韩遂手下的人跟马超手下的人，西凉兵将之间还自相残杀，黑夜之中人撞人，马撞马，自相践踏。

一直杀到天光快亮了，能够看得见点儿人影了，马超看见渭河桥，马上带领手下亲兵就奔渭河桥了。马超到了桥上，压大枪往四外一看："呀……"马超的心都碎了。这时，一员战将带着一队人马，由打桥下经过。马超抬头一看，正是韩遂手下的大将李堪。李堪歪头看了一眼马超，没敢动手。马超气坏了，小肚子一撞铁铧梁，胯下这匹马往前一催，直奔李堪。"李堪，你看枪，扎！"五钩神飞枪就过去了，李堪赶紧拨马就跑。李堪在前边跑，马超在后边追。这时，由打乱军当中，后边"吧嗒"一声，马超耳音真好，身为大将，眼观六路，耳听八方，知道有人射冷箭，赶紧在马上一歪头，一侧身。也就是马超，别人就躲不了了，因为也听不见。马超一闪，"嗖"，这支箭就过去了。您看，该着谁死谁就得死。"嘭"的一下儿，这支箭就射在李堪后心之上，"噗通"一声，死尸栽落马下。李堪一死，马超回头一看，看见了，原来是曹营大将于禁暗中射出的这支冷箭。马超气坏了，拨转马头，掌中大枪，直奔于禁。于禁真机灵，带着手下兵将往过一跑，就在乱军之中消失了，于禁算活了。

马超气坏了，催马拧枪再次来到渭河桥上，重新往下一看，漫山遍野都是曹兵。再看身后自己的亲兵，还有一百多个，都骑着西凉的好马。"来呀,冲杀曹兵!”这一百多个兵都跟马超的岁数差不多,说是兵,比一般的战将不在以下。“遵令。”一百多骑兵往下一冲,“啊呀呀呀呀呀”,有的掌中刀,有的掌中枪,就在乱军之中来回冲杀。曹操的兵将一看,不光马超勇,马超手下的亲兵也勇啊。马超一看,甭管亲兵怎么冲,也冲不乱曹兵的阵势。马超急坏了,催马拧枪由桥上冲下来。这时,曹操的兵将往上一涌:“拿呀……拿马超啊……”“哗……”就把马超跟他的亲兵由当中间儿截开了。马超带着几个亲兵,来回冲杀在曹兵的阵势之中,一条大枪扎挑拨豁,枪扎一条线;横着还可以当棍使,棍扫一大片;再加上这匹马横冲直撞,“啊呀呀呀呀呀”“了不得啦……这马超太勇啦……”“哗……”

马超在乱军之中寻找,还想找曹操,可越杀手底下的兵越少,曹操指挥兵将往上冲。这时,弓箭手、弩箭手上来了,一阵梆子响,乱箭齐发。马超骑着马正打呢,突然“嘭”的一下儿,胯下这匹马中了一支弩箭,马一负痛,一尥蹶子,“噗通”一声,马躺下了,把马超摔下来了,盔铠甲胄声音直响,大枪也撒手了。马超吓坏了,抬头一看,马已然流鲜血了。马超心里难受,伸手刚一捡枪,曹兵高喊:“拿呀……捉马超啊……”“哗……”许褚、曹洪、徐晃、夏侯渊一拥而上,曹兵也是一层一层往上围,一层一层往上裹,不亚如七层刽子手,八面虎狼军,就把马超团团围住,马超急坏了。这时,就听西北方向有人高声喊嚷:“尔等闪开了!”杀得曹操的兵将波开浪裂,杀出一条人胡同来。前边庞德,胯下马,掌中截头刀;后边马岱,胯下马,掌中刀。两个人一前一后,带着兵赶紧来到马超面前。马岱机灵,看旁边一员曹将骑着一匹马,催马举刀过去,“噗”的一声,“您这脑袋下去吧,我要你的马”(注:笑声)。您说这位多冤,有这么打仗的吗?这员战将尸身坠地,然后马岱把这匹马拉过来了。这时,庞德已然下马了,把马超扶起来。“将军请上马。”马岱牵着马也到了。

马超拢丝缰认镫扳鞍上马,他在正中,前边庞德,后边马岱,带着残兵败将。“杀呀……”好容易杀出重围,后边曹操的兵将加上韩遂的兵将就追。曹操传令:“不吃不喝,不分昼夜,务必追上马儿。有取得马儿首级者,赏千斤黄金,封万户侯;有生擒马儿者,封大将军。”曹操对马超势在必得。

命令往下一传，二十四个传令兵骑着马，手举令字旗，在乱军之中高声喊嚷。声音传到马超耳朵里，马超心说：曹操这是把我恨苦啦。也就是仗着马超马术高超，再加上庞德、马岱，但越跑人越少，归降和死的兵将越来越多。马超回头再看，就剩下三十多个兵了。几十万人马由西凉杀到中原，节节胜利，今天一仗中了反间计，最后就剩下三十余骑，您说这计策厉害不厉害？马超就是一条道走到黑，关键因为什么？疑心。他本来就不放心韩遂，才会跟韩遂每天调防，曹操趁机实施反间计。马超一败涂地，带着庞德、马岱，还有三十多名亲兵，一直逃到临洮，也就是陇西。

再说曹操，得报之后过了足足一个时辰，这才定下心来："擂鼓升帐。"众将一看，丞相确实让马超吓坏了。众将盔明甲亮，众星捧月来到中军大帐，参见已毕，分为左右，排班站立。曹操手扶帅案，看了看手下众将："此战大胜，皆赖众公之力也。"这句话曹操说对了。如果没有大伙儿，曹操没法儿打这仗。有人就问曹操："丞相，当初为什么一看马超增兵，您就高兴？让您打马超，您说不打，坚守不战，免战高悬。后来您想扎营却扎不下营，您说日后必有灭马超之策。那会儿您是怎么想的？"曹操一乐："嘿嘿，到现在你们明白了吧？马超增兵，孤之所以高兴，是因为可一网打尽也。而我久不战马超，是我思得计策。"曹操不知道什么叫寒碜。如果没有梦梅居士娄子伯献计，利用天寒地冻建起一座冰城；如果没有贾诩献离间计，抹书间韩遂，曹操根本没法儿成功。所以"皆赖众公之力也"——全靠大家捧着我，这一仗打赢了——只有这句是人话。

书不说废话，曹操开始安顿后事，曹操现在扎营升帐的地方是安定。曹操马上召见韩遂，说话算话，封韩遂为西凉侯；封杨秋、侯选为列侯；让他们指挥人马镇守渭口，以挡马超，这是头一站。然后曹操带兵将回归长安，让杨阜镇守凉州，又任命韦康为凉州刺史，以挡马超，这是两路人马挡马超了。最后曹操派夏侯渊镇守长安，夏侯渊又向曹操保举冯翊高陵人张继，曹操封张继为京兆尹，帮夏侯渊镇守长安。事情都安顿好了，曹操带领大队人马拔营起寨，回归许都。您看，说书就是这样好，行快就慢，行慢就快；有书则长，无书则短。它这儿没书，瞎墨迹什么呀？而今都讲究效率，要求速度，什么都在飞跃发展，就你坐这儿墨迹墨，墨迹墨……下回人家就不来了。

曹操回许都，场面大了，汉献帝满朝銮驾出郭迎接。您想，当今天子出许昌城迎接曹操，这什么派头儿？曹操在马上一晃身形，这就是曹操挟天子以令诸侯，但曹操这人聪明，不篡位。刘协迎接曹操回来，升座金殿，传旨召见，曹操来到金殿之上。以前都是司仪官高声喊嚷："大将军曹操。"曹操马上跪倒在地："叩见吾皇万岁万万岁。"这是对的。但这一回司仪官高声喊嚷："大将军曹操。"曹操迈大步走到龙廷，一抱拳："曹某参见万岁。"然后一躬身儿。刘协汗都下来了：为臣者不跪。但汉献帝敢说话吗？用手一拍龙书案："哇！胆大的曹操！把他推出去，杀！"一会儿他的脑袋就该掉了。曹操此时狂妄已极。刘协含着眼泪，心说：你稍微再等一等，今天再跪一回还不成吗？其实早有人给刘协出主意了，今天他就打算封曹操。谁给汉献帝出主意？您仔细研究《三国》，曹操手下最大的谋士荀彧官拜侍中，侍中就可以来回出入宫廷，可以靠近当今万岁，可以给汉献帝出主意。曹操手下好多近臣都在刘协身旁左右，一是为了监视他，二是可以从中斡旋出主意。刘协今天传旨，眼泪都快下来了："从……今天开始，你上殿可以赞拜不名，入朝不趋，剑履上殿，仿汉萧何之故事。""臣遵旨，谢万岁。"嗬，曹操马上一抬头，扫了一下儿金殿上的文武群臣，"傲睨得志"，这是《三国演义》原文。骄傲的傲，睨就是斜着眼儿看人，得志就是我的志愿达到了。四个字加一块儿，我所有的理想都达到了，谁都看不起了，目空一切。

您看，说赞拜不名，过去古人都是有字有号，比如姓曹名操字孟德，谁能管他叫曹操？皇上、父母、叔叔大爷，张嘴可以叫他曹操。平辈同僚中人，则是一抱拳："哟，孟德，你好啊。"如果上殿面君，有个司仪官跟那儿唱。好比说刘备要入朝见驾了，司仪官高声喊嚷："汉左将军宜城亭侯领豫州牧刘备。"刘备赶紧跪倒在地："吾皇万岁万万岁。"这叫赞拜名。汉献帝现在封曹操赞拜不名，就是曹操一上殿，司仪官高声喊嚷："大将军武平侯。"曹操说："吾皇万岁万万岁。"司仪官不说曹操这俩字儿了，这叫赞拜不名。说入朝不趋，文武大臣上殿看见皇上了，“欻欻欻”，紧走几步，这叫趋步。曹操看见皇上了，可以不紧走几步，但也不能说大摇大摆挺傲慢的，像董卓似的，腆着大肚子就上来了：“我说刘协。”这就变成佞臣了，就该杀了。入朝不趋，就是说曹操上殿之后不用走小碎步。您看，甭说曹操，也甭说其他文武大臣，就算现在见着长辈，比如父母领着孩子去看爷爷奶奶，爷爷奶奶高兴，站起来了，大孙子“欻欻欻”走进来了：“奶奶好，爷爷好，我看您来了。”趋步，就是小碎步快走，一般都是这样，是吧？除非那种不孝儿孙，大摇大摆一进门：“我来啦，今天吃什么呀？”往那儿一坐，一翘二郎腿。这不像话。所以走小碎步，这是对长辈的尊敬，对掌权者的尊敬。再说剑履上殿，过去官员上朝，不准穿鞋，必须把鞋脱了，身份高的可以使包脚布裹着脚，身份低的只能光着脚。您说上殿见皇上，这股子味儿也够难闻的。可在那时候就是这规矩。过去佩剑上殿等于要刺王杀驾，但曹操可以佩剑上殿。

那么，这几样特权是由谁开始的？汉高祖手下的酂侯萧何。您听梁彦说过《西汉演义》。刘邦跟项羽两路伐秦，先到咸阳者为主，后到咸阳者称臣。大家都认为项羽胯下乌骓马，掌中八宝鼍龙阴风枪，能耐天下第一，准能先到咸阳。没想到刘邦兵不血刃，比项羽先到的咸阳。然后刘邦听萧何之言，跟老百姓约法三章——杀人者偿命，伤人者治罪，盗窃者治罪——安定民心。再后来五年破楚，刘邦消灭了项羽之后，手下这些文臣武将争官争权，都认为自己功劳最大。就为了给大伙儿摆平，折腾了一年多这官儿都没封下来，刘邦气坏了。

这天，刘邦脸往下一沉：“命文武前来见我。”大家都来了，跪倒见驾，然后往两旁一分。“您得封我，我功劳最大。”“您得封他，他功劳也大。”大伙儿就嚷。刘邦实在没办法了，一拍龙书案：“众位，你们见过打猎的吗？”“诸君知猎乎”，这是《史记》原文。刘邦突然问了这么一句，大伙儿得回答呀：“啊，瞧见过。”“瞧见过就好，我给你们讲讲。说猎狗发现猎物了，见那儿有只兔子，马上扑奔猎物，把兔子逮着了，这只猎狗有功没功啊？”“捕到猎物，当然有功啊，跟打仗一样啊。”您瞧，还有人往刘邦嘴里送。（注：笑声）“好，猎狗捉住猎物有功，那你们……”说着话，刘邦一指群臣：“今天收复一个城市，明天消灭了项羽，一仗一仗成功了，你们的功劳就等同于猎狗的功劳。”大伙儿一听：敢情我们是功狗啊？“万岁，您不能骂我们啊。”“我不是骂你们。你们身为战将，就应该打仗，如同猎狗出去打猎一样，它就应该捕获猎物。那么谁能发现猎物，谁能指挥猎狗去捕捉猎物？那是萧何，萧何在指挥你们打仗。所以要说的话，萧何功劳最大。”大伙儿一听：“得了，我们都成功狗了，您说谁功劳最大，谁功劳就最大吧。”刘邦封萧何为酂侯，食邑万户。食邑就是给的封地，一万户人家种地纳粮的税都交给萧何。大伙儿都没话说了。

过了些日子，大伙儿商量，入朝面君也不能跟一窝狗似的全上来呀，得排队，谁第一、谁第二、谁第三、谁第四呀？大伙儿琢磨来琢磨去，得拿曹参顶萧何。商量好之后，大伙儿都来面君。刘邦就问：“你们商量好没有，谁头一个上朝面君，怎么排队？”大伙儿跪在地下，派了一个代表回答：“曹参，曹参功劳最大。”“哦，曹参有何功劳？”“哎哟，万岁您忘啦？曹参能下七十多城，身上受了七十多处伤，没有曹参行吗？曹参功居第一。所以入朝面君，排在最前边的应该是曹参。”这下儿可把刘邦难住了。刘邦看了看手下人，一领眼神，可有会说话的。有个大臣叫鄂千秋，挺身而出：“万岁，以臣之见，曹参只是一事之功。”就这件事他有功。“他比不了萧何，萧何有万世之功。”刘邦心说：这位会说话。“何为万世之功？”“万岁您想，当初您指挥人马灭强秦、破西楚，打仗时常有逃兵，今天兵不够用的，明天兵差点儿。但只要您一说话，萧何马上就调来兵将，绝不能让您缺兵少将。人马未动，粮草先行。只要您一说粮食不够了，萧何马上就调配粮食，使得军中从不缺粮。再说了，打了八年的仗，全凭萧何固守关中，不然何处给您运粮，何处给您调兵？所以说没有萧何，就没有大汉天下，萧何立下万世之功。曹参虽有一事之功，又怎能跟相国的万世之功相比呢？头一个入朝面君的应是酂侯。”刘邦一听，乐了：“众位，你们听见了吗？”大伙儿一听：上回我们就落一个功狗，这回再落一个母狗？（注：笑声）得了，人家鄂千秋说得也确实是这么个道理。大伙儿心服口服，跪倒在地：“酂侯应当头一个入朝面君。”“既然如此，今天就封萧何赞拜不名，入朝不趋，剑履上殿。”

您看，过去不敢这么说，但现在能把这事儿说明白了，就是曹操的人已然把刘协教育好了，让刘协仿萧何故事，封曹操赞拜不名，入朝不趋，剑履上殿。这下儿曹操傲视群雄，权力可就大了。曹操谢恩，汉献帝二次赏赐国宴，众文武享用完之后退下朝去，刘协回到宫中对着伏皇后哭诉不提。

转过年来，建安十七年春天，曹操就不入朝面君了，在相府省厅办公，文武官员都上这儿来面见曹操。曹操得志，每天往省厅中一坐，傲睨得志，老是斜着眼，大伙儿看着他都害怕。这天，曹操的脸上有点儿笑模样，嘴撇得稍微小点儿。有主簿往里回禀，然后有人禀报曹操："丞相，现有西川益州牧刘璋手下别驾张松求见。""哦?！刘璋已多年不贡，今派别驾前来，他姓字名谁？”“姓张名松。”“好，命他报名而进。”时间不大，张松报名而进。“张松告进，张松告进啊。”张松声若铜钟，面带气愤，心说：我是西川派来的使者，你该下个请字，现在让我报名而进，那我就报名而进。“噌噌噌”，张松进来了。“张松奉主公之谕，前来拜见丞相。”曹操低头一看：怎么看不见啊？“免礼，抬起头来。”“谢丞相。”“噌”，这位站起来了，曹操吓一跳。您看《三国演义》，张松是长得最丑的一个。先说身高，不满五尺，就是不到一米一五。再说模样，曹操一看：乖乖，你怎能长成这模样啊？爹妈怎么生的你呀？张松长得额镬头尖，鼻偃齿露。说额镬头尖，什么叫镬？镐头您见过，这是把儿，上宽下窄，这儿一个凹沟儿。拿镐头干农活儿，这沟儿冲着咱们。张松长得新鲜，沟儿冲外。额头非常宽，脑袋是尖的，跟镐头似的，要是沟儿冲里，看着也好看点儿，他冲外。您琢磨，要冲里，古人都戴帽子，拢发包巾，也就看不出什么了，可他偏偏冲外。我给您举个例子，人往这儿一站，拿拳头照脑门儿中间儿就一下儿，打瘪了，就是这意思。再说鼻偃齿露，鼻偃就是塌鼻子翻鼻孔，齿露就是牙往外龇着。您说这张脸长成这样，可怎么看啊？而且这人还有点儿鸡胸，有点儿驼背。张松的驼背可不是先天的，是他老念书老看书造成的。别瞧张松长得丑陋，才学可不浅，目视十行书，语倾三峡水，又聪明又能说。张松在刘璋手下官拜别驾，也就是说刘璋出游，刘璋车旁边头一辆车上坐的就是张松。

张松上曹操这儿干吗来了？曹操打败了马超，马超跑到了临洮，汉中张鲁就得报了。据说张鲁是留侯张良，就是汉三杰之一张良的十世孙，但还有待考察。张鲁的祖父兴五斗米教，然后传给他父亲，他父亲又传给他，张鲁坐镇汉中三十年。现在听说马超打了败仗，他也吓坏了：马超已败，曹操很可能就该打汉中了。张鲁马上聚文武议事，跟大家商量："我早就想称王，干脆借这机会我自称汉宁王。"手下功曹阎圃说："现在您要称王，就招来祸事了。""那你说我应该怎么办啊？""咱们汉中人口太少，您不如借此机会进兵西川。刘璋暗弱，您战败刘璋，益州归您所有，然后再称王不迟。"实际阎圃就是反对张鲁称王。阎圃一说，张鲁动心了，因为张鲁跟刘璋有仇，张鲁的母亲和弟弟都被刘璋所杀。当然，您要听这段历史，那就长了。刘璋的父亲刘焉，当初在汉灵帝驾前自告奋勇来到益州，当了益州牧。他死后，益州天下传给刘璋，大伙儿都保着刘璋，刘璋借机就把张鲁的母亲和弟弟杀了。所以刘璋跟张鲁有世仇。张鲁一听，很高兴，命他兄弟张卫调齐人马，准备进兵西川。张卫得令，马上开始准备。人马未动，粮草先行，调兵调将，准备兵发西川。

消息传到益州，刘璋吓得直哆嗦，马上聚文武议事。说刘璋暗弱，这个人确实没本事。"众位，马超新败，张鲁要称王，现在他调兵要打西川，这怎么办啊？"大伙儿你看看我，我看看你，面面相觑，没人说话。这时，张松挺身而出："主公，区区小事不足为虑。凭我三寸不烂之舌、两行伶牙俐齿，我可以说得张鲁不敢正视我西川。"您说张松多费嗓子，他声若铜钟，我这嗓子就算不错了，可也到不了铜钟那份儿上，张松说话"当儿当儿"响。刘璋都不用看，听声音就知道是张松。"张别驾，你有什么好办法吗？""主公，我有办法。您想，曹操灭吕布，灭袁术，灭袁绍，北镇乌桓，而今又战败马超，他就盯着张鲁呢，所以张鲁才想打咱们。没关系，您预备好大批金银财宝，大批蜀锦，我带人遘奔许都面见曹丞相。就凭我这张嘴，说动曹丞相进兵汉中灭张鲁，张鲁一害怕，自顾不暇，还敢来攻打西川吗？”“好，那就照计而行。需要预备多少礼物，你写个单子。”张松拿起笔来就写，刘璋赶紧按单子预备，金银财宝，翡翠、猫儿眼，四川的蜀锦最好，凡是值钱的东西都预备，预备扯了，装了好几十辆大车，派兵保着，命张松为使，遘奔许昌面见曹操。这叫什么？进贡。

张松回到家中，准备好行囊，暗中把西川地理图本往怀中一揣。好家伙，这可值钱。您听隆中对划分天下大势，诸葛亮让童儿拿出一张地图，就是西川地图，诸葛亮手指着告诉刘备：“将军欲成霸业，北让曹操占天时，南让孙权占地利，将军可占人和，先取荆州为家，后取西川建基业，鼎足之势成，然后可图中原也。”但诸葛亮这张地图就是草图而已。人家张松怀里的地图可值钱，叫西川地理图本，可不是一张纸。您想，张松是别驾，刨去刘璋就是他权力大了，甭管刘璋上哪儿，头一个就得带着他，大小事务都得由张松处理。这张地图上哪儿有关隘，布防多少兵，粮仓在何处，地理位置什么样……整个儿一张军事地理图。要不怎么说曹操就因为傲睨得志，导致没能看到这张图，他老斜着眼睛看啊，要是死盯着张松，就能看见这张图了。所以人这一辈子甭管到什么时候，您记住我的话，就是不能狂。人一旦骄傲，就会失去很多东西，低调谦虚是做人的本分。

一切准备好了，张松带着大队出发。书说简短，到了许都。张松要是住在公家馆驿，麻烦就多了，他得见地方官员，地方官员来看他，耽误正事儿。所以张松挑了一个不大不小的，够自己这帮人住的客店，把这个店包了。实际这个店住进来张松一行人后，也就住不了什么人了，而且店主东看张松有钱，又是从西川来的官员，很痛快就让他们住下了。结果张松白天刚住下来，晚上就来了一位。“您这儿还有空房吗？”“哎哟，没有了，就旁边还有一间草房。”“那我也住。”“听您口音，是荆州人吧？”“是啊，我是荆州人。我刚才看见有个官儿在您这儿住，官员不会太闹得慌，清静，我就上您这儿来了。”这位是谁？诸葛亮派来的。张松由西川一动身，微信就给诸葛亮发过去了，还给张松照了一张照片，宽脑门儿，大奔儿头，塌鼻子，龇着牙，咧着嘴，头戴乌纱帽，身穿蓝袍，腰横玉带，足蹬官靴，身高一米一儿。（注：笑声）诸葛亮得报，立刻派人进许都打探消息。要不然怎么叫诸葛亮呢，那才亮呢。

张松想办法面见曹操，头一天去人家不理，您别以为光曹操傲睨得志，手下这些看门儿的也傲睨得志。张松把名帖往上一递，名帖就是那会儿的名片。看门儿的一看，“啪”，往地下一扔。“干吗的呀？”“我是西川益州牧刘璋手下，别驾从事官……”“别嚷别嚷……”“我叫张松。”“别嚷别嚷……”“求见曹丞相。”“丞相没工夫。”把张松撅回去了。第二天，张松心想：我知道你要钱。没办法，又来到相府门口，把名帖往上一递。看门儿的拿过来一看，名帖底下有张支票。“嗯，找谁呀？干吗呀？”“求见曹丞相。”“里边有不少人呢。”“啊……”“先回去吧。”已然明明白白告诉你了，您这一张不够分的。张松回来了。第三天又去了，名帖底下搁着三张支票。“等着吧，明儿就给你禀报丞相，我得先告诉里边，让里边的人去给你禀报。”

就这样，经过三天，到第四天张松才见着曹操。曹操一看名帖，命张松报名而进，张松气坏了。那张松可了不得，别瞧个儿矮，长得寒碜，西川谁敢小瞧他呀？只不过低头瞧他，可不敢小瞧他。（注：笑声）今天可好，好歹我也是刘璋派来的使者，你怎能让我报名而进呢？所以赌着气，张松就进来了。“张松叩见丞相。”“起身，抬起头来。你就是西川别驾，贵姓高名？”“姓张名松。”“我来问你，刘璋为何多年不贡？”作为西川之主，你刘璋为什么多年不往朝中进贡？张松本来心里就不痛快，听这话一抬头，一瞧曹操的眼光：哼，你斜着眼儿看人，那我也斜着眼儿看你。“西川道路崎岖……”张松心说：你要是不信，就多活。到唐朝李白说过：“蜀道难，难于上青天。”“蜀道崎岖，盗贼窃发，如同蚁聚，谁能来得了啊。”“哼，我已然一统中原，天下太平，哪儿来的盗贼？”张松一听：既然你这样对我，那我再顶你两句。“没有盗贼？南边有孙权，北边有张鲁，还有刘备坐镇荆州。甭管他们谁，手下都得有数十万大兵，哪儿能说没有盗贼呀？”大伙儿一看：嘿，这小矬子跟丞相面前都敢顶啊？曹操一听，气坏了：我正然志得意满之时，居然出来这么个小矬子顶我？曹操一生气，一甩袍袖，站起身形，进去了，大伙儿一个敞笑儿。

荀彧过来了。“你是西川使者，怎能冲撞丞相呢？”“你是谁呀？”“我在这儿呢。”“我不看你，你是谁呀？”“荀彧荀文若。”“嘿嘿，谄佞之人，我们川中没有谄佞之人。”你给曹操拍马屁，我们西川没有马屁精。荀彧刚要说话，就听台阶下有人说话，从台阶下走上一位来。“西川没有谄佞之人，难道说中原就有谄佞之人吗？”张松往下一看，眼睛一亮。此人是谁？姓杨名修字德祖。引出一段热闹书目，张永年反难杨德祖。谢谢众位，下回再说。

# 第一八五回　张永年反难杨修

聪明杨德祖，世代继簪缨。笔下龙蛇走，胸中锦帛成。开谈惊四座，捷对冠群英。身死因才误，非关欲退兵。

刚才这几句开场诗说的是杨修。关于杨修，您别瞧篇幅不多，活的也不大，四十四岁就死了，但不管您听不听《三国》，看不看《三国》，了解不了解《三国》，都知道这个人。杨修因聪明成名，又聪明反被聪明误。您听尚长荣、言兴朋老师唱的京剧《曹操与杨修》，杨修怎么死的交代得很清楚，对于杨修的刻画也特别好。

今天得说杨修出场了。提起杨修，您都知道他父亲是太尉杨彪。杨家跟袁家可以划等号，袁绍家四世三公，杨彪家也一样。杨彪的祖上杨喜在汉高祖驾前称臣，保刘邦创下大汉朝天下，后来被封为赤泉侯。由杨彪往上数，杨彪的父亲杨赐、杨彪的爷爷杨秉、杨彪的祖宗杨震，四辈子在朝中位列三公之职。杨彪之子杨修从小就聪明，可以说聪明绝顶。夏侯惇说过，杨修深知魏王之心机，他特别了解曹操在想什么，琢磨什么，想用什么计策，下一步应该怎么办。所有曹操顾虑的事儿，杨修心中都有一本账。但夏侯惇这句话，我认为不尽然。曹操对待杨修先忌之，忌讳的忌，不太喜欢他；然后恶之，就是很讨厌他；最后杀之，那存在心里就不是一天两天了。所以杨修并不知道，如果知道曹操早晚要杀他，像他这么聪明的人，早就会想办法了。

杨修为什么会死在曹操之手？很简单，恃才自傲。我常跟老伴儿研究这事儿，这人太聪明，太傲，绝没有好结果。这儿正开董事会，董事们还没发完言呢，您是在旁边负责沏茶倒水的，来一句："我看这事儿应该这么办……""推出去，砍！"（注：笑声）所以说功高不能盖主，才高也不能盖主。

杨修虽然聪明，但聪明反被聪明误。

上回书正说到张松来到许昌面见曹操。张松干吗来了？卖主求荣。您听京剧，张松是老生，其实应该是丑，就因为他卖主求荣。张松怀里带着西川地理图本，想着面见曹操，就把四川献上了，可赶上曹操正狂呢。所以人不能太骄傲，不然早晚得倒霉。曹操一骄傲，再加上张松其貌不扬，曹操根本看不上张松，这一来话不投机，张松顶撞曹操两回，曹操气坏了，一甩袍袖，走了，把张松干这儿了。荀彧走上前来劝他几句："您干吗来了，为什么这么冲撞丞相？"张松气坏了，一抬头："哼，我们川中没有谄佞之人。"这时，台阶底下有人说话："你们川中没有谄佞之人，难道说我们许都就有谄佞之辈吗？"张松听到这儿，就是一愣，抬头一看，走上一个人来。张松一看这位，就把自己一瘸一拐给忘了，大伙儿之前也没看出来，因为张松面见曹操时是挺着走的，其实张松是一瘸一拐的。张松一瘸一拐往前走了几步，直奔说话这人来了。大伙儿一看：敢情这位不光长得寒碜，走道还不利落。张松一看，这人身高在八尺开外，跟诸葛亮个头儿差不多，是个细高挑儿。别看是细高挑儿，长得不寒碜，不是跟一根棍儿似的，体态潇洒。面白如玉，两道细眉，眉毛特别细，一双长目，眼睛特别长。在《三国演义》长眼睛的人中，这个人排第二，第一是刘备，二目自顾其耳，是吧？细眉长目，高鼻梁，四字口，光嘴巴儿没有胡须，年纪轻轻，大耳相称，眉宇之间一派英风叠抱。头戴蓝色方巾，身穿蓝袍，腰系丝绦，白袜云鞋。张松一看就知道这个人不好惹。他干吗来了？犯矫情来了，要来跟我聊聊，跟我辩辩。

张松一瘸一拐，迈步下台阶，一抱拳："请问贵姓高名？""在下姓杨名修字德祖。""啊呀……"张松一听，原来是杨德祖，中原才子。"杨先生。""张先生，请到书房一坐呀？""好啊。"张松心说：现在杨修给我个台阶儿，我跟他走，到底听听他能说什么。杨修是相府主簿，就是总的书记官秘书。曹操的秘书不是一个两个，这些秘书都归杨修管。曹操的地丁钱粮、军政要务，都归杨修管，因为他脑子太好使了，太聪明了。张松知不知道杨修？知道。那杨修知不知道张松？也知道。建安十三年张松在刘璋手下官拜别驾，现在是建安十八年，张松已然当了五年别驾了。“请。”张松一瘸一点跟着杨修下台阶，迈步往前走，穿过跨院，直接来到杨修的书房。“张先生，请。”“请。”

两个人进了书房，分宾主落座。也就是席地而坐，当中有个小桌子，有人献茶，两个人喝茶聊天儿，离得很近。“蜀道崎岖，张先生远来辛苦啊。”这就是句闲话，远道而来，挺辛苦，很正常的一句话。张松一听，一抬头：“奉主之命，虽赴汤蹈火，不敢辞也。”这话戗着就出来了。奉我家主公刘璋之命，我不能推辞，主公让我干什么我就得干什么。杨修心说：我碰见一刺儿头。我好心好意道个辛苦，他非说万死不辞，为主公卖命。“好啊好啊……”其实杨修根本看不起张松。因为身在帝都，而且现在执掌朝廷大权的人是曹操，自己在相府身为主簿，曹操把地丁钱粮、军政要务都交给自己掌管，所以虽然没在朝中当官，但杨修的心比当官的还要狂傲。他看不起四川人，就问张松：“蜀中风土如何呀？”张松心说：你看不起我们蜀中？好嘞，我就给你夸夸我们四川。“杨先生，蜀为西郡，古号益州。路有锦江之险，地连剑阁之雄。回还二百八程，纵横三万余里。鸡鸣犬吠相闻，市井闾阎不断。田肥地茂，岁无水旱之忧；国富民丰，时有管弦之乐。所产之物，阜如山积。天下莫可及也！”几句话就把杨修怼回来了。

您看，张松回答的的确是实话。自古以来，四川就是富庶的。过去四川的米运不出来，有时都用米喂猪。现在四川的交通好了，方便多了，您坐火车或者飞机到了成都，看成都人非常休闲。成都人跟北京人不一样，跟重庆人也不一样，不争不抢不夺；早上起来喝早茶，聊大天儿；工作之余，在巷子里摆上麻将桌；下午大伙儿喝个下午茶……过得非常清闲。“蜀为西郡，古号益州”，四川是西边的边防重地，古时候叫益州。“路有锦江之险，地连剑阁之雄”，长江的支流是岷江，岷江下来是两道，正好由成都过去，一条叫府河，一条叫南河，加一块儿叫府南河，就是锦江，非常险要，是天然屏障；剑阁您都知道，在四川西北部，地处三省交汇处，非常险要，一将把守，万将难攻。您再不知道剑阁，听过《剑阁闻铃》吧？“马嵬坡下草青青……”唱的就是剑阁，这里是兵家必争之地。“回还二百八程，纵横三万余里”，程就是里程，就是说横着一个单程的跨度要走二百八十天。那也分谁走，关云长走就快了，张飞走更快，是吧？可能张松走啊，二百八十天都不止，得走五百六十天，比人家慢一半儿。（注：笑声）三万余里就是四川的周长，相当大的一个地方。“鸡鸣犬吠相闻”，就是家家住得特别近，这边鸡叫唤，那边鸡也叫唤；这边狗叫唤，那边狗也叫唤，都听得见。“市井闾阎不断”，二十五户为一闾，阎就是巷里内外的门，就说明四川人口密度非常大，人口稠密。

那人口稠密是不是好事儿？是好事儿。为什么好多外国人都上中国挣钱来？中国人多呀。一人吃一根冰棍，中国人得吃多少冰棍？美国人老说：“你们中国没有我们美国好，我们美国管理得好。”2002 年我上美国，跟他们抬杠，我说：“你们的地盘儿跟我们的地盘儿差不多，但我们有十好几亿人，你们才两亿人。咱们掉一个儿试试，你们非垮台不可，你们根本管理不了我们这么些人，张嘴就得吃饭，起来就得穿衣裳，还得有工作，你们办得到吗？”所以世界上最伟大的国家是哪儿？中国。（注：热烈的掌声）

“田肥地茂，岁无水旱之忧”，四川土地肥沃，说今天水灾，明天旱灾，没有。“国富民丰，时有管弦之乐”，四川人民富裕，有文化生活，不然就太枯燥了。“所产之物，阜如山积。天下莫可及也”，四川出产的东西堆积如山，你们许都，还有别的地方，根本比不了。张松说得确实是实话，愣把杨修噎回去了。要是按两个字说，就是地灵。杨修一问，张松一答，“人杰地灵”四个字，四川先把地灵占上了。

四川确实了不起，有工夫您应该到四川看看去。重庆没列为直辖市以前，我到重庆去过两趟。说北京人多，重庆比北京人还多，那早市吵得你根本睡不着觉。我特别喜欢吃四川的麻辣鱼，太好吃了，吃得嘴都不知道怎么回事儿了，还想吃。后来在北京吃麻辣鱼，根本不是人家那味儿，因为四川麻椒特别好。那次是煤矿文工团演出，到綦江边上，现打出来的鱼，剁吧剁吧，拿四川麻椒一做，甭提多好吃了。后来回来的时候本来不经过这儿，四川煤炭厅厅长跟司机说：“走綦江。”司机挺纳闷儿：“上綦江干吗呀？”“连老师爱吃那儿的麻辣鱼，咱们走那儿再吃一回。”就这么着，来回来去吃了两回綦江麻辣鱼，确实太好吃了。四川吃得非常好，但也有不好的地方。我去华蓥山，住的旅馆就是矿上的宾馆，我拿起被卧一拧，往出出水儿，您说这觉怎么睡呀？“华蓥山，巍峨耸立万丈多。嘉陵江水，滚滚波浪似开锅……”我就不知道双枪老太婆跟江姐她们是怎么过的，地势那么高，还那么潮湿。可能就因为这个，四川人爱吃辣的吧。

张松这一说，杨修心想：那我就再问问你人物吧。现在所有杰出的人物都集中在许都，你们那儿有什么？就你这模样，这么矮的个儿，走道儿一点一瘸，前边鸡胸后边龟背，都能当别驾，你说你们四川还能有什么人呢？我寒碜寒碜他。“张先生，请问蜀中人物如何？”张松心说：刚问完地灵，又来问人杰？这回我还得驳你。“杨先生，我们西蜀之地，不但地灵，而且遍出豪杰。文有相如之赋，武有伏波之才，医有仲景之能，卜有君平之隐。九流三教，出乎其类，拔乎其萃者，不可胜记，岂能尽数？”

张松是不是自夸呢？不是，蜀中确实出人物。“文有相如之赋”，咱们都知道司马相如，大词赋家，后来跟卓文君私奔了，是吧？“武有伏波之才”，伏波将军有好几位，最有名的就是《东汉演义》里的马援马振远，马超的祖上。马超胯下马，掌中枪，枪法就是祖传的马家枪。马援熟读兵书，深知兵法，能用兵，会打仗，金台拜帅，指挥汉兵汉将灭王莽恢复汉室天下，后来被刘秀封为伏波将军，名扬天下，四海皆知。提起伏波之才，并不是说蜀中有一堆伏波将军，而且马援也不是四川人，是陕西扶风茂陵人。那张松所说是不是牵强附会？不是，他的意思是说四川人才济济，有很多具有像伏波将军马援一样才能的人。“医有仲景之能，卜有君平之隐”，张仲景是中国的大医学家，他是河南人；君平说的是严君平，严君平是卜者，卜筮之人，他确实是四川人。所以张松说的这四个人，一头一尾是四川人，当中的两个人不是。张松并非牵强附会，而是说明四川确实人才济济，三教九流，出类拔萃者太多了，车载斗量，能挨着个儿数吗？

张松把四川的人杰地灵头头是道地说出来，把杨修难住了。杨修双眉紧皱：“啊……既然如此，如君等之人，刘季玉手下还有多少啊？”像你这种才能的人，刘璋手下有多少？张松心说：就一个，全世界就一个，没我长得这么寒碜的了。您别瞧张松有一肚子才学，从不服输，但这个人有自卑感，知道自个儿太寒碜了，个儿太矮了。您说这也没前途啊，再长点儿个儿，顶多也就是续水去，对不对呀？（注：砸挂，指书馆伙计刘斌。全场大笑）张松一乐："文武全才、德才兼备者，有的是；忠义慷慨之士，数不完。像我这样的人，车载斗量，不可胜记。""车载斗量，一车一车拉？""啊。""那是白薯。"（注：笑声）杨修心说：别瞧他岁数不大，长这么寒碜，这脑瓜儿真够灵的，我得想办法难为难为他。"好啊，像您这样的不可胜数。那请问公官居何职啊？"这句话杨修把自个儿掉里头了。你在问他之前，怎么就不想想自个儿是干什么的，这不是找红脸吗？你杨修是相府主簿，是相府之吏。官是官，吏是吏，自古以来，中国的官吏分得非常清楚。张松胸脯一挺："官居别驾，不过滥竽充数而已。那公在朝中官居何职啊？""哎呀，惭愧惭愧。""惭愧？但说无妨。""在相府身为主簿。""哎哟，不对呀，杨先生家乃世代簪缨，四世三公，应该在天子面前一站，辅佐天子立于庙堂，怎会区区作相府门下一吏乎？"

张松说话够损的。你们家四世三公，你应当站在皇上旁边，皇上升座金銮殿，你立于庙堂，是朝之重臣，怎会作相府区区一吏呢？官是官，吏是吏。甭管张松多寒碜，人家是国家任命的官员。官儿是干吗的？管人的。吏是干吗的？伺候人的。虽然杨修在相府掌握军政钱粮大权，但可惜是吏，《鸳行鹭序簿》所有官职人员名字里没有他，到曹操这儿才有呢，我手下都有谁，我可以把你杨修写在第一名，但你不是国家公务人员。人家张松是公务员，公务员就比他值钱多了。

杨修今天本想难为张松，结果让张松反难了他，失败就失败在这个问题上了：不应当问他官居何职，你自己不过是相府的一个书吏。杨修脸红了，得给自己找台阶儿。"哎呀，这个……张先生。""啊，怎么，相府一吏乎？""张先生，虽然我在相府身为主簿，但丞相把军政钱粮大权都交给我了，让我帮他管理。而且丞相文武齐备，运筹帷幄，决胜千里，能写诗，更能指挥人马打仗，我每天都能在丞相面前聆听教诲。"张松一听，蹦起来了，嘴一撇："嘿，我告诉你……"本来张松身高一米一四多点儿，这一蹦，跟杨修的个儿就差不多了，因为杨修坐着呢。"告诉我什么呀？""曹操……""曹操？这儿可是相府。""哈哈，曹操文不懂孔孟之道，武不明孙吴兵机，凭霸权而掌握朝廷，他有什么能教诲你的？让你懂霸权，欺压安善良民？让你懂霸权，独霸朝纲，控制天下诸侯吗？"哎哟，张松可真敢说，还蹦起来说。（注：笑声）杨修吓得直哆嗦：你身在相府，张嘴说曹操文不懂孔孟之道，武不明孙吴兵机，这还了得？让丞相听见，就得把你宰了。张松愣说曹操没本事，其实曹操有本事。"张先生，你身在蜀中，离许都太远，并不知道丞相有多大本事。""不知道，你给我说说。""来呀。"杨修一伸手，叫过一个手下的从人。"将丞相的新书取来。"

从人出去不久，抱来一个锦盒。杨修把锦盒打开，里边是一个锦缎小包；再把小包打开，拿出一部新书。"张先生请看，这是丞相所著《孟德新书》。""哦，是曹丞相所作？""曹丞相所作。仿照《孙武子十三篇》，结合古今之事，结合丞相自己指挥兵将作战的体会，写出的《孟德新书》，这是一部兵书。""兵书战策呀。""张先生看看？""看看。"杨修把书捋好了，往过一递。张松打开一看，了不得。再瞧杨修，杨修直勾勾看着张松。张松过目不忘，一看这书，确实是曹操仿照《孙武子十三篇》，并结合自己领兵打仗的心得，写出的一部兵书战策，写得绝顶了。张松心说：坏了。现在这部书还没问世，如果说付印了，拿去印刷出版了，所有曹操手下懂军事的文武官员看了《孟德新书》，曹操可就没法儿对付了。但张松胸有成竹，心里明白，脸上不带出来。杨修在旁边就看着张松的脸色呢，心说：你看完准得吃惊。没想到张松脸上没表情，接着往下看。张松心说：我得想办法让他把这书撕了，不能问世。要是问世，曹操就成名了。要是都用了曹操的办法，我张松根本没活路。我用个什么办法才能让他把这部书毁了呢？张松瞧着，使劲往脑子里记，这就叫博闻强记。

张松把这部《孟德新书》一字一句都记在脑海里，看完之后把书一搁。杨修心说：这位看完怎么没表情啊？到底这书写得是好是坏呢？看不出来。"张先生，丞相新作如何？""哼哼，什么玩意儿啊。"杨修一听，大吃一惊："先生何出此言？""嗐……请问先生贵庚？""年方二十有五。"杨修说我二十五岁了。"不对，你五岁。""哎，二十有五。""你五岁。"张松为什么这么说？张松心想：曹操这部《孟德新书》绝不是一天两天能写成的，这是他多少年的心得体会，绝不能一天成书。你年纪轻轻二十五岁，知道有这部书也不过最近一两年，这样的话，这件事就好蒙你了。"我说你五岁是因为你年纪小，没见过。""我怎么没见过？""就这部书，连我们蜀中三尺儿童都会背。""啊，三尺儿童都会背？那先生你呢？"张松心说：你够坏的，挤兑我？幸亏刚才一字一句都看过了，我已然记在心里了。"我从小儿家中借书而读，这部书乃战国时无名氏所作，我当然可以倒背如流。""嗞……"杨修心说：这明明是丞相新作，之前你连见都没见过，能倒背如流？"那……先生今日能否背来？"今天你能背吗？"好啊，你手持书本查阅。"你拿书看着，我给你背，张松够狂的。杨修把头一本书打开，张松开始背，一字一句……没有一个错字，没有一个错行。张松背着，杨修对着，杨修的汗就下来了。杨修瞧着这书，心说：张松是什么脑子？过目不忘啊。杨修坚信这部书确是曹操写的，但为什么张松愣看一遍之后就把这部书背下来了，这叫什么本事？这就是说评书的本事，博闻强记，但我们可没张松那么大的本事。

占您两分钟的工夫，我解释解释。当初我说《隋唐》时，老伴儿给我念，念到瓦岗山程咬金娶媳妇，炮声一响，整个儿列阵，所有认标旗。同志们，当时我一个字儿都不会。头天夜里十一点多了，他挨着字儿给我念，第二天我说书，说得一个字儿都不差。之前反山东，十一支筷子令挨着个儿派，整个儿济南地图我都不知道。他就念一遍，如果你老问他，他就烦了，上外边儿抽烟去了。可第二天我上台就得说，还得说得跟真的似的，这就是评书演员的博闻强记。

张松本事太大了，把《孟德新书》背得一字不差。杨修大吃一惊，心说：我葛（注：北京土语，成心难为的意思）你一下儿吧。"停。""先生何意？""此书太长，您背背后几页。"杨修这招儿够损的。张松脑子里是一层一层、按部就班记的，突然暂停背最后几页，这招儿太损了。"欻"的一下儿，张松的脑子就得变,变不过来的话,就是一片空白。张松不慌不忙,把最后几页都背了。杨修没办法了,站起身形,恭恭敬敬给张永年深施一礼:"先生天下奇才。请您暂且回归馆驿,我去面见丞相,请丞相在天子驾前保您高官得做,骏马任骑。先生等我的消息,明日就请。""好,谢过杨先生。"张松告辞回去了。

杨修马上来见曹操。"丞相,您怎么了,为什么把张松轰走啊?""言语顶撞于我,长得丑陋。""那您既然之前能容祢衡,为什么今日不能容张松啊?""祢衡有多大本事啊。""我跟您说,张松比祢衡本事还大。""什么本事?""他看了一遍《孟德新书》,然后就能逐字逐句背下来,还说此书乃战国无名氏所作,蜀中三尺儿童皆能背诵。""啊?!"这下儿曹操愣了。您要看《三国演义》,原文有这么一句话:"莫非古人与我暗合否?"这就是曹操狂,他怎么不说莫非我与古人暗合否,偏说古人与我暗合否,古人能跟他暗合吗? "他讲些什么?""他说此书并非丞相所写,乃战国无名氏所作,蜀中三岁儿童都会背。""哎呀……"曹操心说:坏了,这部书是我的杰作,准备流传于世,没想到古人与我暗合,那这部书还留之何用? 曹操如何对待《孟德新书》,张松校军场骂曹,谢谢众位,下回再说。

# 第一八六回　诸葛亮计赚张松

攻无不取，战无不胜。顺我者昌，逆我者亡。

这可不是我说的，曹操说的。上回书说的是张松奉刘璋之命，到许昌来见曹操。张松实际就是一个卖主求荣的小人，但他跟一般的叛徒还不一样。咱们都看过叛徒的电影，上大刑、灌辣椒水、严刑拷打……实在顶不住了，得了，我叛反吧，先活着。张松比这种人还恶劣，在刘璋手下身为别驾，刨去刘璋就数他大了，谁也没打他，谁也没骂他，结果他卖主求荣，想把西川献给曹操。可惜曹操没这个福分。为什么？曹操正骄傲呢。跟马超打完仗之后，曹操志满意傲，根本看不起任何人，再加上张松长得太寒碜，说话也太难听，所以曹操看不起他，张松这气儿可就上来了。紧接着，就是张永年反难杨修。杨修把张松请到书房，问起西川情形，张松问一答十，对答如流。杨修就把曹操所著《孟德新书》拿出来了，想让张松开开眼，也想拿这本书铆铆张松。没想到张松博闻强记，愣把《孟德新书》背下来了。这下儿杨修高兴坏了：这么好的一个人才，丞相怎能把他轰走呢？

杨修派人送走张松，赶忙来找曹操，把经过一说，曹操愣了。“全背下来了？”“不错，我对着您的书，他一字一句不落，全背下来了。”“来呀，火盆伺候。”手下人把火盆拿来了，曹操让杨修把《孟德新书》原稿，还没来得及复印呢，就扔到火盆里烧了。您看，曹操既然很清楚这本书是他自己写的，为什么还烧掉？他为什么舍得？这就说明曹操的胸怀跟别人不一样。既然古人跟我暗合，书虽是我写的，但没有流传于世的价值了，那留它何用？曹操烧了《孟德新书》，一方面说明张松不地道，他想办法得让曹操自个儿把书毁了；另一方面说明杨修上了张松的当，一个卖主求荣的小人愣把杨修蒙了，杨修愣来鼓动曹操，曹操还愣把《孟德新书》烧了。如果《孟德新书》流传至今，可能在中国军事史上起到很大作用。您说张松坏不坏？但杨修喜欢他的才能。“丞相，张松有这么大本事，是不把他举荐给天子，也让他看看天朝景象，使他明白明白蜀中人物太少啊？”“与其让他看天朝景象，还不如让他到教军场去看我操练人马。也好借他之口回去告诉刘璋，不日曹某大兵南下，先取江东，然后就收西川。”“好吧。”曹操传令，第二天在西教军场调五万虎卫军排班布阵，要让张松开开眼。杨修退出来，赶紧告诉张松不提。

第二天起来，杨修来接张松。等到了教军场，曹操带领五万大兵已然排好队，在这儿候等了，所有文武官员都在看台之上，杨修陪着张松也来在看台之上。大伙儿一瞧：哎哟，这位就是西川来的使者呀？个儿太矮了，才一米一儿。而张松现在已然知道了，曹操把自己写的《孟德新书》烧了。吉时一到，中军官禀报曹仁，曹仁禀报曹操，曹操传令：“响炮操练。”“叨叨叨”，炮声一响，五万大兵排好了队，兵层层、将层层，刀枪如长苗，剑戟似麻林。五万大兵全是崭崭新的军装，各持刀枪棍棒。您要看《三国演义》原文，“盔甲鲜明，衣袍灿烂”，盔明甲亮，崭新的战袍，非常好看。您想，这是曹操花心血布置的五万虎卫军，专门保护他的。虎卫军头领是谁？许褚许仲康。炮声一响，五万大兵金戈交映，互相攻击。说书就不说废话了，五万大兵声势浩大，随同令字旗来回操练，确实看着激动人心。张松什么模样啊？杨修再一瞧，张松斜眼视之：你曹操怎么斜着眼睛看我来着，我就怎么斜着眼睛看你操练人马。

操练齐毕，张松坐这儿也不言语。曹操看了看：“蜀中使者何在？”我已然叫你了，你还不赶紧来见我吗？张松就跟没事儿似的，还在这儿坐着。“张先生，丞相叫您呢。”“我姓张名松字永年，昨日已然见过丞相了，现在丞相为什么不说蜀中使者别驾张松先生何在？”“哎哟，您就别挑毛病了，丞相让您去，您赶紧去吧。”杨修也真急了，拉着张松下了看台，一直把他拉到帅台之下，直掐他。张松心里明白：你不就是想让我高声喊嚷拜见丞相么？“四川益州牧手下别驾张松拜见丞相。”矬子音高，声儿出来了，教场中的人全听见了，大伙儿都瞧着他。看台本来就挺高，帅台更高了，张松站在帅台底下，跟芝麻芽儿似的。（注：笑声）曹操在帅台上一听："张松，方才老夫操练人马，你蜀中可有此英雄人物否？""哈哈……"张松为什么这么抬头啊？就差看天了，因为他实在太矮了。"蜀中并未见到此等兵革，因为蜀中以仁义为重。""哦?!"曹操一听：你蜀中以仁义为重，言外之意就是我以残暴为主了？嘿，这小矬子说话真不招人待见。"张松，曹某视天下鼠辈为草芥耳。大军到处，攻无不取，战无不胜，顺我者生，逆我者亡。你可知乎？"曹操现在狂妄已极。天下鼠辈是谁？三国以前诸侯割据，曹操已然战败吕布、袁术、袁绍，收降张绣，现在又战败马腾、韩遂和马超马孟起。剩下是谁呀？西川刘璋、汉中张鲁、江东孙权、荆州刘备。这些人都是草籽儿，都是芥草。大军所到之处，所向披靡，没有我打不赢的仗，你知道不知道我的厉害？杨修心说：您答吧。看台之上所有文武官员都听着。

没想到张松一抬头："丞相，您大军所到之处，攻无不取，战无不胜，张松尽知。"我都知道。可突然间，张松用手一指："丞相，但你要知道，濮阳攻吕布，宛城战张绣，赤壁遇周郎，华容逢关羽，割须弃袍于潼关，夺船避箭于渭水，这都是丞相大军所到之处，风靡全国之战役。"曹操一听，气得直哆嗦："竖儒安敢揭我短处？"竖儒就是骂张松，你这小矬子真缺德，敢揭我短儿？

濮阳攻吕布，曹操在头里跑，吕布画杆方天戟压到曹操脑袋上。"我问你，曹操何在？""前边呢。"曹操非常聪明。吕布往前一催马，眨么眼的工夫，曹操活了。宛城战张绣，两次战宛城曹操都打了败仗，死了儿子曹昂，死了侄子曹安民，死了千里马绝影，死了大将典韦。赤壁遇周郎，周瑜带领江东人马火烧战船，赤壁鏖兵，最后您不就剩下二十七个人二十七匹马吗？华容逢关羽，在华容小道遇见关云长了，您不也得下马跟人家说好的吗？刚刚跟马超一战，让马超追得相貂也摘了，红袍也扔了，胡子抹得就剩胡子茬儿了，戴个三角头巾就跑了；然后夺船避箭，在人家许褚脚下藏着，许褚举着马鞍子当盾牌。这都是您攻无不取、战无不胜的绝妙战役。

您想,那曹操能不急呀? “来呀,推出去,杀!”曹操一声令下,手下兵士真过来绑。杨修一看:“慢!”“腾腾腾”,杨修上帅台,来到曹操面前:“丞相。”“德祖有何话讲?”“丞相,您要知道张松不远千里来到中原,他是进贡来的,倘若现在您把他杀了,传出话去,不说他不对,反而会说丞相您没有容人之量,将来再有前来进贡之人,谁还敢再来拜见丞相您呢?”“哼……”曹操明白不明白这个道理?当然明白,但曹操心里不忿:就这么一小矬子,在教军场当着我五万大兵,当着阖朝文武群臣,如此骂我?

这时,荀彧说话了:“丞相,德祖说得太对了。蜀中来人,远道前来进贡,万不可伤去人心。”“好吧,看在你等分上,将张松乱棒打出。”中军官一声令下。好家伙,这帮拿棍子的全过来了,倒也好打,也不用往上打,“噼里啪啦”……跟敲鼓似的。这位撒腿就跑,后边追着就打,一直把张松打出西教军场。

张松回到旅店,掌柜的、伙计和随行人员一看就愣了:怎么这么会儿工夫,张先生胖了好几十斤啊?鼻青脸肿就回来了。“张先生,您回来了?”张松落座,赶紧打水洗脸。“啊……呀……给我沏壶茶吧。”张松骂得嗓子也干了,喝了点儿水一看,浑身上下都肿了。吃完晚饭,张松生气,心说:我招谁惹谁了?嘿嘿,曹操啊曹操,你把我一顿乱棒打出,可就把西川打没了,我怀中这份西川地图还没掏出来呢。躺在炕上,张松辗转反侧一想:不对,我在我主刘璋面前夸下海口,说下朗言大话,这次前来许昌要让曹丞相指挥人马兵打张鲁,保西川平安无事,结果现在曹操把我轰出来了。您看,这事儿要搁到现在,网上还不炸了?可惜那时消息没那么快,再说西川也没往许都派那么多细作。张松翻过来掉过去睡不着觉,最后起来了。旁边伺候的人一看:“别驾大人。”“赶紧收拾行囊,立刻就走。”“回归西川? “非也。”“那咱们上哪儿啊?”“到门口再商量吧。”说归说,张松想来想去,想起一个人来。谁呀?刘备。传言刘皇叔以仁义治理天下,是非常好的仁人君子,不如我奔荆州走一趟。如果刘备确实像传言一样,是这么一个人，那我就把西川献给刘玄德，这可不是我张松卖主求荣。您看，凡是叛徒，多会儿都不说我是叛徒，没这样的。（注：笑声）

书不说废话。第二天，都收拾好了，算完酒饭店钱，然后张松带着从人离开客店，出离许都，认上大道。“张先生，咱们往哪儿走啊？”“遘奔郢州。”“郢州？那可离荆州不远了。”“对，就是要到趟郢州。”张松带着这些人，还有礼品，就是之前要给曹操上贡的这些东西，直奔郢州。郢州就是而今的武昌。

说书的嘴，唱戏的腿。等到了郢州界口，张松坐在马上突然眼前一亮，就见在大道旁站着五百兵。这五百兵漂亮，年纪轻轻，都是二十四五岁，长得都很白净，大眼睛，双眼皮儿，黑眉毛，怎么挑的？一水儿齐。五百兵都穿着崭崭新的军装，手里可没有兵刃。当中有一匹白龙马，高八尺，蹄至背；长丈二，头至尾，鬃尾乱乍，膘满肉肥。马上坐着一个人，年纪轻轻，长得漂亮，白净子，眉长过目，二目有神，白中透红，红中透润，润中透嫩，脸上的肉皮儿特别好看。头戴素缎色软扎巾，遮天软翅颤巍巍，如意钩双搭朱穗，上身穿素缎色短箭袖绑身靠袄，前后绒绳勒着十字袢，腰中系一巴掌宽五彩丝鸾带，素中衣，素缎花靴牢踏在一对银镫之内，身上没带着兵刃，年轻潇洒。张松一愣神儿，不由得双脚一扣镫。

这员战将一催马，来到张松马前，在马上抱拳：“请问对面是蜀中益州别驾张先生吗？”“啊，在下正是张永年，你……”刚说了个你，这人已然甩镫离鞍下马，上前深施一礼：“在下赵云，奉主公之命前来迎接别驾先生。主公说了，您远路而来，一路劳乏，特意让赵子龙聊奉饮食。”说得很清楚，您远路而来太辛苦，主公特意让我给您送点儿吃的喝的。那张松还能不明白？都说出是赵云了，肯定奉的是刘备之命啊。“呃……是子龙将军？”“正是。”“啊呀……”张松的眼泪在眼眶里直转悠，现在谁不知道常山赵云啊？胯下白龙马，掌中亮银枪，大战长坂坡，杀了曹操五十多员战将。按马派唱，那就是“杀了个七出七进，七进七出”（注：仿学京剧马派）。今天赵云一身软装，前来迎接于我，说明刘备真是仁爱之人。“来来来，下马下马……”手下人赶紧过来，把张松搀下来了。“子龙将军。”赵云一想，这也不合适，只好弯着身子曲着腿："赵云奉主公之命，迎接先生。来呀，献上饮食。"两个兵把食盒搬过来，打开食盒，一层一层……摆这儿了。张松正饿呢，这一看，都是好吃的。到底是什么呀？三国年间湖北吃什么我也不知道，反正张松真饿了，真吃。这倒好，他往食盒旁边一站，高矮正合适，根本用不着桌子。（注：笑声）

张松吃饱了，赵云命人把东西收起来，又献上水。有人说："连丽如，你胡说八道，赵云干吗那么恭敬张松啊？"《三国演义》原文写得清楚："军士跪奉酒食，云敬进之"。张松吃饱喝足了，一抱拳："哎呀，谢过子龙将军。""理应如此。请您上马继续前行，不知您去往何处？""嗯……此处离襄阳有多远？""不远了，几百里地，请您上马，我保您前行。"张松刚要上马，赵云多聪明，赶紧一指，立刻有当兵的在这儿一跪，张松等于踩着人家的后脊梁。赵云个儿高，一存身，也跟跪着差不多，把张松搀到马上。"先生请。"张松舒服，心说：这么大的常山赵子龙，能如此对待我，跟曹操手下可不一样。"子龙将军，您请。""赵云奉主公之命前来陪伴，张先生请。"张松在前边，赵云在后边跟着，再后边是五百兵，保着张松一行人往前走。

书还是不说废话。离襄阳已然很近了，天色快黑了，突然听见有击鼓之声。打战鼓？不是，打的是音乐，跟祢衡击鼓骂曹似的，鼓声特别好听。张松顺声音一看就愣了。只见襄阳城外大道两旁，这边一百，那边一百，也不知道怎么挑的，都是红扑扑的脸膛，每人一身绿军装，漂亮极了。当中间儿站着一个人，身高九尺五，面如重枣，卧蚕眉，丹凤眼，胸前飘洒五绺长髯。头戴绿缎色扎巾，身穿绿缎色箭袖，鸾带扎腰，中衣儿，薄底靴子，外边闪披着英雄大氅。甭问了，正是关云长。张松一勒马，后边赵云也勒马了。没等张松说话呢，那边唱上了："噻啰噻，那个噻啰噻啰噻，远方的客人请你留下来……远方的客人啊，请你留下来……噻……噻啰噻啰噻，远方的客人请你留下来……"张松心说：怎么唱得那么好听啊？

这时，关云长走过来了，来到张松面前，深施一礼："关某奉大哥之命，前来迎接别驾。大哥让我洒扫庭院，以备别驾暂时安歇。""啊呀……"张松骑着马呢，一米一四；关云长身高九尺五。"公莫非斩颜良、诛文丑之关将军么？”“然也。奉大哥之命前来迎接，请您下马。”“使我感动已极……下马。”“噗通”，下来了。手下人没来得及搀他，把他吓下来了，张松连自个儿怎么出溜下来的都不知道。关云长，多大蔓儿，斩颜良，诛文丑，过五关斩六将，古城会斩蔡阳，尤其华容道放曹，现在上这儿给我洒扫庭院？把驿馆打扫干净，拿喷壶喷了，又拿笤帚扫了，然后铺上床、叠上被，伺候我睡觉，我是谁呀？张松眼泪下来了，由马上掉下来了。赵云赶紧甩镫离鞍下马，把他抱起来，又抱到马上。赵云在张松这边，手下兵将拉着马；关云长在张松那边，手下兵将拉着马。您不信，可以看《三国演义》原文，“击鼓相接”，“远方的客人请你留下来”就打这时候留下来的。张松够远方了，从西蜀而来，绕一道儿，还是先绕到河南许昌之后又绕回来的。关云长和赵云一左一右，躬身一让：“别驾先生，请。”

旁边就是馆驿，打扫得这叫干净。“先生您看，关某奉大哥之命，已然洒扫庭院完毕，不知先生满意否？”“满意满意……”赵云这边，关云长那边，两人把他抱下来了，然后陪着张松走进馆驿。张松洗完脸、漱完口，往当中一坐，这二位在旁边陪着。“别驾先生，您喝点儿酒。”“来，您吃这个菜。”“您……您吃这个，老干妈。”“您再尝尝这个……”张松心说：这是怎么档子事儿啊？难道刘备真像传言一样，是一个仁爱之人吗？“啊……我说二位，这样也怪累得慌的，你们坐下，咱们好说话呀？”两人这才坐下，也确实挺累得慌的。“二位吃点儿喝点儿。”“哎，我们吃点儿喝点儿。”“二位，还是我站着吧。”（注：笑声）“您……您站着也不行……”张松吃饱喝足了，关云长一指：“您请。”“哎。”到卧房一看，被窝儿都铺好了，夜壶也刷干净了。您说这么大关云长，委屈不委屈？就为了这张地图，都是诸葛亮布置的。为什么没有张飞呀？有张飞就麻烦了，过来一伸手：“狗儿的，把地图交出来！”“啊……给您地图。”（注：笑声）这就完了，是吧？所以不能派张飞，分什么事儿。等张松半夜起来解手，往外一看：好家伙，这二位还轮流站岗。关云长前半夜，赵云后半夜。

第二天早上起来，张松洗脸，漱口，喝茶，吃完早饭。“请。”书还是不说废话，把张松搀到马上，然后关云长和赵云两个人在后边，也骑着马，离张松这匹马有一尺多远，各带本部人马，击鼓欢迎，陪着张松直奔襄阳。离襄阳还有三五里地，就听前边炮声一响，“叨”，张松吓一跳，差点儿由马上掉下来，定睛往前一看就傻了，按着现在的话说，就是晕菜了。前边列开一千兵，都穿着崭崭新的军装，军装号坎上白月光，一个黑字：“汉。”就在一千兵头里，所有荆襄文官头戴乌纱帽，身穿蓝袍、身穿红袍，排班站立；所有荆襄战将都是软盔软甲；当中簇拥着三个人，没在马上，三匹马都由手下人拉着。见张松来了，三个人迈步上前，直奔张松而来。张松一看，一猜就猜着了。当中这位身高七尺五，面白如玉，眉长过目，二目自顾其耳，双手过膝，两耳垂肩，尧眉舜目，禹背汤肩。头戴乌纱帽，身穿蓝袍，腰横玉带，足蹬官靴。再往这边一看，张松心说：身处两个世界不成？这人怎么这么漂亮啊？身高八尺，面如冠玉，眉清目朗，鼻直口方，三绺墨髯黑胡须。头戴纶巾，身披鹤氅，手拿羽扇，飘飘然神仙气概。关云长看了看赵云，赵云看了看关云长：这位走火入魔了。张松再往那边一看：哦，这是同一个世界嘛。（注：笑声）这位太寒碜了，就是比我个儿高点儿，脸色儿跟紫茄子似的，脑袋跟梆子似的，眉毛挺粗，大深眼窝子，翻鼻孔，鼻孔朝天，胡须扎煞着，整个儿一个大紫茄子开花。（注：笑声）张松万也没想到，刘备带着军师诸葛亮、庞统前来迎接自己。虽然没见过面，但那也能猜得着，谁不知道这三位的模样啊？没想到能在这儿遇见庞统，这回我可有话说了，谁也不能再嫌我寒碜了。（注：笑声）关云长跟赵云过来一搀，张松下了马。

刘备抢行几步，来到张松面前，躬身施礼：“刘备拜见别驾大人。”刘备身高七尺五，鞠了一个九十度大躬，这位还得这样看着。“哈哈，刘皇叔……”“正是刘备。知道先生远涉江湖而来，经过我们荆州地面，我想您是不是先不回归成都，来到荒州住上几日，以免我们思念之苦啊？”刘备会说话，我们太想念您了。其实要不是诸葛亮跟刘备说，刘备连张松是谁都不知道。“哎呀……”到现在张松被感动得五体投地。“刘皇叔。”“啊。”“我也是经过此地，想来看望看望刘皇叔。请问这位……”“哦，这位是我的军师孔明先生，这位是我的副军师庞士元先生。”“好好好……”“先生请。”这三位陪着张松。您琢磨琢磨这个儿：诸葛亮身高八尺，刘备身高七尺五，庞统个儿还要高，头里一个矬子。后面这边关云长，那边赵子龙。张松还纳闷儿呢：还应该有个姓张的呢？诸葛亮哪儿敢让张飞出来呀，张飞出来一看：“嘿，去你的吧！”能把张松吓死。（注：笑声）

大伙儿陪着张松进了襄阳，到厅堂之上摆上酒宴，丰丰盛盛。“别驾大人请，这桌酒宴叫舌尖上的湖北。”（注：笑声）这个给张松斟酒，那个给张松布菜，弄得张松也怪累得慌的。“啊，谢过了……”“谢过了……”您想，他才一米一四的个儿，累不累得慌？好容易吃饱喝足了，早已预备好高级馆驿。“张先生，就请您在这儿住上几日。日夜思念，没想到今天能见到张先生，还要在您面前多多领教，使我刘备能开愚念。”我太笨了，你得多念叨念叨，多讲讲，我就能聪明起来了。张松心里痛快，当天晚上鼾声如雷，睡得甭提多香了。

第二天早上，张松刚起来，这几位都在门口预备着呢，头一个伺候的就是赵云。那赵云脾气也好，长得也漂亮，是吧？跟着就是关云长，后边刘备带着诸葛亮、庞统来了，都陪着。这么多人物陪着张松，要是真逛好几天，咱这书就甭说了。逛了一天，然后第二天是诸葛亮和庞统，第三天又是诸葛亮，白天是诸葛亮，晚上就是刘备，陪着张松把整个儿襄阳地面的名胜古迹都逛了，到晚上还得搓麻 party。张松太高兴了，转念一想：他们这么对待我，是不是奔西川来的呀？

晚上丰丰盛盛的酒宴摆好，刘备君臣陪张松喝酒，张松心说：我不能不言语了，得探探他们的口气，是不是惦记益州呢。“刘皇叔。”“张别驾，几日以来跟您一聊，使我刘备思想开化，明白了这辈子很多不懂的道理。您一定多住几日，使我刘备在您身旁多多领教。”“哎呀，刘皇叔客气了……”张松实在忍不住了。本想等他们主动提，你们得跟我说要四川吧，我得想办法给你们帮忙吧，可到现在人家都不言语，好几天不说这话。张松心说：我拿话挑挑吧。“请问刘皇叔，刨去荆州之外，还坐镇几郡啊？”“唉……”刘备摇了摇头。这时，诸葛亮说话了：“张别驾，我家主公坐镇荆州，还是借的呢。”“跟谁借的？”“跟孙权借的。您想，火烧战船，赤壁鏖兵，曹操败北，不都仗着东吴吗？好容易主公才得了荆襄地面……”“不对，荆州原来就是刘表的，兄弟继承哥哥的事业，这是应当的呀。”“哎哟，人家孙权不这么说。赤壁鏖兵是周瑜打的胜仗，所以荆州是我们跟东吴借的。幸亏主公是东吴的女婿，不然这借条还没法儿写呢。”张松一听：话已然递过来了，荆州都是借的了，还不上我们那儿去吗？

没想到刘备一拦：“哎呀，孔明先生，这话就过外了，我能在荆州借住一时，已然心满意足了。”张松心说：这话茬儿揭过去了？“不对，我想孙权坐镇江东六郡八十一州，难道还不知足吗？”刘备又叹了口气：“唉……”庞统把话接过来了：“嘿，张别驾你是不知道……”张松一听：嗬，都说矬子音高，这位跟我一样寒碜，可他个儿高，不矬，怎么话音儿也这么高啊？“啊……庞先生，您说什么？”“我家主公，堂堂当今万岁的皇叔，却不能占据州郡，反而是那些毛贼草寇仗着强势占据大汉国土，使智者无言。”我们这些聪明人，有本事有脸面的人都看不下去了，他们都是什么人，竟敢坐镇州郡？庞统说到这儿，刘备站起来了。“二公千万不要再说我刘备，我无德无能，能借荆州几日已然满足。”“哎……”张松一摇手：“不对。刘皇叔，还甭说您坐镇荆州，就是您得了江东、益州、汉中，就是您进兵中原，都可以堂堂称帝。您是正统，谁能说什么呀？”“哎哟，那可不敢……别驾大人千万不要这么说。”就是不提西川。

张松急坏了，心说：这到底是假的还是真的？你真不想要，那我也犯不上非给你；你真想要，那我就做个内应。可不管怎么说，吃完这顿饭，人家到现在都没说过，也没人提过西川这事儿。张松抓耳挠腮，心说：既然事情办不成，我就走吧。“呃……那……我也待好几天了，跟众位告辞，我就回归西川了。”“这样，别驾大人别着急，您还是多住几天。”“不不不，我该走了。”“那……”张松这话实际就是挤兑刘备，让刘备好伸手跟他要益州。没想到刘备说了：“这么办，您真想走，明天在十里长亭备上酒宴，再让云长和子龙送上几程，我们也就放心了。”“好吧……”张松心说：你们怎么就不要四川呢？

第二天早上，张松梳洗完毕，刘备让关云长和赵云把张松所有行囊都准备好了，所有随从人员都安排好了，就等着送张松上路登程了。刘备带着诸葛亮、庞统和众文武官员，一直把张松送到十里长亭。十里长亭不是简简单单一个亭子，刘备在这儿住，您想十里长亭能简陋吗？里外两间，非常漂亮。张松一看，丰丰盛盛的酒宴已然摆好了。有人搀张松下马，刘备一指："别驾大人，请。""刘皇叔，请。"两个人迈步上亭子，进花厅。张松回头再看，别人都没进来，诸葛亮、庞统、关云长、赵云、孙乾、简雍、糜竺、糜芳在下边垂手侍立。进亭子的就俩人，张松和刘备。张松心说：那些位怎么不进来呀？

其实刘备头天晚上就跟诸葛亮商量好了。"孔明先生，您说他怎么就不掏那地图啊？""他……可说呢，这您得使招儿。""我使什么招儿啊？""使绝招儿啊。您明天别当着我们给他敬酒，当着我们不好说话，他也不好张嘴，您也不好张嘴。到十里长亭之后我们都躲开，就剩下你们二人，这表演使绝招儿就看您的了。"刘备心说：嗯，不用培养感情，我的眼泪就能下来，怎么着我也得把地图哭出来。

刘备把张松让到里厅，两人对坐。"张别驾，您在这儿待了几天，我深有感触，确实使我茅塞顿开。您一走，远隔三湖，我哪天才能再见着您呢？"说得张松心里怪酸的。"我也想天天陪在刘皇叔身旁，但没有办法，我得回去任职啊。"话赶话，张松话里也透露出来了：您跟我要益州啊，您得下益州我就老在您身旁了。刘备伸手端起第一杯酒："您请。"张松一饮而干。刘备赶紧倒上第二杯酒，都是头天晚上诸葛亮教的。刘备端起第二杯酒："张先生这一走，回到西川，我在荆州，不知何年何月才能再见张先生。您喝了第二杯酒，但愿您前程远大，富贵荣华，禄位高升。""哎……"张松接过来，抬头再看刘备，其实刘备就是在酝酿感情呢，张松喝了第二杯酒。刘备心说：诸葛亮说了，一杯酒、二杯酒，说什么第三杯酒也得让他把地图掏出来，这第三杯酒怎么办呢？刘备一着急，想起鲁肃跟自己要荆州来了，心里一难受，第三杯酒就有主意了。刘备第三杯酒只倒了六成，然后端起来："别驾大人……"意思是我可敬第三杯了，不能再敬第四杯了，您再不把地图掏出来，我可怎么办啊？江东再把荆州要走，我就没地儿待了。“呜呜呜……别驾大人您别走了，我实在受不了，我想您啊，看不见您我怎么办啊……”眼泪、鼻涕、哈喇子直往下流。“得了，我还是给您换一杯吧。”“别介，这都是您的真情实意呀，刘皇叔。”张松接过酒来，一饮而干。

张松放下酒杯：“刘皇叔，您为什么哭啊？”“唉……您也知道，荆州是我借的，我实在没地儿存身，没办法呀。”“是啊，江东孙权如同虎踞，北方曹操如同鲸吞，都盯着荆州地面，早晚荆州不归孙权，就归曹操。到那时刘皇叔您又到何处安身呢？”“是啊，我身无所投。唉……”张松说得对不对？对。诸葛亮也告诉刘备了：东边有孙权，北边有曹操，此用武之地，非其主不能守。孙权如同虎踞，老虎往这儿一卧；曹操如同鲸吞，张着大嘴要吞下荆州。您还能在荆州踏踏实实待吗？“我跟您说说益州。益州险塞，沃野千里，天府之国，高祖因之以成帝业。”您看，张松跟诸葛亮说得一样吧？确实西川太好了。如果没有西川作后盾，刘邦也不能成其大事。“您有了益州，再保住荆州，然后拿下汉中，霸业可成，将来还有机会入主中原。刘皇叔，天下就是您的了。”“哎哟，不敢不敢……益州虽好，但我兄长刘季玉上一辈下一辈，已然在西川两代了，两代的人缘儿不是一日能得呀。”刘备说这话也是刺激张松：刘焉、刘璋已然两辈儿坐镇西川，恩德布于西蜀，我能轻易夺下来吗？“不然。刘皇叔，话虽如此，我家主公……这可不是我卖主求荣。”您看，张松说得多好听。“刘璋虽是西川之主，但刘璋暗弱，智能之士思得明君。您要打算进兵西川，我有两个好朋友，一个叫法正，一个叫孟达，可以作内应，把您引进西川。得下西川，您再得汉中，同时稳坐荆州，将来就可以成为天下之主，我张松也愿意陪伴刘皇叔稳坐大汉天下。”“啊呀，说得好！可四川道路崎岖，车不能并轨，马不能并辔，如何才能行得川路啊？”

刘备讲到这儿，哇哇大哭，感动得张松掏出地图，才引出来刘备进西川。谢谢众位，下回再说。

# 第一八七回　献地图别驾害主

倒挂城门捧谏章，拼将一死报刘璋。黄权折齿终降备，矢节何如王累刚。马氏五常，白眉最良。

这不搭调，是吧？最后两句是我续的。倒挂城门捧谏章，说的是王累，拼出一死也得保刘璋。三四句说的是黄权，别看俩门牙都掉了，最后还是归降了刘备，不如王累刚直守节。为什么又加上“马氏五常，白眉最良”？刚才梁彦说书里除了徐良以外，没有白眉毛的，《三国演义》里就有，记着点儿啊。所以这话真不能说绝了，是吧？

《三国演义》正式说到后部了，后部《三国》很难说。过去说《三国》一般都从“三让徐州”开始，到“赤壁鏖兵，火烧战船”就完了，顶多再续个书，说到“刘备进西川”也就差不多了，再往后很少有人动。想动后部《三国》，就得认真准备，把它说好。老伴儿说我：“你为什么许的呢？”我说：“这是为评书许的，不是为你许的。我都把自己许你一辈子了，可以了，我还得许《三国》一辈子呢。”

后部《三国》主要说刘备进川，最后到一统归晋。现在要说刘备进西川了，首先得把前因说清楚。上回书说到张松献地图，四个字：“卖主求荣。”可卖主求荣的人从来不说自己卖主求荣。张松本来想把地图给曹操，结果当时正是曹操最骄傲的时候，没看得起他，逼得张松骂曹，被乱棒打出。张松没脸回西川，找刘备来了。诸葛亮和庞统一出主意，加上刘备的做派也好，最后终于把地图哭出来了。刘备说：“你让我去取西川，我何尝不想去呀？但都知道蜀道崎岖，马不能并辔，车不能方轨，这怎么办呢？”两匹马并排一块儿走，不行；两辆车一块儿横着走，也不行。这时，张松把地图拿出来了，这是被刘备感动的。“刘皇叔，因为您对我太好了，盛德感动了我，我把地图拿出来了。您只要看此图，就可以走遍入川之路，四川唾手可得。”刘备接过地图一看，上边画得很清楚，写得很明白：地理行程，远近狭阔，山川险要，府库钱粮，哪儿屯兵，哪儿是粮库，哪儿险要应当怎么用兵，哪个地方宽，哪个地方窄，哪个地方没有重兵驻守，哪个地方有重兵埋伏，一清二楚。张松是卖主求荣之人，早有此心。

现在您再瞧刘备，眼泪没了，地图哭出来了，眼泪当时就能收回去。“哎呀，有了这份地图，我就可以进西川了。”“是啊。刘皇叔，我有两个好朋友，一个叫法正，一个叫孟达。等我回到西川，想办法让我主刘璋派孟达、法正到荆州来见您。您看见他们，就如同看见我一样，可以将心事与之共议。”这两个人都是我的密友，只要来了其中一个，您就跟对待我一样，把心事说出来与他们共同商议。这样，张松等于把三人小组告诉了刘备。刘备手捧西川地图，记住了这两个名字：法正、孟达。“张先生，青山不改，绿水长流，他日事成，我刘备必有厚报。”“刘皇叔，我可不是望着厚报而来。只要您进兵西川，使西川得见天日，我们能有一位英明之主，老百姓能丰衣足食，我张松心愿足矣。因为遇见明主，我今天才会把地图交给您，岂望厚报啊？跟您告辞了。”说到这儿，张松站起来了：“告辞告辞。刘皇叔，时间不能耽搁太久，我得走了。”

这回说什么刘备也不留了。如果没到手，刘备还得留他；如果不给，即便张松走了，刘备也得追，目的就是拿到地图。没有地图，就没法儿进兵。要不怎么说刘璋傻呢，有人评论刘璋，两个字的谥号：“笨蛋。”（注：笑声）这笨蛋认准一条道，十头牛都拉不回来。刘璋就认准西川不能自保，必须请人帮忙，可请谁帮忙不是引狼入室啊？

刘备赶紧站起身形，让二弟关云长带着两千兵保着张松回归西川，送到川口那儿才回来。张松走了不提。

说到刘备进西川，牵扯到三个人：第一是张松，没有张松，刘备进不了川；第二是孟达，没有孟达，刘备不能失败；第三是法正，法正死了，刘备痛哭不已，连哭数日。您就能看出三人的地位：没有张松，刘备不能进西川；没有孟达，刘备不能失败；没有法正，刘备痛心。有朋友认为法正没立过什么功，其实法正可了不得。陈寿说过，法正能够出奇谋，不但是谋士，而且军事才能超过诸葛亮。法正在刘备面前，如同郭嘉、程昱在曹操面前。您说陈寿对法正评价多高。

法正不是西川人，是扶风郿县人，而今陕西郿县。开书说董卓祸乱朝纲，董卓在离长安二百多里的地方盖了一个郿坞城，郿坞就在郿县。法正的祖父法真，是个大学问家，在当时太有名了，都有从兖州不远千里到郿县跟他学习的人。法正的父亲名字好记，法衍。法正生在郿县，在他长大的过程中眼瞧着李傕、郭汜、张济、樊稠祸乱朝纲，天下大乱，干戈四起。法正无奈，跟着好朋友孟达进川，投在刘璋手下，打算求个一官半职，也想发展发展自己，在四川真正找到前途。所以说法正和孟达不是刘璋父亲进川时的老臣，而是后来天下大乱流离失所时才保的刘璋。诸葛亮隆中对跟刘备说的“今刘璋暗弱，民殷国富而不知存恤，智能之士思得明君”，说的就是这些人。按说法正有本事，可刘璋不知道谁好谁坏，谁忠谁奸，谁有本事谁没本事，更不知道应当怎样治理天下。四川民殷国富，这些有本事的人都希望保一个有能耐的君主，开发西川，拓展西川，他们跟着也扬名于天下，但办不到，就因为刘璋暗弱。法正到了西川，熬了好几年才当上新都县令，后来又封他一个将军，心里委屈。

您看，凡是卖主求荣的人，首先都怀才不遇。您别瞧张松长得那么砢碜，他也希望曹操待见他，只不过曹操没法儿待见他，说话难听，长得又丑陋。谁能想到刘备那边有诸葛亮出主意：“只要您打算爱他，就能把西川地图爱出来。”张松就不明白：刘备哪儿那么待见你呀？实际就是看中你怀中揣着的地图了。诸葛亮早派人打听好了。

法正跟孟达到了西川，怀才不遇，得不到刘璋的重视，慢慢地就跟张松交上朋友了。法正四十五岁就死了。后来诸葛亮说过，如果法正不死，刘备就可能听法正的话，不会兵伐东吴给关云长、张飞报仇，更不会兵败彝陵。即便刘备不听法正的话，打到东吴，有法正在旁边，刘备也不至于打这么大败仗。所以您说法正在刘备心中是什么位置？刘备手下您都知道，诸葛亮、庞统、关云长、张飞、赵云、马超、黄忠、魏延、马岱……

其他人不说了，就说关云长、张飞、诸葛亮，他们哪个人的待遇也没有法正高。一般来说死后才有封号，朝廷往下传旨，唯独法正，生前刘备就给他谥号："翼侯。"刘备进兵西川时，诸葛亮身为军师，等于国家总理，替刘备执掌国家大事。那刘备身边真正的谋士是谁？就是法正。黄忠刀斩夏侯渊，也是法正的主意。法正能出奇谋，这人太不简单了，可惜死得太早，四十五岁就死了。都说刘备得诸葛亮是如鱼得水，实际真正如鱼得水是刘备得法正。

张松回到西川，先没见刘璋，回到家中洗洗涮涮，换好便服，马上来见法正。法正抬头一看："回来啦？""回来了。""今儿回来的？""今儿回来的。""回来就来看我？""当然回来就来看你。""瞧你这眉飞色舞的样儿，赶紧坐下来跟我说说到底是怎么档子事儿吧，曹操答应了？"您听法正这一问，就知道张松临走时他们几个已然密谋过了。家人献茶，茶罢搁盏。"永年，曹操如何？""哼，曹操……这个人没法儿交，只能同忧而不能同乐，而且他眼睛里根本看不起贤士。"一句话，法正就明白了：如果归降，曹操也不会看得起我。法正这个人也恃才自傲。"那……我看你眉毛高挑，满面春风，是不是已然将益州许给他人？""兄长猜得明白。我从许昌出来之后，绕道奔了一趟荆州，已然把西川许给皇叔刘备，今天特来跟兄长商议商议。""我猜着就是这么档子事儿，我的心早就交给刘皇叔了。""嘿……那还有什么可商量的？不必多疑，就这么办了。"两个人心气儿相同。

这时，听见外边脚步声音响，抬头一看，孟达来了。孟达进来一看："二位，是不是商量着把西川献给哪位呀？""你真聪明，猜我献给谁了？""你呀，到曹操那儿吃了个闭门羹，然后绕道奔了荆州，已然把西川献给刘皇叔了，是不是？""嘿……你可真聪明。""不傻，我能傻吗？我的心早就交给刘皇叔了。刘璋暗弱无能，刘皇叔是仁义厚道之人，信义布于四海，赤壁鏖兵之后刘皇叔在荆州甚有威望。你把西川献给刘皇叔，献得对，献得太对了。""好啊。"三个人说到这儿，按《三国演义》原文，"抚掌大笑"。三个卖主求荣之人抚掌大笑，也不用遮羞了。所以您看，三个人一条心，黄土变成金。说三个人一小组，同志们，我这人说话嘴直，您可留神。比方您在这个单位当董事长，突然发现有这么三位每天在一块儿老嘀咕，天天晚上喝酒去，喝完酒一块儿骂，骂谁？就是骂你，想着要反。您一定留神，三个人一小组，嘀咕出来没好事儿。这三个卖主求荣之人如何推杯换盏，开怀畅饮，畅谈将来如何扶保刘备，飞黄腾达，咱们就不说了。

第二天早上起来，张松来见刘璋。刘璋升座大堂，文武官员在两旁侍立。有人禀报，刘璋传下话来，命张松进见。张松迈步走进大堂，抱拳拱手："主公，永年回来了。"刘璋一看，张松脸上没有愁容，他以为见曹操这件事儿成功了。"永年，这次你去干的大事如何呀？""唉……跟您这么说吧，主公，曹操不但看不起人，而且还把我叫到西教军场，带领五万人马操演布阵让我看。哼，我斜目视之。没想到曹操说视天下鼠辈如草芥耳，他要指挥人马先收复江南，再平定西川。""啊?！"当时刘璋大吃一惊，浑身就哆嗦了："永年，你走之后，听人传言曹操派钟繇进兵汉中，进而要夺我西川，看来谣言不假呀。张鲁要来，曹操也要来，我可怎么办呢？""主公，您别着急，我已然有一个好办法。""计将安出？""主公，您有一个同宗兄弟，姓刘名备字玄德，当今万岁升偏殿认为皇叔，刘皇叔如何？""好啊，我们是同宗弟兄，刘皇叔仁义布于四海，远近闻名。""着啊，主公，我给您出这条计策，您可以把刘备请到西川，既可以挡住张鲁，也可以挡住曹操，就可以保西川平安无事。""嗯，好好好，我的心已属刘皇叔久矣。那么，派何人前去面见刘皇叔请兵呢？""一个我举荐法正，一个我举荐孟达。""好，马上命他二人前来见我。"

时间不大，法正和孟达来到厅堂，上前施礼："法正、孟达，拜见主公。不知呼唤我二人前来，有何事派遣？""孝直、子庆，而今永年面见曹操而回，没想到曹操有意夺我西川，张鲁又要来，我实在没办法了。永年出了个好主意，就是结好宗兄刘备，请刘玄德带兵进川，以保我西川平安无事。你们谁能分身受累，替我到荆州面见刘皇叔，请他助我一臂之力呀？""请主公委派，派我二人谁去都可以。"刚说到这儿，有个人从外边进来了。"主公，且慢！"大家顺声音一看，进来的这位是刘璋手下的主簿，姓黄名权，阆中人。前边说过张永年反难杨修，杨修是相府主簿，主簿相当于秘书长。

黄权汗流满面，迈大步跑进来了。“哎呀，主公……不可，不可！”“噗通”一声，跪下了。“主公，您千万不能听张松之言，既不能让孟达去，也不能让法正去。”“黄权，你起来，有话讲在当面。”“主公，刘备远近闻名，深得民心，天下谁不知道刘玄德是仁德之主？尤其赤壁鏖兵之后，刘备坐镇荆州，民心归附，他是天下英雄，不可一世。”“是啊，所以我才要派人请他前来。”“您错了。您要知道，如今刘备跟当初在曹相府青梅煮酒论英雄可不一样了，刘备羽翼已成，手下有军师诸葛亮、副军师庞统。当初水镜先生说过，伏龙凤雏，得一可安汉室天下。主公，现在刘备可俩都得着了。再说刘备手下大将关云长，斩颜良，诛文丑，过五关斩六将，古城会斩蔡阳，华容道放曹；张飞喝断当阳桥；赵子龙胯下马，掌中枪，大战长坂坡，杀了曹操几十员战将；还收了长沙的老将黄忠、大将魏延……倘若您把刘备接入西川，张鲁是不敢来了，曹操也不敢打了，可那时您是让刘备走，还是把刘备留下？把刘备留下，您是西川之主，您可以让刘备干这个干那个，可刘备能听您的吗？他能甘居人下吗？您万万不可把刘备引入西川，这叫引狼入室。主公啊……”“黄权，那我将如何呀？”“主公，张松到了许都，肯定曹操羞辱他一番，然后把他轰出来了。他没有办法，绕道到荆州，已然把西川卖给刘备。像这种卖主求荣之人，您先把他杀了，以绝刘备。”“哎呀，就算我把张永年杀了，张鲁来了怎么办？曹操攻打西川怎么办？”“主公，您可以坚壁清野，堵塞险要的道路，把西川封闭起来，待天下平静之后再想出路。”“你说得好，可张鲁马上就要来，这话我没法儿听。张鲁来了，你……你打得了吗？来来来，快给我出去，别在这儿捣乱了！”手下人就往出劝：“得了得了，黄先生，您出去吧，上外头凉快凉快去，要不您干脆上宣南书馆听书去吧。”（注：笑声）愣把黄权推出来了。

刘璋吩咐一声：“法正。”“在。”“我给宗兄写上一封书信，你拿着这封信立刻遘奔荆州，请刘皇叔带兵不日进川。孟达。”“在。”“我给你五千兵将，你带领人马在川口迎接刘皇叔进川。”“遵令。”“遵令。”手下人拿过纸笔墨砚，刘璋稍微想了想，提起笔来一挥而就。写好之后，刘璋把书信交给法正，法正接过来往怀中一揣。

这时，“腾腾腾”脚步声音响，有人跑进来了，趴到刘璋的桌案前：“主公，万万不可！”“你给我起来，什么事儿啊就万万不可，你们这乱心劲儿的！”大伙儿一看，这个人是刘璋手下从事官，姓王叫王累。王累十分刚直，就是所谓的正臣，敢直言上谏的。“我不起来。主公，您把张松杀了，您把张松杀了！”“你们干吗老让我杀张松啊？”张松在旁边一瞧：是啊，干吗老要杀我呀？“主公，明摆着我是为您着想，而他们净跟您说我的坏话。”“你们让我把张松杀了，那我还请不请刘备了？”“您千万不能请刘备前来，不然就是引狼入室。主公，当初刘备在徐州，曹操把他带到许都，让他面见当今万岁，万岁让宗正卿查家谱，然后升偏殿认他为皇叔，曹丞相对他不错。结果他诓了曹丞相的兵，又跑回徐州，还把刺史车胄杀了。在汝南打了败仗之后，他找刘表去了，结果在刘表那儿他还想折腾折腾，得人家的荆襄事业，到了儿荆州归他了。这种人实际就是小人，您可不能请他来。您要听我的，西川如同泰山安定；您要不听我的，西川就有累卵之危。主公，张松是卖主求荣之人，您赶快杀了他。”“我杀了他，张鲁来了怎么办？”“主公，张鲁不过疥癣之疾，您要把刘备引来，就是心腹之患。您听我的，必须杀张松以绝刘备。”

各位，王累这话说得对不对？对。你想对付张鲁，张鲁不过疥癣之疾，生点儿皮肤病，长点儿疙瘩，上点儿药，再不成拔拔罐子放放血，就能好。刘备是什么？心腹之患。对付不好，您就冠心病、心肌梗塞了，这可不是闹着玩儿的。所以您必须杀张松以绝刘备。

王累这番话把刘璋气坏了：“你说得好听，张鲁来了，你打？曹操来了，你打？来呀，把他轰出去！”愣把王累架起来轰出去了。“法正，你不要听他们胡言乱语，带着书信马上遘奔荆州面见刘皇叔，把刘皇叔请来，助我一臂之力。你跟他说，朋友之间都能互相帮忙，况且同宗乎？他能看着我有难处撒手不管吗？”“好吧。主公，我立刻就走。”法正带着书信遘奔荆州去见刘备。

刚才说到孟达，没有孟达，刘备就不能失败。提起孟达，大伙儿就比对法正熟悉了，孟达跟法正不一样，跟黄权也不一样，刚才也说到黄权了。您看，“锣鼓听音儿，说话听声儿”。黄权一开始劝刘璋时说得很清楚，刘备是人中豪杰，远近闻名，礼贤下士，仁义布于四海。首先黄权肯定刘备，这就说明他心中有刘备。但黄权是好人，是刘璋的忠臣，劝刘璋不能让刘备进川，这叫引狼入室，您得把张松杀了。还有后文书刘备没进川之时，黄权还向刘璋谏言，刘璋一生气，把他轰走了，让他上广汉县去当县令，离我远远儿的，不爱听你唠叨。到刘备进川时，大家都归降，黄权不降，直到刘璋归降后黄权才降。黄权归降后，对刘备忠心耿耿，建议他攻打汉中。不但如此，关云长、张飞一死，刘备要兵伐东吴，给二弟、三弟报仇，当时谏言的是谁？黄权。黄权劝刘备：“无论如何，您不能去。”但刘备不听，让黄权独挡曹操，他带兵奔东吴了。后来刘备打完败仗回来了，黄权这儿上不着村儿，下不着店儿，这边是曹操，那边回路已然绝了，被逼无奈，这才归降北魏。即便归降，曹丕问他，黄权也没有出卖刘备。后来有人跟刘备说：“黄权归降曹操那边了，您得把黄权全家杀了。”刘备说什么呢？“孤有负黄权，黄权并不负孤。”因为我没听他的话，所以才打了败仗。黄权是被逼无奈，没有回路了，他要不归降，手下这些兵怎么办呢？这边也有人告诉黄权：“你归降北魏了，刘备准得把你的全家都杀了。”黄权说：“我不信，我家主公不是这样的人。”黄权在北魏，曹丕很重视他，可他的子孙都在西蜀。后来西蜀失败，诸葛瞻战死绵竹，黄权的儿子跟着诸葛瞻一块儿死在绵竹，为蜀国尽忠。所以您听后部《三国》，必须把这些人物都弄清楚。

您看，孟达就比不了黄权，没有孟达，刘备不能失败。孟达归降后立下不少功劳，刘备让他坐镇上庸。刘备也不是完全相信他，把义子刘封也派到上庸，跟孟达共同执掌兵权。您往后听，关云长走麦城，廖化搬兵，离麦城最近的是哪儿？上庸。廖化见着刘封、孟达，累得话都说不出来了，缓了缓劲儿，把事情一说，刘封心想：我得马上发兵。孟达一看，把他叫到旁边。“谁是你二叔？”“关云长啊。”“你拿他当二叔，他拿你当侄子吗？”“哎，这话怎么说的？”“当初皇叔收你，关云长脸一沉，他不愿意呀。

他跟皇叔说：‘我可以收螟蛉义子，您不能收。’他不让你爸爸收你，根本没把你当侄子，你救他干吗？”“哦，那不去了。”结果关云长走麦城身首异处，死在东吴战将之手。后来孟达归降北魏，照样不安分守己。再后来诸葛亮六出祁山，想利用孟达，孟达也想回归西蜀，不谋而合，孟达答应了诸葛亮。没想到孟达做事不周密，魏将申仪知道了，告了密。一千二百里地，司马懿只花了八天工夫，奇兵而至。孟达失败不要紧，把诸葛亮整个儿北伐计划都破坏了，导致北伐失利。所以说是孟达葬埋了西蜀。有孟达跟没有孟达可不一样，没有孟达，西蜀不至于一败涂地；有孟达，刘备整个儿西蜀事业丧在他手。您说，要他何用？

单说法正带着书信，带着从人，遘奔荆州。刘备得报，赶紧迎接。把法正接进来，洗脸漱口，然后摆上酒宴相待。法正把刘璋这封书信掏出来了，刘备打开一看，信写得很客气：

“族弟刘璋，再拜致书于玄德宗兄将军麾下：久伏电天，蜀道崎岖，未及赍贡，甚切惶愧。璋闻‘吉凶相救，患难相扶’，朋友尚然，况宗族乎？今张鲁在北，旦夕兴兵，侵犯璋界，甚不自安。专人谨奉尺书，上乞钧听。倘念同宗之情，全手足之义，即日兴师剿灭狂寇，永为唇齿，自有重酬。书不尽言，端候车骑。建安十六年冬十二月，刘璋顿首拜。”

“久伏电天”，意思是我对你太尊敬了，“电天”是对权位显赫者的尊称；“蜀道崎岖”，蜀道实在太难走了；“未及赍贡”，我没有捧着贡品及时来看望您；“甚切惶愧”，我表示很惭愧。刘璋说得很清楚：吉凶相救，患难相扶，朋友之间都应当这样，何况你姓刘，我也姓刘，咱俩是同宗弟兄呢？我北边就是张鲁，他老想兴兵打我，我特别着急，特别担忧。刘璋对刘备很客气，派专人递上这封书信，请您看看我是怎么写的，意思就是请你刘备进川，如果帮助我拒了张鲁，拒了曹操，我必有重酬。这重酬可了不得，刘备不缺金子，不缺银子，也不缺美女，缺的是地盘。刘璋一重酬，就把自己整个儿四川事业给刘备了。

刘备看完书信，很高兴，摆上酒宴款待法正。刘备手下的人聪明，诸葛亮也不在这儿待着，庞统也不在这儿待着，就让刘备和法正密谈。

您看，密谈只能俩人儿，要是仨人儿，就能说出去。您记住，仨人儿不说话，俩人儿再聊天儿，这是秘诀。这话实际还不是我说的，是宣武说唱团一个老说书演员说的。“我告诉你，丽如，仨人不聊天儿，一聊天儿责任都是你的，人家想剋你就剋你，因为你爸爸是右派，我们都是‘红五类’。”这话有没有道理？有道理。俩人儿聊天儿，你赖我，我赖你呀？仨人儿就有证据，是吧？这不是我教您坏，而是我得到的实际经验。另外，中国有句古话：“来说是非者，便是是非人。”我闺女跟我说：“妈，我们那同事告诉我说，谁谁谁骂我来着。”我说：“你告诉她，来说是非者，便是是非人。她既然能在你面前骂我，也能在我面前骂你。”人活在社会里必须长经验，一辈子就是一直学习，到“嘎噔”一闭眼，就算学完了，也都带走了。

说着说着，咱们又聊上天儿了，还得说刘备和法正。刘备命人摆上丰盛的酒宴，和法正聊天儿，心照不宣，人家刘备会说话。“哎呀，久仰孝直先生英名。”你法正英名远播，我早就知道你。“张别驾多谈盛德。”张松在我面前老夸你。“今获听教，甚慰平生。”今天能见到你，聆听教诲，我心里特别高兴。法正也会说话：“哎呀，我不过蜀中小吏，何足道哉？听说马逢伯乐而嘶，人遇知己而死。张别驾昔日之言，将军复有意乎？”俩人儿这就是打哑谜呢。这个说张别驾在我面前老夸你，意思是你来了跟张别驾来了一样，我有什么心腹事都可以跟你说。那个说马要是遇见伯乐，就能够成名；人要是碰见对自己有知遇之恩的主人，就能够一展平生之才。现在我把我的意思都说了，张别驾让您领兵进川，您还去不去了？这等于把话给刘备递过来了。刘备一听：“我怎能无意呢？我一生客居呀。”今天在曹操那儿待两天，明天跑陶谦那儿待两天，后天又到刘表那儿待两天……难道我不愿意找个安身之所吗？“荆州现在是借的。我常常想，鹪鹩尚存一枝，狡兔犹藏三窟，何况人乎？西蜀那么好的地方，难道我会不想去吗？可惜刘璋是我同宗弟兄，我不忍心夺他的基业啊。”法正是个大政治家，一番话说动刘备领兵去取西川。谢谢众位，下回再说。

# 第一八八回　庞士元议取西蜀

西汉留侯十世孙，传播道教称师君。雄踞汉中三十载，最终投曹封将军。

这几句诗说的是汉中张鲁。据说张鲁是留侯张良的后人，是张子房的十世孙，这就不是富二代了，富十代了，是吧？那张鲁是从什么地方起的事，又怎能虎踞汉中三十年？就因为他爷爷创建了五斗米道，后来传给张鲁的父亲，张鲁的父亲又传给张鲁。那张鲁跟刘璋到底是什么关系，刘璋为什么会杀了张鲁的母亲？张鲁的母亲原来跟刘璋的父亲刘焉有来往，经常上刘焉他们家串门儿去，借这个机会，张鲁跟刘焉就开始走动了。退一步说，张鲁就借助了刘焉的力量。而刘焉打算利用张鲁，所以借着跟张鲁的母亲很熟，就命张鲁为督义司马。时间一长，刘焉又给张鲁配了一位别部司马，姓张叫张修。刘焉让他们两个人联合去打汉中，当时汉中太守叫苏固。这就说明刘焉是有野心的。结果张修死在阵前，张鲁借机把张修的人马归为自己所有。灭了苏固之后，张鲁就想独踞汉中。刘焉死了，刘璋看出张鲁的心思，想办法调遣张鲁，但张鲁不听，所以刘璋就把张鲁的母亲杀了。这样，刘璋跟张鲁结下杀母之仇。然后刘璋派别的兵将攻打张鲁，但又老打败仗，所以汉中就归张鲁了。如果说得再细点儿，恐怕两个小时也说不完，但大概其把主要经过说出来了。

汉中归了张鲁之后，因为曹操灭吕布，灭袁术，灭袁绍，战刘备，北征乌桓，没工夫顾及汉中，所以汉中相对比较踏实点儿。而且张鲁利用五斗米道的精神控制汉中，因为当时人们是比较愚昧的，只有愚昧的人，才能相信这个。曹操一看，顾不上张鲁，索性就封他为镇东将军，等于从朝廷的角度承认张鲁管理汉中了。当时天下大乱，群雄割据，干戈四起，民不聊生，相对踏实的就是汉中和西川。但进西川比较难，必须经过汉中，大部分流离失所的人就逃奔汉中了，使得汉中人口剧增，起码也得有几万户居民。

汉中一踏实，俗话说得好，“饱暖思淫欲，饥寒起盗心”，人一阔，吃饱穿暖，就生淫欲；人一穷，衣食无着，就想偷盗。张鲁虎踞汉中三十年，就想当汉中王。他手下有个比他明白的人，功曹阎圃。什么叫功曹？实际就是人事局长。阎圃跟张鲁说：“您要是晋位汉中王，就会招怒，谁都憋着打您。您不如先取四川，因为刘璋暗弱，民殷国富，智能之士思得明君。”阎圃原话虽然不是这么说的，但意思跟张松、诸葛亮他们一样。什么叫暗弱？就是不知道谁好谁坏。如果是明君，知道好人用好人，知道坏人把他弄出去，这是有道明君。可刘璋不知道，好人看不出来，坏人也不知道。这一来，张鲁打算进兵西川，引出这些卖主求荣的人——张松、法正、孟达三人小团体要把西川拱手献给曹操。没想到曹操当时正骄傲，没瞧得起张松，张松才把西川地图献给刘备，引出刘备进西川。您看，我说得明白不明白？

刘璋还就听了卖主求荣之人的话了，派法正到荆州送上书信，引刘备进川；又派孟达带领五千兵到川口迎接刘备。您看，有一个人给刘备送去死地图，刘璋又亲自给刘备送去俩活地图。刘备见到法正，客套几句之后，毕竟两人心照不宣了，刘备就得说实话了。“孝直先生，想刘备飘零半世，十八镇诸侯讨董卓时不过是一个小小的平原县令，还仗着朝廷庇护，仗着盟兄公孙瓒。后来我到许昌依附曹丞相，到徐州依附陶恭祖，到荆州依附刘景升。半生飘零，一直都是寄居。”刘备说的就是现在北漂儿的话：“我当了北漂儿之后，今天在三环外租房；公司倒闭之后，上五环外租房；后来公司又好了，又跑到二环租房。”实际刘备说的就是这意思。“荆州四面受敌，北有曹操，东有孙权，南有很多夷越之族，汉中还有张鲁。我也知道益州险塞，沃野千里，天府之国，焉能不想取啊？”您看，刘备说出来了，我不是不想取西川。“可惜刘璋是同宗弟兄，我不忍心夺同宗之基业。”

从这时开始，刘备逐渐暴露自己的本来面目了：我怎能不惦记西川呢？我早就惦记了。要不惦记西川，我干吗把诸葛亮请出来呀？可刘璋是同宗弟兄，我刘备好脸，仁义之辈，能夺同宗之基业吗？为什么费了这么大力气，到现在还落得一个借荆州啊？就因为刘表姓刘，我也姓刘，我们都是汉高祖二十一世玄孙。

“孝直先生您想，鷦鷯尚存一枝，狡兔犹藏三窟，何况我刘备乎？”说到这儿，刘备的眼泪都下来了。刘备这话很形象，也很客观。鷦鷯是一种小鸟，又矮又胖又笨，蹦跶蹦跶，就这么一种鸟。说鷦鷯都惦记有个树枝，能踏踏实实在那儿歇着，有个休息的地方。咱们都知道狡兔三窟，兔子都得找仨地方藏着，何况我刘备呢？我现在是借的荆州，没地方存身，怎能不惦记西川呢？但西川是我同宗弟兄的，我没办法。刘备一说实话，就把这个困难的问题交给法正了：你来给我解决吧。法正是个聪明人，为什么他跟刘备后来互相信任？就因为他说的话刘备爱听，刘备说的话他也爱听。

法正听到这儿，微微点头：“刘皇叔，荆州北据汉沔，南尽南海，东连吴会，西通巴蜀，可北边有曹操，东边有孙权，汉中有张鲁，南边有夷越，四面受敌。更何况您还写着字据，荆州是跟人家孙权借的。而益州百姓丰足，道路严谨。”没有特殊的本事，您可进不了西川。这就是为什么刘备必须把张松怀里的地图哭出来，西川实在太难进难出了。“刘皇叔，今刘璋暗弱，民殷国富，智能之士思得明君。”法正跟诸葛亮隆中对时说得一样。您看，刘璋跟刘表没有什么太大的区别。善善而不能用，恶恶而不能去，看见好人不能用，看见坏人不能轰走，而且刘璋暗弱，还没有刘表勇敢。刘璋手下这些名人都希望有一位英明之主带领他们强盛西川。说白了，就是希望有一个好领导领导我们，使我们强大起来。可刘璋就是上了小人的当了，就是张松这些人。“再说了，刘皇叔，现在天赐良机，有我们做内应，您领兵进西川，西川唾手可得。要是失去这么好的机会，您要知道，曹操惦记西川，孙权也惦记西川呢，张鲁不日就要攻打西川。刘皇叔，逐兔先得，您是明白人，难道不明白这个道理吗？”大伙儿一块儿逮兔子，谁先逮着就是谁的。法正这番话说得相当有力有理有节，给刘备摆事实讲道理，据理力争。刘备一低头："容我思之，再议再议……"很感激孝直你，但我还得想想。刘备这层面皮还没有完全脱去：我只要一进兵西川，仁义的名声就丢了，我刘备这辈子靠的是什么？

"来呀……"手下人赶紧伺候。"有请孔明先生。"诸葛亮来了。"拜见主公。哎呀，孝直你好。""孔明先生，请替我陪孝直先生到驿馆休息，啊……待我休息片刻。"刘备让诸葛亮去送法正，话里可没说诸葛亮你得回来，所以人家就不回来了，诸葛亮这人特别明白，不招人讨厌。刘备来回踱步，心想：西川这事儿到底应该怎么办？我偌大年纪，再不得西川，机会就没了，而且那边还有人做内应。

这时，听见脚步声音响，刘备回头一看，副军师庞统来了。庞统说话就直："主公，刚才孝直跟您说半天了，您到底决定没决定取西川？""唉，我……""您别疑虑了。主公，这可是太好的机会了。如果失去这个机会，您要知道，曹操不日进兵西川，张鲁也一直惦记着西川，刘璋抵挡不了啊，不然为什么他派人请您呢？这个机会万万不能失去。""哎呀，士元，你坐下，你坐下。"庞统坐下了。"主公，您说。""你也知道我这辈子敌对的仇人是谁，就是曹操。曹操处事以急，我处事以宽；曹操处事以暴，我处事以仁；曹操处事以谲，我处事以忠。我处处跟曹操相反，结果反而成功了。现在为了区区得益州小事，使我失去仁义之心，我不敢做此决定。"刘备把这话说出来了，我这辈子最大的敌人是曹操。曹操着急，急于平定北方，然后一统大汉江山；而我则是慢慢对付这些诸侯，宽厚待人。曹操残暴，而我以仁德治天下；曹操使诡计，我光明正大。正因为我处事跟曹操相反，所以每每都能成功。现在就为了西川这点儿事儿，让我把我仁义之人的面目弄没了，我怎能下得了决心呢？

庞统一听，"噌"的一下儿，站起来了："主公，您这么想就不对了。按常理，您出仁义之师，一仗一仗打，以强制弱，是应该的。但现在天下大乱，不能用常理办事。您要是按着周天子的办法，就应该'兼弱攻昧'，'逆取顺守'，事定之后再施仁义，想报恩者给以大国，同样是以仁义治理天下。您一味按着原来的老规矩、老办法，那就可能永远失去西川。"您看，庞统说话很直。说您要按常规来，像当初十八镇诸侯立盟主，然后传檄文于天下，你董卓如何残暴，我要打你。我们打赢了，我们胜利；你打胜了，你就赢了。这是按常理打仗。但现在不行，天下大乱，分崩离析，你看谁弱小就取，看谁愚昧就夺，这是周武王之道，这样才能创天下。说你要施仁义，没关系，等得了西川成功之后，再用仁义治理天下，强大蜀国。言外之意就是告诉刘备，如果刘璋把他的事业给你了，你想报答他，封他个地盘，封他这辈子永远吃喝不尽，享受荣华富贵，就行了。如果你不去取西川，等曹操缓过这口气来，也要攻取汉中、西川，那时还能有你的机会吗？所以不能再多疑了，必须马上行动。“多谢士元先生开备愚昧。”

您别小瞧庞统这几句话，比诸葛亮舌战群儒还费劲呢。诸葛亮舌战群儒是一对一，把他们打趴下就得了；庞统这不行，得让刘备下决心，其实刘备不是不想取西川，但他必须先得把脸皮抹下来。一个仁义道德的刘备，“欻”，就得变成兼弱攻昧、逆取顺守的刘备。就因为你刘璋暗弱，那我就得欺负你，把你的地盘拿过来。再者，人家法正也说了，庞统也说了，您不取西川，好些人可都惦记着这块肥肉呢，谁先得下来就是谁的。刘备明白不明白？太明白了。

第二天，刘备把军师诸葛亮、副军师庞统，法正，还有关云长、张飞、赵云、黄忠、魏延都请来了，商议进川之事。诸葛亮说：“主公，您要打算进兵西川，就得考虑荆州重地必须派人看守。”刘备一听诸葛亮的话，对了他的心思了：那我就把你留下。您看，诸葛亮说出这样的话，既可以说一语一关，也可以说一语双关。荆州确实应该好好把守，守不住就麻烦了。如果益州得不下来，再把荆州丢了，那就完了。所以必须有人在荆州，谁看着？一语双关的话，就是诸葛亮自己打算留在荆州，让庞统跟刘备进西川。

您就琢磨后部《三国》，说诸葛亮真跟法正是好朋友吗？诸葛亮真跟庞统是好朋友吗？人活在世上，谁没有八十六个心眼儿啊？傻子还有仨心眼儿呢：饿了吃，渴了喝，困了睡。要是你打他一嘴巴，他准不干，这比仨心眼儿还多呢。后来刘备得下益州，地位最高的是糜竺，诸葛亮都在糜竺之下。如果法正一直活着，就是诸葛亮的一个敌手；如果庞统一直活着，恐怕天下也不会是这么回事儿。您要知道，庞统实际上不愿意跟刘备这儿待着。他知道曹操不能用他，他也不能去保曹操；刘备这儿有诸葛亮；他想着周瑜死了，到孙权面前展示我的才能，可没想到孙权没用他。如果孙权用了庞统，恐怕《三国演义》这段历史就得改写。您别忘了——伏龙凤雏，二人得一，可安汉室天下——您就说凤雏庞统有多大能耐。

刘备心里跟明镜似的，点了点头："既然如此，就请孔明先生带关云长、张飞、赵云镇守荆州。总管荆州归孔明先生；二弟云长镇守襄阳；子龙将军镇守江陵，代管镇江；三弟翼德负责巡查四郡，代管荆州地面，南巡夷越。士元先生，你跟着我进兵西川，孝直先生随军而行。黄忠听令！""在。""老将军，命你为前部先锋。魏延！""在。""你为后军。关平、刘封！""在，在。""你们保着我，是为中军统军。马上点齐五万马步军，选择吉日良辰，进兵西川。"建安十六年冬天，刘备准备进兵西川。法正非常高兴，这种人脑子里不单单想的是享福，更重要的是才能得到展现，怀才不遇者都想尽展其才。事情都定好了，刀枪器皿、锣鼓帐篷、粮草等项准备齐毕，到了日子，响炮出兵。

这时，有人前来禀报："启禀主公，廖化前来投军。"中国有句老话："西蜀无大将，廖化当先锋。"廖化什么时候出现的？关云长灞陵桥挑袍之后，头一个遇见的就是廖化。廖化当初就想投军，但关云长没答应，告诉他："等哪天我们弟兄有了地盘了，你去，我肯定要你。"现在廖化带着手下人前来投军，书不说废话，刘备收下他，把他交给诸葛亮，让他保着关云长坐镇襄阳，廖化从此就归为"关八将"了。后来诸葛亮六出祁山，西蜀没人了，廖化为先锋，廖化活到七十多岁才死，在那时就了不得啦。现在，七十多岁还说书呢。（注：笑声）

书说简短，刘备大队人马出兵，到川口这儿，孟达带领五千兵前来迎接。这回刘备全看见了，三人小组，孟达是第三位，实际孟达就是刘备的丧星。如果刘备知道，当时就得把孟达宰了，拿起宝剑，孟达还没留神呢，"噗"，长胳膊刘啊，孟达脑袋就掉了，是吧？（注：笑声）他也就甭出坏主意了。但当时刘备不知道，看见孟达还挺高兴。这样，刘备领人马进川了。刘备很聪明，赶紧跟法正商量，写了一封信，派人带着信，带着很多礼物，让孟达派人陪着，直奔成都，面见刘璋。刘璋接着书信，拿出银两赏给送信之人，打发他回去不提。

刘璋非常高兴，马上升座大堂，张松在刘璋旁边一坐。刘璋高兴："众位将军、列位先生，现在宗兄刘皇叔已然兵进西川，从此我就不再惧怕张鲁，也不再惧怕曹操了。"刚说到这儿，黄权挺身而出："主公，您千万不能听张松的话。"张松一瞧：我招你惹你啦？上回说话还没点名，这回竟然直呼其名。"怎么着?！"张松为什么这么横啊？刘备已然带领人马进川了。刘璋问了一声："黄权，有何话讲？""主公，您必须杀张松以绝刘备。别瞧刘备表面上仁义道德，实际柔中有刚。只要让他进来，他就不会再走了，将来咱们西川就危险了。主公，您好好考虑考虑，将来西川还会不会是您的。我食君禄当报君恩，说的都是实话。"张松一听就急了：宰我？"哈哈，黄公衡，你分明是在离间刘……刘皇叔跟主公间的宗族之情啊。我问问你，你想让刘备走，让主公把我杀了，没关系，可有一节，汉中张鲁来了怎么办？曹操前来又怎么办？"黄权根本没理他，"噗通"一声，就跪在刘璋面前："主公，您万万不可让刘备进川！""哎，黄公衡，我待你不薄，你为何出此丧言？"刘璋说完话，站起身形，一甩袍袖，要走。黄权真急了，扑过来，一张嘴，"吭哧"一下儿，就把刘璋的袍咬住了。您想，刘璋穿的这件袍是四川上好蜀锦做的，真丝绣的，非常结实。刘璋有的是钱，今儿换一件，明儿换一件，每件袍都特别结实。他低头一看，黄权把自己的袍咬住了，使劲儿往回一拽："把他给我轰了出去！"嘀，一下儿血就出来了，愣把黄权的两颗门牙拽掉了。

这时，文官李恢跪倒阶前，爬到大堂之上："主公，您不能迎刘备进川，等于迎虎入门。"张松一听，真急了："我说你们这些人想的就是你们的媳妇、你们的家，真是一点儿都不替主公着想。像你们这些人的做法，不就是暗中向着张鲁，向着奸贼曹操吗？你们完全是为了自己卖主求荣。"他卖主求荣，反过来还说人家。刘璋气坏了："李恢，你给我退出去。来呀，把他轰出去！”愣把俩人都轰出去了。

张松长出一口气：“主公，您赶紧传令吧。”“好啊，传我的命令，凡刘皇叔人马进川，一切川资、粮草等项都由我西川支付。”这可是刘璋办的一件错事儿，意思是刘备进川人吃的粮食、马吃的草料……所有这些该支出的项目，连当兵的零花钱，都由刘璋来付，由西川开支。“准备兵将，旗幡军装一律是新的，装载上钱物，我亲自带人带物，前往涪城迎接宗兄刘备。”手下人没办法，赶紧准备。好么，一千多辆大车，上边装满西川好的出产：锦缎、珍宝，粮草都是最好的粮食。过去西川粮食运不出来，多了就喂猪，那都是好大米，真是这么回事儿。刘璋浑身上下穿戴一新，手下文武也穿新的，当兵的也穿新的，旗幡招展都是新的，漂亮已极。都准备好了，刘璋传令：“第二天出榆桥门，前往涪城迎接刘备。”

第二天，刘璋带人刚走到榆桥门，手下人前来禀报：“主公，大事不好！”“何事惊慌？”“您上城门那儿看看去吧，从事官王累把自己倒挂在城门之上，一手拿着谏章，一手拿着宝剑。说您要听他的，杀了张松，把刘备轰走，就什么事儿都没有；您要不听他的，他就要自割绳索，坠地而亡。”“嗐，拿谏章来看。”手下人赶紧把谏章从上边接过来，递给刘璋。刘璋打开一看，气坏了。谏章很简单，大概是说良药苦口利于病，忠言逆耳利于行，您千万得听我王累的。当初楚国之君没听屈原的话，跟秦王会盟于武关，结果被秦所困，完了。您要不听我的，把刘备迎进西川，西川就没了，您的地位也没了。您不听我的，我就死在此地。刘璋越看越生气，“啪”，把谏章往地下一扔：“这是毁我之心啊。来，遘奔涪城迎接皇叔刘备。”带人就出去了。王累听见了，流着眼泪，心说：没想到如此死谏，主公仍然不听我的。手中宝剑把绳索一割，“噗通”一声，王累坠地而亡。

您看，要不怎么说刘璋暗弱，民殷国富而不知存恤，智能之士思得明君呢。有能耐的人在他手底下得不到高升，像法正有能耐，才当一个小小的县令；像黄权、李恢这样的人，完全是正臣、忠臣，刘璋就这么对待他们；王累也是。你说你死个什么劲儿啊？当然，现在分析都觉着王累怪可怜的，为刘璋这么一个愚昧的人死了，冤不冤？你就算掉地上两回，他该走还得走。所以说王累死得一点儿也不值，不如死在两军阵前，还落个英雄殉国。有的历史学家评价说："一个笨蛋要作出决策来，什么人也劝不了。"刘璋就是一个笨蛋。

刘璋来接刘备，由四川成都一直到涪城，三百六十里地。书说简短，刘璋见着刘备，高兴极了，两人拉着手哭，面对面流眼泪。刘璋的潜台词是，我一个人干不了了，你能来帮忙，我非常感谢你，真心实意的。刘备的潜台词是，我终于见着你了，我是来得你的西川来的。当初见张松时，我是流着眼泪，把地哭出来的；现在我还得流着眼泪，换取你相信我的仁德之心，然后好夺你的西川。

书不说废话，刘璋命人摆上酒宴，款待刘备。两个人谈起话来两情欢洽，比搞对象还亲密呢。刘璋从来没见过这么好的哥哥，刘备也从来没见过这个，哪回都是打半天，刨去死就是亡，现在人家西川之主亲自接我入川。本来是心花怒放的事儿，他在这儿假意流眼泪，刘备演得也好，国家一级演员，著名表演艺术家，是吧？（注：笑声）

等酒席散了，刘璋回来了，手下人就问他："主公，您看刘备怎么样啊？""真是个好人，仁德之君，我这宗兄太好了。有了他，我那些不放心的事儿就全放心了。张鲁来，曹操来，谁来我都不怕了。你们看看人家那几员战将，再加上凤雏庞统先生，虽然庞统长得不好，但张松长得也不好啊，那……那架不住人家有能耐呀。"说到这儿，刘璋想起张松来了：要不是张松，我能见着宗兄刘备吗？"来呀，准备黄金五百两。"说着话，刘璋又把自己身上穿着的这件袍一脱："连我这件袍，带黄金五百两，送到成都，交给功臣张松。"卖主求荣之人还能得奖，这叫卖主求荣奖啊。刘璋这边一个劲儿夸刘备。

刘备回到营中之后呢？手下人也问："您看刘璋这人怎么样啊？""啧，真是个忠厚人。""是挺忠厚的，那您打算怎么办呢？""咱们就给人家帮忙吧。""帮忙？您这大老远带着五万兵，真跑这儿帮忙啊？""是啊，人家说了，不用咱们自己的钱粮，全由他们供给，这多好啊。""那您不要西川了吗？""非不欲取呀，可刘璋是我同宗弟兄啊。"法正看了看庞统，庞统看了看法正，二人没说话。为什么？因为张松已然派人送来一封密信，交到法正之手，法正又把这封密信交给庞统。“您瞧瞧。”庞统打开一看，意思是事不宜迟，赶紧杀掉刘璋，不然夜长梦多，就会有变化，必须先下手为强。借着在涪城两军相会期间，取刘璋项上人头，然后直接攻到成都。“您先把这封信搁我这儿，容我思之。”庞统没把密信拿出来。“主公，您表面看刘璋是挺好的，可有一节，您再看他手底下那几位。”“谁呀？”“张任、泠苞、邓贤、刘璝那几员大将，全都这劲头儿的，分明是恨咱们，不愿意让咱们进来。”“哎呀，手下人无所谓。”“有所谓。您要听我的，明天还礼，把刘璋请到大营之中，摆上一桌酒宴，在夹壁墙中藏上一百名刀斧手。饮酒之间，您摔杯为号，一百名刀斧手冲出来，把刘璋来个乱刃分尸，咱们就可以直捣成都。”“啊?！庞士元，你怎能给我出这样的主意呀？我才到西蜀，人心未定啊。”您瞧，刘备连实话都说出来了。要是人心定了呢？就可以把刘璋宰了。（注：笑声）那意思我还得留出工夫收买人心呢。“他……您不这么着，将来可要后悔。”

这时，法正也走上前来。“刘皇叔，顺其天理，现在您就得这么办。”“什么叫顺其天理呀？我刚到西蜀，百姓还瞧着呢，刘璋拿我当宗兄，我来是为了帮他以拒张鲁，以拒曹操。结果刚进川，就把刘璋杀了，天底下地上头会有谁不骂我呀？人心并未归附。”庞统心说：对，人心归附您再杀，那我们还得等啊。法正一听，真急了：“您瞧，这……这可是张别驾送来的密书。”“张别驾有书信前来？”“对呀，张别驾说了，您应该先下手为强，赶紧把刘璋杀了，然后就可以直捣成都，西川就拿下了。”“不成，这事儿现在说什么也不能办。”

第二天，刘璋又来请刘备，刘备又去了，根本不提这茬儿。刘璋也有点儿哆嗦，因为这几员战将也跟他嘀咕了。“主公，您表面上看刘备挺好，实际这人不地道着呢。您看他手下这些人，都惦记上西川享福来呢，您长点儿心眼儿。”“哎，我长点儿心眼儿。”结果哥儿俩又吃又喝，刘璋的心眼儿也没长，刘备把杀刘璋的事儿也忘了。庞统看着着急，赶紧找法正来了。“这怎么办呢？”法正说：“您是军师，您拿主意吧。现在我还不是刘皇叔手下之臣，表面上我还是刘璋之臣。”“我拿主意？我拿主意的话，咱们可就顾不得了，先下手为强，不让主公知道，就在酒席宴间想办法结果刘璋的性命。”

刘备这一进西川，才引出赵云截江夺阿斗。谢谢众位，下回再说。

# 第一八九回　赵云截江夺阿斗

昔日救主在当阳，今日飞身渡大江。船上吴兵皆丧胆，子龙英勇世无双。

今天这书该说赵子龙截江夺阿斗了。说书之前，先给大家提前拜个早年，因为再见面就是大年初二了。今天提前祝大家健康快乐幸福，阖家欢乐，阖家团圆，身体健康是最主要的，希望我们明年、后年、大后年……永远都能在书馆相聚。再一次感谢大家。（注：掌声）

那么说为什么会出现赵云截江夺阿斗？就因为刘备进西川了。刘备为什么进西川？人心不足蛇吞象。等说到荀彧死的时候，也会说到这一点。当初荀彧保曹操时，曹操没有这样的野心。同样，当初刘备跟着十八镇诸侯讨董卓时，不过是一个小小的平原县令，根本没想过做西川之主，人的野心是一步步向前发展的。就跟现在这些贪官一样，刚开始当官想的是：我一定得爱护百姓，做个清官。慢慢的，从一块表、半斤茶叶……越陷越深，最后贪好几个亿，进去了，是吧？所以人的欲望是没有止境的。一个人要能控制自己的欲望，他是很有修养的人，而且活着是幸福的。有人说："家庭幸福才是最大的幸福。"我特别同意这句话。在外边折腾一溜够，回家之后就打架，就离婚，这样的生活没什么意思。所以说艺术要与时俱进，人也得与时俱进。后部《三国》主要说的是人，斗将不斗兵，我希望大伙儿跟我一块儿研究，您也回家翻翻《三国》，有什么好的建议告诉我一声，咱们共同努力，把后部《三国》说好。其实后边的书很有意思，诸葛亮跟司马懿斗智，我们从中吸取什么样的经验教训？

今天马上就得说庞统保着刘备进西川。上回书说了，为什么把诸葛亮搁在荆州？临行之前诸葛亮告诉刘备："您打算进西川，荆州怎么办？

必须有人把守。”这一点，当时刘备就明白了：那就把你留在荆州，我带着庞统走。咱们都知道庞统死在落凤坡了，《三国演义》是明书，那庞统跟诸葛亮到底有什么区别？咱们很简单地说说。首先，两个人出世就不一样。诸葛亮在出世之前，所有舆论工作都造足了，自个儿在家中隐居。“伏龙凤雏，二人得一可安汉室天下”，名声在外，我就在家里等着，挤兑得明主访贤。所以他出世时非常高贵，得让刘备三顾茅庐才能把他请出来。您说刘备能拿诸葛亮不当回事儿吗？而庞统就不是了，先投周瑜，方向就错了，在周瑜手下就算再得势，也不过是个谋士而已。而且周瑜是什么人物？周瑜文武双全，你在周瑜底下还能越过周瑜去吗？所以庞统投奔周瑜，本身在方向性上就犯错误了。再说，他先投周瑜，想保孙权，之后幸亏周瑜死了，如果孙权用他，还能发挥作用。但他如何才能超越周瑜，超越张昭，超越鲁肃？不容易。后来保了刘备，刘备大材小用，让他到耒阳县当县令。再后来刘备拜庞统为副军师，可以说庞统跟诸葛亮平起平坐了。但您想想，在刘备心中，这两个人能一样吗？从思想感情上说，就不一样。诸葛亮是刘备三顾茅庐才请出来的，那可是追半天才追到手的，是初恋；庞统先到东吴，然后才来找刘备，属于二婚。（注：笑声）所以从感情上来讲，庞统永远超越不了诸葛亮。

然后，再说两个人的用计。刘备不好做决策：到底应该大刀阔斧去杀刘璋，还是应该以仁义温暖蜀民之心？一条路是仁义的，一条路是血腥的，刘备要做一抉择。对于他来说，他当然愿意保持自己仁德的面貌，所以很难下决策。而庞统出的主意就不如诸葛亮。诸葛亮要给刘备出主意，先会分析当前的形势来说服你，讲清楚利弊，让你听我的，引导你听我的。最后刘备听了，就听了；刘备不听，人家诸葛亮避而不言，就不说了。庞统则是越俎代庖，下边就要说到。所以说你庞统是伺候刘备的人，就不能惹刘备烦。你本身是销售经理，给你们董事长出主意，老显得比他还高，老刨他的买卖，您说您还待得住待不住？所以听书也好，说书也好，真能学到很多经验教训。

上回书说到刘璋跟刘备在涪城相见，哥儿俩天天饮酒，感情融洽。张松在密信上说:“事不宜迟,就要借这机会杀了刘璋。”法正也同意,庞统也同意,但刘备说:“不行,我初入蜀地,还没得到民心呢,这种不仁不义之事我不能办。”而刘璋把刘备请进西川,自以为聪明。要按老将严颜的话说,刘璋“独坐穷山,放虎自卫”。一个人坐在深山里害怕,把老虎放出来保护自个儿,那老虎还不先吃了你?刘璋老认为刘备能够无条件帮助他,以拒张鲁,以拒曹操。刘备吃饱了撑的?他没事儿在荆州待着好不好,为什么偏要千里迢迢到西川帮助你呀?刘璋手下这几员大将都劝,但刘璋不听:“你们是在离间我们兄弟间的感情,我们是同宗弟兄。”两个人每天一块儿饮宴,刘备是在等,等机会;而刘璋自以为是,请来一个哥哥帮助自己。

第二天,刘璋又把刘备请到城中赴宴。涪水这边是刘璋兵将扎下的大营;那边是刘备兵将扎下的大营,黄忠为先锋,魏延断后,谋士是庞统,旁边就是法正。刘备跟刘璋对坐饮酒,越谈越融洽,外边跺脚着急的就是庞统。庞统一点手,法正过来了。“军师。”“孝直先生,唉……看来主公不下决心,那咱们就得做主,对不起主公了。”法正一下儿就明白了:庞统决心要杀这刘璋。法正没说话,点了点头,庞统找到了魏延。“文长。”“军师。”“看见没有,主公不忍心杀刘璋……”“哦,您想让我在席间舞剑助兴,以刺刘璋?”“对了,上。”

魏延本身就是这人性,“腾腾腾”,迈步走到堂上,一抱拳:“主公、刘将军,酒席之上无以自娱,末将愿舞剑助兴。”说着话,魏延亮出宝剑,走开行门,迈开步眼,就在酒席宴间舞起剑来了。刘备心说:我还没批准呢。魏延表面是舞剑,实际渐渐逼近了刘璋。刘璋手下的人也不是傻子,刘瓆、泠苞、邓贤看了看张任,张任往堂下一看,庞统已然将二百武士列于阶下。这就是庞统的不对了:你前面让魏延行刺,后边又带二百武士列于阶下,都跟这儿站着,瞪着眼睛瞧着,只要魏延一下手,当时就冲进去,人家对方是傻子呀?张任一看,给那三个人一递眼神,攥宝剑把儿,按绷簧,“嚓愣愣”,宝剑出匣。“魏将军,一人独舞不足以助兴,来来来,我与你对舞。”说完,“欻”的一下儿,张任捧剑分心就刺,魏延拿宝剑往出一挂。两个人插招换式，就在酒席宴间对舞起来了。这下儿刘璋就晕了，刘备往下一看，心说：庞统，你这叫越俎代庖。刘备这儿瞧着。魏延看张任跟自己对舞，赶忙一瞥刘封，刘封点了点头，攥宝剑把儿，按绷簧，“嚓楞楞”，宝剑出匣。“来来来，我与你们同舞。”四川这边还有人呢，刘璝、邓贤、泠苞三个人同时亮宝剑，“欻”的一下儿，三道寒光。“来来来，群舞为敬。”这下儿就乱了。

刘备一看：坏了，酒席宴前成了杀人的战场了。刘备也没带着宝剑，看旁边的侍卫带着呢，伸手就把这位的宝剑拔出来了。然后刘备在酒席宴间一立，宝剑往空中一举：“慢着！”大伙儿一看，刘备真急了，脸往下一沉，这模样也不好看。再说，他比谁举得都高，他是长胳膊刘啊。“今天我跟宗兄刘璋在此饮酒，为的是同宗弟兄相聚相会，共议大事，你们为什么如此？把宝剑都扔下。如有再带剑者，立斩不赦！”刘璋这才明白过来：敢情是要行刺啊？哎呀，我哥哥真好啊……“众位，你们干吗带宝剑进来呀？赶紧听我哥哥的，把宝剑都扔了。”

宝剑扔了，众将退去，刘璋过来拉着刘备的手：“哥哥，你真是个好人……有你在，我足可以保住西川。”刘备气坏了，心说：庞士元，你办的这叫什么事儿啊？“兄弟，你我相聚为的是共议国家大事，为了汉室天下。来呀，把所有将军都请上堂来，赐予酒肉。”“呼啦”一下儿，都上来了。刘备让中军官往下赐酒赐肉。刘备心说：今天比鸿门宴还热闹，鸿门宴一个项庄、一个项伯，再加一个樊哙，就够可以了，现在这儿有多少樊哙呀。大伙儿饮完酒，都下去了。

刘备跟刘璋重新坐下，刘璋一边哭一边喝：“好哥哥呀……没有你，我们西川就完啦……”刘备心说：我现在没法儿下决策呀。我要杀了你，就能把西川得到手，但现在又不能杀你，我得收买人心啊。所以您看后部《三国演义》，刘备的本来面目就要逐渐暴露出来了。两个人一直喝到天黑，掌上灯光，才各自回去。

刘备回到大营，吩咐一声：“请庞军师。”“参见主公。”庞统还不服呢。“军师，谁让你今天这么做的？以后再擅自做主，我就撤你的职。”“呀……”所以庞统跟诸葛亮不一样，诸葛亮绝不会招刘备虎脸。

“唉!”庞统叹了口气,出去了。

刘璋回来还高兴呢:“我说你们要干什么呀?瞧我哥哥刘备多好啊。”这几位凑到刘璋跟前儿:“好什么好啊?主公,您没瞧见他手下一个个都想要您的性命吗?”“没有啊,他不是止住了么?”“他是止住了,但您甭老替他说话。您看庞统这些人,就是惦记得咱们西川,好在此享受荣华富贵,他们跟您想的可不一样。”“哎呀,你们不要离间我们兄弟间的感情。”“得啦,您要是不听,早晚得上当。”大伙儿老劝,耳鬓厮磨,老在耳朵边上念叨,刘璋也就稍微动了点儿心。

第二天,刘璋摆上酒宴,又把刘备请到关中,两人坐这儿喝酒,旁边这些战将看着着急呀。正在这时,有人来报:“报!”刘璋用手一指:“何事禀报?”“启禀主公,现在张鲁集合兵将,要兵发葭萌关。”“啊呀……哥哥你瞧,说来还真来了,你能不能替我挡住张鲁?”“请兄长放心,小弟一定效犬马之劳,我即刻出兵。”“哎哟,多谢多谢,还是我哥哥好啊……”刘璋传下话来,刘备所有人马的钱粮供给完全由西川承担。刘备传令,大队人马拔营起寨,由涪水关杀奔葭萌关。您看,葭萌关在四川广元,现在是个旅游胜地,不过老的古迹已然没有了,古时候的杀人战场葭萌关还是挺有名的。刘备走了。

刘璋送完刘备,回到城中。“众位将军,咱们回归成都吧。”张任抱拳拱手:“主公,您回归成都理所当然。不过有一节,刘备心怀叵测,就算您说刘备再好,可他手底下这些人不行,时时刻刻都在窥伺我西蜀。您应该派重兵在这儿把守,以免发生变故。”大伙儿你一句,我一句,刘璋动心了:“好吧,那就派两员战将镇守涪关,以挡刘备。”这一来,如果刘备突然袭击,刘璋马上就能知道。刘璋一派重兵,刘备马上就得报了。为什么?有内奸啊,这内奸比真正敌将还可恶。刘备带领大队人马到了葭萌关,没过多少日子,突然诸葛亮派人送来一封书信。刘备打开一看,大吃一惊,原来夫人回归了东吴。

为什么能发生这事儿啊?刚才开书我就说了,刘备不进西川,这事儿就不会发生;刘备一进西川,消息马上传到东吴,孙权立刻升座大堂聚文武议事。孙权把事情一说："现在刘备把荆州一应事务都交给诸葛亮，自己率队进兵西川，帮刘璋以拒张鲁，以拒曹操。"顾雍走到桌案前："将军，这是多好的机会呀。蜀中道路崎岖，刘备不能轻易回到荆州，天赐良机，不可失去。您应该马上派出一支劲旅堵住川口，让刘备出不来，然后再派大兵把荆州夺回来。""此计甚妙。"您想，孙权天天憋着要荆州啊。话音刚落，有人说话："谁出的这个主意？把此人押到堂下，枭首示众！怎么，想害我的女儿不成吗？"大伙儿全傻了，往孙权身后的屏风这儿一看，老太太站这儿呢。孙权怕谁？就怕老太太。孙权赶紧站起来了："儿拜见娘亲。""好啊，我就这么一个闺女，嫁给刘备，他们夫妻安然自得。现在谁出主意要夺荆州，是想要害我女儿这条命吗？须放得老身不死！"孙权低着头，都不敢抬。老太太一转身，一指孙权："胆大孙权，你继承父兄之基业，坐镇江东六郡八十一州，难道还不知足吗？你不念及亲族骨肉之情，想要你妹妹的性命？好，今天老身就死在你的面前！""啊呀，娘亲息怒，娘亲息怒，儿不敢违背老娘之意。"那孙权就得听话。老太太转身走了。孙权回头再看，空荡荡的，人都没了，全吓跑了。"哎哟……"孙权走到堂下，站在轩中。什么叫轩？就是廊檐儿这儿。屋外有廊子，从廊子出去才能离开厅堂。孙权站在轩中仰天长叹："唉！此机会若失去，不知何年何月才能得回荆襄……"

这时，听见脚步声音响。孙权抬头一看，大谋士张昭来了。"拜见主公，您是不是还在忧伤？""我没法儿不忧伤啊。子布，这么好的机会失去了，母亲不让，你说我怎么办？""好办。""好办？你说说，怎么好办？""主公，您不是想得荆州吗？""是啊，你快出主意呀。""我跟您说，荆州好得。虽说国太不让，但您可以派一个精细人，还得跟孙家有相当密切的关系，派这人带五百兵，改扮成商人模样，带着您的一封家书，船中暗藏武器，遘奔荆州。信中就说国太病危，要见女儿，让郡主带着公子阿斗回归东吴。到那时您以阿斗为质，给荆州给阿斗，不给荆州不给阿斗，荆州不是唾手可得吗？"要我说，这老太太回去得早了点儿，要是这会儿听见，过来能给张昭一嘴巴，然后就把张昭枭首示众了，是吧？还说我病危，缺德不缺德呀？（注：笑声）老太太走了，认为没人敢惹她，但有给孙权蔫儿出主意的。“此计大妙！我有个家将姓周名善，原来跟从家兄，在孙家穿房过屋，妻子不避，又与郡主相识，派他前往如何？”“事不宜迟，请您马上传令。”孙权派人把周善叫来了。周善原来跟着孙策，在孙府长大，武艺高强，本领出众，而且心特别细。孙权把任务交待清楚，然后写了一封书信，让周善预备五条快船，五百名兵士，全都改扮成商人模样，遘奔荆州，目的就是把郡主和阿斗诓来。

咱们说得快啊，比动车还快，是吧？周善到荆州了，船只在沙口镇拢岸，周善带着两个从人蔫溜溜进了荆州，到荆州衙门门口，让人往里回禀，说有家书奉上。孙夫人马上传话，周善进来了。“拜见郡主。”夫人一看，认识。“周善，何事啊？”“国太病重。”一句话，孙夫人的心就碎了。所以说张昭是谋士呢，出这主意太有针对性了。一说老太太病重，孙夫人马上就没脉了。说起来就是母女连心，这时候是最能迷惑人的。那当初她跟刘备回荆州时，怎么那么明白呀？那因为老太太好着呢，看刘备美着呢，又是燕尔新婚，所以跟着回来了。现在刘备也不在跟前儿，您以为这位孙夫人好惹呢？诸葛亮都得派人保护刘备。为什么？恐怕天天对刘备家暴。（注：笑声）所以诸葛亮随时都留神，没想到这会儿落空了。孙夫人急了：“你说我母亲怎么样？”“国太病重啊。现在有一封书信，您看看吧，就希望您赶紧回去，临终前就想见您一面，还让您把公子阿斗带回去。”“好。可有一节，我得知会军师，现在刘皇叔不在荆州。”“您要是知会军师，军师说还得上西川去请示刘皇叔。这一来一回，老太太要是没了，怎么办呢？”“是啊，那怎么办呢？”“您就别知会军师了。”“如果我不知会军师，有人阻挡我，怎么办？”“没关系，我带来五条快船，有五百兵士，船上藏有兵器。您带着公子随我坐车到江边，马上上船，咱们立刻就走，顺风顺水。”“那好，我马上收拾。”“您就别带什么了。”儿子就在跟前儿呢。这时刘禅多大？七岁。“走，妈带你玩去。”刘禅跟着就走。傻嘛，是吧？（注：笑声）孙夫人领着阿斗，也没工夫换新衣裳了，带着原来跟到荆州的这些丫环，出府门立刻上车，跟着周善遘奔江边，然后上船，真快。

周善刚要传令开船，就听岸上有人抖丹田一声喝喊："夫人且慢走，子龙前来送行。" 孙尚香听见没有？听见了，但她这时怀中抱着阿斗，脑子里想的就是母亲，想赶紧看见娘，世上最亲者莫过母女呀。周善一听，顺声音往岸上一看："呀……" 说周善认不认得赵云？赵云曾经保着刘备到东吴就亲，谁不认得常山赵子龙啊？

赵云怎么来了？赵云有任务，那是诸葛亮暗中派来保护刘备的，老怕刘备受家暴。今天赵云执行任务，巡查街市，所以没在刘备府中。他巡查回来，看门的站门口正着急呢。"哎哟，子龙将军，您可回来了！" "你们怎么都在外头站着啊？" "没法儿不在外头站着，现在我们没地儿伺候人去了。您……""怎么回事儿？""夫人走啦。""上哪儿了？""回东吴啦。""那公子呢？" "夫人抱着呢。" "啊?! "这下儿赵云急了，吩咐一声："随我来！" 他带的兵只有几个中军官骑着马，跟着赵云，一催坐下马，"啊呀呀呀呀呀"，沿江就追下来了。老远就看见这五条船了，赵云高喊："夫人且慢走，子龙前来送行。"

您看，赵云现在也处于两难之际。说刘备进兵西川，到底用血腥的战争，还是用仁义收买人心？不好决定。同样，赵云现在也不好办。不管怎么，孙权的妹妹是主母，自己是刘备之臣，也就是夫人之臣。可夫人走，你拦？不能拦。你不拦？她抱着刘备的儿子呢。赵子龙大战长坂坡，在曹操军中杀了个七出七进，七进七出，才保下刘备这小小的血脉。现在你要把他抱走，赵云可不是傻子：你妈病了，那不是阿斗的亲姥姥，妈不是亲妈，姥姥也不是亲姥姥（注：笑声），你干吗非把刘备的儿子带走啊？所以赵云只能说给夫人饯行。

周善站在船上，用手一指："呔！什么人胆大，竟敢拦阻我家夫人的去路吗？" "夫人。" 赵云不理周善。"请您稍待片刻，我有一言奉上。" 周善回头往船舱里看了看，孙夫人脸往下一沉，没搭茬儿。周善赶紧喊了一声："开船。" "欸……" 顺风顺水。咱们都坐过船，顺风顺水，船快极了；要是逆水行舟，船可就慢极了。赵云骑着马沿江就追，他这匹马快，可手下人的马没那么快。追出足有十几里地去，赵云高喊："夫人，慢走……" 周善根本就不理这茬儿:"来呀,射箭。"一阵梆子响,弓弩齐发,就奔赵云射来了。然后周善命人把暗藏的所有武器全摆在船头之上,这就叫阵势,吓唬吓唬你:你别以为我们是兵,实际都是东吴的战将。赵云急了,一边催马一边高喊:"把船给我止住!"谁听他的呀?赵云追了半天,心说:要是让船过了港口,那边归东吴管了,阿斗这孩子我可就抱不回来了。

赵云真急了,往远处一看,江边停着一只渔船,船上有两名水手。这两名水手也听见有人喊了,抬头顺声音一看,荆州的人谁不认得赵云啊?再往那边一看,东吴的船。再听赵云一喊,又见船上的人往岸上射箭,他们大概齐也就明白点儿了。赵云甩镫离鞍下马,手提大枪,又按了按青釭剑,垫步拧腰纵身形,"噌",离着一丈多远就跃到渔船之上,船只颠簸。"驾船追赶!""子龙将军放心。"两名水手划着船,也是顺风顺水,就追赶周善所在这条船。周善用手一指:"射箭!"一阵梆子响,弓弩齐发,奔赵云这条船就射。赵云手拿大枪拨打雕翎,护着这条船,护着俩水手,还得护着自己。别看是一条小小的渔船,真划起来,快极了,离周善这条船越来越近。周善也拿着一条大枪,往江中一指:"你好大的胆!"离近了,他想拿大枪扎赵云,那赵云能让他扎着吗?赵云急了,"嗆啷啷",大枪扔在船板之上,然后攥宝剑把儿,按绷簧,"嚓楞楞",就把青釭宝剑亮出来了,拨打雕翎。趁当中间儿闪出一条缝儿来,赵云垫步拧腰纵身形,"嗖……啪",相隔一丈有余,跃在周善的船头之上。周善急了:"好大胆!"

赵云往船舱中一看,孙夫人正抱着公子阿斗。《三国演义》也没描写阿斗有什么表现。说叫一声赵叔叔,没有;说害怕,也没有。傻嘛,是吧?罗贯中大概也不愿意在他身上多加点儿笔墨了。孙夫人脸往下一沉:"大胆!子龙,你为何做出无理之事?"赵云上前一抱拳:"夫人,您无故离开我家主公,离开荆州,不知会军师。夫人所做之事,还请您再思再想。"赵云这会儿不能顶嘴。说你才无理呢,那是张飞。张飞跟嫂子敢瞪眼,赵云敢吗?赵云的两道目光可就落在阿斗身上。"赵云,我们家中之事由得你来管吗?母亲病重,如果你不让我回去,我现在就投江而死。""夫人且慢。夫人,您走我不敢拦,可有一节,您得把小主人留下。我家主公征战半生,只留下这点小小的骨血。想当初大战长坂坡，我赵云豁出这条命来保着小主人，把小主人送回到主公怀中。今天若是把小主人放走，我赵云断断不容。请夫人把小主人留下。”“赵云，你好大的胆啊！哼，难道说你要反吗？”您看，孙夫人拿赵子龙当徐盛、丁奉了。一说徐盛、丁奉：“你们要造反吗？”两人“噗通”一声，就跪下了：“不敢。”因为他们是孙权治下之臣。但人家赵云不是啊，赵云手里攥着宝剑：“夫人，您回去探母，赵云不敢拦。但赵云有守土之责，您把小主人留下，任凭夫人回去。”“阿斗是我儿子，你管得着吗？”要是张飞，就能说：“呸！哪儿是你的儿子呀？那是甘夫人生的。”赵云能这么说吗？不可能。赵云只能琢磨：如果把小主人放走，将来就麻烦了，我家主公征杀半世，骨肉何存？所以事难两全，只能放夫人走，但得把小主人夺回来。

想到这儿，赵云宝剑交在左手，“噌”的一下儿，来到夫人面前，“欻”，就把阿斗抄过来了。说阿斗就没点儿反应吗？傻嘛。再说，阿斗确实跟赵云有感情。自打长坂坡赵云把他救出来，赵云常哄着他玩儿。看见他三叔张飞倒未必，但看见赵云，脸儿白白的，对他那么好，是吧？肯定跟赵云有点儿感情。阿斗扑在赵云怀里，赵云抱着他由船舱走到船头。再看周善，没了。周善干吗去了？上船尾了，把着舵，指挥着船快走，五条船走得这快。周善心说：我让你抱着阿斗没办法，你现在想跳回原来的渔船上都不可能了，越离越远，渔船也追不上。再看孙夫人，脸一沉：“来呀，上前揪打！”就是让这些丫环上去连揪带抓。那赵云能拿宝剑砍这些丫环吗？赵云左闪右闪，不能把这些奴婢弄死。船越走越快，赵云心里着急：怎么没人来救我呀？

走到油江夹口，突然间“欻”的一下儿，江面上排出十几条船。赵云心说：糟了，中东吴之计了。这地方离东吴太近了，十几条船肯定是东吴派来接应的，现在只有我一个人抱着公子，这是想连我一块儿带到东吴去呀。赵云正着急呢，就听对面船头有人高声喊嚷：“呔！嫂嫂哪里去？留下我的侄儿！”赵云这颗心马上就落下来了，对面船头站的正是张飞张翼德。张飞可不客气，巡查油江刚回来，听说这件事儿，带着十几条船就下来了。“三将军……”“子龙休得惊慌。”张飞把大枪扔在船上，垫步拧腰纵身形，“嗖……啪”，一下儿就跳到赵云身旁。“来，你我并肩作战。”这下儿孙夫人有点儿傻眼了，她惹得起赵云，可惹不起张飞。“三弟，我母亲病重，你要不让我走，我就投江而死。”“嫂嫂，我大哥本是大汉皇叔，并没有辱没嫂嫂。今天嫂嫂要离开荆州，应当事先知会我家军师。可嫂嫂趁我大哥兵进西蜀，难道就狠心离我大哥而去吗？”您说，这是小叔子该说的话吗？“翼德呀，我母亲病重，我等不了啊。如果你不让我走，我就真死在你的面前！”张飞一听：她要真死了就麻烦了，大哥知道了得跟我玩儿命。“子龙，这怎么办？”“现在公子已在我的怀中。”“那好，咱们就放她离去，任凭她走。嫂嫂，既然如此，那你回到东吴之后，要是想念大哥对你的恩德，想念大哥的身份并没有辱没于你这东吴的郡主，就马上想办法回归荆州。来呀，子龙将军，你我去也。”

刚说到这儿，周善过来了，也不知道他从哪儿抄起一口刀，举起刀来：“张飞，你好大的胆！”您说，他这不是找死吗？临死前得在郡主面前表现一下儿，是吧？（注：笑声）张飞宝剑一举，往下一落，“欻”，周善的脑袋就飞了，正好赵云在旁边伸手一接。“嘿，接得好！”张飞把周善的人头接过来，往孙夫人面前一扔：“嫂嫂看了！”“好啊，你们竟敢在我的面前如此无礼……”“来，你我走。”张飞、赵云跳到自己的船上。孙夫人也没办法，周善已死，孙夫人只好带兵回归东吴。

赵云和张飞站在船头，抱着阿斗，心里踏实了。总而言之，刘备的这点儿骨血没被带走。两个人吩咐：“掉转船头，往回走。”这时，江面又有几十条船排开了，当中船头上一个人，头戴纶巾，身披鹤氅，手拿羽扇，正是军师孔明。诸葛亮也听说了，赶紧带船前来追赶。要没有赵云截江，要没有张飞打接应，那诸葛亮来也晚了。三个人见了面，彼此说清楚情况，诸葛亮放心了，这才带领水军回归荆州。然后诸葛亮写了一封书信，命人骑快马遘奔葭萌关前去禀报刘备。刘备接过书信，打开一看。您要看《三国演义》，刘备没有任何表示。这点儿我挺佩服刘备的：甭管哪回他媳妇丢了，他都没什么表示。（注：笑声）当然，说好听的，刘备是创业之主，得以事业为重。

孙夫人回到东吴，《三国演义》也没交代说她见了妈之后，怎么个对话，这件事就这么过去了。但孙权不干，升座大堂。“众位将军、列位先生，这次家将周善死在张飞手中，此仇必报，我马上要调动东吴所有的将士，进兵荆州。”“报！”“何事？”“曹操调集四十万大兵，要报赤壁之仇，人马已至许昌城外。”“啊？！”孙权一听就是一愣。曹操统领四十万大兵，要报赤壁鏖兵、火烧战船之仇，孙权能不害怕吗？还商议进兵荆州？先保住您自己这六郡八十一州吧。孙权马上更改会议内容。“现在荆州之事免谈，咱们应该如何抵抗曹操这四十万大兵？”“报！”“何事？”“现有长史张纮先生的遗书在此。”当初孙策创江东事业，有二张所保，一个是张昭，另一个就是张纮。长史相当于秘书长，跟别驾，就是张松当的官差不多，也是在孙权手下掌握实权的人。张纮因为有病，告老还乡，回到家中养病，没想到病死家中，临死前写了一封书信，现在交到孙权手上。

孙权打开一看，泪如雨下。“众位将军、列位先生，子纲……”张纮张子纲。“子纲劝我迁都秣陵，说秣陵有帝王之气，能成帝王之业，我焉能不听？来呀，将秣陵改名建业，建石头城，以备迁都。”石头城就是这么来的。孙权决定迁都，吕蒙抱拳拱手：“主公，现在曹操统领四十万大兵南下，欲报赤壁鏖兵、火烧战船之仇，您必须在濡须水口建坞以挡贼兵。”众将一听，都说：“哎，这没必要啊。敌人来了咱们打仗，敌人走了咱们下船啊。”“不然。”吕蒙说：“未思进，先思退。打起仗来，你也不知道这仗是胜是败，而且有步兵、有马军，如果敌人突然杀来，咱们都来不及逃跑，还来得及下船吗？所以必须建坞以挡之。”为什么今天要说濡须坞？因为这个主意就是吕蒙出的。吕蒙不但是江东重要的人物，也是后部《三国演义》很重要的人物。后来吕蒙白衣渡江，关云长就死了吕蒙之手。周瑜、鲁肃、吕蒙、陆逊，都是保孙权坐镇江东的栋梁之才。

吕蒙给孙权出的是什么主意？您得结合当时的情况说，搁现在就没什么了，不算什么高明的主意，但在那时可了不得。您注意，因为东汉末到三国前这段时期，没有码头。吕蒙的意思是：曹操带领大兵马上就要来了，这边是濡须口，那边是七宝山，当中是巢湖的水出去连接长江的地方，十分险要，所以必须在这儿筑坞以防敌。说打起仗来，能打还是不能打？打仗绝没有百战百胜的道理。要打败了，敌人突然间来了呢？连跑都来不及，还能直接下船吗？还没到岸边就让敌人弄死了。所以吕蒙实际是想在濡须水口修建一个小城堡，作为屯兵的地方，又是个掩体，这样才可以有备无患。您看，自从有了濡须坞，曹操两次到此打仗，都是败北而归，足以证明吕蒙不简单。

孙权马上传令：一是在秣陵建造石头城，改名为建业；二是调动几万大兵，日夜兼工，尽快盖好濡须坞。

再说曹操要出兵了，没想到董昭谏言说："丞相，您为保汉室天下，迁都河南许昌，已然打了三十多年的仗，众文武谁能跟您比？所以您必须要进魏公，加九锡。"曹操一听，很高兴：欲望又要得到满足了。没想到荀彧张口阻拦："不可！"荀彧一阻拦，才引出杀身之祸。曹操大兵南下，大战濡须坞，葭萌关夜战马超。谢谢众位，下回再说。

# 第一九〇回　曹操大战濡须坞

文若才华天下闻，可怜失足在权门。后人硬把留侯比，临没无颜见汉君。

这四句诗说的是曹操手下大谋士荀彧荀文若。上一回正说到赵云截江夺阿斗，周善死在张飞之手。孙权借着给周善报仇，传下命令，要调齐江东所有人马进兵荆州。名义上是给周善报仇，实际上孙权心里就惦记着荆州，后文书跟荆州就干上了。可手下人一说曹操带领几十万大兵要报赤壁鏖兵、火烧战船之仇，孙权没办法了。你要是顾荆州，就惹不起曹操；你要是打算对付曹操，就不能再进兵荆州。所以孙权就把进兵荆州的这件事放下了，跟文武官员商量如何对付曹操。结果孙权传下两道命令：一是在秣陵建造石头城，准备迁都；二是听从吕蒙的主意，在濡须水口修造濡须坞。您看，这就是吕蒙的奇谋。《三国演义》说周瑜临死时举荐的是鲁肃，鲁肃临死时举荐的是吕蒙，吕蒙临死时举荐的是陆逊。由周瑜直到陆逊，都是江东的顶梁柱，这趟军事路线一直保着孙权稳坐江东，占三分之一天下。所以说吕蒙这个人相当不简单。过去我理解濡须坞，不过是盖了一个棚子，或是修了一所房子，里边能够藏点儿兵，实际不是，因为三国年间还没有码头。说这地方要经商，有河流，人口聚集，在这儿盖个码头？没有。所以吕蒙开了这个先河，在濡须水口建造濡须坞，等于建造了一座城堡，里边可以藏兵。所以说曹操嚷嚷半天四十万大兵南下，没想到耽误了，给了江东准备的时间，结果濡须坞盖成了。

曹操耽误在什么事儿上了？耽误在荀彧身上了。可与其说耽误在荀彧身上，还不如说耽误在曹操自个儿身上。曹操准备大兵南下，长史董昭挺身而出："丞相，我有一言。""董长史请讲。""丞相，自古以来所有做臣下的，没有比您功劳更大的了。不论周公，还是保着武王灭纣兴周的姜尚，哪一个比得了您？丞相栉风沐雨三十余年，扫荡群凶，为民除害，为国除奸，保住汉室天下，您功居第一，岂可与诸臣宰同列乎？您应当晋位魏公，加九锡，以彰功德。"

董昭说得有理没理？有理，但分站在哪个角度上。曹操爱听，为什么？到现在，尤其潼关战败马超之后，曹操骄横已极，已然不可一世。董昭说了，这三十多年把反对您的众诸侯都扫荡了，而且为百姓除害，如果没有您，汉室天下就完了。曹操自己也说过："如果不是孤，得有几人称帝，几人称王啊。"您看，连小小的袁术，就因为手中有了传国玉玺，孙策跟他借兵，把传国玉玺给了袁术，结果袁术还在寿春称帝呢。曹操在统一中国北方这件事上确实下了很大功夫，可以说功高盖世。如果没有曹操，汉室天下能不能存留到现在就不得而知了。所以要从这点来分析，董昭的话相当有理。既然有这么大功劳，就不能跟我们并列，您应该晋位魏公，加九锡，以彰显功德。九锡，写出来是锡，但古语就得画个等号，等于赐。所谓九锡，有车马、衣服、乐器、朱户、纳陛、虎贲甲士、鈇钺、弓矢和秬鬯圭瓒。什么叫秬鬯？秬就是黑黍子，鬯就是美酒。加上车马得换，衣服得换，得有大乐队，得有虎贲甲士，门得涂成朱红色的……说明整个人的格调上升，实际是为了彰显权力，刨去皇上就数你大了。

曹操非常爱听，脸上放出光芒，刚要说好，有人拦挡一声："且慢！"大伙儿顺声音一看，说话的是荀彧。

说到荀彧，荀彧弃袁绍而投曹操，专家说此人高瞻远瞩，说明他看对了人。那当初荀彧保曹操时，曹操什么样儿？孟德献刀，然后回到山东，曹操刚起事，荀彧来了。荀彧看准了，为安汉室天下，曹操必能立下汗马功劳，所以才投到曹操麾下。而且荀彧还给曹操举荐了好几个谋士：荀攸是他侄子；曹操最喜欢的郭嘉、谋士陈群……刨去贾诩，好几个对曹操有贡献的谋士都是荀彧举荐的。曹操之所以能统一北方，头一位谋士就得说是荀彧。咱们回顾一下，曹操进京勤王是谁的主意？荀彧。后来曹操进兵徐州，陶谦请来孔融，孔融请来刘关张弟兄，这时吕布抄了曹操的后路。谁能保住曹操基本的地盘？荀彧。再后来曹操有了力量，打算血洗徐州，又是荀彧拦住了："当初光武踞河内，高祖踞汉中，必须先有根本之地，然后才能稳坐江山。"官渡之战，荀彧在许昌负责供给，曹操人马的后勤工作以及掌握朝廷，都归荀彧了。当时曹操七万大兵，袁绍七十万大兵，众寡悬殊，眼看曹操支撑不下去了，写封信问荀彧，荀彧说："您只要守住了，一定有变化。"结果许攸投曹，然后乌巢劫粮，曹操反败为胜。谁的功劳？荀彧。刘备坐镇徐州，曹操要灭吕布，灭刘备。谁的主意？荀彧，"二虎争食"、"驱虎吞狼"……就不一一列举了。荀彧确实了不起。使曹操能够稳定地保住汉室朝廷，功劳最大的就是荀彧。荀彧当时官拜尚书令，相当于国务院总理，外人称他荀令君。而且荀彧长得非常好看，史书上记载他"清秀通雅，为人伟美"，还有人说他"瑰姿奇表"，您说得多漂亮。他还老带着香熏，搁现在话说就是老洒香水儿。谁要出国，说："荀大夫，我给您带点儿什么？""带两瓶香水儿吧。"所以荀彧是一个非常干净，喜欢美，儒儒雅雅的帅哥。（注：笑声）

按说曹操进位魏公，头一个赞成的就应该是荀彧。没想到董昭刚说完，荀彧喊了一声："且慢！"连曹操都愣了："文若有何话讲？""丞相，当初您在山东兴义兵，为的是什么？匡扶汉室。当秉忠贞之志，守谦退之节。君子爱人以德，董长史建议您晋升魏公，加九锡，不宜如此。"所有文武官员全愣了，朝堂上鸦雀无声，相府省厅就等于二号朝堂啊。荀彧是曹操头一个谋士，按说第一个支持曹操的是他，结果现在头一个反对的是他。曹操脸一沉，大伙儿一看，曹操不高兴了。董昭一看："哎呀，岂能因一人之言而阻曹公之兴？来呀，上报朝廷，给曹公加九锡。"这件事按说就算过去了，可荀彧转身形走到省厅之外，仰天长叹："没想到今日之事竟会如此。"荀彧走了。

曹操传令："四十万大兵进兵江南，灭孙权，报赤壁鏖兵火烧战船之仇。"同时，曹操还传下一令："尚书令荀彧随军。"命令传到荀彧的府中，荀彧当时就愣了，明白了：让我随军，恐怕我活不长了。

书以简洁为妙。曹操大队人马走到寿春，荀彧让儿子前去禀报曹操：

“路上身染重病，不能前行，求丞相准许在寿春养病。”这样，儿子伺候着，荀彧留在寿春养病，曹操指挥人马继续往前走。有一天，曹操命人送来一个食盒，上边是曹操亲笔写的封条。荀彧打开食盒一看，正如他心中所想，什么都没有，空盒一个。荀彧非常聪明，知道自己不能再活在人世中，就服毒自杀了。多大年纪？五十岁。

对于荀彧的死，很多历史学家评论，有说这个的，有说那个的。我总结了一下各位的观点，并结合我的观点而论，其实就是保曹和保汉的问题。现在的曹操跟当初兴义兵的曹操不一样了。曹操当初在山东起事，有商家赞助、来个战将带领一千多家丁，那就了不得了。荀彧是头一个投奔曹操的谋士，而且陪曹操进京勤王，迁都许昌，灭吕布、灭袁术、灭袁绍、收降宛城的张绣、战胜北国的乌桓、打败西凉的人马……看上去荀彧跟曹操最好，一切都为了曹操。可实际并不是这样，荀彧的死就因为他誓保汉室。而曹操现在欲望之大，恨不得天下就只有我曹操了。到底你保我曹操，还是保汉室？结果是截然不同的。其实曹操并不在乎什么魏公，什么九锡，曹操现在一跺脚，把刘协往旁边一扒拉，自个儿当皇上，谁敢怎么样啊？完全可以办到。但曹操没想当皇上，还是挟天子以令诸侯。所以荀彧的死，只能说明他已然看出曹操的野心，无力再匡扶汉室。他想用这几句话抑制曹操，但曹操不可能再听他的，所以只能赐死。总而言之，你到底跟我曹操一条心，还是跟汉室一条心，就是这么个问题。

荀彧一死，他儿子哭，马上发哀书禀报曹操，曹操心里也很难过。您想，荀彧陪曹操十几年，立下这么大功劳，曹操能不明白吗？曹操封荀彧的谥号叫敬侯，恭敬的敬。几年之后，曹操又追封他为太尉。曹操当初说过，一定要让荀彧位列三公，他得实现诺言。厚葬荀彧，同时让荀彧的儿子世袭罔替他的爵位。这么一看，董昭就聪明，像董昭这样的人永远立于不败之地，因为你曹操爱听什么我就说什么。而荀彧要保持晚节，那没办法，只能让曹操赐死。

曹操虽然很难过，但不会影响大局，他传下命令：“大队人马兵发濡须口。”曹操跟刘备不一样，他绝不摇摆，绝不思前想后，拿出主意立刻执行。

曹操这回志在必得，命曹洪带三万铁甲军作为先锋军，直插濡须口安营扎寨。到了濡须口，曹洪准备安营，往前一看："呀……"曹洪愣了。您别瞧曹洪年纪轻轻，跟着曹操南征北战东挡西杀，也是久经大敌。为什么曹洪愣了？就瞧濡须口一杆旗一杆旗，旌旗飘摆，队伍交加。再瞧所有艨艟战舰，扎着水师大营，一眼望不到边，而且全是崭新的器械、崭新的旗帜。东吴这势派了不得。曹洪没敢扎营，马上让中军官骑快马禀报曹操，请丞相亲自前来观看。曹操得报，亲带五十多员战将，带着两万大兵来了。曹洪施礼，让开队伍，两万大兵跟三万铁甲军合兵一处。曹操在正中旗纛伞盖之下勒马停蹄，就见濡须口旌旗飘摆，绣带高扬，战鼓齐鸣，也不知藏着孙权多少人马。

曹操回头一看，有一座挺高的土山。"曹洪，带领所有战将随孤登山一望。""遵令。"曹营大将、偏将、牙将加起来得有一百多员，带着两千精兵，跟着曹操到山顶了。众战将众星捧月，曹操在山头上往下一看："呀……"连曹操都愣了。只见濡须口外长江如练，战船分成五色：东方甲乙木，旗子都是绿缎色的；西方庚辛金，旗子都是素缎色的；南方丙丁火，旗子都是大红缎色的；北方壬癸水，旗子都是皂青缎色的；中央戊己土，旗子都是黄缎色的。分成五色，五座水营。就听战鼓齐鸣，江水波浪拍打在船帮上的声音，"啪……啪……哗……"一直撞到曹操心中。曹操发呆了，没想到孙权势力这么大。曹操仔细再看，船分开了，一只飞虎大战船冲出水门，船下了矴石，船头正当中坐着孙仲谋。孙权头戴冕旒冠，身披金甲，旁边众将金盔金甲、银盔银甲、铜盔铜甲、铁盔铁甲，威风凛凛，杀气腾腾，那真是白的白似雪，红的红似血，黑的黑似铁，黄的黄似蟹，一个个牢扎狻猊腿，挺站虎彪躯。曹操看着眼晕，再看后边所有战船闻风而动。

曹操往对面战船之上一指："众位将军你们看，船头稳坐的就是孙权孙仲谋。"大伙儿心说：我们看见了。"丞相，孙权？""是啊，生子当如孙仲谋，刘景升之子豚犬耳。"曹操夸孙权，生个儿子跟孙权一样可了不得，而刘表的儿子，豚犬耳。豚就是猪，犬就是狗，猪狗耳。大伙儿一听曹操这么夸孙权，鸦雀无声。

这时，就听水中响炮了，“叨叨叨……叶噜噜噜噜噜……”“哗……”有人在船头指挥调动，五支船队霎时分开，几百条船列得一字长蛇阵，簇拥着孙权这艘飞虎大战船。曹操正瞧呢，突然就见孙权这条船往前一走，紧跟着孙权带领手下人拉马来到船头，然后搭踏板来到岸边，拢丝缰认镫扳鞍上马。“杀呀……”“叨叨叨……”五支船队所有的人都拉马顺踏板下船登岸，直奔曹操所在的这座山头来了。“拿曹操啊！”“哗……”战以气胜。曹操马一拨头：“跑！”跑字儿都说出来了。（注：笑声）曹操刚说完，这边炮声一响，顺声音一看，孙权手下老将韩当，胯下马，掌中一口刀。“曹贼，你哪里走！”“啊……”再往这边一瞧，一员大将高喝一声：“曹操，你跑不了了！”正是周泰。“虎将何在？”曹操身后“虎痴”许褚答言：“丞相休得惊慌！”曹洪他们保着曹操就跑。许褚往前一催马，双刀一磕，一口刀架住韩当的刀，另一口刀架住周泰的刀，两军人马展开混战。这下儿曹操打了一个大败仗。

您看，说书老说战以气胜，这就是吕蒙盖下濡须坞，准备得非常充足，曹操一来，马上倾巢而出，给你个下马威，结果曹操大败而归。如果没有许褚这两口刀，韩当、周泰杀奔曹操，曹操就受不了了。

大队人马打了败仗往回走，曹操一声长叹，回头再看，孙权并没追。书说简短，安营扎寨，吃完晚战饭安歇睡觉。曹操刚睡着，就听外边炮鼓连天，杀声震耳。曹操醒了，起来一看，外边火光冲天。“何事？”“启禀丞相，现在孙权派出几员大将前来偷营劫寨。”“呀……大兵撤下。”人马撤下去五十里地，重新安营扎寨。您可记住濡须口，就因为吕蒙修造濡须坞这个决策，曹操两次在这儿打了败仗。

第二天，曹操吃完早战饭，喝完茶，心里闷得慌，坐在书几旁看书。这也是曹操的优点，打了这么大败仗，仍然能够静下心来看书。看着看着，听外边脚步声音响，抬头一看，程昱来了。“仲德见我何事？”“丞相，您深知兵法，明知兵贵神速，为什么到濡须口会打败仗呢？”“还没败。”“可咱们退兵五十里呀。”“那是暂留实力。”（注：笑声）“行，丞相您能说。

可我跟随您多年，为什么这次吃亏了？就因为您迁延日期。”“这个……”“您迁延日期，致使孙权在濡须口有了准备，所以我劝您还是带领人马回归许都，容日再来复仇。”“唉！”曹操叹了口气，没说话。您看，程昱知道探腻儿（注：北京土语，指通过察言观色知分寸、晓进退），退出去了，曹操坐这儿继续观书。

看着看着，曹操心里烦，胳膊肘儿支在几案上，拿拳头一攥，顶住太阳穴，“呼……”迷迷瞪瞪睡着了。突然，就听外边炮声一响，潮声汹涌，就好像巢湖的水随着长江的水涌上营寨。曹操睁开眼，顺声音一看，只见万里长江中突然升起一颗太阳，光芒四射。“啊？！”曹操就觉得天上也有光，抬头再看，天上还有两颗太阳互相冲撞。曹操猛然间惊醒了：“何时也？”曹操身边老有伺候的人，赶忙答言：“丞相，正是午时。”“好啊，点齐一百虎卫军，随孤前往。”

手下人点齐一百虎卫军，又把曹操的马拉来。曹操立刻出帐上马，带着这些人直接往前走。突然，就听“嘭”的一声，曹操顺声音寻找，觉得是梦中从江中升起的这颗太阳落在此地，曹操就来到营外一座山坡之下。刚到山坡这儿，就听“叨叨叨……”“杀呀……拿曹操啊……”“哗……”曹操顺声音一看，来的人马并不多，五千人，正当中金盔金甲大红战袍，正是孙权，旁边众战将众星捧月一般拥护着。“你是孙权吗？”“不错，正是你家孙仲谋。”孙权用打将鞭一指：“你在中原身为当朝宰相，挟天子以令诸侯，有享不尽的荣华富贵，为何还要兵发我江南？你想取我六郡八十一州吗？”孙权直接指责曹操，那曹操能服输吗？曹操手里没东西，看旁边的人手里有鞭，你使鞭我也使鞭，曹操伸手拿过打将钢鞭，用鞭一指：“呔！孙权，你是臣下之臣。而今我奉天子之命前来讨伐，因为你不尊汉室。”“呸！曹操，你恬不知耻。天下人皆知你挟天子以令诸侯，就因为你不尊汉室，所以我要讨伐于你，以正汉室天下。今天你还跑得了吗？”“好你个孙权……”

曹操刚说到这儿，“叨叨叨……”曹操往旁边一看，吓坏了：一边是韩当、周泰，另一边是陈武、潘璋，每一边都带着五千精兵。孙权也豁出去了，就把曹操所在的这座山坡给围了。江东人马一层一层往上围，一层一层往上裹，不亚如七层刽子手，八面虎狼军。孙权催马拧枪，一声喝喊："曹贼，你跑不了了！"催马直奔曹操，曹操拨马就跑。这时，有人高声喊嚷："丞相休得惊慌，许褚来也！"也就是仗着许褚带着三千虎卫军，这些虎卫军哪个都能当战将使，都跟许褚那块儿似的，手里都是双刀。一顿抡一顿砍，抵挡住孙权手下的兵将。曹操没办法了，让众将保着回归大营。这场仗打得各有伤亡，东吴的人马死了点儿，曹操的兵将死了点儿，各自收兵回归营寨。曹操坐在中军大帐中，瞧着程昱：他劝我退兵，我能退吗？退兵我寒碜啊。其实曹操根本不怕寒碜，但也得给自己找台阶儿。

就这样耗下去，两军人马天天打，有输有赢，曹操总是拿不下濡须口，曹操发愁了。曹操这次领兵南下是冬十一月，现在到年关了，天越来越冷，南方阴雨连绵，兵将苦不堪言，在泥泞中又犯了北方兵士不习水战之忌了。曹操发愁啊：这便如何是好？曹操再看手下文武，没人敢出主意了。曹操心说：到底走还是不走？我还得跟大家要主意。实际曹操就是想找个台阶儿。"来呀，擂鼓升帐。"头通鼓响，众战将顶盔贯甲，罩袍束带，拴扎什物，全身披挂整齐；二通鼓响，刀斧手、绑缚手、中军官、旗牌官、督粮官、司辰官齐聚大帐；三通鼓响，曹操升帐，众将参见曹操，往两旁一站。"众位将军，而今已到正月，此次我军来到江南，虽然没能取胜，但也没有败。"大伙儿心说：丞相这儿还找辙呢。"现在我军到底是听程昱的话退兵，还是继续进兵濡须口？请大家出谋划策。"大伙儿谁敢言语？荀彧那么大功劳，因为不同意您进位魏公，您就赐他一个空食盒，让他没吃的了。现在就我们这些小兵小将，敢言语吗？整个儿大帐鸦雀无声。

这时，中军官进来了。"报！""何事？""启禀丞相，现有孙权派人前来下书。""哦？拿来我看。"曹操心说：这下儿可有台阶儿了。曹操聪明着呢。中军官把使者带进来，书信呈上。曹操打开一看，这封信写得不错。

"孤与丞相，彼此皆汉朝臣宰。丞相不思报国安民，乃妄动干戈，残虐生灵，岂仁人之所为哉！即日春水方生，公当速去。如其不然，复有赤壁之祸矣，公宜自思焉。"

孙权这封信写得很好。说咱俩都是汉朝的臣宰，你不想着报国安民，跑这儿跟我打仗来，你自己好好想想吧。你要是再不走，等春水一起来，重演火烧战船、赤壁鏖兵，你又该倒霉了。

曹操看完这封信，突然发现背面还有字儿，“啪”，翻过来一看，上写“足下不死，孤不得安”。孙权真横：你要是不死，我不得安宁。曹操看完，把信往这儿一放：“哈哈哈哈哈……孙仲谋深知孤也。来，撤兵！”给曹操台阶儿了，曹操赶紧顺台阶儿下。然后曹操派朱光，就是原来的庐江太守镇守皖城，紧接着曹操传令，大队人马回归许昌。

书不说废话。孙权回来之后，马上复议兵发荆州。您说这人一刻不得闲儿，他说出一句话，大伙儿都得跟着折腾。孙权升座大堂，聚文武议事。张昭一抱拳：“主公，如果您领兵攻打荆州，曹兵复至，又将如何？”“你身为谋士，有何高论？”“主公，您应该发出探马打探军情。另外，可以给汉中张鲁写封书信，再给西川刘璋写封书信。一方面，让张鲁指挥人马截住刘备的后路；另一方面，告诉刘璋，刘备已然给江东送信了，孙刘两家是唇齿之邦，让我们帮他进兵西川，你刘璋留神，刘备憋着得你的西川呢。您把这些重要的事情写明，让刘璋跟刘备玩儿命。这边截刘备后路的是张鲁，那边跟刘备玩儿命的是刘璋，刘备回不去荆州了。等曹操也踏实了，您借机会就可以得下荆州。”“好，此计甚妙，照计而行。”

刘备现在在哪儿呢？在葭萌关以拒张鲁。曹操兵发濡须口，刘备也发出探马打探军情，消息不断传到葭萌关，刘备一清二楚。刘备就跟庞统商议：“庞军师，现在曹操攻打濡须口，如果曹操胜了，肯定接下来就兵发荆州；如果曹操败了，撤兵回归许昌，那孙权借机也要来夺荆州。军师你看，我军应当如何？”刘备着急：曹操、孙权都跟我的荆州干上了，怎么办？“主公放心，有孔明在荆州，万无一失。可咱们老在这儿耗着也不行。”“那军师你看？”“您给刘璋写封信，说现在曹操攻打江东，孙权没办法，写信到荆州求救，孔明让您马上回归荆州，帮助东吴抵抗曹操。因为跟东吴是唇齿之邦，这个忙必须得帮。可因为荆州兵力有限，粮饷不济，请刘璋借精兵四万、粮食十万斛，以供军资。您看刘璋接到这封信后有何反应。”“好吧。”刘备把信写好，然后派一个中军官带着四名随从遘奔涪关。

守涪关的是谁？一个杨怀，一个高沛，杨怀是主将。杨怀问清楚情况，跟高沛说：“这么办吧，我跟着这名中军官一起去趟成都。刘备自从来到四川，广收民心，布施仁德，指不定心里憋着什么呢，我看他没安好心。现在他要借兵借粮，我跟着去面见主公。”这样，杨怀带着这名中军官，还有四名随从，由涪关遘奔成都。

书说简短。见到刘璋，书信呈上。刘璋是个无用之人，打开一看：“啧，哎呀……”刘璋抬头看了看手下文武：“你们说说，应该怎么办呢？”大伙儿心说：您倒是先把刘备的中军官打发走了，咱们再说怎么办啊，刘备的人还在这儿呢，我们说给还是不给呀？（注：笑声）大伙儿都冲刘璋递眼神儿。“哦，我明白了。”他还明白了。“来呀，把来使陪到馆驿安歇。”人走了。杨怀上前，一抱拳：“主公，您知道我为什么要跟着来使回来吗？”“那你说说。”“头一个我得告诉您，刘备在葭萌关广收民心，他想稳坐四川，您不能小觑刘备。”“哦，不能小觑刘备。那按你的意思，这粮食给不给，兵借不借呀？”“四个字儿：把薪助火。”“什么叫把薪助火？”“主公，刘备无故来到西川，到葭萌关不走了，张鲁的兵将也没来，他到底回荆州还是继续往前走啊？就在葭萌关一待，吃的是咱们，喝的是咱们，现在又说借粮，又说借兵。如果您借他粮食，借他兵，四万精兵归他，十万斛粮食也归他了，是不是就壮大了他的队伍啊？”“是啊，他跟我借就是这意思，然后回荆州好帮孙权打曹操。”“不对，等您真把兵和粮食借给他，他就变了。把薪助火，您攥着柴禾给刘备，刘备就该架起柴禾烧您了。”“他烧我干吗？我们是同宗弟兄。”“嘿哟，您怎么这么不明白呀……”

这时，有一人挺身而出。“主公，您不能再糊涂了，这回再答应刘备，那就是与虎添翼。”“与虎添翼怎么讲啊？”“哎呀，您怎么那么不明白呀……”“我怎么那么不明白呀？”他自个儿都不知道自个儿为什么那么不明白。（注：笑声）“主公您想，刘备世之枭雄，如同一只猛虎。您再给他四万兵、十万斛粮食，就如虎添翼，老虎长了翅膀，您懂不懂啊？”“那我就不应该给？”“您可不是不应当给嘛。”

主簿黄权也说，所有的忠臣都这么说。“您千万不能给，刘备没憋着好心。”“那我怎么办呢？”“您就别给了。”“可我也不能对不起他呀。”“哎呀……”大伙儿出了半天主意，好容易才把刘璋说动了，刘璋说：“这么办吧，给他四千老弱残兵，再给他一万斛粮食。”“那刘备要不干呢？”“不干也只能这样了，给是人情，不给是本分。”您说这刘季玉糊涂不糊涂？

四千兵的花名册准备好了，上边写得很清楚：“张三，四十二；李四，五十六；赵五，十五岁……”老弱残兵嘛。又准备了一万斛粮食，派一名使者跟着刘备的使者一块儿回去。刘璋还写了一封书信，就说因为我既要抵抗曹操，又要抵抗张鲁，正在用兵之际，平常又不训练人马，所以只有这么点儿兵将，还是从后勤中调来的，您凑合使得了。

刘备一看花名册，四千老弱残兵，还有一万斛粮食，当时气往上撞，双眉倒竖，二目圆睁，脸上颜色更变，把书信“欻欻欻”一撕，“啪”，往地下一扔，吓得刘璋的使者撒腿就跑。撕完之后，刘备也傻了，扭头看了看庞统。庞统说：“主公，您把刘璋的书信撕了，把来使吓跑了，等于跟刘璋翻脸了。”“我等于跟他翻脸了吗？我的仁义何在？”“您……仁义何在？”这回刘备原形毕露了，两只眼睛直勾勾看着庞统：“先生，现在我应该怎么办呢？”庞统才要给刘备出上中下三策，帮刘备计夺西川。葭萌关夜战马超，谢谢众位，下回再说。

# 第一九一回　取涪关杨高授首

一览无遗世所稀，谁知书信泄天机。未观玄德兴王业，先向成都血染衣。

这几句叫矬子之死。这矬子说的是张松，没说别人，跟何云伟、应宁这些人都没关系。（注：砸挂）“一览无遗世所稀”，说张松过目不忘，看完就能背下来；“谁知书信泄天机”，不想一封书信泄露秘密；“未观玄德兴王业”，还没等他看见刘备在四川称王呢；“先向成都血染衣”，结果他自己血染成都先死了。

张松确实很有本事，但他为什么要写这封信？就因为刘备要走。刘备为什么要走？实际是在要心眼儿。刘备在葭萌关接到孔明的一封书信，写得很清楚，一个是孙夫人让东吴接走了，大概齐把赵云截江夺阿斗这件事跟刘备说了；第二就是告诉刘备，曹操四十万大兵南下，要报赤壁鏖兵火烧战船之仇，兵发濡须坞。刘备就问庞统：“庞军师，如果曹操胜了，肯定接着就来得荆州；如果曹操败了，那孙权接着也得伸手跟咱们要荆州。你说应该怎么办呢？”庞统说：“依我说，您给刘璋写封书信，说曹操带领大兵兵伐东吴，东吴派人上荆州求救来了，我们是唇齿之邦，必须帮东吴以抗曹操。可我现在要兵没兵，要粮没粮。请您念在同宗之谊，借我四万精兵、十万斛粮食，我先回荆州去帮东吴抵抗曹操。您看刘璋怎么办。如果给兵给粮，那咱们再说。”没想到刘璋挑了四千老弱残兵，最小的十四五，最大的将近六十了，不是心脏病就是血压高，不然就是糖尿病；又给了一万斛粮食。刘备要十万斛，刘璋给一万斛。刘璋还给刘备写了一封书信。刘备一看，“欻欻欻”，就撕了。如果这时的刘备还是平原县令，他绝不可能撕这封信。现在刘备了不得了，有荆州了，狂了：我到西川是为了帮你刘璋抵抗张鲁，现在要点儿兵要点儿粮你都不给？刘备一瞪眼，一指刘璋派来的人："我帮你家主公镇守四川，现在你家主公就这样对待我？"吓得这人撒腿就跑，回去面见刘璋。

庞统在旁边一瞧，心说：是时候了，您已然原形毕露了。当然，庞统嘴上不能这么说，但心想：您表面上老是仁义道德的，这回脸面往下一撕，刘璋知道您到底怎么回事儿了，我这主意也就比较好出了。"主公。""军师。""书信撕了，来使也吓跑了，您跟刘璋就算翻脸了。接下来您打算怎么办呢？"刘备圆方脸儿一摩挲，变长方脸儿了，跟刘璋这一翻脸，真面目全暴露出来了。"军师，你说怎么办？""好啊，我给您出主意。""计将安出？""主公，我给您出三条计策，一个上策、一个中策、一个下策。""何为上策？""上策就是快。派一支轻骑马上出兵，有张松的地图，知道川中的埋伏，知道关隘的布防，'欻'的一下儿直接杀奔成都，给刘璋一个猝不及防。把刘璋一杀，四川就归您了。""好快呀，那中策呢？""中策就是不快不慢。您给刘璋写信，告诉他现在乐进已然领兵打到青泥镇了，那边挡不住了，所以您得走。您这一走，涪关杨怀、高沛肯定前来相送。他们一送，借机会您把两员蜀将一杀，进了涪关，再一站一站、一关一关打到成都。这个办法不快不慢，是中策。""下策又当如何？""下策就是慢。咱们就回白帝城，由白帝城回归荆州。先守住荆州，慢慢想办法再图西川。三条计策已然说清楚了，到底选哪条计策，请主公择之。"

您看，这就是庞统的不对。如果是诸葛亮出主意，肯定不这么出。诸葛亮会说我认为您应该怎么办，肯定得胜，然后讲给您听。如果您不听，我再掰开了揉碎了给您讲道理。如果您实在不听，我就不说了。

其实刘备明白，心说：你的上策实际就是中策，中策实际就是下策，下策就是没辙了激我。那你的上策是什么呀？上回在涪关我和刘璋弟兄相见，在酒席宴间把他杀了，西川就归咱们了，这才是你的上策。刘备猜得对不对？猜得很对。依着庞统、法正和张松，那就应该在涪关见面时就把刘璋杀了，但刘备没听。那会儿刘备没听，所以现在庞统只能出这三条计策。要是曹操，肯定选择头一条计策："点兵三万，立刻急行。"身先士卒，曹操带兵走，第二天成都就拿下来了。可那是曹操，刘备不行，刘备一来怕冒险，二来还是觉得自己脸上无光。其实已然撕破脸皮了，耗着还有什么用啊？

刘备说：“军师，上计太急，下计太缓，还是用中计吧，不急不缓正合适。”庞统一笑：“好吧，就依主公之见。”“士元，你给刘璝写封书信，就说现在咱们撤兵回归荆州，来不及告辞了。”“好吧。”庞统按着刘备的口气，就给刘璝写了一封书信。

您看，刘备跟曹操不一样。你刘备不急于下决策，不赶紧走，一缓一犹豫，采用了中策，那对不起，就得一站一站打。所以庞统出的这个主意，实际把自己的命丧掉了。如果直接发奇兵遘奔成都，给刘璋来个措手不及，西川就到手了，庞统也死不了。你非得按中策一站一站打，人家四川是面儿捏的？人家有很多有名的战将，也不是没有谋士，想计策对付你，那庞统能不死吗？所以庞统死在谁手？就是死在他自己跟刘备之手，等于自己葬送了自己。

书说简短，这封书信送到刘璋手中，刘璋一看，没往心里去。“你们瞧瞧，你们还说刘备不好呢，现在他要走。人家还得去帮助孙权，还得去打曹操，等把曹操打跑了，咱们就不用害怕了。”您就说他糊涂不糊涂？刘璋是无心说，旁边的矬子可有心听。张松一听，心里“咯噔”一下子：我好不容易面见刘备，西川地图给了他，把他请进西川，现在怎么他要走啊？

刘璋议完事，张松回到家中，马上提笔给刘备写信，意思是您别走，赶紧来成都当四川之主，卖主求荣嘛。张松把信写好，刚落了下款，要往信封里塞，听见外边脚步声音响，抬头一看：“哟，哥哥来了。”张松的哥哥是广汉太守张肃，个儿不像张松这么矮，正常人，中等身材，一团正气。张松赶紧把信往袖口里一塞。汉朝的衣服，大袖迎风，袖口宽啊，张松就把信塞到里边了。张松起身相迎：“哥哥，您怎么来了？”“兄弟，我办事儿来了，有些事儿我得问问你，你倒好啊？”“哥哥，我挺好的。”“来来来，坐下。”哥儿俩往这儿一坐，家人赶紧献茶。张肃不是一人来的，还带着几个家人，老管家呀，还有伺候的人，都在旁边站着。献完茶，就得准备酒饭，不能说哥哥刚来就轰走，是吧？可张松心里有事儿啊，袖口里揣着一封信呢，卖主求荣，他得找人给刘备送去。

张肃看着张松就有点儿别扭：亲哥儿俩见面，这位怎么这样啊？“兄弟，你怎么了，病啦？”“啊，没有没有……昨儿有点儿不合适，今天刚好。”“怎么？”“就是肚子有点儿不舒服。”“哦，那你坐这儿别动换了。”“是是是，我坐这儿别动换。”他怕这封信掉出来呀，可不是坐这儿不动换了么。“哥哥，有话您就说。”张肃纳闷儿：怎么吞吞吐吐的？“兄弟，你有事儿吧？”“没事儿啊，哥哥，有话您说。”“人家可问我了，说你面见曹丞相之后，拐弯儿抹角儿奔荆州了。”“没有，没去。”“说你见刘备了，你跟刘备有交情吗？”“没有啊，我没见过刘备，刘备什么模样我也不知道啊。”“那这传言是假的？”“当然是假的，您别听他们的，说什么都有，根本就没这么档子事儿。”“兄弟，你真没去？”“没去。”“我正好还有事儿面见主公，所以这件事得问问你。咱们可是亲哥儿俩，有，你告诉我；没有，你也告诉我，我回去好跟他们说，我兄弟没这事儿。”“没有没有，绝对没有。”

哥儿俩这儿说着呢，张肃的这位老管家有心眼儿，就瞧张松的态度不对。哥儿俩边喝边聊，张松的精力就离这封信稍微远点儿了，毕竟起码也得有个把钟头了，是吧？说着说着，张松往下一垂袖儿，这封信就掉地下了。张肃的管家拿脚尖儿一扒拉，把信扒拉到自个儿脚下。“哎哟，我给您斟茶，我给您斟酒。”然后，低头哈腰把这封信捡起来，自个儿揣起来了。

书不说废话。酒过三巡，菜过五味，吃饱喝足了，张肃告辞。回到家中，老管家把这封信掏出来了。“大人，您看二老爷是不是有点儿精神不太集中啊？”“是啊。”“您看，这儿有封书信。”张肃打开一看，傻了。这封书信写得很清楚：“松昨进言于皇叔，并无虚谬。”我可没跟您说瞎话。“何乃迟迟不发？逆取顺守，古人所贵。”我让您杀刘璋以得西川，您为什么迟迟没有动作呢？逆取顺守，以武力夺取政权，然后以文治维持统治，这是正理。不是说人家平白无故就不打，都愿意把城池交给你，吃饱了撑的？人家说我这皇上不当了，给你了，疯了？“今大事已在掌握之中，何故欲弃此而回荆州乎？”现在我在成都给您做内应，法正去接您，孟达已然带兵跟您在一块儿了，大事已定了，为什么您要走啊？我不明白。“使松闻之，如有所失。”我听说之后，觉着我盼望的东西都没了，心里乱得慌。“书呈到日，疾速进兵。松当为内应，万勿自误。”接到书信，您应当马上进兵。我给您做内应，您千万别把这事儿耽误了，不然西川就到不了手了。

叛徒的一封卖主求荣信，落到亲哥哥广汉太守张肃手中，张肃的手就哆嗦了：怎么办？“大人……”“随我来。”张肃马上离开家，前去面见刘璋。“您看，这是我兄弟的亲笔信。”刘季玉打开一看，手哆嗦得比张肃还厉害。

张肃为什么要告发他弟弟？有人很不理解。您查历史，当初刘璋曾经派张肃面见曹操，他是西川使节。见到曹操之后，曹操很喜欢他，让他做相府掾。您看，司马懿后来是文学掾。后来曹操禀报朝廷，朝廷传旨封张肃为广汉太守，等于他这广汉太守是曹操跟朝廷封的，跟刘璋没关系。再者，张肃认为如果兄弟这封信成功了，刘璋的四川要是归了刘备，那就没曹操的事儿了。曹操给了他官职，所以他心中多多少少还是倾向曹操。这是他告发张松的前提。另外，张肃还是忠臣，这个人很正直。但一正直不要紧，把亲兄弟全家的命都要了。

刘璋说：“哎呀，张肃，我待你兄弟不薄，他干吗要这样啊？”您说这位糊涂不糊涂？到现在还不明白呢。“您还没明白呢？您打算怎么办呢？”“杀呀。”“那您就杀吧。”张肃知道，只要刘璋见着这封信，兄弟的命就没了，但那也必须这么办。

第二大，刘璋升座大堂，把这封信公诸于世，然后传令，将张松全家大小刀刀斩尽，刃刃诛绝，杀了好几十口。所以刚才开场诗说得很清楚，张松还没看见刘备在四川称王呢，就已然血染成都了。张松一死，刘璋似乎明白了，看了看手下文武：“同志们，我应该怎么办呢？”（注：笑声）到现在他也想起来由城门上掉下来的忠臣王累了。“哎呀，黄权、刘巴，我应该怎么办呢？”黄权说：“主公，您千万不要惊慌，马上下行文。咱们西川有一个好，关关隘隘，一将把守，万将难攻。您让杨怀、高沛把住涪关，只要刘备过不了涪关，就无法进兵成都。”“好，快写。”黄权是主簿，赶紧写完行文，盖上刘璋的印，派人骑快马给杨怀、高沛送去了。所以您看，刘备没及时把刘璋弄死，庞统出了三策，刘备当然就得挑中策，挑了中策，人家就有准备；有准备，您也就甭活了，人家凭什么平白无故把四川给你呀？

行文往下一传，所有关隘严防死守。那刘备知道不知道呢？从精神上感觉到了，四川全军戒备，要对付我刘备了。庞统也知道。“军师，听说张松已死。”“是啊。”“咱们怎么办呢？”“我出个主意，您就按中策走吧。您马上写信跟杨怀、高沛告辞，说来不及跟刘璋面辞了，您得马上走，撤兵回归荆州，好助孙权以挡曹操，他们必然出关相送。只要他们出关，在相送之地就把他们宰了，杀了他们，马上取涪关。咱们得下一座关隘，就能站住脚了。”所以您看，这一关一关打，多难啊。要是采用上策，或者在涪关一见面就把刘璋杀了，现在四川已然归刘备了。刘备说：“好，军师您就分配安排吧。”

庞统立刻派人去给杨怀、高沛送书信，说明告别的时间、地点。然后，庞统把黄忠、魏延叫来了，告诉他们：“主公这一走，杨怀、高沛肯定来送行，他们到了咱们的行营以后，你们就把住辕门，一个兵不能放进来，只让他们两个人进来。“遵命。”然后，庞统叫了一声：“二位公子。”一个刘备的干儿子刘封，一个关云长的干儿子关平。“你们小哥儿俩带着兵在后边埋伏好了，每人一口刀。杨怀、高沛一来，你们看我眼色行事，马上带兵出来，把他们擒住，不得有误。”“遵令。”这儿布置得跟铁桶相仿。

再说杨怀、高沛接着刘备的书信，俩人儿得商量怎么办。高沛说：“这太好办了，预备好羊羔、美酒，咱们带二百精兵送行去，到了他营寨之后，一起下手把刘备杀了就完了。”“好啊，这条计策不错。表面上让他看不出来，咱们暗藏利刃，凭咱哥儿俩的身手，过去就把刘备逮着。”您看，这人的思想都比较简单，是吧？

第二天，到了约好的时间，刘备要启程走了。这时，杨怀、高沛带着二百精兵来了，来到营门以外甩镫离鞍下马，带兵就要进去。“请禀报刘皇叔，我们前来送行。”刚到辕门，“欻”的一下儿，这边是黄忠，那边是魏延，往这儿一卡：“啊，二位将军请。”卡在这儿了，两人就不能说话了，毕竟是人家的营寨，所以说他们的思想准备不足。二百兵被拦在营外，杨怀、高沛迈步进来了。“请。”中军官用手一指，杨怀、高沛遘奔中军大帐，当中坐着刘备，旁边坐着庞统，刀斧手、绑缚手、中军官、旗牌官都在这儿呢。“杨怀、高沛拜见皇叔。”“哎呀，二位将军好，见我何事？”“听说您要走，我们特意预备了羊羔、美酒，他们担着都在辕门那儿呢，给您……这个……送行来了。”这会儿说话就有点儿不太利落了。“好啊，我就知道二位将军要来送行，已然备了酒宴。来来来，把酒送上。”“不不不，还是用我们的酒吧。”

刘备吩咐一声，中军官出去了，把杨怀、高沛带来的酒抬进来了。杨怀、高沛拿起觞，倒上酒——前边我说过，三国年间已然使觞了——献给刘备：“皇叔，请饮此酒。”刘备接过来：“既然前来送行，那我就先献给二位将军，您喝吧。”杨怀心说：这是怕酒里有毒啊？我会拿酒毒你？真有意思。杨怀接过来，一饮而干，意思是看见没有？没毒。喝完落座，然后假模假事把酒宴摆上了。“二位将军，请回去转告我的宗兄刘季玉，我来到西川，叨扰这么些日子，现在来不及告辞了，我们得赶紧回去抵抗曹兵。”“一定转告，您放心。”

两人刚端起酒来，“欻”，两旁边就出来了，这边是刘封，那边是关平。杨怀、高沛一愣：“干什么？”“干什么？捆你们！”“欻”的一下儿，就把这二位捆上了，那多快呀，这都是刘备的人。您说这俩人身入虎穴，自个儿还不知道呢。庞统一声令下：“搜！”从每个人身上搜出一把匕首来。“推出去，杀！”谁传的令？庞统，可这句话应当刘备说。当兵的瞧刘备，刘备说：“杀吗？”“主公，匕首都搜出来了，还不杀吗？斩首！”所以说庞统跟诸葛亮处事就是不一样。杨怀、高沛一死，这二百兵还在辕门外瞧着呢：哟……死啦？全傻了。

这时，刘备迈步出来了。“众位，你们别着急。杨怀、高沛暗中带着匕首，企图行刺，现在已死，你们都没罪。”“哎哟……谢过刘皇叔……”大伙儿都趴下了。庞统说：“你们起来。光谢不行，你们得戴罪立功。”“我们没罪呀。”“没罪？那你们跟着来？”“那我们应该怎么立功啊？”“在这儿踏踏实实的，给你们饭吃，每人发十两银子。”“您想让我们干吗呀？”“到了二更天，你们回到涪关城下叫开关门，就说杨怀、高沛二位将军回关有事。只要关门开了，我们的兵将冲进关去，就没你们的事儿了，每人再发十两。”“好啊，我们一定好好喊。”

吃完晚战饭，都预备好了，黄忠、魏延、关平、刘封跟刘备在后边藏着，这二百兵在头里，来到涪关关下。“开关……”夜里看不太清，但能看出下边是自个儿人。“什么事儿？”“二位将军回关有要事相商，赶紧开关门。”关门开了，吊桥放下，“欻”的一下儿，庞统指挥人马进关了，涪关轻而易举到手了。虽说涪关到手了，但接下来一关一关打可难了。您别瞧张松献了地图，西川道路太难走，“蜀道难，难于上青天”嘛，不过那是唐朝的事儿了，是吧？（注：笑声）

消息传到成都，刘璋坐在大堂上乜呆呆发愣：“哎呀，众位，果真如此，就是照你们这么说的，我想王累呀……”您想王磊，听相声去呀。（注：砸挂）现在再想王累，晚啦！黄权说：“主公，现在还为时不晚。虽然刘备得下一个小小的涪关，但雒城是西川的咽喉要路。您派四员大将镇守雒城，增加两万兵。然后，所有关隘一律严查，不准荆州兵将进来一人，不然格杀勿论。雒城无碍，西川就保住了，刘备想进来，势必登天还难。”“好，照计而行。刘璝……”“在。”“还有这个……泠苞、邓贤、张任，你们带两万精兵，马上连夜赶奔雒城。就按主簿大人所说，谁敢放进一个荆州的人，立刻斩杀示众！”“遵令。”这四个人都是刘璋的忠臣，点齐两万精兵，刀枪器皿、锣鼓帐篷、粮草等项拴扎车辆，立刻起兵，浩浩荡荡直奔雒城。

人马走到锦屏山下，刘璝把马一勒，所有人跟着都不走了。“您有事儿吗？”“三位将军，看见这座山没有？”“锦屏山，这有什么新鲜的？难道您现在还有心情游山逛景吗？”“不是，我听说山上住着一位高人。”“谁呀？”“紫虚上人。”“嗐，我们也听说过，那人就爱说闲话。”“不是，那可是位高人，前知五百年，后知五百年，能断人生死。马上要跟刘备开兵见仗了，是不是上山去问问紫虚上人，咱们几个人的结果如何？”“啧，你说你身为大丈夫，怎能信这个呀？”“我觉得还是问问好，咱们防备防备。”“好吧。”刘璝是主将，这三位拗不过他，只好甩镫离鞍下马。手下人把马接过去，四员将带着十几个从人进山了，骑着马还没法儿上，山道挺陡。

这时，前边过来一个打柴的。“樵夫哥哥请了。”“礼下于人，必有所求。您有什么事儿啊？”“山上住着一位紫虚上人吗？”“哎哟，那可是位高人、仙人。您走到最高顶儿，那儿有座庵，这位高人就在里边的蒲团上一坐……”“尼姑庵？”“不是不是。这位仙人往那儿一坐，好多人都上前跟他打听，有什么事儿您就去吧。”樵夫走了。

一行人上山，就得一步一步走，直到锦屏山上边，果然看见一个庵。一敲门，小道童出来了。“无量佛，善哉善哉。几位将军，恕我眼拙，不认识。”“在下刘璝。”“在下张任。”“在下泠苞。”“在下邓贤。”“呵呵，记不住。”白说了。“请问这儿有位紫虚上人……”“哦，我师父啊，就在蒲团那儿坐着呢，您几位进去吧。”还挺客气，把一行人让进来了。大伙儿一看，这位老仙人正在蒲团上打坐，多大岁数儿也不知道，头发全白了，挽着，戴着道冠，别着一根金簪，身穿布衣，盘腿儿一坐，两只眼一呱嗒，也不睁眼。“蜀中战将刘璝、张任、泠苞、邓贤，拜见上人。”小道童心说：这名儿不错，上人，我们是在山上住着的人。要住山下，就是下人。“何事？”“现在刘备已然把杨怀、高沛杀了，得下涪关，主公命我们去守雒城。所以我们想跟您打听打听，请您指示方略。”话说得挺谦虚。紫虚上人一听，微睁二目，瞧了瞧四员战将，用手一指：“你们稍候。童儿，看纸笔伺候。”小道童拿过纸笔墨砚，这位大仙提起笔来，写了几句话，写完让小道童交给刘璝。刘璝打开一看，上写几句话：“左龙右凤，飞入西川。雏凤坠地，卧龙升天。一得一失，天数当然。见机而作，勿丧九泉。”

这几位没看明白，我倒看明白了。左龙指的是卧龙，右凤说的是凤雏，伏龙、凤雏可以腾云驾雨，就飞进来了。然而凤雏死了，卧龙来了，失也好，得也罢，都是天数。你们需要见机行事，不然也要丧命。说咱们明白不明白？在座的跟我一样，都明白，是吧？下回再说，庞统就该死了，是吧？庞统一死，诸葛亮就来了；诸葛亮到了，西川就得下来了。如果庞统不死，诸葛亮不来，荆州也丢不了，是吧？所以《三国演义》的事儿大伙儿都知道，那为什么还爱听《三国》？就是听这筋劲儿。我现在就好好研究这筋劲儿，一定给您说好。

有人就分析，说紫虚上人是山中隐士。什么叫隐士？真正的隐士什么都不打听，天天吃完饭就睡觉，顶多下盘棋，输就输了，赢就赢了。“哎，你走错了，那马怎么这么走啊？”“嗐，糊涂了，我今天喝多了。”是吧？所以说他顶多是隐居的贤士，他有他的想法。您看，我这人就隐居不了，我坐那儿老想着说书，一不说书我就傻了，老年痴呆了。所以我老得说书，老机灵。要我说，隐士也有真有假，像紫虚上人就是假隐士，天下大事你怎么那么清楚，那么明白呀？就跟司马德操似的，隐居在水镜庄内，什么事儿都清楚。还有诸葛亮，既然在南阳躬耕做个隐士，为什么未出茅庐便知三分天下呀？实际他天天都研究这个。紫虚上人这儿净是来串门儿的，大伙儿一块儿聊，都知道刘备进西川了，都知道刘备带着庞统来了。刘备进西川后每一步，山上都在聊，这个分析几句，那个分析几句，紫虚上人也就明白了，知道刘璋手下张松他们卖主求荣，也知道法正、孟达他们是怎么回事儿。您想，他们肯定比咱们清楚啊。所以他们研究来研究去，就分析出这么一个形势，写了这么一张纸条。

这四位看傻了，也不知道是怎么回事儿。刘璝还真迷信，问道：“请问上人，我们前途如何？”紫虚上人睁了睁眼，又把眼皮往下一垂：“唉……定数难逃，何必再问呢？”这儿都给你定下了，就别问了。然后，甭管刘璝再怎么问，紫虚上人也不说话了。要我说，其实他也不知道这四个人将来怎么回事儿。说张任怎么死的，泠苞怎么死的……都怎么死的，反正最后都得死。他也不知道到底怎么回事儿，所以只能给你四个字：“定数难逃。”要我说，谁的定数也难逃。有的人没事儿不好好在中国待着，飞英国了，到那儿也不知道因为什么让人捅了，这就是该着死在那儿；有的人家里费好大劲培养，当博士了，后来进山当尼姑去了，这也是定数，没辙，谁知道她当时犯了点儿什么迷糊啊。说是定数，实际就是犯迷魂阵了。所以人最好能清楚地活着，清楚活着的方法——就是您来听书，越听评书越明白。您看，我这几个徒弟一个个多明白呀，都机灵着呢，机灵得都不长头发，是吧？（注：拿王玥波砸挂）四个人问半天，还是糊里糊涂，只得告辞下山。

到了雒城，四个人开军事会议。张任跟刘璝说："您是主将，看应当怎么办？"刘璝说："这么办，咱们两个人负责守关，两个人到城外依山傍险去扎营。既然不能让荆州一兵一将进关，索性就让他们离关远点儿。"一般在城外扎营离城二三十里，现在离雒城六十里扎营。泠苞一看，跟邓贤说："咱哥儿俩下去扎营吧。"邓贤点点头，跟刘璝说："那我们下去吧。"刘璝说："好。既然我身为主将，就分派了。离关六十里，泠苞，你在左边扎营；邓贤，你在右边扎营，不准刘备一兵一将靠近雒城。""遵令。"刘璝给泠苞、邓贤每人一万精兵，城外扎营。刘璝和张任带着原来雒城的兵将镇守雒城，把城防布置得很严密。泠苞和邓贤带着兵将，锣鼓帐篷，出了雒城，一个在左，一个在右，离城六十里采勘吉地，安营扎寨。定营炮响，埋锅造饭，铡草喂马，立营门、栽大杆、扯纛旗，点名过卯，发放军情，严阵以待。

消息传到刘备的耳朵里。刘备现在在哪儿呢？涪关。由涪关再想往前走，就是雒城了。听说雒城现在来了四员大将，刘备耳朵里都灌满了，知道刘璝、张任、泠苞、邓贤有多大能耐。刘备跟庞统商量好之后，传下命令，擂鼓升帐。大家来到大堂之上参见刘备，参见军师，然后分列两旁。刘备一抱拳："众位，庞军师带领咱们来到西川，现在得了涪关，刘璋撕破脸皮……"实际是他撕破脸皮，反过来赖刘璋。"命刘璝、张任、泠苞、邓贤带领人马镇守雒城，在关前扎下两座大营，左是泠苞，右是邓贤，各带一万精兵。我跟军师已然商量好了，哪位将军自告奋勇夺取这两座大营，是他奇功一件。"话音刚落，老将黄忠挺身而出："主公，末将愿取两座营寨，以立老夫入川后的头一件功劳。"刘备很高兴，知道黄忠胯下马，掌中钩镂古月象鼻子大刀，为人老成持重，肯定没问题。"好，黄忠听令。""在。""就由你指挥本部人马前去攻打两座营寨，立功之后再加行赏。""遵令。"

刚说到这儿，有一人高声喊嚷："且慢！末将愿往，何用老将军亲自出马？”大伙儿顺声音一看，说话的是魏延魏文长。关于魏延这个人的刻画，以后咱们再细分析。说诸葛亮最讨厌魏延，那诸葛亮到底对不对？原来可不敢说诸葛亮不对，我小时候要说诸葛亮不对，书座儿站起来就全走了。现在我敢说了，因为大伙儿都愿意研究，对吧？魏延挺身而出：“不用老将军亲自出马，末将愿夺取二营。”“主公传令，我已然接令箭了，为什么你还要去？”“老不讲筋骨之能，英雄出于少年。”“好，那咱俩比比！”黄忠迈虎步走下大堂：“看刀伺候！”手下人扛过这口钩镂古月象鼻子大刀，黄忠接刀在手：“魏延，来来来，你我大战三百回合！”黄魏争功取雒城，谢谢众位，下回再说。

# 第一九二回　攻雒城黄魏争功

左龙右凤，飞入西川。雏凤坠地，卧龙升天。

这部《三国》说到这儿，反正今天您放心，庞统死不了，咱们还得吃庞统呢。吃谁向谁，是吧？（注：笑声）至于庞统到底怎么样，刘备到底怎么样，曹操到底怎么样，从我嘴里反正说不出太坏来。因为我从小到现在吃的都是刘关张，吃的都是曹操，吃的都是庞统，吃得多就向着多点儿，吃得少就向着少点儿。但庞统和诸葛亮比，吃诸葛亮就比较多，吃庞统就比较少，所以有可能向着诸葛亮。

上回书正说到刘备得了涪关，刘璋派出四员大将、两万大兵增援雒城。这四员大将之中，尤其张任足智多谋。四个人商量商量，由刘璝、张任守住雒城，泠苞、邓贤各带一万精兵，出城在山下扎营，离雒城六十里，都是倚靠山险，依山而建。

消息传到刘备的耳朵里，刘备在涪关升座大堂，问何人自告奋勇，能夺下两座营寨。老将黄忠往前一迈步，一抖银髯："老夫愿往。"嗬，精神矍铄。老年人嘛，卖的就是精神矍铄。刘备一看，很高兴。因为刘备知道，这次兵取西川，凭的就是老将黄忠跟大将魏延。那黄忠为什么自告奋勇？因为自从战长沙归降刘备之后，黄忠寸功未立，所以这次必须立功，也让人知道知道自己人老刀不老。"好啊，老将军就带领本部人马遘奔雒城，如能拿下泠苞、邓贤两座营寨，老将军功高盖世。""得令。"黄忠转身形往外走，走了没几步，突然魏延挺身而出："慢，老将军请留步。""你为何拦挡于我？""老将军，您已须发皆白，您知道您的对手是谁吗？蜀中名将泠苞、邓贤，依山傍险，扎下两座营寨。您要知道，头一仗必须打赢。一来，您人生地不熟；二来，我怕您抵挡不住泠苞、邓贤。莫若让末将前去，战胜泠苞、邓贤，夺此二寨。”黄忠一听，气坏了。

您看，实际魏延也想抢功。魏延知道，自归降刘备之后，诸葛亮就看自己不顺眼，说自己脑后有反骨。所以这回到了西川，说什么也要立下功劳让诸葛亮看看。所以您看《三国》，尤其后部《三国》，诸葛亮就是不待见魏延，最后落得“魏延反，马岱斩”。那谁待见魏延？刘备。魏延有没有长处？有长处。

魏延一抢令，黄忠气坏了，双眉倒竖，二目圆睁，脸上颜色更变，银髯在胸前飘摆。“魏文长，老夫已然领下将令，即刻出兵，你为何瞧不起老夫？”“哎呀，老将军，俗话说得好：‘老不讲筋骨之能，英雄出于少年。’您瞧瞧……”魏延说到这儿，走到黄忠面前，一托他的胡须：“您已然须发皆白，倘若打了败仗，耽误主公的大业事大。末将是为了主公的事业，也为了老将军的身体，才要前往。我这是一片好意，您为何动怒？”“好啊，魏延，你看不起老夫。来来来，你我比试比试！”“好啊。”黄忠迈大步走出大堂，来到台阶之下。“来呀，看兵刃伺候。”两名小校扛着黄忠这口钩镂古月象鼻子大刀，到了黄忠面前，双手往上递刀。

这时，刘备和庞统早就站起身形追出来了。“老将军息怒，老将军息怒。”“魏延，这次进兵西川，就靠着你们两员大将呢。现在你们二虎相争，必有一伤，于军不利。魏延，还不退下吗？”魏延往后一退。刘备用手一指：“老将军息怒。”看在刘备的分上，黄忠就不能再说什么了。庞统一抱拳：“这么办吧，既然老将军也愿意夺取营寨，魏将军也愿意夺取营寨，不如你们二位同去如何？一个去打泠苞，一个去打邓贤，谁先把营寨取到手就功劳第一，请主公嘉奖。”庞统把这问题解决了：一人打一个，谁先到手就功居第一。黄忠点点头：“那我来攻取泠苞之营。”“好，那邓贤的营寨就归我了。”刘备用手一指：“二位将军各带本部人马，马上前去准备。”“得令。”

黄忠回到营中，传下命令：“四更造饭，五更准备完毕，吃完之后准备好刀枪器皿、锣鼓帐篷，平明进兵。”天空出现鱼肚白就出发。“攻打雒城城外左边泠苞的营寨。”中军官传令，大家按令行事不提。

没想到这个消息让魏延知道了。魏延暗中发出探马打探军情，不探敌情,他探黄忠。魏延一听,心说:不错。"来,传我的命令。"中军官说了一声:"听令。""传与全营将士,二更造饭,三更饭毕,然后马上起兵,平明就要到达蜀将寨前。""遵令。"我抢先一步。你黄忠不是四更造饭吗?我二更就造饭。你鱼肚发白刚出兵?我这时候已到敌人寨前。当兵的赶紧准备,为什么?只能睡半宿觉。您想,睡半宿觉的人跟睡整宿觉的人就是不一样。一般当兵的都是四更埋锅造饭,五更吃早饭,习惯了。魏延的兵等于少睡了两个更次的觉。

书说简短,二更造饭,三更吃完饭准备好刀枪器皿、锣鼓帐篷。偏将、牙将顶盔贯甲,罩袍束带,拴扎什物。魏延全身披挂,掌中一口大刀。"所有将士儿郎,偃旗息鼓,人口衔枚,马摘去銮铃。出兵!"手下兵将一听:这是要偷营劫寨啊?可咱们不是明摆着去攻打人家的营寨吗?但当兵的就得听主将的,兵随将令草随风,魏延一声令下,炮也没响,大队人马由营中就出来了。

走在中途,魏延吩咐一声:"中军官。""将军。""咱们攻打敌营。""是啊,奔右边敌营。""奔左边。先打泠苞的营寨,得下之后再杀回来夺邓贤的营寨,两营之功都归于我。嘿嘿,让黄忠空手而回。"您说,魏延是不是吃饱了撑的?他为什么偃旗息鼓?我蔫溜溜先奔泠苞的营寨,黄忠那边还没准备完呢,没出兵呢。等我都到泠苞的寨前了,他才刚吃完饭。泠苞有什么了不起的?我先打一仗,把他这座营寨拿下来,翻回头再把邓贤的营寨夺过来,两件功劳合而为一,都是我魏文长的。中军官就得这么传令:"奔山左营寨。""啊?!"当兵的不明白怎么回事儿啊,往左一转,奔泠苞这座大营来了。

眼看快到了,魏延传令:"齐队。"人马齐队。"打开旗号,人撤枚,马挂銮铃。"都要攻打敌人的营寨了,又一通忙活,旗子打起来了,战鼓也准备好了,当兵的把嘴里咬着的这根筷子也拿下来了,又给所有的马匹挂上銮铃。

魏延刚要传令,就听"叨叨叨……""啊……"当兵的跟着魏延同时往四下观看,蜀军已然杀上来了。泠苞能闲着?人家也发出探马打探军情，连环探马，这边有什么动静都往那边汇报了，人家早准备好了。泠苞带着三千兵在这儿埋伏着，而且后面这边两千，那边两千，一万兵带出来七千，营里还有三千。看魏延要传令，泠苞一声令下："打！"炮声一响，蜀兵齐声喊嚷："拿呀……拿魏延啊……""哗……"这下儿给魏延一个措手不及，魏延万也没想到蜀军有准备了。泠苞催坐下马，掌中枪，直奔魏延。"魏文长，你哪里走！"魏延没办法，只好跟泠苞打交手仗。泠苞大枪一点，魏延刀往出磕。两个人二马盘旋，冲杀在一起。那泠苞也是西蜀大将，虽然魏延这口刀上下翻飞，扇砍劈剁，但架不住他心里不踏实啊：本来应当夺取邓贤的营寨，结果投机取巧，跑到泠苞的营寨来了，还没等打呢，人家先出来了。魏延手上打着，耳朵听着，突然就听见自己队伍后边"叨叨叨……"，左右都有炮声。"杀呀……"其实蜀军兵将并不多，但战以气胜，泠苞的三路人马就围上来了。魏延心想：坏了，我应该去夺邓贤的大寨，现在跟泠苞这儿没完，主公跟庞军师怪罪下来，我的脑袋还有吗？也难怪人家诸葛亮看不上我。想到这儿，魏延往回一撤刀，马往前催，"啊呀呀呀呀呀"，拨马就往回走。

残兵败将跟着魏延跑出足足五里地，泠苞带兵在后边追。您想，人家常走山路，对道路也熟悉。这常走山路的人跟不走山路的人不一样：荆州兵老水战，马步军没走过那么多山路，而且荆州那地方很平坦；四川兵常年在山里走山路，白玩儿。七千兵往下一冲，紧追不舍，越追越近。就听前边炮声一响，"叨"，人马把阵势列开了。魏延抬头一看，傻了，只见邓贤胯下马，掌中枪，压住全军大队。邓贤干吗来了？得报了，泠苞这边打起来了，他能不管吗？邓贤留下三千兵看守自己这座大营，然后把七千人马都调动出来了。其实他跟泠苞也没商量，泠苞带出七千兵，他也带出七千兵。邓贤带领七千人马，迎着交战的声音就杀上来了，看魏延败下来了，离着挺老远听见后面炮响鼓响，就猜出来了，肯定泠苞追魏延呢。

邓贤奔着魏延就过去了。"欻"，魏延大刀下来了，邓贤立刻合枪招架，两个人二马错镫。刚一错镫，该着，魏延马失前蹄，"扑通"，前腿儿跪这儿了，一下儿就把魏延掀下来了。刚才说了，人久在荆州，马也久在荆州；人不习惯跑山路,马也不习惯跑山路。败阵跑了五里地,再碰见邓贤,正好又有个小土坡,结果马失前蹄。这时,邓贤掌中这条枪直奔魏延:“魏延,你还想跑吗?”“欻”,枪就过来了。眼瞧着枪尖儿要点上了,就听远处“吧嗒”一声弓弦响,“哧……”“嘭”,邓贤这一枪也甭扎了,箭在这儿呢,跟大钉子似的一钉,枪就没法儿走了。邓贤气坏了,“扑通”一声,他也由马上翻下来了。魏延心说:怎么着?一块儿摺啊?(注:笑声)

这时,泠苞追上来了。泠苞见邓贤中箭坠马了,可没看见魏延,催坐下马,掌中枪,过来要救。就听远处高坡之上,有人高声喊嚷:“蜀将听真,老夫黄忠在此!”“啊呀呀呀呀呀……”坐下一匹黄骠马,马上一员老将,掌中一口大刀,直奔泠苞。“泠苞,看刀!”“啊……”泠苞万也没想到黄忠来得这么快,赶忙合枪招架。黄忠扳刀头献刀攥大刀往回一扇,泠苞拨马就跑。这叫什么?战以气胜,老将军的精神就把你降住了。邓贤还等着泠苞救呢,刚要从地上爬起来,黄忠过来一刀,“噗”。什么你是蜀将啊?什么你是名将啊?刀下不认真人,邓贤就死在黄忠之手。再找魏延,找不着了。泠苞一看:好厉害呀,我快跑吧,邓贤都死了,我……我也得留点儿神。泠苞带着残兵败将往下就跑。跑着跑着,泠苞一想:我这营寨恐怕保不住了吧?现在邓贤也出来了,已然死了,我得保住他的营寨。

想到这儿,泠苞聚集一些残兵败将,就奔邓贤这座营寨来了。没想到跑了没多远,旁边绷腿绳一绷,绊马索一折,把泠苞也折下来了。“捆!”泠苞抬头一看,正是魏延。您看,魏延脑子就这么快。我因为争功,本来应该去夺邓贤的营寨,结果跑泠苞那儿去了,要不是黄忠来了,我就死了。一会儿主公怪罪下来,说我魏延反复无常,抢功,我还活不活了?邓贤已然被黄忠杀了,我得想办法把泠苞逮着。魏延净发小道儿消息,拿手机一看,微信过来了:“泠苞过来了啊。”(注:笑声)赶紧预备绷腿绳、绊马索,结果泠苞让他逮着了。魏延心说:我这就算有战利品了,押着泠苞,主公就不能杀我了。等魏延押着泠苞来到邓贤的大营一看,傻了。炮声一响,撞出几千人马,为首三员大将,当中金盔金甲大红战袍,掌中双股剑,正是刘备；左边是小将关平；右边是小将刘封。三员大将带着汉军，已然出营门列阵了。

这是怎么回事儿啊？黄忠、魏延走后，庞统说："主公，您打算干吗？""等候消息。""您别等着了，这二位半道儿上真没准儿就打起来，您赶紧带几千兵打接应吧。""好吧，那你看着涪关。"留下庞统看守涪关，刘备带着义子刘封、侄儿关平，点齐人马，直接就打接应来了。到了邓贤的营寨前，听说邓贤出营了，刘备没费吹灰之力就夺过来了。看漫山遍野都是残兵败将，刘备传令："立下免死旗。"两杆大旗，这杆大旗上"免"，那杆大旗上"死"。这边站着关平，那边站着刘封，前边搁着纸笔墨砚。凡是有蜀兵回来了，问姓什么叫什么，投降不投降？投降者不杀。如果你受到侮辱了，我们汉兵打你们了，你把他名字写下来，或者就跟这儿等着，把这人指出来，我们一定治罪。愿意投降的就收降，不愿意投降的你就走。刘备往这儿一站："众位，你们都是四川人，都有家眷。愿意打仗的就跟我打仗，不缺粮饷；不愿意打仗的，就请你们回家，给你们每人五两银子。"那谁能不愿意呀？愿意当兵的就留下来了，不愿意当兵的领银子就走了。还有那受了气的，刘备手下的兵将欺负你了，当众就给他仨嘴巴。刘备借此机会收买人心。这些放走的人拿着五两银子回家了，找媳妇去了，找儿子去了，找爹妈去了。到家不干别的，先把手机拿出来发朋友圈，一说刘备多好多好，看见刘备就别打了。这得多大的影响力？一下儿传到了西川人耳朵里，都知道刘备是好人。

黄忠回来了，来见刘备。"参见主公。""胜负如何？"黄忠就把自己出兵的经过，怎样救的魏延，怎样刀砍邓贤，一五一十禀明刘备。刘备说："好，老将军到一旁休息。"有人准备座位，黄忠跪倒在地："主公，魏延争功，有失体统，请主公斩之。""好啊，既然有罪，应该斩杀。但如果立下功劳，功可赎罪。"刘备聪明至极：现在魏延还没来，准跑到一边立功去了。老将军不能说别的，就站在椅前等候。他不能真坐，刘备让你坐你就坐？人家刘备还站着呢。刘备问了一声："魏延何在？""魏延已然生擒泠苞，正在营外候等。""命魏延进见。"

中军官往出传令，魏延赶忙让手下兵将看着泠苞，自己迈大步走到刘备面前，“扑通”一声，跪倒在地：“魏延前来请罪。”刘备心说：你也知道自个儿有罪。“何罪之有？”“我不应该争功，不应该提前出兵，不应该私打泠苞的营寨，结果差点儿死在蜀将之手，幸亏老将军前来救我。”“你知道救命恩人是谁？”“当然是黄老将军。”“去，上前赔礼。”“谢过老将军活命之恩。”您看，刘备会处理事儿。魏延刚犯点儿错误就杀了？明儿黄忠再犯点儿错儿，也杀了，谁打仗去啊？再说了，刘备准知道魏延得立功。前边有过例子啊，刘备逃到襄阳城外，为什么文聘跟魏延打在一起？就因为魏延把城门开了。战长沙的时候，要不是魏延，黄忠就死了，长沙就没了。刘备多聪明，知道魏延肯定找机会立功去了。黄忠一看，那还能说什么啊？“将军请起，切勿挂在心中。”你也别恨我，我也别恨你，这事儿完了，冲刘备。魏延站起来了。“主公，我还立下一件功劳。”“何功？”“捉住敌将泠苞。”“好，闪在一旁。来呀，命泠苞进见。”

中军官往出传令，把泠苞推进来了。刘备真机灵，往前走了几步：“将军，受苦了。”说着话，刘备伸手把泠苞的绑绳松了。说不怕他跑了吗？跑不了，都是刘备的人。然后，刘备把自己身上这件袍往泠苞身上一披：“将军请坐。”“不不不……谢您活命之恩。”泠苞跪倒在地：“泠苞拜见刘皇叔。”“肯降否？”“您对我这么好，我愿意归降。”“好啊。”“我归降就得立功。”刘备马上就明白这小子要干什么。“立什么功？”“雒城守将刘璝、张任跟我是生死之交。您放我走，我回到雒城马上劝他们归降，雒城您唾手可得。”“好啊，放你而去。来呀，看酒伺候。”手下人端过酒来，刘备亲自敬酒，泠苞一饮而干。“将军，你何时走？”“我现在就回去，免得耽误时间。”“将军请。”刘备还赠给泠苞一匹马，鞍韂嚼环都有。泠苞告辞，拉着马出了营寨。魏延一看：“主公，您怎么把他放了？放了他，就回不来了。”“我以仁义待之。”刘备心说：我要得整个儿西川，这么一个人还治不了吗？

两座营寨到手，刘备留下黄忠和魏延看守营寨，自己和庞统会兵在涪关。“主公，您大喜！”“庞军师，现在邓贤已死，泠苞归降，我放他回雒城去劝说张任和刘璝。”“好啊。”

再说刘璝，得报城外两座营寨丢了，邓贤也死了，马上写下告急文书，命人骑快马遘奔成都。刘璋打开文书一看，傻了。之前我说了，涪关丢了，刘璋也呆呆发愣；这回一看告急文书，刘璋傻了，真傻了，没辙。“哎呀，现在雒城危险，谁能替我独当一面？”没人说话，大儿子刘循挺身而出：“父亲，儿愿带兵前去镇守雒城。”“儿啊，你要去，我就放心了。”您说刘璋这话多伤人，儿子去放心，别人去都不放心，那大伙儿更没人去了。“那谁能帮你呢？”没事儿谁帮着他去呀？没人说话。最后，吴懿站出来了：“主公，我愿前往，助公子一臂之力。”“好啊，有舅舅前往，我就放心了。”吴懿是刘循的舅舅。

提起吴懿和刘循，咱们说说这二位。刘璋的大儿子刘循后来归降刘备，一直保着刘备，刘璋走了，他都不跟着。而吴懿的父亲和刘璋的父亲刘焉是好朋友，非常要好的朋友。刘焉进川当了蜀中之主，吴懿的父亲带着全家老少也跟着入川，您说交情得多好。吴懿有个妹妹，相面的看见了：“哎哟，这个人主贵，一脸富贵之相，将来不可及也。”将来这个人了不得。这件事就让刘焉知道了，刘焉还有个儿子叫刘瑁（mèi），就是蔡瑁的瑁。定亲之后，刘瑁就把吴懿的妹妹娶过来了。后来您听，吴懿的妹妹当了寡妇之后，嫁给谁了？嫁给刘备了。咱们这时必须交代这一笔，为什么？因为后部《三国演义》对于这些小人物，都交代得不太清楚。大伙儿都知道司马懿，知道钟会，知道邓艾，知道姜维，但一些小人物往往会忽略，现在咱们得点出来。吴懿的妹妹将来嫁给刘备，果然做皇后了，刘备当皇上了，她就是皇后。

就这样，刘璋就派大儿子刘循带两万大兵，他舅舅吴懿相陪，还配了两员副将吴兰、雷铜，遘奔雒城助战。

书不说废话。到了雒城，刘璝、张任和泠苞前来迎接。那泠苞回来是怎么跟刘璝、张任说的呢？泠苞可没说让刘备他们逮着了，然后说好话，他们把我放了；他说自己杀了他们好几个，后来他们全上来了，人太多，我只好回来了。泠苞这人说瞎话都不带眨么眼儿的。张任是好人，就相信了。

兵合一处，一夜无书，自不必提。

第二天早上起来，张任、刘璝、泠苞前来拜见刘循，拜见吴懿。吴懿说：“这仗应该怎么打呀？”别看刘循是主将，有吴懿跟着，他什么都听吴懿的。“您说吧，舅舅。”刘璝说：“而今荆州人马已然兵临城下，将至壕边了。”原来跟雒城还隔着六十里，现在刘备得下两座营寨，立刻就能过来，这仗可不好打。“请问您有什么计策？”互相问。泠苞一看：刘循、吴懿问张任和刘璝，刘璝、张任又反过来问那二位，看来都没办法，我出个主意吧。泠苞站起来，一抱拳：“众位将军，我有一条妙计。”“计将安出？”“吴将军，雒城后边预备一条江……”“什么叫预备一条江啊？本身就有一条江。”“是啊，这条江就是给您预备的，您不用啊？这条江叫涪江。”“我知道啊。”“涪江在上边，下边是黄忠、魏延的两座营寨，原本是我们的营寨，现在归刘备了。如果赶上风大雨大，咱们决了涪江之水，借着雨势往下一淹，刘备的兵将都得死。”“是啊，好主意。谁去决涪江之水？”“末将愿往。”“你要多少兵将？”“您给我五千兵。”“好吧。吴兰、雷铜，你们给打个接应。将军，你准备锹镐各种用具，借机决涪江之水。”这条计策定下来了。五千兵准备东西，得有镐，得有锹，这可不是打仗现成的弓箭。五千兵准备好各种工具之后，都听泠苞的。

再说刘备和庞统正在涪关，这一日有人来报。“报！”“何事？”“启禀主公，现在孙权结连张鲁，要取葭萌关。”“啊?！庞军师，坏了。雒城增兵了，葭萌关是咱们的后路，如果让他们拿下葭萌关，咱们退无路，进无步，就回不去荆州了，这可如何是好？”“主公，您别着急，车到山前必有路。”庞统往旁边一看，孟达在这儿坐着呢。“孟达，你是蜀中人，地理熟悉，由你去镇守葭萌关，如何？”“好啊，我愿前往，而且我再给您举荐一个人。”“何人？”“中郎将霍峻。”前面说刘表的时候，霍峻是刘表手下的中郎将，没怎么出头露面。您别看孟达后来做出缺理的事儿来，但他给刘备举荐的霍峻这个人不错，对刘备忠心耿耿。孟达带着霍峻前去镇守葭萌关，书不细表。

事情安排完了，吃完饭，刘备和庞统各自回到住处休息。要是诸葛亮，就不一样了，跟刘备还得聊会儿天儿呢；要是关云长、张飞，得跟刘备同榻而眠，甭管夜里张飞呼噜声儿多大，人家刘备受得了，是吧？庞统回来了，把军务事处理完了，沏点儿水，坐这儿喝茶。刚一想迷糊，有人来报："先生，外边有客人来访。""好，待我出迎。"庞统很客气，想自己刚到蜀中，哪儿来的客人啊？庞统起身相迎，这一看，愣了，不认识。这人身高在八尺开外，长得十分魁梧，身子骨儿不错。有点儿特别的是什么呢？古人那会儿都是拢发包巾，学士得戴学士巾，战将有战将的服饰。这位头发没拢着，披散着，耷拉到肩膀这儿，而且项上有铁箍，这是刑罚。两只大眼，粗眉毛，高鼻梁，气势汹汹，一撇嘴，嘴犄角儿往下耷拉着，一看就知道很傲慢。穿的衣服也相当不整洁，脚下趿拉着两只鞋。庞统赶紧上前，抱拳施礼："请问先生贵姓高名，见我庞统何事？""哼，庞统？"伸手一扒拉庞统，这位进来了。庞统有心给他一嘴巴，但在四川这儿又不能得罪人，不知道这位干吗的。庞统往旁一闪，这位迈大步进来了。

那时住处都比较简单，不像现在，庞统到哪儿也得住总统套房，是吧？那时里边就是卧室，卧室就是床榻。这位进去，仰八脚儿往庞统的床上一躺，鼾声就起来了，两只脚这叫一个脏。庞统看着直恶心，心说：就说我模样不济吧，可我讲卫生啊。"先生，请问您贵姓高名，见我何事？""呼……""先生，我是庞士元，您是不是找我呀？""呼……""先生，您到底是谁呀？""呼……"这位鼾声如雷。庞统心说：那我等着吧。庞统坐这儿，等这位睡了一小觉，起码得个把钟头吧，这位"呼"地一下儿起来了，吓了庞统一跳。"先生，请问您贵姓高名，见我何事？""我是为了百万人的性命而来。""您说什么？""没听见？没听见，宛平县。""先生，您到底讲些什么？""我是为了汉兵汉将的性命而来。啊……你等会儿，等我明白过来，心里踏实了，再告诉你们。"庞统心说：心里不踏实，准是饿了，睡醒了就饿嘛。"来呀，赶紧预备吃喝。"也不知道预备高级的，还是低级的，反正弄一大堆搁这儿了。这位倒好，一点儿不客气，风卷残云一般，吃了个沟满壕平。"饱了。""饱啦？"庞统心说：我就够能吃的了，你吃了我五个人儿的。这位大概也饿极了，吃饱喝足，走到床边，往这儿一躺。"呼……"又着了。庞统心说:刚才饿着还睡了一个多钟头呢,这已然吃饱喝足了,得睡到几儿去呀?这怎么办?这位到底是谁呀?庞统突然想起来了:我问问法正啊。"来呀,有请法孝直。"

手下人撒腿就跑,来见法正,法正都睡着了。"先生,您起来,我家军师找您。""什么事儿啊?""您赶紧看看吧,也不知道……我,我也说不上来,反正来了这么一位。""来了怎么一位呀?""哎哟,您去了就知道了。"法正听庞统叫他,不能不来,赶紧穿戴整齐,来了。庞统迎出来了:"孝直……""您怎么了?""我那儿有一位。""干吗的?"庞统就把怎么吃喝怎么睡觉,说的什么,都告诉了法正。"哎哟,是不是彭永言先生?"虽然法正声音很轻,但这位"噌"地一下儿就起来了。"法正,别在屋里聊。"庞统吓一跳:这位吃饱了气儿真足啊,合着俩人认识。"谁呀?""您不知道,此人姓彭名羕字永言。"

彭羕是广汉人,原来在刘璋手下做书佐。什么叫书佐?就是管文书的小吏,搁现在就是个小办事员。这人有个缺点,太狂,狂极了,谁都看不起,所以老得罪人。这些人就在刘璋面前进谗言,一个人说他不好,两个人说他不好,最后都说他不好,而且彭羕在底下碎言碎语,还老叨唠刘璋不好。结果刘璋一生气,定了个罪名,"髡钳之徒",让他去做奴隶。什么叫髡钳?您听《西汉》,季布也是这个罪过。头发剃光,弄个铁箍箍上,就是这么一种刑罚,然后当奴隶,干活儿去。那彭羕头发怎么长了?现在没人管了,乱了,头发慢慢长得都耷拉到肩膀了,所以披散着头发,搁现在很时尚,是吧?那时候让人看着害怕,一看就知道这位有罪。因为刘备来了,彭羕溜达出来了。

法正认识,来到彭羕面前:"你怎么溜达到这儿来了?"其实法正当时就明白了,在刘璋手下不吃香,他投奔刘备来了。"庞军师,我给您介绍介绍,这位是广汉人,姓彭名羕字永言,才高八斗。""哎哟,好啊……"庞统多聪明,别瞧长得寒碜,机灵着呢,不然能叫凤雏吗?庞统一琢磨:他来了肯定有事儿。法正跟庞统把彭羕的事情一说,庞统更明白了:这是要弃刘璋而投刘备,投刘备就得有进见之言,他此来必有话说。况且刚才他说了，来了是要救人。救谁？救汉军。想到这儿，庞统对彭羕心生敬意。其实你彭羕真有好主意，进门之后好好说："拜见庞军师。我是谁谁谁，怎么怎么回事儿……听说刘皇叔是仁义之主、有道之君，我确实前来有事儿，想救你们汉军。庞军师，我跟您说说……"这样，人家也好接受，对不对？庞统赶忙上前："哎呀，不知我在彭先生面前能得到什么教诲？"庞统还挺客气：您有什么好主意，给我出出，我在您面前领教。"跟你不能说，我得见着刘将军之后才能说。"意思就是我瞧不起你，瞧得起刘备，我是找刘备来了。那人家庞统当然不愿意，幸亏庞统刚进西川，急于求成，所以拿谁都当好人，拿谁都当聪明人。"彭先生，您别着急。"

庞统冲法正一递眼神儿，法正撒腿就跑，来见刘备。"皇叔，您去趟军师那儿吧。""我……我刚睡着，你说我多累得慌，怎么这会儿还来叫我呀？""皇叔，您去看看吧，军师那儿来了一位，是我们蜀中名人……"法正把这事儿一说，刘备更聪明，心说：肯定是有利于我。刘备撒腿就跑。"您慢着……您这么大岁数，怎么那么大精神啊？""那是，这准是有利于我们书馆。"（注：笑声）法正在后边跟着。

来到庞统的住处，刘备抬头一看彭羕，心里有数了，迈步往里走。"刘备拜见先生。""哎哟，刘皇叔您好，我可算遇见仁德之君了。"彭羕说过，曹操残暴之君，孙权不行正义，刘璋无耻之徒，我好不容易碰见刘备了。"请问彭先生，有何教诲？""请坐。"他倒成主人了。"刘备谢座。"刘备往这儿一坐。"请问彭先生，见我何事啊？""我问您，雒城下的两座营寨是谁看着呢？""一个是老将军黄忠，一个是魏延。""各带多少人马？"刘备心说：这是审我呢？如实汇报吧，我得报清楚。"哦，你身为主将，不明地理，还打仗呢？""是啊，人为地理先，您是蜀中之人……"您看，刘备会说话。"先生的教诲肯定跟地理有关啊。""刘皇叔，雒城上边那条江是什么江？""涪江。""黄忠、魏延驻扎的两座营寨是不是在下边？""是在下边，在山下依山而建。涪江在雒城后边。""刘皇叔，倘若蜀军决了涪江之水，大水一冲，是不是就把两座营寨淹了？""啊，淹了。""那你们可就没兵了，还打吗？""那就不打了。""那您就等着淹吗？""不能等淹。""那您倒留神啊。”“哎哟,多谢彭先生,多谢彭先生。”(注:笑声)您说,这彭羕好话不会好说,把刘备都说傻了。

刘备赶紧把法正叫过来了。“你赶紧写上两封密信,一封送给黄忠,一封送给魏延,让他们商量好了,轮流值班,严防敌军决涪江之水。”法正赶紧写信,派两个心腹撒腿就跑,这得派明白地理的人,在山道能跑得快的。两个人看过书信,赶紧碰面儿商量:你一天,我一天,怎么布置。如果决涪江之水,如何应对。两个人都商量好了。

刘备很感激彭羕,让彭羕在涪关住着,该吃吃,该喝喝。后来跟法正一了解,刘备也知道彭羕得罪刘璋了。您就说彭羕这人,刚才我说了,好说好了不行吗?既然投奔刘备,好容易遇到英明之主,难道刘备走后还能有什么备吗?狼狈?(注:笑声)你好好伺候就完了,不介,就这态度。后来彭羕得到刘备的信任,用为治中从事官。治中的级别可不低,高级将领,搁现在起码也是副局级。没想到他狂,来劲儿了,撇唇咧嘴,没法儿说话,说出话来就让人觉得难听。诸葛亮不待见他,说彭羕心量不可测,刘备也逐渐疏远他了。再后来刘备派他去当江阳太守,他当江阳太守时找马超喝了顿酒,结果把自个儿的命丧了。这是怎么回事呢?马超归降刘备,虽然关、张、赵、马、黄,他是五虎上将之一,但不得势,不得地,别看身份高,骠骑将军、侯爷,手中没有实权,没有兵权。为什么?您别着急,您就老来听书,我慢慢地把这些事儿都给您说清楚了。彭羕给马超一分析,意思就是让他反。本来马超心里就琢磨,老恐惧。当然,这是我的分析。您想,马超有兵时,挺能折腾的,刘备也怕马超,是吧?等彭羕走了,马超思来想去,就把彭羕说的这些话汇报了,那彭羕还不被逮起来?彭羕三十七岁就死了。临死前,他给诸葛亮写了一封很诚恳的信,再怎么诚恳也晚了。所以您说彭羕是不是自个儿葬送了自个儿的性命?一个人不能太狂,既然有能耐,就用好本事,非得让别人老瞧你的眼色办事儿,你算干吗的?人家有你,也进西川;没你,也进西川。当然,现在彭羕让刘备小心对方决涪江之水淹两座营寨,这是对的。

单说这一天,突然狂风大作,倾盆大雨从天而降。泠苞一看:“五千兵齐队。”早准备好了开河工具，镐头、铁锹、筐、扁担，还得抬土呢。要想给涪江决个口子，不是说拿扇子扒拉扒拉就行了。五千人披着蓑衣，冒着大雨，直奔定好的决口之处，要决涪江之水。那刘备如何应付？大战葭萌关，张翼德义释严颜。谢谢众位，下回再说。

# 第一九三回　庞统殒命落凤坡

一凤并一龙，相将到蜀中。才到半路里，凤死落坡东。风送雨，雨送风，隆汉兴时蜀道通，蜀道通时只有龙。

这几句说的是落凤坡庞统之死。其实按正史来说，庞统死后，这个地方才叫落凤坡，是吧？可罗贯中就这么写了，咱们也只能这么说了。演义终究是演义，历史终究是历史。对于庞统的死和诸葛亮进川，还有他们两个人之间，以及他们和刘备之间的关系，我想说几句。有人说诸葛亮心胸太狭窄，是他成心把庞统挤兑死的；有人说庞统心眼儿小，急于求成，他忌恨诸葛亮；还有人说罗贯中偏心眼儿，庞统的事迹写得太少，而诸葛亮费的笔墨太多。结合这些专家的评论，我也有自己的看法。都知道庞统是凤雏，诸葛亮是伏龙，司马德操说过："伏龙凤雏，二人得一，可安汉室天下。"现在刘备得了俩，可西川还没拿下来，是吧？那么，庞统到底有没有本事？我既不向着诸葛亮，也不向着庞统，反正我都得指着他们吃饭，不说《三国》我没饭吃，是吧？还有，庞统和诸葛亮私交如何？庞统到底有多大本事，能让司马德操说出这样的话？这些都得画个问号，是吧？

上回书说到蜀将要决涪江之水，淹黄忠和魏延的大营。而你庞统既然是军师，手里有张松献的地图，怎能不知道涪江水一决，就得把雒城城外两座营寨淹了呢？你够不够军师的职责？你的聪明智慧到不到？前文书说过，诸葛亮情商高、智商高，而庞统智商高、情商低。其实，还有一定的外因。前文书说过，刘表到荆州之后，利用蔡家和蒯家的势力，消灭了五十五家豪强，控制住了荆州地面。刘表不但重用地方豪强势力，而且很重视一些流亡客，像傅巽这些人就是流亡到荆州来的。可刘表没理庞统他们家，那时庞统还小，他们家主事的就是庞德公。这一来，庞德公对刘表产生恶意，就跟司马德操、黄承彦这些襄阳名士，连诸葛亮都牵涉在内，他们形成了一股势力，这股势力反对刘表。为什么说诸葛亮也在这股势力之内呢？因为诸葛亮的姐姐嫁给了庞德公的儿子庞山民，而且他也是流亡客，他是山东人，到荆州是跟着他叔叔避难来的。说庞德公他们这股势力跟刘表不和，但总得有个依附关系，这就说到火烧战船、赤壁鏖兵了。

当曹操大兵南下，得下荆州时，徐庶、诸葛亮保刘备了，庞统没表态。为什么？因为那时刘备和孙权很可能败在曹操之手。曹操八十三万人马沿长江下寨，连营三百里，平吞江夏，虎视江东，谁能说曹操会打败仗？就跟官渡之战一样，谁能说曹操的七万人马能破袁绍的七十万大兵？谁也没有这个预见。大家都认为赤壁之战曹操必胜，那孙权就完了，刘备也完了。所以庞统站在中立立场上，谁我也不保。那庞统为什么到了江东？表面是去避难，实际庞统他们这股势力跟东吴的关系相当不错。前文书说过，孙坚三十七岁死在岘山，死在刘表兵将之手。而庞德公这股势力反对刘表，自然就跟东吴交往非常密切。

咱们有时说书说不着，您看周瑜死在巴丘，给周瑜送丧的是谁？庞统。庞统到了江东，像陆绩，还有顾雍的儿子，以及江东这些有名的富二代，都去迎接庞统，说明庞家的势力已然渗透到江东了。从这点上看，刘备非常明智，他很重视庞统。庞统没办法的时候，先保周瑜。您想，周瑜才是元帅，你是元帅手下的谋士，那就跟诸葛亮的地位差远了。刘备三顾茅庐，哭得衣襟皆湿，这才请出诸葛亮。而庞统呢？最棒的就是献连环计。献完连环计，庞统想保孙权，孙权嫌他长得寒碜，不用他，他才到刘备手下。打个比方说，庞统算二婚，而诸葛亮是初婚，二婚怎么也不如初婚吃香，对吧？（注：笑声）

庞统有负刘备的期望，那刘备对得起庞统吗？刘备也对不起庞统。如果刘备听庞统的话，到西川之后长驱直入奔成都，把刘璋杀了，或者在涪关时把刘璋杀了，很快就能得下四川，也可能落凤坡庞统就死不了，还能多活几年。由于刘备爱面子，我得讲仁义，我不能这样做，不舍得摘去自己这副面孔，也搭着庞统立功心切——一个非要戴着假面具，一个心急，所以庞统殒命。

那为什么诸葛亮不进川，在荆州，而且把刘备手下主要力量关云长、张飞、赵云，都留在荆州呢？再看给刘备和庞统的是谁？老将黄忠、大将魏延，而且诸葛亮是非常不相信魏延的。把这股次的势力交给庞统，那庞统就更得急于求成了：别看你派给我的都是二路货色，但凭这个我要立功得下西川，就得让你诸葛亮另眼看待。咱们也别把谁都说得那么高尚，您也不是诸葛亮，我也不是庞统，谁能没有自私之心？谁能不吃醋？这可不好说。就算伟人，也有缺点，对不对？总而言之，让我分析，诸葛亮的情商要高于庞统。

您看，尤其这次入川，庞统给刘备出主意，诸葛亮从不会说有三条计策，您挑一样儿吧，他能摆出来，如果你不听，我摆事实，讲道理，你实在不听，我就不言语了，不得罪你。庞统不是，我摆三条道儿，您看怎么走吧，挑中央的话，您可快着点儿。结果到涪关杀了杨怀、高沛，刘备把假面具摘下来了，在庆功宴上喝得酩酊大醉，跟庞统说："得下涪关，多高兴啊，我乐。"庞统说："伐人之国而以为乐，你不是仁义之师。"要是诸葛亮，绝不会这么顶。也搭着刘备和庞统都喝多了，刘备说："要这么说，武王伐纣不也作乐象功吗？你能说他不是仁义之师吗？这么说话，不合道理。"庞统一生气，乐着走了。刘备半夜醒了，觉得自己说话不对，一问手下人，手下人说："您把军师得罪走了。"刘备有一样好，能主动承认错误，第二天早上把庞统请来，恭恭敬敬深施一礼："昨天我说得不对，得罪您了。"庞统给他台阶儿："君臣俱失，您失言，我也失言了。"您说，要是诸葛亮，能干出这事儿来吗？干不出来。总而言之，一句话概括：《三国演义》中的庞统，智商和情商都不如诸葛亮。

上回书说到彭羕来了，提醒刘备，留神一下雨，涪江水一涨，有人决水，往下一淹，就得把黄忠和魏延的营寨淹了。那你庞统是干吗的？你是军师，张松献的地图就在你手里呢，难道你不知道上边地势高，决涪江之水就能淹下边吗？按说一般的军事家都能看到这个问题，可庞统就没看到，是彭羕点出来了。刘备赶紧让法正派人通知黄忠和魏延，二人商量好了，一天一巡江，派手下人老盯着。

这一天狂风大作，大雨倾盆。蜀将泠苞带着五千兵，早预备好锹、镐、土筐、锄头、扁担了，趁着这场大雨出兵了，来决涪江之水。等他们快到涪江准备决水了，后边炮声一响，灯球、火把、亮子、油松照夜如同白昼。说下这么大雨，还能打着灯球、火把吗？得罩着呀，怎么也能有点儿亮儿吧？炮声一响，泠苞回头一看："呀……"魏延金盔金甲绿战袍，胯下马，掌中一口大刀，高声喊嚷："泠苞，你想决涪江之水吗？魏延来也！"一下儿让人点破了。魏延的兵将往上一冲，泠苞的五千人手里都是镐、锹，抬着土筐，这怎么打仗？一下儿泠苞就慌了，打了没几个回合，就让魏延生擒活捉了。还有两个支援他的呢，一个吴兰，一个雷铜。刚到涪江附近，前边炮声一响，黄忠来了，金盔金甲大红战袍，胯下马，掌中钩镂古月象鼻子大刀，拦住吴兰、雷铜的去路。"杀！"这边是魏延截杀，那边是黄忠再杀，吴兰、雷铜败回去了，这次决涪江之水失败了。失败的原因何在？如果没有彭羕前来，就成功了，刘备的前途不堪设想。

大雨止住，魏延押着泠苞，五花大绑，来到刘备面前，那泠苞就得跪下了。刘备用手一指："泠苞，上回把你生擒活捉，你说愿意归降，而且自告奋勇回雒城劝张任他们归降，结果怎么样？你带兵去决涪江之水，想要水淹汉军，我还能再留你吗？推出去，斩！"手下人把泠苞推出去，项上一刀，泠苞死了。然后刘备二次摆宴，给彭羕庆功。没有彭羕，刘备手下的兵将这回非淹死十之七八，现在保住了。

就在酒席宴间，突然有人来报："报！""何事？""孔明先生派马良前来。"刘备一听就是一跳。跳多高？反正没有撑杆跳那么高。（注：笑声）刘备一哆嗦：难道荆州有事儿了吗？"赶紧有请。"工夫不大，马良进来了，参见刘备。"荆州如何？""您放心，荆州平安无事，孔明先生治理得井井条条。孔明先生是让我送来一封书信。""好，拿来我看。"刘备赶紧打开书信。写的什么？"亮夜算太乙数，今年岁次癸亥，罡星在西方。又观乾象，太白临于雒城之分：主将帅身上多凶少吉，切宜谨慎。"刘备看完信，抬头看了看庞统，没说话。

“亮夜算太乙数”，这句先搁着。“今年岁次癸亥”，这好说，今年是癸亥年。“罡星在西方”，就是西边有罡星。您听《水浒》，三十六天罡、七十二地煞。再说第一句“亮夜算太乙数”，太乙数是《易经》中一门非常难学的学问。说为了说好《三国》，我先去研究二十年太乙数？我已然没那工夫了，是吧？我大概齐看了看，但研究不透。

我父亲是《易经》专家，我从小就听我父亲批八字儿，所以我不会批，会听，但也不能迷信。我父亲在国门关批八字儿的时候，号叫乐天居士，有个宣纸的红纸条，上边洒着金星儿，当中间儿是“乐天居士连阔如”。我没心没肺，把那些纸条都发给同学玩了，后来我爸爸打我一顿。我父亲批八字儿的时候儿，我舅舅在旁边儿写，他做过会计。我老伴儿那两下子就是跟我舅舅学的，我舅舅特别喜欢他，但他不虚心，不好好学，不然他也是《易经》专家了，是吧？我舅舅跟我父亲说，说我“巧人是拙人奴”，就是说我这辈子净为人服务了。现在我一琢磨：我已然七十六了，这辈子可不净为人服务了么？您说我为自个儿干吗了？您说，提起什么我不会？做饭，我会。我上学的时候自个儿打个布袼褙，自个儿铰鞋底子，自个儿上鞋。我那时候也淘气，一年得穿四双鞋，自个儿寒暑假都做得了，不然听嫂子叨唠我，我生气。我嫂子是天津人，碎嘴子，好家伙，叨唠叨唠……我也受不了，我自个儿就学。后来“文化大革命”中我们两口子转业到食品厂，生活条件不行，我知道婆婆九岁就开始挑花儿，养活一家子，所以我就跟他说：“你跟老太太要那挑花儿。”那时候的十字绣跟现在的十字绣可不一样，现在的您翻过来，底下乱七八糟，那时候码得特别好，能出口。我婆婆问：“她能会这个？”他知道我聪明啊，说：“您给她两块手绢儿让她试试。”我拿两块手绢儿一试，老太太没得说了，就给我领货去了。等做完了，大桌布、大床单往上一交，人家说：“这是高手挑的。”头一回送出国去的就有我挑的，您说我多机灵。管什么呀？所以说巧人是拙人奴，说起来自个儿什么都能干，也省得难为自个儿，也省得求别人。当然，我倒不是万事不求人，但一般的活儿我自个儿都能干。现在就算这么大岁数了，在家里能做饭，也能搞卫生，都是我自个儿干，等有一天干不了了再说，就请大伙儿来帮忙。但不管怎么说，主要还得自个儿努力，不努力不行。

说哪儿了？您瞧，我忘了。（注：笑声）所以说算卦我没学会，但我会听。我父亲和我舅舅曾经跟我说："你到七十三的时候就别干了，急流勇退，不然你就得倒霉，要么生气，要么生病。"最后我也没听，七十三照样干，倒是病了一场，可出院以后大伙儿都陪着我，我又干起来了，是吧？我有病没病？有病，可待在家里不也得琢磨病吗？说生气，就练不生气，食嗓一边儿，气嗓一边儿。我现在一顿还能吃一大碗饭，昨天晚上烹的酱肉我来半盘，还有炉肉熬白菜我来大半碗，可以吧？（注：掌声）那到底《易经》属于迷信，还是属于学问？我没有那么大本事，也不去分析。总而言之，我觉得人得正视自己。就跟他们说相声似的，说"给您算一卦吧"，结果这位说了，"您先给自个儿算算，看看哪儿暖和，省得您没棉衣裳，还是找暖和地儿待会儿去吧"，其实说的就是一个实际问题。

但诸葛亮这封信咱们能理解。说"太白临于雒城之分：主将帅身上多凶少吉，切宜谨慎"，说的就是刘备和庞统，凶多吉少，是吧？有位专家说："即便诸葛亮这封信是好意，但人看了以后心里也别扭。"这一点我承认。要是有人给我写封信："连丽如，你留点儿神，七十三岁你快倒霉了啊。"即便这位是好意，提醒我留神，那我看着也别扭。您说诸葛亮写这封信，让庞统怎么看？他肯定别扭。你诸葛亮二十七岁出山，火烧战船、赤壁鏖兵，打下荆州地面；我庞统还什么都不是呢，你又来这么一封信，主将帅可包括我呢。所以我赞成这位专家说的话。刘备心中一动：主将帅，头一个就是我，第二个就是庞统，再往下说就是黄忠和魏延了。这些人甭管谁倒霉，刘备也不愿意，因为打仗就指着魏延、黄忠，出主意就仗着庞统。

刘备拿着这封信，庞统在旁边一看："主公。"刘备没说话，就把信交给了庞统，然后他们依次传看，最后把信放回桌案之上。庞统心想：这是诸葛亮怕我有得川之功，所以写信阻拦。我要是庞统，也得这么想，这是人之常情。庞统说："主公，我也算了太乙数。"不光诸葛亮算了，我也算了。

“我也知道罡星在西方，但罡星在西方是好事儿，不是凶事儿，应的是主公得西川。”这下儿刘备有点儿渺渺茫茫。如果诸葛亮说话，刘备非常相信，但现在庞统说出这话来，尤其前面还有诸葛亮这封信，刘备愣了。“再说，就算有凶险，现在已然过了，您忘了刚杀完泠苞了吗？那凶险应在他们那边。您应该赶紧进兵，时间不等人。”庞统催刘备进兵，因为庞统心里别扭，认为诸葛亮不愿意让我立功收川。所以您看，到底诸葛亮心眼儿大还是心眼儿小？诸葛亮能不能不嫉妒庞统呢？现在还不好下定论。其实人都会有那么点儿醋心，就算这人特别好，带漂亮媳妇上街，别的男的瞜一眼，他心里也不愿意，是吧？谁都不可能十全十美，所以也很难分析。总而言之，从表面上来说，诸葛亮这封信比较恶心人，庞统很不高兴。而且从表面上分析，刘备带到西川的都是二路货色，黄忠、魏延，甚至还有关平、刘封，那关云长、张飞、赵云为什么不去？

庞统催刘备赶快进兵，刘备一听：“好吧。这么办，这件事儿我已然知道了，我写封回信，请马良先生回去告诉孔明先生，不日我回到荆州再面议此事。”很快我就回去，我会跟孔明先生当面商议，就是信里写的这件事儿，罡星在西方，谁倒霉，这仗应该怎么打。庞统一听：主公不跟我商量，要回去跟诸葛亮商量，还是相信诸葛亮。庞统心里的醋劲儿就更大了。“主公，围困雒城已然快一年了，现在应该急速进兵。”“那孔明先生这封信呢？”“嗐，您听他的还有完吗？诸葛亮怕我立功啊。”挤兑得庞统把实话说出来了。“诸葛亮怕我立功，所以写信相阻。您听他的，西川就没法儿收了。您听我的，进兵要紧。”刘备没办法，说：“好吧，军师，那就听您的，等马良先生走后，咱们再商量如何进兵。”“主公，咱们还是先到黄忠、魏延的营中，再议论进兵之事。”这样，刘备和庞统带着关平、刘封、法正，直接来到黄忠的大营，把魏延也叫来了，共同商议如何进兵。

庞统让法正画地图，看到底进兵雒城有几条道。法正把图画好了，当中雒城，后边有山。法正说：“山北有条大道，可以遘奔雒城，长驱直入打到东门。山南有条小道，绕过来可以进兵西门。”庞统把张松献的地图拿出来一对照，一般无二。所以您看，雒城有水，蜀军决水淹营，你庞统怎能不注意呢？说地图在刘备那儿锁着，你借才能给你？不是，就在你这儿呢，你之前怎么不看呢？庞统一看，跟法正画得一样。“主公，既然这样，咱们就派兵吧。您带领一支人马，黄忠为先锋，走山北大道直接进攻雒城东门。另外，让魏延当先锋，我带兵走小路奔雒城西门。咱们分头进攻东西二门，在雒城见，您看怎样？”“不成不成……”刘备脑子里老有诸葛亮这封信。“士元先生，你是文人，跟我不一样。我出世以来，灭黄巾，走南闯北，打过不少仗了，经得多，见得广。而你是智谋之士，没经历过这么多场面。”表面看刘备很会说话，实际就是不放心，怕庞统出事儿。“这样，你带领人马走大道，大道看得见，视野好。我带黄老将军走小路，攻打雒城西门。”庞统说：“不行。如果您带领人马走大道，雒城兵将会集中力量在大道上阻拦，恐怕对主公不利。但您别怕，我即便是谋士，又能怎样？两军战事当中难免伤亡。”庞统说的也是实话，打起仗来能说谁死谁不死？难免有伤亡。“还是我带兵走小路。”“不不不，还是我去小路。”“主公，别让了，就这么办了。魏延，你调齐一万人马，跟我走小路。老将军，你调齐人马，主公和你走大路。”庞统直接派兵遣将。您看，诸葛亮不会这么干，必须征得刘备同意之后他才派兵遣将呢。庞统传令：“五更造饭，平明出兵。”刘备也不好再拦了。

等第二天早上起来，吃完早战饭，魏延已然把人马准备好了，自己全身披挂，胯下马，掌中刀。黄忠也是，人马调齐了，自己全身披挂，胯下马，掌中刀。手下人伺候着，拉着刘备的马，拉着庞统的马，君臣由中军大帐出来了。“军师请。”“主公请。”刘备拢丝缰，认镫扳鞍上了的卢马。庞统刚一上马，“欻”的一下儿，这匹马前蹄儿就起来了，跟着往下一卧，“吧唧”一下儿，就把庞统摔下来了。刘备赶紧下马，用手相搀：“庞先生请起……”又看了看庞统这匹马：“你怎能骑这样的劣马呀？”“哎呀，主公，谢谢您。这匹马已然跟着我很多年了，从来没出过这事儿。“哦……我明白了。”脑子里有诸葛亮这封信。刘备说：“你这匹马不久在战场，跟我这匹马不一样，我马跳檀溪时骑的就是这匹的卢，它经过大的阵势，可你这匹马没经过大的战场。这么办吧，你骑的卢，这匹劣马我来骑。”庞统感动得眼泪都快下来了:“主公如此恩待于我,今生今世虽死不能报答。”这下儿刘备不想给都不行了,话已然说出来了,不然得说我抠门儿。(注:笑声)实际庞统说出“死”字儿,刘备就不爱听。“军师请。”

庞统上了的卢马,刘备骑着庞统这匹劣马。像庞统你等等啊,刘备刚要说话,还没张嘴呢,庞统一声令下:“出兵!”炮声一响,庞统率领大队人马由营寨中出来了。刘备这边的先锋是黄忠,带领人马直取山北大路,奔雒城东门。庞统这边的先锋是魏延,魏延在头里,庞统在中军,绕小路杀奔雒城西门。

人家雒城有探马,探知消息后赶紧禀报,吴懿和刘璝这些人正开军事会议呢。张任说:“这么多天刘备都没动静,恐怕没憋着好主意。攻打雒城有两条道,一条大道在正东,一条小路在正西。他们要从大道上进攻,咱们看得见;他们要走小路,咱们可看不见。这么办,请二位将军给我三千人马,我遘奔小路埋伏,以防不测。”刚说到这儿,有人来报:“报!”吴懿用手一指:“何事?”“启禀吴将军、刘将军,现在刘备分两路人马,一路奔大道,一路奔小道,杀奔雒城东门和西门。”“大道何人指挥?”“只知道先锋是黄忠。”“小道呢?”“先锋是魏延。”张任一听:“我得赶紧走,晚了就麻烦了。”张任立刻全身披挂,带领三千精兵出城,就埋伏在西门外小路上了。这会儿是夏末秋初,枝叶茂盛,这条路又窄,两边又净是树,挡着几乎看不见人。

单说魏延胯下马,掌中刀,在前边走,逢山开路,遇水搭桥。当兵的扒拉着草往前走,越走道儿越窄。中军就是庞统,庞统骑着这匹的卢马。您想,白颜色的马在军中特别显眼。甭说军中,您就看现在赛马,要是匹白马,就有点儿显眼,对吧?还有,好多人往这儿一坐,白头发就比较显眼,对吧?张任带着三千兵将在山里埋伏,要么树后头藏着,要么山窝儿里藏着。“报!”“何事?”“启禀将军,魏延的人马快到了。”“先把魏延的人马放过去,千万别惊动,然后按我的口令办。”魏延带着先锋军往前走,边走边说:“你瞧,主公多事儿不是?什么事儿都没有啊。”他也掉以轻心了。此时张任已然看见庞统的中军了,肉眼得见,那时没有望远镜,肉眼能看见了，只见正当中有个人骑着白马，模样看不清楚，但马的颜色看清楚了。“看见没有？骑白马者就是刘备。等他进入射程之内，我一声令下，乱箭齐发。”

庞统还不知道呢，骑着马继续沿小道往前走。走着走着，看前边的道路越来越窄，庞统也是一动心：“来呀，此地叫何名？”汉军不知道啊。“军师，我们不知道。”“有蜀军没有？”“啊，我是新归降的，我知道这地方。”“叫何名？”“落凤坡。”这蜀军也不知道这位庞先生是小凤凰，庞统也不知道这蜀军是大嘴巴。（注：笑声）庞统一听，当时勒住坐骑：落凤坡？我人称“凤雏”，难道说此地犯地名儿，于我不利吗？当时庞统也明白点儿了，什么亮夜算太乙数啊，还是活着要紧，是吧？庞统揪住了马缰绳，一声令下：“来呀，我兵撤！”这匹马刚要拨头，这时就听一阵梆子响，“哧哧哧哧哧……”乱箭齐发。三千兵每人射一支箭就是三千支箭，每人射十支箭就是三万支箭，都奔着白马射，您琢磨这匹马能有多少地方当靶子呀？庞统乱箭攒身，就死在落凤坡。有人给庞统遮脸，说庞统一看箭射来了，抹脖子自刎了，但我没查着出处，不能这么说。

庞统一死，汉军来回冲撞，有往前跑的，有往后跑的。也就是原来的蜀军比较明白，熟悉道路，大部分活了的都是他们。前边先锋军也听见动静了，有人禀报魏延：“了不得了，后边庞军师可能中箭了。”魏延赶紧拨转马匹：“杀！”魏延带领先锋军往回杀，张任指挥三千兵拦住，杀不过去。这时，就听后边炮鼓连天，杀声震耳，吴兰、雷铜指挥蜀军也杀上来了。这三员战将带着蜀军一层一层往上围，一层一层往上裹，不亚如七层刽子手，八面虎狼军，把魏延围在当中，魏延左冲右冲，冲不出去。突然，见蜀军后边乱了，魏延非常聪明，知道肯定是黄忠来了，往回一催马，掌中大刀，就往吴兰、雷铜这儿杀，身后张任指挥兵将就追。吴兰、雷铜跑着，就听有人高声喊嚷：“文长休得惊慌，老夫来也！”黄忠催马抡刀就到了。黄忠在这边杀，魏延在那边杀。没想到雒城中炮声一响，刘璝指挥五千精兵杀出来了。这下儿黄忠和魏延受不了了，吴兰、雷铜，再加上刘璝，还有张任，蜀军又熟悉道路，军师庞统又死了，汉军乱成一团，只好往回败。刘备想守住两座营寨,那还守得住吗?汉军溃不成军,刘备只好跟着残兵败将往回跑,跑过营寨,跑到涪关。刚要缓口气,张任指挥人马就到了。“杀呀……拿刘备呀……”刘备吓坏了:诸葛亮夜算太乙数,将帅凶多吉少,是不是我活不了了?他这会儿还不知道庞统死了呢。

眼瞧着张任指挥人马杀上来了,就听前边炮声一响,三万生力军,没打过仗,非常精神。当中两员小将,一个胯下马,掌中枪;一个胯下马,掌中刀,正是刘封和关平,刘备和关云长的干儿子。他们调动好人马,指挥三万生力军把残兵败将接进涪关,然后大杀大砍,一直把张任追出二十里地,夺回不少马匹,算是打了个小小的胜仗,这才撤兵回来。此时有人禀报,说军师庞统死在落凤坡,刘备放声痛哭,然后遥祭。可遥祭管什么用啊?可惜庞统三十六岁死在落凤坡,您说多惨,那么大才学。总而言之,各种复杂的原因促使庞统年纪轻轻,把命扔在西川。其实是后来这地方改名落凤坡,但罗贯中非先写这儿叫落凤坡,咱们也没办法,反正大伙儿心里明白就得了。

刘备放声大哭,黄忠说:“主公,您先止住悲声吧。士元先生不在了,您赶紧写一封书信,请孔明先生前来吧,不然谁来收川啊?”“好啊……”刘备写了一封书信,写好之后看了看,就把信交给关平了。

书以简洁为妙。关平骑马奔荆州,见着诸葛亮,诸葛亮心中一凛,知道庞统完了。诸葛亮看了看这封信,也把庞统的死因问清楚了。“众位,现在主公来信让我进川,亮不得不走。”关云长站起身形:“孔明先生,您走了,荆州怎么办?荆州举足轻重。”“二将军,主公在信中并没有指派把荆州交给谁,让我量才委用。我想主公虽然没有明说,但下书之人是关平,说明主公之意是把留守荆州之事交付二将军。二将军,敢接此重任吗?”“义不容辞。”没推辞,上前就要接。诸葛亮看了看关云长:“好吧,明日设宴,我移交印信。”

第二天,摆上丰盛的酒宴,荆州所有文武官员都来了。在酒席宴上,诸葛亮命人把荆州的印信捧来,双手递给关云长:“二将军,荆州重地,举足轻重。”“军师,关某誓死保卫荆州。”关云长又说出一个“死”字儿,诸葛亮想往回撤都来不及了，话已然说出来了，印信想不给关云长都不行了。诸葛亮心中不痛快："二将军，我就请问您一件事儿。你们刘关张弟兄桃园结义，不求同生，但求同死，而今将荆州重任托付将军，如果我走之后，曹操领兵前来，怎么办？""凭关某跨马持刀，指挥荆州兵将以力拒之。""好。如果东吴也来了，曹操也来了，二将军如何？""分兵拒之。""关将军，如此荆州休矣。我嘱咐关将军两句话八个字。""军师请讲。""北拒曹操，东和孙权。如果记住这八个字，荆州万无一失；如果记不住这八个字，荆州前途危矣。望二将军牢记心中。""军师放心，关某谨记军师嘱托。"您往后听，这八个字可起着决定性作用。谢谢众位，下回再说。

# 第一九四回　诸葛亮分兵进川

白发居西蜀，清名震大邦。忠心如皎月，浩气卷长江。宁可断头死，安能屈膝降。巴州年老将，天下更无双。

这几句说的是西蜀老将严颜。说起严颜，史上记载并不多，但凡是知道《三国演义》的都知道张飞义释严颜。严颜是哪儿的人？按现在来说，是忠州人。在中国大地上只有一个以赤胆忠心的“忠”字命名的地名，就是忠州。那为什么这地方叫忠州？因为出了严颜，还有春秋时期名将巴蔓子，所以后来唐太宗赐名，御赐这地方叫忠州。巴蔓子是怎么回事儿呢？他曾经跟楚国借兵，想保住巴国，只要巴国保住了，将来他把三个州割让给楚国。后来楚国出兵真保住了巴国，楚国来使就找巴蔓子要三个州，但巴国老百姓不愿意，他就把自个儿的脑袋割下来让楚使带走了。也就是说，这地方出了两个宁可断头而死，不肯屈膝降贼的人，故而唐太宗赐名叫忠州。

开场诗为什么要提到严颜？因为张飞要进川了。张飞为什么要进川？因为庞统死了，诸葛亮来了，是吧？很简单的一个道理。上回书说到庞统死在落凤坡，一下儿打乱了刘备和诸葛亮的部署。按说是一手好牌，可就输在胆小上了，输在抢功夺胜上了。您想，西川有内奸，张松把地图献给了刘备，不但有张松，而且是张松、法正、孟达三个西川很重要的人物给刘备打接应。如果刘备进川之后长驱直入，直奔成都，一下儿就把刘璋灭了，西川就到手了。这一来，可以说轻而易举坐镇荆州，拿下西川。但这手好牌打乱了，就因为庞统的死。

庞统为什么死？咱们总结一下。第一，要归罪于刘备。刘备对刘表和刘璋是一样的态度。当初刘表要把荆州给刘备，如果刘备答应了，诸葛亮就能控制住局面，诸葛亮都冲刘备点头了，但刘备没干，总顾及脸面，结果怎么样？弃新野，走樊城，败当阳，奔夏口，火烧战船，赤壁鏖兵，最后落得一个借荆州。如果他伸手就接，即便有蔡氏宗族捣乱，诸葛亮能没办法吗？诸葛亮既然让你要荆州，就有办法，但刘备没要。这回进西川又是如此。张松、法正、孟达已然做好接应，而且刘璋是窝囊废，刘备完全可以长驱直入，甚至兵不血刃，结果却变成一场惨无人道的战争。所以说刘备不这样，庞统也死不了。第二，庞统太贪功。他总想跟诸葛亮比，急于求成，求胜心切，所以冒险行事，死在落凤坡。如果庞统心眼儿不窄，步步为营，保刘备进兵作战，哪怕进程慢点儿，也不至于失败，更不至于死在落凤坡。第三，跟诸葛亮也有关系。难道诸葛亮真的一点儿缺点没有吗？难道诸葛亮真的一点儿嫉妒心没有吗？您要知道，人无完人，只不过庞统比诸葛亮嫉妒心还大，而诸葛亮已然成名于天下了。所以说，诸葛亮写的这封信恐怕也起到了旁敲侧击的作用。由于以上这些原因，庞统死了。

庞统一死，荆州必然丢失。为什么丢失？因为诸葛亮必须离开荆州到西川。诸葛亮一走，荆州失，关公死，所以刘备最后只能坐镇益州，眼望中原，眼巴巴瞧着了。虽然有三分之一天下，刘备晋位汉中王，后来当皇上了，那又如何呀？另外，刘备也寒碜，因为面对的是刘璋这么一个窝囊废。你庞统对面的敌人不是曹操，也不是孙权——孙权是世之英雄，曹操是世之枭雄——都不是，而是刘璋。结果败得这么惨，您说刘备能不窝心吗？可话又说回来了，《三国演义》对庞统没有过多的描写，他出场晚，死得早，成名的地方就是庞统献连环。那到底庞统和诸葛亮能不能齐名？庞统跟诸葛亮还是不能比。上次我说过，诸葛亮隆中对划分天下大势，高瞻远瞩，天下尽收眼底。庞统盛名之下，其实难副。您看，他的对手是刘璋。对付这么一个窝囊废，拿出一个运筹帷幄、决胜千里的计策？没有。看到你高瞻远瞩的伟大胸襟？没有。信手拈来，指挥一场战争，胜得非常漂亮？也没有。庞统给刘备出的计策，您分析分析，跟鸿门宴差不多，什么行刺啊，摔杯为号啊，见面就绑上啊，都是些雕虫小技小计策。所以从这一点上看，诸葛亮是政治家，而庞统是被人吹捧起来的政客。庞统一死，摆在刘备和诸葛亮面前的问题，刨去眼泪，就是下一步应该怎么办。

上回书说了，刘备写好一封书信，让关平骑快马遘奔荆州交给诸葛亮。诸葛亮接到信是在大堂上，荆州文武全在呢，武将有关云长、张飞、赵云，文官有糜竺、简雍、向朗、蒋琬、马良。“众位，现在庞统死在落凤坡，主公在涪关进退两难，我不得不入川。”别人听了都没说话，只有坐在武将之首的关云长站起身形：“军师，您奉命进川，但荆州是重地，由何人把守？责任重大，请军师定夺。”您看，张飞为什么不问，赵云为什么不问，唯独关云长问？第一，关平来了；第二，关云长知道自己在大哥心目中的位置，毕竟斩颜良，诛文丑，过五关斩六将，古城会斩蔡阳，华容道释曹，不可一世啊。诸葛亮没直接回答，对众人说：“众位将军、列位先生，主公在信中写得明明白白，请大家传看。”然后，诸葛亮把这封信交给关云长，关云长看完再往下传，所有的人都看了，信交回诸葛亮之手，诸葛亮把信放在桌案之上。“众位，主公信中没有言明谁来镇守荆州，而是把大任付诸我诸葛孔明，那就是让我决定谁来镇守荆州。然而，主公派关平赍书，已然很清楚了，意在云长公镇守荆州。”这时，诸葛亮看着关云长，语速就放慢了。“二将军，念及刘关张弟兄桃园三结义，镇守荆州责任重大，公宜自勉之，接此重任，一定要保住荆州。”

诸葛亮这番话语重心长。一提桃园三结义，诸葛亮的意思是那会儿您还推车卖小枣呢，刘备脑袋上还别着草棍儿呢，张飞还卖肉呢。你们桃园结义，誓同生死。从那时开始白手起家，先灭黄巾；一得徐州，又丢徐州；二得徐州，又丢徐州。徐州失散，关云长归降曹操，刘备逃到河北，张飞占据芒砀山。后来古城会弟兄团圆，又在刘表手下待了好几年。直到火烧战船，赤壁鏖兵，这才得下荆州之地。你关云长要珍惜这些年的经历，自个儿鼓励自个儿，好好看住这块地盘。

关云长听后，二次起身：“按主公之意，谨遵军师之言，镇守荆州。”“好吧。来日准备齐毕，设宴于大厅，我把荆州印绶交于二将军。”

书说简短，诸葛亮把所有工作都做完了，定好日期，就在大堂摆上酒宴，文武官员都到了。诸葛亮用手一指：“看印绶伺候。”糜竺命人把荆州印绶捧上，诸葛亮伸手接过来，一转身："关将军。"关云长站起来了。"镇守荆州，责任重大。"关云长伸手就接："军师，关某知道责任重大，除死方休。"这四个字一出口，诸葛亮捧着印绶的手直哆嗦。您说这话不吉利也好，您说那会儿人迷信也好，反正听着堵得慌。诸葛亮想改主意，但话已然说出来了，而且关平来了，主公的意思就是要把镇守荆州的任务给关云长，这是明摆着的。诸葛亮心说：你死了，主公这片事业怎么办呢？到现在诸葛亮只能嘱咐了："二将军，我走之后，如果曹操指挥人马攻打荆州，如何对待？""以兵拒之。""好。""如果孙权和曹操同时攻取荆州，如何？""分兵拒之。""唉……"诸葛亮眼泪流下来了。往哪儿流？谁也没看见，往肚子里流。眼泪往肚子里咽，这就是诸葛亮此时的心情。诸葛亮摇了摇头："若如此，荆州休矣。二将军，我只嘱咐你八个字。""军师请讲。""北拒曹操，东和孙权。只要二将军记住这八个字，荆州万无一失。""关某铭记肺腑。"关云长说得好，可要想做到，容易吗？

所以从刘备那儿就错了，让关平送信，关平一来，诸葛亮就明白了，必须把荆州交给关云长，不然刘备不干。但关云长是什么样的人？任何人的话也不听的人，非常自负的人，刚愎自用的人，自恃甚高的人，睥睨一切的人。关云长跟张飞还不能比，一会儿说张飞，您别瞧张飞鞭挞士卒，但他也能跟人说笑话，别人能接近他，而且张飞知道自己脾气不好，他知道自己的缺点。关云长不然，永远认为自己没有错误，所有的人都看不起，而且现在比原来加一个"更"字，将来比现在还得加一个"更"字。这种人老整着脸子对人家，也不跟人家开玩笑，人家就会远离你。所以说人要放下架子，接近他人。

就这样，关云长镇守荆州。然后，诸葛亮命张飞带领一万人马为先锋，兵发汉川，遘奔巴郡，再奔雒城，张飞接令。诸葛亮又派出第二支人马，派赵云带领一万大兵逆江而上，与张飞会兵于雒城。

诸葛亮给关云长留下四名文职官员，马良、向朗、糜竺、伊籍。伊籍大伙儿都知道，刘备刚到荆州，刘表手下头一个两次救刘备的就是伊籍，后来保了刘备。"马氏五常，白眉最良。"马良是马谡的哥哥，白眉毛，这人非常好，保刘备忠心耿耿。糜竺是刘备的大舅子，风流倜傥，对刘备也是忠心耿耿。后来糜芳投降曹操，糜竺跪倒在刘备面前请罪，刘备没有怪罪他，仍然给他最高的官职，但糜竺心里难过，一年后就死了。还有一个是向朗，向朗是头一回在《三国演义》中出现。向朗的老师是水镜先生司马徽。向朗跟马良是一个地方的人，同是襄阳宜州人氏。这人是个学者，还是个藏书家，比梁彦收藏的书多多了。（注：砸挂）他家里净是藏书，而且这些书都开放。有年轻人来了，说："这书我想看看。"他亲自校对，改完以后再让年轻人读，不但让读，他还亲自讲解，开门授课。说开门授课，无任何报酬地把知识传授给年轻人，向朗是中国历史上头一位。诸葛亮还给关云长留下四员武将，糜芳、关平、周仓、廖化，现在还没形成关八将呢。

那诸葛亮带走谁了？带走简雍，带走蒋琬。蒋琬是零陵湘乡人，从小就聪明好学，而且特别用功，相貌堂堂，器宇轩昂。诸葛亮死后，蒋琬当过丞相。蜀中四相，第一是诸葛亮，第二是董允，第三是费祎，最后就是蒋琬。蒋琬忠心耿耿，扶保蜀汉。现在蒋琬和向朗刚刚出世，还重点提到了马良，您记住这几个人。简雍是刘备的同学，一直跟随着刘备，前文书已经交代过了。

诸葛亮带着蒋琬、简雍，点齐一万五千人马，选择吉日良辰，响炮出兵。赵云走水路，诸葛亮、张飞走旱路。张飞是先锋，全身披挂，胯下马，掌中丈八蛇矛枪，带着一万大军。张飞来见诸葛亮："张飞拜见军师辞行。"诸葛亮下了马。既然诸葛亮下马，张飞就得下马。"三将军，临行之时有几件事要讲在当面。""军师请讲。""三将军，第一件，此次进兵西川，西川各处都是英雄豪杰，你千万不要小看。""那第二件呢？""不准掠夺百姓，不准欺压安善良民，要爱护老百姓。""记下了。第三件呢？""沿途不准违犯军规纪律，而且要拜访当地名士，贫困之人要多予接济。""好，俺老张记下了。这第四件？""第四件我不说你也知道。""是不是因为我鞭挞士卒？"刚才我说了，张飞能够正视自己的错误。"三将军也知道自己平时酒醉鞭挞士卒，这会引来不少祸事，所以千万注意小心，守住心性，不得随意打骂兵士。早早赶到雒城见面，谁先到雒城，谁是首功。""张飞遵令。”“请将军上马。”张飞拢丝缰认镫扳鞍上马，诸葛亮也上了马。然后，诸葛亮传令：“响炮出兵。”炮声一响，大队人马要出兵了，诸葛亮这才下马上车。诸葛亮不是马上的战将，坐在车上，有兵士推着。

单说张飞胯下马，掌中枪，带着一万大兵出发了。一路上非常顺利。为什么？张飞记住诸葛亮的话了。您看，关云长没记住，表面上说铭记肺腑，实际谁的话对关云长而言都是耳旁风，自恃甚高，就是我对。而张飞把诸葛亮嘱咐的话都记住了，不能鞭挞士卒，不能欺压安善良民，要拜访当地名士。所以汉军爱护百姓，公买公卖，长驱直入，经过汉川，直抵巴郡。巴郡在哪儿？其实巴郡地儿大了，一共管辖着十四座城，分为上巴、中巴、下巴，没有大巴。（注：笑声）后来刘璋为西川之主第六年时，把永安改成巴郡的主要城市，老将严颜就坐镇巴郡。刚起兵时，张飞就发出了不少探马，远探、近探、连环探，打探军情。因为诸葛亮说了，谁先到雒城，谁是首功。

一会儿，探马来报：“报！”张飞勒住坐骑：“何事？”“启禀三将军，巴郡是蜀中名将老将严颜镇守。”“多大年纪？”“没打听，反正须发皆白。可别看人家岁数大了，老当益壮，能开硬弓，胯下马，掌中刀，纵横天下，无人能敌。”“哦？既然严颜是蜀中名将，知道我张飞来到巴郡，就没有挂起降旗吗？”“没有……而且人家传出话来，要跟三将军一死相拼，誓死不降。”“好啊，命值日旗牌官前来见我。”

时间不大，值日旗牌官来了。“拜见三将军。”“你马上调一名军士入城去见老儿严颜，让他告诉严颜，就说俺张飞说了，如果严颜归降，必然厚待城中百姓，一个不杀；如果严颜胆敢不降，嘿嘿，杀进城郭，老幼一个不留。去吧！”“遵令。”然后，张飞指挥大队人马前进，离巴郡十里采勘吉地，安营下寨。定营炮响，埋锅造饭，铡草喂马，立营门，栽大杆，扯纛旗，点名过卯，发放军情。

单说值日旗牌官，挑了几个兵。“你们哪一个敢进城？三将军说了，前去面见老将严颜，告诉他：‘如果归降，什么事儿没有，厚待全城百姓；如果不降，杀进城郭，老幼不留。’谁去？”“我去！”值日旗牌官顺声音一看，这小子姓吴,叫吴二。“吴二,你有这胆子?”“嘿!张将军手下的人还能没胆子吗?我去!”这吴二就去了,还带着四个兵。四个兵保着他来到巴郡城下,吴二抬头一看,城上头一杆旗一支兵,一杆旗一支兵,刀枪密排,整齐严肃,军容严整。您想,重庆、四川那地方山城多,城上布置严密,都架着强弓硬弩呢。吴二用手一指:“开城!”守城兵将往下一看:“干什么的?”“汉军张翼德将军手下小校,我叫吴二。”“干什么来了?”“进城,跟你们老将严颜有话说,三将军让我传话来了。”“候着。”城上这位找他哥哥去了,他哥哥在严颜手下当中军官。“哥哥,请您禀报一声,城外来了个小子叫吴二,说是张飞派来的,要面见严将军。”“我上城看看。”中军官登上城头往下一看,回头跟他弟弟说:“你看着他,我这就去禀报老将军。”吴二在城下等着,中军官来见严颜。

这名中军官一边走一边乐,心说:吴二这小子找死呢。为什么?中军官是严颜的贴身战将,也可以说是贴身护卫。严颜知道汉兵来了,就跟他说:“主公这是独坐穷山,引虎自卫。”后八个字评论刘璋。独坐穷山,在深山里一人儿坐着;引虎自卫,没事儿吃饱了撑的弄进一只老虎来,让它保护自己。那老虎还不吃你?中军官心说:这是老将军说的话,他这样脾气的人能随便归降吗?再说了,严颜有本事,能开硬弓,虽然年纪高迈,但胯下马,掌中刀,纵横天下,无人能敌。

前几日探马来报,严颜知道汉军进川了,就要出战,中军官一拦:“您别出战,您知道对面主将是谁吗?”“何人?”“张飞。”“张飞有何德能,能抵抗老夫?”“老将军,您不能这么说。听人说张翼德胯下马,掌中丈八蛇矛枪,独当曹操百万大兵,一声喝断当阳桥。”“你看见啦?”“没……没有,微博上说的。”(注:笑声)“你就知道张飞准有这么大能耐?”“想必不是虚言。”“难道就不打了?”“别介,打是得打,您深沟高垒,按兵不动……”“那还是不打呀,何时打?”“您别着急,我在微博上已然查清楚了,张飞有个毛病,性子急,鞭挞士卒。您按兵不动,免战高悬。他远道而来,能带那么多军粮吗?您耗他一个月,粮食没了,一着急,他一打人,借这个机会您偷营劫寨,一战成功,就能把张飞杀了。”“好,就依你之见。”

中军官心说：现在张飞派人要见老将军，老将军能饶得了他？他暗自好笑。等见到严颜，中军官躬身施礼："启禀老将军，现在城下来了张飞派来的人，叫吴二，要面见于您，说张飞有话说，劝您归降。""好，命他厅上来见。"老将军升座大厅，往当中一坐，手下官员也都在这儿坐着。严颜尊重人，手下人不是站着，都让坐着。

中军官往下传令，城门打开，吊桥放下，来的其余四个人都在城外等着，就把吴二一个人放进来了。中军官的兄弟带着吴二来到厅前，中军官一看："启禀将军，吴二到了。""命他报名而进。"中军官用手一指："报名而进。""好啊，我是张将军手下的。""报名而进！""哎。吴二告进，吴二告进……吴二拜见老将军。""你叫吴二？""嘿嘿，在下吴二，奉张将军之命前来拜见严颜。""哇，好大的胆子！老夫年纪高迈，你竟敢口称严颜？""啊，你就是严颜啊？三将军让我传话给你，你好好归降才是。如果不降，杀进城郭，老少不留；如果归降，三将军给粮给饷，厚待老百姓，绝对恩重如山。""废话，我岂能归降刘玄德？想刘备进兵涪关之时，我就想杀上前去，只因为要在此等候张飞，我要取张飞项上人头！""嗬，你好大的胆子，三将军让你归降呢。"您说吴二傻不傻，在人家这儿还犯横呢。严颜脸一沉："借你之口回去告诉张飞，我严颜誓死不降。来呀，他叫吴二，削去他的耳鼻！""哎哟哟，这回我真成无二啦……"耳朵也削了，鼻子也削了，吴二捂着也不管事儿，血都出来了。"我我我……回去告诉三将军……"

吴二回营禀报张飞，张飞气往上撞，指挥人马攻打巴郡。张翼德义释严颜，谢谢众位，下回再说。

# 第一九五回　张翼德义释严颜

生获严颜勇绝伦，惟凭义气服军民。至今庙貌留巴蜀，社酒鸡豚日日春。

这四句说得很清楚，今天是张翼德义释严颜。您看，西川这点儿书很多人都记不太清楚，可张飞义释严颜，大伙儿都知道。张飞有没有智慧？有智慧。前文书擒刘岱、王忠时，张飞也用过智。这回进川张飞为什么用智呢？因为他想争头功。张飞为什么用智成功呢？因为他有一个很大的优点，就是听得进别人说话，别人劝他他听，这样的人智力就能得到开发。就怕这位谁的话都听不进去，将来必定失败。其实很多朋友说话都是为了您好，就看您听得进去听不进去了。

上回书说到张飞兵临巴郡，派小校吴二进城面见严颜劝降。吴二挺横，一张嘴："我家三将军说了，如果你归降，恩待巴郡所有老百姓；如果你不降，踏破城郭，老幼尽杀，一个不留。"严颜气坏了：你张飞多大口气呀？我不归降，你就老幼皆杀？那我先动动你吧。"你叫什么呀？""我叫吴二。""那就先让你没两样儿吧。来呀，削去耳鼻。"耳朵、鼻子，两样儿东西没了，这不正合适么？吴二流着血，吱吱歪歪就出来了，差点儿没疼死过去。来到城外，他带来的四个兵一看："哎哟，我的妈呀，您这是怎么了，吴大爷？""我我我……吴二爷，不是吴大爷。"四个兵驮着他回归大营，来到中军大帐。

张飞一看，气坏了："什么人对你下此毒手？""哼哼哼……是……老将严颜……"张飞赶紧让军医官给他上上刀伤药。张飞心说：好你个严颜，你割他的耳鼻就是割我的耳鼻，给我张飞下不来台？别瞧我一路上秋毫无犯，现在你惹我？那可就对不起了，看你家张三爷的。"来呀，点齐五百马队！”五百马队，都是张飞的亲兵，一个个身高在一丈开外，身体倍儿棒，善于骑马，搁战将里都能当偏将、牙将使。张飞顶盔贯甲，罩袍束带，拴扎什物，全身披挂整齐。“来，响炮出兵！”“叨叨叨”，三声炮响，五百马队跟着张飞撞出大营，杀奔巴郡。

到了巴郡城外，阵势列开，五百匹战马踢跳咆哮，这些人掌中刀枪，耀武扬威叫战。张飞胯下马，掌中丈八蛇矛枪，高声喊嚷：“呔！严颜，你给我出来！”抬头往城上看，城上头一杆旗一支兵，一杆旗一支兵，刀枪密排，整齐严肃，军容严整。喊了半天，城上头没动静，但这些兵都是弓上弦，刀出鞘，对着张飞这些兵。五百马队在城下高声喊嚷：“严颜啊……有本事出来打呀……我家三将军在这儿呢……威喝当阳桥的张飞呀……”张飞这匹马在城下来回驰骋，只等严颜出战。中午没吃饭就出来了，直到下午，张飞肚子都饿了，直叫唤，胯下这匹马也受不了了，可城上就是没动静，只是架着强弓硬弩，注视城下，不出兵。张飞没办法，只能带着五百兵回去了。

第二天，张飞仍然带五百骑兵，吃完早战饭，吃得饱饱的，这回还带着干粮袋儿、水葫芦，意思是严颜不出兵，咱们就不回来了。五百马队来到巴郡城下列开阵势，高声喊嚷：“严颜啊……出战啊……不出战你是狗熊啊……”叫着叫着，突然城头炮声一响，所有兵丁都站起来了。当中间儿手扶城墙，倚定护身栏，敌楼之上站定一员老将，正是严颜。严颜黑黑的脸膛，面泛霞光，一部花白胡须苫满前胸，盔甲鲜明，看着张飞这匹马在城下来回驰骋。“来呀，弓箭伺候。”手下人递过宝雕弓、雕翎箭，老将军认扣填弦，前把如托定泰山，后把如怀抱婴儿，弓开如满月，箭出似流星。“开……”张飞正骑着马，高声喊嚷：“严颜，你给我出来！”“吧嗒”“哧……”“嘭”，不偏不歪，这支箭正射在张飞的头盔之上，离簪缨就差了一点儿。要是真把簪缨射去，那张飞就如同丢了人头一样。“呀……”张飞气得晃身形，“嚓楞楞”，甲叶儿声音响。“老匹夫，捉住你，生吃你肉！”“嘿嘿，张飞，你不过夸口而已。”张飞没办法，拨马回到阵中，撤兵了。

到了第三天，张飞点齐两千人马。“来呀，响炮出兵。”“叨叨叨”，三声炮响,这回张飞也不叫战了,两千兵左右分开,就奔巴郡城外两边的山上去了,由山下往上走。您别瞧这座城从四外很难攻进去,可要打算在高山上看城里边的情况,很容易。张飞甩镫离鞍下马,到山上低头往城中一看:“呀……”张飞吃了一惊。只见城中四个城门里所有街道都站严了,严颜手下兵将一队队盔铠甲胄鲜明,而且各持刀枪严阵以待,要是都杀出城来,可了不得,只等严颜一声令下了。张飞再瞧城中老百姓,年轻力壮的民夫都出来,两个人一筐,一筐一筐由马道往城头运大小石块,甚至房梁都运上去了,帮着守城。张飞心说:严颜这老小子有两下子,我要照这么攻,哪天才能攻下巴郡,到雒城夺头功?不成。您看,张飞开始用脑子了。

回到营中,张飞往这儿一坐,想了想,传令:“明天早起饱餐战饭,吃完饭派十名小校,每个人带领五十个兵,一个小校半个时辰,轮流倒着班儿地到巴郡城下骂战去,其他人在后边排着队,老保证城下有二三百人,一队骂完一队骂。”然后,汉军在营中准备好了,弓上弦,刀出鞘。张飞全身披挂整齐,马就在旁边拴着,枪就在马上挂着,只要严颜出兵,张飞立刻就能点兵出营。结果溜溜儿等了三天三宿,严颜没出兵。“嘿嘿,俺老张已等六天。”三天亲自到城下叫战,三天兵士在城下骂战,不但人家没出兵,张飞还挨了一箭。张飞急得抓耳挠腮,心说:我应当用什么办法才能让老儿严颜出兵呢?想着想着,张飞突然想起来了,巴郡既然是山城,他坚守城池不出兵,那城中百姓肯定没有柴禾烧。“来呀。”中军官赶紧上前施礼:“拜见张将军。”“明天点齐五千人马,分散在东、南、西、北四面的山中,去给我把柴禾打回来,顺便探一探有什么路径可走。”“遵令。”

第二天,张飞在营中等着,五千兵就分散出去了。因为巴郡很大,就在四周的山中,三个一群儿,五个一伙儿……砍柴禾去了。砍柴禾也不能排着队砍,是吧?都得分散着砍,砍完了捆,捆好之后往回运。一天,两天,三天,加一块儿九天了,消息可就传到严颜耳朵里了。

单说这一天,有人来报:“报!”“何事?”“启禀老将军,现在张飞让手下兵将到四周山中砍柴。”“嘿嘿,砍柴?好啊,你们赶紧混到他的人马当中，最好能混进张飞的大营，看看他到底要做些什么。”细作都很聪明，为什么叫细作不叫糙作呢，他就得非常聪明，穿着汉军的衣服，跟张飞手下的兵士一块儿打柴禾。张飞手下一万五千人，能都认识么，肯定有不认识的。细作也得查言观色：他不认得他，他不认得他，所以他也不认得我。就这样，混进十几个兵去。

到了晚上，这些兵砍完柴回到营中，张飞坐在中军大帐。“启禀张将军，今天砍了多少多少斤柴禾。”“好啊，放在一旁。嘿嘿，老儿严颜还不出战，让我如何才能取得头功？”旁边小校说话了：“张将军，您别着急，这三天柴禾我没白打，探出一条小路来。咱们用不着跟严颜打，偷过这条小路就能绕过巴郡，可以直奔雒城。”“为什么不早说？”“他……不是今儿刚打听出来么。”“此话当真？”“不假，我试过，而且问了老百姓，您就放心吧。”“既然如此，今夜二更做饭，三更起兵。人马拔营起寨，刀枪器皿、锣鼓帐篷、粮草等项拴扎车辆，人口衔枚，马撤銮铃。俺老张头前带路，偷过巴郡，杀奔雒城。”“遵令。”

咱们说书好说，一万五千人要行动了，中军官一传令，兵士一接令，混在张飞军中的这些细作可就听见了，撒腿就跑，跑回城中禀报严颜：“老将军，张飞知道这条小路了，今晚要由小路绕过巴郡，直奔雒城。张飞在前边开路，后边都是辎重。”严颜一晃身形：“好，张翼德终究按捺不住了，想偷过我巴郡？来呀，中军何在？”“在。”“他们二更做饭，咱们也二更做饭。饱餐战饭之后，三更老夫亲自指挥人马埋伏在小路旁边树木丛杂之处。等张飞走过去三四里地了，粮草辎重到了，锣声不响鼓声响，只要鼓声一响，咱们就杀出去截他的粮草辎重。那张飞听到声音之后必然杀回来，待老夫亲自跟他一战，叫他过不去巴郡。中军，听懂了吗？”“听懂了。”“前去传令。”

中军官传令，值日旗牌官一令一令往下传。您想，时间都一样，严颜的人马从城里往出走就容易了，提前埋伏在小路旁边密树松林之内。现在正是树木丛杂的季节，树多，叶子也多。严颜顶盔贯甲，罩袍束带，拴扎什物，全身披挂整齐，带着四员大将、十六员偏将、三十二员牙将埋伏在林中，然后让远探、近探来回打探张飞的军情。

等到将近四更天了，有人来报：“报！”“何事？”“启禀老将军，张飞指挥前队人马就要到了。”“再探。”严颜上马，在马上一瞧，只见满天星斗出全，皓月当空。再看张飞，胯下马，掌中丈八蛇矛枪，盔明甲亮，压着这些马队，都是先锋军，正往前行。虽说人口衔枚，马撤去銮铃，而且用破毡子把马蹄儿包上了，但毕竟那么多人一块儿行动，终究有点儿声音，只不过不敢喧哗而已。严颜手下的战将也都看见了，再往后看，一眼望不到边。“将军，张飞可到了。”“放他过去。”严颜带人就在树丛中等着，见张飞指挥着亲兵马队由眼前过去了。等张飞走出好儿里地了，后边粮草辎重、所有车仗，也就是张飞的后军到了。这时，严颜一声令下：“擂鼓，杀！”炮声一响，严颜手下所有兵将都杀出去了，就劫张飞的辎重，刀枪器皿、锣鼓帐篷、粮草。有兵卒撒腿往前跑，禀报张飞，张飞再由前边往回杀。

严颜以为计策得逞，指挥兵将这通儿抢，小路又窄，抢一车往回运一车，就往巴郡城里运。严颜一晃身形，“嚓楞楞”，甲叶儿声音响。“这回张飞中了老夫之计。”话音未落，就听身背后有人抖丹田一声喝喊：“呔！老儿严颜，张飞在此！哇呀呀呀呀呀……”刹时间，灯球、火把、亮子、油松照夜如同白昼。严颜顺声音一看：“呀……”严颜愣了。只见一员大将，跳下马来平顶身高在一丈开外，豹头环眼，燕颔虎须，镔铁盔甲皂征袍，胯下马，掌中一条丈八蛇矛，正是张飞。“嘿嘿，老儿严颜，你中了俺张飞之计，前边儿那个是假的！”给严颜弄了个措手不及。这时，张飞的人马开始行动了。“嘡啷啷啷啷啷……”锣声一响，“欻”的一下儿，前边人马往回杀，后边人马往前杀。严颜往四外一看，有的川军已经跪在地下归降了，气坏了：“归降？这不是我严颜的人办出来的事儿，尔等杀过去！”谁还听他指挥呀？那时候也没有高音喇叭，挺窄的道儿，一片大乱。

单说张飞，催马直奔严颜：“看枪，扎！”抖枪就扎，严颜合刀招架，拿刀往出一磕。张飞心说：这一下儿我就得要了你的命。大枪往下一扎：“开！”直接就奔严颜坐下这匹马来了。严颜攥住大刀护手盘，人借马力，马借人力，拿刀要去磕张飞的大枪。“啪”，刀往过一竖，张飞这条枪往上头一转:“扎!”直奔严颜的哽嗓咽喉,严颜往旁一闪。两人二马一错镫,张飞大枪交于左手,伸右手就奔严颜的袢甲丝绦,然后右脚一甩镫,“啪”,横着一踹严颜这匹马:“老儿严颜,你给我过来!”想不过来行吗?严颜大刀撒手,人被张飞生擒活捉,放在马鞍鞒上。张飞一拨马,带着兵将回营了。

营寨里有兵,不是空营一座,但兵也很少了,就是七八十人。营里鼓也响,炮也响,实际就是这七八十人在折腾。张飞骑着马在营寨里绕了个圈儿,撇唇咧嘴:“嘿嘿,老儿严颜,让你开开眼。营里没兵了,全都逮你去了,现在我带你直奔巴郡。”严颜无话可说。张飞绕了一圈儿,催马直奔巴郡。这时,张飞的人马已然进了巴郡,大部分蜀军都归降了。“严颜,看见没有?你不归降,有人归降。来呀,出榜安民。”当兵的清理战场,出榜安民。张飞来到大厅前,把严颜由马上扔下来,手下人摩肩头拢二臂绑上了。

张飞甩镫离鞍下马,迈大步来到大厅之上,往当中一坐。“来,升堂。”众将参见张飞,然后往两旁一站。“带严颜。”严颜迈大步走到厅上,一抬头,怒目横眉,看着张飞。张飞双眉一挑,环眼圆睁:“严颜老儿,见着你家三爷爷,为何立而不跪?”“呸!张飞,你们君臣不顾礼义占我州郡,今天把我生擒活捉,只怪我主刘璋糊涂,这叫引狼入室。我虽被擒,但要让我归降,休生妄想,又岂能下跪于你?我只知道有战场上的英雄豪杰,从未见过跪倒归降的将军!”“啪”,老将军银髯一甩,恶狠狠看着张飞。“嗯……真不归降?”“要杀就杀,要剐就剐,何必在此发威?”“来呀,推出去,杀!”严颜转身形,迈步往外就走,刀斧手捧着杀人的钢刀就出来了。

张飞一看,赶忙站起身形,迈大步绕到严颜面前:“来呀,且住。”严颜往这儿一站:“张翼德,要杀就杀,要剐就剐,不要在我面前发威。”“嘿嘿,老将军……”张飞亲自给严颜松了绑绳,然后把他扶到自己的座位上。“老将军请坐。”这下儿把严颜弄懵了。只见张飞一抱拳,单腿一跪,给严颜行了个半礼。“老将军,适方才是张飞冒犯。我知道老将军乃蜀中豪杰,心怀有志,今天在老将军面前赔礼,请多海涵。”这是严颜万也没想到的,心说:都知道张飞胯下马,掌中枪,面对曹操百万大兵,喝断当阳桥,今天居然给我行个半礼,还亲自给我松绑。哎呀,看来刘备手下真能服人啊。

耳闻刘备三顾茅庐把诸葛亮请出山，然后得下荆州事业，而今进兵西川，可我主刘璋为什么就不明白呀？我们忠心扶保于你，你反而引虎入室。现在张飞把我放了，还给我施半礼，我怎么办？还能不归降吗？刘璋啊刘璋，你为什么如此暗弱……张飞这一恩待严颜，严颜站起身形，“噗通”一声，跪倒在地：“严颜愿降三将军。”“哎呀，老将军请起。”张飞高兴得眼泪都下来了，心说：我义释严颜，这回进蜀，功在赵云和军师之上。

张飞把严颜扶起来，吩咐一声：“来来来，赶紧给老将军净面。”手下人端来洗脸水，张飞亲自拧手巾，给严颜洗脸洗手不提。沏上茶来，摆上酒宴，张飞亲自斟酒。“老将军请饮，给您压惊。”严颜端起酒来，一饮而干。“三将军，有话就请讲在当面吧。”“老将军，我张翼德一不读兵书战策，二不识蜀中豪杰，三不明山川地理。还请老将军指一条明路，如何才能兵发雒城？”“请三将军放心，由此地遘奔雒城有四十五处养兵之地，都归我严颜一人所管。只要到关前我一叫关，掌兵之人必然开关归降，让你一路顺利到达雒城。”“哎呀，谢过老将军。”您说张飞义释严颜，得到多大好处？四十五处带兵的地方都归严颜管辖，而且大部分掌兵之人都是严颜的徒弟，叫哪儿哪儿开关，叫哪儿哪儿归降，张飞兵不血刃，直奔雒城，离雒城可就不远了。

单说这一天，走着走着，就见前边尘沙荡漾，严颜用手一指：“三将军你看，前边有战事。”“老将军，你看着兵丁，待俺老张前去。”严颜压着大队人马继续往前走。张飞带着亲兵，也就二十多个，往前一催马，就奔尘沙荡漾之处而来，越走道路越窄，越走道路越高。突然间，张飞就见前边跑着一个人，这人后边一个人追着，一下儿张飞的汗就下来了。为什么？前边跑着的这个人，跳下马来身高七尺五，双手过膝，二目自顾其耳，两耳垂肩。金盔金甲大红战袍，胯下马，掌中双股剑，跑得十分狼狈。他后边是员大将，亮银盔甲素征袍，掌中一条枪，高声喊嚷：“刘备，你哪里走！”只见这员将掌中大枪直奔刘备的后心，如果再跑快点儿，这枪就扎着刘备了。张飞吓坏了。

书中交代，刘备怎么来了？两个字：“逞能。”诸葛亮已然派人到涪关给刘备送信，说两路人马入川，会合于雒城。刘备一算，日子差不多了，就把黄忠和魏延叫来了。“二位将军，孔明军师带领人马就要到了，咱们也不能坐以待毙呀，是不是表现表现啊？”黄忠一听：“主公，张任已然离开雒城，在雒城和涪关当中地带扎下一座营寨，每天带兵前来叫战，您也不出战。现在诸葛军师领兵来了，张任应该不知道，他消息不可能那么灵通。这么办，趁他全军懈怠，今夜我跟魏延一左一右，您在中军，咱们前去偷营劫寨，怎么样？诸葛军师来了一看，咱们也没在这儿白待着。”“老将军这主意不错，就这么办了。”二更做饭，三更出兵，黄忠在左，魏延在右，刘备全身披挂，出兵了。人口衔枚，马撤去銮铃，戴上嚼环，蔫溜溜直奔张任的大营。到大营外一放火，张任正睡觉呢，没想到刘备偷营劫寨，还真没防备，只好带着残兵败将跑回雒城，刘备打了胜仗了。刘备高兴，心说：早知如此，何用庞统，何用诸葛亮啊？人马就在雒城外扎下大营。

第二天，刘备传令：“饱餐战饭，攻城！”攻了一天，雒城里没人理他。攻了两天，雒城里没有动静。到了第三天，刘备急了：“二位将军，这么办吧，你们去攻取雒城东门，我去攻打雒城西门，两路一夹攻，也许这仗就赢了。”您听这词儿：“也许。”（注：笑声）实际刘备也知道赢不了，但又心存侥幸。你说你没事儿逞什么能啊，踏踏实实跟这儿等诸葛亮来好不好？不介，也许就赢了。刘备全身披挂整齐，带兵就奔西门了；黄忠、魏延领兵就奔东门了。像刘备你应该留在身边一员大将，带着魏延或者黄忠，他把这二位全支走了，认为自个儿挺能耐，一人儿带兵去打雒城西门。

您看，我强调多少回了，蜀中净是山城，在山城上往下看，当兵的和细作看得很清楚，赶紧禀报张任。“启禀张将军，刘备兵分两路，刘备亲自带领一支人马奔西门了，黄忠和魏延带领一支人马奔东门了。”“好。”张任传令：“吴兰、雷铜。”“在，在。”“你们带兵在东门里守着，我带兵在西门里守着。我登城观看，如果刘备到了，我派人穿城而过，把消息告诉你们，你们马上开东门杀出去，截住黄忠和魏延，无论如何不能让他们支援刘备。”“遵令。”这样，吴兰、雷铜在东门里准备好了；张任先把自己的兵将准备好，然后带着亲兵登城瞭望。眼瞧着刘备大队人马来了，张任一看，赶忙让中军官骑着马穿城而过，告诉吴兰、雷铜。而黄忠、魏延带领人马几乎跟刘备同时到的，这边吴兰、雷铜打开东门杀出去，一下儿就把他们截住了。

再说张任全身披挂，带着手下兵将杀出西门，双方各自列开阵势。刘备还叫横呢：“呔！张任，你为什么不归降？”“刘备，你凭什么进兵我西川？今天大枪之下，尔难讨公道！”张任抖枪就扎，刘备拿双股剑往出支，心说：我胳膊长。张任往回一撤枪，涮枪攒打，刘备还是拿双股剑往出支。两个人二马一错镫，刚一个回合，刘备就顶不住了。人家张任大枪一抽，差点儿抽到刘备的双股剑上。刘备一看：我……我不是挺有能耐的吗？哎哟，对了，那是刘关张三英战吕布，现在我就一人儿，那可不行了。刘备跟张任打了三个回合，实在顶不住了。这时，就听三声炮响，由城中又杀出两千人马。刘备手下的兵将也没有命令，往回就跑。刘备也只好拨马就跑。张任在后边高声喊嚷：“刘备，你哪里走！”催马拧枪，紧紧追赶。

像刘备你一人儿别离开大军，结果他一跑，又不熟悉道路，就奔山中小道来了，张任在后紧追。他们马跑得快，后边甭管张任的兵，还是刘备的兵，都追不上。追着追着，刘备一听后边马的声音，快到了。身为大将，眼观六路，耳听八方，刘备就知道张任这条大枪离自己的后心还有多远了，只要大枪往前一扎，马再往前一蹿，自个儿就死了，双股剑没用啊。刘备一闭眼。就在这时，张飞正好儿来。为什么说正好儿来呀？要不是正好儿来，这部《三国》就没法儿说了。

张飞一看，来将个儿挺高，亮银盔甲素征袍，掌中大枪，威风凛凛，杀气腾腾，虽然不认识，但估计可能是大将张任。您别瞧没进川呢，那也得知己知彼，百战不殆，川中有何人物，了如指掌。张飞大枪一横，高声喊嚷：“兄长休得惊慌，老张来也！”“啊……三弟，快来救我……”刘备往旁一拨马，张飞大枪往过一抽，就把张任的枪支出去了。张任往回一撤枪，涮枪攒打。“你是何人？”“俺是老张，你是何人？”“俺是张任。”两个人打着，刘备在旁边直喘粗气：幸亏三弟来了，难道张飞从天而降吗？

定睛仔细看，真是张飞。张飞和张任杀了十几个回合，这时严颜指挥兵将到了。“我兵我将，杀！”严颜指挥兵将往上一冲，张任就一人儿，兵将还没跟上来呢，心说：我跟这儿送死啊？马一拨头，不打了，回归雒城。您看，要没有张飞，刘备就完了；刘备完了，我们就没法儿挣钱了，是不是？（注：笑声）

张飞赶紧甩镫离鞍下马：“使兄长受惊，小弟之罪也。”“哎呀，三弟……”刘备也下马了，拉着张飞的手，眼泪下来了：“三弟，你因何而至？”“嘿嘿，没想到孔明先生和子龙将军让俺老张夺了头功。大哥，我给您引见一位老英雄。老将军请。”把严颜引过来了。“这是我的兄长刘备。大哥，这就是蜀中老将严颜。”严颜上前施礼：“拜见皇叔。”“哎呀，老将军，你可好啊？”张飞这才把义释严颜，以及凭借严颜，四十五处关隘没费一刀一枪，直接来到雒城的经过述说一遍。刘备十分感动，把黄金锁子连环甲脱下来了，双手一托：“赐予老将军。”严颜跪倒在地：“谢皇叔。”刘备一转头：“三弟，没想到你还能用计。”“嘿嘿，大哥，俺老张事事听人劝。”刘备也不好意思乐。

这时，一名远探飞也相似跑到刘备面前，甩镫离鞍下马：“报！”“何事？”“启禀皇叔，黄忠、魏延被吴兰、雷铜的人马截住，然后城中又杀出刘璝、吴懿的人马。现在二位将军向东败去了。”“哎呀……来来来，三弟，你我兵分左右。老将军，请你看住本部人马。”张飞带五千兵，刘备找到原来带领的兵将，两路人马就奔城东杀来了。张任此时已回到雒城，马上传令：“关城门，扯吊桥。”然后，往回调兵。吴兰、雷铜被截住了，没能回去；刘璝、吴懿回归雒城。这一来，这边张飞和刘备，那边黄忠和魏延，四路人马把吴兰、雷铜团团围在当中。吴兰看了看雷铜，雷铜看了看吴兰：得嘞，咱哥儿俩归降吧。两人没办法，跪倒在地，刘备下马相搀，又得了两员蜀中战将。

书说简短，刘备回到大营，诸葛亮带着简雍、蒋琬也到了，刘备非常高兴。雒城城中张任真着急了，马上跟刘循、吴懿、刘璝商量对策。刘璝说：“咱们以死相拼吧。”吴懿说：“还是马上派人禀报主公，请主公派兵前来。”

张任说："这样，现在他们军心不稳，我立刻杀上前去叫战。如果刘备、张飞迎敌，我诈败，遘奔城北。刘将军、吴将军，你们领兵由城中杀出来，截断他们的后路，无论如何也得活捉一个，不然雒城难保。""好吧。"张任、吴懿、刘璝各自准备不提。

单说张任全身披挂，不敢歇着，带领人马前去叫战。走在中途，正碰上张飞。两个人一黑一白，二马盘旋，冲杀在一处，打了三十多个回合，分不出输赢胜败。这时，城中炮声一响，"叨"，一支人马杀出来了。吴懿胯下马，掌中枪；刘璝胯下马，掌中刀，两个人指挥兵将，呐喊一声："杀呀……"张飞等于两边受敌，三员大将。张任吩咐一声："围！"所有兵将一层一层往上围，一层一层往上裹，不亚如七层刽子手，八面虎狼军，把张飞团团围住。张飞抖开这条丈八蛇矛枪，真勇：枪到处，挨着死，碰着亡；离着远，掉过枪来当棍使，棍打一大片。张飞杀得浑身是汗，遍体生津，渐渐有点儿支撑不住了。眼瞧着张飞要被困死在此地，这时，就听西边炮声一响，张飞猛然发现从西边来了一支人马，心说：坏了，蜀军再一增兵，俺老张就得命丧此地。此时，就见蜀军波开浪裂一般，吴懿催马往上一迎，迎面来了一员战将，亮银盔甲素征袍，胯下白龙马，掌中亮银枪，威风凛凛，杀气腾腾。"嘿……"张飞一看，乐了，来的正是赵子龙。

赵云怎么来了？赵云是溯江而上，船停靠在江边，就听这边炮声隆隆，赶忙发出探马打探军情。不多时，探马来报："张飞被困重围。"赵云赶紧下船，拉过马来，拢丝缰认镫扳鞍上马，催坐下马，掌中枪，直接杀过来救张飞。大梨花枪一抖，让人根本找不着真枪尖儿。大枪一个一个，"噼哧噗哧"，就跟扎蛤蟆似的，蜀军纷纷往两旁倒退。

张飞一看："哎呀，子龙将军……""三将军休得惊慌。"吴懿催马拧枪，直奔赵云。"你是何人，竟敢杀到我的阵中？""你坐稳鞍韂听真，在下是大战长坂坡的常山赵子龙。""啊？！"吴懿这一愣不要紧，赵云大枪往下就扎。吴懿一看：扎我这匹马？赶忙用枪往出一磕。赵云枪尖儿在下，枪攒在上，大枪往上一绕："扎！"直取吴懿的哽嗓咽喉。吴懿赶忙撤枪，往出再一磕。两人二马一错镫，赵云亮银枪交于左手，伸右手抓住吴懿的袢甲丝绦，右脚一踹吴懿坐下这匹马，往过一拉：“小子，你下来吧！”赵云生擒吴懿，然后拨马就跑。张飞在后高声喊嚷：“别跑，还有我呢！”张任看着也含糊，刘璝看着也害怕。这边是喝断当阳桥的张翼德，那边是大战长坂坡的赵子龙。两人一对眼光儿：咱们回去吧。这二位带着残兵败将回归雒城。

张飞追上赵云，赵云押着吴懿，鞭敲金镫响，把水军调过来，直奔大营。张飞先到大营一看，军师在这儿一坐，手拿鹅毛扇一扇，旁边坐着主公刘备。“俺张飞拜见主公，拜见军师。”“哎呀，三将军，你也到了？”“军师，何至于说我也到了啊？我已然义释老将严颜，夺取头功，搭救过主公的性命。嘿嘿，军师，没想到这头功是俺老张的了！”诸葛亮一挑大指：“好！”刘备把张飞义释严颜的事情一说，诸葛亮用手一指：“三将军，你功居第一。主公，三将军都能用计了，这可是主公的洪福。”“是啊是啊，三弟用计，我之福也。”粗鲁的三弟都能用计策了，可不是我的福气么？

这时，中军官进来禀报：“启禀主公、军师，现有赵云生擒吴懿。”“好啊。”刘备看了看诸葛亮，诸葛亮点了点头，刘备站起身形，和诸葛亮走出中军大帐一看，赵云已然把吴懿押过来了。刘备多机灵，知道吴懿是谁，那将来可是自己的大舅子（注：笑声），赶紧过去给吴懿松绑。“将军肯降否？”“既被生擒，吴懿愿意归降。”您看，刘璋这个窝囊废手下归降的归降，硬拼的硬拼。如果刘璋真有本事，好好坐镇西川，那确实了不得。现在，吴懿、吴兰、雷铜三将也归降了。

诸葛亮就问吴懿：“吴将军，城中还有何人？”“城中管事的是大公子刘循，这人您不用考虑。城中还有两员大将，一个是刘璝，一个是张任。刘璝武艺平平，智谋平平，您也不用考虑。唯独您得重视张任，张任足智多谋，勇敢善战，忠心于我家主公。您要想打下雒城，必须想办法对付张任。”“好。再问吴将军，刚才我经过城东，那座桥是什么桥？”“金雁桥。”“好。就请吴将军带路，跟着我前去看看这金雁桥。”两个人拢丝缰认镫扳鞍上马，带着随从人等出离大营，来到雒城城东。诸葛亮仔细看了看金雁桥周围的地势，这才回来。诸葛亮跟刘备说：“主公，金雁桥的地势已然看好了，我进川之后头一计就是金雁桥捉张任。您放心，成都不日可破，您这三分之一天下指日可待。”“哎呀，谢过军师。”这时候刘备谢诸葛亮了。

其实这时诸葛亮和刘备犯了一个很低级，或者也可以说很高级的错误。我之前说了这么多回《三国》，没体会到这一点，这回我仔细看了看很多专家写的书籍，上网也查了查，最后一分析，我觉得有位专家评论得非常好。他说此时诸葛亮和刘备不应该再继续对付刘璋了，而应该直接进兵汉中，因为张鲁好灭。灭完张鲁，汉中归属刘备，就可以抵挡住曹操；抵挡住曹操，这边翻回手来就能把刘璋灭了。如果真是那样，《三国演义》又该重写了，是吧？总而言之，这位专家评论得非常好。如果这时刘备去灭张鲁，真是手到擒来，尤其诸葛亮来了。诸葛亮来跟庞统来就不一样：庞统来，就得死在落凤坡，这是罗贯中写的；诸葛亮来，就得打胜仗，这也是罗贯中写的。

诸葛亮利用金雁桥计捉张任，然后兵发葭萌关，张飞夜战马超。谢谢众位，下回再说。

# 第一九六回　金雁桥计捉张任

烈士岂甘从二主，张君忠勇死犹生。高明正似天边月，夜夜流光照雒城。

这四句开场诗说的是蜀中大将张任。蜀中战将之中，能文能武，德才兼备，忠心耿耿的，还得说是张任。今天这段书是诸葛亮金雁桥计捉张任。有人说："连丽如，你说书不能这么说，还没把张任捉着呢，您就刨了。"因为《三国演义》都是明扣儿，是吧？诸葛亮计捉张任，有张飞、赵云、黄忠、魏延，刘备都上场了，连老将严颜也派上了，那诸葛亮能不打胜仗吗？可是庞统呢？进川时手下就是两员大将：一个是老将黄忠，一个是终身不得诸葛亮信任的魏延。所以庞统进川必死。庞统不死，诸葛亮就不能来；诸葛亮不能来，就不能捉住张任，《三国演义》就没法儿往下说了，我们也就甭吃饭了。

那为什么要定计捉张任？前文书说了，蜀将吴兰、雷铜归降了刘备，紧跟着吴懿也归降了刘备。张任在雒城非常着急，写下紧急公文，让人骑快马送到成都。刘璋派了两员大将，一是张翼，一是卓膺，马上带兵前来支援。这时诸葛亮已然进川了，而且张飞义释老将严颜，从巴郡到雒城四十五处带兵的战将都听严颜的，全部归降，张飞一路上就没打仗。赵云来了之后就立功，给张飞解了围，也见着了刘备，还把吴懿生擒活捉。诸葛亮就问吴懿："吴将军，成都的保障是哪座城？"吴懿说："要想到成都，得先得下雒城，然后往前是绵竹，再往前就是成都。只要拿下雒城，生擒张任，蜀中就没有大将了，刘璋手下就几乎没人了。"诸葛亮胸有成竹："再问问吴将军，雒城现在归谁管？""按说归我家公子管，主公派大公子刘循坐镇雒城，手下现在有两员主将，一是刘璝，一是张任。刘璝您不用劳神，但张任英勇无敌，且足智多谋，只要拿住张任，雒城唾手可得。”“好吧。”诸葛亮点了点头，又问吴懿：“请问吴将军，雒城城东这座桥叫什么桥？”“军师，这座桥叫金雁桥。”“烦劳将军跟我到金雁桥四外去看一看地形。”所以说身为主帅，上知天文，下晓地理，中靠人和。您得知道天文如何，得知道地理怎样，然后知道敌人主将擅用什么计谋，会打什么仗。只有天时、地利、人和都弄到手了，这仗才能打赢呢。

书不说废话。诸葛亮带着十几个从人，吴懿陪着，骑着马遘奔金雁桥来了。等到了金雁桥，诸葛亮整个儿看了一遍。看明白之后，一行人等回来，诸葛亮到帐中就跟刘备说：“主公，您可以升帐了，臣要派将在金雁桥活捉张任。”“好。”刘备传令：“擂鼓升帐。”众将参见刘备，参见军师，往两旁一站。诸葛亮抱拳拱手：“众位，刚才我跟吴懿将军看了看城东的金雁桥，现在我要派兵遣将，必须在金雁桥活捉张任。”诸葛亮成竹在胸。刚才说了，庞统手下只有两员大将，现在诸葛亮有这么多战将可派呢，而且有不少蜀中降将，尤其是严颜。

诸葛亮看了看大家：“黄忠、魏延，二将听令。”“在。”“在。”“你们每人带一千兵，在金雁桥南五六里地这地方，两边都是芦苇蒹葭。”蒹葭就是最常见的那种水草，正可以埋伏兵将。“老将军，你带一千兵，每人一口斩马刀，就在蒹葭芦苇处埋伏好了。等张任带兵来了，你指挥这一千兵专砍他们胯下的马匹。”“得令。”“魏延，你带一千兵，每人一条长枪，也埋伏在芦苇蒹葭当中。只要张任来了，下边是老将军带兵专砍马，上边就由你指挥一千兵专扎人。”“遵令。”

诸葛亮看了看赵云，看了看张飞：“子龙将军。”“在。”“只要张任由雒城出兵，我会带一些兵将前去引诱于他，我会过桥劝张任归降。张任如果不降，我就会弃车骑马，带兵遘奔桥南。等张任追过来之后，子龙将军带三千兵立刻把金雁桥拆了，然后列开阵势，在桥北震慑张任。”“遵令。”赵云的任务很清楚：诸葛亮把张任引向桥南，赵云在桥北负责拆桥，然后严阵以待。如果张任带领人马想杀回来，凭赵云胯下马，掌中枪，谁不知道他的威风啊？张飞一看：该我了。“三将军，张任就由你来捉。”“好啊，哪里去捉？”“我把张任的人马引过桥南之后，过了五六里地，黄、魏二将把他的兵将打散。这时，他只有一条狭窄的道路奔正东，然后好往南走。三将军，你就在那儿埋伏好了，只要张任一来，你就擒拿张任，不得有误。”“遵令。”

然后，诸葛亮跟刘备说：“主公，您跟严颜老将军就在桥南，一左一右，各带五百兵埋伏好。只要我把张任引到桥南，你们就左右杀出，以助军威。”“遵令。”

大伙儿一看：诸葛亮来了，这仗肯定打赢了。您想，说《三国》不捧诸葛亮，捧谁呀？诸葛亮进川之后就打败仗？那还说什么劲儿啊。（注：笑声）诸葛亮也没法儿不打胜仗，张飞、赵云、严颜、黄忠、魏延，连刘备都出阵，就为对付一个张任，能不打胜仗吗？全都布置好之后，诸葛亮发出探马打探军情，看张任何时出兵。

张任在雒城着急，城中只有他跟刘璝两员大将了，就问刘璝：“刘将军，咱们如何才能守住雒城？”“按我说，也没主张，就得看主公派什么战将支援咱们了。”来了，一是张翼，一是卓膺。刘璝心说：派来的这二位还不如我们俩呢。但刘璝也明白，刘璋手下已然没有大将可派了。把张翼、卓膺接进城中，张任说：“这就好办了。刘璝，你守城。张翼，你跟着刘璝守城。卓膺，我带三千人马在前，你带两千人马在后，咱们一前一后去捉诸葛亮，捉刘备。”“好，听您的。”张任准备好了，头天传令：“全军休息，天明饱餐战饭。”太阳出山了，张任全身披挂，带领三千兵将在前，卓膺带领两千兵将在后。三声炮响，张任胯下马，掌中枪；卓膺胯下马，掌中枪，两队人马鱼贯而出，就出了雒城。守城的责任就落在刘璝身上了，张翼以辅。

张任刚杀出来，刘备就得报了，诸葛亮早已布置好了。诸葛亮上了四轮车，头戴纶巾，身披鹤氅，手拿羽扇，旁边有一百多个随从。刘备看着纳闷儿，问诸葛亮：“军师，你这些随从……”“主公，只有军容不整，才能以诱张任。”敢情诸葛亮带的都是老弱残兵，且军装不整。诸葛亮坐在四轮车上，大伙儿保着，直奔金雁桥而来。等过了金雁桥，迎面正迎着张任，张任带领人马正好到,不是说诸葛亮能掐会算,而是他算好时间,只要张任到,我的兵将就得到。

张任勒住坐骑一看,前边一辆四轮车,耳中传言诸葛亮每次出战都是坐四轮车。只见诸葛亮坐在车上,头戴纶巾,身披鹤氅,手拿羽扇,光看手中的扇子,也不看张任,旁边百十余骑相陪。张任纳闷儿:这是出来打仗的吗?人言诸葛亮都神了,今天一看,也不过如此啊。这时,诸葛亮扇子往前一递,脸就对着张任了。“请问对面可是蜀中名将张任吗?”“正是。你是何人?”“在下襄阳人也,复姓诸葛单字名亮,人称卧龙先生。”“哦,你就是诸葛亮?传言你能掐会算,熟读兵书,深知兵法,会用兵,会打仗,今天为何带着军容不整的人马?”“嘿,跟你打仗,用不着带三千兵五千兵的。你要知道,我诸葛亮一个人稳坐在江边小船之上,曹操八十三万人马诈称百万之众,沿长江下寨,连营三百里,平吞江夏,虎视江东,又如何呀?我轻轻一扇,东风一起,火烧战船,赤壁鏖兵,曹操败走华容道时只剩二十七匹马、二十七员将。小小张任,我对付曹操尚且如此,今天对付你还用得着带强兵猛将吗?我来问你,为什么蜀中战将尽皆望风而降,你却不降?”“哼哼,诸葛亮,你也就是说说而已呀。耳闻是虚,眼见为实。你想让我归降吗?来来来,你下车,你我二人撒马一战。你要是能够胜得过我手中枪,咱们俩就有商量。”“呸!”诸葛亮心说:我跟你打仗?我拿扇子一扇,你就完。“张任,你归降不归降?”“不降,战将岂能保二主?”“好,那你就看我的。”“哎,我倒要看看你诸葛亮有何妙计。”诸葛亮由打车上下来了。张任手下的战将还糊涂呢,用手一指:“张将军,他想跟您撒马一战。”谁见过诸葛亮打仗啊?大伙儿跟这儿瞧着。只见诸葛亮拢丝缰认镫扳鞍,上了旁边这匹马了。“哎,真打啊?手里拿着把扇子。”兵丁一推,这辆四轮车倒过来了,然后诸葛亮一催坐下马,“啊呀呀呀呀呀”,撒腿就跑。张任一看:有这么打仗的吗?“追!”张任带着三千兵过了金雁桥,往南就追。“诸葛亮,你哪里走!”诸葛亮在马上一回头:“那边儿杀去。”

张任一追过金雁桥,赵云一看:我的任务来了。“上!”带着三千兵,“喊哧咔嚓……”拆座桥还不好拆吗?您别瞧盖不好盖,拆可好拆,眨眼间就把桥拆了。“齐队！”三千兵雄赳赳，气昂昂，列开阵势。赵云在大旗之下，亮银盔甲素征袍，一压大枪，就要给张任一个阵势。

张任带兵追过桥了，高声喊嚷：“诸葛亮，你哪里走！”“我不走。”诸葛亮一拨马，张任手下兵将一看：要打了？这时，就听左边一声炮响，“叨”；右边一声炮响，“叨”。“张任，你哪里走！”张任顺声音一看，这边是老将严颜，镔铁盔甲皂征袍。张任生气：严颜，你不归降，何至于让张飞逞强。刚要催马，那边一声喝喊：“张任，你哪里走！”张任再往那边一看，金盔金甲大红战袍，胯下马，掌中双股剑，正是刘备。嘿！这仨人我打谁呀？这时，诸葛亮撒马就跑，跑得这快。张任气坏了：就是你把我引到这儿来的。“诸葛亮，你跑不了！”催马就追。在他后边，这边严颜带五百兵，那边刘备带五百兵，就追张任。张任心说：我得想办法躲开这三路夹攻。他想绕道儿奔河北边，回头再一看：“呀……”过不去了，桥被拆了，还有赵云严阵以待。张任知道赵云的威风，赵子龙大战长坂坡，威名震动天下，还了得呀？谁能比得了？张任没办法，只能指挥兵将继续往前追诸葛亮。

追着追着，张任就追出五六里地去了。您想，骑着马跑五六里地快着呢，可要是让我用腿走，一天一宿也走不完。张任心里还纳闷儿呢：后边卓膺带两千兵，怎么还不来呀？其实卓膺已经到了，可让赵云拦下了。卓膺一看，干脆我归降吧。这多痛快，他带两千兵归降了，张任还不知道呢。张任带着兵将来到芦苇蒹葭密布之处，就听底下有人喊：“砍！”也就是张任这匹马，“噌”，往起一蹿，没砍着。再往后边一看，好家伙，一千兵将都拿着斩马刀，“噗噗噗”，专砍马腿儿。这时，又听上边有人喊：“扎扎扎！”好么，魏延带一千兵，每人一条大枪就扎。那张任手下这些兵将还不跑，没事儿站这儿等着被砍被扎呀？哪儿芦苇少就往哪儿钻吧，有的爬着就跑了。张任再一看，手下就剩千十来人了，想退也退不了，河北岸有赵云呢，只能继续往前跑。

张任知道地形，前边只有一股小道，先往东，再奔南。这时，再找诸葛亮，没了。张任心说：诸葛亮跑哪儿去了？往四外一看，这些老弱残兵也没了。张任只好往前杀。刚穿过小路，就听前边有人高声喊嚷：“呔！张飞在此。张任,你还跑得了吗?”“呀……”张任抬头一看,张飞镔铁盔甲皂征袍,胯下马,掌中丈八蛇矛。张任手下兵将一看:人家张飞是严阵以待的生力军,再瞧我们,有被砍马腿儿的,骑瘸马就来了;有腿上被扎一窟窿的……大伙儿保着张任还往前跑呢。只见张飞大枪往前一扎,张任往出招架。两人二马一错镫,张飞大枪一倒手,右手一伸:“你过来吧,小子!”右手抓住张任的袢甲丝绦,右腿横着一踹张任坐下这匹马,把张任提过来,往地下一扔:“捆!”手下人过来,摘盔卸甲脱战袍,摩肩头拢二臂,把张任捆上了。

您说诸葛亮捉张任,好捉不好捉?一个是地形好,诸葛亮仔细观察地形了。有人说诸葛亮手里不是有张松的地图吗?这点我也纳闷儿,可我查遍《三国演义》,没地儿写诸葛亮看地图呀,是罗贯中失笔还是怎么回事儿啊?反正在金雁桥计捉张任,诸葛亮得亲自去现场观察地形,全都摸清楚以后才回来调兵遣将。所以您说《三国演义》有没有漏洞?有漏洞。说我说书有没有漏洞?有漏洞,但我这漏洞都是罗贯中的,不是我的。(注:笑声)他要是写出来,我就说出来了;他要是写不出来,我也说不出来,反正不能给您瞎编。总而言之,诸葛亮金雁桥计捉张任,把张任捉住了。

张飞押着张任回归大营,兵士们推推搡搡,把张任推到中军大帐。张任抬头一看,这会儿诸葛亮也精神了,纶巾羽扇,端然正坐,旁边坐的是刘备。“跪下!”张任立而不跪。刘备用手一指:“张将军,想我来到川中,蜀将望风而降,你为什么不降啊?”“刘备,我告诉你,大丈夫不保二主,我的主人是刘季玉,岂能再扶保你刘玄德?”“我们都姓刘,都是汉室宗亲。”“那你为何要夺我家主公事业?告诉你,要杀要剐,任凭于你,想让我张任归降,势必登天还难!”“唉……人人都能听劝,张将军为什么不肯听我良言相劝呢?”张任双眉倒竖,二目圆睁,脸上颜色更变:“刘备,我已然告诉你了,要杀要剐,任凭于你,要杀就快点儿杀,不杀我就张嘴骂你,大耳儿!”刘备心说:反正我耳朵大,骂就骂吧。(注:笑声)刘备是不忍杀张任。张任的脚没捆着,跺着脚地骂:“我骂你刘备是没有心肝的人,我家主公请你来是让你帮他以拒张鲁，没想到你却夺我蜀中，你还有良心吗？你披着仁义的外皮……”一句话就把刘备揭穿了。“竟然干出这等狼心狗肺之事！”诸葛亮心说：宰了吧，别让他骂了。诸葛亮往下传令：“推出去，杀。”“军师……”“他绝不会归降。主公，您还是以全其名吧。”诸葛亮给刘备找了一个冠冕堂皇的理由：给他留个美名，烈士不保二主。手下人把张任推出去，人头砍下，然后让刘备和诸葛亮过目。刘备传话，把张任葬在金雁桥侧，还立了墓碑。

所以说刘璋手下有忠臣，不是没有，就是刘璋不会用。说刘表善善恶恶，知道是好人，但不敢用；知道是坏人，也不敢去。而刘璋比刘表还得加个“更”字，同时刘璋还真是仁德之主，比刘备还仁。刘璋是真仁，刘备是假仁，真仁就打不过假仁。可假仁又打不过曹操，因为曹操不仁。（注：笑声）

张任已死，刘备很难受：一员勇将，就这样死了。刘备看了看诸葛亮，诸葛亮用手一指：“主公，我说了，先捉张任，后取雒城。严颜、魏延听令。”“在。”“在。”“让卓膺在前带路，你们在后，明日一早到雒城城外叫战，让他们开城归降。”“遵令。”

书不说废话。第二天，这几员战将带兵来到雒城城外，人马把阵势列开。“归降吧……再不归降，杀进城中，鸡犬不留……”“哗……”刘瓒已然得报了，因为张任的人头号令营门，探马回来禀报了。刘瓒站在城头，看城下这么多蜀兵蜀将，不亚如万把钢刀扎于肺腑。严颜用手往城头一指：“刘瓒，我等皆已归降仁义之主，你为何不降？”说着，弓箭已然对好了，要射刘瓒。这时，就见刘瓒身后蹿出一员战将，手中宝剑一砍，“噗”，刘瓒的脑袋就飞了。“扑通”一声，尸身倒在城头。汉兵汉将不认识，蜀兵蜀将抬头一看，是张翼。您说刘璋派来的两员战将，卓膺连仗都没打，就跪倒在赵云面前归降了；张翼帮着刘瓒守城，结果把刘瓒砍了。“来，开城门，放吊桥。”张翼归降。您说多省事儿，张任一死，雒城唾手可得。真是诸葛亮能掐会算吗？不是，诸葛亮确实会分析敌我之间的关系。

刘备进城，出榜安民，清理战场，掩埋死尸，查点仓库粮饷，咱们就不说废话了。把雒城的事儿都办好了，诸葛亮就问吴懿："吴将军，绵竹好打吗？""好打，就看我家主公派何人镇守了。""哎，那刘循呢？""刘循早跑了。"刘璝一死，刘循得报，骑着马，开后城门就走了，赶紧遘奔成都禀报父亲刘璋。

刘璋已然得报了，赶紧升座大堂，聚文武议事，看看手下战将，没几位了。"众位将军、列位先生，现在张任已死，刘备得下雒城，我儿不知生死……""报，大公子回来了。""哎哟……"刘璋这颗心算是落地了。刘循赶紧来到大堂之上："儿叩见父亲。""哎呀，你活着回来了？""儿活着回来了。""刘璝呢？""刘璝已死。""唉！"刘璋用手一指："你先下去休息吧。"刘循下去洗了洗脸，漱了漱口，换了身儿衣裳，喝了点儿水，二次来到大堂之上，看父亲商议如何对付刘备。说大堂上讨论得热火朝天吗？不是，说话的人极少极少。谁都有前车之鉴：王累苦谏，坠城而亡；张松献地图，结果被杀；到现在法正、孟达跑刘备那儿去了。蜀中大部分战将，刨去死的，都归降刘备了，谁还敢说什么呀？现在刘璋真是束手无策。"众位先生、列位将军，眼看蜀中危矣，哪位能有什么高明的办法呀？"

话音刚落，走出一位来，是个整脸子。"主公。""哦，郑从事。"这个人叫郑度，官拜从事之职。前文书说过从事，有治中从事，有别驾从事，总之是刺史手下的属官。郑度迈步出来，上前施礼："主公。""郑从事有何话讲？""事到如今，雒城已然失守，如果绵竹再失守，成都危矣。但主公您不要害怕，可以传下命令，让所有老百姓迁移到涪水之西。刘备此次进川，第一，他带的兵少，只有一万多；第二，人马所有川资，都是主公传令供给。"因为刘备来的时候跟刘璋说好了，进川人马的吃穿用度，所有军用物资及粮草，都归刘璋供给。后来翻脸之后，刘璋不给了。那现在刘备靠什么？靠野谷，就是走到哪儿吃到哪儿，而且没有辎重。"他没带着粮草辎重，都在荆州呢，离着太远。主公，根据这些情况，您可以坚壁清野。"坚壁清野是现在的名词，大伙儿都知道。"把巴西、梓潼的老百姓都迁移到涪水以西，这边虽然给刘备留出来了，但您要把所有粮仓府库都烧了，让刘备来了之后什么都没有，把他饿死。就算他再怎么搜刮，也只够他待一个月。他想打仗，咱们严阵以待，不打，免战高悬，就养着了，反正咱们有的是吃的，有的是喝的。这样，不出一个月，刘备必然撤兵而走。到他撤兵之时，您可以引奇兵袭之，必能生擒刘备。”

郑度出的主意对不对？按当时刘璋的情形来说，是对的。但刘璋摇了摇头：“郑从事言之差矣。我只听说过为百姓以拒敌，不能说为拒敌害百姓。此不仁之事，刘璋不能为之。”所以刚才我说了，刘璋是仁德之人，真仁。不能说为了自己这方势力，永做西川之主，就把老百姓弄过来，拿老百姓挡横儿。我只听说为百姓而拒敌，没听说为拒敌而害百姓的，我不能这么做。郑度一听，叹了口气：“唉！”郑度往后一退。郑度可以说足智多谋，这主意相当不错，但刘璋没听。

刘璋又问：“哪位先生还有高策可退刘备？”益州太守董和抱拳拱手：“主公，事到如今，还有一个办法。”“请董太守言讲。”“主公，您可以写上一封书信，派人遘奔汉中求张鲁，请张鲁发兵以拒刘备。”刘璋闭着眼，摇摇头：“难道你不知道刘家和张家有世仇吗？”“主公，我怎能不知啊。刘张两家有世仇不是一天两天了，连老百姓都知道。可您要想一想，天下没有永久的朋友，也没有永远的敌人。”这是现代语言，但意思就是这个意思，因为事情都是在变化的。“昨日为敌，今日为友；昨日为友，今日为敌。这样的情况很多，主公您应该明白这个道理。现在刘备在雒城，往前一走就是汉中，往西一来就是成都。张鲁虽说跟您有世仇，但汉中跟成都是唇亡齿寒的关系，难道刘备不想打汉中吗？所以您可以写上一封书信，派一个能说会道之人遘奔汉中面见张鲁，陈清利害，只要张鲁出兵，刘备不能身悬两地，就对您有利了。”“好吧。董太守言之有理，我马上修书一封。”刘璋写了一封书信，派人遘奔汉中，请张鲁出兵。信写好了，派人送走了。

这时，刘循说话了：“父亲，绵竹您派谁前去镇守？”“儿啊，蜀中已无大将矣。”没人了。刘璋又往下看了看，看见媳妇的弟弟费观了。“你辛苦一趟吧。”“哎，我去。”费观又保举了一个人，叫李严，两个人带兵遘奔绵竹，帮助守将守住绵竹，以拒刘备。

那遘奔汉中去找张鲁的这个人，见着张鲁之后，张鲁能不能发兵？无巧不成书，马超在张鲁这儿呢，要不然怎么快说到挑灯夜战了呢，张飞马超黑白斗。说完夜战马超，您就更爱听了，关云长单刀赴会……咱们还是先说马超吧。前文书说马超渭南一战，先赢后败，最后就剩下一点儿兵，跑了。如果曹操没有后顾之忧，穷追猛打，马超就完了。曹操干吗去了？河间有人造反，曹操奔河间了。马超、马岱、庞德和几十个手下人逃到羌人那儿去了。刚才我听人说马超是罗马帝国的后代，因为会打飞枪，会打飞镖(注：笑声)，这还有待考证啊。但总而言之，马超武艺高强，本领出众，可惜没头脑，是吧？马超到了羌人那儿，人缘儿特别好，凭能耐，用了两年的时间，一战一战往前打，陇西这边都归马超了，一直打到冀城，打不下去了。为什么？冀城刺史叫韦康，参军叫杨阜。咱们要说说这杨阜，杨阜很厉害。

马超跑了，曹操也要走。临走时，参军杨阜说："丞相，您不能走，马超太勇，有韩信、英布之能。您把马超放到羌人那儿，他还能活。如果您不管，将来陇西这片地方仍然是马超的。"曹操说："我不能不走，河间有人造反，中原事情太多，我不能光在这儿跟马超干上了。"要不怎么说曹操统一北方也不容易。"您非走不可的话，得把长安的事情安排好。"所以曹操派夏侯渊镇守长安，以拒马超。杨阜说："丞相，这还不行，您必须要防备马超，留个后路。"曹操说："那就托付给你了。"托付给杨阜了。杨阜原来在凉州刺史韦端手下官拜别驾，后来韦端派他到许都面见曹操，杨阜还曾在相府供职。后来杨阜回来，大伙儿问他："您说到底是曹操好，还是袁绍好？"杨阜一挑大指："还是曹操将来能成其大事。"说明杨阜二目识人。杨阜在冀城先做别驾，后做参军。您看，杨阜很重要，正因为他的进言，才让曹操必须防备马超。毛宗岗评论说，韦康后来被马超杀了，杨阜要为韦康报仇，义字可赞；但杨阜为曹操，就不可赞。那按现在的观点来说，杨阜为曹操对不对？如果站在杨阜的角度，站在国家利益的角度，跟荀彧似的，视曹操为汉相，就是汉朝，那杨阜就对了。

马超打一仗胜一仗，两年时间打到冀城。冀城主将是谁？韦康。他父亲就是韦端，就是当初很重视杨阜，把杨阜派到曹操身旁的人。韦康赶紧写下紧急文书，命人骑快马送到长安交给夏侯渊，请夏侯渊出兵。夏侯渊坐镇长安，任务就是奉曹操之命挡住马超，但不敢私离长安，所以马上请示曹操。曹操的命令没下来，夏侯渊就不敢出兵。一天、两天、三天行了，时间一长，韦康顶不住了，就跟杨阜商量："咱们归降吧。"杨阜说："不能归降。"说着，杨阜的眼泪下来了："您要归降，助马超之贼叛逆国家，此事不可为。"耗着耗着，韦康耗不住了，开城门归降了。没办法，兵权在韦康手里。韦康跪倒在马超面前，像马超你就应当恩待他，但马超没头脑，一看："你开始为什么不归降？现在打了你半天，你归降了？杀！"把韦康全家四十多口全杀了。有出京戏叫《战冀州》，说的是杨阜手下梁宽、赵衢杀了马超全家。大伙儿都记住这个情节了，可没注意马超先杀了韦康全家四十多口，人家已然跪在地下归降了，你凭什么杀人家呀？

杀完韦康，有人告诉马超："您不应当杀韦康，应当杀杨阜，是杨阜不让韦康归降的。"马超说："杨阜不让韦康归降是对的呀，这个人讲义气，留下留下，给我做参军。"您说马超傻不傻？马超把杨阜留下了，让他做参军。杨阜就把两个心腹人梁宽、赵衢留下了，给马超做副将，镇守冀城。马超还挺高兴。

过了没几天，杨阜找马超告假。"我媳妇死在临洮了，我请两个月的假葬埋于她，两个月后就回来。""好吧。"马超好心眼儿，给假了，杨阜走了。到了历城，杨阜来见姑妈，杨阜从小就跟着姑妈，是在姑妈的养育下长大的。杨阜跪倒在地，放声大哭。老太太多大岁数了？八十二了，非常精神。"哎呀，儿啊，你回来了。"说是亲侄子，但在自己跟前儿长大的，当然得叫儿了。"你哭什么呀？""为臣不能护其主，不能保其地，我没脸见您。"我没能保住冀城，没能保住我主人韦康。"现在我哥哥身为历城主将。"杨阜说的是他表兄，也就是老太太的亲儿子，叫姜叙。"他为什么不帮着我报仇？""把他给我叫来。"有人把姜叙叫来了。"你为什么不给你兄弟报仇？你可是归韦康管的。""我听从母命。""好。"老太太回身又问杨阜："你既然都保马超了，为什么还要反他？""我之所以暂时屈从于马超之下，就为了给主人报仇，他杀了主人全家四十多口。""你办得到吗?”“办得到,马超有勇无谋,没脑子,而且我在他身边还派了两个心腹人呢。您放心,只要哥哥肯出兵就行。”姜叙说:“出兵好办。我手下有两个人,一个赵昂,一个尹奉,赵昂的儿子赵月在马超手下当副将,如果我起兵,赵月必被马超所杀。”杨阜说:“好吧,那您跟赵昂商量商量。”

姜叙把赵昂叫来一说,赵昂说:“我得回去跟我媳妇商量商量。”两口子就这么一个儿子。赵昂回来一说,没想到他媳妇一瞪眼:“为了国家,你不能净想咱们自己家的事儿。为了给主人报仇,你应该挺身而出,不能以儿子为念。”我也不知道赵月他妈做得对不对,毛宗岗也没批,反正这位赵夫人把自个儿所有首饰都变卖了,还亲自到山中劳军去了。所以后来她没死,就因为她在军队里待着呢。

这样,这几个人就联合在一起了,跟着杨阜在历城兴兵。马超得报,就把赵月杀了。两边打起来了,这些人都怕马超,因为马超太勇。这时,夏侯渊接到曹操的命令,由长安带兵杀来了,马超三面受敌。没办法,马超杀出重围,只得退回冀城。《战冀州》说的就是这儿,主要看演员的武功了,“摔僵尸”什么的。见马超回来了,城上杨阜安排的两个心腹人梁宽、赵衢,城门一关,吊桥扯起,“噗”,把马超的媳妇杨氏脑袋砍下来了,然后又把马超的三个儿子也杀了。您看,这出戏我永远不听,可书不能不说。我问老伴儿:“我把这段儿码过去,行不行?”这段书不说,行话叫码过去。他说:“还码过去?你干脆驴过去得了(注:笑声),你不交代清楚怎么回事儿能行吗?”

马超在城下一看,都死过去了。马超一赌气,带着庞德、马岱杀出重围,来到历城,就把杨阜的姑妈,也就是姜叙的母亲杀了,然后把赵昂全家、尹奉全家都杀了。最后,杨阜带着七个兄弟,加上他自己,哥儿八个杀来了。马超一枪一个,把杨阜的七个兄弟全杀了,又在杨阜身上扎了五枪。杨阜身带枪伤,还跟马超英勇对敌呢。直到夏侯渊杀来,有人把杨阜救过来了,夏侯渊指挥人马平定了马超。马超这次败走时,身边连马岱、庞德在内,只剩下六七个人了。您看,这件事儿我就算给您驴过去了,是吧?(注:连环包袱儿)如果详细说,至少得说上两个小时。说清楚就完,赶紧说夜战马超多痛快呀，是吧？您说到底是赖马超，还是赖杨阜？韦康已然归降，马超就不应该杀人家全家，结果这一来，马超全家也死了，好不容易积攒了两年的力量，只剩下五六七个人。五个人就是随从人员，六七个人就是加上庞德、马岱，再加上马超自己，一共八个人。

夏侯渊平定陇右之后，把杨阜带到曹操面前，曹操封杨阜为关内侯。没想到杨阜辞官不做，说一没保住本土，二没保住主人，我是有罪之人，不能当这个关内侯。到后来您看，杨阜可是北魏的重臣，为人耿直慷慨，立下很大的功劳，后文书再表。

现在咱们说马超。马超打了败仗之后，只能来到汉中投奔张鲁。张鲁高兴，心说：连曹操都怕马超，现在有他来助我，我还有什么亏吃啊？他媳妇没了，干脆我把闺女给他吧。张鲁想把女儿许配给马超，那样一来，姑爷对老丈人还错得了吗？结果手下人说坏话：“马超妨媳妇，您把闺女给他，想让闺女死是怎么着？”张鲁耳软心活，此事就不提了。这件事让马超知道了，马超就想宰说坏话的人。这时，刘璋派人求救，请张鲁出兵，把刘备轰出西蜀。马超一听，自告奋勇，引出大战葭萌关，关云长单刀赴会。谢谢众位，下回再说。

# 第一九七回　黄权下书说张鲁

清明时节飘飘雪，雪中带雨尽湿鞋。坟前祭酒滴滴泪，泪珠滚滚泣哽咽。

您说这得有感情，是吧？提起朗诵来，有意思。那时我还没退休呢，每年在西郊宾馆给煤炭部领导演出。春节前煤炭部召开全国煤炭工作会议，然后煤炭文工团给他们拜年。那年演着演着，演到第三场，突然剧场没电了，只有正常的电，舞台灯光全没有了，只能看得见脸。这下儿急坏了，大歌舞上不了，净是大歌星，还有跳拉丁舞的小姑娘，多漂亮，没法儿上。没辙了，我们团长瞿弦和上台朗诵去了，他是朗诵艺术家呀。我在旁边儿瞧着他就乐，心说：我看你能朗诵多半天。一首诗一分多钟，一首诗三分多钟，一首诗五分多钟……朗诵了七八首诗，都快没有了。（注：笑声）我冲他一点手儿，那意思是你下来吧。他下来，我上台一说书，说了一个多钟头，电来了。后来机关党委书记说："你们都别演了，就让连丽如一人儿说得了。"下来之后我就气瞿弦和："你们这朗诵关键时刻没辙了吧？还得交给我们说书的。就算你三天修不好这电，我们三天都能演，还不用换人儿，还接着往下说。"这就是评书的魅力，您说呢？

还有一次，"文化大革命"刚结束，我上青岛电台去录音，说《山岛克敌》，是老伴儿改编的，说的是一个道姑帮着地下党解放青岛，一个真实的故事。故事的主人公叫南荣洛素，我记得特别清楚。正赶上曹灿去录小说，曹灿也是大朗诵艺术家。我们三个人就住在海边栈桥旁边的海军招待所，那儿吃得特别好，什么白加吉鱼、红加吉鱼，吃得好极了。可怎么谢谢人家呀？人家说："你们大艺术家来了，来场演出吧。"我说："曹老师，您先上。"曹灿上去一首诗，一首诗……没辙了。我说："您下来吧。"他统共上去不到半个钟头，然后我说了俩半钟头的书。“明儿您还来吗？”“明儿我还是这几首。”“那您明儿别来了。”（注：笑声）这可不是瞧不起诗朗诵，人家有人家的特殊艺术魅力，能够把人的情绪调动起来，甚至声泪俱下。真正把诗朗诵好，朗诵到刚才我的那种程度，那得有三百年的道行。（注：笑声）

说几句玩笑话。我今天不太舒服，也不知道因为什么，血压有点儿低。但我还是上台说会儿，说会儿也许就好了，我这人就是受累的命，没别的。

上回书说到马超二次出世。冀城一战之后，马超全家被杀，连兄弟马岱和庞德，最后就剩下七八个人，投奔张鲁。《三国演义》并没有写马超为什么要投奔张鲁，我也查阅了不少资料，实际马超在战西凉时，张鲁给了他很大帮助。那张鲁为什么支持马超？其中关系很微妙。说《三国》这部书，就得强调中原。当初就因为所有诸侯都窥伺中原，注意力全部集中到中原了，孙策才去创江东事业，我躲开你们。张鲁呢，是以半道教半政治的手段来统治汉中的，五斗米教，他跟马腾暗中有关系，所以背地里经常支持马超。因此，马超跟张鲁之间不是完完全全的君臣关系，而是有一些依附关系。张鲁当时把马超收下了。张鲁认为，有马超这条枪，有马超手下这些羌人，我就可以西取益州，很快就能把刘璋的西蜀拿下来，而且往东以拒曹操。

张鲁收下马超，把他安置好了，然后马上升堂议事，跟大伙儿一说：“马超妻子被杀，儿子被杀，现在我想把女儿许配马孟起。”张鲁希望他跟马超成就翁婿之情，那马超对待汉中就得忠心耿耿了。张鲁一说，大将杨柏挺身而出：“主公，这件事儿您做不得。”“为何做不得？”“您想，马超的妻子为什么会死，儿子为什么会死那么惨？皆因为马超之过，他全家因此受了连累。他都不能保护好妻儿老小，您还把女儿给他吗？”“嗯？是啊……”张鲁心想：杨柏说得对。就马超这人性，媳妇、儿子死这么惨，他都保护不了他的妻儿老小，我还把女儿给他？张鲁摇了摇头：“那此事以后再议吧。”“别以后再议了。主公，此事作罢吧。”“好吧。”张鲁点头答应了。

您看,有向灯的就有向火的。别瞧马超刚到汉中,当时就知道这件事儿了。有人快步如飞给马超送信儿,比微信还快。“我跟您说,主公很喜欢您,但杨柏在主公面前进了谗言,不让您和主公成就翁婿的感情。”马超什么脾气呀?不是诸葛亮,不是刘备,不是喜怒不形于色的人。马超听完,脸往下一沉,眼睛就瞪起来了:“什么?!当真?”“当真。”“嘿嘿,好你个杨柏,我岂能跟你善罢甘休?!”你心里恨杨柏,嘴里别说出来呀,这儿可是人家的地盘儿。再说,杨柏在汉中多少年了?咱们老说杨柏、杨松,杨柏是大将,他哥哥杨松是谋士。杨家为什么这么敢说话?因为杨家在汉中是世族豪强,很有势力。杨家人太多了,当官儿的也多,遍及汉中。杨松不但是张鲁的谋士,而且是杨氏的领袖之一。

马超一生气,旁边有一位看出来了,撒腿就跑,跑到杨柏那儿去了。“您可留神,您在主公面前说的话都传到马超的耳朵里了。马超胯下马,掌中枪,纵横天下,无人能敌,您可留神您的脑袋。”您说这些传闲话的人怎么那么讨厌啊。

杨柏找他哥哥来了。那为什么汉中很多人都恨杨松?您看历史上对杨松的评价,说杨松十分贪财,见利忘义,而且人所不齿,张嘴都不爱说他,就是汉中的人都不愿意提起杨松,这人就这么可恶。杨柏跟杨松一说,杨松一乐:“搁着他的,放着他的,马超能逃得过我手心儿去吗?他想拿汉中当个地盘儿,给他们全家报仇?告诉你,他休生妄想,早晚我让他身首异处。”“好,哥哥,那我就听您的了。”

正说到这儿,中军官进来了。“报!”“何事?”“启禀先生,由蜀中来了一人,姓黄名权,求见于您。”“哦,黄权到了。”杨松看了看杨柏,杨柏看了看杨松。“哥哥,您知道黄权是干吗的吗?”“当然知道。刘备进兵西川,刘璋到涪关前去迎接,头一个出来拦阻,不让刘璋去的就是主簿黄权,此人非常耿直。看来这回他定是为了刘璋前来。”说到这儿,杨松一摆手:“你先下去,看看他来者何意,我会见风使舵。”杨柏上后边藏着去了。杨松吩咐一声:“请。”降阶而迎。

黄权到了,上前施礼:“拜见先生。”“黄大人,请。”把黄权让到厅中，漱口洗脸，坐这儿喝茶。“黄先生，蜀中道路崎岖，来此有何公干啊？”“唉……只因为刘备进兵川中，我家主公没有办法，让我前来求救。”“啧……这就错了。我乃有主之臣，我家主公是张鲁，您应该求见我家主公才对。”“不不不，天下人谁不知道汉中大权掌握在杨家之手啊？我来见您，要比见您主公强得多呀。”“哎哟，要这么说，您有话就讲吧。”所以说杨松是个小人：我先从你嘴里要出口供来，你看见我比看见张鲁还强，那我就听你说话。“黄先生为何而来？”“当然是为了我家主公的西川事业而来。您要知道，东西两川是唇齿之邦，如果西川让刘备拿走了，那东川肯定也保不住啊，您想明白这个道理了吗？”“啊……是这么个理儿。那刘璋派您干吗来了？”“当然是怕打不过刘备，现在刘备已然兵到雒城，想请汉中出兵。”“出兵……那刀枪器皿、粮草等项？”“我家主公说了，如果把刘备打出川中，主公情愿割地二十州。”“啊……”这下儿杨松可动心了：割地二十州，张鲁统共才有多少地盘儿？刘璋有一百多个州县，割出二十州，等于五份儿拿出一份儿来，太不简单了。“那事成之后呢？”“哎，您放心，必然多多敬上。”凡是您需要的，我必然多多奉上。杨松一想：这件事儿办得，先让主公高兴，主公一高兴，将来这二十州真到手了，我也能从中得不少好处啊。“好吧，那请您稍候片刻。”把黄权留这儿，让人陪着，杨松直接去找张鲁。张鲁一听，答应接见。

书不说废话。杨松陪黄权来到厅上，黄权上前施礼：“黄权拜见将军。”“先生请坐。”黄权把经过一说，张鲁一听，割地二十州，心中高兴：好啊。“既然如此嘛……”刚要说“发兵”，有人说话：“慢！”别人没注意，黄权可注意了。说话的这个人在五十岁开外，长得敦敦实实，四方脸膛，脸上一团正气，浓眉大眼，三绺墨髯黑胡须。头戴乌纱，身穿蓝袍，腰横玉带，足蹬官靴。张鲁一看，问了一声：“您有何话讲？”黄权不认识，就问杨松：“杨先生，此人……”“哦，是我家主公驾前功曹阎圃。”虽然黄权没见过阎圃，但这个名字可知道。

当初有个很老实的农民捡到了一块玉印，出土的，他没拍卖去，就往上交，交给张鲁了。张鲁一看，这印是老玉，他心里一直想当王爷，干脆借此机会我就当汉宁王吧。跟大伙儿一商量，阎圃说："您不能这么办。主公，这么多年汉中山道崎岖，四面都是山，非常险固，户口在百万以上，可以说国富民丰，物产丰富。您在这儿过着十足富裕的日子，当个地方属官，已然很不错了。如果您想晋位为王，恐怕会招致四方诸侯之怒。"阎圃的话张鲁还真听了，就没做汉宁王，但张鲁心里还一直惦记当汉宁王。

黄权虽然没见过阎圃，但知道这件事儿，也知道阎圃在张鲁驾前的作用。黄权一听，阎圃说话可坏了，但不能插话，只能听着。"主公，您跟刘璋有世仇。"张鲁的母亲被刘璋所杀。"既然有世仇，现在他许您二十州，恐怕也是诈语。将来刘备退出西川，到底是您的功劳，还是刘璋的功劳？说不清道不明，二十州要不来怎么办？此事不能从之。"杨松一听，看了看黄权。黄权正想求救于杨松，希望杨松的话能够起作用，让张鲁发兵，可现在阎圃就不让张鲁发兵。

这时，台阶下有人高声喊嚷："主公，在下不才，愿请一旅人马，前去战败刘备，让刘季玉至至诚诚将二十州县双手奉送主公。""腾腾腾"虎步响，走到厅上一个人，正是马超。这下儿可谁都拦不住了。张鲁一看，高兴了：我说收马超没白收吧？他既可以战胜刘璋，还可以东拒曹操。你看，现在马超自告奋勇。"好，既然马将军肯去，那太好了。黄先生，请您回去面见刘璋，就说我马上派兵，你看，马超将军已然自告奋勇了。""多谢将军。""杨松，请你设宴，陪黄先生饮宴之后把他送出汉中。""遵主公之命。"杨松陪着黄权走了。

张鲁传令，让马超点兵两万，带着马岱，选择吉日良辰，兵发葭萌关。庞德身染重病，在汉中养病，所以这次就不随军出战了。马超点齐两万大兵，刀枪器皿、锣鼓帐篷、粮草等项拴扎车辆，准备出兵。

消息传到雒城，刘备和诸葛亮正着急呢。着什么急？上回书说了，打下雒城，法正说："我给刘璋写封书信，让刘璋归降。"刘璋接着这封书信，下书人回来告诉法正："这儿有封书信，您看看吧。"这封信是法正的心腹人写的，说您的信刘璋看完了，他手下从事官郑度就说了："刘备要来，他手下不过一万多人嘛，而且没有辎重，进川之后所有吃穿用度都靠咱们供给。您可以把粮仓、野谷都烧掉，把老百姓迁到涪水之西，让刘备一粒粮食都拿不到，不出一个月，他自个儿就走了。只要他一撤退，您马上出兵，趁机追杀，刘备必然被擒。”法正赶忙拿着这封信来见刘备和诸葛亮。“您看看这封信。”甭说刘备着急，诸葛亮都着急了：“倘若如此，我们就无法在川中生存了。”“您放心，别着急。虽然郑度这条计策毒，但刘璋肯定不会采用，您放心好了。”“好吧。”诸葛亮马上发出探马四处一扫探，刘璋还真没听郑度的。诸葛亮踏实了，跟刘备商量：“主公，咱们马上进兵绵竹。”

诸葛亮派黄忠和魏延指挥人马进兵绵竹。绵竹有两员战将，一个费观，一个李严。黄忠、魏延不费吹灰之力，就打了一仗，费观、李严全部归降，绵竹唾手而得。接下来就要进兵成都了。这时，葭萌关的紧急公文到了，孟达、霍峻说马超带领两万大兵已在关外扎下大营，而且发出誓言，生擒刘备，活捉诸葛亮。刘备一看就急了：“孔明先生，得下雒城后，您让张翼、吴懿辅佐子龙安抚外水、定江、犍为等处，让严颜、卓膺辅佐翼德安抚巴西、德阳所属州郡。现在云长也不在，子龙和翼德都不在，难道说凭黄忠和魏延就可以战胜马超吗？”“不成。当然，倘若关将军在，那就好办了。可关将军现在坐镇荆州，不能随便把他调来。其实有三将军就可以了，他已然回城了。”“三弟行吗？”“没问题。张飞胯下马，掌中枪，勇冠天下，足可以与马超对敌。可有一节，您千万别着急，对于张飞只能激，不能派。”您看，诸葛亮知道张飞的性情。说张飞不好好打仗吗？不是。说张飞没能耐吗？更不是。您得把他打仗兴起这劲儿激发出来，他才能跟马超玩命呢。

正说到这儿，就听外边“腾腾腾”脚步声音响，势如奔马，声如巨雷。“哎呀，辞别大哥，去战胜那马孟起！”刘备和诸葛亮抬头一看，果然是张飞来了。诸葛亮一扭脸儿，没理他。“大哥。”“三弟，稍安勿躁。”“辞别大哥，我就去战胜那马超！”“你千万别着急。军师，您看这事儿应该怎么办呢？”“啊……主公，我看那马超胯下马，掌中五钩神飞枪，纵横天下，无人能敌。要打算战胜马超……应该派人到荆州把关将军换来，只有关将军才能战胜马超，保住葭萌关。”张飞不愿意了：“军师，这是小瞧俺老张吗？在长坂坡，我一个人独退曹家百万大兵，曹操望风而逃，难道我张飞不成吗？”“哎呀，三将军，你喝断当阳桥，威吓曹操百万大兵，那是因为曹操不知道。曹操要是知道虚实，你身后就是二十八匹马跑圈儿，那他就过来了，是吧？所以这就叫虚中实，实中虚。可你跟马超能比吗？渭南六战，马超凭掌中这条枪，逼得曹操割须弃袍，夺船避箭，几乎全军覆没，曹操差点儿死在马超之手。马超确实是天下第一勇将。三将军，不是我看不起你，虚晃一招行了，要论实打，你可不如二将军。”“军师瞧不起俺老张，俺老张愿立文书，倘若打不过马超，愿将项上人头输与军师。”“三将军既然敢立文书，那就好办了。军政司，看文书伺候。”

军政司把文书拿出来了，张飞提笔就写：“张飞兵发葭萌关去战马超，取不了马超之头，愿将项上人头输与军师。”画押了，然后把文书往前一递：“大哥，您给我画押。”刘备心说：我招谁惹谁了？一会儿你脑袋掉了，跟着我脑袋也得掉。诸葛亮心说：张飞还真机灵，刘备脑袋要掉了，我保谁去呀？（注：笑声）刘备没办法，在文书上画了押，然后军政司收起来了。“三将军，既然如此，就派你身为先锋。”“哎，我也要去。”大伙儿顺声音一看，说话的是魏延。诸葛亮说：“好吧，魏延，给你五百兵，你为头一路人马，给三将军开路。二路人马由三将军带领，身为先锋军，逢山开路，遇水搭桥，去取马超项上人头。主公，您辛苦一趟吧，随着三将军遘奔葭萌关。我坐镇绵竹，等子龙将军回来再作商议。”

说到此处，让王玥波替我多说会儿，确实血压低，有点儿不舒服，谢谢大家，下回再补。

# 第一九八回　马超大战葭萌关

马超兵发葭萌关，英勇无敌镇山川。张飞急忙把关下，挑灯夜战在关前。

老伴儿说了，我们评书是南征北战，东挡西杀。南征，宣南书馆刚成立是在开阳桥，现在唐柯在南边，比开阳桥还远，还在那儿说呢（注：指大兴区图书馆）；北战，东城书馆是在交道口，有一阵子还说到望京去了；原来在那边，今天搬对门儿来了，那边算东房，这边是西房，这叫东挡西杀。北京评书，南征北战，东挡西杀。

咱们这书正说到葭萌关，今天是马超大战葭萌关，张飞来了，挑灯夜战在关前，夜战马超。说马超为什么来到葭萌关？马超渭河败阵，逃到西凉，然后再往回杀，结果在冀城全家被杀，战历城就剩下几匹马，带着庞德、马岱，这才投奔张鲁。前文书我说了，马超跟张鲁之间并不是简单的君臣关系，而是一种依附关系。当初马超在西凉时，张鲁就很支持马超，而且很赞成马超。马超想在张鲁这儿立下功劳，然后帮张鲁治理汉中，扩大地盘儿，将来好报杀父之仇。可惜张鲁这儿有奸臣，有坏人。谁？杨松、杨柏。马超为了立功，带领两万人马到了葭萌。刘备得报之后，跟诸葛亮商量，张飞自告奋勇，要兵发葭萌关去战马超；魏延也挺身而出。所以诸葛亮就派魏延带五百兵为先锋军，让刘备带张飞为二路人马，兵发葭萌关。

咱们先说魏延。魏延想抢功，认为自己胯下马，掌中刀，勇冠天下，无人能敌。等魏延带五百兵到了葭萌关，马超就得报了，杨柏带领一千人马拦住了魏延，两军开战。杨柏为什么会来？杨柏是张鲁派的监军，实际是杨松让兄弟看着马超。哥儿俩算计好了，要想办法加害马超，不让他在汉中得势，不然他们哥儿俩怎么办？所以马超这次兵发葭萌关，监军就是杨柏。杨柏掌中一口刀，魏延掌中也是一口刀，两个人各自举刀，两匹马跑开了，杀在一起。杀了将近十个回合，只见魏延这口大刀上下翻飞，扇砍劈剁，杨柏可就不是个儿了，知道跟魏延打不了了。您看，这坏人最怕死。杨柏虚砍一刀，拨马就走。魏延高声喊嚷："哪里走，追！"催坐下马，掌中刀，带领兵将往下追。

追着追着，前边炮声一响，亮出三千兵将，掌旗官高挑大旗，大旗被风一刮，"噗噜噜"行舒就卷，上边斗大的一个字："马。"杨柏带着兵将绕过去，这支人马就拦住了魏延。魏延勒马停刀一看：嗬，胯下马，掌中枪，年纪轻轻，这是马超吧？凭我胯下马，掌中刀，过去一刀结果他的性命，可就抢了张飞的头功。所以说魏延善于抢功，你倒问问这人是谁呀。其实来的是马岱。我反反复复看了半天《三国》，几个版本都看了，"魏延反，马岱斩"，您都知道，但前边说到马岱时，马岱胯下马，掌中刀，也不知道怎么在这儿，马岱变成胯下马，掌中枪了。您回去可以查，这时候的马岱改使枪了。为什么会使枪呢？我想这点儿好编。要是马岱不使枪，还使刀，魏延也就不能琢磨他是马超了。"呔！对面可是马超吗？"马岱二话没说，往前一催马，抖枪就扎，魏延合刀招架。两个人马打盘旋，冲杀一处。

杀了十几个回合，马岱确实武艺高强，本领出众，但怕自己有闪失，拨转马头，催马就跑，大队人马跟着就跑下来了。魏延心想：我必须取下他项上人头，张飞就没饭吃了。"哪里走！"催马就追。其实马岱是诈败，跑着跑着，马岱在马上扭项回头，认扣填弦，"吧嗒""哧……""嘭"，这支箭正射到魏延左肩膀上，可把魏延疼坏了。"呀……"这仗可就没法儿打了，只好带着手下兵将回归葭萌关。马岱一看，一拨马，也回来了。"追！"催坐下马，掌中枪，带领兵将追赶魏延。一直追赶到葭萌关下，眼看要追上了，这时就见城门开放，吊桥放下，五百骑兵纵马而出，为首一员大将，正是张飞。

张飞怎么来了？张飞已然到关上了，正准备休息呢，就听关外炮鼓连天，杀声震耳。张飞来到城头往下一看，魏延和马岱打起来了。跟着就瞧魏延拨马回来了，肩头上中了一箭。张飞赶紧点齐五百马军，冲出关去，把魏延救了。如果张飞不来，马岱这条枪就把魏延挑了。

张飞催马过来了，马岱赶紧让人马把阵势列开，压大枪往对面观看。嗬，张飞镔铁盔甲皂征袍，胯下马，掌中丈八蛇矛枪，可以说英勇无敌。张飞往对面一瞧："呔！尔可是马孟起？"马岱压大枪，一晃身形："我乃西凉马岱。""哎哟，你不是马超啊？俺张飞来战马超。既不是马超，赶紧回去，就说燕人张翼德在此等候于他，我不跟你打。"我在军师和大哥面前夸下海口，说下朗言大话，立下军令状，到葭萌关来战马超。你是马岱，不打。马岱只好拨转马头带着兵将走，张飞心说：我先给他来一家伙吧。张飞指挥兵将催马就追。

跑着跑着，就听身背后有人喊嚷："三弟请回。"张飞勒住坐骑回头一看，大哥到了。刘备催马过来了："三弟，你干吗去呀？""他不是马超。""不是马超，你追他干吗？""我杀一个是一个。""没这么打仗的。三弟，你既然跟马岱说了，让他回去唤马超前来，今天且跟我回到葭萌关，等马超前来，你再跟马超决一死战。""好，就依大哥。"这样，刘备和张飞带兵就回到葭萌关，马岱回转自己的营寨不提。

到了第二天，吃完早战饭，刘备和张飞正商议军情呢，就听城外"叨叨叨""叶噜噜噜噜噜……""杀呀……"刘备和张飞骑马来到城下，甩镫离鞍下马，由打马道走上去，在关上往下观瞧，就见马超的五千人马已然把阵势列开。五千人都是马队，西凉人善于骑马，所以张鲁给马超的人马大部分都是马队。掌旗官高挑大旗，大旗之上斗大的一个字："马。"马孟起双足一点镫，镫带绷镫绳，催坐下马，掌中五钩神飞枪，来到阵前，压枪抬头往葭萌关上观瞧。"呔！张飞，你出关一战！"刘备往下一看："哎呀，人说锦马超，果然如此。"

说马超长得什么模样儿？跳下马来平顶身高在八尺开外。汉朝的尺跟现在的尺不一样，汉朝一尺等于零点儿二三米，您算去吧，身高一米八四以上。长得不高不矮，不胖不瘦，猿臂蜂腰，双肩抱拢。看面貌，面白如玉，白中透红，红中透润，润中透嫩，马超这脸粉不噜儿的那么好看，没美容过，也不使什么这霜那霜的，连个雀子都没有。（注：笑声）两道剑眉斜插入鬓，直入天苍，一双大眼皂白分明，双眼皮儿，长眼睫毛，黑眼珠多，白眼珠少，两只眼睛跟一汪水儿似的。悬胆鼻子，四字方海口，牙排碎玉，唇若涂朱，大耳相称，太阳穴努着，一团精神足满。头戴九头狮子闹银盔，狮子尾倒挂，顶门一朵素绒桃突突乱跳。勒着一对亮银抹额，当中一颗明珠，二龙斗宝。四指宽搂领带密排银钉，包耳护项，双卡搂颌骨，不为好看，为的是遮枪挡箭。身披亮银锁子连环甲，九吞八岔，挂甲钩环暗分出水八怪。勒甲丝绦九股攒成，巧系蝴蝶扣儿。胸前护心镜冰盘大小，不为好看，为的是遮枪挡箭。身背后葫芦银顶素缎色五杆护背旗，上绣将之五才：智、仁、信、勇、忠。狮蛮带三环套月搭钩，肋下佩戴一口昆吾剑，绿鲨鱼皮鞘，银什件儿银吞口，素绒绳儿挽手，双垂灯笼穗儿。鱼褟尾满都是亮银搭钩，天蓝色软战裙分为左右，虎头战靴牢踏在一对银镫之内。胯下一匹西凉宝马银鬃马，高八尺蹄至背，长丈二头至尾，鬃尾乱乍，膘满肉肥，鞍韂嚼环鲜明，掌中一条五钩神飞枪。真是威风凛凛，杀气腾腾。这匹马踢跳咆哮，人是耀武扬威叫战。

刘备一挑大指："三弟，锦马超果然名不虚传。""哎，大哥，长他人锐气，灭自家威风，待俺老张杀下关去，取他项上人头。来呀，点兵出战！""慢。三弟你看，马超耀武扬威，他正在兴头儿上，现在你出去就打败仗。""大哥，小瞧俺？""不是小瞧你，按经验你还差得远呢。避其锐气，现在暂不出战。""哎呀，喳喳喳，哇呀呀呀呀呀……"张飞这脾气真受不了，可刘备就在这儿卡着他，不让他出战。

马超这匹马来回驰骋，高声喊嚷，炮响鼓响，五千兵呐喊声音叫战。足足一个时辰，刘备就不让张飞出战。马超勒住坐骑，抬头用枪点指："呔！城头之上张飞可在？""张飞在此。""张飞，你出关一战！""哎，点兵一战！""慢！""哎呀，大哥三番五次拦着俺老张，岂不是挫了我的锐气么？""那可不成。你看，马超要人有人，要劲儿有劲儿，他正在兴头儿上，你还得削其锐气。""哎呀呀，急煞俺老张！"任凭张飞怎么要出战，刘备就是不让他去。

一直等到快吃午战饭，眼看到午时了，刘备传令：“来呀，预备五百马队，预备两千兵将，我与三将军出关一战，跟马超决一胜负，见一高低。”“大哥，这就是了。”“三弟，为什么现在才让你出战？你看，他们在关下叫阵一个多时辰，已然人困马乏了。”按现在话说，仨钟头了。这时，葭萌关头声炮响，关门开放；二声炮响，旌旗飘摆，绣带高扬；三声炮响，齐催坐马，各抖丝缰，“啊呀呀呀呀呀”，“欻……”五百马队冲出来了。为首两员战将，一是刘备，金盔金甲大红战袍，掌中双股剑；一是张飞，镔铁盔甲皂征袍，掌中丈八蛇矛枪。

两军人马把阵势列圆，张飞双足一点镫，镫带绷镫绳，催坐下马，掌中枪，直临两军疆场。“呔！对面可是马超么，你可认识俺老张？”马超一晃身形，压五钩神飞枪：“嘿嘿，想我马超累世公侯，岂能认识你这村野匹夫？”就这句话，张飞气坏了。说我们家几代都是公侯，也别说马超吹，您听我说《东汉演义》，保刘秀灭王莽复兴汉室天下的伏波将军马援马振远就是马超的祖先，人家家里都是当官的，他父亲是西凉太守马腾，我是公侯之后，岂能认识村野匹夫张飞店儿卖肉的呀？（注：笑声）张飞气坏了，晃身形甲叶儿声音响，往前一催战马，抖枪就扎。马超的枪法高，马家枪，马援的枪法就了不得，一条素缨枪打遍天下没对手。说马援的枪好在什么地方？集各家之所长。每个人使枪都有师父相传或者家传的一套枪法，马援十分聪明，胯下马，掌中素缨枪，而且会打流星锤，他把各家所长集中在自己身上，所以马家枪天下无敌，一辈一辈往下传。马超又十分聪明，这条枪可以说在张飞之上。张飞勇，马超精。

两个人往前一催马，张飞一抖丈八蛇矛枪，以为是自己先动手，枪刚扎出去，“啪”，马超的五钩神飞枪就搭到他的枪尖儿上了。“呀……”张飞气坏了：小子，我给你颤下去。两膀一晃千钧之力，力气由腰上往上贯，贯到肩膀上，贯到胳膊上，贯到手腕上，贯到这条枪上，使劲一晃，“啪……”再看马超，两膀一晃也是千钧之力，一压五钩神飞枪，他的枪尖儿在上。“噫……嗯……”张飞愣没把枪尖儿挑起来。“嗬！小子，有点儿力气。一次不成，再来二次。”马超心说：我也别让你来二次了。马超一晃身形，五钩神飞枪一颤，想把张飞的枪尖儿颤下去。张飞往上一使劲："开！"谁也没问动谁。两个人同时撤枪，二马一错镫，枪去枪来，马打盘旋，杀在一起。那边马岱指挥兵将擂鼓助威，这边刘备指挥兵将擂鼓助威，后边的两千兵将就杀出来了。葭萌关一共两千五百兵，后边是两千步兵，前边是五百马队，马超这边三千人都是马队，双方兵将呐喊声音叫战。

张飞一枪紧似一枪，一枪快似一枪，枪枪进逼；马超是手、步、眼、心、气、胆，六合贯通，贯到这条五钩神飞枪上。说书迟，真事儿快，一个回合跟着一个回合，转眼间打了一百个回合，棋逢对手，将遇良才，分不出输赢胜败。有朋友说了："您才说了俩回合。"是啊，我要真给您说一百个回合，那就把我累死了，您听着也没意思啊。打了一百个回合，说人累不累？能不累吗？马累不累？马也累。

刘备怕三弟有失，马上传令："来，鸣金收兵。""噔啷啷啷啷啷"，钲声一响，马超心说：你那边响钲了，正合适，我也借机会休息会儿。张飞勒住坐骑，一压大枪："大哥鸣金，马超，你且稍活片刻。"张飞拨转马头归队，马超也拨转马头回到自己的阵中。张飞看了看刘备："大哥，今天必取马儿项上人头。""明日再战如何？""不行，今日必取他项上人头！"手下人伺候张飞摘盔卸甲，让他歇着。

这时，马超出阵了，往前一催马："张飞，你还敢再战否？"张飞马上挂上甲，手下人把盔递上去。"哎……""啪"，张飞把盔一甩，拿块包巾把脑袋一包。"来来来，阵前杀敌！"张飞往前一催马："马超，看枪！"抖枪就扎，马超合枪招架。两个人马打盘旋，又打了将近一百个回合。刘备一挑大指："哎呀，真乃神将也！"刘备看得出来，马超的枪几乎占着上风呢，传令鸣金。"仓啷啷"，马超一看张飞归队，他也就回归本阵了。"三弟你看，天色已然快黑了，咱们回关中歇息一天，明日再战。""天黑了可以掌灯嘛。今天不取马超人头，绝不收兵。大哥，点起火把，我要夜战马超！"张飞说什么也不回去。刘备没办法了，马上传令，点齐一千火把。由关里往出运火把，然后打着火石、火镰、火绒，把火把点着，都举起来，一千支火把照如白昼。对面马超能不明白吗？马超传令，手下兵将也点起火把。

马超往前一催马，来到两军疆场。“张飞，你敢夜战否？”“嘿嘿，哪个怕你?！”马超归队，跟马岱换了一匹马。刘备也甩镫离鞍下马：“三弟，乘骑兄长之马吧。”“好，谢过大哥。”张飞也换了一匹马。两个人往前一催马，这时天已然黑了，两边的火把都点起来了，“叨叨叨”“杀呀……”两个人枪去枪来，二马盘旋，冲杀在一起。马超打，凭的是机灵劲儿；张飞打，凭的是咋呼。“扎扎扎……马超，取尔项上人头！”他一边打一边嚷。打了将近二十个回合，棋逢对手，将遇良才，分不出输赢胜败。马超心说：像张飞这样的人只能智取了。

打到将近二十七八个回合，马超虚点一枪，拨转马头，往回就败。张飞高声喊嚷：“马儿，你哪里走！”催坐下马，在后就追。马超不回头，凭自己的耳朵，就听张飞马踏銮铃和马跑的声音，估计离自己有多近。身为大将，眼观六路，耳听八方，估计尺寸差不多了，马超把五钩神飞枪交于左手，然后把走线铜锤掏出来了。三丈六的绒绳儿，有挽手，套到手腕上，打出去之后连胳膊四丈长，锤脑袋四斤重。说是四斤重，但打到人身上可就不是四斤了。力气都贯到这条胳膊上，贯到绒绳儿上，贯到铜锤上，打出去就是千斤之重。马超不能让张飞看出来，说举着铜锤，喊上了：“嘿，小子，你过来吧，我要打你！”没这个。（注：笑声）人在马上伏着，听声音，觉得锤够得着了，还正是锤扔出去最有劲的地方儿打上你，才能出手呢。张飞留神没有？留着神呢。张飞心说：打得好好儿的，你败什么啊？几千支火把举着，这么亮，他能看得出来。他败我追，突然间枪交左手干吗？准是用右手掏暗器呢。您别瞧张飞傻大黑粗的，聪明极了。

您看，按说汉朝打仗使暗器是非常少的。您听我说《东汉演义》，贾复贾君文胯下马，掌中画杆方天戟，马踏王莽百万雄兵大营，拖肠大战，他就会打八宝电光锤。但每回人家打锤时都先说“打”，然后锤才出去呢，这是君子人。话说回来了，哪儿有那么些君子人啊？但不管怎么说，汉朝会使暗器的还是少。说马超是小人吗？不是。但为什么都赞成贾复？因为贾复是天下有名的君子，有儒将之风。

马超一看，尺寸到了，“啪”，锤出来了。张飞往旁一闪，擦着耳根台子就过去了，没打着。“嘿嘿，小子，你没打着，那可得瞧我的了。”张飞把大枪挂在马鞍鞒鸟式环得胜钩上，弓袋里扽出宝雕弓，走兽壶中扽出雕翎箭，认扣填弦，对着马超，“吧嗒”“哧……”马超心说：我也留着神呢。马超往旁一闪，箭掉在地下了，张飞气坏了。

刘备一看，这仗没法儿打了。刘备一催马，高声喊嚷：“马孟起，我刘备是仁德之人，不使诡诈之计。今天放你回归营中，绝不追你，明日再战。”您听刘备说得多好听。你是仁德之人，那上四川干吗来了？你不使诡诈之计，那追过来干吗来了？马超点点头，并未答话，和马岱指挥人马回归营寨。刘备带着张飞，两千五百兵回归葭萌关。

您说张飞累不累？回到关中摘盔卸甲，大光膀儿来个澡，坐这儿连吃带喝。说马超就不累吗？马超也累，从早上起来叫战一直打到天黑，挑灯夜战，一共二百多个回合，够瞧的。张飞吃饱了，躺在炕上，“呼……呼……”睡着了。睡着睡着，“噌”的一下儿，张飞就起来了。“大哥，准备好兵将，明天就打！”“行了，你先睡觉吧。”张飞二次又躺在炕上，这家伙倒真睡得着，紧跟着呼噜就起来了。

书中老说，刘关张弟兄食则同桌，寝则同榻。我对这个问题就有疑问。说仨人儿一块儿吃饭，可以，我要是张飞，我也跟他们一块儿吃，什么好就吃什么。仨人儿一块儿睡觉，我就纳闷儿：张飞这呼噜，谁受得了啊？再说刘备还有媳妇呢，老跟关云长、张飞一块儿睡觉，那甘夫人、糜夫人怎么办呢？反正就是为了说明刘关张弟兄义气深重，哪回刘备往这儿一坐，关云长、张飞都在刘备后边站着。

书不说废话。第二天，张飞吃罢早战饭，跟刘备说：“大哥，请派兵遣将，俺出关与马超一战。”“三弟，你稍事休息好不好？”这时，中军官进来了。“启禀皇叔，军师到了。”“哎呀，快快有请。”把诸葛亮请进来了。“拜见主公。”“孔明先生请坐。”“张飞拜见军师。”“三将军请坐。”诸葛亮洗脸漱口喝茶不提。刘备纳闷儿：“军师，你在绵竹，怎么这么快就来了？”“我不是着急么，马孟起纵横天下，无人能敌，没人打得过他。”“哎，我已然跟他夜战一场。”“我中途路上就听说你与马超挑灯夜战，但你赢了吗？”“今天就赢。”“今天你也未必。告诉你，我把子龙将军和汉升将军安排在绵竹，然后我赶紧到此，要用计策收服马孟起。”“嘿……”刘备爱听。“军师，我看见马超就爱，这条大枪勇冠天下，确实没人打得了。不知军师用什么巧计收服马超？”“主公，我已然想好了，现在马超保的是张鲁，张鲁一直想做汉宁王，他既然想做汉宁王，咱们就得利用他的想法。再说，马超为什么到汉中不能得势？就因为张鲁驾前有个奸臣杨松，此人十分贪婪，咱们可以利用杨松。主公，您写上一封书信告诉张鲁，说我兵发蜀中灭刘璋是为了给你报仇，等我收复蜀中之后就保你为汉宁王。然后您派一个人走小路，多带金银珠宝，暗中面见杨松，让杨松在张鲁面前给马超说坏话，让马超进无路，退无步，无处可走，然后咱们再想办法劝降马孟起，让他归降主公。”“好，就依军师。”

诸葛亮出词儿，刘备提起笔来给张鲁写了一封书信，把意思说明，一定满足你当汉宁王的心愿。然后预备珍珠、玛瑙、翡翠、猫儿眼、金子，让孙乾带着二十几个兵，分别装小包儿带到身上。为什么？山路不好走。再说，所有关卡都是张鲁的兵将，不容易进。只有偷偷带着东西，一个人一个人分拨儿走，然后到汉中会合，孙乾集中起来之后再去贿赂杨松。刘备也真舍得，钱算什么呀，我要的是西川。

书不说废话。孙乾怀揣书信，带着手下人抄小路来到汉中，找个客店住下来。等大伙儿聚齐，东西凑一块儿，踏实了，打听好杨松在哪儿住，孙乾来见杨松。门人一通禀，杨松一愣。杨松虽说没见过孙乾，但也知道孙乾是刘备手下的谋士，而且跟随多年了。“好吧，有请。”杨松心说：来了准有事儿。见面之后，彼此施礼，分宾主落座。“孙先生，听说您久事刘皇叔，今日来到汉中何为？”“您也知道，我家主公镇守葭萌关，现在马孟起攻打甚紧，我就是为这件事而来。”“哎哟，那您应该面见我家主公，见我何用啊？”“您瞧，您说话见外了吧。张太守听谁的？听您的，您是张太守第一谋士。谁不知在汉中杨姓是世族，您又是本族领袖之一，我不找您找谁呀？只能找您，您说话张太守言听计从，我找您就算找对了。”杨松心说：你小子聪明。其实有诸葛亮出主意呢。“哦，您是想让我带您面见我家主公？”“是啊，面见张太守，有一封我家主公的亲笔书信奉上。”“信里写的什么，能不能透之一二？”“我家主公说了，领兵攻打西川要灭刘璋，实际是为了给张太守报家仇。将来灭了刘璋给张太守报完仇，可以保张太守在万岁驾前官拜汉宁王，永踞汉中之地。”“好啊，呃……我得想办法替你禀报。”“哦，杨大人，既然说到这儿了，我有礼物献上。”对这种吃贿赂的人就直接往上上，直接给。手下人抬上来了，圆笼一打开，杨松一看：嗬，翡翠、猫儿眼、珍珠、玛瑙、大批金子。“哈哈，好，我现在就带您去。”您说这些金银珠宝会不会说话？

书不说废话。杨松把孙乾带到张鲁面前，张鲁把刘备的亲笔书信看了一遍。“哼哼，杨松，刘备说为给我报仇才进兵西川，甭管真的假的，他去打刘璋，的确是给我报仇了。可有一节，他才是左将军，能在万岁面前保我当汉宁王吗？”“主公，您怎么那么不明白呀？刘备为什么人称刘皇叔，您知道吗？”“知道啊。”“您知道这刘皇叔是怎么来的吗？那是万岁让宗正卿念家谱，刘备是高祖二十一世玄孙，万岁是高祖二十二世玄孙，所以万岁升座偏殿，请刘备往这儿一坐，然后万岁跪倒在地拜见皇叔。从此以后，天下皆知刘皇叔。”“那刘璋也是汉室宗亲。”“那不行，万岁可没给他磕过头，但给刘备磕过头，刘备是当然的刘皇叔，所以他保您当汉宁王还不是手到擒来吗？”“是啊，也是这个道理。”您看，这就是金银珠宝会说话，杨松自个儿就编了，是吧？甭管怎么编，反正这些金子、珍珠、玛瑙、翡翠、猫儿眼，不能让孙乾再带走了。这样，张鲁就答应了。“孙先生，你拿刘皇叔的书信前来，到底想要干什么？”“您得让马超撤兵。马超撤兵之后，我家主公好攻打成都，灭刘璋给您报仇，然后保您当汉宁王。”“好吧，杨松，马上传令，让马超、马岱带领两万人马回归汉中。”“是。”这样，孙乾住在杨松家里，杨松派人去调马超。

没几天，信儿回来了。马超说了，不打败刘备，不夺取葭萌关，就不回来。张鲁派人催了三回，马超就是不回来。杨松一看，就让杨氏门族中的人到处散布流言蜚语，说马超不回来，是因为他根本不想回来，他要借此机会夺取西川，轰走刘璋，战败刘备，他自己好当西川之主，他根本不愿意做张鲁的臣下。谣言四起，就传到张鲁的耳朵里，张鲁问杨松："这话有吗？""主公，我也听说了。""那你说怎么办呢？""确实马超不愿意做您的臣下，这事儿真不好办。""到底应该怎么办呢？""我给您出个主意，您告诉马超，要听令，就马上回来。要不听令，一个月内必须完成三个条件：第一，得灭刘璋，取下刘璋项上人头；第二，把西川得到手；第三，战败刘备，战败荆州兵将。这三样都办成了，你就是我手下的忠臣，就可以不回来，继续打四川，把四川全都收复了。如果办不到这三件事，就提头来见。"同时，杨松给张鲁出主意，派大将张卫严守七个关隘，布置好兵将，只要马超回来就打，不能把马超放进来。

命令传到马超大营，马超心说：我有多大能耐呀？跟马岱一商量："不行咱们撤兵吧。""好，撤兵吧。"刚要撤兵，得探探道，到底走哪条道啊？好，关门紧闭，吊桥扯起，七座关隘都不许马超进去。马超前进不得，后退不得，既无法报杀父之仇，更无法报冀城杀妻杀儿之恨，就被困在葭萌关前。可以说，进无路，退无步，孤立无援。

这时，刘备得报了，诸葛亮说："主公，机会来了。现在马超进不成，退不成，正是劝其归降之际。我跟您告辞，亲自到马超大营去顺说马孟起归降。""军师，你可不能去，你是我的股肱之臣。倘若你去见马超，马超一翻脸，军师你有了危险，我怎么办？你不能去。""可您说我要不去，谁去呀？""那我也不让你去。"

这时，中军官进来了。"报！""何事？""子龙将军命一人，姓李名恢字德昂，带着一封书信，求见主公。""好，有请。"刘备和诸葛亮都知道李恢。刘备进西川时，李恢曾经跟刘璋说："您不能让刘备进来，刘备一进来就不走了。"坚决劝刘璋拒绝刘备。现在李恢进来了。两人一看，这李恢中等身材，四方脸，君子人脸上一团正气。您看，后来战南藩，保四川西南地界，李恢立过大功。

李恢为什么来？太守董和保举他做郡长，刘璋让他走。走在中途路上，李恢心想：我劝刘璋不要引入荆州兵将，可他不听，结果刘备来了。刘备信义著于四海，广施布德，刘璋必败，刘备必胜。贤臣择主而事，良禽择木而栖。得了,我归降吧。所以他才到绵竹归降赵云。赵云写了一封书信,把他举荐给刘备和诸葛亮,让他前来葭萌关。

刘备把李恢接进来了。“拜见皇叔,拜见军师。”“李先生,跟您不客气。当初我进川时,您百般谏言,不让刘璋接纳我,现在为什么又来找我呢?”“刘皇叔,我这人从不二言。”我从来不说瞎话。“我知道刘璋肯定会败。贤臣择主而事,良禽择木而栖。我知道刘皇叔肯定能够灭刘璋收复川中之地,所以前来投奔英明之主。”“好,那真是太好了。既然前来,子龙又写了一封书信举荐,你必会助我刘备。”刘备很聪明:你肯定是有事儿来的。“不瞒刘皇叔,不瞒军师,我跟马超当初在陇西有过一面之交,现在马超进无路,退无步,我愿到马超营中说服马超,让他归降刘皇叔。”“哎呀……”诸葛亮高兴了:我正愁没人替我呢。“你用什么言语可以说降马超?”“军师,您附耳过来。”诸葛亮耳朵递过去了,李恢轻轻的声音在诸葛亮耳朵边上说:“打南边来一喇嘛,手里头提溜着五斤鳎目……”(注:笑声)

究竟李恢用什么办法说服马超归降刘备?刘备得四川,孙权蠢蠢欲动,关云长单刀赴会。谢谢众位,下回再说。

# 第一九九回　刘备自领益州牧

马超大战葭萌关，归降刘备在关前。今遇明主顿首拜，如拨云雾见晴天。

今天咱们得说马超归汉，关、张、赵、马、黄，五虎上将就齐了，而且今天咱们得让刘备得下西川。其实什么事都一样，过程很麻烦，到关键时一会儿就过去。不就是进成都，刘璋把印交给刘备吗？很快就完了，是吧？所以您看，社会上不管遇见什么事，过程都很复杂，结局都很容易。两人打仗打半天，最后总归一个赢，一个输；如果有一个死了，那还得有一个活的，是吧？什么事情都是如此。可如果当初刘备听了庞统的话，直接奔成都，刘璋不也得乖乖儿地把印拿出来吗？可要那样的话，咱们这些天的书也就甭说了。（注：笑声）

上回书说到赵云派人拿着一封书信来见刘备，这人叫李恢。李恢字德昂，巴中人。您听后文书，刘备得了西川之后要南抚夷越，就是安抚少数民族。谁在这方面立功了呢？李恢。李恢后来做了庲降都督，在安抚南中这些少数民族方面做了很大工作。所以您看，《三国演义》难说，就难说在这儿了。前边李恢根本没有出场，后边还会说到很多人，像李严，前边没有形象，所以大家就是不像对关、张、赵、马、黄，诸葛亮、庞统，还有曹操手下荀彧、郭嘉、刘晔、满宠、程昱、荀攸，曹仁、曹洪、夏侯惇这些人那么熟悉。今天来的李恢是能辩之士，会说。那为什么赵云让李恢来？因为李恢到绵竹面见赵云归降，毛遂自荐："我能去见马超，因为当初在陇西我跟他有一面之交，我能劝马超归降刘皇叔。"所以赵云才把李恢举荐到葭萌关。诸葛亮正着急呢，因为刘备不让他去。说说降马超有那么容易吗？说好说也好说，说难说也有难点。因为第一，马超不是糊涂人；第二，马超勇冠天下，无人能敌，总认为自己有能力。你得把他的能力说没了，还得把他的能力再说起来，得知道你说在什么地方能达到目的，马超才能归降。所以派别人去，诸葛亮不放心。正这时，李恢来了。

诸葛亮高兴了："正想有个人替我呢，你打算怎么劝马超归降？"李恢跟诸葛亮一嘀咕："告诉您，我这么说这么说这么说……"诸葛亮一听，正称自己的心意。这样，就派李恢前往葭萌关外面见马超。

书以简洁为妙。李恢到马超大营外了，请门军小校往里回禀。"蜀中巴人，姓李名恢字德昂，求见马孟起将军。""好，您候着。"手下人赶紧禀报中军官，中军官禀报马超，马超一听："哦……"马超乐了："舌辩之士。"舌辩之士就是特别能说，但您也得说到点儿上，光臭贫不行。您看，当律师，同样是法律书，同样是这个案件，如果您能说，能抓住重点，能巧言善辩，能随机应变、见景生情，有理有力有节，这才能说服对方。有的人即便能说，胡说带八道，说完地再说天，说完大塔说旗杆，说半天重点一点儿没有，那没戏，您得能说到点儿上。都是一样的法律，谁不会背呀，是吧？就跟我们说书似的，为什么你能说他不能说呢？各行各业有各行各业的难处，但总归有一句话：头脑必须清醒，语言表达能力必须特别强，而且能抓住重点。

马超心想：李恢是刘璋手下的人，现在既然从葭萌关出来，肯定归降了刘备，前来劝我归降。可我现在为汉中张鲁服务，张鲁给我两万人马打葭萌关，为的是退荆州之兵以助刘璋。哼哼，想劝我归降？没那么容易。"来呀，中军。""在。""帐下预备二十名刀斧手，李恢进来，倘若言语不合，我一说杀，你们就出来把他剁成肉泥烂酱。""遵令。"中军官在帐外预备了二十名刀斧手，那刀斧手是专门宰人的。您看，交朋友千万别交刀斧手。尤其过去，茶馆儿酒肆儿两人一见面儿，说："咱们交个朋友，您是干吗的啊？我……我不跟你交了。"还没说就知道了，因为这位老绕着你的脖子看刀口（注：笑声），这谁受得了啊？二十名刀斧手，每人一口刀，雄赳赳，气昂昂，在帐下埋伏好了，就等马超一声令下，出去就把李恢剁成肉泥烂酱。

马超端然稳坐在帅案后，中军官、旗牌官分列两旁。“来呀，唤李恢报名而进。”中军官往出传令：“马将军有令，李恢报名而进。”李恢心说：这是摆个阵势让我瞧瞧。马孟起，你现在算干吗的？你姓什么你知道吗？你不过借了张鲁两万大兵而已。既不是张鲁之臣，又不是刘璋之友，扎下大营攻打葭萌关，目的都不明确。想到这儿，李恢说了一声：“遵命。李恢告进，李恢告进……”挺胸抬头，昂然而入——后四个字是《三国演义》原文。一点儿不气馁，“叭”的一下儿就进来了，那意思我就是李恢。“李德昂，到此何干？”这位直接问，那位就直接答。“我前来做说客。”我说服你归降刘备。马超一看：嗬，这舌辩之士行啊。再看马超，攥宝剑把儿按绷簧，“嚓楞楞”，宝剑出匣，就差一点儿宝剑尖儿了。“哈哈，李恢，你看我的宝剑利不利？我刚磨的。你说吧，我听着。说对了，不宰你；说错了，宝剑之下，要你项上人头！”“马孟起，可惜这刚磨的宝剑杀不了我，却能让你一死。”宰你自个儿得了。您看，李恢一是聪明善辩，二是能抓住马超的好奇心。马超一听，必然要问：“何出此言？”你干吗这么说我呀？从这句话上就能看出来，马超说不过李恢，一下儿就甘拜下风了。

李恢用手一指：“马孟起，告诉你，我的确是前来做说客。至于我为什么这么说，想当初越国西施长得美，善毁者不能闭其美。”想在西施脸上抹灰，说她不好看，没办法，因为她确实美，得实事求是。“齐之无盐，善美者不能掩其丑。”想把无盐娘娘说美了，可她就那么寒碜，是吧？西河大鼓有句词儿：“无盐娘娘生得丑陋，倒与君王定山河。”别瞧人家寒碜，能助君王一臂之力，安定山河，这样的女人了得么？所以李恢这句话很直，意思就是你该怎么样就怎么样，别人想遮是遮不去的。“马孟起，当初曹操跟你有杀父之仇，在冀城又有切齿之恨。”当初你爸爸马腾，两个弟弟马休、马铁都死在曹操之手，后来你的妻儿又死在冀城，这是你最伤心、最难过、最寒碜、最让你在世上没有面目之事。您看，说话就得说在点子上，“叭”的一下儿，就得戳你肺管子上。“现在你前进不能帮助刘璋以退荆州之兵，后退又不能制杨松而面见张鲁，天地这么大，你却是无主之人。如果再发生渭桥之战，再遇见冀城之失，你还有什么脸面活在天地间？”

有评论《三国》的人说李恢的话字字如金、字字如珠。现在你马超往前走，不能帮刘璋打退刘备；往后退，你明明知道杨松在张鲁面前进了谗言，根本没法儿回去，人家关隘都卡了。说你想回去把杨松杀了，面见张鲁，根本办不到。进无路，退无步，这么大天地间你却没有家，你是何人之臣？如果再有渭桥之战，你又打败仗了，几十万大兵就剩下十几个人了；如果再有冀城之恨，妻儿被杀，你又剩下几个人跑了。你马超胯下马，掌中枪，纵横天下，无人能敌，又是世代簪缨，还有什么脸面活在世上？所以字字句句戳到马超的肺管子上。

马超一下儿就明白了：人家说出道理来了，说得对呀。马超站起来，分鱼褟尾，"扑通"一声跪倒在地，顿首而拜，给李恢磕头了。有人说，连丽如，你胡说呢。不信您回去看《三国》，"马超顿首而拜"。李恢确实会说，说就说在点子上。马超顿首而拜："德昂，我现在进无路，退无步，无路可走啊。"李恢迈步上前，用手一搀："你起来。你既然求我，问我怎么办，那外边这些刀斧手是干吗的？"马超一回头："下去。"二十名刀斧手心说：你刚才不是说一声令下，让我们出来使劲儿剁，把他剁成肉泥烂酱吗？结果人家说了，你亮宝剑先杀自个儿吧，你又跪地下给人家磕头。什么人性啊？刀斧手退下去了。

马超抱拳拱手："先生请指明路一条。""孟起，当初我也是刘璋手下之臣，曾经不让刘璋接纳刘备的人马进川。结果怎么样？刘璋不听，可我已然尽到人臣之心了。而今我已归降刘备，因为我知道刘备必然成功。孟起，想当初令尊跟刘皇叔同在义状上签字，共讨国贼，再扶汉室天下，那你就是汉臣之后。现在刘皇叔就在此地，你为什么不归降呢？归降之后你就可以报父仇，成名于天下。"明路指出来了。当初你父亲马腾跟刘备同在义状上签字，结果他让曹操杀了，现在你不但不跟刘备联手，怎么还跟刘备作对呀？马超当时就明白了："好，请先生稍候。来呀，唤杨柏。"中军官传令："马将军有令，命杨柏进见。"杨柏还不知道怎么回事儿呢，迈步来到中军大帐："拜见马将军。"马超往前一上，"欻"的一下儿，宝剑亮出来，杨柏还没看明白说客是谁呢，"噗"，脑袋就飞了。马超归降刘备，必须有觐见之礼，所以杀了杨柏，然后宝剑擦干净，重新还匣。“李先生，请随我前去归降。”

书以简洁为妙。两个人拿着杨柏的人头离开大营，遘奔葭萌关，刘备喜出望外，待以上宾之礼。您看，咱们说书省事儿不省事儿？甭净说客气话，待以上宾之礼就行了。关、张、赵、马、黄，五虎上将就算齐了。刘备很高兴，收编马超的军队不提。这时，孙乾已经回来了，给杨松行完贿了嘛，汉中的法律又管不着他，那会儿也没有反腐。要有反腐，就不让孙乾回来了，是吧？（注：笑声）刘备让孟达、霍峻仍然看守葭萌关，然后大队人马拔营起寨，撤兵回归绵竹，打算进兵成都。到了绵竹，黄忠、赵云迎接。马超看见赵云了，赵云也看见马超了，原来两个人没见过面儿。马超一看赵云，爱上了。赵云一看马超，暗竖大指：了不起，是个英雄人物。

进了绵竹，刘备准备在敌楼设酒宴给马超接风，诸葛亮、黄忠、赵云这几位相陪。刘备拉着马超直接上城，在敌楼摆上桌椅，大伙儿落座，先喝茶。刘备吩咐下去，摆上酒宴。说摆上，丝儿溜片儿炒也得准备一会儿，是吧？这时，就听城外“叨叨叨”“杀呀……”炮响鼓响，呐喊声音叫战。“报！”“何事？”“启禀刘皇叔，现有刘璋派来两员大将刘晙、马汉，带领五千人马在城外叫战。”“好。”话音刚落，赵云站起身形：“主公，您毋须派人马，我只带亲兵出得城去，取二将人头献于主公。”“子龙将军小心了。”“料也无妨。”赵云立刻下城，拢丝缰认镫扳鞍上马，抬腿摘下自己这条亮银枪，三声炮响，带领五百亲兵杀出关外。马超坐这儿跟刘备说话儿。

时间不大，一道菜、一道菜……刚摆上四五道菜，就听炮鼓连天，杀声震耳，“啊呀呀呀呀呀”，赵云回来了，提溜着两颗血淋淋的人头来到敌楼，此时酒宴还没摆齐呢。“末将已将敌将项上人头取来，献于主公。”中军官接过两颗血淋淋的人头。刘备没吃惊，知道赵云的能耐。马超抬头一看，赵云浑身上下亮银盔甲素征袍，连个血点儿都没有，马超连话都说不出来了。马超知道自己多大本事，没想到眨眼间，酒宴还没摆齐，赵云已取下敌将两颗人头，不由得站起身形：“将军真乃神将也！”“哎呀，过奖了……”马超怎么想啊？天下谁不知道赵云胯下马，掌中枪，大战长坂坡，在曹操几十万大兵之中来回出入，如入无人之境，怀抱公子阿斗，杀了个七出七进，七进七出，勇冠天下，无人能敌，今天果然看到了。再想起来张飞胯下马，掌中枪，喝断当阳桥；再想起来二爷关云长温酒斩华雄，斩颜良，诛文丑，过五关斩六将，古城会斩蔡阳；再想起来虎牢关三英战吕布，刘关张弟兄了得吗？您说马超能不掂量掂量自己的分量吗？

说赵云在长坂坡杀了个七出七进，七进七出。刚才王玥波给我带了句话，说马连良先生的女公子马小曼女士提了个意见：“您告诉连老师，我爸爸不是大舌头。”这赖我，也不赖我。赖我，的确应当尊重马连良先生；不赖我，因为这是开玩笑。马先生的戏我听过，赶上了个尾巴儿，那是大师。这件事让姜昆解围了，马小曼跟姜昆叨唠，姜昆说：“这不赖连老师，赖我师爷。”因为侯宝林先生跟马连良先生过玩笑。侯宝林在相声中说过七出七进，七进七出，我就是拿这个抓一包袱儿。说到这儿，想起一个人。有个说书的叫丁增启，是我师哥，说《东汉》，丁增启的师父马阔山是我师大爷。马阔山既说《东汉》，也说《明英烈》；我爸爸也说《东汉》，又说《明英烈》。老哥儿俩商量好了，马阔山说：“你要说《东汉》，我就说《明英烈》，你就别说《明英烈》了。”后来我爸爸真不说《明英烈》，马阔山也就不说《东汉》了，但他们的徒弟爱说什么说什么，马阔山的徒弟丁增启就说《东汉》。他说书什么毛病都没有，就是口齿，不会说关灯。说《平原枪声》有一句：“你把那灯给我瞪上。”“关”字他不会说，您说多奇怪。我不知道他要说《三国》，说到关老爷怎么说，那就得说成瞪老爷了，是吧？（注：笑声）其实这就是开玩笑，今后也不开了。当初因为侯先生跟马先生，我父亲跟马先生，都是同龄人，经常过玩笑，但到我们这辈儿，再开这玩笑，人家就觉着不舒服了。

还是说回马超吧。马超一琢磨：刘关张弟兄再加上常山赵子龙，可了不得，以前耳听是虚，这回眼见为实。今天就在眼皮子底下，酒宴还没摆齐，两颗血淋淋的人头就提上来了，您琢磨，马超也是英雄人物，性情就激起来了。马超转身形，一抱拳：“主公，今天我来归降，遇到英明之主，如同拨云雾而见青天。请主公放心，明日我带着兄弟马岱遘奔成都，让刘璋归降。如刘璋不降，马上攻下成都，双手奉献主公，作为觐见之礼。”您看，这就叫英雄气短。看人家立功了，“啪”，自己这劲儿就起来了。那刘备能不高兴吗？刘备心想：早知道让你马超直接过去，然后把成都交给我，我也省得不得已，也省得听庞统三条计呀。大伙儿开怀畅饮，尽欢而散。

再说残兵败将回到成都，刘璋一听：“哎呀，这仗可没法儿打了。来呀，紧闭城门，闭门不战。”只能城门紧闭，吊桥扯起，城上严防死守，不打了，就好好看着成都，等救兵吧。刘璋长叹一口气，眼泪都快下来了。“报！”“何事？”“启禀主公，现在马超带领人马在城北列开阵势，请您回话。”“哎呀，救兵已到。”刘璋的劲儿又起来了，马上出衙门，拢丝缰认镫扳鞍上马，带着手下人来到城下，甩镫离鞍下马，有人接过马去。刘璋带着文武官员顺马道上城，来到城上，手扶城墙，倚定护身栏，往城下一看：两万兵，掌旗官高挑一面大旗，大旗之上斗大的一个字：“马。”马超胯下马，掌中五钩神飞枪，压住全军大队，旁边是马岱。“哎呀，众位将军、列位先生你们看，救兵已到。”

这时，马超往前一催马，四名中军官保着，来到城下，勒住坐骑。“城上可是刘季玉吗？”刘璋低头往下看：“不错，正是我刘璋，你是孟起将军吗？”“不错。告诉你刘季玉，我本来奉张鲁之命，带两万大兵到葭萌关去退刘备的人马，以助你刘璋。但万也没想到，杨松在张鲁面前进谗言，害得我进无路，退无步，而今我已然归降仁义之君刘玄德。刘季玉，你开城归降。若不归降，杀进城去，鸡犬不留！”大伙儿再看刘璋，“扑通”一声，死过去了。有时您得理解这“扑通”一声，死过去了——那是真着急。本来有病，说盼着来个神医能把病治好了，家属在这儿等着，没想到一会儿接一电话，说神医死了，“啪”，他也死过去了。刘璋就如是，好容易剩下这一股道路，盼救兵前来，结果人家是替刘备来的，那刘璋还不吓死啊？

大伙儿赶紧把刘璋救起来，好容易救醒了，搀到城下，驮到马上，送回府中，在府中落座，大夫号号脉，吃点儿药。刘璋定了定神：“唉……”看看文武官员，归降刘备的有不少了，死的也不少了，有能耐的全跑了。“怪我，怪我当初不听众臣之言。事已至此，不如开城归降。”董和就劝：“主公，您着什么急呀？成都还有三万大兵呢，刘备能有多少人马？再说蜀中这些战将归降，不见得都是真心。咱们有三万大兵，有的是粮草，能坚持好几年。您可以闭城不战，只要坚持几年，刘备必然退兵。”刘璋摇了摇头，泪如雨下：“众位将军、列位先生，想我父子在川中二十余载，对待老百姓一点儿功劳都没有。如此连战，尸横遍野，都是我刘璋之罪。早知如此，何必当初。忠臣已然死不少了，再打下去我对不起川中百姓。归降吧……”

您从这点来看，刘璋这个人不简单。说刘备是仁义之人，但现在您可以看出来，他是假仁义。而刘璋虽然暗弱，虽然昏庸，但临危之际，自己事业不保了，还能说出来为百姓着想，这就是善主。张郃曾经说过，刘璋虽然愚昧，但他是善行之人，关键时能把手中的权力交出来，能为百姓着想，这就了不得。从这一点说，刘璋是个不错的人。相反您再去比比刘备，一会儿就得说刘备。您看，谁愿意失去手中的权力啊？甭说别的，这位是个小组长，都不愿意放弃，因为能提笔签字，一批，两毛钱报销，他都舍不得扔。（注：笑声）权力二字很吸引人，是吧？刘璋能够为了老百姓，不打了，把西川四十一州事业拱手送给刘备。当然，如果他早说三年，又何至于有三年刀兵涂炭水火之灾呀。可反过来说，刘璋最终能为百姓着想，已然很不容易了。

大伙儿一听，也就不再劝了。这时，走出一位大儒者，姓谯叫谯周，是川中非常有名的大学者。“主公，您这么说太对了，善行之人应当归降。”当时有俩人就瞪眼，一是黄权，一是刘巴。“宰了你！”这两个人誓死都不愿意让刘备进来。刘璋赶紧用手一拦：“别杀别杀，谯先生也是好意，现在归降刘备尚且不晚。”让刘璋拦住了。然后刘璋传下话来，让从事官整理资料，印信、地丁钱粮、花名册……所有必要的程序都得走。准备好之后，刘璋要去归降了。

第二天，有人禀报刘璋：“刘备派幕宾简雍前来，在城外叫城。”“开城请入。”简雍是刘备的同学，跟随刘备多年了，现在是幕宾，坐车来了。刘璋让手下开城门，把简雍迎接进来。简雍一进城，心里美：成都将来是我们的了，这地方很安逸，将来打个小牌儿，喝个茶什么的，挺好。简雍坐在车上，您看《三国演义》原文，“傲睨自若”，谁都看不起。我是刘皇叔手下幕宾，你们是谁？归降的。车在前边走，老百姓瞧着，突然从人群中蹿出一位，攥宝剑把儿，“嚓”，就把宝剑亮出来了，往前一递：“简雍，你看不起谁呀？你以为蜀中没人吗？”“啊?!”可把简雍吓着了。简雍心想：对呀，我跟刘皇叔多年了，从没这么骄傲过，这么狂过，今天碰见硬钉子了。人家四川不是没人，虽有谄佞之徒，但像王累、黄权、刘巴、张任，还有很多忠于刘璋的人，只不过刘璋暗弱，好人他不会用。人家这位说得对呀。简雍赶紧让车止住，往后一退：“您别扎我。”简雍由车上下来，上前施礼：“拜见先生，请问先生贵姓高名？”“在下姓秦名宓。”“久闻大名，如雷贯耳。您指点得对，确实是我的错误。”简雍当时就承认错误了。这样，秦宓才把宝剑收回。“好，我同你去面见主公。”

书不说废话。见到刘璋，刘璋以礼相待。当然，简雍在刘璋面前净说刘备的好话，刘备怎么成事，怎么仁义。刘璋心说：甭管你怎么说，我也得归降了。这时，有人来报：“蜀郡太守出城归降了。”你不归降，有归降的。刘璋这才跟简雍说：“你我同进刘皇叔的大营。”

您看，当初评书大家李鑫荃说过这段书，说刘璋衔玉而降。中国古代有规矩，主要人物要归降，要献这座城了，应当衔玉而降，就是跪在地下，嘴里含着一块玉。玉是鱼的形象，头也尖，尾巴也尖，当中肚儿大，搁到嘴里。“我归降，我归降……”在底下跪着，衔玉而降，显得很惭愧，都归降了嘛。再者，鱼搁在嘴里，顺着两边儿哈喇子就流下来了，不难过也显着很难过，是吧？

咱们还是按《三国演义》说，很简单，刘璋跟着简雍来到城外，刘备赶紧出营相迎。刘璋下马，刘备上前拉住刘璋的手：“兄弟，不是我做出这样的事来，是不得已而为之。”您说就为了不得已三个字，打了好几年仗，尸横遍野，刘璋就算交学费了，可死人找谁说去？你既然来了，就别再说仁义布于四海了，得了西川以后对老百姓好点儿，比什么都强。刘备这一说，眼泪下来了，刘备可是个好演员，眼泪下来得比较方便。把刘璋接进营中，摆上酒宴，两人对坐，各述离别之情。说半天，反正刘璋归降了，然后一块儿进成都。诸葛亮跟刘备说："您得把刘璋打发走，让他上荆州。""别介呀，咱们刚来。""刚来也得让他走，蜀中不能有两个主人。为什么刘璋暗弱？就因为他心太软。但您可不能心软，以妇人之仁行事得不了天下。"刘备答应了，封刘璋为振威将军，让他带全家老小到公安存身，即刻起行。至此，刘璋的天下算是没了，四十一州归了刘备。刘备得了四川，自领益州牧。皇上没封他，曹操没保他，他自领益州牧。

消息传到孙权耳朵里，孙权马上传话："有请张昭、顾雍。"两个大谋士来了。"参见主公。""二位先生，听说川中之事了吗？""主公，已然听说了。""当初刘备写的借据上可是这么说的，得下西川就还我荆州，咱们这荆州该要了吧？如果要不来，他不给，咱们就派兵取之。"孙权已然等不及了。您看，在对待荆州的问题上，诸葛亮采取的办法就是一推二搪三耗着四扯皮，说到底荆州这个问题他也解决不了。张昭一听，抱拳拱手："主公，您别打，现在咱们刚踏实踏实，打仗对江东没好处。我有一条妙计，荆州唾手可得。"那孙权能不爱听吗？"计将安出？""您先派兵把诸葛瑾一家子圈起来……"孙权一听就愣了："我跟诸葛瑾是好友，要派兵把他全家圈起来，还不把他吓死？我干不出这事儿来。""主公，您错了。只要把他全家圈起来，诸葛瑾得哭着找您来，您就把实话告诉他，这是假的。您写上一封书信，让他拿着信到西川去找诸葛亮，跟诸葛亮一哭，说全家老少都被您圈起来了，诸葛亮念及同胞之情，就得拉着诸葛瑾去找刘备，刘备得给诸葛亮脸。这样，就能把荆州还给您了。""好啊。来呀，传甘宁。"时间不大，甘宁来了。"参见主公。""带五百兵，把诸葛瑾全家掐监入狱。""啊?！"甘宁跟诸葛瑾关系也不错，但一看，孙权脸往下一沉，没办法，带着五百兵到了诸葛瑾家，把全家老少圈起来了。

诸葛瑾吓得哆里哆嗦就来了。"哎哟，主公……啊啊啊……"本来诸葛瑾就是驴脸呱嗒的，这会儿脸更长了。"你先别害怕，别哭。""我不能不哭啊，没招您没惹您……""我知道你没招我没惹我，你起来。""我不起来。""我搀你起来。"孙权跟他好啊，过去把他搀起来了。"告诉你，这是假的。”“哦，假的啊？没事儿了。”“你放心，好吃好喝好待承。”“那您干吗把我全家掐监入狱呀？”“你说呢？”“我不明白。”“啧，你说你……你兄弟那么聪明，你怎么那么糊涂啊？”“我兄弟？诸葛亮？那是，他是诸葛亮，我是诸葛瑾，他就是亮，我们不一样。您说我跟我兄弟怎么比？”“你再琢磨琢磨，为什么要把你全家老少圈起来？”“哦……为荆州吧？”“你看，一提诸葛亮你就明白了。”“那我当然得跟二弟学，他聪明，我放松一下儿就跟他一样了。”“实际这是一条计策，我写封信，你拿着信到西川去找诸葛亮。你说你全家已然被我抓起来了，如果荆州要不来，我就把你全家都杀了。”“别介呀……”“假的。”“哦，假的假的……”“诸葛亮念在同胞手足之情，嫂子他不管，侄儿侄女能不管吗？他肯定得拉着你去找刘备。有他跟刘备一说，刘备得给诸葛亮脸面，就能把荆州还给咱们了。”“好好好，那我去，我……我马上就走。”诸葛瑾着急，怎么着在家里也比在监狱里强啊，是吧？孙权写了一封书信，交给诸葛瑾。诸葛瑾拿着这封信，马上领了路费，带着从人就奔西川了。

书以简洁为妙。诸葛瑾到了西川，刘备马上把诸葛亮请来了。“拜见主公。”“你哥哥要来，为什么？”“您怎么那么糊涂，为荆州啊。”“那我应该怎么办？”“您这么办，我给您说说戏。”（注：笑声）诸葛亮是导演，这出戏应该怎么演，跟刘备一说，刘备说：“好，就这么演吧。”刘备这个演员很好调教。说完戏，诸葛亮到城外迎接诸葛瑾。“小弟拜见兄长。”“哎哟，兄弟，咱们见面儿再说……”“这不已然见面儿了吗？”“旁边有人……”“有人没关系，您说您的。”“不行，咱们得找个地儿说。”诸葛瑾那意思就是上家去，可诸葛亮根本不往家让，把诸葛瑾让到宾馆，总统套房。“您住这儿吧。”诸葛亮跪倒在地：“小弟拜见兄长。”“兄弟呀……”“您怎么了，心口难受？”“不是……啊啊啊……”放声大哭。“哥哥，您怎么了？”“你嫂子，你的侄儿侄女，都让孙权圈起来了……”“那您也不至于这么伤心啊。”“我能不伤心吗？兄弟……”“我明白了，为荆州之事吧？”“是啊，就是为荆州。兄弟，孙权把我全家都圈起来了。当初刘皇叔说了，得西川之地就还我家主公荆州。现在西川已得，但还不还荆州，所以孙权就把我全家都掐监入狱了。”“这消息怎么那么快呀？哥哥，您别着急，不就是为荆州吗？这事儿搁在我身上，我想办法让主公把荆州还给孙权不就行了么？”“哎哟，哥哥我谢谢你了。”“您别腿软，我得给您磕头。走，您跟我见我家主公刘皇叔去。”

诸葛亮陪诸葛瑾找刘备来了。刘备把脸一绷，导演说了，先让我绷脸儿。诸葛瑾上前施礼：“诸葛瑾拜见刘皇叔。”“哦，子瑜来了。孔明先生，何事？”“是这么回事儿……啊啊啊……主公啊……”诸葛亮先哭，他一哭，诸葛瑾也哭，两人跪在地下放声大哭。“何事痛哭？”“主公，还是让我哥哥说说得了。”“刘皇叔，得了西川四十一州您高兴，可我家主公把我全家都逮起来了。说刘皇叔您说了，得下西川就还我家主公荆州，可现在西川已然到手，不还荆州，我家主公把我全家都圈起来了。您说，我该怎么办？”诸葛亮在旁边这通哭：“哎呀，主公，看在我的份上，您把荆州还给孙权吧。不然我嫂子一死，我哥哥也活不了；我哥哥要死了，我也就没法儿活着了……无论如何，您得把荆州还给孙仲谋。”刘备脸往下一耷拉：“不还。哼，当初是他把妹妹嫁我了，诸葛瑾，你说是不是？”“是是是，我参加婚礼来着。”“结果我一来西川，他暗中派人把他妹妹又接走了，是不是？”“我知道，这是吕蒙的主意。”好么，诸葛瑾全抖落出来了。“这……我也没办法，不是我的主意。”“不是你的主意不行啊，现在我得了西川，有兵有权，我打算兵发江东把我媳妇要回来。他拆散我们夫妻之情，孙权是不是人啊？”“他不是人……（注：笑声）坏了，说错了……这事儿跟我们家没关系，可把我媳妇跟孩子都圈起来了。”“那好，我必须兵发江东，迎回郡主之后再谈荆州之事。”“您别介呀……”

诸葛亮跪在地下哭：“主公，您不还荆州，我嫂子要死了，我哥哥就没法儿活了；我哥哥要没法儿活了，我也就没法儿活了。我要死了，谁给您出谋划策呀？”诸葛亮哭得跟泪人儿似的。“好吧，看在孔明先生份上，嗯……其实我也做不了主。”诸葛瑾心说：您做不了主？那说半天说什么呢？“刘皇叔。”“你也知道，荆州现在归二弟执掌，看在孔明先生份上，我写上一封书信，先还你们一半儿。”“哪一半儿啊？”“桂阳、零陵、长沙。”“那也行，让我们家人先出来。”“你拿着信前去荆州见我二弟，你可知道他的脾气？”“我知道。”“说好的啊，我都得看二弟脸色行事。你在他面前多说好话，他答应你，你就能把三郡要回来；他不答应你，咱们再想办法，好吗？千万多说好话。走吧。”诸葛瑾千恩万谢，诸葛亮在旁边也磕头。“谢谢您……能还一半儿就不简单了。哥哥，咱们……就坡儿下吧。”诸葛亮把诸葛瑾劝出来了，然后让诸葛瑾拿着这封信到荆州面见关云长。

书说简短，听说诸葛瑾来了，关云长派人迎接，得给诸葛亮面子，把诸葛瑾接到堂上，洗脸漱口，沏上茶来。“先生到此何事？”“您先看看这封书信，刘皇叔写的。”关云长接过信来一看：得下西川，归还荆州所辖桂阳、零陵、长沙。“刚才你听《西汉》了吗？”“没有，没工夫。”（注：砸挂）“告诉你，梁彦说得很清楚了：‘将在外，君命有所不受。’”关云长单刀赴会，谢谢众位，下回再说。

# 第二〇〇回　孙权定计索荆州

冬走浮凌夏走船，鲁子敬摆宴在江边。胆大的黄文把书下，请的是蒲州府的关美髯。

这几句大伙儿一听就知道是《单刀会》，这是西河大鼓的唱词。

上回书说到刘备进西川，刘璋归降。刘备封刘璋为振威将军，让他带着全家老少前往公安。刘备得了益州，非常高兴。您想，原来刘备弃新野，走樊城，败当阳，奔夏口之后，只能在夏口忍着；后来火烧战船，赤壁鏖兵之后，又在公安待着，北边是曹操，南边是孙权。现在呢，又有荆州，又有益州，等于大鹏展翅，突然翱翔起来了。您说他是什么心情？刘备封官，首先封老将严颜，然后封董和，封法正，把益州归降的六十多位文武官员都提拔起来，而且犒赏三军，犒劳百姓。荆州这些人呢，诸葛亮为军师；关云长为荡寇将军，还是汉寿亭侯；张飞被封为征远将军，新亭侯；其他三员战将黄忠、赵云和马超，只有将军，就没有侯爵了；再有像马良、糜竺、糜芳、关平、周仓、廖化等，都提拔高升，各有封赏。要说封赏最重的，还得是坐镇荆州的关美髯，五百斤黄金、一千斤白银、五千万钱、一千匹蜀锦。

之后，刘备传下话，把成都最好的房宅选出来，哪儿的房子地点最好，最值钱，升值最快，分配给手下大将。像关云长不在就没有了，张飞、赵云在，就分给他们。都分完了，赵云求见刘备。"主公，益州连年征战，老百姓没地儿住了，您把房子都分给我们了，老百姓心里不踏实。您应该把田宅归还于民，让他们心定神安。有的吃，有的住，才能踏踏实实做蜀中百姓，您才能稳坐成都。"所以您看，在《三国演义》中挑不出赵云的毛病来。说这房子是王玥波买的，您还给王玥波，是吧？省得他老耷拉脸蛋子。他心里一踏实，不就好了么？您偏给梁彦，梁彦倒是美了，那王玥波哪儿受得了啊，是吧？（注：砸挂）所以赵云说得很讲理，原本是谁的房子还给谁。

通过这件事，刘备就感觉到政策的重要性，马上把诸葛亮叫来了。“孔明先生，你跟法正要制定蜀律。”结果诸葛亮蜀律定得特别严。在讨论时，法正就说：“军师，当初秦法最暴，暴虐百姓，百姓都受不了，所以高祖进关之后，约法三章，百姓得以安生，高祖也得以奠定长年基业。现在您的法律是不是定得太严了？”诸葛亮看了看法正：“孝直，你只知其一，不知其二。有道是：‘一张一弛，治国之道。’就因为秦朝法律太严苛，太残暴，老百姓没法儿活，所以高祖扫秦灭楚之后，必须要把法律放宽，萧何代表高祖约法三章。”杀人者必须偿命，伤人者必须赔偿，盗窃者必须有罪。“把秦国严苛而残暴的法律废除了，所以老百姓人心欢悦。可西川就不成了，因为刘璋暗弱，所以老百姓跟官员不会踏踏实实地听话，目无法纪，社会秩序就紊乱了。没立功就给他官儿，他拿这官儿就不当回事儿了；没立功就给他爵位，他拿这爵位也就不当回事儿了。只有法律愈加严明，才能好好治理蜀中。”诸葛亮的意思很清楚：要打算治理好蜀中，就得改弦更张。我诸葛亮治蜀，你立了功劳，该给你什么就给你什么；你犯了罪，该怎么办就怎么办。法正听完这番话，很佩服诸葛亮。

因为刘备很感激法正，所以封他为蜀郡太守。法正当了太守，《三国演义》写得很清楚，睚眦必报。就是当初你瞪我一眼呀，跟我撇下儿嘴呀，啐我一口唾沫呀，他都报复。法正老干这样的事儿，底下这些人就不服了，找诸葛亮来了。“孔明先生，您法律定这么严，可法正作为蜀郡太守，睚眦必报是怎么回事儿？我就是那回他出门儿瞪他一眼，实际也没瞪他，就是眼睛睁大了点儿，瞅他一眼，您瞧，他罚我劳动改造半年。”诸葛亮一乐：“你们也别告他了。我家主公见着法正才得下西川，法正是有功之臣，我不便治罪，就让他这么办吧。”这几句虽然不是原文，但是这么个意思。您往后听，法正四十几岁死了，刘备连哭好几天，别人死他可没这么哭过。兄弟如手足，妻子如衣服嘛。法正死了，刘备哭好几天，您说刘备对法正多好。

有人评论说法正心眼儿太小，也有人不这么认为。昨天晚上我就琢磨：如果法正真是睚眦必报的人，那他就当不了蜀郡太守，而且也就不是法真之孙了，法真是个大名人。法正跟着孟达前来投奔刘璋，虽然不得时不得地，没得到刘璋的重视，但终究是个官儿，慢慢往上爬吧。后来他把刘备接进西川，给刘备出了很多主意，如果没有一点儿能耐，可能吗？您看，曹操起事时用的李典、乐进、于禁，都是当地豪强。刘表只身去荆州，仗着蔡瑁家，仗着蒯良家，惩治了荆州五十五家豪强，利用大豪强消灭小豪强，从而一统荆州。这些刘备能不知道吗，诸葛亮能不知道吗，法正能不知道吗？诸葛亮明明知道法正利用这层关系惩治成都的地方豪强，那因为法正实际是给刘备做挡箭牌，是替刘备挨骂，所以您说刘备能不喜欢他吗？人跟人之间关系很复杂，我就是这么一个观念：爱怎么着怎么着，我不往心里去，但事儿得明白，老糊里糊涂的不行；明白以后，可以视而不见，反正我不上当就完了，是吧？所以有些历史学家从新视角看待法正和诸葛亮的这个问题，我觉得还是很正确的。如果不惩治刘璋在位时这些豪强势力，那刘备就不可能稳坐蜀中。

有人就把诸葛亮的话传到法正的耳朵里，法正心说：我还是稍微收敛点儿吧，别让人家看出来。所以说法正也相当聪明。这天，诸葛亮借话提话，把这些事情都禀报给刘备，刘备跟诸葛亮心照不宣。正说着，中军官进来了。“报！”“何事？”“小将关平求见。”刘备很纳闷儿：关平怎么来了？赶紧让他进来。关平进来，跪倒磕头：“拜见伯父。”“哎呀，快起来。你爹收到伯父送他的那些黄金和锦缎了吗？”“您放心，我爹收到了，非常高兴。这次我爹让我来，一是谢恩；二是让我带来一封书信，请伯父过目，我爹打算进川跟马超比武。”刘备一听，当时汗就下来了：进川？跟马超比武？一个输一个赢，谁输谁赢啊？二虎相争，必有一伤。我刚得下西蜀，这里就发生矛盾了。刘备就看诸葛亮，等把这封信看完，递给诸葛亮。诸葛亮乐了：“主公，我看您有些吃惊。”“是啊，二弟打算进川跟孟起比武，二虎相争，必有一伤。”“我不让关将军来，行不行？”“哎呀，二弟的脾气，先生你还不知道吗？”“主公放心，我知道。关平，我现在就给你父亲写封书信，你带回荆州。关将军一看这封信，一乐：‘入川不必了。’”刘备心说:行啊,看来还得是你。“军师,那你就快写吧。”

再看诸葛亮,提笔写了一封书信。“亮闻将军欲与孟起分别高下。”听说你要进川跟马超比武。“以亮度之:孟起虽雄烈过人,亦乃黥布、彭越之徒耳;当与翼德并驱争先,犹未及美髯公之绝伦超群也。”马超虽勇,也就是英布、彭越那样的人物,最多跟张飞并驾齐驱,根本比不了你美髯公,你武艺绝伦。“今公受任守荆州,不为不重;倘一入川,若荆州有失,罪莫大焉。惟冀明照。”你现在坐镇荆州,重任在身;如果来到川中,荆州失守,你的罪过就大了,有负皇叔托付之重。诸葛亮写完,递给刘备:“主公,您过目。”刘备一看:“关平,你赶紧拿着信回去面见你父亲,千万不要让他进川比武。”“好吧。”

关平拿着书信赶紧回到荆州,把信往上一递。关云长一看这封信,用手一托自己的胡须:“军师深知我也。”“爹,您还去吗?”“No。”(注:笑声)

您看,说诸葛亮这封书信写得好,为什么?因为他知道关云长的心。关云长现在狂,我是天下第一。诸葛亮把马超比作什么人?黥布、彭越。黥布就是英布,因为脸上刺了字,所以叫黥布。刺字是古代一种很侮辱人格的刑罚,据说汉文帝时禁止过,但底下这些执行的官员凭自己的力量,照样往下传。您看,宋江不是也刺字,发配江州了么?直到清朝时,这种刑罚才真正取消。您想,在脸上刺字,然后抹墨,当时医疗设备又不好,针上再有点儿细菌,也消不好毒,真有被黥死的。英布当初是项羽手下战将,后来归降刘邦,跟韩信、彭越并称汉初三员勇将。后来吕后篡权,说英布叛反大汉,把他全家抄斩,灭门九族。彭越也是,曾经被拜为梁王,最后也因为叛反国家而死。诸葛亮说马超就是彭越、黥布这样的人物,最多跟张飞并驾齐驱,跟你关云长根本比不了,你武艺绝伦,绝伦就是顶天儿了。如果你来到川中,不是自个儿给自个儿降低身份么?所以诸葛亮也是夸奖关云长,维护他的自尊心,满足他的虚荣心。所以说人有时失败就失败在自尊心、虚荣心上了。关云长这时已然很狂了,狂到诸葛亮只能用这么一封信来应付他。那到底关云长武艺绝伦到什么地步了?诸葛亮也没说。写关云长为什么武艺绝伦了吗?诸葛亮也没写。

关云长拿着这封书信:“来来来,诸位看来……”马良他们这些人传着看。关云长微睁丹凤目,满足了,不去了。这儿刚踏实,有人进来了。“报!”“何事?”“诸葛瑾求见。”大伙儿退下去,手下人把诸葛瑾接上堂来,洗脸漱口,落座喝茶。诸葛瑾这人老实,你倒是先说几句客气话呀,不介,直接掏出这封书信。“关将军您看,这是刘皇叔的信。”关云长拿起来,草草一看。按说看完信,你得让关云长自个儿说话,说信上怎么写的,我应当怎么办。不介,诸葛瑾着急:“二将军,这是刘皇叔亲笔写的信,让我交给您。呃……当初刘皇叔上无片瓦遮身,下无立锥之地,坐镇公安,我家主公看刘皇叔实在无地存身,就把荆州通过鲁肃之手借给你们了。现在刘皇叔已然得下西川。当初曾经说过,得下西川便还荆州。刘皇叔说现在地方还太小,先割出三郡还给我们,在信上已然写明白了。二将军,还请您把桂阳、零陵、长沙交还东吴,我好马上回去禀报吴侯。”诸葛瑾只自顾自地说,也不看看关云长什么表情。关云长手拿这封书信,微睁丹凤目,低头看自个儿的胡须:“子瑜,说完否?”“说完了,请您交还三郡。”

关云长把书信往桌案上一放:“子瑜,我跟大哥玄德、三弟翼德桃园结义,虽不能同生,但求同死,我们弟兄誓扶汉室。我问你,当今万岁是谁?”“啊,当今万岁是汉君。”“着啊。而今万岁坐镇许昌,天下是大汉天下,我们是大汉子民,我家主公刘皇叔是万岁升偏殿磕头认的皇叔,而荆州是汉家地面。我关云长岂能将汉家地面寸土相让?虽说主公有信在此,但告诉你,现在我是荆州之主,将在外,君命有所不受,三郡不割。”“别介呀……”诸葛瑾可急了:“哎哟,二君侯,我全家老少都让我家主公圈起来了。我拿着主公的信千里迢迢遘奔川中,是我兄弟诸葛亮陪我去见刘皇叔,刘皇叔让我找您要这三郡,我回去之后好跟我家主公交代,我家主公也就能将我的妻儿老小放出来了。您不能不给脸面啊……”关云长脸往下一沉,卧蚕眉倒竖,丹凤眼圆睁,攥宝剑把儿按绷簧,“嚓楞楞”,宝剑出匣。“看见没有?关某剑下,绝没有脸面存在!”诸葛瑾这时想起来了,在西川临走时刘备嘱咐了:关云长脾气不好,我说话他都不听,你得跟他说好的,千万别让他闹脾气,他一闹脾气,我都惹不起。

诸葛瑾吓得直哆嗦："哎呀，您不能这么不给脸面啊……您看在孔明的分上，我是他哥哥。""告诉你，要不看在诸葛军师的面上，我早就把你杀了。""别介呀，您不肯交还三郡，我的妻儿老小就没法儿活命，必然受诛。""哼！告诉你诸葛子瑜，那是吴侯的诡计，假意把你全家老少圈起来，实际逼着你来要荆州。你要是不回去，今天就把你的人头留在此地！"诸葛瑾说不出话来了，他可没诸葛亮能说。关平在旁边一看，不像话。"父亲，请暂息雷霆之怒，看在军师的分上，千万不要跟子瑜先生瞪眼。""小小年纪，还不后站。诸葛子瑜，我看在军师的分上，允许你离开荆州，回归东吴，不然剑下绝不容情！""啊……告辞。"诸葛瑾倒是真老实，心说：别在这儿死啊，回去死我认了，反正计策是假的，人家关云长都挑明白了。"告辞。""不送。"还是关平带人把诸葛瑾送到江边，诸葛瑾上船走了。

诸葛瑾心说：我上哪儿啊？还是找诸葛亮吧，还得找我兄弟去。我兄弟一哭，带着我去找刘备，什么问题都解决了。诸葛瑾赶紧又奔四川，到四川没人理他，那就到诸葛亮家去吧。好容易找到诸葛亮家，老院工出来了。"您找谁呀？""我兄弟呢？""奉主公之命巡江去了。""啊?！上哪儿巡江去了？""不知道。""我弟妹呢？""串门儿去了。"诸葛瑾没办法，又找刘备来了。"哎呀，刘皇叔啊……""子瑜，你怎么回来得这么快呀？三郡交割完了吗？""交割？我脑袋差点儿掉了。我到了荆州，把您这封信往上一交，二君侯宝剑就亮出来了，说我要再不走，就得把人头留在荆州。""唉……我跟你说了，二弟脾气不好，你是不是没好好求他呀？""我好好求他了。""啧，这我也没法儿说，我说他他也不听。这么办吧，容我等军师回来商量商量，我们指挥人马去夺东川，再夺汉中。都打下来之后，我把二弟从荆州调过来，让他镇守汉中。那时荆州不归他管了，你再去要，好吗？""哎……"诸葛瑾能说什么呀，只能跟刘备告辞。

书说简短，诸葛瑾回来面见孙权。"子瑜，回来了？""回来是回来了，差点儿就没回来。""哦……荆州留你坐镇了？""哪儿的事儿啊，要把我的脑袋留在荆州。关云长一亮宝剑，说是看在我兄弟的分上，他不杀我，不然就把我杀了。他说您把我全家都圈起来是阴谋诡计，人家都挑明白了。您赶紧把我媳妇、孩子都放出来吧。”“你没说当初之事吗？”“说了。”“那就是诸葛亮跟他们穿一条裤子，诸葛亮不向着你，向着刘备。”“当然他得向着刘备，刘备是主，他是臣啊。”“你怎么说话呢？”“那我也向着您啊。”“你向着我，荆州要不来？你怎么不好好跟你兄弟说说？”“我说了，我兄弟可跟您不一样，您使诡计，我……我兄弟没有诡计。他领着我面见刘皇叔，跪地下就哭，这通儿央告，刘皇叔这才答应把零陵、桂阳、长沙三郡先割出来，其他地方慢慢再还。”“那你要回三郡了吗？”“没有啊。我到荆州去要三郡，关云长就要把我杀了，他说‘将在外，君命有所不受’。”孙权一听，气得胡须都扎煞了，满脸冒紫光，紫中都透黑了。“诸葛瑾，你可真废物。来呀，唤鲁肃进见。”“那我走了？”“嗯。”“我媳妇、孩子呢？”“放。”诸葛瑾心说：行了，没事儿了，放出来就得了。

鲁肃现在是水军大都督，周瑜死了，鲁肃代周瑜之职。鲁肃赶紧来到陆口，面见孙权。“鲁肃拜见主公。”“子敬，气杀我也！”“主公，您为什么生气呀？”孙权就把所有经过情况说了一遍。“子敬，当初是你立的文书，把荆州借给刘备。刘备说了，得下四川就还荆州。现在他西川已然到手，却不还荆州，你看怎么办？”“是啊，我也是为这事儿来见您的。”现在鲁肃也会说话了，其实鲁肃躲还躲不开呢。“有办法吗？”“我思得一计。”其实是鲁肃现想的。“计将安出？”“主公，我现在兵屯陆口，可以写上一封书信，然后派个能说会道之人遣奔荆州，请关云长到陆口赴宴。如果他来了，我善言说之，他肯归还三郡，归还荆州，那就行了。”“他要是不还呢？”“我还有第二条计策。酒宴之间，我在庭中埋伏五十名刀斧手，只要关云长不带兵来，还不给荆州，我一声令下，刀斧手一拥而上，把关云长碎尸万段。”旁边的阚泽就是一哆嗦：给谁碎尸万段啊？往下听吧。孙权看了看鲁肃：“那关云长要是带兵前来，不给荆州呢？”“那就好办了。”“你有办法得荆州？”“没有。您可以指挥人马，我也带领兵将，杀奔荆州。”孙权心说：这不是废话么？ “好，依计而行，速去办来。”

这时，阚泽往前迈了一步：“主公，且慢。关云长世之虎将，胯下马，掌中青龙偃月刀，纵横天下，无人能敌，坐镇荆州，威震华夏。倘若这条计策不成，鲁肃就有性命之忧。”“哎……照你之意，何时才能得回荆州？子敬，速去办来。”“遵命。”阚泽也不敢言语了。阚泽一不言语，别人都不敢言语了。您看，《三国演义》就跟荆州闹上了，这个借荆州，那个要荆州，最后刘备完了，孙权也完了，曹操……曹操也完了。谁得势？司马得势，一统归晋。折腾半天，就因为荆州。

鲁肃着急，回到陆口，赶紧把两员战将请来了，一是吕蒙，一是甘宁。“拜见都督，您有何吩咐？”“坐下坐下。”鲁肃把这个计策跟两人一说，两人一听：“好吧，那您就照计而行，您得找个能说会道之人。”鲁肃提笔写这封书信。至于找个能说会道之人，《三国演义》没写这人是谁，结果西河大鼓唱出来了。您看，这几句西河大鼓还特别好听，我给您唱唱啊：“冬走浮凌夏走船，鲁子敬摆宴在江边。胆大的黄文把书下，请的是蒲州府的关美髯。周仓捧书圣贤爷看，朗朗的大字写在上边。东吴鲁肃三顿首，拜上关公虎驾面前。”（注：热烈的掌声）就唱到这儿吧，谢谢大家。

您看，说书必须得有意境，鼓曲也如是。比如唱这段《单刀会》，演员脑子里得有形象。说“周仓捧书圣贤爷看”，这儿跪着的是周仓，捧着信，关公一捋胡须，看这封信。脑子里得有这画面，有这形象，才能唱出感情来呢。绳宝珍老师唱西河大鼓，为什么您爱听？就因为她唱出故事来了。她原来说过书，即便说的时间很短，但她是跟说书的这堆儿里长大的。赵玉明老师唱单弦《倒拔垂杨柳》，为什么您爱听？因为您能看出那棵柳树在哪儿，鲁智深怎么拔，还有墙后站着的林冲……她能把故事唱给您。您看，我又走题了，不说了。

书说简短，关云长看了这封书信，点点头：“好啊，回去告诉你家都督，明日必去赴宴。”“谢君侯。”这胆大的黄文就把书信拿走了。干吗叫胆大的黄文？见关云长得胆大，他把书信拿回去，回报鲁肃。关平急了，赶忙上前：“父亲，您真去吗？”“为什么不去？”“您难道不明白宴无好宴，会无好会吗？鲁肃必无好意。您不知道鲁肃不怀好心，想要杀您吗？”“嘿嘿，为父哪能不知。只因为诸葛瑾索要三郡，我说‘将在外，君命有所不受’，汉家城池又岂能给你半寸？那诸葛瑾回去禀报孙权，孙权责备鲁肃，鲁肃这才要在陆口摆宴，想取我的项上人头。儿啊，为父久经大敌，难道还惧怕东吴这些鼠辈吗？这回我关云长一只小舟，只带七八条大汉，单刀前去赴会，看那鲁子敬能奈我何。”关云长单刀赴会，谢谢众位，下回再说。

# 第二〇一回　关云长单刀赴会

藐视吴臣如小儿，单刀赴会敢平欺。当年一段英雄气，犹胜相如在渑池。

这几句说的是关云长单刀赴会，最后一句“尤胜相如在渑池”。大家对列国最熟悉的就是廉颇、蔺相如的故事，是吧？上学时都学过蔺相如完璧归赵。我记得我刚开始读列国，也是上学时读的这篇课文。

渑池会发生在公元前279年，秦昭襄王跟赵惠文王两国国君相约。那时秦国要对付各个国家，尤其是楚国，目的是统一天下，所以想把赵惠文王拉拢过来。赵惠文王胆儿小，不敢去，因为秦国很强大。但赵惠文王手下有一文一武天下闻名，文的是蔺相如，武的就是老将廉颇。廉颇对赵惠文王说：“您放心，您去您的，毕竟这是国与国相交的礼节，我在边境预备好人马。”这是用现在的话说。“一来一往，开完这场渑池会，三十天足够了。如果您三十天不回来，我就立太子为君。”这点廉颇必须得征得赵惠文王同意，因为俗话说得好：“国家不可一日无君，军中不可一日无帅。”如果这三十天您执行公务去了，跟外国国君相会去了，可以，但三十天后您不回来，那肯定发生意外了，我就得立太子为君了。只要把您的儿子立起来，赵国有国君，这国家还存在，那外国就不能随便侵入了，是吧？廉颇跟赵惠文王商量好了，蔺相如说：“您甭害怕，我跟着您一起去。”当然，原话不能这么说，意思就是您心里别害怕，我保着您去。这样，赵惠文王就踏实了，有蔺相如保着自己到渑池和秦昭襄王相会。

到了渑池，秦国虽说是想拉拢赵国去对付楚国，但秦国盛气凌人啊，我就是得压你一头，所以在酒席宴间，秦昭襄王说了：“我听说赵王喜欢音乐，就请你为寡人鼓瑟。”把瑟往这儿一摆，你奏上一曲。您看，这叫侮辱赵国国君。秦昭襄王这么做的目的是什么？就是想压你一头。赵惠文王不敢惹他，就奏了一曲。然后秦昭襄王让他的史官记录下来："某年某月某日，赵国国君在渑池为秦国国君鼓瑟一曲，以助酒兴。"这是寒碜人，是吧？

蔺相如有办法，心想：秦国人喜欢击缶。缶是酒器，大肚子，小口儿，没事儿就敲，听这节奏。要不怎么说肚子里得有货，不然只能跟傻子似的在那儿站着，那不行。蔺相如就知道秦国之声是敲瓦罐儿。"听说秦国以击缶为乐为歌，现在我捧上缶，请秦王击一下儿。"那秦王能干吗？瑟都比瓦罐儿值钱。秦王不愿意。蔺相如横啊，举着瓦罐儿就过来了，怒目横眉："你敲不敲？不敲的话，五步之内，我血溅你秦王。"脑袋掉了我认了，一腔子血就喷你脸上。大伙儿过来想杀蔺相如，蔺相如怒发冲冠，头发都立起来了，眼睛都瞪圆了："砍！"所以说人活的就是这么个精神劲儿。要不怎么说横的就怕不要命的，是吧？蔺相如这会儿就是不要命了：你秦王不击，"叭"，我就磕死在这儿。谁敢惹他？秦王没办法，拿起缶，"啪"，来了一下儿。"记。"蔺相如就让赵国的史官记："某年某月某日，秦王跟赵王两国国君相聚在渑池，赵王命秦王击缶。"你寒碜我们，我们还寒碜你呢。我们演奏的好歹是瑟，是乐器，您可好，敲的是瓦罐儿。

秦昭襄王手下人不服，一抱拳："我家大王的生日马上就要到了，请赵王献上十五座连城，庆贺我家大王过生日。"蔺相如马上就说："我家大王也快过生日了，请秦国把国都咸阳送给我家大王过生日。"那就不能换了，是吧？用国都换十五座城，谁换啊？所以秦国想盛气凌人，就凌不过去。

这件事儿咱们都知道，通过这件事儿可以看出什么道理来呢？人活着，一个是正气，另一个就是心里得横。说为什么有人心里横？那就是他没想别的，想的是正确的东西、纯粹的东西。为什么有人心里不横？他想的都是歪门邪道儿。蔺相如是正气的，虽然手无缚鸡之力，让他打仗不行，但他能够对付秦昭襄王，所以就能在历史上写上一笔。您现在要是到邯郸，有很多廉颇、蔺相如的故事，因为那儿是赵国的国都。据说《东汉演义》姚期单鞭扫丛台的丛台，也在那儿。

开场诗第四句“犹胜相如在渑池”，说的就是关云长单刀赴会，这气势甚至胜过蔺相如渑池会。

上回书说到鲁肃定计，黄文下书，到荆州请关云长前来陆口赴宴，陆口离荆州最近。胆大的黄文来到荆州，先见着关平，关平引他见着关云长，书信呈上。关云长一看：“好。你回去告诉子敬，我明日准到，你先回去吧。”把黄文打发走了。说鲁肃这封书信怎么写的？《三国演义》原文没有，但他起码得写这个：“翌日伏教，恕乏人邀。”翌日就是第二天，第二天我等你来。恕乏人邀，就是原谅我没有当面去请。起码得有这么几个字，不然关云长怎会说明天就去呢，是吧？

黄文走后，关平抱拳拱手：“父亲，您答应明天前去赴宴？”“是啊，有何不妥吗？”“父亲，您也知道自古以来宴无好宴、会无好会，为什么明知是计，还要前去呢？”“儿啊……”关云长看了看关平，一推五绺长髯：“诸葛瑾拿着你伯父亲笔书信，让我割三郡给东吴，但我跟诸葛瑾说了，‘将在外，君命有所不受’，我主管荆州，岂能将大汉天下尺寸之地给与他人？”您看，这就是关云长的信念。我是谁？我是汉臣。刘关张桃园结义，誓扶汉室，基本格调在这儿呢。所以在关云长的脑子里，大哥是皇叔，大哥就是汉，汉朝天下是刘家的，必须忠于汉室。荆州是大汉国土，一尺一寸也不能让给东吴。“关平，我岂不知鲁子敬奉孙权之命摆设酒宴，必是计策。但我既然答应，就得去。我要不去，难道说为父胆怯了吗？”一句话就把关平定这儿了。“你放心。别瞧他们定下计策，我不带千军万马，只需快船一只，水手尽是关西大汉，然后带着周仓前往。凭我关云长单刀前去赴会，岂惧江东鼠辈乎？”关云长够狂的，管江东文武叫鼠辈，一群耗子。（注：笑声）您说这口青龙偃月刀要是宰耗子，那多容易啊。关平听完，点点头：“可父亲是万金之躯，坐镇荆州，倘遇不测，有负伯父之托。”关云长一听，关平说得也对：倘若出了事儿，对不起刘备。“儿啊，想为父在千枪万刃之中、矢石交攻之际，胯下马，掌中青龙偃月刀，如入无人之地，岂惧江东这些战将？儿不要担忧。”

这时，马良抱拳拱手：“二君侯，话虽如此，可现在事情紧急。三郡您没割，诸葛瑾回报孙权，孙权命鲁肃一定拿下荆州，鲁肃也没办法，即便他有长者之风，现在也得这么办，不容他不生异心，肯定要逼迫您交出荆州。您不能轻易前往。”“你说得不错，可关某有何惧哉？想当初赵人蔺相如手无缚鸡之力，渑池一会都能镇住秦国君臣，何况关某胯下马，掌中青龙偃月刀，纵横天下，无人能敌，我岂能失信？”“将军，即便如此，您也应该早做准备。”“好，那就让关平预备快船五十只，每只船上十名水军，都要精干之士，隐藏江边。只要周仓把旗一摆，关平就指挥水军杀奔江东，接为父回归荆州。”“我马上前去准备。”关平前去准备，关云长也命人做好准备。

到了第二天，快船一只。您看《三国演义》，写的是一只小舟。说是小舟，但不是小船，“让我们荡起双桨……”，不是那个，那不管事儿。当时战舰中的小舟，就得能装百八十人了。这只船正当中有船篷，船篷前放着一个座位，关云长就坐在座位之上，周仓在旁边捧着这口青龙偃月刀。关云长头戴青巾，身穿绿袍，闪披英雄大氅，肋下佩剑，足蹬薄底儿靴子，往船上一坐。旁边围着六七个关西大汉，每个都是身高一丈开外，黑黑的、愣愣儿的，肋佩腰刀。两旁是水手划船。

一张嘴说不了两家话。再说黄文回归陆口，见着鲁肃。“参见都督。”“书信可曾送到？”“关云长说了，明日前来赴宴。”“啊……”鲁肃愣了。鲁肃想的是关云长不敢赴宴，现在一听，说明儿来就明儿来呀，赶紧命人把吕蒙、甘宁请来。“拜见都督。”“关云长明天前来赴宴。二位将军，咱们怎么准备呀？”吕蒙说：“这么办吧，都督，我们一人带领一支水军埋伏在芦苇当中。如果关云长带着军马，我们马上指挥人马杀出去，决一死战，然后夺他的荆州；如果关云长没带兵马，不过随从人等，那就请都督把他请到亭内，摆上酒宴，善言劝之。如果他给了三郡，给了荆州，还则罢了；如若不给，您事先在亭后埋伏五十名刀斧手，摔杯为记，将关云长乱刃分尸。”“好，那就这么办吧。”吕蒙、甘宁也真能出主意，五十人过来就把关云长乱刃分尸了？那是斩颜良、诛文丑的人。鲁肃照此准备不提。

这一宿鲁肃都没睡踏实，派出探马由江亭一直排到岸边，每人一个望远镜。（注：笑声）“你们赶紧观看关云长是怎么来的。”等这些人看见了，撒腿就往回跑。鲁肃坐在江亭上，往江边看着。“报……”老远就喊：“启禀都督……”“你喊什么呀，进了门儿再喊不行吗？”“报！”“哎，这不就结了么，你这‘报……’弄得我哆嗦半天。看见关云长的船了吗？”“看见了，皆因为看见船了，所以我才撒腿就跑，前来禀报于您，现在关云长就一只船。”“带了多少人马？”“没有。”“就一只船么？”“对呀，有水手，还有几个大汉围站在关云长旁边。”“还有多远？”“挺老远的，反正我看见了。”“再探！”一个挨着一个，一个挨着一个……“报！”“哎，你还脆生点儿。”“关云长坐在船上，旁边是周仓捧刀。船上有面旗，上边斗大的一个字：‘关。’关云长坐在船头，身旁关西大汉围绕，已然来到岸边。”“哎呀……”鲁肃有点儿也呆呆发愣：真是一只船就来了，可这是我鲁肃的地盘儿，我是东吴水军大都督，关云长多大胆子，敢单人前来？“好……待我出迎。”

鲁肃带着手下亲兵直奔江边，到江边一看，船已然拢岸了。“搭踏板。”关云长稳坐船中，鲁肃仔细一看，关云长威风凛凛，杀气腾腾，头上千层杀气，面前百步威风。面如重枣，卧蚕眉，丹凤眼，胸前飘洒五绺长髯，滋润透风。旁边站着大将周仓，身高一丈开外，捧着这口青龙偃月大刀，两只眼睛一瞪。再瞧旁边这几个关西大汉，挎着腰刀，保着关云长。船靠岸，搭踏板，关云长站起身形，“腾腾腾”，由打踏板上走到岸边。鲁肃上前，躬身施礼：“君侯至此，我鲁肃未曾远迎，当面请罪。”“哎呀，子敬，多年好友，请。”鲁肃打这时开始就没敢再抬眼皮。关云长一揪鲁肃：“请。”两个人携手揽腕，头里中军官带路，这边吕蒙，那边甘宁，看关云长真没带军马，两个人按兵不动，眼瞧着鲁肃陪着关云长直奔江亭。

到了亭上，两个人分宾主落座，周仓在阶下捧着青龙偃月刀，往这儿一站，跟门神爷似的。有人打过洗脸水、漱口水，关云长洗脸、漱口，然后沏上茶来，跟鲁肃坐这儿喝茶。“啊，君侯请。”鲁肃不敢抬头。“子敬请。”关云长可敢睁眼。饮罢茶，时间不大，丰丰盛盛的酒宴摆上了。您想，江边陆口，海鲜有的是，是吧？鲁肃亲自拿起酒壶来：“啊，君侯请。”满满地斟上一杯酒。前文书说过，三国年间酒杯叫觞，但说满满地斟上一觞酒别扭，所以就说杯吧。“君侯请。”“子敬请。”关云长一饮而干。关云长好，你只要倒，我就喝，可以说杯杯尽，盏盏干，而且拿起筷子就吃菜。旁边的兵着急，中军官也着急，心说：都督，您倒是跟他要荆州啊。再看关云长，坐这儿挺踏实。

鲁肃使劲往上努劲儿，实在憋不住了，心说：我说话吧。“君侯……”嘴里说君侯，眼睛可往下瞧，不敢抬头，不敢仰视。“子敬有何话讲？”“君侯，呃……想当初刘皇叔托我，我为保人，在我家主公面前，给你们君臣借下荆州，因为当时你们无处存身，而且刘皇叔亲口应允，什么时候夺下西川，什么时候就把荆州还给东吴。现在耳闻刘皇叔已然自领益州牧，得下蜀郡，就该把荆州奉还东吴。再说，刘皇叔答应了跟您要三郡，可您说‘将在外，君命有所不受’，到现在三郡未给，荆州未还，是不是于理不过？”从理上你说不过去。关云长端着酒杯瞧着鲁肃，鲁肃把话说完，关云长一饮而干，然后把酒杯一放：“子敬，你我什么交情？”“好朋友啊。”“既是好朋友，朋友之交淡如水。今天你请我前来赴宴，畅谈以往的交情，畅谈思念之情。至于国家大事嘛，酒席宴上不要提起。”一下儿就把你的口封上了。咱俩是故交，国家大事休要提起。那鲁肃能干吗？“哎呀，君侯，话不能这么说。当初火烧战船，赤壁鏖兵，那是东吴的力量啊。刘皇叔兵屯公安，没有容身之地，我家主公并不那么看重地盘儿，这才答应借荆州，为的是让你们君臣有地方存身，以图后事，灭国贼曹操，再安汉室天下。结果怎么样？说好得下西川就还荆州，现在不还，于理说过不去呀。”关云长心说：怎么还这句呀？刚才就是于理过不去，现在还是于理过不去。“子敬，既然说到这儿了，那我就不能不说了。当初乌林之役，我家主公亲冒矢石，带着三弟翼德和子龙将军，指挥人马在乌林截杀曹操兵将，岂能说寸功没有啊？子敬，我家主公立下汗马功劳，难道说不能借驻荆州吗？”“君侯，您这么说就不讲理了。虽说当初乌林之战，你们有功劳，但终究火烧战船，赤壁鏖兵是我东吴将帅之功，才使得曹操败北。你们君臣兵败当阳，兵扎公安，上无片瓦遮身，下无立锥之地，要没有我鲁肃作保，你们根本没法儿待在荆州。到现在有了蜀地还占据荆州，不顾天下人耻笑么？二君侯，请你劝劝刘皇叔，给我鲁肃个面子，把荆州还给东吴。”“子敬，我家主公不还荆州，必有不还的道理，我也没法儿管国事。”“二君侯，你们刘关张弟兄桃园三结义，不能同生，但求同死，刘皇叔就是二君侯，二君侯就是刘皇叔，岂会不能做主啊？而且刘皇叔写了书信，让您先将三郡交还，您为何不还呢？”“我替你说，于理不合。”“哎呀，君侯既然知道这个道理，就应该把荆州还给东吴。”“子敬，我做不了大哥之主，再说汉朝城市应当归刘姓所有，岂能归孙权呢？”

说到这儿，周仓在台阶下一声大喊：“呔！”鲁肃吓得直哆嗦，直勾勾瞧着周仓。“告诉你们，天下有德者居之，无德者失之。大汉朝天下国土，岂能归东吴所有？”关云长一看，再说下去也没什么必要了：你就是要荆州，我就是不还荆州。借周仓这台阶儿，关云长站起身形，攥宝剑把儿，迈大步走下来，双眉倒竖，二目圆睁，脸上颜色更变，用手一指：“胆大周仓，此地议论国事，你敢多言？还不速去！”“喳喳喳喳……哇呀呀呀呀呀呀……”周仓往后退，关云长一伸手，就把青龙偃月刀接过来了。周仓明白关云长的意思，转身形，“腾腾腾”，来到江边，伸手就把船上的旗子拔起来了，站在船头，“欻欻”一摆，关平就看见了。“起兵！”“欻……”五十条快船遘奔东吴。

这时，关云长一看，正好是机会，手拿青龙偃月刀，回身一伸手，“啪”，就揪住了鲁肃。关云长在阶下，鲁肃在阶上。“下来。”“哎……”鲁肃迈步下台阶。关云长右手持刀，左手拉住鲁肃：“子敬，今天酒已过，关某醉矣，不便谈论国家大事。过几日派人请子敬到荆州赴宴，再议荆州之事。来来来……扶关某上船。”啊，我还得扶他上船？关云长揪住鲁肃，鲁肃让他攥得手都麻了，哆里哆嗦，魂不附体，跟着关云长迈步往前走。说是迈步往前走，实际就是被关云长拖着走。

关云长迈虎步来到江边，“叭”，一撒手，把鲁肃撒开了。这边水手早已搭好踏板，关云长登踏板上船，然后水手把踏板一撤。关云长坐在船头，周仓在旁边一捧刀。关云长一抱拳：“子敬，他年相见，后会有期。”这条快船一抹头，扯起篷来，如飞而去。鲁肃心说：那二位呢？其实吕蒙、甘宁早准备着呢，心说：我们过去？一过去，我们一左一右倒是能奔关云长了，可他刀一下来，我们都督就完了，谁当都督啊？两人不敢过去，只能眼瞧关云长走了。

关云长的船都看不见影儿了，这二位过来了。“都督。”“啊……刚才你们二位干吗去了？”“瞧着呢，不敢动手。”“为什么不动手？”“我们一出来，您脑袋就没了。”“谁能杀我？”“关云长啊。”“也是。哎呀，吕将军、甘将军，你我可怎么办？”“没别的，只能禀报主公，请主公兵发荆州，跟关云长决一死战，誓把荆州夺回东吴。”“也只好如此了，随我来。”鲁肃回到都督府，赶紧写了一份告急文书，命人骑快马交给孙权。

孙权接着文书，气坏了：好你个关云长，竟敢单刀赴会？鲁子敬你就不敢下手？“来呀，擂鼓升堂！”聚将鼓响，文武官员全到了，参见主公，然后文东武西往两旁一站。孙权站起身形，双眉倒竖，二目圆睁，胡须都扎煞起来了：“众位先生、列位将军，刘备已得西蜀却不还荆州，今天我升座大堂，调齐东吴全部人马兵发荆州，跟关云长决一死战，誓把荆州夺回来。”“遵令！”东吴将士儿郎没有不愿意的。

这时，就听“腾腾腾”，有人撒腿往里跑。“报……”孙权一看，是远探。“何事？”“启禀主公，现在曹操调兵三十万，兵发江南。”“你待怎讲？”“曹操兵发江南。”“兵发何处？”“兵发江南。”“兵发我东吴？”“啊，兵发东吴，顺便再攻打刘备的西川。”“喳喳喳喳喳喳……”孙权摇了摇头，一晃身形：“呀……”孙权什么脾气呀？硬往下压这寒气儿。本来东吴将士的激情已然起来了，万没想到曹操兵发江南。孙权没办法了：“来呀，马上传令，命鲁肃从陆口撤兵，集中江东水军到濡须迎敌。”只能让鲁肃调动江东所有水军到濡须坞，等着跟曹操三十万大兵决一死战。然后，继续发出探马打探军情。

那曹操为什么兵发江南呢？曹操这口气儿一直没出。建安十三年火烧战船，赤壁鏖兵，到现在时隔五六年了，曹操能不想报仇吗？休养生息已毕，调兵三十万，准备兵发江南。参军傅干来见曹操：“魏公。”“傅参军有何话讲？”“魏公，而今群雄已灭，只有江东孙权，只有西蜀刘备。您想一想，孙权有长江之险，刘备有重山相隔。倘若您去了，打了胜仗还好，打了败仗怎么办？”“胜容易吗？”“恕我直言，不容易。建安十三年百万大兵沿长江下寨，连营三百里，结果败在东吴之手。现在再次兵发东吴，人家仍然有长江之险；再加上诸葛亮保着刘备先得荆州，又得西川，西川道路难行。恐怕丞相您不易得胜而回呀。”“那依你之见呢？”“依我之见，应该休养生息，应该将养部队，应该大兴义学，让百姓安居乐业。继续筹措粮饷，以待天时，再灭孙权，再灭刘备。”“好，那此事作罢。”曹操这人就是这样，能够很好地听取别人的意见。傅干一提，曹操就把这个念头放下了。

紧跟着，有人递上一份表章。谁？侍中王粲为首，一共四个人：王粲、杜袭、卫凯、和洽。这几个人干吗呢？请曹操由魏公升作魏王。您说曹操什么心情，谁不愿意升啊？谁不愿意升，谁是噎喷。（注：笑声）曹操也愿意升，但曹操知道现在不是时机。这时，荀攸跟曹操说：“您到魏公已然位极人臣了，再升魏王不合情理。”曹操非常生气：“好啊，你欲效荀彧吗？”想想你叔父是怎么死的。曹操晋位魏公时，因为荀彧反对，结果曹操赐给荀彧一个食盒，里边是空的，让荀彧自尽身亡。现在你荀攸又来反对我晋魏王，你要跟你叔叔学吗？这句话传到荀攸耳朵里，荀攸天天在家发愁，十天后荀攸死了，五十八岁。

所以说人一辈子淡泊名利，说好说，真做到这四个字可不容易。在名利面前，谁都想伸手，有人心眼儿宽绰，有人心眼儿窄。其实人想开了，就这一辈子。有人住的是多少亿买的房，三千六百八十平米，是吧？真有这样的大财主，那就是给别人盖的。我看里边保姆、厨子、搞卫生的，都挺舒服，住着那么大房子，到时候还有人开工资。主人一年也就上这儿睡几回觉，没准儿还带回一个小三儿，回头出事儿再进去，是吧？所以说人能够把自己的身份摆平，淡泊名利，太难太难。有朋友说：“连丽如，你做到没做到啊？”也没完全做到。我老愿意北京评书蒸蒸日上，老希望北京评书了不得，这不就是名利思想么？就因为原来老受气，太窝囊了，是吧？您说说评书容易吗？真不容易。昨天还跟老伴儿说呢，我说："有的人真够说评书的材料，可一说当艺术家，人家早挣别的钱去了，早该干什么干什么去了。"他说："干什么去了？"我说："反正不干这个，干这个才挣多少钱啊？"人家花三亿买个别墅，说评书的这辈子买里边一厕所也买不起呀，是不是？当然，人要是一点儿名利思想没有也不对，都不挣钱干什么呢？都不往上争干什么呢？但不能用名利遮住眼睛，不是自个儿的钱也往兜儿里装，不是自个儿的名也使劲儿往上争，把这个扒拉下去，把那个也扒拉下去，这就不对了。

虽然兵发江南这件事作为罢论了，可曹操的心病就是刘备和孙权，曹操的目的是想一统江山。那曹操对不对？按现在的观点来说，曹操是对的。一统江山之后，马放南山，刀枪入库，万民乐业，五谷丰登，国泰民安，谁不愿意过踏实日子呀？谁也不愿意打仗。尤其老百姓，只要一打仗，老百姓就倒霉。但曹操想灭孙权，想灭刘备，办不到。

想着想着，曹操带领两名武士就奔皇宫内院了，心说：我问问当今万岁去，问问刘协：刘备是你叔叔，他现在不服朝廷，你怎么办？曹操信步走到皇宫内院，抬头一看，刘协和伏皇后两口子在这儿坐着呢。两人一看，曹操仗剑而入，哆里哆嗦站起来："参见魏公……""哼……万岁，我来问你，孙权、刘备不服朝廷，割据一方，应该怎么处置？"刘协抱拳拱手："全凭魏公裁处。"全听你曹操的，你说怎么办就怎么办吧。这话对不对？对呀。权力掌握在你曹操手里呢，可不得任凭魏公裁处么？曹操一听，眼一瞪："看这意思，传到天下人耳朵里，你作为君得听我臣的，难道说我有要挟天子之罪吗？"刘协心说：你就是有要挟天子之罪呀。"啊……""啊?！""啊……""讲些什么？""没说什么。""你说曹某有要挟天子之罪？"刘协也实在憋不住了，终究他是皇上啊。"魏公，我这个皇上如果您觉得可辅之，就辅之，我感念在心；如果您不愿相辅，还请垂恩放弃，感激万分。"这话软中带刚，把曹操的话顶回来了。您愿意保我，我谢谢您；您不愿意保我，把恩德垂下来，拿我当个屁，您给我放了得了，那我就更感激了。刘协说出这句话，曹操双眉倒竖，二目圆睁："哼……"当时可不能把汉献帝宰了，曹操转身形就走了。

刘协也傻了，知道得罪曹操了。后边伏皇后直扽他的衣襟儿："回来……""是，回来……不回来，我上哪儿去呀？"伏皇后趴在刘协肩头放声大哭，她一哭，把刘协的眼泪也招出来了。"哎呀，皇后啊……""哎呀，皇上啊……"哭了一会儿，伏皇后说："别哭了。""不哭能怎么办呢？""想办法灭曹操啊。""没办法。""哎呀，只有我父亲伏完常常说要灭曹操恢复汉室天下。""哎呀，别提了。当初我在功臣阁召见国舅董承，赐予血诏，结果董承，还有工部侍郎王子服、昭信将军吴子兰这些人全家几百口都被曹操斩于市曹。国丈要灭曹操，倘若招来横祸，怎么办呢？""那您说怎么办呢？现在咱们这么活着跟死了……嗐，还不如死了舒服呢。"旁边太监听着呢，心说：那你怎么不死啊？刘协拉着伏皇后："哎呀，咱们再商量吧。""不用商量了，我亲自写封书信，派人秘密送到我父亲手里，让他马上想办法，调集忠臣，灭曹操恢复汉室。""唉！"汉献帝摆了摆手，意思是这事儿不成，弄了也白费。伏皇后坚持要写，说："这么办吧，我看所有宦官中只有穆顺可靠，一片忠心。你把他叫来，这封书信就交给穆顺。""好吧。"汉献帝派人找穆顺，伏皇后在这儿等着。

汉献帝把穆顺叫到屏风后头。"万岁，您传我什么事啊？""我听人说曹操要称魏王，早晚要篡夺汉室天下。""是啊，臣已然听说了。""皇后想写封书信，命国丈伏完灭曹操。你能不能把这封信送到国丈府啊？""万死不辞。您放心，我一定把这封信送到。"伏皇后这才给父亲伏完写了一封信。书信写好，穆顺接过来。"千万要小心。""万岁您放心。"穆顺就把这封信搁在自个儿头发里，然后重新把帽子戴好。"我即刻就走。""小心啊小心……""万岁放心。"穆顺走了。这儿刚一走，曹操那儿手机就响，十个手机，一百个信息就到了，发的还有照片呢。（注：笑声）您想，皇上身边净是曹操安排的奸细。

再说穆顺见着伏完，书不说废话，伏完看完书信，跟穆顺说："光凭我一个人的力量，没办法，只有请皇上传下两份密诏，一份给孙权，一份给刘备，让刘备和孙权联合起来进兵。然后，我在许都作为内应，联合文武官员中的忠义之士，里外夹攻，才能灭曹操安汉室天下。”“好吧，还请您写封书信，这话我无法带到。”光靠说话没有凭据呀。伏完就给女儿伏皇后写了封书信，把这个意思说清楚。信写好了，穆顺赶紧告辞，仍然把书信别在头发当中，又把帽子戴好了。

穆顺回来了，曹操在宫门等着呢。“啊……拜见魏公。”“哪里去了？”“啊……皇后生病，让我去请医生。”“医士何在？”“还没召到呢。”“来呀，搜！”武士过来，从头上到脚下搜了半天，什么都没搜着。那曹操没办法，只能放行。也是该着，这时刮过一阵风来，穆顺的帽子也没戴瓷实，毕竟他心里有事儿，风一刮，“啪”，把帽子刮到地上了。武士就叫：“穆公公，帽子掉了。”穆顺回头一看，赶紧捡帽子，然后拿起来一戴。“嗯？”曹操一愣，穆顺把帽子戴反了。您说这人心里有事儿，慌不慌？要换蔺相如，绝不能戴反了。曹操用手一指：“搜！”武士过来把穆顺的帽子摘下来，翻来覆去看了半天，没事儿；再一搜穆顺的头发，把伏完这封书信搜出来了。

看完书信，曹操冲冲大怒。先命人把穆顺带到密室里打，穆顺不招供。又派人遘奔国丈府，把伏完全家大小掐监入狱。再逼供，穆顺还是不言语。曹操气坏了，凶心顿起，命华歆进宫捉拿伏皇后。曹操平定汉中地，张辽威震逍遥津，谢谢众位，下回再说。

# 第二〇二回　伏皇后为国捐生

华歆当日逞凶谋，破壁生将国母收。助虐一朝添虎翼，骂名千载笑龙头。

这四句开场诗说的是华歆。奉曹操之命，华歆带五百甲士到内宫，在夹壁墙那儿，揪着伏皇后的发髻，把她提溜出来了。

说起华歆，在《三国演义》头一次出现是朝中征用。谁征用？曹操。曹操禀报汉献帝，刘协传旨，由孙策、孙权这儿把华歆调到朝中。按现在话说，华歆被调到中央了。孙权很尊重华歆，华歆要走，他怎么说？他跟孙权说："您把我放了，我到曹丞相那儿，对于他跟东吴两家相联有好处。"孙权是个明白人，就把华歆放走了。名义上华歆是入朝伴君，实际上就是保曹操去了。华歆第二次出现，就是把伏皇后由夹壁墙那儿揪出来了。华歆再出现呢，就是受禅台曹丕篡汉，北魏成立。曹操死在漳河邺郡，那么谁来接替曹操的事业？世子是曹丕。当初曹丕接不接？曹操没有话，所有文官武将就琢磨曹丕应该怎么接这大权。哎，这时候华歆由许昌骑着马跑来了，拿着刘协的诏书。华歆相当聪明，知道有一天会发生这事儿，就在汉献帝面前写好草诏，然后逼着汉献帝盖章。玉玺盖上了，华歆骑着马就跑，跑到漳河邺郡，当着大伙儿的面儿一念，这下儿没得说了，当今万岁的诏书下，世子曹丕接替魏王了。所以从这一件事起，就奠定了华歆是政治中心里的成员。其实当时曹丕也怕背这黑锅，他也胆儿小，怕这些人反对自己，那这黑锅谁来替他背？华歆。所以华歆是北魏的重臣。

要是在戏台上看，您完全能够看出来华歆是个小人，是吧？小人的嘴脸。头一出戏，川剧叫《血带诏》，京剧叫《白逼宫》。您看，好多戏我都听过，但《白逼宫》没听过。刘协坐在宫中十分忧闷，伏皇后跟他商量，然后传旨召见伏完，让伏完灭曹操，最后曹操带兵进宫，把伏皇后由夹壁墙里揪出来，乱棒打死，然后把两个皇子也弄死了。因为曹操是白脸，所以这出戏叫《白逼宫》。还有一出戏是《受禅台》。说的是刘协哭着把天下让给曹丕，曹丕灭汉兴魏。这出戏我听过半出。为什么是听过半出啊？听的是录音，没听过现场。刘协留着白胡子，其实他根本不到那岁数呢，唱得凄凄惨惨、悲悲切切。华歆头戴金冠，身穿锦袍，手拿宝剑挥来挥去，耀武扬威，一副小人嘴脸。

华歆到底是什么人？今天咱们聊聊。为什么聊这个呢？不聊这个的话，《三国演义》就没法儿说了。为什么没法儿说了？因为现在大伙儿对曹操的看法跟以前不一样。我十七岁说《三国》，那时我父亲在书中已然肯定了很多曹操的功绩，我也是顺着这条线儿说的。可我父亲年轻时说《三国》，要敢说一句曹操好，观众就起堂走啦，那就得捧二爷关云长，没得说。可现在的观众不一样。这就是新的时代有新的观点，有新的看法。说到华歆，开场诗最后一句“骂名千载笑龙头”，故事出自《世说新语》，说的是管宁、邴原、华歆，华歆为龙头，邴原为龙腹，管宁为龙尾。管宁跟华歆一块儿念书，中间两人除草去了，除着除着，发现了一块金子。管宁连看都不看；华歆一看，眼睛亮了，把金子捡起来了，再一看管宁，他不待见这个，“啪”，又扔了。这是一件事儿。两人一块儿念书，听见外边喧哗，华歆往外一看，来了一辆高车，坐着一位士大夫，穿得很好，由门前路过，动静不小。华歆跑出来瞧，人家管宁坐这儿低头还念书。等华歆回来，管宁拿起宝剑，把两人坐的席子刺了一块，割席断交。大伙儿都知道这个故事，对这件事应该怎么看？您要看《世说新语》，没有评论。是说管宁比华歆高，智商、情商都高，还是说华歆这么做不对，管宁这么做对？没有评论。也就是说，您各位谁看谁评。

要从现在的观点来说，管宁、华歆同路不同谋。管宁的祖上是管仲。贤相管仲在位四十年，治理齐国，使齐王称霸于天下。到管宁这辈子，在辽东隐居三十多年。后来华歆把他举荐到曹丕面前，举荐到曹睿面前，让他替自己当官，但管宁不愿意，最后以布衣而死，还是以老百姓的身份死的。从这点来说，我的观点是，管宁对不起祖宗。你有能耐没能耐？有能耐。那为什么不报效国家？管宁割席断交，意思是你华歆不配跟我坐在一块席上，咱俩不是朋友。从这点来说，管宁没有容人之量。既然跟华歆是朋友，人各有志，你可以做隐居之人，但不能不让华歆出世。搁现在说，那谁还争世界冠军呀？都盼着丁俊晖拿下世界冠军，可要都跟管宁似的，谁还打台球去呀？所以说两个人同路不同谋。当然，两个人性格不同，追求不一样，没有这件事可能早晚也割席断交，但你管宁作为华歆的朋友，应当把你的见解跟华歆说清楚，可以引导他，他不听就是另一回事儿了。你认为你做得对，他认为你做得不对，谁也不能强加于谁。所以从今天的观点出发评论这件事，您能说管宁做得就对，华歆做得就不对吗？

再往后看，说管宁在辽东隐居三十多年，一肚子学问，听管宁讲课的人，一拨儿一拨儿……都来听课。管宁讲得挺好，但他不事之于社会，没为社会作出贡献。华歆就不是。华歆跟刘备的老师，像郑玄他们，是同代人。汉灵帝时华歆就在朝为官，到何进掌权时仍然在朝中为官，后来投降孙策，保了孙权。结果朝中征用，华歆走了，遴奔朝中。从《三国演义》中描写的华歆，还有戏台上描写的华歆看，他就是涂小白脸儿一豆腐块儿的小人。可从历史记载，从《三国志》看，华歆确实是北魏的功臣，对社会有相当大的贡献，而且这人不贪财。

举个例子。华歆离开东吴前，送行的朋友多了，还有朋友的朋友，当然也有拍马屁的，给华歆送来不少东西。说不收，有碍友情；说收，成贪官了。反正华歆都留起来了。临上船时，这些人前来送行，华歆站在船头："众位，我到许都万岁驾前称臣是为了国家，大家送我这么些礼物，走在中途遇到强盗，我还有生命之忧。上边都有记号，谢谢大家，您把礼物都拿回去吧。"谁不往回拿呀？说我不要，往这儿一扔，肯定有人捡。每人把自己送的礼物都拿回去了。您看，华歆做到既不伤朋友间的感情，还不受贿赂。您能说华歆是坏人吗？

有一次，华歆跟王朗，就是诸葛亮骂死的那位，两人坐船。有个人想搭船，说："您救救我吧，让我搭您这船，我实在走不动了。"当时汉朝末年，天下大乱。依着华歆，就不带。王朗说：“还是带上他吧，你瞧他死乞白赖哀求咱们，于心不忍啊。”华歆说：“好吧，可要带就得带到底。”“行行行，上船吧。”船走在中途遇见强盗了，海上也有强盗。王朗说：“赶紧把他扔了吧，咱俩得逃命。”华歆说：“不成。既然答应让人家同路，就不能放弃，得带这人一块儿走，仨人一块儿活。”还有一次是跟郑泰他们走在路上，一群人避难去，有个人也要跟着。这人说：“你们救救我，让我跟着你们走。”依着华歆，就不带。为什么？天下大乱，一会儿来一个，一会儿来一个……本来就三五个人，一会儿变一千人了，受得了吗？汉朝末年，要饭的人太多了，有的地方甚至易子而食。华歆说不带，大伙儿说：“你怎么那么死心眼儿啊？就一个人，咱们把他带上，就算救了他了。”华歆一听：“你们要带上他，就得有始有终。”大伙儿都同意，带着吧。走到半道儿，这位掉井里了。大伙儿说：“甭管他了，是他自个儿掉井里的。”华歆说：“不成。当初你们可答应带着他了，现在得把他捞出来。”您看，华歆就是这么一个人。华歆家中没有百日之粮，只要有了超过一百天的粮食，他都用来赈济灾民。您能说华歆是坏人吗？

华歆七十五岁死的，临死前最后一道奏章是给谁上的？魏明帝曹睿。曹睿让曹真指挥人马灭西蜀，结果华歆说您应该以民为本，百姓安居乐业，办义学让孩子能念书，天下踏实了，您不用管，西蜀老百姓自然归来，您处处应当以百姓为根本。这是华歆上的最后一道奏章，他不怕冲撞当今皇帝，冒死上谏。您能说华歆做得不对吗？可这些事儿在《三国演义》中都没有，戏台上也没有。

那华歆到底对社会有没有贡献？华歆最后保的曹睿，保曹丕时就已然位至司徒，就是宰相，他死后曹睿追封他敬侯，这就很说明问题了。回到割席断交，您说到底华歆做得对，还是管宁做得对？华歆说经世致用。人得有学问，但这学问必须有益于国事。把学问投身于国家，给老百姓办出好事儿，对社会前景有好处，这学问才是对的。从这点来说，华歆做得就是对的。管宁隐居，离开世事三十五年，后来还是因为华歆两次举荐，让管宁在曹丕和曹睿驾前称臣，结果管宁去了，什么都不干。这就是强扭的瓜不甜。因为人各有志，管宁就愿意当隐士。从这点来看，您得赞成华歆，赞成诸葛亮，鞠躬尽瘁，死而后已嘛。选择主人时，如果跟田丰似的，保袁绍就保错了，那还不如跟管宁似的隐居呢，结果自己连命都收不回来。华歆还有一个优点，从不隐瞒自己的观点。说孙权你把我放走，我上曹操那儿去，那就是明摆着告诉你孙权，我愿意去。这就是华歆对社会的贡献。

说了半天，华歆是哪儿的人？高唐人。现在在高唐北边有个村庄，那儿有华歆的坟。这坟挺大，上边有个孔，由这个孔可以看到底下的墓室是砖结构。村里的人都是华歆的后代。记者上那儿去了，一采访："你们是华歆的后代吗？"现在敢说了——我们祖上是好人，对社会有贡献——以前都不敢说。为什么？因为现在社会的认知度不一样了。为什么会造成大家对华歆的这种态度？跟对曹操的态度也有关系。唐朝时的人非常尊敬曹操，十分崇拜曹操，所有诗歌都赞颂曹操。到了两宋，根据统治者的需要，开始贬曹捧刘。从北宋、南宋直到今天，流传了这么多年，大家对曹操是什么看法？现在要想给曹操翻案，其实不是翻案，我不同意翻案这个词，应该说还原于历史。当然，真正的历史我也没看见，您也没看见，咱们只是看各种资料。从表面上来讲，曹操灭吕布，灭袁术，收降宛城的张绣，战胜北国的乌桓，官渡之战灭袁绍，北方安定，马放南山，刀枪入库，万民乐业，五谷丰登，国泰民安。您说曹操做得对不对？不管怎么说，反正我认为老百姓不爱打仗。一打仗老百姓准倒霉。如果都踏踏实实地建设国家，跟咱们中国似的，多踏实啊，非常舒服。说了这么多，曹操也好，华歆也好，现在大家对他们的肯定，我觉得还是很值得研究的。

回到华歆和管宁上来。由割席断交这件事来看，交朋友必须知道对方要什么，必须理解对方、给予对方、接纳对方，也就是说允纳对方有缺点，您才能交往得越来越宽广，多个朋友多条道儿嘛。从这点来说，我挺赞同玥波跟应宁的，他们就如同管宁和华歆。当然，我不能说他就是管宁，他就是华歆，我也怕他们挑，一会儿该打起来了。（注：笑声）我昨天就想，从小应宁就和玥波一块儿说相声，现在走的道路不同，一个以相声为主，一个以评书为主，但两个人是不是好朋友？是好朋友。应宁理解玥波，玥波也理解应宁，这么多年不分彼此。我知道，他们挣钱都不分彼此。如果说应买卖，应了一场晚会，或者说到什么地方去，应宁说："玥波，你跟我去。"玥波从不打听给你多少钱、给我多少钱，站起来就走，没钱也去。玥波在这儿，说："应宁，你不许影响我说书。"那应宁就尽量的，百分之九十九点九九的不影响。比如让王磊给他量活，如果王磊也忙，就让别人给他量活。我觉得从应宁和玥波的感情可以看得出来，称得起互相理解、互相允纳，这才是真正的朋友。玥波一认义父义母，管我叫娘，就长上一辈儿去，结果应宁也跟着管我叫娘，他也长上一辈儿去。我也没得说了，谁让他跟玥波好呢，趁这机会都往上长辈儿。（注：笑声）

所以说《三国》也好，听《三国》也好，唱戏也好，不能用以前的事情看待今天的事情。每回说书看这些资料，对我都是很好的教育。我觉得有的地方我跟华歆比较相似，就是肯亮自个儿的观点。有人老说："连丽如，你在台上说这个说那个的。"可我说的是实话，没说瞎话，没给谁抹黑，通过这个亮出我的观点，评书就应该这么昌盛。说您也传徒弟，我也传徒弟，您有八十六个徒弟，一部书都不会说；我有一百二十个徒弟，一段相声都不会说，那管什么用啊？我们今天就应当把评书事业好好传承下来，传承北京评书的文化，不能让北京评书消失，就为这口气，我就敢亮自个儿的观点。（注：热烈的掌声）您能给我鼓掌，我特别高兴，因为大伙儿的心气儿是相通的，是吧？

话说回来了，华歆由夹壁墙那儿把伏皇后揪出来了。您看，这书马上就回来了吧？但我还没达到玥波的那个水平，就是说五十九分钟的闲篇儿，然后说一分钟的正书。（注：笑声）可我没离开《三国》，说半天没离开华歆，他净离开《隋唐》聊去，是吧？

伏皇后跑出来了，刘协扑过来了，夫妻抱头痛哭。伏皇后哭着就问："你就不能把我救活了吗？""我都不知道自己哪天死啊……"刘协说的是实话：我能知道我哪天死吗？旁边大夫郗虑在呢，汉献帝问他："世上能有这样的事儿吗？"问得很明白：我是君，华歆是臣，把我媳妇由夹壁墙里边揪出来，有这事儿吗？“唉……”郗虑能说什么呀？没得说呀。汉献帝捶胸大哭，眼看要晕倒了，郗虑赶紧吩咐：“把万岁爷扶进去休息吧。”有人把汉献帝扶进去了。华歆带着左右人等把伏皇后带到曹操面前。咱们书就不细说了，曹操盛怒之下，乱棒打死伏后，然后带兵进宫把两个小皇子也都鸩死了。从这时开始，刘协不吃不喝，就是哭。曹操来了：“哭什么呀？把我闺女曹贵人立为正宫。”汉献帝能不听吗？曹操的女儿已然是汉献帝的媳妇了，名分是贵人，现在立为正宫，汉献帝就得听，曹操就是国丈了。曹操心说：说我挟天子以令诸侯，现在我是挟姑爷让他听我老丈人的。

这会儿曹操才想起来：我应该灭孙权，灭刘备，报火烧战船、赤壁鏖兵之仇。什么年代？建安一十九年。曹操多大？六十岁，还有几年的活头儿。咱们知道曹操还有几年的活头儿，曹操自个儿可不知道，谁能知道自己的生死啊？曹操传令，就在魏王府大厅之内聚手下文武议事，商议如何灭孙权，如何灭刘备。贾诩抱拳拱手：“主公，您要打算灭孙权，灭刘备，得把夏侯惇将军和曹仁将军调回来商议。”“好。来呀，传本王命令，命夏侯惇、曹仁进见。”命令传下去了。

夏侯惇离着稍微远点儿，曹仁先到的。曹仁知道一定有紧急的军情，回来时已然半夜了。那会儿半夜，搁现在也就是擦黑儿，古人睡觉早。曹仁进了府门，来到曹操的寝室一看，许褚在门前仗剑而坐。别瞧天黑了，大伙儿都睡了，曹操在卧室里鼾声如雷，可许褚往门外一坐，手按宝剑把儿，这气势就得让曹仁上前施礼。“仲康将军。”“哦，曹将军回来了？”“魏公呢？”“饮酒过多，正在屋中休息。”“待我进见。”“免。”“为什么不让进？有紧急的军情。”“曹公已然传令，让我在门前站岗，你不能进。”“我是曹氏宗族。”意思是他姓曹，我也姓曹，你拦得了我吗？你是外姓人。许褚“噌”的一下儿站起来了，“叭”，宝剑亮出来了。“告诉你，你姓曹不假，虽然和主公是同宗，我是外姓人，但我现在是内侍，得保证主公的安全。你往后站，胆敢再往前走一步，我就仗剑杀你！”许褚眼睛一瞪，胡须一扎煞，吓得曹仁“腾腾腾”往后倒退了好几步。曹仁没办法，只能站这儿等着。

又等了有一顿饭的工夫，曹操的酒劲儿过去了。“仲康，我刚才迷迷糊糊好像听见你在跟谁讲话？”许褚进来了。“主公，曹仁将军回来了。”“哎呀，为什么不叫醒于我？”“您在睡觉，他想进来，我没让他进来，因为我是内侍，要保护您的安全。”“好，忠臣也！”曹操真赞成。

这样，第二天才召见曹仁。紧跟着，夏侯惇也回来了。曹操马上升座大堂，聚文武议事。大伙儿参见曹操，往两旁一站。“众位将军、列位先生，而今北方已定，火烧战船、赤壁鏖兵之仇到现在已然几年矣，不知众位有何高见？”夏侯惇挺身而出：“主公，要打孙权，灭刘备，实属不易。孙权坐镇江东，国险民富，六郡八十一州已历三世；刘备进兵西川，立足西蜀，道路崎岖，山峦重重，也不易得。依我之见，您不用去灭孙权，也不用去灭西蜀，应该指挥人马进兵汉中，一战可得。拿下汉中之地，顺便进川再灭刘备。”“好。”曹操点了点头，一挑大指，心说：夏侯惇说得对。“元让，你说得确实不假，而今孙权、刘备羽翼已成，张鲁坐镇汉中，每天装神弄鬼，咱们岂能惧怕于他？派一些人马到汉中先灭张鲁，顺便进兵西川再灭刘备，挂角一将再灭孙权，一统江山。”您看，虽然曹操说出这样的话来，但他的心已然开始虚了。虚在什么上？虚在年岁上。曹操自出世以来，一天到晚为汉室天下操劳，现在只能这么说，因为他挟天子以令诸侯。但毕竟曹操六十岁了，精力已然开始下降了。和孙权、刘备相比，他认为张鲁一天到晚五斗米教，装神弄鬼，没什么可怕的，我派出几十万兵到那儿一扫，就能把汉中得过来。

“元让，汉中何处难攻？”“主公，汉中最险不过阳平关，但阳平关的山与关并不连在一起，只要指挥人马拿下阳平关，汉中唾手可得。”“好。夏侯渊、张郃听令。”“在！”“在！”嗬，两员大将。夏侯渊胯下马，掌中刀；张郃原来是河北名将，胯下马，掌中一条金枪，金枪三十四手，勇冠天下。两个人都是久经大敌了，站在曹操面前。“你二人身为先锋官，带领五万大兵，逢山开路，遇水搭桥，马上前行。”“遵令！”“孤亲自带领人马为中军，许褚、徐晃二人保我，身为护卫军长。”这边是徐晃，胯下马，掌中一口大斧；那边是许褚，胯下马，掌中双刀。“夏侯惇、曹仁，你二人押解粮草，身为后军。选择吉日，响炮出兵。”“遵令！”先锋官是夏侯渊、张郃、点齐先锋军。曹操把人马也都预备好了，刀枪器皿、锣鼓帐篷、粮草等项拴扎车辆，选择吉日良辰，杀犯人祭旗，大队人马浩浩荡荡由许昌出兵，遘奔汉中。

您看，曹操刚才说了两句话，您可得记住了：张鲁装神弄鬼，何足惧哉？他眼里根本没瞧得起张鲁。这叫什么？慢军。曹操狂，根本看不起张鲁，他眼里就是孙权，就是刘备，这俩人不好打。张鲁有什么了不得的？不过就是装神弄鬼，五斗米教。所以他这一说，这些大将都没把这件事放在心里，谁也没瞧得起张鲁。

人马浩浩荡荡到了汉中，夏侯渊和张郃带着五万先锋军来到阳平关，一看就愣了。那时跟现在不一样，那时想找张地图太难了，如果不难，就不会有张松献图。汉中到底是什么形势？曹操没见过，手下战将也没见过。都说阳平关是关干关的，山干山的，其实是山中有关，关中有山，地势非常险要。阳平关前一座营寨、一座营寨……一共十五座连营，扎得非常好，汉中兵将跟蚂蚁盘窝相仿，但张郃和夏侯渊没往心里去。“嘿嘿，看来他们早有准备了，将军。”“张将军，你我安营扎寨。”“何处？”“离他们十五里之遥，一战成功。”

再说张鲁，早就得着报告了，跟兄弟张卫商量。张卫说：“这么办，您给我调拨粮草，我带着杨昂、杨任，指挥人马在阳平关扎营。汉中最险之处就是阳平关，只要把守住阳平关，就能保汉中万无一失。”这样，张卫带着杨昂、杨任，指挥人马在阳平关前扎下十五座连营。张鲁就在汉中的汉宁负责调动粮草，一拨儿一拨儿随时往阳平关送。

夏侯渊、张郃就在阳平关以外十五里采勘吉地，扎下营寨，然后传令：“今天休息，明天再说，等候丞相大队人马。”吃完晚战饭，各自睡着了。没想到到了三更天，了不得了。“报！”把夏侯渊推起来了。“何事？”“启禀将军，大事不好，营中火起！”“哎呀……赶紧灭掉。”夏侯渊话音刚落，“叨叨叨”，外边炮声就响起来了。“杀呀……杀曹操兵将啊……”夏侯渊赶紧顶盔贯甲，罩袍束带，拴扎什物，全身披挂整齐。那边张郃也披挂好了。两个人拢丝缰认镫扳鞍上马，各自拿起兵刃一看：汉中兵将已然杀入大营，四面八方偷营劫寨的就来了。再打算上前迎敌？来不及了。一场混战足足打了两个时辰，夏侯渊和张郃被打得落花流水，只能撤出扎好的营寨，败回中军。

曹操一看，气坏了："你们久经大敌，竟然被人偷营劫寨。来，推出去，杀！"手下人过来摘盔卸甲脱战袍，把二人推出去就要杀了。大伙儿全跪下了："两军交兵，斩杀大将，于军不利。再说他们久立战功，请您饶恕。"曹操这才咽下这口气。"把二人推回来，戴罪立功。如果再犯，定斩不饶！"两个人跪倒在地："谢过丞相。"曹操把先锋军和自己带领的中军合在一起，扎下大营。"来呀，徐晃、许褚。""在！""在！""你们带二百亲兵，随我前去观寨。"曹操带着徐晃、许褚，来到阳平关下一看这十五座连营，大吃一惊："哎呀！早知如此，我就不来了……"从这句话就可以看出曹操老矣，没有当初年轻时的劲头儿了。许褚一抬腿，把双刀摘下来了。"主公，兵已至此，不能怯敌。""好，明日深入敌寨观看。"

睡了一宿觉，转过天来，也就是第三天，曹操带着许褚、徐晃，连个兵都没带，三个人出离大营，遘奔阳平关，只见这片连营安扎得铁桶相似。"没想到汉中兵将如此英猛。二位将军，你我深入营寨观之。"曹操探险的精神还是有的，遘奔张卫的大营。正往前走，就听"叨叨叨"，"曹贼，哪里走！"杨昂、杨任带兵冲上前来，如同潮水一般，往上就围。许褚急坏了："公明，你保护主公，待我迎敌！"许褚催坐下马，掌中双刀，迎上前去。大战阳平关，谢谢众位，下回再说。

# 第二〇三回　曹操平定汉中地

角木蛟邓禹邓仲华，斗木獬朱佑朱天常。井木犴姚期姚次况，奎木狼马武马子章。

下礼拜北京电视台要录“二十八宿闹昆阳”，得摆群星列宿阵了，所以我先背几句。今天是大战阳平关。后部《三国演义》越来越有意思，说完阳平关就是大战合淝，张辽威震逍遥津。为什么到了阳平关曹操就开始打败仗？为什么会出现张文远威震逍遥津？一句话，轻敌思想。只要一轻敌，就打败仗。

上回书说到曹操兵发汉中。按曹操的想法，张鲁一天到晚装神弄鬼，糊里糊涂，汉中好打。曹操就没把张鲁搁在心里。三军统帅都不重视，手下战将自然就松懈了。前部正印先锋官一个是夏侯渊，一个是张郃，跟着曹操南征北战、东挡西杀，久经大敌。按说他们应该很重视阳平关，但曹操都松懈，所以他们也轻敌。万没想到阳平关山连山，山靠山，崇山峻岭，当中这座关池把守得非常严密，张卫带着杨昂、杨任在关下摆下十几座连营。夏侯渊、张郃也安营扎寨，可当天夜里就让汉中兵将劫营了，一把火就烧了。等曹操亲自指挥大队人马来到阳平关下，一看阳平关这阵势，就是一惊。

转过天来，曹操带着许褚、徐晃，这两人是左右护卫将军，三个人骑着三匹马，来看阳平关下汉中兵将的营寨，曹操也是太大意了。等三匹马转过山坡一瞧阳平关，曹操用马鞭一指：“哎呀，早知如此艰难，不如不来呀。”曹操本想到这儿一战成功，没想到汉中营寨安得这么好，阳平关上一杆旗一支兵，一杆旗一支兵，刀枪密排。曹操话音刚落，身后炮声就响了，山上列排的都是弓箭手、弩箭手，梆子一响，箭如雨下，就奔曹操、许褚、徐晃射来了。紧跟着，左边一声炮响，列出五千汉中兵将，当中一员大将，正是杨任，指挥兵将往前杀；右边也是一声炮响，杨昂指挥五千人马。两边一共一万大兵。“杀呀……拿曹操拿国贼呀……”“哗……”这下儿可把曹操吓坏了。许褚把手中双刀一亮：“公明，你来保护主公，待我前去杀敌！”

许褚催坐下马，掌中双刀，就迎上来了。这边杨任，那边杨昂，一个使刀，一个使枪，同时就过来了。许褚使尽全身的力气，双刀往上一磕，这只手把枪磕出去，那只手把刀磕出去，一个人力敌二将。徐晃手持宣花大斧，一催马：“魏公，随我来！”拨转马头，带着曹操这匹马就往回杀，往山坡后头转。您想，还有一万兵呢，汉中兵将一层一层往上围，一层一层往上裹，再加上杨任、杨昂各持刀枪。许褚双刀抡动如飞，他得耗钟点儿，让徐晃保走曹操。时间不大，许褚已然浑身是血，血染征衣。杨任、杨昂一刀一枪，愣是打不过许褚。许褚估计时间差不多了，马一拨头：“呔！尔等闪开了！”双刀抡动如飞，汉中兵将的人头顺着刀头往出飞。“了不得啦……许褚好厉害啊……”“哗……”曹操听见声音，知道许褚在自己身后力敌二将不易。

徐晃保着曹操正往前走，突然就见前边尘沙荡漾，土气飞扬。“呀……公明，前边有贼兵！”“魏公休得惊慌。”这时，一声炮响，人马把阵势列开。徐晃一看：“主公您瞧，谁来了。”曹仁、夏侯惇指挥后队人马到了。曹操松了一口气：“来来来，杀上前去，杀上前去……”曹仁催坐下马，掌中刀，往前杀；夏侯惇催坐下马，掌中枪，也往前杀。曹操在乱军之中，由徐晃保着，带兵往回撤。几员战将往上一涌，才把杨昂、杨任杀败，然后护着许褚回归大营。

回到营中，摘盔卸甲脱战袍，吃完饭，喝完水，休息了一会儿，曹操升座中军大帐。“众位将军、列位先生，本以为汉中好得，没想到差点儿死在阳平关下。唉……看来汉中不易到手。退帐，退帐……”也没管战将要主意，也没跟谋士要办法，曹操退帐了。

打这儿开始，曹操不出战了。相隔多少天？《三国演义》说得很厉害，五十天没打仗。您想，曹操几十万大兵，每天得消耗多少粮食、粮草？众战将纳闷儿：一仗就把您打败了？为什么不打了？曹操在大帐坐一会儿回到寝帐休息一会儿，休息一会儿又到大帐溜达一会儿。大伙儿都不知道曹操在干什么。曹操多大岁数？六十了。这时的曹操跟当初火烧战船、赤壁鏖兵不能比，跟官渡之战就更不能比了。曹操现在想什么呀？曹操有心事。一个老了，没有当初勇敢的劲头儿了；再一个他考虑是让曹丕来接我的位子，还是让曹植来接我的位子；还一个他得考虑自己岁数大了，朝中有保刘协的顽固势力，将来应该怎么对待。不能把疑难问题留给我儿子。老年人想法多，所以耗这儿五十天都没打，他老琢磨朝中的事儿，老琢磨家中的事儿。

曹操想来想去，这天猛然抬头一看："呀……"已然一月有余没打仗了，那阳平关如何呀？再看这十几座营寨，刀枪密排，人喊马嘶，军容整齐。"哎呀……"曹操倒吸一口凉气：难道我错了吗？曹操这人这点儿好：只要有人提出来应当这么办，他马上就听。有人点他一下儿，他就琢磨；没人理他，他自个儿琢磨。他一想：我有轻敌之过。曹操似乎明白过来了。人只要一明白过来，就好办了。从这时起，曹操每天带手下人来回观察，发出探马打探阳平关、汉中的军情。

这天，曹操升座中军大帐。众战将全身披挂，参见魏公，然后往两旁一站。"众位将军、列位先生，孤带领人马来到汉中将近两月矣，并未开战。为什么？只因为汉中人马时刻准备跟我朝中兵将作战，并没有松懈，松懈的却是我朝中兵将。既然如此，本公传令，大队人马拔营起寨，回归河南。"大伙儿一听：耗五十天就走啊？还以为您有什么主意呢。贾诩迈步上前："主公，两军不过一次交锋，并未见着汉中多么强大，您为什么选择撤兵而去呢？""刚才我说了，汉中兵将个个把心提起来，时刻防备孤的人马，这仗没法儿打，所以才要撤兵。贾先生，撤兵自有用意。只有撤兵，汉中人马才能松懈下来；只有让他们松懈下来，才能再次进兵，反败为胜。"贾诩暗竖大指：丞相高明，能有如此见解。"丞相，您说得太对了，如此高明，焉能不胜？""好。本公传令，众位将军要按密令而行，绝不许声张。夏侯渊、张郃听令。”“在！”“在！”两位先锋官。“孤这些日子已查清地理，给你们每人派两名向导官，你们各带五千轻骑，暗中绕到阳平关后。这边拔营起寨一走，只要汉中人马往下追，必要让他们大败而回。”“遵令！”这二人久经大敌，知道曹操怎么用计。接过令箭，每人调齐五千轻骑，然后蔫溜溜奔小路，一个从左，一个从右，向导官带着，人不知鬼不觉就绕到阳平关后。曹操传令，大队人马拔营起寨。

人马一动，汉中大营就得报了。杨昂沉不住气了，骑着马来找杨任。“怎么样，曹操撤兵了吧？他打不了了。”“别着急，曹操诡计多端，也不知道到底真撤还是假撤。”“几十万大兵拔营起寨，能是假的吗？辎重都装车了。探马已然回来禀报，刀枪器皿、锣鼓帐篷、粮草都装上车辆，曹兵要走。”“别着急，还是把情况探清楚再说。”“你瞧，你怯敌了不是？曹操能打早打了，五十天都不打，你要不去，我去。错过这个机会，再追就来不及了。”“哎呀，还是请示一下儿张将军吧。张将军有令，咱们再追；张将军没令，咱们就别追。”“好，你等着吧，你等着机会可就错过去了，我去追。”杨昂、杨任的身份差不了多少，杨任苦劝，但杨昂不听。杨昂回到大营，调齐两万多人马，每座营中留下五百兵看守自己的五座大营，然后杨昂一声令下：“追！”杨昂全身披挂，胯下马，掌中刀，指挥兵将就追下来了。杨任看着着急：曹操诡计多端，倘若他诓敌，杨昂你可要上当。

杨昂指挥人马往下追，曹操大队人马往前走。这时，夏侯惇、张郃奉曹操之命，各带五千轻骑，就慢慢绕到阳平关后。杨昂指挥兵将正追呢，就在这时，突然漫天大雾，伸手不见五指，对面看不见人。你要打算迈步，也不知道前边深浅，而且汉中道路实在太难走了，不像现在的大平马路，那会儿只能深一脚浅一脚。所以一看漫天大雾，再往前根本走不了，看不见人，没准儿就能碰到前边那位的后脑勺儿，“梆”，就得磕一下儿。有人赶忙请示杨昂，杨昂传令：“站住不走，就地驻扎。”大伙儿都在这儿站着等着。他们没法儿走了，那夏侯渊和张郃也没法儿走了。他们走在山里，漫天大雾，道路还不熟悉，虽说有向导官，但深一脚浅一脚，盘着崖上去更难办，就听见人喊马嘶的声音。谁的声音？杨昂人马的声音。马不走了，马嘶。人不走了，人就嘀咕：这漫天大雾怎么办呢？声音可就传出去了。夏侯渊的兵将听见了，怕汉中兵将有埋伏，赶忙找地儿藏，隐隐约约看见前边有山寨，里面还有兵，正是杨昂留下的五座山寨，每座营寨才五百兵。

突然听见寨外有马蹄的声音，有人说："哎，是不是咱们主将回来了？赶紧把寨门开开，把他们迎进来。"您看，这就是大雾造成的。留守的兵士把寨门开开，夏侯渊这才看清楚，一声令下："进！"指挥五千轻骑就杀进这五座大营。到里边一看，都是空营一座。逮着杨昂的兵将一问才知道，杨昂已然指挥兵将追赶曹操去了，留下五座空营。"好。"夏侯渊传令："来，放火！"兵士们打着火镰、火石、火绒，山里有的是柴禾，营寨中放火可容易。"嘎啦啦"烈焰飞腾，这把大火就起来了，杨昂的五座营寨就烧起来了，留守的残兵败将就跑。往哪儿跑？旁边还有杨任的营寨呢，赶紧前去禀报杨任。杨任指挥兵将就杀过来了，在寨前两军一阵血战，看不清楚就乱杀乱砍，看得清楚就拿枪点拿枪扎。"哗……"兵对兵，将对将，短兵相接，血肉翻飞。

这时，杨昂指挥人马回来了。杨昂得报自己的营寨失火，赶紧带兵回来，怕主公怪罪下来就是砍头杀罪。杨昂带着兵将往回杀，等杀到营前一看，这边是夏侯渊，那边是张郃，杨昂吓坏了："呀……"张郃借这机会往前一催马，一抖掌中金枪："看枪！""叭"，摔杆儿就是一枪。河北张郃，金枪三十四手。这时大雾还没全散呢，杨昂措手不及，一迷糊，"噗"，就死在张郃枪下。曹操的兵将往回就杀。这时，杨任才知道曹操的兵将是假的拔营起寨。杨任没办法，带着残兵败将往回就跑，想跑回阳平关。没想到到阳平关一看，三军统帅张卫跑了，跑回南郑去了。那这些残兵败将全跑吧，全跑南郑去了。

曹操指挥大队人马得下阳平关，直奔南郑，到南郑城外采勘吉地，离城三十里安营扎寨。您看，曹操就这样轻而易举地把阳平关拿下来了。所以说曹操能够从失败中吸取经验教训：之前由于我轻敌，打了败仗；现在我重视了，我不怕大队人马拔营起寨麻烦，我把你吸引过来，然后巧夺你阳平关，败中取胜。错了就是错了，我改过来，我得把这仗打赢了。这就是曹操。曹操传令:“夏侯渊,你指挥人马前去探敌,看看敌兵怎么样了。”“遵令。”夏侯渊胯下马,掌中大刀,点齐五千轻骑,三声炮响,杀出营外,直奔南郑。跑着跑着,前边炮响,列开阵势,两万兵将把阵势列开,当中一员大将,正是杨任,亮银盔甲素征袍,胯下马,掌中一条枪。

杨任怎么杀回来了?杨任带着残兵败将回到南郑,张鲁气坏了:好啊,你败回阳平关之后不好好守关,还跟着败回南郑,把兵将都带回来了,这叫怎么回事儿啊? “推出去,杀!”手下赶紧求情:“杨将军跟着您这么多年了……”杨任也哭:“我实在没办法,我苦劝杨昂,但杨昂不听啊。结果杨昂追杀出去失败了,阳平关也丢了。”您看,张鲁向着他弟弟,从来不呲儿他弟弟,张卫可是三军统帅,坐镇阳平关,他都跑了。“好,再给你两万人马杀出去。”“我必取曹操项上人头!”这位倒也会说大话,带着两万大兵遘奔阳平关,正碰见夏侯渊。

两军人马把阵势列圆,杨任气往上撞:“对面主将,出马一战!”夏侯渊往前一催马:“你是何人?”“大将杨任。”“你我撒马一战!”“上!”杨任自己没上,让旁边那位上去了。这位姓昌叫昌奇,胯下马,掌中画杆方天戟,年纪轻轻,血气方刚。“夏侯渊,你休逞刚强,看戟!”“啪”,拿戟就扎。夏侯渊一看:这位连胡子都没长呢,哪儿有我经验多啊。夏侯渊用大刀往出一扇,两人二马一错镫,大刀往后一转,“噗”,昌奇的脑袋就掉了。杨任一看:真快呀。

旁边压阵官直瞧他,心说:您派一个小将出去了,您自己怎么不去呀?杨任心说:对,我要不去,回去也得挨宰。他往前一催马:“夏侯渊,你休逞刚强!”点枪就扎。两个人二马盘旋,杀在一起。刚才我说了,杨任功夫不错,跟夏侯渊杀了三十多个回合,棋逢对手,将遇良才,分不出输赢胜败。夏侯渊心说:之前我在这儿打了败仗,现在我就得在这儿扬名四海,我得想办法。这个回合结束,本来应当往回圈马,夏侯渊没往回圈,催马往下就跑。杨任以为夏侯渊打不过了,高声喊嚷:“哪里走,追!”夏侯渊在前头跑,杨任在后边追。夏侯渊在马上也不回头,凭两只耳朵听声音,就知道后边敌将离自己还有多远了。身为大将,眼观六路,耳听八方嘛。

这时，杨任往前一催马，大枪往前一递，就是夏侯渊的后心。夏侯渊给的就是这个尺寸。尺寸到了，杨任的枪也到了，“啪”，夏侯渊的马往旁边一闪步，然后夏侯渊在马上一扭身儿，杨任往前一催马，枪扎空了，可坐下这匹马仍然往前跑，正合适，夏侯渊大刀往下一掖，“噗”，把杨任人头砍下。这叫什么刀？拖刀计。五千轻骑齐声呐喊：“好啊……”人马往前一冲，杨任带领的两万大兵打不过夏侯渊的五千轻骑，败回南郑。

张鲁害怕了，赶紧跟兄弟张卫商量。“怎么办？”“打呀。”“打不过呀。”“打不过？跑啊。”“往哪儿跑？”“巴中。”“跑到巴中之后呢？”“紧闭营门，咱有的是粮食呀。”“那这儿怎么办呢？”“烧啊。”“嘿，你的想法太简单了。”张鲁一声长叹：“唉！兄弟，我本欲归降朝廷，万没想到事与愿违。烧？南郑城中仓廪府库，可都是国家的东西，我岂能放把火轻易就给烧了啊？真要那样，我上对不起国家，下对不起黎民。我要走了，百姓怎么办呢？”“那您就打。”“谁能出战呢？”“我哪儿知道啊。”“嘿……”功曹谋士阎圃一听：“主公，我给您举荐一个人，只要他到了两军阵前，胯下马，掌中刀，准能战胜曹操，而且能取曹操项上之头。”“嚯，有这高人，你早干吗来了？”“您瞧，我现在举荐也不晚啊，他正在城中养病。”“你说的是庞德？”“对，只要您把庞令明请出来，准能在两军阵前战胜曹操。”

前文书说了，马超战冀城打了败仗，带着兄弟马岱、大将庞德，到汉中投奔张鲁。皆因为张鲁中计，才让马超带着兵将攻打葭萌关，结果马超归降了刘备。当时庞德因为身染重病，就没跟着马超遘奔葭萌关，留在南郑城中养病，张鲁对他很不错。

现在阎圃一举荐，张鲁高兴了：“太好了！来呀，有请庞德。”有人把庞德请来了。庞德个儿并不高，比马超矮。按现在说，男同志得够一米八以上才帅呢，马超就够。庞德一米七以下，但身体特别好，长得黑，但黑中透亮，亮中透润，如今身体也养好了，浑身上下都是肌肉。庞德头戴扎巾，身穿箭袖，来到张鲁面前：“庞德参见主公。”“令明，曹操指挥人马取下阳平关，来到南郑。现在我想让你出阵杀敌，你可愿意？”“好啊，就请主公赐我一支人马。”“我给你一万大兵，马上指挥人马杀出城去，不得有误。”“遵令！”

书不说废话。庞德点齐一万大兵，三声炮响，撞出大营。这时，曹操的人马已然杀上来了。两军相遇，双方列开阵势。庞德催坐下马，掌中一口截头刀，直奔两军阵前。“呔！对面曹操兵将听真，在下庞德庞令明，哪个不怕死，阵前纳命！”眼睛都瞪圆了。曹操一看：“众位将军，疆场之上大将庞德，你们可知庞德是何如人也？”“丞相，渭河一战见过他，武艺不在马超之下。”“是啊，大战渭河，庞德威震我军，我深爱此人武艺。你们上阵杀敌，要缓杀之慢待之，想法使他归在曹某麾下。”“遵令。”大伙儿明白了，曹操想收降大将庞德。

夏侯渊催坐下马，掌中刀，来到两军疆场。“庞德，你可认识于我？”“夏侯渊，撒马一战！”这两人打过仗。夏侯渊往前一催马，“欻”的一下儿，搂头盖顶就是一刀，庞德用截头刀往上招架。什么叫截头刀？一般的刀是刀头、刀攒、刀杆。庞德这口刀有点儿个别，前边的刀头仿佛剁下去一块，叫截头刀。为什么使截头刀？因为庞德力大无穷，但个儿矮，所以才使截头刀。截头刀可不好使，使不好就得把自个儿的手捎上，非得是武艺高强、刀法出众的人才能使呢。庞德用截头刀往出一磕，夏侯渊扳刀头献刀攒，庞德用刀往出一划。两人二马一错镫，圈回马来再战。打了有四五个回合，夏侯渊往回一圈马，催马归阵了。“哎呀，敌不过也。”“好啊，何人上阵？”

张郃催坐下马，掌中金枪，直奔两军疆场。“庞德，认识我吗？”“哼哼，你是河北投降的张郃。”张郃气坏了：你怎么知道我是归降的呀？张郃点枪就扎，庞德拿刀往出招架。两人二马盘旋，杀在一起。杀了六七个回合，张郃卖了个破绽，回归本阵。“主公，此人刀法不弱。”曹操心说：夏侯渊四五个回合，你六七个回合。“何人上阵？”

徐晃一横掌中大斧，坐下胭脂马，来到两军疆场。“庞德，你可认识我？”“嘿嘿，归降的战将，原来在杨奉手下，后来归降曹操，你叫徐晃徐公明。”“呀……”徐晃也气坏了。庞德看出来了：你们都是假打，那我就激激你们的火儿。“欻”，徐晃大斧就下来了，恨不得一斧把庞德劈死，庞德拿截头刀往上招架。徐晃扳斧头献斧纉，拿刀杆往出一划，两人二马一错镫。一错镫，徐晃看见曹操了：丞相让我假打。刚才夏侯渊四五个回合，张郃六七个回合，我再加俩回合吧。圈回马来再战，打了十一二个回合，徐晃说了一声："对不起，打不过也！"催马回来了。"主公，打不过。""是啊，你又增加了两三个回合。许褚，上！"许褚心说：这回我不能再加两三个回合了。

许褚催坐下马，掌中双刀，来到两军疆场。"呔！庞德，你可认识我？""虎痴也。"嗬，他都知道。许褚抡双刀就砍。按说他是短兵刃，应当后砍，可他一看庞德使的是截头刀，比自己这刀长不了多少。许褚双刀往下砍，庞德拿截头刀往上招架。两人马打盘旋，两边擂动催战鼓，"卟噜噜噜噜噜""叨叨叨""杀呀……"许褚心说：这回我只要不死在他手里，我就得多打会儿，不然笑话我。许褚跟庞德杀了有五十多个回合，棋逢对手，将遇良才。许褚心说：我不能再打了，我把这面子已然赢回来了。趁着二马错镫，许褚拨马回阵。"嘿嘿，主公，打不了也。""撤兵。"随着鸣金，曹操大队人马头改尾，尾改头，往回就撤。人家既然撤兵，庞德也得撤兵，带领人马回到南郑。

单说曹操回到大营，升座中军大帐，文武官员参见曹公，然后退立两旁。大伙儿看着曹操：有什么令啊？曹操低头不语，手捋胡须："啧，啊……"不说话。贾诩明白了："主公，您是不是想收庞德，但还没想出主意来呀？""文和，你有何妙计？""您甭着急。张鲁手下有个谋士，叫杨松。""哦，听说过，此人巨贪也。"巨贪是现在的词儿，连曹操都会了。"此人贪图贿赂。""是啊，有钱就贪。""文和，你意如何？""张鲁对杨松言听计从，您想办法多多贿赂杨松，让他在张鲁面前说庞德的坏话。只要他把坏话说进去，我就有办法了。""好啊，那如何到南郑面见杨松呢？""明天两军列阵，您仍然让将士假打，继续打败仗往回跑，让庞德指挥人马追到咱们的营寨。"曹操心说：这可是我在汉中第二回跑了。"跑了又如何？""庞德得下营寨，高兴啊，就会摆上酒宴，犒赏三军，好在张鲁面前请功。等到夜静更深，您指挥人马杀上前去。同时您派一名能说会道的小校在道中等着，让他把您的纯金掩心甲穿在里边，外边穿上汉中的军装号坎，等庞德带领残兵败将败回南郑时，随着人马混进城中，去找杨松行贿。您再给杨松写一封书信，许他事成后还有大批金银珠宝。”“好啊。”曹操立刻写好一封书信，交给一个聪明的小校，又把黄金掩心甲往里边一穿，穿上衣服，再套上汉中的军装号坎，全都准备好了。

第二天，曹操升座中军大帐。“文和，应该如何派兵遣将？”“您派两员大将到前边等着，然后派一员大将前去诱敌，假装打败仗，把庞德的人马引进寨中……”“明白了，照计而行。”曹操传令，让夏侯渊在左，张郃在右，在道路两旁埋伏好了。然后两军把阵势列开，让许褚跟庞德打，几十个回合后假装败阵。庞德高兴，指挥人马往下杀，杀进曹营，曹操带着人马拔营起寨就跑，有没拔干净的，剩下的营寨就都归庞德了。庞德高兴：今天这仗打赢了，可以跟张鲁面前交待了。庞德摆上酒宴，犒赏三军。当天晚上刚睡着，四面八方炮声一响，“叨叨叨”，这边夏侯渊杀来了，那边张郃杀来了，曹操指挥大队人马又回来了。庞德一看，麻烦了，带着兵将往回就跑。跑在中途，这小校就混进来了，一直跟到南郑，叫开城门，进去了，兵将各归汛地。

这小校还真聪明，愣打听出杨松住哪儿了，上前叫门，小门儿开开了。“您找谁？”“我找杨大人。”门官明白：到这儿都是行贿来的。“您找杨大人何事？”“就是这样的事儿。”往出一掏，二百两银子。“行，谢谢。”门官收起来了。“您进去吧。”有钱能使鬼推磨，您就记住这句话。为什么贪官都贪钱？钱好说话儿啊。钱会说话儿，有嘴。杨松还没睡着呢，下人进来了。“大人，您起来吧，有人要见您。”“叫他进来。”杨松一看，不认识。“拜见杨大人。”“你是哪儿来的？”“曹丞相派我来的。”“见我何事？”“这儿有封书信。”这位把信掏出来，往上一递。杨松打开一看：哦，让我在主公面前说庞德的坏话，事成后给我金银财宝。再一瞧这人：哪儿带着呢？“嗯？”意思是金银财宝在哪儿呢？我得 look look 啊。（注：笑声）这位真聪明，号坎、衣裳都脱了。“您瞧见没有？金光闪闪。”“哟……”杨松认识：黄金掩心甲。“曹丞相给我的？”“不错，我给您脱下来。”反正屋里都是男的，这位把黄金甲脱下来了，交给杨松。这要搁现在，好家伙，一拍卖了不得了，价值连城。杨松把黄金掩心甲收起来了，再拿起这封书信："你回去告诉曹公，我准有妙计奉上。""那就谢谢您了。"这位转脸儿出去了，想办法混出南郑，回去禀报曹操不提。

杨松没睡觉，直接找张鲁来了。"求见主公。""哎呀，主公刚躺下。""我有急事。"下人不敢怠慢，赶紧进去禀报张鲁："杨松大人有急事找您。""命他进来。"张鲁正着急呢：这仗怎么打呀？"何事？""主公，您觉得庞德怎么样？""曹操几员大将轮战都打不过他，而且曹操打了败仗，营寨都丢了。只不过因为他们人太多，庞令明才杀回来了。""您错了。那是庞德假意卖上一阵让您瞧，让您过过眼瘾。""当真？""啧，我蒙您干吗呀？咱们君臣多少年了，不信明儿打仗您看看。"张鲁心想：对呀，四个人跟庞德打，许褚多大本事，徐晃多大能耐，夏侯渊、张郃都是勇将，怎会都打不过庞德呢？"把庞令明带来！"您说都什么时候了，该睡觉睡觉啊，第二天再办。不介，让人把庞德带来了。"拜见主公。""庞德，你这仗怎么打的？为什么曹操这么多战将都打不过你一人儿啊？"庞德是个老实敦厚人，要换那能说的，"我哪儿知道啊，我打得过，谁让我武艺高强、本领出众呢"，那张鲁也就没的说了。"不知为何赢了这么多员战将。""哈哈，你纯粹是卖我一阵，有意出卖汉中。推出去，杀！""啊?！主公，我真心实意要保汉中。""真心实意的话，你怎么不取曹操项上人头？""明天我就取曹操项上人头交于主公。"您说庞德傻不傻？"好，你回去吧。"

第二天吃完早战饭，张鲁升座大堂，给了庞德一支人马。"今天我要到城上观敌瞭阵，杨松你陪我去，我要亲自看一看庞德取曹操项上人头。""好，我陪您去。"庞德指挥一万大兵，三声炮响，撞出南郑，然后把队伍列开。不多时，曹操大兵到了。杨松陪着张鲁来到城头，手扶城墙，倚定护身栏，往城下观瞧。两军人马把阵势列圆，许褚催坐下马，掌中双刀，直临疆场。"庞德，你还想活吗？""来来来，虎痴，你我大战三百回合！"两个人二马盘旋，三口刀抡动如飞，大杀大砍。杀着杀着，将近一百个回合了，趁着二马错镫，许褚往回一拨马，催马就跑。庞德信以为真，以为许褚真打不过自己，力气没了。“哪里走，追！”许褚往前边跑，庞德在后边追。

追着追着，庞德猛然抬头一看，那边有个山坡，曹操带着几个亲兵勒马停蹄正观战呢。庞德心说：我要捉住曹操，可胜过千员战将。他往前一催马：“曹贼，你哪里走！”“啊呀呀呀呀呀”“啪”“扑通”，敢情早挖好陷马坑了。炮声一响，有人高喊：“拿活的！”陷马坑里席子上边是土，下边是生石灰面儿，庞德连人带马掉坑里了。有人拿钩杆子枪把庞德连人带马钩上来，然后摘盔卸甲脱战袍，摩肩头拢二臂捆上了，推到曹操面前。“跪下！”曹操下马，亲自给庞德松了绑绳。“庞将军肯降否？来，坐。”早预备好一个马扎儿，庞德往这儿一坐，然后曹操把衣服脱下来给庞德披上了。庞德心说：张鲁啊张鲁，我保你干什么呀？你又不是我原来的主公。“曹丞相威名震动天下，我无处投奔，愿意归降。”庞德跪倒在地，归降了。曹操高兴：“来呀，盔甲伺候。”手下人把庞德的盔甲拿上来，擦干净，帮着庞德顶盔贯甲，罩袍束带，拴扎什物，然后把马拉过来，鞍鞴嚼环都擦干净了。庞德拢丝缰认镫扳鞍上马，曹操用手一指：“请。”两个人一块儿骑马由山坡上下来，走到南郑城前，抬头往城上一看，意思是让你瞧瞧。

杨松用手一指：“主公，您看见没有？是不是卖一阵？现在庞德跟曹操并马而行，就是给您瞧呢。”“嘿，你说的真是实话。”要不怎么说张鲁失败呢，到现在他还恨庞德，喜欢杨松，认为杨松说的是实话。其实杨松那儿是掩心甲说实话呢，是金子跟那儿叨唠呢。不过这时张鲁着急了，真哆嗦了，跟兄弟张卫商量：“咱们走吧，南郑是守不住了。”“那……您就烧吧。”“烧什么？”“仓廪府库啊。”“仓廪府库可不能烧，那是国家所有。”“那您说怎么办？”“锁上，封上。你我带家眷由南门而出，逃奔巴中。”您看，张鲁真办了件好事，不管怎么样，终究没有恶到底，这点他就可以跟刘璋相提并论了。不管国家归曹操管还是归谁管，总而言之，张鲁没有毁坏东西。

曹操也没追，进南郑一看，仓廪府库都贴着封条锁上了，没烧没丢东西。曹操心说：张鲁还不错。曹操出榜安民，处理善后，把一切事情都办好了，然后命人骑快马遘奔巴中，让张鲁归降。送信的人走了，这边大队人马拔营起寨，由南郑奔巴中，扎下大营。

书不说废话。下书人见到张鲁，张鲁打开书信一看：难啊，我归不归降呢？张卫说：“您不能降。”“那谁跟曹操打？”“我打。”“你早干吗来了？”“最后一仗我也得打。”您瞧，死话都说出来了。（注：笑声）张卫点齐一万大兵，杀出城去。张卫的能耐哪儿行啊，三个回合，徐晃就把张卫的人头砍下。张鲁傻了，赶忙问杨松：“你我君臣怎么办？”“归降为是。”“我不愿归降。”“那我替您守城，您领兵出去跟曹操一战。”张鲁还真听话，阎圃劝了半天，张鲁不听。

张鲁指挥人马出城，还没打呢，他就觉着后边有动静，回头一看，后边都没人了。原来都是杨松派下来的，往回就撤。曹操指挥大队人马往前一杀，张鲁抹头就跑。跑到城门底下，杨松站在城头：“归降吧主公，您进不来了。”“哎呀……”张鲁气坏了。这时，曹操催马到了。“张鲁还不归降，等待何时？”张鲁没办法了，甩镫离鞍下马，掉过头来跪倒在曹操马前：“张鲁情愿归降。”带着阎圃这些人都归降了。曹操下马相搀，念在他没烧仓廪府库的分上，封了他一个将军之职，阎圃这些人都被封为侯爷。杨松开城门，把曹操接进巴中。

曹操把巴中的事情办理完了，杨松在旁边乐了：都是我的功劳。“魏公。”“杨松，你功劳不小。”“啊，请您赏赐。”还想要赏赐呢。“来呀，推出去，杀！”曹操非常聪明：要这样的小人何用？手下人往出一推，项上一刀，就把杨松杀了，这就是杨松的下场。

曹操得下汉中，得下巴中，消息传到西蜀，老百姓一天得哆嗦十回百回，害怕呀。您想，要是曹操进兵川中，川中老百姓还活得了吗？刘备也直哆嗦：“哎呀，军师，你看应该怎么办呢？”“主公，您别害怕。”“你又要略施小计？”“对，我略施小计就能退曹操兵将。”“您把小计赶紧说出来吧，不然我害怕。”“您甭害怕，原来您答应还给东吴三郡……”“对呀，这不是你出的主意，不让云长还么？”“那是那时候，现在是这时候。现在曹操之所以猖狂，就因为他轻而易举拿下汉中，然后就想进兵西蜀。您应该把他的方向扭过来，让他跟孙权干去。您给孙权写封书信，派一个能说会道之人遘奔秣陵，告诉孙权：现在要把三郡还给他，让他出兵去跟曹操一战。”“好啊，谁能去？”简雍说：“我去吧。”刘备写了一封书信，交给简雍。

简雍先到荆州面见关云长，把意思一说，拿出三郡。哪三郡？江夏、长沙、桂阳，把原来的零陵换成江夏了，因为江夏紧挨着东吴。简雍把这些事情跟关云长交待清楚，然后到秣陵来见孙权。“拜见孙将军。”“简先生到此何事？”“您看，我家主公有一封书信。原来我家主公就说要以三郡相还，可二将军不还，因为我家主公说了，何时拿下东川，让二将军坐镇东川，再把荆州还给东吴。可东川还没到手，所以二将军才不肯归还。子瑜先生到四川想要面见我家军师，结果军师巡江去了，后来军师回来直埋怨二将军。现在让我前来归还三郡，江夏、长沙、桂阳。等我家主公拿下东川，把二将军由荆州调到东川，那时就把荆州还给东吴。”“嗯，你们的话我已然背下了。你先到馆驿休息，容我商议。”把简雍送到馆驿，有人伺候不提。

吴侯孙权升座大堂，聚文武议事。“众位将军、列位先生，这是刘备给我写的信。现在曹操得了汉中，得了巴中，可能要进兵西川。刘备、诸葛亮来信要把江夏、长沙、桂阳三郡还给东吴，让我指挥人马跟曹兵一战。诸位意下如何？”张昭一抱拳：“主公，我有一计。”“哦，子布计将安出？”张昭妙计说出来，才引出一段绝妙评书：张辽威震逍遥津。谢谢众位，下回再说。

# 第二〇四回　张辽威震逍遥津

的卢当日跳檀溪，又见吴侯败合淝。退后着鞭驰骏骑，逍遥津上玉龙飞。

今天这段书是张辽威震逍遥津。过去我说过，但说得很简单。这次我又仔细地看了看逍遥津，看了看司马懿出世，看了看曹操为什么打完汉中之后不进兵西川。所以您看，今天再说《三国》，你的思维和看法必须得跟上形势，现在难就难在这一点上。

上回书说到曹操取完汉中，把杨松杀了，因为杨松卖主求荣。曹操把他斩于市曹，然后示众，让大伙儿看看这就是贪污受贿者的下场。然后各个地方该分派郡守的派郡守，该分派都尉的派都尉，犒赏三军，把这些事情都办完了。消息就传到西川，西川老百姓害怕，提心吊胆，一天二十四小时，过去说十二时辰，得着八十六回急。为什么？就怕曹操指挥四十万人马进兵西川，而西川刘备的人马加一块儿也没有这么多，因为打起仗来最倒霉的还是老百姓。曹操最后没进兵西川，那么谁主张进兵，谁又不愿意进兵呢？这点儿事儿咱们得交代清楚。

曹操得了汉中，主簿司马懿说："丞相，您已然得下汉中，就应该马上进兵西川。刘备是诈取刘璋，先取得刘璋的信任，蒙了刘璋，让刘璋引他进来，最后把西川夺过去的，不是真正打仗，凭兵力战败刘璋的。如果等他踏实了，诸葛亮会治国，把西川治理得基本安定了，再加上关云长、张飞、赵云、马超这些人把守关隘，到那时您再想得西川就不容易了。现在他立足不稳，人心不定，西川百姓也不知道谁对谁错，趁这机会，机不可失，时不再来，您赶紧打西川，打了就能赢。"曹操一听："已然得下东川，又让我进兵西川。我已然得了陇，难道还要让我望着蜀吗？"曹操不愿意去。刘晔说:“仲达之言是也。”司马懿说得对。“要是等诸葛亮安定了西川,那时您就没机会再进兵了,您现在不应该失去这个机会。”曹操说:“我得安抚士卒,犒赏三军,不能打了。”结果曹操就停兵在汉中,没进兵西川。

那司马懿说得对不对?说得对,从现在开始咱们就得重视司马懿。司马懿比曹操小二十四岁,现在曹操已然六十岁了,咱们都知道曹操六十六岁死的。您别忘了,这是小两千年前,曹操六十岁,思维就到老年人的程度了。咱们净说曹操南征北战、东挡西杀,治理国家大事了,那曹操自己家里的事儿呢?曹丕、曹植争夺继承魏公的权力、魏公的地位,曹操就不知道吗?当然知道。曹操想把事业传给谁?他也在考察这两个儿子,同时也在观察汉献帝,刘协就真死心塌地了吗?您琢磨,从衣带诏开始,帮着刘协反对曹操的人被曹操杀了一拨儿又一拨儿,曹操能不考虑吗?刘协就真踏踏实实听我的吗?再有,反对我的这些势力,所谓的知识分子,他们联合在一起,时时刻刻都琢磨着怎么样来对付我,我如何能在临死前保持住我的权力,实现平稳过渡,不出任何差错地把事业传下去——这才是曹操当时考虑最多的事情。所以他自然就没有年轻时,真说乌巢劫粮,官渡之战那时候的精神,不然的话,“欻”的一下儿进兵西川,那就真把刘备灭了。这时的曹操已然没有那样的思维,也没有那样的勇气了。我觉得历史学家分析得有一定的道理,是吧?

所以说人的思维能力不一样,曹操考虑的是这些事情,而司马懿考虑的是什么?也就是说,三十六岁的人考虑什么?您看,司马懿什么时候开始保的曹操?火烧战船,赤壁鏖兵是建安十三年,公元 208 年,从这时开始司马懿正式到相府当文学掾,管理教育上的一些事务。司马懿是哪儿的人?按现在来说,他是焦作人。从司马懿往上捯十二辈儿,他的祖上跟着楚王项羽灭过秦国,被封为殷王,封地在河内,就是现在的焦作。司马懿的父亲、爷爷、曾祖父……都做过太守,做过将军,可以说辈辈为官。司马懿的父亲叫司马防,做到了京兆尹。司马懿哥儿八个,他是老二,大哥叫司马朗。崔琰跟司马朗说过:“你比不了你弟弟,你们哥儿八个里你弟弟最棒。”说的就是司马懿。因为他们哥儿八个的表字都带一个达字,所以被称为“司马八达”。

司马懿是汉朝末年的大军事谋略家、策略家，非常聪明。建安六年，曹操刚当司空时就召司马懿到府衙门做事，但司马懿不去。那时司马懿年纪轻轻，二十啷当岁儿。司马懿为什么不去呢？看不起曹操。他认为曹操他爸爸、他爷爷是阉割之人，而他们家辈辈都是官儿，所以不听曹操的，他不来。可不来得有个理由啊，他装病，说他得了风痹症。风痹症是什么病？实际就是咱们说的痛风。司马懿说他浑身疼得动换不了，不能下地。曹操暗中派人去监视他，在窗户这儿瞧着，司马懿一宿躺在床板上愣没动换。曹操没办法，只好不让他来了。等曹操召司马懿到相府做文学掾是建安十三年，曹操说：“你要再不来，我就把你逮来。”司马懿害怕了，来了。虽然来了，但曹操不信任司马懿。曹操跟曹丕说过：“这个人将来会插手咱们家的事儿，你千万别重用他。你看他，有狼顾之相。”您看那狼，老是要左右看看，左边儿看看，右边儿看看，一会儿回头儿看看，因为它老惦记害人，是吧？司马懿有狼顾之相，这种人最不好惹。司马懿也知道曹操不信任自己，但既然到相府来了，各有抱负，司马懿在工作中勤勤恳恳、任劳任怨。后来司马懿愿意曹操当皇上，曹操才开始信任他，让他做太子中庶子，就是让他辅佐曹丕。果然司马懿帮曹丕战胜了曹植，承继了曹操的事业，后来还保曹丕顺利地当了皇上。

我为什么今天要点出司马懿来？因为如果曹操听了司马懿的话，那刘备就完了。说司马懿就给曹操出了这么一个主意吗？不是，一个主意跟着一个主意。最重要的您往后听，咱们也快说到了，水淹七军。庞德抬榇决战，关云长战胜于禁，水淹七军，逼得曹操要迁都。那不让曹操迁都的是谁？司马懿。所以后部《三国》主要就是听司马懿跟诸葛亮斗智。司马懿非常了不起，三十六岁，又聪明又能干，那要比曹操现在的思维能力翻上好几番去。

司马懿建议曹操打西蜀，可曹操说既得陇，还要望蜀吗？这就说明曹操这会儿是在考虑政权稳固性的问题。您往后听，就能证实曹操的这种想法了。曹操晋升魏王，杖毙崔琰，左慈戏曹，五臣尽节，这都属于曹操清理内忧。外患固然重要，但内里的事儿对曹操来说更扎心。所以曹操当时没听司马懿的，四十万人马按兵不动。

西川方面，老百姓害怕，刘备也哆嗦，刘备就把诸葛亮请来了。“军师，您看应该怎么办呢？”“您是不是怕曹操领兵来打西蜀啊？”“是啊。”“您别着急，我有个主意。这样，当初您答应先给东吴三郡：零陵、长沙、桂阳，一直没有交割。您可以派一个能说会道之人，到秣陵面见孙权，就说交割三郡。但您别给零陵，给江夏，江夏正好在江边上，等于给的是江夏、长沙、桂阳。然后您告诉孙权，曹操兵在汉中，合淝空虚，让孙权指挥人马进兵合淝，现在孙权就希望占据江淮地面。如果孙权出兵，就会牵扯曹操，曹操会立刻领兵赶往合淝，那跟咱们就没关系了。”刘备一听：“好啊，跟咱们没关系就行，甭管曹操去打谁。”（注：笑声）所以您看，孙刘两家联合对付曹操，绝对是对的。让谁去秣陵面见孙权呢？简雍说：“我去。”简雍是刘备的同学。刘备写了一封书信，把三郡交割，然后派简雍遘奔秣陵。

书不说废话。简雍见着孙权，把书信呈上。孙权一看：三郡肯定要了，但能不能进兵合淝？“简雍先生，您先到馆驿休息，这件事儿容我们商议商议。”手下人把简雍送到馆驿，有人伺候不提。

第二天，孙权把文武官员请来了，把这件事儿一说：“众位将军、列位先生，而今刘备要割江夏、长沙、桂阳三郡归还给咱们，但零陵不给。”大伙儿就问：“为什么零陵不给呀？”“简雍说了，零陵暂时不能归还，因为现在关羽镇守荆州。本来刘备打算得下东川，把关羽由荆州调到东川，没想到东川现在让曹操拿走了，关羽没地儿待。刘备说了，将来有机会拿下东川，把关羽调到东川，就把荆州奉还东吴。”大伙儿一听：这不是说瞎话吗？什么叫关云长没地儿待呀？你在成都弄个院子，他搬过去住不就得了么，纯粹是托词。张昭说：“主公，虽说这是诸葛亮的计策，但咱们还得听。不错，曹操四十万大兵在东川，离合淝太远，合淝空虚，您马上进兵合淝，急不如快，拿下合淝，再把三郡接到手中，对于您控制江淮有利。”“好。”孙权马上传令，让人骑快马遘奔陆口面见大都督鲁肃，让鲁肃派人去接江夏、长沙、桂阳三郡，然后从陆口把甘宁和吕蒙调回来，从余杭把凌统调回来。

等这几个人回来了，孙权立刻升座大堂，商议如何兵发合淝，如何控制江淮。吕蒙一抱拳："主公，兵贵神速，您必须马上出兵，不打合淝，先得皖城。""为什么要得皖城？""您想，曹操自打赤壁鏖兵之后，一心想报仇，但他打不过咱们，大战濡须坞，曹操败阵而走。可他由打去年开始就在皖城开垦田地，派庐江太守朱光坐镇皖城，大开稻田。为什么？他打算再进兵江南灭咱们，进兵荆州灭刘备。现在时局变化了，曹操已然得下东川，如果您把皖城拿下来，就能控制整个儿江淮地面，对咱们最有好处。所以我建议您先打皖城，他们正收稻子呢，咱们既得了稻子，又能稳住局面。"孙权看了看吕蒙，暗竖大指：吕蒙跟其他战将真是不一样。

您看，刚才我说了，后部《三国》一个应该注意司马懿，三十六岁，确实是军事谋略家；还有，就是江东吕蒙不可小觑。别的战将只知上阵临敌打仗，吕蒙马上就能给孙权出主意：别打合淝，先打皖城，皖城离合淝最近。如果不先打皖城，合淝的张辽就要派兵增驻皖城，皖城要是拿不下来，这仗就没法儿打了。拿下皖城来，拿回稻子来，既得到粮食，又控制住江淮地面，然后再进兵合淝。合淝人马空虚，曹操又赶不来，一战就能成功。这就是吕蒙。说为什么要突出吕蒙？如果吕蒙没有特殊的聪明，后来就不能白衣渡江，逼得关云长走麦城。所以吕蒙在东吴是首屈一指的战将，足智多谋。

孙权马上传令，派吕蒙、甘宁为先锋，潘璋、陈武负责押粮运草带领后军，自己亲统中军，十万人马浩浩荡荡，兵发皖城。什么时候？正是五月闰月，河水上涨，坐着船，"欻"的一下儿，顺江直奔皖城。先到和州把和州取下来，大队人马来到皖城。这时曹操大队人马还没准备齐，还在东川呢，孙权的人马就到了，兵贵神速。孙权下船，传令让水军和后军由船上下来安营扎寨，自己亲统马步军来到皖城城下，抬头一看，一杆旗一支兵，一杆旗一支兵，刀枪密排，整齐严肃，军容严整，皖城的城防布置得太严密了。孙权刚把队伍列开在这儿观看，突然就听城上一声炮响，五千名弓箭手、弩箭手认扣填弦，一阵梆子响，乱箭齐发，就对着孙权的人马射来了。

孙权一抬头，“嘭”的一下儿，一支冷箭正射到孙权身后的伞盖之上。孙权吓坏了，心说：好你个朱光，虽然你准备得好，可我江东人强力猛。“来呀，升帐议事。”还真快，这边观城，后边兵马已然安营扎寨了。

孙权带着兵将回到营中，升座大帐，吕蒙、徐盛等人参见孙权，然后往两旁一站。孙权双眉倒竖，二目圆睁，紫胡须都扎煞起来了。“众位将军，此一箭之仇必报！”说射到伞盖上，孙权为什么这么生气呀？等于射在他脑袋上一样。因为伞盖是你孙权的，想射伞盖就射伞盖，想射你脑袋就射你脑袋。“众位将军，有什么办法可以急速拿下皖城？”徐盛抱拳拱手：“主公，皖城城池高大坚固，朱光训练兵将把这座城守得铜墙铁壁一样，不好打。依我之见，您把云梯立起来，然后搭上虹桥，让军士登上云梯、登上虹桥往城中观看，看明白之后再打。”吕蒙听到这儿，一阵冷笑：“徐将军，照这样，张辽指挥人马由合淝杀来，恐怕江东十万大兵就要毁在你手啊。”“啊?!”孙权明白了，一拦徐盛：“吕蒙将军，要让你说，这座皖城应该怎么打？”“孙将军，敌箭射在您麾盖之上，您是不是十分动怒？”“不错，所以才急于拿下皖城。”“对。江东兵将雄赳赳，气昂昂，直抵皖城，您就应该借此机会一鼓作气，明天早起吃完战饭就攻城，我想到不了午时末，这座皖城就能拿下来。甘兴霸为先锋，我极力辅之，不攻下皖城，绝不罢休。如果超过午时拿不下来，张辽兵将一到，这仗就算败了。”“好！”孙权一挑大指，传下命令，第二天早起五更天造饭。

一夜无书。第二天吃完早战饭，炮响鼓响，“叨叨叨”，不到辰时就出兵了，四面八方把皖城团团攻住。甘宁点齐五千先锋军，吕蒙点齐两万大兵，四面攻打这座皖城。吕蒙亲自擂动战鼓，甘宁带着长链锤，撒腿往前跑，带着五百兵，登上云梯就往城上攻。城上往下射箭，但江东人马不怕。甘宁手拿链子锤就抽，“啪啪啪”，把箭抽开了，顺着云梯就上城了。到了城头，甘宁一眼就看见朱光了，链子锤一扫，“啪”，“扑通”，朱光倒了，几百兵上去就把朱光剁了。紧跟着，江东兵将就都上城了。孙权一看，不到一个时辰，还没到辰时末就把皖城拿下来了。这时，远探前来禀报：“启禀主公，现在张辽人马离开合淝，遘奔皖城，已然走在中途。”“再探！”孙权心说:要不是听了吕蒙的主意,张辽一来支援,皖城就拿不下来了。得了皖城,控制住这块地面,今年割下来的新稻子也都归了东吴,孙权很高兴。

孙权把城里的事情都安排好了,然后交代吕蒙:“摆上酒宴,庆功贺喜。”孙权回到大营。江东人喜欢吃水果,酒席宴间每个战将前边都有个桌子叫果桌,摆着新鲜的水果,南方水果特别多。吕蒙指挥人等准备着。正位谁坐?当然是孙权。孙权旁边的位子谁坐?谁功劳最大,谁坐。大伙儿都说:“吕蒙将军,您坐您坐。”吕蒙说:“不,没有甘兴霸飞身上城,皖城可拿不下来,甘将军功居第一。来,坐坐坐……”愣把甘宁搁在第一个座位上。甘宁往这儿一坐,大伙儿依次坐好,摆上鲜果,酒宴就准备开始了。大伙儿正准备开怀畅饮,犄角儿这儿有个人气坏了。谁?凌统,因为凌统的父亲就死在甘宁之手。吕蒙让甘宁,凌统就生气,而且越看越生气,想起父亲凌操死在甘宁之手,两只手骨节儿攥得“嘎吧嘎吧”直响,可也没带着武器呀。

这时,酒宴摆上,大伙儿推杯换盏,开怀畅饮。凌统往旁边一看,身旁有个侍卫带着宝剑。这是吕蒙布置的,所有战将不许带兵刃,唯独侍卫可以带宝剑。凌统一伸手,“欻”的一下儿,就把这人的宝剑取过来了,推开果桌,迈大步走到酒宴中间。“众位在此饮酒没有乐趣,待我舞剑一回。”凌统把宝剑一捋,抖开剑袍,这口宝剑就舞起来了。凌统舞着宝剑,一步一步就奔甘宁来了。甘兴霸心里明白:这哪儿是舞剑啊,纯粹是想把我弄死。甘宁不甘示弱,伸手捡起地下早就预备好的两条短戟。按说酒席宴间不许搁兵刃,甘宁低头哈腰把这双戟捡起来了。“来来来,你一个人舞宝剑没什么意思,待我舞双戟给你看。”双戟抡动如飞,直奔凌统,两个人可就要打起来了,刀光剑影。大伙儿鸦雀无声,有人飞奔大营前去禀报孙权。

吕蒙一看:坏了,是我让甘兴霸坐在功臣首位,凌统生气了。现在他们动起手来,甭管伤了哪个,主公怪罪下来,我也担待不起。吕蒙非常聪明,伸手由军士手里取过一面盾牌,左手一举,右手由军士手里取过一口单刀,往前一蹿,正蹿到凌统、甘宁当中间儿。这时,凌统抖宝剑正往前扎，吕蒙拿左手的盾牌一挡；甘宁的双戟也往前扎，吕蒙右手单刀往出一磕，“仓啷”一声响。“二位，有我在你们当中间儿这么一舞，是不是更好看啊？”这下儿甘宁也愣了，凌统也愣了。

正在这时，听外边马踏銮铃声音响，“啊呀呀呀呀呀”“嚓……”“吴侯到！”到得真快。孙权甩镫离鞍下马，四个武士相随，迈大步走到酒席宴间，伸手拉住凌统，另一只手挡住吕蒙，然后头一摆：“兴霸，且往后退。”凌统看孙权来了，“噗通”一声，跪倒在地：“主公，您要给我的老爹爹报仇！”“唉！同为国家，我不让你们相互厮杀，怎么就不听话呢？”孙权好生安慰，才把凌统劝住。这场庆功宴也就此作罢。您看，这样的事儿袁术就干不出来。而孙权得报之后马上就到了，必须安抚下去。孙权赐凌统锦缎十匹、黄金千两，书不细表。

第二天升座中军大帐，孙权传令：“众位将军，现在已然拿下皖城，大队人马随我进兵合淝。”为什么这么快？吕蒙说了，必须快，不然曹操带领人马就来了。曹操在汉中四十万大兵，虽说离合淝挺老远的，但你也不能给他工夫啊。一给他工夫，“欻”，前军人马先锋官一到，这仗就没法儿打了。

再说张辽中途得知皖城失守，只好撤兵回到合淝，张辽着急啊。曹操四十万人马进兵汉中，合淝留下多少？七千。孙权十万大兵，张辽只有七千人。孙权手下有吕蒙、甘宁、凌统、陈武、潘璋、董袭、蒋钦，偏将、牙将加一起二三十位。合淝有几员战将？张辽是主帅，两员副将，一个李典，一个乐进。虽然这几员大将都久经大敌，但张辽跟李典不和。“三人一条心，黄土变成金。”说刘关张弟兄谁也没法儿惹，因为仨人一条心。可张辽这儿不行，一共就三员战将，张辽看见李典撇嘴，李典看见张辽瞪眼，您说这仗怎么打？再加上看守合淝的文官薛悌，一共只有四个人。如果孙权大兵来了，眼瞧着合淝就得一败涂地。合淝失守，曹操就失去一块阵地。您说张辽能不着急么？

这时，薛悌给张辽送上一个木盒，上写：“曹操谨封。”“张将军，丞相派人送来木盒，说敌兵到，再开此匣观之。”张辽明白了。此时探马来报，孙权十万大兵马上就到合淝了。张辽立刻让薛悌把李典和乐进请来，商议如何镇守合淝，七千人马怎样以少胜多。乐进比谁都清楚：张辽、李典不和，丞相送来锦囊妙计，倘若计策开出来，李典不听，怎么办？就怕内部纷争。乐进跟张辽说："张将军，您是主将，现在敌兵已到，您打开看看吧，到底丞相让咱们怎么办。"张辽让薛悌打开木盒，把锦囊妙计拿出来了，简简单单一句话："敌兵至，张辽、李典出战，乐进守城。"您看，曹操也了不起，明知张辽跟李典顶着牛儿呢，我就让你们同时出战，看你们怎么对待这场战役。四个人都看了曹操这句话，谁打谁守知道了，可这些兵怎么分配？统共才七千人，孙权可是十万大兵，以一敌十都不够，况且还得有兵将守合淝。乐进心说：这话也就得我说。李典不理张辽，张辽也不理李典，薛悌是文官，只能跟着我守城。我得先问问张辽，这仗怎么打。

乐进说："文远将军，丞相的密计已然看了，如何守住合淝？"张辽脸一沉："文谦，告诉你，七千人马守合淝，守不住。""那这仗怎么打？""依我说，就应该指挥人马杀出合淝，顶住孙权的兵将，给他个迎头痛击，杀他个落花流水。你要知道，孙权得下皖城就是一鼓作气，咱们也得一鼓作气把他打回去。只有这样，才能守住合淝。"乐进明白了。"文远将军，话虽如此，可咱们只有七千人马呀。"说话的同时，乐进瞟着李典，李典低头不说话。李典心说：你爱怎么说怎么说，七千人马出去打仗，一个人对付十一个，打得了吗？李典不言语。

张辽一生气，站起身形，双眉倒竖，二目圆睁，脸上颜色更变，用手一攥宝剑："二位将军，而今正是丞相用人之时，如果你我不能指挥人马把孙权杀退，合淝可就保不住了。咱们不能把私心放在战事之上，谁不愿意出战，就要守住合淝，我张辽带领几百人马杀出城去，迎头去取孙权之首！"听到这儿，李典抬头一看，张辽两条眉毛挑起来，两只眼睛瞪圆了，晃身形"嚓楞楞"甲叶儿声音响。李典心说：我也跟着丞相打这么多年仗了，现在丞相命令下来了，让我跟张辽出战，那就得看我的态度了。自丞相由山东起兵，我就跟着，那时还没张辽呢。现在我要是退缩，对不起丞相啊。想到这儿，"噌"的一下儿，李典站起来了："将军，您既然肯为国慷慨出兵，我服从您的命令。”“好！”张辽一抱拳：“既然如此，曼成听令。给你五百兵，明天吃完早战饭后遘奔逍遥津北埋伏，等孙权的兵将杀过来，就把小师桥拆掉。拆完桥之后，你在北边埋伏好了。今夜我召集敢死队，看有谁不顾生命，跟着我一起杀退孙权的兵将。文谦来助战，同时保护合淝，合淝城就交给薛悌先生镇守。”张辽派完兵了。很简单，让李典带五百兵先拆一座小师桥。孙权的兵将在小师桥南安营扎寨，肯定得过桥来打仗，桥一拆，他就回不去了。

当天晚上，张辽把七千兵集合在一起，挑出五百人交给李典，然后跟大家说：“现在丞相带领四十万大兵在汉中，没想到孙权带领十万人马兵发合淝，我们要以七千人马退十万大兵。众位，你们谁自告奋勇，豁出这条命，跟我张辽前去杀退孙权，将来禀报丞相，记大功一次。”竖起一面大旗：“敢死队。”真别说，几百人报名。谁报名，就给一坛子酒、十斤牛肉。时间不大，敢死队就组织起来了，人人奋勇，都站在张辽面前：“将军，我跟您去！”张辽非常高兴。“再出八百，跟着乐将军出马。”又出来八百兵，跟着乐进。张辽全准备好了。

一夜无书。第二天早上起来，天还没亮就埋锅造饭。吃完早战饭，李典带兵蔫溜溜出城。此时，乐进指挥兵将埋伏好了，张辽指挥兵将也埋伏好了。眼瞧着孙权的兵将扎完营，由小师桥南遘奔小师桥北。这时，孙权的先锋军，吕蒙和甘宁指挥两万人马过了小师桥。孙权带着凌统，三百兵，在小师桥北这儿观敌瞭阵，等候前方的消息。孙权知道，合淝只有七千人，所以认为胜利在望。他可没想到，桥南的李典一声令下，就把小师桥拆了。小师桥是座拱桥，拆了多少？拆了有三分之二。北边还留着一点儿，三分之一，其余三分之二都拆了。

书不说废话。吕蒙和甘宁指挥先锋军过了桥，就往合淝杀。这时，炮声一响，乐进来了，把人马列开。甘宁催坐下马，掌中刀，直奔乐进。两个人马打盘旋，杀在一起。杀了三十多个回合，分不出输赢胜败。打着打着，乐进虚砍一刀，拨马就跑，甘宁指挥人马往下追，吕蒙指挥兵将跟着也往下追。有人禀报孙权：“启禀主公，现在甘宁、吕蒙将军带领先锋军已然得胜，乐进败阵，遁奔合淝。”“好啊，凌将军，指挥人马杀上前去。”凌统带领三百兵，保着孙权就杀上前去了。

没想到杀过去之后，就听连珠炮响，“叨叨叨”，左边杀来一支人马，八百儿郎，一个个挺胸叠肚，手拿钢刀。当中一匹黄骠马，马上一员大将，金盔金甲绿战袍，掌中一口钩镂古月象鼻子大刀，威风凛凛，杀气腾腾，黄脸膛，三绺墨髯黑胡须，正是张辽。张辽抖丹田一声喝喊：“呔！东吴兵将听真，在下张辽在此！”就这一嗓子，东吴兵将吓坏了。凌统一声令下：“杀！”这三百兵可就顶不上张辽的八百敢死队了。每人一坛子酒、十斤牛肉，说都吃了？不成，那就撑死了。（注：笑声）这就叫鼓励战士，饱餐而战。再瞧张辽这口大刀，刀头、刀攒就颤了。孙权见势不好，拨马就跑。看前边有个高岗，孙权催马就上高岗。凌统带兵也冲向高岗，得保着孙权啊。

这时，张辽指挥人马就杀上来了。“杀呀……杀孙权啊……”右边炮声又响，李典指挥人马杀上前来。前边乐进又把吕蒙和甘宁的兵将截住，两军人马打开交手仗了。张辽抬头一看，高岗上正是吴侯孙权，心说：我若取下孙权项上人头，得在丞相面前立下多大功劳。“尔等随我来！”张辽一催黄骠马，“啊呀呀呀呀呀”，直奔孙权。孙权一看，赶紧一抬腿，摘下金攒盘龙枪。这时，张辽到了，“欻”的一下儿，刀就下来了，孙权合枪招架。两人二马一错镫，孙权由高岗之上冲下来就跑。凌统冲过来，拿刀搪住张辽。两个人二马盘旋，冲杀一处。这八百兵能打的就打，能射箭的就射箭，举刀就剁，举枪就扎，八百敢死队就是不要命。咱们说书不耽误时间，东吴的三百兵全死在八百敢死队手中，凌统身上也中了十几支箭。即便如此，凌统高声喊嚷：“主公，您赶紧跑回小师桥！”

孙权往前一催马，身边连个兵都没有，只有两员牙将，跟着孙权直奔小师桥北。抬头一看，孙权愣了：这座小师桥已然被拆了三分之二了。孙权心说：这怎么过去呀？马跃不过去呀。旁边这员牙将叫谷利，抬头一看：“主公，您先往后倒退二百步，然后纵马向前，必然能越过桥去。”孙权一听：对呀。马一拨头，往回跑了几百步之后，拨转马头，谷利跑过前去，拿马鞭子一抽孙权这匹马，马往前一蹿，孙权裆里一攒劲，跑到小师桥上，“啪”，往起一跃，“欻”，正到三分之一那儿，悬啊。孙权心说：幸亏他鼓励（谷利）我。您看，这“鼓励鼓励”可能就是从那时候落下的。（注：笑声）

孙权纵马跃过小师桥，长出一口气，再看凌统，浑身上下中了几十支箭，跟刺猬似的。眼看张辽指挥人马一阵冲杀，凌统性命难保，这时吕蒙和甘宁杀回来了，一层一层往上围，一层一层往上裹，不亚如七层刽子手，八面虎狼军，把张辽的敢死队团团围住。张辽左冲右突杀出去，回头一看，重围里还不少兵呢。军士们就嚷：“张将军，您得要我们啊……”张辽催马回来，往出又带出几十个来。就这样，一出一进，一出一进，把敢死队全带出来了。这就是张辽威震逍遥津。那边孙权用船把凌统救回去，给他治伤不提。

张辽这一仗吓坏了东吴将士。后来东吴的小孩儿夜里不睡觉，哭，妈妈哄不了爸爸哄，爸爸哄不了奶奶哄，奶奶哄不了爷爷哄。最后，老祖儿过来了：“睡吧小子，再不睡，张辽来了。”“呼……”马上就睡着了。（注：笑声）

孙权指挥人马一连攻打十几天，打不下合淝。张辽把合淝守得跟铁桶相似，然后发捷报禀报曹操。曹操带领四十万大兵兵发濡须，要灭孙权。甘宁百骑劫魏营，左慈戏曹。谢谢众位，下回再说。

# 第二〇五回　甘宁百骑劫魏营

鼙鼓声喧震地来，吴师到处鬼神哀。百翎直贯曹家寨，尽说甘宁虎将才！

一听这四句开场诗，您就知道今天该说甘宁百骑劫魏营了，这是《三国演义》中的一段名书。

刚才我坐门口那儿看我准备的草稿，有个老听众问我："您看的什么呀？"我说："是我今天要说的书的草稿。"他说："您不是老说么，怎么还预备草稿啊？"我说："每次说书跟每次说书都不一样。要打算把评书艺术传承下去，就要与时俱进，昨天的思想跟今天的思想都不能一样，尤其是我们说评书的人。"不用说现在，当初我父亲教我说书时就说："你在台上一定要了解台下的听众他们想听什么，他们在想什么，这样的话，你说的东西他们爱听，跟上时代了，艺术才能长久下去。"直到今天，我觉得我父亲说得仍然不假。

咱们还得说这段甘宁百骑劫魏营。上回书说了，曹操得了汉中之后，应当进兵西川，这也是司马懿的主意。但这时的曹操跟年轻时、壮年时的状态已然不一样了，从这点来说他还不如我连丽如呢，他刚六十岁，我都七十多了，我还得前进呢。曹操在这时就想到家族和身后事了：我应当立谁为世子，应当把事业传给谁；朝廷中还有谁反对我，我应当怎样把现在的局面控制下来，使权力不丢失；刘协能不能听我的……曹操脑子都在考虑这些问题，他就没听司马懿的，没进兵西蜀。那司马懿说得对不对？说得相当对。为什么？一个是因为司马懿见识广，他是一个政治谋略家；再一个他的年龄在那儿呢，三十六岁。您看，梁彦和王玥波的脑子就是比我快，我得跟他们"斗"，我脑子得比他们还快，是吧？要不然，他们不听话。

（注：笑声）司马懿三十六岁，又有那么高的水平，所以他的见解非常高明。

结果曹操没进兵西川，诸葛亮反而派简雍遘奔江东面见孙权，这就是孙刘两家联合策略的正确。孙权进兵合淝，张辽威震逍遥津，吓得孙权逃回濡须坞。但毕竟张辽人单势孤，他立刻派人到汉中面见曹操，意思是您马上派兵来吧，我已然支持不下去了。这样，曹操四十万大兵进兵濡须坞。前文书说过，濡须坞实际就是孙权盖的一个大码头。本来汉朝没有码头，现在有了这么一个大码头，可以搁船，可以搁兵，也可以跟敌人打仗。这就是一个年代有一个年代战争的特点。

曹操兵发濡须，孙权这儿已然做好准备了。他让徐盛、董袭带领五十条大船，每条船上二百兵，镇守濡须口；让陈武带着水军、马步军在江岸附近来回巡驰，保护地方，以防曹兵侵入。孙权亲统大兵，扎下陆地大营和水师大营。曹操大兵一到，孙权马上升座中军大帐。"众位将军、列位先生，现在曹操四十万大兵兵发濡须，曹操势大，东吴势小，这仗应该怎么打？请出策。"张昭抱拳拱手："将军，依我看，曹操虽然兵多将广，但由汉中远路而来，已然战疲。您必须立刻指挥人马打个漂亮仗，打他个措手不及。"孙权一看张昭：他没这么横过呀，今儿是怎么了？"好，太好了，大家听见没有？子布说了，要打个漂亮仗。"大伙儿都瞧张昭，心说：你去呀？这爷们儿挺会说话。胡须蓝袍乌纱帽，胯下马、掌中枪不会，不过他说得确实对。

孙权也知道大伙儿的意思，微微一笑："众位将军，哪位愿打这场漂亮仗，以遏制曹操？"这说明孙权已然理解了张昭的用意，必须给曹操来个下马威。凌统挺身而出："主公，您给我三千人马，我杀出濡须去战曹操！"孙权刚要传令，甘宁一迈虎步："哎呀，主公，给我一百人足矣，杀得曹操落花流水，取老贼项上人头！"张昭心说：这二位还真勇，凌统说三千，甘宁说一百。张昭看看孙权，看孙权怎样传令。"甘将军，只要一百兵？曹操四十万人马呢。""哎，一百兵足矣。"凌统说："我带领三千人马杀上前去，准胜无疑。"俩人儿争。孙权说："千万不要小瞧曹操，曹操运筹帷幄，久经战事。而今虽然他从汉中撤兵，但探马已然来报，曹操让夏侯渊镇守定军山，让张郃镇守蒙头岩隘口，已然留下强兵猛将，他带着许褚、徐晃、庞德来到濡须，一个个勇不可当。这样吧，兴霸，先让凌统将军带领三千人马杀出濡须，见着曹操兵将以探军情，杀他个落花流水。我再派吕蒙将军给你打接应。”“遵令。”张昭一听：孙权高，让凌统带领三千兵作为探战，探探曹操到底怎么样。甘宁瞧了凌统一眼，退下去了。

凌统点齐三千人马，由濡须出兵，走出没有十里地，就看见前边曹操的兵将了。炮声一响，人马把阵势列开，对面主将正是张辽。凌统的兵将一看是张辽，齐声高喊：“了不得啦，张辽来啦……”“哗……”凌统气坏了：这儿还没打呢。说张辽威震逍遥津，江东小孩儿睡不着觉，拿张辽一吓唬就能睡着了，可你们是怎么回事儿？这儿哄孩子来了？（注：笑声）“战以气胜，违令者斩！”大伙儿不言语了。

凌统让压阵官替他压住全军大队，催坐下马，掌中刀，直奔两军疆场。“呔！东吴大将凌统在此，张辽马前纳命！”大伙儿一瞧凌统这么横，“欻”，全横起来了。这就是将在勇，不在多。有一百员战将，坐这儿全耷拉脑袋，那管什么用啊？凌统威风凛凛，杀气腾腾。张辽让压阵官替他压住全军大队，催坐下马，掌中钩镂古月象鼻子大刀，直奔两军疆场。“凌统休逞刚强，张辽的威风你不知道吗？”“不知道，我让你认得认得这口大刀。”“欻”的一下儿，这口刀就下去了。这就是江东战将的特点，从来不知道怕谁。张辽合刀招架，凌统扳刀头，献刀攒，张辽大刀往出一磕。两人二马盘旋，冲杀一处。两个人打了多少回合？五十个回合。张辽久经大敌，是曹操手下一员猛将，凌统能跟他打五十个回合，不简单。

这时，就听后边炮鼓连天，杀声震耳。两人二马一错镫，凌统往自己队伍身后一看，掌旗官高挑一面大旗空中飘摆，上边斗大的一个字：“吕。”凌统明白了：出兵时主公说了，让我探探曹兵虚实，让吕蒙给我打接应。我跟张辽打了五十个回合不分胜负，再打没好处。凌统非常聪明，虚砍一刀，拨马就跑。张辽指挥人马刚要追，吕蒙已然把阵势列开了。“杀！”吕蒙指挥兵将往上冲。张辽一看：坏了，人家有准备。张辽指挥兵将撤回来，两边算是息兵罢战。

吕蒙接着凌统，指挥人马回到大营面见孙权。“凌统、吕蒙拜见将军。”“此战如何？”“和张辽打了五十个回合，未见输赢胜败，吕蒙将军前来接应，我就回来面见主公。”“好，看来张辽要在曹操面前抖一抖威风，等曹操大兵杀到濡须，我军恐怕难敌。”甘宁迈虎步来到帅案前：“主公，我不怕。您给我一百兵，我杀入曹营，如果丢失一名兵士，失去一匹战马，我提头来见！”凌统就够横的，甘宁更横。孙权一看，甘兴霸威风凛凛，头上千层杀气，面前百步威风。“好啊，给你一百勇士。”“主公，倘若失去一人一骑，算我甘宁无有胆量战胜曹军，回来领罪。”“好，中军听令。”“在。”“挑选一百名勇士、一百匹好马，准备一百副铠甲，交与兴霸将军。”“遵令。”甘宁心说：凌统你三千，我一百。中军官马上挑敢死队，一百名勇士在辕门这儿站好了。时间不大，一百匹好马、一百副盔甲都送来了。孙权又传令，赏赐五十瓶好酒、五十斤羊肉。甘宁马上让伙食兵把五十斤羊肉炖熟了。

昨天看《三国》我就生气，要搁我，我就给五百斤。一百名勇士才给五十斤羊肉，一人儿才合半斤，半斤羊肉一炖就没了，还不够梁彦吃的呢。（注：砸挂）也不知道是罗贯中饭量小，还是汉朝那时候一斤等于现在的十斤？这我就不太明白了。总而言之，孙权不错，给了五十瓶好酒、五十斤羊肉。

时间不大，羊肉炖得了，酒摆这儿了。甘宁全身披挂，站在这一百人面前。大伙儿起立：“参见甘将军。”“看酒伺候。”手下人端过两觞酒，甘宁一饮而干。“众位，奉主公之命，今夜二更劫杀曹营。大家要奋勇当先，让曹操知道江东人不可欺也！”按说他说完，大伙儿应该“哗……”，要不然就“噫……”，结果没动静。甘宁一瞧，众人面面相觑，有的呆呆发愣。甘宁气坏了：我这横儿已然较过来了，现在你们一百兵在这儿现眼？甘兴霸气往上撞，攥宝剑把儿，按绷簧，“嚓楞楞”，宝剑出匣。“众位，将士用命就在今日，为上将者都不惧，你们这些兵丁岂能惧而退哉？”大伙儿一看，甘宁宝剑都举起来了，“噌”的一下儿，全把劲头儿提起来了，这人就是怕鼓励。“来呀，饮酒吃肉，领铠甲，领马匹。”大伙儿义愤填膺，端过酒就喝，拿起羊肉就吃。您说这么大汉子，半斤羊肉一骨碌就下去了。甘宁命人取过一百支白鹅翎。您看，鸡翎就不行了，鸡翎太短，鹅翎长。一百兵都身披铠甲，每人一支白翎插在盔上，只要插白翎者，那就是吴军。大伙儿都准备好了，顶盔贯甲，罩袍束带，拴扎什物，全身披挂整齐。这时，月色已明。甘宁传令："二更出发，劫杀曹营。"

书说简短。二更天到了，大伙儿拢丝缰认镫扳鞍上马，甘宁一马当先。"我兵我将，杀！"甘宁指挥一百兵由大营杀出去，"啊呀呀呀呀呀"，直冲曹营，就为给他来个措手不及。所有人骑的都是好马，特别快，借着星斗月色光华，跟着甘宁直奔曹营，可就来到曹营以外。您看，说书常说栽埋鹿角栅、铁蒺藜。什么叫鹿角栅？您都吃过鹿角菜，尤其打卤时常放鹿角菜，长得跟鹿犄角似的，实际就是拿一些草棍儿、树枝儿给码上，码上以后都插着，插得挺高，一般马过不去，人也不容易过去。甘宁一看："挑！""啪"，捋大枪一挑，跟着一百兵就把这些鹿角栅都挑飞了。甘宁抖丹田高声喊嚷："呔！曹营兵将听真，在下东吴大将甘兴霸。尔等知道甘宁的厉害，闪开了！"甘宁一马当先，杀进曹营。一般偷营劫寨都是蔫溜溜来，而且人口衔枚不说话，马戴嚼环，摘去銮铃，马蹄儿拿毡子包上。甘宁倒好，明目张胆来，鹿角栅一挑，"欻"，冲进去了。

甘宁挑了三层寨门往前杀，等杀到中军大营一看，进不去了。所有调动粮草的车辆，一辆车叉一辆车，一辆车叉一辆车……整个儿把中军大营围住了，而且里边有兵将把守。要想把车辆拆开，那可不是一会儿的工夫。您想，甘宁百骑劫魏营，就是个快。"将军，中军营可不好进。""来，左右冲突。"大伙儿都跟着甘宁，心说：您上哪儿我们就上哪儿。甘宁在前，大伙儿抖开兵刃，用刀的使刀，用枪的使枪。"杀呀，见着曹操的兵将就宰呀……看着曹操的兵将就杀呀，就挑呀……"多明白呀。（注：笑声）曹兵心说：你们不挑我们，挑谁呀？有的兵还睡着呢，"噗"，一枪就扎死了，这位也太贪睡了。有惊醒的赶紧迎敌，有的再去禀报曹操，那可不赶趟儿了。甘宁指挥一百兵左冲右冲，左撞右撞，见曹操的兵将就杀，见曹操的兵将就剁，也不知道杀了多少人，也不知道剁了多少人。曹操的兵将来回调动，也调动不齐。为什么？不知道从哪儿突然来了这么一支人马，到底甘宁带来多少人，带来几员战将，都不知道，曹操也摸不清。甘宁看着这些白翎，挺高兴："来呀，大杀大砍，出南门！"

甘宁带着一百兵由曹营南门出来了，回到自己营外。"齐队。"人马齐队。"报号儿。"一、二、三、四、五、六、七、八、九、十……一匹马没丢，一个兵没少，而且没一个带伤的。甘宁拿起鼓槌儿，兵丁们也都抄起鼓槌儿，"卟噜噜噜噜噜"，擂动战鼓。孙权得报，亲自迎接。甘宁一看，马上来到孙权面前，撩鱼褟尾，分两征裙，跪倒在地："甘宁拜见主公。""将军请起。"孙权高兴，亲手把甘兴霸搀起来了，摸着他的手："将军吓退曹军，使曹操闻我东吴将士之名丧胆。将军，非孤相舍，正欲观卿胆耳。"不是我想要放弃你，让你死在曹营，而是我想看看你到底有多大胆量。"赏彩缎千匹、利刃百口。"赏赐一千匹彩绢、一百口好刀。甘宁二次跪倒在地："谢主公恩赐。"然后站起身形，让一百人往这儿一站，一千匹彩绢和一百口利刃分成一百份，全分了，甘宁一份儿没要。这就说明甘宁的为人，不是那种我先搂，我先挑，如果他自己先挑二十匹好彩缎，孙权也就不用他了。

您看，甘宁百骑劫魏营，要是用今天的观点分析，甘宁什么出身？锦帆贼，就是在江中劫道的，江湖习气。甘宁想的是：我不用打，带着一百兵来回冲撞，你曹操也不知道是怎么回事儿，迷迷瞪瞪的，统共就是百骑，还杀了不少人，也没占多大工夫，出来之后一兵一将都没伤，让你们看看我东吴士卒儿郎有多勇。这就说明甘宁有一身江湖习气，才能干出这样的事儿来。

甘宁立功，孙权在营中摆上酒宴庆功贺喜不提。第二天，孙权吃完早战饭。"报！""何事？""营外有曹军叫战。""再探！"孙权马上全身披挂，升座中军大帐。探马又来了："主公，张辽带着李典、乐进，一万大兵在营外叫战，请主公定夺。""好，凌统。""在。""点齐三千人马，出寨迎敌。""遵令。"凌统马上点齐三千兵将，三声炮响，冲出大营，把阵势列开。紧跟着，孙权带着甘宁等几员东吴的战将，全身披挂，冲出大营，人马合在一起，给凌统观敌瞭阵。

两军人马把阵势列圆，凌统催坐下马，掌中刀，直临两军疆场。“呔！凌统在此。哪一个不怕死，阵前纳命！”李典催坐下马，掌中枪，直奔凌统。“凌统休逞刚强，你家将军李曼成在此！”“递枪过来！”我让你先动手。“啪”，李典抖枪就扎，凌统合刀招架。两个人二马盘旋，杀在一起。杀了三四十个回合，棋逢对手，将遇良才，分不出输赢胜败。杀到五十多个回合，两匹马跑开了，八个马蹄儿翻蹄亮掌，马尾巴跟一条线儿似的来回乱转，荡起尘土多高来。

这会儿曹操正在中军大帐。“报！”“何事？”“启禀丞相，外边打了好几十个回合，不分输赢。”“谁在阵前？”“李典将军。”“对方何人？”“凌统。”“好。许褚、徐晃，带领手下人等随孤前往。”曹操带着两员大将和几员偏将、牙将，二百亲兵，冲出大营，来到战场，隐在门旗下，勒马停蹄，往阵前观瞧。就见凌统这口刀上下翻飞，扇砍劈剁，跟李典杀到七十多个回合，依旧分不出输赢胜败。曹操暗竖大指：昨晚甘宁劫营，现在凌统又如此英勇，看来孙权是个人物。李典是营中老将了，如果败在凌统刀下，我脸面何存？“曹休。”“在。”“射上一箭。”“明白。”曹休由弓袋里扽出宝雕弓，走兽壶中扽出雕翎箭，认扣填弦，隐在门旗以后。身前是张辽，曹休在张辽身后等机会。眼瞧着李典跟凌统二马错镫，机会到了，曹休认扣填弦，“吧嗒”，“哧……”这支箭就射出去了。射哪儿？射凌统胯下这匹马。“嘭”的一下儿，射到马的致命之处。这匹马疼坏了，心说：我在这儿玩命跑，你还拿大钉子钉我？我不跟你玩儿了。“啪”，两条前腿儿往起一立，“扑通”一声，凌统就摔下来了，盔铠甲胄直响，大刀也撒手了。

曹操阵中乐进一看，这可是好机会，往前一催马，“啊呀呀呀呀呀”，可就过去了。眼瞧着大枪扎到凌统身上，凌统就完了。这时，就听“吧嗒”一声弓弦响，乐进抬头一看，一支箭奔面门来了，心说：我一枪倒是把凌统杀了，我也玩儿完了。就这么一闪念，箭正射到乐进面门之上，“扑通”一声，由马上就掉下来了。曹操一看，吩咐一声：“杀！”这边孙权也指挥人马往前杀。这边救凌统，那边救乐进，分别把两员大将救回去了。要没有曹休一箭，凌统不能摔下来；要孙权阵中没有人暗放一箭保护凌统，乐进也不会中箭，凌统就死了。

双方各自收兵回归大营，凌统跪倒在孙权面前："主公，谢您活命之恩。"孙权用手相搀："凌将军，救你者不是别人，你来看，就是他。"凌统抬头一看，孙权手指之人正是甘兴霸。前文书说过，凌统的父亲凌操死在甘宁之手，那时甘宁还在黄祖手下，而黄祖是刘表的人，各为其主嘛。但因此凌统跟甘宁结仇，总想杀甘宁给老爹爹报仇雪恨。可今天如果没有甘宁这支箭，凌统就得死在乐进枪下。凌统站起身形，来到甘宁面前，跪倒在地："没想到恩公竟有此恩举。"甘宁用手相搀。自此，两人和好如初，结为生死之交。有的学者评论说，这次甘宁把凌统救了，凌统就能把杀父之仇忘了？我觉得这位有点儿不讲理。难道非得没结没完，凌统还跟甘宁玩儿命？你救我白救，我还得扇你仨嘴巴，因为你把我爸爸杀了？那叫不通人情。总而言之，甘宁杀凌操是各为其主，并不是私仇，我觉得这样解释还有点儿道理。

孙权摆上酒宴，给这哥儿俩敬酒，化干戈为玉帛，这是好事儿。兵将歇息一天，第二天孙权传令，仍然命董袭、徐盛保护好濡须坞，严防曹操兵将杀入。孙权又骑着马看了一遍，心里比较踏实了，然后回归中军大帐。"报！""何事？""启禀主公，现在曹操五万大兵分五路杀来，直奔濡须。""再探！"

这时，大船之上董袭、徐盛就见曹操五万人马漫天遍地，黑压压就上来了。两员战将看了看手下兵将，大伙儿都害怕，终究东吴兵将少，曹操兵将多。曹操亲自指挥中路，左路是张辽、李典，右路是徐晃、庞德，每人带领一万人马，一共五万大兵，进兵濡须。徐盛站在船头，回头一看自己的兵，都跟甘宁最开始带的兵一样，一个个面带惧色。徐盛气坏了，攥宝剑把儿，按绷簧，"嚓楞楞"，宝剑出匣。"食君之禄，当服君命。而今主公正在用兵之时，何有惧色？随我来！"随着他这一声，"欻"，出来五百人，是徐盛手下五百亲兵。调了十只小船，说小船，实际船也不小，每条船五十人。"噌"的一下儿，徐盛由大船上顺梯子跳下小船，他在当中间儿，旁边九条船跟着，直奔岸边。船靠岸，搭上踏板，这五百兵跟着徐盛都下船了。徐盛拢丝缰认镫扳鞍上马，催坐下马，掌中枪，一声号令："随我来！"这时，前边李典就杀上来了。徐盛指挥五百兵往前一冲，真玩儿命，杀进李典的阵中，李典这边就有点儿乱了，别看这边五百，那边一万。

这时，孙权指挥人马奔飞虎大战船来了。突然，刮来一阵狂风，"呜……"董袭在船上拿起鼓槌儿，正要亲自擂鼓给徐盛助威。狂风一刮，大船忽悠忽悠就颤上了。当兵的害怕了："将军，船要颠覆……"董袭一看，"噌噌噌"，有人从大船上往下就跳。董袭气坏了，宝剑出匣，大喝一声："将士用命就在今日，竟敢临阵脱逃？"往前一蹿，"噗"，这位脑袋就掉了。"我让你跑。"前边还有一个跑的，回头一看："啊……"得，从下巴颏儿这儿就下去了。董袭杀了十几个要逃命的兵士，然后回到船头，拿起鼓槌儿，带着兵丁，"卟噜噜噜噜噜……""叨叨叨……"徐盛听见了，指挥人马往前冲杀，李典一万大兵面对徐盛五百儿郎，几乎束手无策，您就说江东人马多勇。董袭擂鼓助威。可这阵风越刮越大，"呜……呜……""哗……"眼瞧着船一摘歪（注：北京土语，摇晃、侧歪的意思。歪，读轻声），这么大的船愣翻了，董袭落在江中，为孙权尽忠。

这时，孙权到了。"主公，董袭将军落入江中而亡。""徐盛呢？""徐盛将军指挥人马已然杀入李典军中。""来呀，指挥人马杀上前去。周泰何在？""在。""点齐兵将，随孤来！"周泰点齐自己的马军，保着孙权就上岸了。这时，曹操大军也到了。陈武正在江边巡逻，听见炮响鼓响，想过来接应，结果庞德催马舞刀杀上前来。曹操这边立刻传令张辽、徐晃："杀！"两万大兵往前一冲，就把孙权和周泰团团围在当中，周泰手下才几百人，孙权手下也几百人。

两个人带着兵将左冲右冲，冲到一个高阜之处，孙权催马上了高阜，周泰紧跟着也上来了。"主公，漫山遍野都是曹操的兵将，您只有跟着我闯出重围了。""好，头前带路。"孙权胯下马，掌中枪，前边周泰催马舞刀，两个人一前一后，杀出一条血路。等周泰杀出来回头再看，孙权没了，周泰只得又重新杀回来。"主公何在，主公何在……"当兵的用手一指："您看哪儿兵多，主公就在哪儿呢。"多新鲜啊，曹操兵将的目标就是杀孙权。

这时，曹操传令，让许褚去取孙权项上人头。许褚多勇，掌中双刀，直奔孙权。您想，他个儿又高，瞧得清楚。“孙权，你哪里走！”孙权抬头一看是许褚，吓坏了。这时，周泰到了。“主公，随我来！”“出不去呀。”“您随我来，我在前，您在后。”两个人一前一后往出杀，周泰再回头，孙权又没了。周泰第三次杀进来，身上就中了好几枪。紧跟着，曹兵乱箭而发，周泰身上又中了几十支箭，都忘了疼了。周泰第三次杀进重围，看见孙权了。“随我来……”“啊……”孙权再看周泰，眼泪都快下来了。孙权的马紧贴着周泰这匹马，两个人终于杀出重围。曹操在后边指挥人马，几万大兵往江边追。

到了江边，吕蒙指挥水军杀上来了，列成一队，几万水军往江岸上射箭，把曹操的兵将挡住，这才把孙权接到船上。周泰张嘴就问：“徐盛将军呢？”有当兵的多嘴：“被陷重围。”周泰一听就急了：“主公稍待。”由船上下来，周泰拢丝缰认镫扳鞍上马，带兵去救徐盛。时间不大，真把徐盛救回来了。两个人浑身是伤，血染征衣。

这时，曹操大兵如同海水涨潮似的，“哗……”孙权心说：你们倒是快射箭啊。抬头再看吕蒙，吕蒙苦笑一声，船上的箭都用光了。曹操当然明白战情，孙权已然没箭射了。“来呀，杀……”眼看曹操的兵将杀上前来，孙权就要一败涂地。这时，就听炮鼓连天，杀声震耳。到底孙权性命如何？左慈戏曹，曹操称王。谢谢众位，下回再说。

# 第二〇六回　左慈掷杯戏曹瞒

五月五，是端阳。门插艾，香满堂。吃粽子，撒白糖，龙舟下水喜洋洋。

马上到端午节了，吃粽子是个风俗习惯，是吧？过去北方人不吃肉粽子，现在也吃了。记得1993年我上新加坡，新加坡人就吃肉粽子，给我包了一个，告诉我："好吃着呢。"我说："我一口也吃不下去，从小我就吃小枣粽子。"到现在肉粽子我也吃不了，还得吃小枣的，豆沙的都吃不惯。那时候粽子就这么点儿，一个粽子里搁俩仨小枣儿，是吧？先把江米泡了，泡粽子叶子。我包得好看着呢，就是现在没工夫包了。现在粽子都这么大个儿，一人儿吃不了，俩人儿才吃一个。那时候的小枣粽子，像我怎么也得吃五六个。现在讲究风俗习惯融为一体，但甭管怎么融，肉粽子我也吃不了。您哪位要是给我买粽子，想着给我买小枣的啊。（注：笑声）

咱们接着说《三国》。上回书正说到曹操五路人马兵发濡须，孙权被陷重围，东吴大将周泰三出三进，把孙权救出来了。这时，吕蒙带着水军来了，把孙权接到船上。周泰再次飞身回去，骑着马闯入曹兵重围，又把徐盛救出来了，两个人都是身负重伤。周泰身上有多少伤？拿枪伤来说，就有二十多处，您说周泰多勇。吕蒙指挥人马往岸上射箭，把曹军暂时射住，孙权他们才得以安生。等孙权来到大船之上，得报陈武死在庞德的截头刀下。陈武从跟随"小霸王"孙策，到跟着孙权，南征北战，东挡西杀，结果这一战死在庞德之手，孙权十分伤感。再加上董袭沉入江中，孙权的心就跟沉了一块大石头一样。这时，小校来到孙权面前："启禀孙将军，现在曹操亲统中路人马来到濡须。"孙权站在船头一看，几万曹兵铺天盖地地来了。突然间，东吴的箭没了，敢情吕蒙的水军把箭都射光了，那曹操的人马还不冲上来？孙权跺了脚了：照这样，就得一败涂地。

这时，就听战鼓齐鸣，杀声震耳，“叨叨叨”“哗……”水势声音特别大。孙权顺声音一看，乐了。谁来了？姑爷陆逊带着十万水军，跟约好了似的，叫如约而至，“欻”的一下儿就来了。要没有陆逊这十万水军射住曹操的人马，孙权的水军就得被全部消灭。陆逊不但止住曹操大队人马，而且船靠了岸，人马上岸后直接杀入曹操军中，把曹操的人马杀得落花流水。陆逊打了一个大胜仗，得了曹操几百匹马，所以说这姑爷真不是吃素的。孙权踏实了。陆逊派人搜索，把陈武的尸身运回来了。孙权又命人沿江打捞董袭的尸身，没有一两天，董袭的尸身也捞上来了。孙权厚葬陈武、董袭，在两个人的坟前焚香跪倒，痛哭流涕。回到营中，孙权传令：“摆设酒宴。”酒宴摆好，大伙儿都落座了，孙权说了一声：“请。”大伙儿都知道要请谁。

时间不大，有人把周泰搀来了，孙权起身相迎。“周将军请。”周泰谢过之后，站在孙权身旁。孙权泪流满面，斟了满满一觞酒，送到周泰面前。“将军，请。”周泰端起酒来，一饮而干。孙权手指周泰：“众位，周泰几次冲入敌军重围救了我的性命。没有周泰，今天就没有我孙权。周将军，请把上衣脱去，让卿等观之。”左右人伺候着，把周泰的上衣脱了。大伙儿一看就愣了，孙权的眼泪往下流。您想，周泰受了二十多处枪伤，大枪尖儿跟大鸭子嘴似的，愣往身上扎，再拔出来。另外，还有刀伤。周泰身上的伤不但深，而且盘根错节，有的地方剜成一个窟窿，再长出肉来，都是肉岗子，就跟树根似的。您说孙权能不伤心吗？孙权含着眼泪，指着刀伤，指着枪伤：“将军，此伤何处而得？”周泰就把当时受伤的情况说了一遍。周泰说一处伤，孙权敬一觞酒；周泰说一处伤，孙权敬一觞酒……那周泰身上简直是体无完肤，没法儿看了。到最后，敬得周泰已然喝多了，孙权流着眼泪，手摸周泰的后背：“卿家几番杀入敌军重围，保了我这条性命，我怎能不拿你当恩人相待，怎能不拿你当亲人相待，又怎能不赋予你重任？你是孤的功臣。来呀，青罗伞赐之。”孙权赐周泰青罗伞，周泰出入都有人张伞，显示是孙权所赐。您看，孙权对手下功臣确实不错。

书说简短。从打这时候开始，两军就在濡须坞打了一个月，孙权不能得胜，曹操也不能得胜。这天，张昭、顾雍来见孙权。“主公，这仗不能再打了，刀兵涂炭，水火之灾，对百姓无利。劝主公派人找曹操求和，您看怎样？”孙权也知道这仗打不赢了，这才答应，然后派步骘遘奔曹营求和，答应曹操年纳岁贡，过年过节给你送礼纳贡。书不说废话。曹操答应了，曹操也知道这会儿灭孙权是办不到的，老这么耗下去也打不赢，虽然自己势力大。再者，上次我说了，曹操现在六十已过，他已然没有雄心壮志了。人要是一缺少雄心壮志，跟以往处理事情的态度就不一样了。曹操答让步骘回去面见孙权，只要东吴先撤兵，我就撤兵。步骘回来一说，孙权马上传令，留下蒋钦、周泰镇守濡须，自己带领大队人马拔营起寨，回归秣陵。曹操得着消息，留下曹仁、张辽镇守合淝，然后几十万大兵拔营起寨，回归许昌。

等回到许昌，手下文武官员来见曹操。“我们准备往朝中上书，上谏章，保您由魏公升至魏王。”曹操想不想当魏王？位极人臣。曹操这辈子不篡位，篡位就是给儿子留着呢。曹操这辈子想当魏文帝，结果他儿子封他魏武帝。曹操当然愿意，但还得假意推辞。刘协让钟繇拟草诏，钟繇是个大书法家。要是把钟繇当时写的草诏留到现在，在北京买二十六个别墅一点儿问题都没有。（注：笑声）钟繇的字自成一体。曹操假意推了三次，汉献帝诏书传了三次。但最终曹操还是答应下来，刘协传旨，在邺郡盖魏王宫，曹操晋升魏王。

说当魏王有什么好处？冕旒冠，十二串；坐金根车，六匹马驾车；出警入跸，一出门就是黄土垫道、净水泼街，九个警察站岗。可以说，就是跟天子一样的待遇了。您看，冕旒冠的珠子分级别。从黄帝开始有冕旒冠，到周朝成为定制。周天子，十二串。再往下，公、侯、伯、子、男。公爵，九串；侯爵、伯爵，七串；子爵、男爵，五串。再往后传着传着，别人不爱戴了，嫌麻烦，只有皇上一人儿戴，所以头戴冕旒冠就是皇上的象征了。一般诸侯坐车，四匹马驾车；当了魏王，六匹马驾车，就跟天子一样了，得多花两匹马的钱。坐金根车，金根车里的讲究可大了。总而言之一句话，这是为皇上特殊定制的镶嵌金子配饰的一种车。行天子的礼仪，坐天子的车，穿天子的服饰，曹操晋升魏王。王宫在哪儿盖？邺郡。什么时候？建安二十一年夏五月。

等在漳河邺郡的这座魏王宫盖得了，天快凉了。曹操传下话来，在全国选鲜花异草，选魏王宫中的装饰品。您想，这么大的宫殿盖得了，里边空落落的，什么都没有，光搁一个马扎儿，像话吗？（注：笑声）所以得在全国范围内挑选，有什么好东西都得搁这儿。曹操选来选去，命人面见孙权："你的温州有好的柑橘，得给我送来。"传旨官马上到江东传旨，孙权当时就答应了："请上差回去吧，我准备四十担好的柑橘，马上就送去。""哎，您得快送。魏王说等不及，必须星夜送到邺郡。""好，遵旨。"

上差走了，孙权马上派人在当地买了四十担，就是八十筐柑橘，当然是最好的了，选好之后得派人送。您想，挑担儿的是劳动人，得挑着担子由秣陵一直走到漳河邺郡。不像现在，发个快件儿，"欻"的一下儿就到了，是吧？挑担儿的选好了，孙权再一想，起码得派个中军官啊，就把名册拿来了，想选个知心的踏实的。打开花名册挨着瞧，瞧着瞧着，孙权乐了："来呀。"值日中军官答言："主公。""这个人可在？"值日中军官一看，最后一名，刚提上来的，此人姓宋，叫宋柑橘。孙权还真会挑。"主公，您是不是想让他去送啊？他是昨天刚提上来的。""巧了不是？命他来见我。"时间不大，宋柑橘来了。"拜见主公。""曹操让我送四十担柑橘，已然都准备好了，你带着挑夫，送到漳河邺郡，星夜前行。"意思就是夜里都不能歇着。

书说简短，这位中军官带着挑夫出发了，一人挑两筐，真是日夜兼程。那就不能住客店了，饿了找地儿吃点儿饭，然后坐旁边儿打个盹儿，还得接着往前挑。这天实在太饿了，也太困了，宋中军说："这么办，咱们在道旁边树底下歇会儿。"大伙儿把筐往这儿一放，把扁担往这儿一戳，往树上一靠，"呼……"就睡了。挑夫睡了，可这位中军带着手下二十个兵不敢睡，得看着，丢了怎么办？

这时，突然有脚步声音响，宋中军抬头一看，走过来一位。《三国演义》

写得很清楚，眇一目，可没具体说是眇左目还是眇右目，反正就是一只眼；跛一足，有点儿瘸；头戴白藤冠，南方有白竹藤编的冠，上边别着簪子；身穿黑懒衣，也就是短衣襟儿小打扮儿，青色的衣服；脚下穿着木鞋，木履。您看，木履现在很少有人穿了，我小时候穿过，叫呱嗒板儿，走起来“呱嗒儿呱嗒儿呱嗒儿”的，这一院子里要有仨穿的，就热闹了，谁也甭打算睡中午觉，是吧？（注：笑声）三国年间就有木履了，魏晋时传到日本，传到朝鲜，现在他们拿这个当宝贝了。为什么？日本人怕得脚气啊，穿木履不得脚气。这位稀溜溜的胡须，小眼睛眯缝着，好像满面带笑，走到宋柑橘面前：“无量福，善哉善哉。”宋柑橘一瞧：你说他是道长？不是道长。不是道长？可他又念法号。“先生，您有事儿吗？”“你们是到漳河邺郡给魏王千岁去送柑橘吗？”“不错呀。”“由秣陵而来？”“对呀。”“哎呀，远路无轻担，四十担，八十筐？你这么点儿个儿，挑着累不累得慌啊？”“累呀，可那也没办法。”“行啊，我也有点儿精神，吃饱了喝足了，等你站起来，我替你挑会儿，怎么样？”“那敢情好了。您替我挑两步？还不够折腾的呢。”“不，我替你挑五里地，如何？”旁边这些挑夫早醒了，一听：这可是好事儿。“您替我挑！”“您替我挑！”……“不成，得排着队来。给你挑五里地，再给他挑五里地，直到最后一个。”

等大伙儿歇够了，站起来了，头一个个儿矮的挑夫就把自己的担子交给这位了，这位挑起来了。宋中军带着这些人往前走。真走了五里地，也没有标志，估摸差不多了，这位站住了。“行了，给你吧，我挑第二个。”个儿矮的挑夫接过担子：嗯？“哈哈，您挑完之后这担子可轻了。”第二个挑夫一听就乐了：“您快挑我的！”“行啊。”书以简洁为妙，这位挨着个儿，一直把四十个挑夫的担子全接过来，每个担子都挑着走了五里地，只要他挑过的，担子就轻了。您说大伙儿能不高兴么？都说远路无轻担，这回好了，挑着担子“呀儿哟”就走了。

眼看快到漳河邺郡了，这位挨着个儿也都伺候完了，大伙儿坐这儿歇着。“谢过先生。”“谢过先生。”……这位宋中军就问：“先生，一路上您多受累了，请问贵姓高名啊？”“在下是魏王故乡中人。”“哦，您跟魏王千岁是乡亲？”“没错，在下姓左名慈字元放，人称乌角先生。”“哦，好好好。”“马上就到漳河邺郡了，你们面见魏王之后一定要替我问安，如何呀？”“一定一定，谢谢先生。”这位转身走了。

宋柑橘带着二十个兵，四十个挑夫挑着八十筐柑橘，给曹操送来了。“千岁，现在吴侯派人把柑橘送到。”“哦，把送柑橘之人带上来。”“他就叫宋柑橘。”曹操心说：巧啊。宋柑橘跪倒在地：“拜见魏王。”“你叫何名？”“宋柑橘。”“前来何事？”“替我家主公敬送千岁四十担柑橘。”“好啊，抬上一筐，待孤先尝。”不能把八十筐都搬上来，先弄上一筐来。宋柑橘把筐盖儿打开，把叶子扒拉开，挑了一个大个儿的往前一递。曹操接过来，屁轻儿（注：北京土语，特别轻），心中一动：嗯？把皮剥开一看，空的。要说是空的，应该瘪呀，它可鼓，就是里面没瓤儿。曹操愣了：“宋柑橘。”“千岁。”“你来看。”宋柑橘接过来一看：“呀！”赶紧拿起第二个一剥，空的；又拿起第三个一剥，全是空的。曹操双眉倒竖，二目圆睁，脸上颜色更变：“胆大宋柑橘！”“哎哟，千岁，不是我的事儿……”“为什么送空的柑橘敬我？”“不是……您……您别着急，我慢慢儿跟您说。”宋柑橘就把中途碰见左慈替挑夫挑柑橘这件事儿，如此这般，这般如此，跟曹操说了一遍。曹操听完，一摇头：“哪儿有这样的事？明明是欺骗老夫。”

这时，门吏进来了。“报！”“何事？”“启禀千岁，现有一人，自称姓左名慈字元放，求见于您。”“啊?！命他进见！”时间不大，这位穿着呱嗒板儿来了，一瘸一点，往曹操面前一站，也不下跪。“左慈拜见千岁。”宋柑橘一看：“千岁，就是他。他挑完，担子就变轻了。他挑完，他……您看，就没瓤儿了。”曹操用手一指：“你为何偷取我的果肉？”“千岁，您可不能不讲理，谁偷取您的果肉了？”“那为何没有橘瓣？”“您说的可真新鲜，我剥一个看看。”左慈低头哈腰从筐里挑了一个大柑橘，一剥：“您瞧。”一瓣儿一瓣儿全是。他拿起一瓣儿往嘴里一塞：“挺甜。千岁，您尝一个。”曹操傻了，真尝了一个。“好甜啊……”“怎么样，甜吧？”“我亲自剥来。宋柑橘，你再给我拿一个。”宋柑橘又拿过一个来。曹操打开一看，空的。跟着把这一筐全剥了，都是空的。“你敢戏耍于我？”“哎哟，千岁，它不是空的。”“再抬上一筐来。”手下人又抬上一筐，左慈剥开几个，里边全有瓤儿。“您吃，您吃……”他还往旁边儿发呢。（注：笑声）

曹操气坏了，看着左慈：“你叫何名？”“在下姓左名慈字元放，人称乌角先生。”“你由何处而来，学了这些妖术欺骗本王？”“您怎么不讲理呀，我怎会欺骗您呢？您看这里面有果肉没有？”“确实有果肉。”“那我怎么欺骗您了？”“可刚才为什么我剥就没有果肉？再者，怎么你挑完之后担子就轻了呢？”“啊，千岁，这事儿您办不到。”“我是办不到，你且讲来。”“您别着急，我在四川嘉陵峨眉山出家，在山中修行了三十余年。”“哦，三十余年。”“有一天我坐在洞中，就听身后石壁中有人说话：‘左慈，左慈……’‘左元放，左元放……’我回头一看，没有人。每天如此，一共十五日之长，就是只听见声音，看不见人。结果有一天，突然乌云密布，飞沙走石，骤起狂风，‘咔啦’打了一个霹雷，石壁‘啪’的一下儿就崩开了，由打里边崩出三卷天书。”曹操听傻了：“三卷天书？”“对呀。我低头哈腰捡起来一看，上卷‘天遁’，中卷‘地遁’，下卷‘人遁’。从打这时开始，我就学这三卷天书。看完‘天遁’之后，我就能腾云驾雾，直奔太虚。”“那看完‘地遁’之后呢？”“看完‘地遁’之后，我就能穿山透石，如履平地。”“那看完‘人遁’之后呢？”“看完‘人遁’之后，我就能隐芥藏身，千变万化。等三部天书全都吃透之后，我就可以抛剑扔刀，任何人也躲不开，我想取谁的人头，人头就必到我手。”

曹操气坏了：他在我面前胡说八道啊。“左慈，我来问你，你真的见到三卷天书了吗？”“我确实见到三卷天书，所以才有此能为。您看，您剥开的柑橘是空的，而我剥开的柑橘就有果肉，还特别甜，刚才您也尝过了。”“果真如此？”“果真如此。千岁您想，您身为魏王，位极人臣，有享不尽的荣华、受不尽的富贵，而今已然老矣，何不退居林下，跟我遘奔峨眉山，我将三卷天书送给您，您就可以高枕无忧，腾云驾雾，总比当魏王强似百倍吧？”“哦……”曹操一听：这是劝我退归林下。“左先生，不是我不想退归林下，而是如今天下大乱，干戈四起，当初是曹某保着万岁迁都到许昌，然后灭吕布，灭袁术，灭袁绍，收降宛城的张绣，战败北国的乌桓。

现在我离开此位，又有谁能执掌天下以安万民？”左慈一捋胡须：“千岁，您错了。没人吗？益州有个刘玄德，那是汉室之胄啊。天下是刘家的天下，名正言顺，您可以把此位让给刘备，然后您跟着我到峨眉山修行，岂不美哉？”

曹操一听，双眉倒竖，二目圆睁，脸上颜色更变：“这是刘备的奸细。来，捉！”他认为左慈是刘备派来的奸细。手下人过来就把左慈绑上了。“打！”手下人拿着鞭子，拿着棒子，“啪啪啪”，就打到左慈身上。打了半天，曹操低头一看，就瞧左慈躺在地上，拿手一顶太阳穴，“呼……”睡得挺香。再看身上，没伤。曹操气坏了：“把他掐监入狱，不给饭吃。”手下人把左慈押走了，扛枷戴锁，不给饭吃。

饿了七天七宿，曹操把牢头叫来了。“左慈如何？”“千岁，他一进去，‘嘎吧’就开了。”“什么开了？”“锁开了，枷开了。”“饿他没有？”“饿了他七天，可他满面红光，坐那儿不知道唱什么呢。”“把他带来。”牢头把左慈带来了。“拜见千岁。”曹操低头一看，左慈满面红光。“左慈，你为何不知饥饱？”“千岁，我已然在峨眉山修行三十多年了，甭说饿我七天，十年不吃饭也没关系；您今天给我一千只羊，我也能把它消化了。”曹操没主意了。“你待怎讲？”“日食千羊，我能消化；十年不食，我照样活着。您想明白了吗？要是想明白了，您就跟我走。”曹操看着左慈，已然气得说不出话来了。

这时，中军官进来了。“千岁，文武官员俱已到齐，明日宴会如何？”“照常。”漳河邺郡这座魏王宫基本造成了，所有文武官员都到了，曹操要摆设酒宴请大伙儿吃饭。那今天中军官为什么前来请示？得开个预备会议。比如谁应当坐哪桌儿啊，应当上什么菜啊，都得有个准备，准备完了，魏王得行礼。曹操看着左慈，不知道把他扔到哪儿去。“你且退下。”“好啊。”左慈一转身形，“呱嗒儿呱嗒儿呱嗒儿”，穿着木头板儿走了，回大牢里坐着去了。

第二天，曹操摆上丰丰盛盛的酒宴。好家伙，文武官员全到齐了，汉献帝跟前儿没人了，都跑到漳河邺郡魏王宫来了，高朋满座，胜友如云。

曹操传令:“酒宴摆上。”随着鼓乐声声,伺候酒宴的人都穿着汉服,上酒上菜,势派儿大了。曹操刚要端起酒杯,往前边一看,愣了,只见左慈足蹬木鞋,身穿青懒衣,头戴白藤冠,眇一目,瘸着往这儿一站。曹操用手一指:“左慈,你为何在此?”“千岁请来文武百官为您祝贺,我不知道您所预备的山中走兽云中燕,还缺何处的美味佳肴,所以特来奉上一道。”曹操看了看文臣武将,刚要介绍介绍这位是谁,大伙儿一伸手,都把手机掏出来了,刷屏了。(注:笑声)前几天的事儿都刷屏了,谁不知道左慈来了?

曹操气坏了:“既然如此,左慈,我想取龙肝一副。”曹操张嘴要咬人了,已然沉不住气了。“哈哈哈,这有何难？来呀,笔砚伺候。”手下人拿过墨来,拿过笔来,在砚台里研了研墨,左慈提笔就在粉壁墙上画了一条龙,然后让人把笔砚拿走。左慈拿袖子一比划,“叭”,墙上这条龙肚子就开了,左慈伸手把肝儿取出来了,“滴滴答答”流血。曹操一看,汗都下来了。“你事先早已藏于袖中。”意思是你变戏法儿呢,早在袖子里藏好了。“千岁,您既然说此物藏在袖中,那我再给您奉上一物。现在天寒近十月,百花凋零,请问魏王宫内还缺什么花朵?”“好,那我就要牡丹花。”“这有何难？来呀,预备瓷盆一个。”手下人端过一个大花盆来。“给我一碗水。”“您要什么水?”“白开水。”又端过一碗水。左慈含了一口水,“啪”,往盆里一喷,“欻”,就长出来了,一株牡丹俩翅儿,两朵牡丹花,非常漂亮。曹操愣了,所有文武官员全愣了。大伙儿都站起来了:“左慈先生,您请坐您请坐……”也不管曹操张罗不张罗,大伙儿都让,让他坐这儿。

曹操气得浑身乱抖:“哼哼,你就敢坐?”“大伙儿让我坐,我就坐呀,我这儿还缺一份儿饭菜。”“将酒敬上,将菜端来。”有人上酒上菜。左慈一看,上的是生鱼片,那时叫鱼脍。生鱼片也叫鱼生,中国早就有了,周朝时就吃,中国人觉得它很新鲜,营养丰富,后来才传到日本。左慈坐这儿吃,吃得顺嘴流,真香啊。“好吃好吃,可惜不如松江鲈鱼。”“哎,左元放,松江远隔千里,如何而得?”“那没关系,鱼竿伺候。”手下人赶紧把鱼竿拿过来了。魏王宫里有池塘,左慈拿着鱼竿,手下人跟着左慈来到池塘边一钓,钓上四尾松江鲈鱼,马上让手下人做得了,往宴会上一端。“千岁,您尝尝。”“我池中早有鲈鱼，怎是你钓的呢？”“千岁，您不能自欺欺人。我跟您说，天下鲈鱼俱是两腮，唯独松江鲈鱼是四腮，请众位验来。”这事儿曹操没法儿驳。等端到曹操面前，大伙儿过去一看，果然是四个腮的鲈鱼。

曹操看着左慈，眼睛都快瞪出来了。“好你个左元放！”“哎呀，千岁，您千万别生气。”左慈拿起酒壶，斟了一觞酒，端起来了：“千岁喝了我敬您的这杯酒，寿活千载，永寿无疆。”“嘿嘿，你自饮之。”曹操心说：你能变戏法儿，酒里你下毒了，让我喝我能干吗？还是你自个儿喝吧。只见左慈把这觞酒放到桌上，然后由打头上把银簪摘下来了，“欻”，在觞里划了一道线。真新鲜，这边半觞酒，那边半觞酒。左慈端起来，把这半觞酒喝了，然后往前一递：“还有半觞酒，请千岁饮之。”把曹操干这儿了。曹操心说：我让你喝，你划成两半儿，你喝一半儿，还留一半儿给我？曹操一瞪眼：“你要害曹某不成？”“叭”，左慈把这半觞酒一扔，突然化成一缕青烟。大伙儿抬头再看，只见左慈伸手抓了一只白鹤，然后驾鹤西去，没了。

曹操吓坏了：“许褚何在？”“在！”“马上带领三百铁骑，把左慈抓回来。此人必是刘备派来的奸细，是天下大妖孽。”曹操也怕左慈。许褚马上调齐三百铁骑，指挥人马出了魏王宫，追赶左慈。正往前追，大伙儿一瞧：“哎，在那儿呢……”说来也怪，鹤没了，左慈正往前走呢。左慈走得真快，“呱嗒儿呱嗒儿呱嗒儿”，已经走到城门了。许褚带的三百铁骑都骑着马呢，三百零一匹马，“啊呀呀呀呀呀”，一直追到城外，一直追到山上。冉一看，有个小牧童放羊呢，一百多头，左慈钻到羊群里，没了。许褚气坏了：嗯？就是那头。认扣填弦，“吧嗒”，射了一支箭，好像是左慈，没了。小牧童吓坏了：“将军，这是怎么回事儿啊？”“好啊，你敢暗藏国家妖孽？来呀，尽皆杀死！”三百铁骑都下马了。三百人要宰一百多头羊可好宰，每人一口刀，“噗噗噗”，把羊头都剁下来了。小孩儿哭啊：“一会儿主人怪罪下来，我怎么办？将军，您不能这么办啊……”许褚气昂昂带着兵走了。

小孩儿看着一堆羊脑袋，腔子里直冒血。“这可怎么办呀，我没法儿活啊……”就见有一个羊头在那儿直咕容（注：北京土语，蠕动的意思。咕，读四声；容，读轻声）。“别怕，把羊头都插到腔子上，一会儿就活了。”“啊?!”小孩儿吓得魂飞天外，魄散九霄，抹头就跑。“吓死我了……”“你没死，你回头瞧瞧，都活啦！”小孩儿回头再一看，这位把这些羊头挨个儿插在腔子里，一百多头羊欢蹦乱跳，没事儿了。小孩儿一看：“这是怎么档子事儿啊？”“看见没有？我可把羊群都还给你了。”“那就多谢您吧……”再一看，左慈没了。

小孩儿不敢隐瞒，回去就把这事儿禀报主人了。主人一听，不敢怠慢，一打听是许褚带人杀的羊，马上禀报曹操。曹操气坏了：“许褚，点齐五百儿郎，到处搜拿左慈！”等许褚带人在邺郡一搜，可了不得了，大街上都是眇一目，跛一足，头戴白藤冠，身穿青懒衣，穿木板儿鞋的，得有三四百，赶紧派人禀报曹操。“千岁，城中有三四百个左慈。”“三四百？杀！”许褚带着五百兵就把这三四百个左慈都杀了，人头落地，剩下的都是俩胳膊俩腿的腔子。突然，就听天空中有人说话：“曹操，你世之奸雄！”曹操抬头一看，左慈乘鹤，驾祥云走了。曹操气坏了，马上传令：“来呀，校军场点兵，把这些人头、尸身押往校军场。”许褚心说：这怎么押呀？脑袋在地下呢，还一堆活腔子……没办法，魏王有令，那也得押。

第二天，曹操头戴冕旒冠，身穿天子服，乘坐金根车，六匹马驾车，出警入跸，整个儿邺郡黄土垫道，净水泼街，曹操带着所有文武官员就来到城西校军场。到了校军场之后，曹操亲自指挥十万大兵互相攻击。曹操坐在演武厅上，威风大了。曹操找左慈，往空中看，往地下看，找半天也没有。等军士操演完毕，曹操传令：“来呀，命许褚押着这些人头和无头之人走进校军场。”“遵令。”中军官传令，许褚带着五百铁骑，就把这些无头之人，俩胳膊俩腿，还穿着衣裳呢，都跟左慈一样，腿还有点儿瘸，就是没脑袋。“走！”这些腔子还真听话，真走。您想，三四百个无头的腔子穿着木板儿鞋，“呱嗒儿呱嗒儿呱嗒儿”，排着队就奔校军场了。听这声儿，要在夜里，不得吓死几个？

这时，几百个无头的腔子走进来了，每人手里提溜着一颗血淋淋的人头。曹操到这时也六神无主了，这些文武官员早就吓傻了：“啊啊啊……”

全这样了。许褚爹着胆子:“进去!”这些人都进来了,直奔演武厅,每人手里一颗人头,三四百颗血淋淋的人头往上就扔。往哪儿扔?往曹操脸上扔。曹操吓得“哎哟”一声,“噗通”,栽倒在地。再看这些人头和腔子,全没了。突然,空中左慈哈哈大笑,然后踪影皆无。大伙儿赶紧过来,把曹操救醒之后抬回魏王宫,曹操病倒了。军医官给曹操号脉,曹操惊吓不止。从这时开始,曹操就得病了。

这段书叫左慈戏曹,其实这件事儿都是瞎编的。很多历史学家评论,说为什么会出现这件事儿?就因为这些人反对曹操,但又没办法把曹操灭掉,所以就编出左慈戏曹。您琢磨可能是真的吗?钓鱼那么一会儿行了,那是魔术。羊头掉了,重新安在腔子上就又活了?这不就是神话么?所以说左慈戏曹不过是个序曲,就说明这些人反抗曹操的压迫,实在受不了了,才编出这么一段来。

曹操身染重病,从此一蹶不振。曹操六十二了,还能活几年?还能活四年,曹操六十六岁就要离开人世了。那曹操从六十二岁到六十六岁又经过了什么事?曹操一天也没闲着,还有很多热闹书目。谢谢众位,下回再说。

# 第二〇七回　卜周易管辂知机

清河崔琰，天性坚刚；虬髯虎目，铁石心肠；奸邪辟易，声节显昂；忠于汉室，千古名扬！

刚才梁彦说的是一个历史事件，其实评书说的净是历史事件，《三国演义》历史事件就比较多，荒诞离奇的东西相对比较少，上回书说了一个左慈戏曹。其实像于吉、左慈、管辂这些人，都代表人的一种精神慰藉，但又不能不说。那为什么这么多人反对曹操？曹操是什么出身？宦官，他爷爷是大宦官。所以很多士大夫，一些名人之后就看不起曹操，点名道姓说曹操是阉割之人的后代。所以曹操特别恨这些名人，恨这些士大夫，曹操杀了好几个了。

头一个杀的是孔融。孔融看不起曹操，当着大伙儿的面儿曾经反抗过曹操，曹操把孔融杀了。孔融原来是北海太守，咱们说三让徐州时说过，孔文举坐镇北海，座上客常满，樽中酒不空，天天摆宴喝酒，天天开 party。可孔融有个缺点，按现在话说就是不懂得江湖。张作霖曾经说过，什么叫江湖？江湖就是人情世故。孔融就不懂得人情世故，结果让当地这些大富豪势力集团挤兑走了。北海待不了了，找曹操来了，曹操让他负责建造宫殿。按说曹操对他不错，结果他反对曹操，曹操就把孔融杀了。

第二个杀的是许攸。如果没有许攸献计，曹操不可能身先士卒到乌巢劫粮，想以七万人马破袁绍七十万大兵是办不到的。这一来，许攸又狂又美：“没有我，你们能进冀州？”结果曹操倒是没杀他，让许褚把他杀了。

第三个杀的是娄子伯。《三国演义》这块儿描写得不多。潼关战马超，曹操打一仗败一仗，后来想扎营，怎么也弄不起来。娄子伯来了，一说：“今晚天气寒冷，冻水泼沙，就能把这座营寨建起来了。”果然营寨建起来了，曹操战胜了马超。娄子伯是功臣，曹操为什么杀他呢？说有人看见曹操带着儿子，骑着马到郊外游玩，十分羡慕。您想，一朝权在手，便把令来行，带着儿子，骑着高头大马，多威风啊。娄子伯说了："羡慕人家干吗呀，你不会也这么办吗？"而且散布一些言语，要推翻曹操。结果曹操把这位功臣娄子伯杀了。

曹操杀了娄子伯，杀了许攸，杀了孔融，都可以说是他们先诽谤了曹操，曹操杀他们有情可原。然而在左慈戏曹的同时，曹操还杀了一个人，这个人就有点儿冤了，这就是三国年间的一次政治事件。杀的是谁？清河崔琰。说书的一张嘴不能同时说两件事儿，上回书说的是左慈戏曹，实际曹操杀崔琰是跟左慈戏曹同时发生的。您看《三国演义》，杀崔琰这件事儿说得并不多，但从历史角度来看，杀崔琰是重大的政治事件。咱们举个例子。官渡之战曹操打了胜仗，灭了袁绍，然后坐镇冀州，一查当地的户口，非常高兴。因为在袁绍的治理下，冀州兵强马壮，老百姓很多。曹操高兴了："此地能够征兵三十万。"当时身为尚书的崔琰说："你这么说不对。你既然保汉室天下，为的是黎民百姓安居乐业，得下冀州后就应该为百姓着想，为百姓谋福利。可你先想着在这儿征兵，刀兵涂炭，水火之灾，这样做对不起黎民，悖反我大汉的仁义。"此话一出，所有文武官员都吓坏了，心说：你崔琰多大胆子，谁敢这么指着脸说曹操？但崔琰就敢。

那崔琰到底是干什么的？崔琰是士大夫集团的代表，他老师是郑玄，跟刘备是一个老师。崔琰长得漂亮，器宇轩昂，而且非常聪明，非常正直。他当着文武官员的面儿这么指责曹操，按说曹操就应该把他杀了，可曹操毕竟是个大政治家，胸怀宽阔，而且顾及脸面。什么脸面？中华民族大义的脸面。他一想：崔琰说得对，我应当先照顾老百姓，问问老百姓的需求，然后再考虑征兵。现在什么都没为老百姓想就先征兵，有违我中华民族大义。曹操乐了，走下自己的位子，恭恭敬敬地给崔琰施礼："谢过崔先生。"嗬，崔琰来劲儿了。可崔琰不知道，这是曹操第一次和他打交道，当时就对他产生了厌恶，恨疯了。那为什么曹操还重用崔琰？因为崔琰有一定的势力和威望，当时认为他是公平正义的代表，他不会办错事儿。再者，曹操也不是不愿意用人才，唯才是举，所以就派崔琰给儿子曹丕做老师。

崔琰在曹丕手下，曹丕喜欢打猎，经常带着一帮人骑着马打猎去。崔琰看不下去了，给曹丕写了一封信，意思是说你这么做不对，应当秉承曹公的意志，好好学习本事。然后崔琰还公开斥责他，当着手下所有人呲儿曹丕。曹丕有他爸爸的胸怀，躬身施礼："老师，您说得太对了，我以后一定改。"曹丕还写了一封信悔过。表面是这样，可曹丕心里也十分厌恶崔琰。爷儿俩都讨厌崔琰。最后曹操杖毙崔琰时，曹丕没给崔琰说一句好话。

那么最主要的，曹操恨崔琰什么？上回书说了，曹操升为魏王，得立世子。曹操头一个媳妇姓丁，丁夫人没孩子。妾刘氏生了个儿子，就是曹昂，战宛城时死了。卞夫人生了四个孩子，老大是曹丕，老二是曹彰，老三是曹植，老四是曹熊。曹操把丁氏废了，因为她没孩子，立卞氏为后，又该立谁为世子呢？曹操喜欢曹植，曹植出口成章，非常聪明，但曹丕是老大，就跟曹植争夺世子之位。曹操想征求征求大伙儿的意见，尤其是自个儿的心腹，就把这事儿一说。大伙儿非常聪明，知道曹操疑心病太重，都回家写了一道密折，建议您立谁为世子，写好了，封起来，连同厚重的礼物，偷偷送给曹操了。曹操一看：哦，这是谁写的，让我立谁。曹操收起来了，听不听在曹操。唯独崔琰，递上奏折，当着大伙儿的面儿念，您说曹操恶心不恶心？我不让你怎么着，你偏怎么着。其实崔琰建议曹操立曹丕，念的时候语气激昂，说曹丕这么好那么好，自己能为曹丕而死。曹操气坏了：你能为曹丕而死，这不胡说么？我必须宰你。为什么呢？因为曹植的媳妇是崔琰的侄女，那时一尊则尊，一忧则忧，一贱则贱。如果曹植当了世子，崔琰的侄女将来就有可能封后。曹植明明是你的侄姑爷，可你却赞成曹丕？曹操就认为崔琰这个人不可信。

有一回，曹操在宫中的高台上坐着往下看，正赶上曹植的媳妇崔氏招摇过市。嗬，穿得好，一身名牌儿，手里拿的都是爱马仕。（注：笑声）曹操生气了，因为他一生节俭，不愿意多花钱，从不浪费。曹操传令，赐崔氏一死。您看，曹操就这么恶心崔琰。

曹操称魏王，崔琰不但反对，而且公开反对。好多人劝崔琰："难道你忘了荀文若了吗？"崔琰说："时乎，时乎！会当有变！"不到时候呢，可能天下时局会变。传到曹操耳朵里，曹操就赐他髡刑。什么叫髡刑？就是把头发剃光了，脖子这儿上个锁链。曹操还算恩待崔琰，一般人髡刑后都得掐监入狱，曹操让崔琰回家了，主要就为了寒碜寒碜你。崔琰在家里一待，您想，他有名望，长得又好，还有人缘儿，而且清河崔氏是名门之后，崔琰的从兄，就是他父亲的侄子，曾经当过大司空，所以大伙儿都来看他，结果他捋着胡子瞪人家。人家本来好心好意来看他："哎呀，崔先生您好啊！"他捋着胡子直视人家，人家招你惹你了？他不服气呀。有人禀报曹操，曹操传令，把崔琰杖毙狱中，把他抓到狱中打死了。

通过崔琰这件事情可以看出来，曹操当时不可一世。那曹操为什么杀崔琰？一是因为曹操厌恶他，二是因为他代表了士大夫阶层这些名人之后。尽管曹操杀了崔琰，但仍有一部分士大夫之流反对曹操，这些人形成一个集团，反对曹操，想迎刘备，这就叫政治斗争。所以才会出现左慈戏曹这样的事儿。有的人想反对曹操，但反对不了，就编出一个左慈来，我撇出宝剑就能要你的人头，可你倒是撇呀，你把曹操的脑袋弄下来看看。话说回来，他要把曹操的脑袋弄下来，咱们也就甭吃饭了，对不对？历史就得重写了。（注：笑声）

左慈戏曹之后，曹操受了惊吓，六十二岁病倒在漳河邺郡魏王宫。其实曹操生病就是因为老了，六十二岁了。曹操南征北战、东挡西杀一辈子了，到现在心有点儿虚了，虽说杀了崔琰心中痛快，但毕竟世子的问题还没解决，他还得考虑政权能不能延长下去。到底应该立谁为世子？最后，曹操问贾诩。

咱们说过贾诩。贾诩这辈子为董卓出主意，为李傕、郭汜、张济、樊稠出主意，为张绣出主意，为刘表出主意，后来归降曹操为曹操出主意，从来没有失败过。《三国演义》所有谋士当中，最棒的就是贾文和。您要知道，咱们不能够按现在的观点来说，三国年间谋士刚开始有立场，在这以前没有立场。比如张仪，今天保这个国家，明天又保那个国家，就因为那时的谋士没有立场，反正你是国君，我替你出主意，我挣你的钱。我这回给你出主意让你打魏国，下回我就能上魏国出主意让他打你。您想，如果有立场，苏秦就不能六国拜相了，张仪也不能两次相秦了。贾诩后来保了曹操，忠心耿耿，而且出的所有主意都是成功的，这在《三国演义》里是唯一的，连诸葛亮都失败过。

曹操问贾诩："你说我到底应该立曹丕，还是立曹植？"贾诩低着头，不言语。"你干吗呢？""思之。"我想呢。"你想什么呢？""我就想袁绍袁本初、刘表刘景升，想袁绍父子、刘表父子……""行了，你别想了，不是废长立幼吗？干脆我立曹丕。"您说贾诩聪明吧？他就不跟崔琰似的。所以咱们从崔琰的死，应该能够吸取点儿经验教训。

您看，咱们从历史人物中能够吸取到很多经验教训。说你崔琰再好，性格刚烈，但要是不懂得人情世故，就不能在这个社会上生存。这不是说人得油滑。您跟我接触这么多年了，很多观众都是我的好朋友，我不油滑，有什么说什么，但也不能"噔"，冷不丁就出来一句。说话得分场合，还得有一定的方式方法。人在江湖中，就得行江湖事。说什么叫艺术？我老伴儿会解释："艺是艺，术是术。"艺是说你从艺，会说书了；术是办法，你得拿术去挣钱。合一起，叫艺术。有的人光有艺没有术，有的人光有术没有艺，非得有艺有术才能挣着钱，才能成名，天时、地利、人和缺一不可，这里学问大了。

还得说《三国》。曹操病了，找大夫。您想，曹操请来的大夫能错得了吗？都是国家级非物质文化遗产传承人。结果号脉寸关尺，给曹操开药，不见好。许昌的太史令知道了，让手下的太史丞许芝到漳河邺郡来看曹操。曹操一看："哎哟，你是《易经》专家。"当然，《三国演义》原文不是这么说的。曹操知道许芝会问卜，就是会算。"你给我看看。"要不怎么说倒霉上卦摊儿呢，曹操现在就有点儿倒霉，想让许芝给他算算。许芝说："您别找我，有个名士姓管，叫管辂。"

您看，管辂确实是三国年间一个大占卜家，不但是大占卜家，而且是了不起的人物，留下很多经典著作。后来这些算卦的、搞《易经》的都拿他当祖师爷。从这一点来说，管辂一定有真才实学。那对于管辂算卦这件事，说灵不灵，历史上也肯定了，有的地方很灵，有的地方就没说灵不灵。总而言之，他有灵的地方，至于到底是不是蒙上的，那我就不太了解了。

许芝跟曹操说："您别让我算，您应该把管辂请来，您知道不知道他啊？"曹操说："我听说过，这个人可了不得，但我没见过他。他到底有什么本事，你得跟我说说。""您坐这儿，我好好给您说说，您听完之后，病就好了。""还没见着他呢，我的病就好啦？""对了。我跟您说，管辂这个人了不得，八九岁时就开始看星辰，不睡觉，天天坐这儿抬头看星星。他妈他爸看着着急：'咱们儿子老不睡觉，这可怎么弄啊？夜游神？'就跟他说：'别看啦，看这个没用。'他一听：'什么没用啊？咱家的小鸡儿都知道应该什么时候打鸣儿，野鸟都知道应该什么时候归巢，它们都懂得天时，干吗不许我懂呀？'您看，管辂很聪明，从小就研究天文地理。不但如此，管辂还好喝酒，喝完之后聊大天儿，一点儿架子都没有，就是长得十分粗陋。我给您举个例子。管辂是山东德州人，有一回，他们街坊找管辂来了。他抬头一看：'哟，这不是郭家哥儿仨吗？'郭恩、郭情、郭老三，哥儿仨。原来这哥儿仨没毛病，现在怎么都瘸了？仨瘸子找他来了：'您给我们算算吧，我们仨怎么都得这病啊？''这个……那我就跟你们直说吧，你们家出了一件冤案。不是你们的伯母就是婶母，要不就是叔母，挺穷的，家里有几斗米，你们当中不知哪位看上她这几斗米了，想拿过来，结果就把这位推到井里了。她在井里不干，折腾扎挣。结果这人又拿了一块大石头，把她压在底下，死了，这几斗米就归了害她的这个人了，所以你们才会生病。一般有病都是一个人，天生的，没办法，可能是父母遗传，但现在你们哥儿仨都这样，就说明你们之中有人做这事儿了。'老大郭恩'扑通'一下儿，跪下了：'您饶了我得了，这事儿是我干的。'您说这事儿到底是真的，还是假的？"

"还有一件事儿。管辂有个好朋友叫刘奉林，哭着找他来了：'管辂，你给我算算吧。'管辂一看：'哥哥，你怎么了？'刘奉林说：'你嫂子不行了，我把棺材、寿衣都买好了，你去看她一眼，明儿她就死了。’管辂一听：‘不会吧？现在刚正月，我嫂子入秋过世，八月辛卯日午时。’刘奉林一听：‘真的呀？’跑回去一看，媳妇正坐那儿喝茶呢。‘你见好啦？’‘见好啊。’刘奉林就好吃好喝好待承吧，他媳妇的身体一天比一天好。可等到入秋，八月辛卯日中午，‘嘎噔’一下儿，死了。您说这事儿到底是真的，还是假的？事情传到邯郸太守单子春的耳朵里，单子春心想：都说管辂特别能说，我试试。单子春就把整个儿邯郸能说的人，什么电台节目主持人啊，刨去说书的，都请来了，一屋子一百多人，然后把管辂也请来了。管辂上前：‘拜见太守大人，您找我有什么事儿？’单子春说：‘想跟你聊聊。’‘哦，在座的都跟我聊？’‘不用，我一人儿就够了。’大伙儿都坐这儿听着，这位太守大人拿难题问管辂，谈的都是对天问卜的东西。从早上起来一直聊到太阳落山，没想到甭管什么样的难题，都难不住管辂。结果在座的人都管他叫神童。您说这人了得了不得？”

“后来有个老太太找他来了，说：‘我们家丢了一头牛。’管辂一听：‘别着急，您沿河边往西走，西河之滨有哥儿七个，在那儿宰牛肉正吃呢。您要是去晚了就没了，快点儿走，还能剩下张牛皮。’老太太听完，撒腿就跑。跑到那儿一看，哥儿七个正吃肉呢，吃得满嘴流油，旁边摆着啤酒、可乐，果然最后剩下一张牛皮。老太太气坏了：‘我一辈子没儿没女，就指着这头牛呢。’告到当官。县大老爷叫刘邠，派人一查，还真是这么回子事儿，就把这七个人逮起来了，赔老太太这头牛。最后刘邠问这老太太：‘大妈，您怎么知道是他们哥儿七个吃的你的牛啊？’‘嗐，是管辂算的，管辂灵着呢。’刘邠吩咐手下人：‘把管辂给我请来。’真把管辂请来了。刘邠这边搁个盒子，那边搁个盒子，说：‘你猜猜我这俩盒子里是什么东西。’管辂说：‘这个盒子里是印囊，那个盒子里是山鸡毛。’打开一看，确实如此。‘行啊，你有两下子呀。’管辂一乐，心说：两下子？我还有四下子呢。管辂往家走，走到半道上，朋友把他拉到家里来了。‘不成不成，我得跟你说件事儿。’‘你有事儿好好说就完了，先得请我喝点儿酒。’朋友一听：‘喝什么酒？’‘嘿嘿，随便，五粮液、茅台都行，啤酒也行，我不在乎。’朋友请他喝了三升酒。喝完之后，管辂问他：‘什么事儿啊？’‘我最近不舒服，一回家老觉得有个流光到我胸口这儿，我打开一看，流光入怀。哎哟，我心里闹得慌。’‘哥哥，你要走运了。’‘啊，我走什么运？’‘你马上就要升官了。’结果过了几天，他这哥哥就当了江夏太守。您说这管辂算得灵不灵？”

“有一天，管辂走在田边，看见有个年轻的后生在种地。小孩儿长得真漂亮，身高一米七八，白净的脸膛，剑眉虎目，正唱歌呢。管辂一看，就直眉瞪眼地看着他。这孩子叫赵颜。”可不是说相声的赵炎啊，说相声的赵炎长得没这么漂亮。（注：笑声）“赵颜说：‘先生，您干吗老看我啊？’‘我看你长得挺好，可惜活不长了。’‘啊?!’当时这孩子的脸色就不好看了。‘您是谁呀？’‘我是管辂。’‘《易经》专家？’‘不错。’‘我还能活几天？’‘活不了几天了。’小孩儿撒腿就跑。‘爸爸，你快找找去吧，有人说我活不了几天了。’他爸爸都快七十了，老来得子，一听：‘哎哟，儿子，我还指着你生儿育女呢，谁说你活不了几天了？’‘管辂说的。’好，你领着爹去吧。’两人找到管辂，跪地下磕头：‘您给想个办法吧。’‘我能有什么办法？天注定的啊。’‘哎哟，您……您说什么也得想想办法，我就这么一个儿子，没了他我就没法儿活呀。’管辂心善，说：‘这么办吧，你预备好酒一瓶，什么贵就买什么，保质保量，上边得有戳子，不能是勾兑的，得是净酒一瓶；鹿肉一块，胸脯肉，炖得烂烂儿的香香的。然后你拿着酒、肉到终南山，那儿有块石头，两个人对坐下棋。一个人穿着一身白，面朝南；一个人穿着一身红，面朝北。只要俩人儿下高兴了，你一看，嗬，脸红脖子粗的，跪那儿别言语，看他们一伸手想要喝的，就把酒递过去；看他们伸手抓想要吃的，就把肉递过去。等他们吃饱喝足，你就跪地下求他们，他们一定能给你儿子增寿。’‘哎哟，那可谢谢您了！’‘有一样，你可别说是我说的，要说是我说的，非给我招事儿不可。’赵颜的父亲回家之后买了一瓶酒，五百万美金买的（注：笑声），又买了一块鹿肉，做得非常香，然后领着赵颜就来到终南山。到这儿一看，果然有两个老头儿，穿白衣服的长得非常寒碜，面朝南；穿红衣服的长得非常漂亮，胡子好几尺长。俩人儿下棋，赵颜的父亲就在这儿跪着。这二位下着下着棋，渴了，一伸手，赵颜的父亲赶忙把酒递上去了，一抿，嘿，真香；再一伸手，捏一块鹿肉。俩人儿下着下着，酒也喝了，肉也吃了，一抬头：‘你干吗呢？’‘啊，您都喝完了，也吃完了，我得求您一件事儿。我这儿子一十九岁，据说他活不长久了，无论如何求您得给他增寿，我就这么一个儿子。’穿红衣服的一乐：‘肯定是管辂告诉他们的。你回去告诉管辂，他要再这样，必遭天谴，他也活不长。’”

您看，后来管辂活到多大？四十八。他要是真有能耐，怎么自个儿才活到四十八呀？所以您说他到底真有能耐，还是假有能耐？这事儿还真就无从定论。

“穿白衣服的说：‘这么办吧，既然我们喝了你的酒，吃了你的肉，我给你添上一笔，一十九岁，改为九十九岁。’就这样，赵颜父子回来了，管辂在他家里等着呢。原来他们怕这法儿不灵，把管辂锁屋里了。锁头一打开，管辂问：‘见着了吗？’‘见着了。’‘怎么样啊？’‘改成活到九十九。’‘成了吧？说我了吗？’‘说您了，说您以后不要再泄露天机了，对您没好处。’‘我知道，我就能活四十八。这回您行了吧？’‘行了。一瓶酒，一块鹿肉。’‘可我招谁惹谁了？您知道那俩人是谁吗？那是南斗星跟北斗星，穿白衣服的是南斗星，穿红衣服的是北斗星。他们给您儿子添寿了，能活到九十九，这回您该放我走了吧？’‘行了，您走吧。’”

许芝把管辂所有算卦的故事跟曹操一说，曹操点点头：“好啊，就把管辂请来一见。”

没有几天的工夫，把管辂请来了。曹操抬头一看，心说：都说我个儿矮，他比我个儿还矮。管辂不但比曹操矮，而且长得十分粗陋，就是皮肤很糙，净是疙瘩。“哈哈，魏王千岁，您找我呀？管辂前来拜见。”很随便这么一个人。“请坐吧。”“您是找我来给看看？”“是啊。”“那您得先赏我三大觞酒。”“好啊。”曹操心说：我这儿酒有的是。酒给管辂摆上，管辂喝完了，曹操把左慈戏曹的事儿一五一十跟管辂说了。管辂一听：“千岁，这您还信啊？我不能说他是瞎编的，但也差不了多少。您要是信这个，那就没完了，这可能是您做梦梦出来的。”管辂陪曹操在这儿说话。您别说，经过管辂这一劝，真比吃药还管事儿，曹操的病情可就见好转。许芝说：“千岁，那我就告辞回归许昌。”“好啊，谢谢你。”许芝走了，回许昌面见太史令复命。这太史令跟太史丞是管什么的呢？就是管天文地理，管风水的。所以许芝能说得上来，而且对管辂非常敬重。

这天，曹操又跟管辂聊天儿。“你给我算算国家大事吧。”管辂一算：“千岁，我给您说这么几句话吧。”“说吧。”“二八纵横，黄猪遇虎；定军之南，伤折一股。”曹操不理解，没太往心里去。可您一听，恐怕就明白了。咱们这书快说到哪儿了？定军山，老黄忠刀斩夏侯渊。说这真是管辂算出来的吗？我无从考察，但《三国演义》就是这么写的。但不管怎么说，老黄忠刀斩夏侯渊是真的。

这时，有人在曹操耳边说了几句话，曹操就是一哆嗦。说的什么？有人密报：崔琰一死，有不少名人后代、不少士大夫集团，这些人联合在一起，要灭你曹操，迎刘备入朝。曹操气坏了，但当时没言语，也没跟管辂说，记在心里了。然后，曹操翻过来又问管辂一句：“刚才你说什么？”“我说的是，二八纵横，黄猪遇虎；定军之南，伤折一股。”“伤折一股……定军之南，啊?!”管辂这番话引出《三国演义》最重要的书目，谭家七代定军山。谢谢众位，下回再说。

# 第二〇八回　讨汉贼五臣死节

耿纪精忠韦晃贤，各持空手欲扶天。谁知汉祚相将尽，恨满心胸丧九泉。

今天要说到的这几个人比较生，我说着都生，您听着就更生了。耿纪、韦晃、金祎，干什么的？汉室忠臣之后。今天说说五臣死节。

上回书说到曹操六十二岁时得病了，请来管辂算卦。那位说曹操服不服？您别看曹操一生南征北战、东挡西杀，到现在左慈一戏曹，曹操也有点儿认命了。说全认命了吗？也没有。今天这段书以后，曹操进行了一次政治改革。为什么要改革？此前的衣带诏，还有以孔融、祢衡这些人为首的士大夫集团，还有一些汉室老臣和在社会上有很大名望的知识分子，他们在无形中形成了一个网，反对曹操。曹操认识到没认识到这一点呢？认识到了，但当时的力量还不是很足。所以五臣死节之后，曹操才进行政治改革。那为什么会出现这些反对曹操的事情？就因为曹操认识得不够清楚，而且不敢惹这些士大夫集团。再说了，这边是曹丕，那边是曹植，有保曹丕的，有保曹植的，都想帮自己的主人争当世子，继承魏王之位。所以这些文臣武将也分成两大派系。如果内部有了分裂，那就是个很严重的问题。曹操认识到没认识到这一点呢？当局者迷，旁观者清。另外，现在刘备势力已大，关云长坐镇荆州，威震华夏，不可一世。再有一个原因，就是当时准许在京城当官的这些人家里养兵，有点儿权力的人家里能养三四百、四五百兵，手里有刀有枪，这是一个很大的隐患。

管辂面见曹操，曹操说："你看看我这人如何。"管辂说："您有什么可看的啊？已然位极人臣了，刨去皇上，就是您最大了。"但下边这句话管辂没说。什么？"更何况您还挟天子以令诸侯，其实您比皇上还大呢，我给您看什么呀？”曹操心里明白，又指了指手下群僚：“你给他们看看。”管辂一笑：“甭看了，都是治世之能臣。”都是保你曹操的，能错得了吗？然后甭管曹操怎么问，管辂也不说了。

这时，突然传来紧急快报，东吴陆口主帅鲁肃死了，曹操大吃一惊。说曹操心疼鲁肃吗？不是。鲁肃一死，曹操就得琢磨刘备有什么动向，马上发出探马打探汉中的军情，因为刘备坐镇西川，这边就是汉中。汉中谁镇守呢？夏侯渊、张郃。书说简短，探马回报：“马超指挥人马进兵下辨，张飞镇守巴西。”曹操不放心，马上传令，派曹洪带领五万人马兵发汉中，跟夏侯渊、张郃共同守住汉中；然后派夏侯惇带领三万人马在许昌来回巡查，保护京畿地面；最后派丞相长史王必总督御林军马，就在皇宫外东华门扎下御营。曹操为什么这么做？因为曹操现在是魏王，魏王宫在漳河邺郡，曹操一般不在许昌待着，所以许昌留有夏侯惇和王必两部重兵。曹操刚往下传令，有人说了一声：“且慢！”曹操顺声音一看，心里就不愿意了。说话的是谁？司马懿。曹操一看就不待见他，因为他有狼顾之相。说司马懿走道儿跟狼似的，左看看，右看看，回头瞧瞧。有狼顾之相的人据说将来能篡位，能当皇上。您看，后来的袁世凯据说就有狼顾之相。

曹操用手一指：“仲达，有何话讲？”司马懿说：“您派夏侯惇将军指挥三万大兵镇守京畿是对的，派曹洪将军带领五万人马遘奔汉中也是对的。可有一节，您把御林军总督大权交给王必可不行。”“为何？”“王必嗜酒性宽，恐不堪重任。”您看，司马懿的话并不多。为什么我一说司马懿，咱们就得重视重视？因为后边老有司马懿，大伙儿也爱听司马懿，爱听司马懿跟诸葛亮斗智。其实司马懿这辈子既没有篡汉的意思，也没有篡位的意思，篡汉、篡位的是谁？将来靠他的下一代。司马懿说王必爱喝酒，还好说话儿，人要是忒好说话儿了不行，所以不堪重任。曹操一听，脸往下一沉：“不对。想王必自兖州时就跟着我东征西杀，历尽千辛万苦，在我最难时都没离开过我，对我一片忠心，怎能说他不堪重任呢？”

书说至此，您看，《三国演义》跟《三国志》不一样。前文书说过白门楼吕布之死，是谁在曹操面前说的“您记得董卓、丁建阳乎”，要了吕布的命呢？《三国演义》说是刘备。实际按《三国志》来说，是丞相长史王必说的这句话。王必是丞相长史，等于曹操的私人秘书长，是非常重要的一个人。

曹操一替王必说话，司马懿不言语了。这就是人的聪明：我说一回您不听，我就不说了。这样，曹操的命令传下来了，尤其是京畿皇宫外统驭御林军的大权就交给王必了。王必在东华门外扎下大营，布置得很严密，大伙儿都很喜欢他。

过年了，这天集体宴请完毕，王必一个人坐在寝帐之内，摆上酒摆上菜，“嗞儿喽”一口酒，“吧嗒”一口菜，又闷（注：北京土语，指独自享受。闷，读一声）上了。这时，就听脚步声音响，王必抬头一看，中军官进来了。“王将军。”“何事？”“您的好朋友金祎求见。”“哎哟，平常穿房过屋，妻子不避，今天干吗求见呢？让他进来。”这就是王必好说话儿。因为现在你在军营，不是在家，再好的交情也得求见。时间不大，金祎进来了，王必高兴：酒友来了。金祎多高？身高在八尺二寸，也就是说起码一米九左右。大高个儿，漂亮。

金祎是谁？咱们得把他交代清楚。金祎的祖上是金日磾，在汉武帝驾前当过汉相。金日磾是匈奴人，休屠王的儿子。休屠王不愿归降汉室，另一个匈奴的王爷就把休屠王杀了，然后带着休屠王的儿子，刚刚十四岁的金日磾，还有他妈，归降了汉武帝。让他们干什么呢？给黄门侍郎养马。别看金日磾才十四岁，马养得非常好，这个人聪明能干，汉武帝就喜欢上他了。而且金日磾非常正派，在汉武帝驾前目不斜视。有钱的人家叫娇妻美妾，汉武帝这儿叫三宫六院，可金日磾从来不看。后来金日磾在汉武帝驾前做到了丞相。由金日磾代代往下传，前文书说到取四郡，长沙、桂阳、零陵、武陵，其中武陵太守金旋就是金日磾的后人，今天进来的金祎是金旋的儿子。曹操非常重视金旋，也很重视金祎。金祎跟王必是穿房过屋，妻子不避的交情。

金祎一进来，王必高兴了：“来来来，陪我喝两盅。”两人往这儿一坐，一边划拳，一边说着聊着。王必问：“你找我有事儿吧？”“是啊，没事儿我干吗上军营来呀？既然知道您扎下军营不在家，我就不能随便来了。”“嗐，那你也可以随便出入。”“那不行，这儿是军营。”“你找我有什么事儿？”“我跟您说说。”

金祎干吗来了？因为曹操当了魏王之后，坐的是金根车，六匹马驾车，穿的是天子服，不可一世。曹操手下有个他认为是忠臣的人，叫耿纪。耿纪是谁的后人？您听我说《东汉演义》，三十六员云台大将中有个小将耿弇，耿纪是耿弇的后代。您看，曹操是丞相，相府单有一个权力，可以任用官员，这是丞相最大的权力。耿纪一开始在相府当丞相掾属，后来升作侍中，再后来又当了守少府。少府负责管理皇上所有的宫苑，比如皇上的起居、饮食，出去打个猎呀，上个朝啊，所有这些事情都归少府管。守少府，他就是临时代替履行少府职责的最高级官员。所以曹操很重视耿纪，认为他对自己忠心耿耿。但耿纪看着曹操就生气，这天串门儿拜年来了。上谁那儿去了？司直韦晃家。司直是干吗的？您听说书老说司隶校尉，司隶校尉是掌管京畿兵权的，手下带一千二百个兵。司直跟司隶校尉平起平坐，而且司直的地位比司隶校尉还高，按现在来说，就是监察部长，这职位已然不低了。曹操能给韦晃这个职务，说明曹操对韦晃也很重视。

耿纪和韦晃特别有交情，拜年来了，可耿纪坐这儿就长吁短叹。“啧，大过年的，你这是……”“我这是？我问你，曹操现在坐金根车，穿天子服，你不生气吗？”“我生气呀，我想宰他。”“那怎么办呢？咱俩可都是汉室忠臣之后，就凭咱俩，宰得了曹操吗？”“哎，我有个主意，我有个好朋友叫金祎。”“我知道，金日磾之后。可我听说金祎跟王必特别好，王必是曹操的心腹，那金祎能跟咱们一头儿吗？”“咱们试试去呀。金祎这个人足智多谋，倘若他给咱们出主意，咱们就能把曹操杀了。你要知道，当今万岁在深宫如坐针毡。外面刘皇叔坐镇西川，关云长坐镇荆州，威震华夏，不可一世。咱们把曹操一杀，然后把刘皇叔跟二将军接来，汉室可兴。”“好好好，那咱俩一块儿去？”“一块儿去。”

两个人一起找金祎来了，拜年嘛，平时交情都不错。金祎一看：“哟，二位好！”先拜年，说几句客气话，行个拜年礼，书就不说废话了。各自落座，摆上酒宴，三个人坐这儿喝酒。“二位，从你们脸上就看得出来，不是光拜年来的吧？”“嘿，您眼神儿真好，呃……”韦晃说：“这么办吧，这个……有点儿不情之请。”“嗐，咱们是什么交情啊，说吧。”“听说您跟王必好？”“不错，我俩确实不错，跟咱们一样，穿房过屋，妻子不避，有什么话都说。”“王必是魏王的心腹人。”“那……那没错儿，已然跟随曹丞相多年了。”“我们琢磨着，现在丞相已是魏王，将来汉室天下肯定要受禅于魏王。魏王驾登九五，可就是皇上。他要是皇上，王必必然会掌大权。您跟王必交情这么好，能不能在王必面前给我们多说几句好话，将来我们也禄位高升。您看怎么样？”金祎听到这儿，“噌”的一下儿站起来了，一掸袍袖，“啪”，差点儿把桌上的壶碗摔了。这时，就听脚步声音响，手下人送茶来了，在韦晃和耿纪面前各放了一碗盖碗儿茶，最后一碗放到金祎面前。金祎端起茶来，“啪”，往地下一泼。“哼！”这哥儿俩来个大黄脸，不是大红脸，改大黄脸了，蜡渣儿黄。“你……你瞧，都是这么好的朋友，这是何意呢？”“这是何意？你们给我出去！”韦晃和耿纪也明白：人家金祎把茶泼在地下，意思就是你们滚出去，往出轰了。

两个人你看看我，我看看你，相视一笑。“得嘞，金大哥，跟您好好说说，我俩有实言相告。”“有话为什么不直说呀？你们到底干什么来了？”两个人又坐下了。“我们知道您跟王必好，所以试探试探，想看看您是不是对汉室天下忠心耿耿。”“废话，我祖上是汉武帝驾前的丞相，我是历代忠臣之后。”“那您为什么还跟王必好？”“那是私交。王必保曹操，我不见得保曹操，我誓扶汉室。”“既然这样，跟您说实话吧，我们想向您求一条计策。”“干吗？”“杀曹操，扶汉室。”“好啊，我有计策呀。”“您有什么计策？”“现在是过年，过完年头一个节是什么节？”“元宵节呀。”“对。现在曹操不在许昌，在漳河邺郡魏王宫，他总在那儿待着，而许昌城外交给了夏侯惇，城里就交给了王必，御营扎在东华门外。王必这个人好说话儿，我去见他，让他在正月十五这天传下话来，整个儿许昌家家悬灯结彩，欢度灯节。既然欢度灯节，就允许放烟火，咱们就借这个机会，把王必的大营一烧，把王必一杀，然后扶天子在五凤楼传下诏旨，讨灭曹操。你们看怎么样？”“好啊，太好了！”就跟已然成功了似的。“那您说说，具体应该怎么办。”“来来来，咱们密室相商。”

金祎把这哥儿俩请到密室，重新摆上酒宴，这回脸上就比较沉重了。“金大哥，这事儿到底应该怎么办？”“依我说，我马上去见王必，劝他在正月十五大放烟火。韦司直、耿少府，你们家中养着多少兵？”“我家里养着四百五十个兵。”“我家里有四百八十个兵。”“这就好办了。事先发给他们兵器，到了正月十五二更天，我派人秘密到王必营中放火。你们看见火起，一个从左杀，一个从右杀，杀进王必大营，我在里边做接应。杀完王必，咱们都能进宫，面见当今万岁，请他驾登五凤楼发下诏旨。荆州最近，首先传到荆州，命关云长请示刘皇叔后带兵来到许都，然后带领所有许都的文武官员兵发邺郡，讨伐国贼。这样，咱们就能重扶汉室天下。怎么样？”“好啊，您这主意太高了。”“不但高，告诉你们，我还有俩人呢。”“还有俩人？也反对曹操？”“是啊。你们知道吉平吗？”“知道，吉太医让曹操杀了。”“但他两个儿子跑了，大儿子吉邈，二儿子吉穆，逃亡在外，现在已然潜回许昌，就在城外住着呢。我派人把他们找来，你们等着。”耿纪和韦晃高兴了，心说：又凑了俩。您看，五个人就惦记着要灭曹操。

金祎赶紧派人出城，一会儿的工夫就把吉太医的两位少爷请来了，吉邈、吉穆来了。“哎哟……”看见韦晃、耿纪了。“你们甭害怕，这二位也是誓灭曹操，重扶汉室。”那就坐下来一块儿吃吧，几个人商量。金祎把刚才出的主意又说了一遍，然后说：“你们哥儿俩就在城外，把老百姓都组织起来，以打猎为名，不能让夏侯惇的人马进城，也不能让王必的人马出城。”我送他们四个字：“异想天开。”这位有四百五十个兵，那位有四百八十个兵，全搁一块儿，连城外老百姓都算上也就一千多人。就算许昌城中的文武官员都跟他们一条心，这些人的家童门客全算上，也凑不上三万人。您说能行吗？当然，誓扶汉室灭曹操的雄心壮志是不错的。“那就这么办了，谁去见王必？”金祎说：“当然我去了，我跟王必有交情。”他们各回各府，怎么发兵器，怎么准备，书就不细说了。

金祎找王必来了。“找我有什么事儿啊？没事儿你也不来。”“现在天下太平，万民乐业，五谷丰登，你又掌握京畿大权，我问问你，这元宵节怎么过呀？”“哎哟，魏王千岁没说呀。”“那不行。依我说就得大闹元宵，家家户户点灯，欢欢笑笑过灯节。”“好，听你的。”要不怎么说司马懿的话正确呢，王必一个是嗜酒，您看他老喝酒；一个是性宽和，好说话儿，人家让他怎么庆贺灯节他就怎么庆贺灯节。王必答应了。王必还挺高兴，跟金祎又聊了会儿天儿，金祎走了。王必传下话来：“正月十五许昌城家家户户悬灯结彩，大放烟火。”耿纪、韦晃两家把家童全训练好了，吉太医的两个少爷在城外把老百姓也组织起来了，谁都有仨亲俩厚，只待正月十五。

到了正月十五这天，气暖晴和，星斗出全。王必高兴，一声令下：“摆上酒宴。”刚把酒宴摆上，外边有人禀报：“报，金祎将军送来整桌酒席。”您看，金祎就借这个机会，带人进了王必的大营。丰丰盛盛的酒宴摆好了，王必把营中所有偏将、牙将、中军官、旗牌官都聚到中军大帐。“喝！”王必认为太平了：城外有夏侯惇带领三万人马，我在城里掌握御林军，谁敢惹呀？这天晚上整个许昌城中可以说黄土垫道，净水泼街，五凤楼悬灯结彩，家家户户都点上灯，欢度元宵佳节。老百姓也高兴，家家都摆上酒宴，家家都煮元宵。王必更高兴：哎呀，幸亏金祎跟我说，不然我都把这节忘了。可惜我没在家中，要能在家中大宴宾客，那该多好，毕竟有些人不能往军营里请。就这样，大伙儿推杯换盏，开怀畅饮。

到了二更天，突然“嘎啦啦”一声响，王必抬头一看：“嗯？快看看，哪儿的火？”那跟灯火不一样啊。中军官撒腿往外就跑，时间不大跑回来了。“哎呀，王将军，了不得了，后营起火！”“坏了，肯定有人放火。”王必还有这警觉，马上顶盔贯甲，罩袍束带，拴扎什物，全身披挂整齐，营中所有兵将都顶盔贯甲。“带马伺候！”手下人把马拉来了，王必来到中军帐外，拢丝缰认镫扳鞍上马。这时，就听外边“叨叨叨”“杀呀，杀王必呀……”“哗……”王必发出探马打探军情。这边韦晃指挥家童杀来了，那边耿纪带着家童杀来了。王必吓坏了，知道自己身负重任，可现在魏王没在这儿，胯下马，掌中枪，指挥人马：“杀！”兵士往两边冲杀。刚杀到大营外，耿纪抬头一看，王必来了，认扣填弦，“吧嗒”“哧……”一箭就射出去了,“嘭”,正射在王必的肩膀上。“哎呀……”也不知道谁在底下扫了一下儿王必这匹马,“扑通”,马就趴下了,王必摔下来了,带着箭伤,撒腿往外就跑。就听后边高声喊嚷:“拿呀,拿王必呀……捉住王必再杀曹操,遘奔邺郡啊……”“哗……”喊什么的都有。后边追兵越来越多,王必心说:我往哪儿跑?往前一看,拐过弯儿去就是金祎家。对,我上他们家去,好朋友啊。王必撒腿就跑,一直跑到金祎家。

金祎干吗去了?金祎指挥人放火去了,而且还带着手下的家童。家里留下谁?媳妇指挥一切。我不是瞧不起这女的,主要赖这男的没管教好。外边“啪啪”一叫门,金祎的媳妇以为丈夫回来了呢,你倒是先把门开开或者问问是谁呀,没开门就说上了:“我说,你回来啦?把王必那厮杀了吗?”(注:笑声)“啊?!”王必这才明白,敢情金祎跟耿纪、韦晃他们是一党,谋划的今天这件事儿。

王必吓坏了,咬牙忍痛,撒腿就跑,往前一拐弯儿,前边是曹休家,奔这儿就来了。“啪啪啪”一叫门,曹家手下人把门开开了。“哟,王将军,您这是怎么了?”“曹将军在家吗?”“在家呢。”“你赶紧扶我进去……”王必见着曹休,“扑通”,就趴下了。曹休赶紧命人给他治箭伤。“您先别给我治伤,是这么回事儿……金祎、韦晃、耿纪反了,我的大营已然起火。”“啊?!”曹休急了,命人给王必治伤,自己马上顶盔贯甲,罩袍束带,拴扎什物,全身披挂整齐,带着家里养的一千兵冲出府外,直奔东华门。

曹休到这儿抬头一看,五凤楼已然着了,气坏了,立刻派人到城外禀报夏侯惇。其实夏侯惇的人马已然杀来了。一见火起,夏侯惇是有警觉的,立刻指挥三万大兵往城中杀。前边列开队了,正是吉太医的两个儿子带着老百姓。那能挡得住吗?“嚓咔咔嚓”,这二位也死了。夏侯惇带领人马杀进城中,和曹休的人马合在一处,就把这场战乱平了,金祎死在乱军之中,耿纪、韦晃被捉住了,又把五个叛臣的家属也捉住了,这才派人骑快马飞奔漳河邺郡禀报曹操。

曹操一听,气往上撞:“啊?!”当时如梦方醒。您看,人就怕遇见事儿,遇见事儿“嘎啦”一下儿,脑子就炸开了。要不怎么老说小孩儿发一回烧,就长一回见识。大人也一样，遇见一件事儿，就能长一回见识，就怕遇不见事儿。遇见事儿别发愁，长一层见识，毕竟后边还有路要走，还得对付后边呢。曹操明白了，吩咐一声：“来呀，传我的钧旨，把五家人全部斩杀于云阳市口，再把许都文武百官都押到魏王宫，以待发落。”

这时，许昌城中的火基本扑灭了。汉献帝知道了这件事儿，躲到深宫去了。连环快马面见夏侯惇、曹休一传令，云阳市口热闹了，搭上监斩棚，五家好几百口全绑上了。最前边绑着两个人，一个是耿纪，一个是韦晃。刽子手捧着杀人的钢刀过来了，耿纪破口大骂：“曹阿瞒，我生不能杀你，死后也让你魂不得安！”刽子手拿着刀，看着夏侯惇。夏侯惇用手一指：“堵！”刽子手就明白了，拿刀在耿纪的嘴里一搅，血就出来了，耿纪大骂不绝而死。再看旁边的韦晃，以头碰地，一边拿脸磕地一边喊：“可恨啊可恨……曹阿瞒……”那管什么用啊？也被杀了。五臣死了，五臣的家属也死了。夏侯惇命人处理善后，然后传令，把城中所有文武百官都押解到漳河邺郡。

许都归谁管？归曹休管。当初曹操曾经说过，曹休是我们家的千里驹。其实曹休不是曹操的亲戚，只能说两个人都姓曹，而曹休是曹仁的亲戚。曹操复姓夏侯，是由夏侯氏抱来的。有新曹氏，有旧曹氏。现在曹操一家独大，这些老曹氏就都跟着曹操了。曹操非常重视曹休，现在把许昌的兵权交给他，夏侯惇押着文武百官遘奔漳河邺郡。

曹操早就在这儿坐着了。您说许都得有多少文武官员，缕缕行行，全押来了。“来呀，竖旗两面。”这边竖起一面红旗，那边插上一面白旗。所有文武百官都来了，往地下一跪：“拜见魏王。”“免礼平身。本王已让人竖起两面大旗，这边是红旗一面，那边是白旗一面。百官在正月十五夜里火起之时，谁出来救火了，就站在红旗之下；没出来救火在家里藏着的，就站在白旗之下。马上行动。”有的马上就过来了，站在红旗底下，因为确实出来救火了。有的慢慢腾腾，就站在白旗底下了。还有的抖机灵儿，心想：我也没出去，也没救火，但魏王肯定赏识救火的，干脆我也上这边站着来吧。这就是抖机灵儿的。最后，红旗下站了三分之二，白旗下站了三分之一。

曹操站起身形，走到红旗队伍前。“你们都出来救火了吗？”“哎呀，千岁，我们确实出来救火了，怕许都有个闪失……”“嘿嘿，你们哪里是出来救火，纯粹是想帮助韦司直，帮助耿少府，要灭我曹操。夏侯惇。”“在！”“把他们押到漳河，斩首示众！”这些抖机灵儿的全傻了，再想说实话都晚了。夏侯惇带着亲兵，手拿钢刀，把这些人押到漳河边，脑袋一伸，一刀一个……好儿百名官员就这么让曹操杀了，死在漳河边。站在白旗下的官员暗自庆幸，其实这里也有抖机灵儿的，猜对了，德国回家了。（注：砸挂。现场说这段书时适值2018年世界杯足球赛，德国队在小组赛中即遭淘汰）站到白旗下的官员都活了，而且曹操赏给每人锦缎一匹、白银千两，回去照样供职，有的还禄位高升。您看，就这么一闪念，看你聪明不聪明了。

曹操处理完这件事儿，坐在寝宫之内，出了一身冷汗。到这时，曹操明白了：为什么会出现祢衡击鼓骂曹？为什么会出现徐母骂曹？为什么会出现以孔融为代表的人反对我执掌朝权？为什么会出现吉太医？为什么会出现衣带诏？到今天为什么会出现耿纪、韦晃这些反臣？看来所有这些士大夫和名人之后、汉室之臣，我必须一律不用。您看，曹操下决心了。人不触及灵魂之处，是没有办法的。曹操马上传令，拜钟繇为相，华歆为御史大夫，让曹休统率御林军马。另外，把所有的官职都变了，定侯爵六等十八级，关中侯爵十七级，关内外侯十六级，五大夫十五级。曹操把原来他认为是自己心腹的人，也就是类似耿纪、韦晃这些人，全部免去不用。可以说，曹操来了一回政治大清洗。曹操这么做有什么好处？为后来曹丕受禅扫清了道路。没有反对派了，谁还反对我？将来我儿子受禅，大汉天下归我北魏，谁还敢反对？这就是曹操在五臣死节之后得出的经验教训。然后，曹操又发出探马打探军情，探一探曹洪兵发汉中的情况。

再说曹洪带领五万大兵到了汉中，见着夏侯渊、张郃，发出探马打探军情。现在马超指挥人马攻打下辨，张飞带雷铜镇守巴西。曹洪说：“魏王让我来到汉中，我马上出兵。”曹洪带领五万人马，刀枪器皿、锣鼓帐篷、粮草等项，迎着马超的队伍就来了。马超等于是元帅，只不过没任命而已。先锋官是谁？吴兰，吴兰还带着副将任夔。双方对垒，吴兰见曹洪势力太大，指挥人马就想往回撤。任夔不干："嗐，咱们有关、张、赵、马、黄五虎上将，我是马超将军手下的副将，不能败在曹洪手下。打！"这一打不要紧，三个回合，任夔就让曹洪把脑袋砍下来了。马超的先锋军就往后跑。马超气坏了：谁让你们出战来着？马孟起传令："守住关隘，绝不许再出动了。"这下儿曹洪急了，带领人马不住地攻打，马超就是不出战。曹洪一琢磨：我先回去吧。

曹洪指挥人马回到南郑。接应他的是谁？张郃。"将军，您怎么回来了？""打了胜仗了。""打了胜仗您应该不回来呀。我听说两军疆场之上您斩杀了任夔，为什么不一鼓作气，直接攻打马超的下辨呢？""哎哟，你不知道，我临来时在邺郡碰见一个占卜家。""谁呀？""管辂呀，我让管辂算了一卦。管辂说了，此次我到汉中，汉中必折一员上将。""您怕死啊？""不敢说怕死吧，反正……我就回来了。"张郃想乐也不敢乐，心说：这么大曹洪，就因为管辂算卦说汉中要折损一员大将，结果就回来不打啦？"既然如此，您就看住南郑。我愿带领一支人马，不打马超，先打巴西，生擒张翼德。""你说梦话吧？你能生擒张飞？""那可不么？""你真敢去？""我不但敢去，还敢立军令状。""好啊，立军令状好，反正管辂说了，得死一员大将。"张郃气坏了："军政司，看军令状伺候。"军政司拿过军令状，张郃提笔就写："张郃带领人马攻打巴西，如果取了张飞的项上人头……""您怎么样？""我兵权给你。""好，兵权给我。"其实这俩人儿不瞎说么，曹操不传令，兵权敢给谁呀？"如果取不了张飞的项上人头，我张郃就把人头给你。""我也不敢杀你呀。""啧，那这军令状还立什么劲儿啊？""还是先立下来吧。"（注：笑声）

张郃立下军令状，军政司收起来不提。张郃顶盔贯甲，罩袍束带，拴扎什物，全身披挂整齐，带领本部人马直接进兵巴西，扎下三座大营。张飞得报，这才引出猛张飞智取瓦口隘，老黄忠计夺天荡山，折杀曹营一员大将，定军山刀斩夏侯渊。谢谢众位，下回再说。

# 第二〇九回　张飞智取瓦口关

曹洪奉命到汉中，因怕马超不出兵。张郃立下军令状，发兵巴西欲立功。

今天这书的主要人物是张郃。提起张郃，听《三国》也好，看《三国》也好，或者听三国戏，大家对他比较熟悉。但系统地研究张郃，恐怕从来没有过。昨天我捋了捋，张郃原来是冀州刺史韩馥的军中司马。咱们都知道董卓进京祸乱朝纲，天下分崩离析。十八镇诸侯讨董卓后，袁绍没辙了，看上冀州了。韩馥也是招事儿，没事儿接济袁绍，袁绍手下就有人出主意："您干脆把冀州拿下来不就完了么？"结果袁绍强行进了冀州，把韩馥轰走了。就在那时，张郃归降了袁绍，在袁绍手下立下不少战功，尤其战败北平太守公孙瓒，张郃首功一件。后来官渡之战，袁绍任人唯亲，用淳于琼做粮台官坐镇乌巢。张郃跟袁绍说："这不成。您让淳于琼在乌巢，他又爱喝酒，出事儿就麻烦了。如果乌巢失守，您的事业就完了。"袁绍一听，动心了："那怎么办呢？""您应该亲自指挥人马，马上支援乌巢，支援淳于琼。"袁绍刚要动，手下谋士说话了："您不能去。""为什么呀？""您去那儿还不如指挥人马去打曹操的大营，您一打曹营，曹操就不劫粮了，得回来守卫大营。曹操一走，淳于琼自然就踏实了。"张郃说："这不行。您别小看曹操，曹操的营寨安扎得非常牢固。别瞧曹操兵少，您打不了他的大营，解不了乌巢之围。"这下儿袁绍没办法了，最后还是没听张郃的。结果许攸献计，曹操亲领人马到乌巢劫粮，淳于琼失败。官渡一战，曹操以七万人马打败袁绍七十万大兵，袁绍几乎一败涂地。这时，外边的谣言就起来了，这些谋士说张郃出的主意根本不可信，张郃有外心。结果张郃没办法，带本部人马归降了曹操。

在曹操手下，张郃可了不得。纵观曹操的发展史，当初兖州起事时，一个是夏侯惇、夏侯渊、曹仁、曹洪来了，还有先投曹操的是李典、于禁、乐进。这些人可以说是曹操的开国之臣，一拨儿是曹操的本族，一拨儿是外姓人。此外还有一批，就是归降曹操的战将。头一个是徐晃，胯下马，掌中一口开天大斧。原来他在骑都尉杨奉手下为将，武艺高强，本领出众，但显不出来，归降曹操后屡立战功。所以这就得看主将是谁，会不会用人了。第二个得说张辽。原来在吕布手下，吕八将之一。您想，吕布都够不上一镇诸侯，手下有八员勇将又如何？结果张辽在白门楼归降曹操，之后也是屡立战功。再一个就得说张郃。别瞧张郃武艺高强，胯下马，掌中一条金枪，但在韩馥、袁绍手下没有成名的机会。归降曹操之后，徐晃、张辽、张郃都是首屈一指的战将。所以咱们通过看《三国》就能看出来，身为战将也好，身为谋士也好，保的是谁，这主人怎么用人，我应该怎么发挥特长，怎样成名于天下，都有值得借鉴的地方。

今天咱们说张郃，张郃现在在哪儿呢？汉中。曹操撤兵回归河南许昌时，把夏侯渊、张郃留在汉中。现在曹操又派曹洪带领五万大兵来到汉中，这叫什么？任人唯亲。说曹洪、曹仁、夏侯惇、夏侯渊都了不得，但够不够元帅？如果从能力上讲，夏侯渊的能力就不如张郃。但没办法，人家姓曹，人家姓夏侯，这就是任人唯亲。曹操愣把元帅的权力给夏侯渊、曹洪，也绝不能给张郃。所以您看《三国》，从这些矛盾中就能看出来谁胜谁负，将来谁死谁活。那张郃到底有什么能耐？一个是金枪三十四手，勇冠天下，河北名将，无人能敌；再一个是能够查勘地形安营扎寨，而且出入变化，一般人打不过他。

上回书正说到五汉臣死节。上回书里我说错了一个字，金祎，我念成金伟了，其实就是费祎的祎。我净顾往下看了，反正这边有个韦字，就这么念了，慌里慌张就过去了。所以我很感激观众，观众的认真度很高，今后我也应该更加细心。曹操平定了这件事儿，王必箭伤发作也死了，曹操下令厚葬王必，然后马上发出探马打探军情，看看曹洪到汉中怎么样了。曹操心里也哆嗦：管辂算卦说汉中要折损一员大将，曹洪派去了，夏侯渊、张郃也在，到底死哪位呀？

曹洪也害怕，老琢磨：管辂算卦，我得小心。到了汉中，曹洪指挥人马跟马超的战将打起来了，两军疆场三个回合，把马超先锋官吴兰手下大将任夔杀了。按说打了胜仗，应当高兴，没想到曹洪回来了。张郃一问，曹洪把管辂算卦的事儿一说，张郃不信邪，好胜心起来了："您打了胜仗都不敢打了？您给我一支人马，我不打马超，打张飞。""你打得了吗？""我怎么打不了啊？此一时彼一时。""那你要打了败仗呢？""人头输你。""那可得立下军令状。""好。"张郃立好军令状，带领本部三万人马，曹洪一个兵都没给添，进兵巴西。

刚才说了，张郃熟读兵书，深知兵法，特别善于查勘地形，安营扎寨。他扎下三座大营，当中这座叫岩渠寨，头一座叫蒙头寨，后一座叫荡石寨。这三座营寨安扎得特别好，后边都是高山。张郃把营寨安置好以后，处理军务，然后歇了三天。他带了三万人，每座营寨一万人，张郃命每座营寨留下一半儿，就是五千兵士守营，然后自己带一万五千人马进兵巴西，来打张飞。

早有探马来报："报！""何事？""回禀三将军，现在张郃带领一万五千人马进兵巴西。""好哇，来得好。雷铜听令。""在。""嘿嘿，你把你的计策讲上来。""三将军，您是主帅我是主帅呀？""哎，我是主帅，让你出谋划策。"嘿，还有这事儿呢？张飞聪明着呢，知道雷铜了解地形。雷铜说："好办，您打算战败张郃？""当然，咱们要赢啊。""您指挥人马遘奔阆中，阆中非常险要。我带领五千人马绕到阆中后边，就到张郃大军之后。等张郃杀上前来，您跟他两军对垒。打着打着，我在后边搅乱他的后营，这仗咱们就赢了。""好，照计而行。"这么着，张飞给了雷铜五千人马，雷铜走了。

单说张飞顶盔贯甲，罩袍束带，拴扎什物，全身披挂整齐，点齐一万大兵，直奔阆中。走在中途碰见张郃了，二话不说，双方炮声一响，"叨"，两军人马把阵势列圆。张飞催坐下马，掌中大枪，直奔两军疆场。"呔！张郃，阵前来战！"张郃也不派将，派别人白派，往前一催马，金盔金甲大红战袍，胯下马，掌中金枪；张飞镔铁盔甲皂征袍，胯下马，掌中丈八蛇矛枪。两个人二马盘旋，杀在一起。杀了二十多个回合，两边兵将擂鼓助威，“叨叨叨”“杀呀……”张郃想赢，张飞也想赢，两个人可以说势均力敌。杀着杀着，张飞在马上一晃身形：“张郃，你来观看。”张郃心说：咱俩打仗，让我往哪儿看啊？再看张飞的眼神，张郃就是一愣：嗯？回头一看，后军乱了。

张郃正着急呢，一匹快马跑到面前。“张将军，我来不及下马了，后边蜀军作乱。您看，都是蜀军的旗幡招展。”两个人二马一错镫，张郃抬头往后军一看，可了不得了，山中都是蜀军的旗号。这就是雷铜的疑兵之计。张郃赶紧往回一催马：“我兵，撤！”他一说撤，张飞高声喊嚷：“张郃，你跑不了了，喳喳喳喳，哇呀呀呀呀……”催马就追上来了，一万大兵跟着张飞往前杀。这时，雷铜指挥五千兵又杀上来了。这一来，张郃打了败仗，撤兵回到岩渠寨。张飞跟雷铜合兵一处，就在距岩渠寨十里的地方把营寨扎好，天天叫战。

书不说废话。张郃死守大营，就不出战。任凭张飞、雷铜怎么叫战，上边灰瓶、炮子、滚木、礌石往下打，就是不出战。张飞气坏了，天天喝酒，喝多了以后，拿着酒坛子，带着兵，坐在山坡骂张郃：“你原来归韩馥啊，后来归袁绍啦……袁绍不要你呀，你又归降曹操啦……你这人不要鼻子呀……”（注：笑声）骂什么的都有。张郃沉得住气，摆上一桌酒宴，“吱儿喽”一口酒，“吧嗒”一口菜，气你张飞，我就是不出战。《三国演义》上说“两军相拒五十余日”，五十多天可不好熬，张飞天天喝酒，跟雷铜倒着班儿地骂，张郃就是不出战。

刘备不放心，发出连环探马打探军情。探马回来一说，刘备着急了：“坏了，三弟饮酒失醉，当初徐州就是这么丢的。”刘备也顾不得脸面了，撒腿就跑，来找诸葛亮。“军师……”“主公，您怎么直喘啊？”“跑的呀。”“您干吗跑啊？找个人传话，我过去不就完了么？”“我……我等不了了。我问你，这张飞你相信不相信？”“怎么啦？”“张飞跟张郃对垒五十多天了，天天坐那儿喝酒。”“哦……您着什么急呀？军前没有好酒，咱们成都可净是好酒，您预备五十瓮好酒，装到三辆车上，让人给三将军送去，让他喝得痛痛快快的。”“诸葛亮，你这是什么馊主意呀？”“主公，您这是怎么说话呢？”“我三弟因酒误事多少回了？”“您不相信不是吗？那您派魏延去。”“好吧。”

刘备回来了。“唤魏延进见。”“参见主公。”“三弟在军前喝酒，军师说了，让预备五十瓮好酒装到三辆大车之上，插上旗号：‘军前备用佳酿。’你给他送去。”“还让他喝？”“啊，这是军师的主意。要是三弟打不过张郃，丢了阆中，军师做主。”“主公，这可不是闹着玩儿的。”“你去不去？”“去呀。”“那就接令吧。”“那令也得军师传，不能您传啊。”“有请军师。”诸葛亮来了，拿出一支令箭：“魏延，一共三车酒五十瓮，插旗号‘军前备用佳酿’，你给三将军送去吧。”“哎。”那位说，什么叫瓮啊？口儿大，叫缸；口儿小，大肚子，叫瓮。

魏延带着五十个兵，押着三车酒，直奔阆中。您想，张郃能不得报吗？张郃一听：行啊，他们成都趁酒啊。“赶紧发出连环探马，探一探张飞如何。”一会儿的工夫，探马接连回报：“张飞把酒都列摆在大帐外了，然后传下话来：‘军中饮宴，主公赐美酒，我赐肉食。’嗬，每天都是鸡鸭鱼肉，丝儿溜片儿炒，一边吃一边喝。”张郃气坏了。到晚上再往下一看，张飞营中万盏灯火齐明，不亚如满天星斗落在尘埃。再瞧中军大帐，张飞往这儿一坐，头里摆着大碗，摆着一桌子好菜。张飞扶定酒碗：“来呀，二兵相扑。”提溜出俩兵跟这儿摔跤。好家伙，就在大帐前，这儿一对儿，那儿一对儿，相扑为戏。张飞“吱儿喽”一口酒：“好香，好香！”其实张郃也听不见，离着远也看不太清楚，可那也能瞧见相扑为戏啊，您说能不生气么？“好你个张翼德，欺我太甚！来呀！”中军官过来了。“马上传令，蒙头寨、荡石寨各预备五千兵，今夜二更我杀上前去，直奔张飞的大营，两寨人马策应而行，取张飞项上人头。我就不信我打不过他，此一时彼一时……”

到了二更天，张郃全身披挂，胯下马，掌中金枪，带着三千精兵，由山上下来了，直奔张飞的大营。张飞这儿还喝呢，就听营中“哥儿俩好啊……五魁首啊……八匹马呀……七个巧啊……”热闹非常。张郃高声喊嚷："张飞，你哪里走！"炮声一响，张郃一马当先，直奔张飞的中军大帐。张郃往前一催马，抖大枪就扎。"噗"，张郃傻了：原来是草人儿一个。张郃把草人儿挑飞了，就听身后有人高声喊嚷："呔！张郃，你哪里走！"张郃回头再看，正是张飞，胯下马，掌中丈八蛇矛。"嘿嘿，张郃小子你上当了！"张郃赶紧抖枪就扎，张飞合枪招架。两个人二马盘旋，杀在一起。张郃的兵将往里就涌，张飞的兵将往出就杀。两个人杀了五十多个回合，张郃的汗下来了，心说：两边儿怎么没人啊？其实张飞早传令了："只要我这儿炮声一响，你们赶紧杀出来，这边是雷铜，那边是魏延，你们把张郃两边儿两寨的人马堵住。"

就这样，张郃孤军作战，一直杀到天光大亮，三千人就剩下二百多了，败回自己的营寨。等到寨中一看，全是汉军旗号。再往两旁一看，另两座山寨已然起火，三个寨全完了。张郃吓坏了，赶紧指挥残兵败将往下败，败回瓦口关。张飞指挥兵将来到瓦口关前，扎下大营。"攻关！"上边灰瓶、炮子、滚木、礌石往下打。也就是仗着张郃早布置好了，张飞没攻上来，但张郃的三座营寨轻而易举得下来了。张郃坐在城中运气：没想到张飞用一个草人儿把我蒙了。好啊，甭管你再怎么骂战，我就是不出战。张郃就是这个主意了。

咱们说过瓦口关，一将把守，万将难攻。张飞想主意：怎么办呢？把魏延、雷铜叫来了。雷铜说："我带人骂战去，想办法把张郃骂出来。"雷铜带领人马叫战。探马禀报张郃："张飞没出来，魏延也没出来，就是雷铜出来了。"张郃点齐五千人马，没响炮，杀出关外，跟雷铜打起来了。雷铜哪儿是张郃的对手，张郃一枪把雷铜挑了。雷铜一死，张飞反而缺少一员战将。张飞说："这可不行。照这样下去，打不了瓦口关，立不了战功，我就没法儿在汉中立威。"张飞聪明，挑选了二百多名精明强干的兵士，跟魏延两个人天天蔫溜溜出来遛。

遛着遛着，这天走到瓦口关这儿，张飞就见很多老百姓背着干粮袋儿，拿着水葫芦，攀荆而上，就是由瓦口关后边慢慢往上走，道儿实在太难走了。张飞跟魏延说："文长，你带几个兵，千万别把这些老百姓吓着啊。

你们就说我有请，请他们商议军情。”就这样，老百姓也害怕呀，弄了五六个来。“哎哟……拜见三将军……”“别害怕，跟你们聊聊天儿，每人给五两银子。”“那您多聊会儿。”（注：笑声）先给银子后聊天儿，一人五两。“三将军，您……您要聊什么？”“你们是干吗的？”“老百姓啊，我们要回家过瓦口关，您在这儿打仗，我们回不去。”“那从这儿能过去吗？”“能过去。这座山叫梓潼山，过了梓潼山前边有个川口叫桧釿川。虽然山路难走，只有一丈来宽，但只要能爬过这个川口，就可以踏踏实实回家了。”“哦？哈哈，每人再加十两。”“不聊啦？”“头前带路。”张飞点齐五百兵，让这些老百姓带路。这地方叫梓潼山桧（guì）釿（yín）川，桧就是秦桧的桧，搁这儿念桧（guì），因为长的都是桧树。这桧树往上爬，两边悬崖峭壁跟刀削的似的，当中间儿只有一丈多宽。老百姓爬上去，衣服也得剐破了，手也得磨破了，但为了回家，没办法。

张飞跟着老百姓把这条暗道探清楚了，一回身：“魏延哎。”“三将军。”“今夜你前去叫战，我带兵绕到山后放十把火迷惑张郃，我看张郃怎么办，咱们就势把瓦口关拿下来。你只要把张郃引出来，我由山上就进关了，因为在山上往下看得很清楚。”

到了夜里，魏延胯下马，掌中刀，指挥人马在关前叫战。“叨叨叨”“张郃呀……出来呀……不出来死路一条啊……”张郃就是不出去。“报！”“何事？”“张飞带人马已然杀到关后。”“啊？！”张郃马上全身披挂，点齐兵将，到山后一看，十几处火起。张郃气坏了，再听前边炮响鼓响，赶紧纵马来到关前，甩镫离鞍下马，顺马道上城往下一看，魏延指挥人马在这儿叫战。回头再看，不光火起，而且就见张飞的兵跟往城里跳一样，由山上往下攻当然好办了。张郃没办法，只能点兵出战，跟魏延杀在一起。这时，张飞催马也来了。“张郃，还想要你的瓦口关吗？张飞来也！”前边是魏延，后边是张飞，张郃杀得盔歪甲斜，袍带皆松，看旁边就剩十几个人了，只能带着残兵败将败回南郑，瓦口关丢了。张飞打了胜仗了。谁说巴西赢不了啊？巴西太守赢啦！（注：现挂世界杯）

张郃回到南郑，没办法，来见曹洪。“参见都督。”曹洪用手一指：“军令状伺候。”行军司马郭淮把军令状按住了：“都督，不看也罢。”“他自己立的军令状，打了败仗人头给我。”“这不行。我是行军司马，您得听我良言相劝。”“讲。”郭淮一指跪在地下的张郃：“都督，按军令状来说确实应该杀，可有一节，他是千岁重用的战将，不能轻易杀。”“那不杀又如何呀？”“您给他五千人马，不让他打张飞，而让他进兵葭萌关。只要在葭萌关摆下战场，震动整个儿汉中，牵动战局，他们就没法儿下手。”曹洪心想：郭淮这个主意对呀，只要葭萌关打着，别的地方就好办了，其他战场就没法儿开了。“张郃，听见没有？给你五千人马，进兵葭萌关。”“末将遵令。”张郃没办法，只好接令，点齐五千人马，刀枪器皿、锣鼓帐篷、粮草等项拴扎车辆，杀奔葭萌关。

张郃人马一动，葭萌关守将就得报了。葭萌关是谁守着？孟达、霍峻。霍峻说：“怎么办？”“打！哼哼，小小张郃，三将军把他打得落花流水。”“您可不是三将军。”“嘿嘿，那我也打得过他。你守关，我出战。”孟达不要脸，点齐两千人马杀出关去，人家张郃连营寨还没扎呢。两军对垒，打了三个回合，孟达一看，打不了，拨马指挥残兵败将回来了。“霍副将，我打不了。”“我说你打不了你还不信，回来就好好守关吧。”“接下来怎么办呢？”“我写一份告急文书，让人马上遘奔成都，禀报主公、军师，看应该怎么办。”“好吧。”霍峻写好告急文书，命人骑快马遘奔成都。

书说简短，诸葛亮接着告急文书，马上传令：“擂鼓升堂。”三通聚将鼓响，众将全身披挂，来到大堂之上参见军师，刘备在旁边一坐，大家分立两旁。诸葛亮把告急文书拿起来了：“众位，三将军翼德镇守巴西，阆中一战打得张郃落花流水，并且顺势得下瓦口关。现在张郃带领五千人马又奔葭萌关，孟达打了败仗，霍峻告急文书已到。我想马上派一员战将遘奔阆中把三将军换回来，只有张飞才能到葭萌关去战张郃，别人是办不到的。”大伙儿一听，军师是绝对的权威，说派别人不行，只有张飞才能战败张郃。法正说：“军师，张郃没那么可怕吧？三将军坐镇巴西镇守阆中，那可是紧要之地。如果您把三将军换回来，别人恐怕守不住阆中和巴西。军中上将有的是，您可以挑选一人到葭萌关以战张郃。”“孝直，我当然也这么想，可观看我军中并没有一员战将可以抵挡张郃。别瞧张郃在三将军面前施展不出来，搁别人可就不行了，只有换回翼德以战张郃。”刘备看着着急，出不了主意呀。大伙儿你瞧瞧我，我瞧瞧你：难道军中连一员战将都派不了吗？“众位将军，哪位能够把三将军换回来？”还是没人说话。

直到诸葛亮问第三遍：“哪位将军自告奋勇？”“哎……”就在这时，一员战将晃身形“嚓楞楞”甲叶儿声音响，迈步来到诸葛亮面前：“军师，在下不才，愿去葭萌关取张郃项上人头，献与主公、军师。”诸葛亮眼睛亮了，可仔细一看：“哎呀！”诸葛亮看了看刘备，意思是这位不成。大伙儿一看，说话的是谁？老将黄忠。诸葛亮说：“老将军，你虽然胯下马，掌中刀，武艺高强，本领出众，但看你须发皆白，年岁高迈，老不讲筋骨之能。”“难道我就没用了吗？”“老将军，不管怎么说，你已然年近七十了。”“嘿嘿……”黄忠一托自己的胡须：“七十又如何？我现在能开三石弓，浑身有千斤之力。”“那你终究是七十岁的人了。”“哎呀，军师，连丽如七十七还说《东汉》呢，我焉能不行？（注：笑声）军师，你来看。”“腾腾腾”，黄忠迈大步下大堂了，大堂前边有兵刃架子。刘备赶紧站起身形：“军师请。”大伙儿跟着都来到大堂前，前边是刘备和诸葛亮，后边是众战将。

再看黄忠，由兵刃架子这儿抄起一口大刀，走到台阶下，就在庭院当中把刀抡动如飞，刀光闪闪。黄忠走开形门，迈开步眼，这趟刀练完了，收功往这儿一站，面不更色，气不涌出。“来呀，收刀。看弓伺候！”手下人把刀接过来，插到兵刃架子上。左边一个兵，右边一个兵，举着两张硬弓。黄汉升接过一张弓，两膀一晃，千斤之力。“开！”“嘎……嘎啦啦啦……”“嘎吧”一声，弓折了。黄忠又接过另一张弓，一较力，“嘎……嘎啦啦啦……”“嘎吧”一声，这张弓又折了。“啪！”往地下一扔。“军师，末将如何？”“好啊好啊……老将军能够去战张郃，保葭萌关一战吗？”“如若不能，老朽愿将项上人头输与军师。”“你一人不成，再保举一员战将。”“来来来，老将严颜。”

此时，大伙儿都瞧赵云，因为谁也没有赵云资格老，意思是您劝劝这二位，一个胡子白，一个白胡子，加一块儿一百三了，行吗？诸葛亮点点头："好吧，黄忠、严颜听令。""在。""在。""你们率领本部人马遘奔葭萌关去战张郃，我与主公在成都等候捷报。""遵令！"嗬，两员老将雄赳赳，气昂昂，接过令箭，迈步出去了。他们刚走，大伙儿都奔赵云来了。"子龙将军，您怎么不说话呀？"赵云说："我得有点儿深沉啊。""您就说代表我们大伙儿。"赵云过来了。"军师，我代表他们大伙儿跟您说两句。这两员老将去了，打了败仗怎么办？""子龙将军，你告诉众人，要打算得取汉中，就在此两员老将身上。""军师，您喝多了吧？""子龙将军，你若不信，听候捷报。"诸葛亮这一说，赵云不能言语了，跟大伙儿一说，都退出去了。

单说黄忠、严颜带领本部人马到了葭萌关，两员守将亮队相迎。抬头一看，孟达看看霍峻，霍峻看看孟达，两人没说话。黄忠看看严颜，严颜看看黄忠，黄忠点点头，意思是嫌咱俩老，嫌咱俩胡子白。黄忠低声说："我说，咱们得让他们看看，人老心不老，照样立下赫赫战功。""行嘞，老哥哥，我听你的。你说话我就行动，一定要在这儿打个漂亮仗。"两员老将的决心已然起来了。孟达、霍峻把他们接到城中，摆上酒宴款待。黄忠、严颜简单喝了点儿酒，稍事休息。"孟将军，张郃的营寨何在？""张郃的营寨离此十里，听说您到了，他肯定得杀上前来。"话音未落，就听城外"叨叨叨""杀呀……"蓝旗小校来到孟达面前："报！""何事？""启禀孟将军，现在张郃带领五千人马在关前列阵。""好啊。"说完，孟达不说话了。黄忠心说：这是等我说话呢。"末将前去杀敌。""老将军可要小心了。""料也无妨。"

黄忠点齐三千人马，头声炮响，关门开放；二声炮响，旌旗飘摆，绣带高扬；三声炮响，齐催坐马，各抖丝缰，冲出关去。两军人马把阵势列圆了，黄忠双足一点镫，镫带绷镫绳，催坐下马，掌中钩镂古月象鼻子大刀，直临两军疆场，手中大刀一举："呔！对面张郃，阵前交头！"你赶紧到阵前把脑袋给我。张郃让压阵官替他压住全军大队，催坐下马，掌中金枪，直奔两军阵前，抬头一看："哎呀，老黄忠，你恬不知耻，须发皆白，年岁高迈，还敢在两军疆场交战吗？”“嘿嘿，张郃，你看不起老夫吗？老夫虽然人近七十，可有句话叫人老刀不老。你来看！”手中一控钩镂古月象鼻子大刀，银髯在胸前飘摆，晃身形“嚓楞楞”甲叶儿声音响，让人望而生畏。张郃能服吗？往前一催马：“扎！”抖枪就扎，黄忠摆刀招架，张郃撤枪变招儿。两个人马打盘旋，杀在一起。孟达、霍峻在城上一看，了不得，老将黄忠这口大刀，八八六十四手春秋刀，刀法不乱，一刀比一刀快，一刀比一刀急，刀刀进逼张郃。张郃也了不得，金枪三十四手。两个人杀了三十多个回合，棋逢对手，将遇良才，分不出输赢胜败。

就在这时，黄忠高声喊嚷：“来来来，待我发个利是！”这句话把张郃吓一跳，张郃一愣，只见黄忠大刀“欻”的一下儿，进步撩阴刀，就奔张郃的肋条来了，张郃金枪往出一磕。两人二马一错镫，黄忠大刀往回一撤，“欻”一转，就奔张郃的脖梗子了。张郃一看：好快呀。刚才黄忠的刀使出六成劲儿，现在已然使出十成劲儿了。两个人杀到五十个回合，张郃顶不住了。

两个人二马一错镫，趁这么个时候，有匹战马来到张郃面前。“将军，了不得了，您看后头！”张郃拨马往后观瞧。您看，蜀军净搞这个，张飞一下儿，这儿又一下儿。其实黄忠早就告诉严颜了，因为严颜地理熟悉，让他指挥人马绕到张郃营后，咱们来个两气夹攻。这回张郃可慌了，再看严颜催坐下马，掌中刀，就杀上来了，这边是黄忠，两员老将往前一冲，张郃指挥败兵就回到自己的营寨。刚进了营寨，就听外边炮鼓连天，杀声震耳，“叨叨叨”“杀呀……张郃你跑不了了……”张郃没办法，带着残兵败将继续跑，这座营寨可就归黄忠了。黄忠打了胜仗，鞭敲金镫响，齐唱凯歌还，大队人马回到葭萌关。

张郃又败一仗，只好派人奔南郑请曹洪增兵。本来三万人，跟张飞作战，剩下不到一万，偷营劫寨打了败仗，最后就剩十几个了；您给我五千人马，葭萌关又打了败仗，只剩两千多人了。曹洪气坏了，跟郭淮说：“我说要杀张郃，你不让杀。”“您不能杀。要把张郃逼急了，他归降刘备怎么办？”“那依你之见呢？”“您派两员大将，一个夏侯尚，一个韩浩，让他们各带三千人马前去助战。他们跟张郃合兵，同时二人可以作为监军，您看如何？”“好啊。”曹洪愿意了。您看，以后这就成惯例了，既帮着打仗，又作为监军监视你打仗。夏侯尚和韩浩高兴，为什么？夏侯尚认为在汉中我们家有势力，我哥哥夏侯德镇守天荡山，我叔父夏侯渊镇守定军山，这都是夏侯家的势力。韩浩是想报仇，因为他哥哥是长沙太守韩玄，当初取四郡时韩玄被魏延杀了，就因为黄忠，这回一定得给哥哥报仇雪恨。

夏侯尚和韩浩一商量，点齐六千人马，直奔张郃的营寨来了。张郃出来迎接，一看：“二位将军是前来助战吗？”“是啊。”夏侯尚嘴一撇：“张郃将军，打了败仗啦？”“我跟你们说，别瞧黄忠须发皆白，真是武艺高强，本领出众，你们千万要小心。”“得啦，你就是怂了，老打败仗打怕了。告诉你，我们家在汉中多大势力？我哥哥镇守天荡山，我叔父镇守定军山再加上米仓山。”韩浩也说：“张郃将军，别看你岁数比我们大点儿，你要知道，不就是黄汉升吗？我想找他还找不着呢。当初我哥哥韩玄是长沙太守，就因为他，被魏延所杀。今天我要找黄忠，找魏延报仇雪恨，你就瞧好儿吧。”“那我也得嘱咐你们多加小心。”“没事儿。”三个人兵合一处，将打一家了。

第二天，黄忠指挥人马叫战，炮声一响，列开阵势。“张郃，你出来一战！”炮声一响，营寨里边出兵了，三千人马，为首两员大将，一个夏侯尚，一个韩浩。黄忠一看，认识韩浩。“韩浩，你阵前一战！”韩浩催坐下马，掌中枪，出来了。“黄汉升，你已然活到这岁数了，还想活吗？”“还想活妈？告诉你韩浩，我还想活爹呢。（注：笑声）别看老将须发皆白，但宝刀不老。你阵前纳命！”韩浩催马拧枪，跟黄忠杀在一起。没想到打了十几个回合，黄忠一刀比一刀迟，一刀比一刀慢，就有点儿顶不住了，而韩浩这条枪抖擞雄威。“哈哈，老小子，你打不了啦！”黄忠拨马就跑。这边夏侯尚和韩浩指挥兵将往前杀，一直杀到黄忠这座营寨，黄忠穿营而过。二人又往前杀，这座营寨就归他们了。黄忠往前跑出几里地，缓了口气儿，让当兵的草草扎下一座大营。跟着夏侯尚和韩浩就到了，黄忠拨马又跟两个人杀在一起。杀着杀着，打不过了，催马又跑，第二座营寨又归他们了。就这样，黄忠连立四营，四座大营都丢了，一直败回葭萌关。

夏侯尚和韩浩回来了。“怎么样？张郃，我二人连打胜仗，夺下黄忠四座营寨。”“你们可要小心，恐怕其中有诈吧？”“嘿嘿，那是把你诈坏了。”张郃不放心，发出探马打探军情。

这时，刘备也得报了，着急了，拿着这封紧急文书撒腿就跑，来找诸葛亮。“主公，您怎么又跑来了？”“你快看看吧，黄忠是你派的，你说汉中要在他们手中夺得。现在你看看，你看看……”“您别哆嗦，我先瞧瞧。嗐，这是老将军的骄兵之计。”“你怎么知道是骄兵之计啊？”“我跟您说是骄兵之计就是骄兵之计。”“我不放心。”“不放心，您可以让公子辛苦一趟。”刘备把刘封叫来了。“你赶紧到葭萌关军前助战，看看老将军到底怎么回事儿。”

刘封指挥人马来了，看见黄忠了。“老将军，您一天连丢四寨，这到底怎么回事儿啊？”“哎呀……大公子，我这是骄兵之计也。”“嗯？那军师猜对了，我爹说错了？”“对呀。”“可……我爹不放心啊。”“大公子别着急。我已然传令，严颜也准备好了，今夜我要复夺四寨。每得下一寨，就让孟达将军指挥兵士往回运军装、器械、锣鼓、帐篷。不但连夺营寨，我还要兵取张郃，得下张郃项上人头，让你看看老夫的骄兵之计。”“哎哟，那我可就跟着您开眼了。”黄忠夜袭曹营，逼得张郃、夏侯尚、韩浩逃奔天荡山，才有战对山以逸待劳，老黄忠刀斩夏侯渊。谢谢众位，下回再说。

# 第二一〇回　黄忠计夺天荡山

汉季失权柄，董卓乱天常。志欲图篡弑，先害诸贤良。

这是蔡文姬写的《悲愤诗》的前四句，今天得说到蔡文姬了。

上回书说到老黄忠凭借骄兵之计打了胜仗，夏侯尚、韩浩打了败仗，往下一败不要紧，连张郃都抵挡不住了，跟着也往下败。镇守葭萌关的孟达带人就把曹兵丢下的营寨，一座营一座营一座营里的军装器械，还有粮草、帐篷、锣鼓，所有的东西一拨儿一拨儿装到车上，全都运回葭萌关，得了很多战利品。黄忠指挥人马追，刘封说："老爷子，您别追啦，该歇歇儿了。""嘿嘿，此时不出奇兵，更待何时？"黄忠抖擞雄威，他一催马，本部人马"欻"的一下儿就上去了，刘封也跟着吧。就这样，张郃带着韩浩、夏侯尚就跑到天荡山。天荡山归谁镇守？夏侯德，夏侯德跟夏侯尚是亲哥们儿。

到了天荡山，把事情经过一说，夏侯德说："没关系，我有十万大兵呢，马上去复夺几寨。"张郃一听："您等等吧。""老将军，怎么啦？""你别叫我老将军，我没黄忠岁数大。这黄忠了得吗？指挥人马都追来啦。"这时，山下炮声就响了，"杀呀……拿张郃呀，拿韩浩啊……""哗……""报！"蓝旗小校跑进来，单腿打千儿往地下一跪："黄忠指挥人马已杀到山下。"张郃一听："怎么样？现在应该以守为重，好好看住天荡山要紧。"夏侯德乐了："好好看着天荡山？我说老将军，你已然丢多少地方了？你还是河北名将'金枪'张郃呢？哼哼，黄忠不知天命，远路而来，根本不懂得军规纪律，也不知道怎么打仗，来了就得败阵。""话可不能这么说……"张郃嘴里不能说出来，心里明白呀：我已然吃多少亏了？你还敢看不起黄忠？夏侯德又乐了："我跟您说，川兵一路而来，远路疲劳，能打胜仗吗？他们应该休息休息再打。所以黄忠根本不懂得如何利用军机,别说话啦!"

这时,山下炮响鼓响。"报,川兵在山下列队叫战!""哼!"夏侯德瞧着张郃:"怎么样,敢去吗?""我不是不敢,终究跟川兵打了不少天的仗了,所以我劝夏侯将军应该以守山为主。"韩浩一听,不愿意了:"我说张将军,给你十万大兵让你下山,你不干。现在黄忠远路而来,这么大岁数他不知道休息,那还不下山取他的项上人头,更待何时?没关系,夏侯将军,给我三千人马,我下山取老儿项上人头,给我哥哥报仇雪恨。"前文书说了,长沙太守韩玄是他哥哥,所以他恨黄忠。夏侯德说:"好,给你三千人马,你马上下山去取黄忠项上人头。"韩浩领命,点齐三千人马,炮响鼓响,下山了。

韩浩到山下一看,黄忠的人马已然把阵势列开了,旁边站着刘封。刘封劝黄忠:"老将军,人马远路而来,十分疲困,您……您别打了。""奇兵到此,必胜无疑。请公子后站。"刘封没办法,只好往后退,压阵官压住全军大队。黄忠往前一催马,掌中大刀,直奔两军疆场。对面韩浩出来了。黄忠决心立功,韩浩想杀黄忠给哥哥报仇,当场动手。黄忠年近七十了,勇猛非常,先下手为强,往前一催马,"欻",刀就下来了。韩浩赶紧合刀招架,往出一磕。黄忠进步撩阴刀,"噗",刘封都傻了:半个回合,连一个回合都不到,把韩浩斜肩带臂劈下来了。老北京的菜,黄瓜腌葱——大斜茬儿。三千兵将呐喊声音:"好啊,老将军一刀斩韩浩啊……""哗……"残兵败将往山上就跑,禀报夏侯德:"夏侯将军,可了不得了,韩将军半个回合就……就完啦……""啊?半个回合就取了黄忠项上人头?""不是,韩将军让黄忠宰啦!"(注:笑声)夏侯德傻了。"报!""什么事儿啊?""后山起火。"

其实黄忠跟严颜早就商量好了:不是看不起咱们老哥儿俩吗?咱们来个奇兵。黄忠早就把严颜派出去了:"你带领本部人马绕到天荡山后,找地方钻进去就放火,谁来就宰谁。"严颜对地理比黄忠熟悉,带兵就到天荡山后山了,听见前边炮响鼓响的声音了,就开始到处点火,点了好几十处。

这边得报了，夏侯尚说："没关系，这个……我救火去。""你别去了，你还是在这儿待着吧，我去救吧，此地你不熟悉。"夏侯德指挥本部人马就奔着火点去了。刚往后山一走，严颜出来了，抖丹田一声喝喊："呔！""啊……你怎么跑这儿来了？""废话，放火烧你的山！"严颜催马过来，"欻"，一刀就下来了。夏侯德也害怕，赶忙合刀招架。严颜扳刀头献刀攒，大刀磨盘式一转，"噗"的一下儿，就把夏侯德的脑袋砍下来了。"接茬儿放！"时间不大，几十处火点变成几百处火点。火这一着，夏侯尚得报之后吓坏了。

这时，黄忠由前边杀，严颜由后边杀，人马就杀进天荡山。张郃一看："完了吧？劝你们你们不听，结果你们全死了。"他跟谁说的？夏侯德也死了，自个儿跟自个儿叨唠吧。夏侯尚一看："咱们跑吧。"夏侯尚跟着张郃，带着残兵败将跑下天荡山，直奔定军山投奔夏侯渊去了。黄忠打了胜仗，马上写捷报让人飞奔成都前去禀报刘备。

刘备接着捷报，高兴了：老将黄忠都这么大岁数了，竟然还能立下汗马功劳，我干儿子去了都没用。"来呀，摆上酒宴，大家给老将军庆功贺喜。"大伙儿心说：现在黄忠也没在这儿，咱们吃谁喝谁呀？就是让大伙儿借这由头儿吃一顿，是吧？找个题目就吃。（注：笑声）法正一抱拳："主公，且慢。""孝直先生有何话讲？""主公，酒宴先停停吧。老将军使用骄兵之计立下奇功，您应该借这个机会出兵啊。当初曹操进兵汉中，张鲁归降，曹操就应当借此机会进兵西川，可他没来，就给咱们留下机会了。现在诸葛军师已然把西川治理停当，老将军又打了胜仗，您应该带领人马亲自出征，如果能够拿下汉中，拿下定军山，有了退身之地，就可以窥伺中原，将来就可以灭曹操。所以现在这个机会您万万不能失去。""啊……"刘备心说：那先别吃了。看看诸葛亮，诸葛亮冲他点点头："孝直说得太对了。""那好，不吃了，咱们点兵出战。"刘备立刻传令，点齐十万人马，亲自带兵，命赵云为先锋，大队人马兵发葭萌关。

您看，前文书说过，曹操得下南郑，司马懿就劝曹操应该借这个机会马上进兵西川，因为刘备是诈取西川，西川还没有安定，如果给刘备留下时间，等诸葛亮把西川治理好，再想进兵西川就进不去了。但曹操当时有点儿年老了，也不敢向前了，留下重兵把守，自己还是撤兵回归中原吧。当时刘晔也劝曹操立刻进兵西川，曹操没听，撤兵走了。所以证明法正相当有能力。如果法正四十多岁不死，能活到关云长走麦城，能活到阻止刘备进兵东吴，刘备就不会被陆逊火烧连营七百里。当然，这都是假设了。

大队人马来到葭萌关扎下大营，孟达、霍峻把刘备和诸葛亮接到关上，摆下酒宴，给黄忠、严颜庆功贺喜。刘备犒赏两位老将军，两位老将军高兴，大伙儿推杯换盏，开怀畅饮。刘备端着酒杯来到黄忠面前："老将军，请吃我一杯酒。""哎哟，谢过主公。""老将军已然得下天荡山，还想得定军山吗？""想啊，能拿下定军山，汉中就在握；汉中在握，就能进兵中原。""老将军还能有此胆量吗？""只要您一声令下，我黄忠兵发定军山，必取夏侯渊项上人头。""主公，您是不是喝多了？"刘备一看，说话的正是诸葛亮。"我没喝多，刚喝两杯。""老将军计夺天荡山，您还想让他去得定军山？定军山由谁镇守啊？""夏侯渊。""夏侯渊叫什么？""复姓夏侯单字名渊，字妙才。""妙才，那就比张郃强多了。为什么曹操把夏侯渊搁这儿？当初马超西凉起兵，曹操把夏侯渊搁在潼关，让他独当马超。现在又把他搁到汉中，镇守定军山，而且所有汉中的粮草都在定军山。您想，夏侯渊不但武艺高强，而且足智多谋，老将军打不了。""可老将军自告奋勇……""没有，我听着可是您给老将军敬酒，问他来着。"

黄忠一听，不服气呀，一捋长髯："军师，别看我年近七十，但兵发定军山足矣。""老将军，您还是别去了，老不讲筋骨之能……""我替您说，英雄出于少年。可我自来到此地，屡屡得胜，就连军师您也赞成我的骄兵之计。""话虽如此，老将军，夏侯渊跟张郃可不一样。""那谁能战胜夏侯渊呢？""老将军，听我良言相劝，我正在物色一位将军遣奔荆州，然后把关将军调到汉中，只有他才能战胜夏侯渊，拿下定军山，夺取汉中。""哎……难道黄忠不行吗？""老了，老了就是老了。""军师，当初赵国廉颇，年已八旬，日食斗米，肉十斤，令天下诸侯不敢小觑。我黄忠还未到七十，难道就不能比廉颇吗？主公，您要是看得起我，我不带副将，就带本部人马兵发定军山，必取夏侯渊项上人头。”“军师，行吗？”“不行。您还是找一位将军遘奔荆州，把二将军换来，二将军来了，必能得胜。二将军人是人，马是马，年纪是年纪，比老将军要强多了。”黄忠气得晃身形，银髯在胸前飘摆：“主公，请您传令，老夫只带本部人马，不带其余一兵一将，必取定军山。”“既然如此，老将军，您是不是再带一人去？”“何人？”“让法正做监军，凡事可以跟法正商议。只要带着法正，再凭老将军刀马之能，定能战胜夏侯渊。”“好，就依军师。”这样，诸葛亮拿出令箭交给黄忠，老将军高高兴兴接过令箭，让法正陪着，出兵了。

刘备一指诸葛亮：“军师，你怎么还用激将法呀？”“不激不行啊。用激将法，老将军必能拿下定军山，取夏侯渊项上人头。”“准的？”“没错儿，您瞧好儿吧。”“那咱们也不能不管啊。”“谁说不管了？擂鼓升堂。”诸葛亮马上传令升堂，伸手拔令箭：“赵云听令。”“在。”“你带领本部人马埋伏在山间小路，发出探马打探军情。如果老将军打了败仗，你立刻出去迎接，把老将军救回来；如果老将军打了胜仗，你就按兵不动。”“遵令。”赵云这个人非常遵守纪律，接过令箭，点齐本部人马走了。诸葛亮伸手拔令箭：“孟达、刘封听令。”“在。”“在。”“你们带领本部人马，在山中各处埋伏好，一百兵插一千人的旗号，一千兵插一万人的旗号，漫山遍野插上蜀军旗号迷惑夏侯渊，以助老将军一臂之力。”“遵令。”孟达、刘封指挥人马走了。诸葛亮提笔写了一封书信，派一个中军官，带着两个兵：“拿着这封信遘奔下辨，把这封信亲自交给马超将军，让他按信上的安排而行。”这是诸葛亮的妙计。然后，诸葛亮伸手拔令箭：“老将军严颜听令。”“在。”“你马上带领本部人马遘奔阆中，把三将军和魏延换回来，由你镇守阆中。”“遵令。”严颜带着本部人马走了。“主公，您就等着看老将军一战吧。”“好，我倒要看看老将军如何取夏侯渊项上人头。”

他们这边高兴了，夏侯渊那边傻了。这时，夏侯尚和张郃已然来了，把败仗经过禀报夏侯渊。夏侯渊不出兵，马上派人禀报曹洪，曹洪在南郑呢。这时，探马前来禀报：“刘备的十万人马已然前行了。”这下儿夏侯渊吓坏了，赶紧又派人到南郑禀报曹洪，并让曹洪马上禀报曹操：“如果丞相不派大兵前来,汉中危矣。”曹洪慌了,带着五十个亲兵立刻由南郑出发,日夜兼行遘奔许昌。曹操听到这个消息,大吃一惊。为什么?天荡山没了,张郃打了败仗,夏侯德、韩浩都死了,现在人马败到定军山,定军山是汉中的存粮之所。

曹操马上升座魏王府的大堂,把手下文武都聚来了。曹操把这件事儿一说,刘晔来到曹操面前。“千岁,您应该亲自出征,千万不要惜力。如果汉中一失,中原震动,刘备借此机会杀奔中原,与您不利。请千岁定夺。”“是啊……”曹操看了看刘晔:“卿家,现在悔不当初,不该不听你良言相劝,失去拿下西蜀的机会。来呀,立刻点齐四十万人马,兵发汉中。”曹操命夏侯惇为先锋官,亲统中军,曹休押后。您看,刘备十万大兵,曹操四十万大兵。

曹操这一出战跟当初可不一样了,现在是魏王,金鞍玉辔,金瓜钺斧,执掌权衡,日月龙凤扇,金、木、水、火、土五营虎贲军保着,一共两万五千人马。曹操身背后,有人高举大红金顶黄罗伞。现在曹操多大年纪了?六十四岁,正是建安二十三年秋七月。建安十三年秋七月丙午日,曹操大兵南下,之后赤壁鏖兵。现在是建安二十三年,过去十年了,曹操六十四岁了。现在曹操还有没有战斗力?人老了,心力必然减退,这是自然规律,您不信不行,因为您还没到那岁数呢。说我这么大岁数还在这儿说书,这叫什么?就俩字儿:逞能。有这精神在,就还干。说曹操想不想征服天下,一统大汉江山?想,但他知道已然办不到了。所以说人得知天命,是吧?黄忠就知道天命,他要是真提不起这口刀,也就不干了。所以黄忠这一兵发定军山,逼得曹操亲统四十万大兵兵进汉中,但曹操的心力确实下降了。

大队人马出潼关往前走,走了几里地,曹操突然把马勒住了。旁边一边是刘晔,大胖子,长得可漂亮,细皮白肉儿,满脸胶原蛋白(注:笑声),别瞧五十多快六十了,那真是自然美;另一边是杨修,细高挑儿,聪明的才子。曹操用手一指:“前边林木当中显得十分幽静,此何处也?”刘晔也不知道,就问向导官:“这是什么地方啊?”“回禀先生,前边是蓝田。”“丞相,前边林中是蓝田。”“哦……蓝田蔡邕庄。现在蔡邕庄何人居住？”刘晔不知道，还得问向导官。“据说是蔡邕的女公子蔡文姬和她丈夫董祀在这儿居住。”刘晔禀报曹操，曹操点点头：“好啊，杨修，传我的命令，大队人马暂歇片刻，你们随孤遘奔蔡邕庄，前去看看文姬夫人。”

提起蔡文姬，大伙儿都知道文姬归汉，也都知道蔡邕。蔡邕是曹操的朋友，也是曹操的老师，长曹操二十二岁，而曹操又长蔡文姬二十二岁。蔡邕是汉朝的大文学家、大音乐家、大诗人，还是大收藏家，可以说是旷世奇才，跟曹操交情特别好。蔡邕非常耿直，蔡文姬很小的时候，蔡邕得罪了朝廷，本来是左中郎将，人称蔡中郎，结果被流放了。可以说，蔡文姬从小就受尽煎熬，没过过幸福的童年。蔡文姬跟着她爹流放好几年之后，回来时已然十几岁了，后来十六岁嫁了丈夫，没想到丈夫第二年咳血死了。接着，就是董卓作乱。董卓非常重视蔡邕，董卓死后蔡邕哭，前边说过这段书，后来司徒王允把蔡邕杀了。

董卓死后，李傕、郭汜、张济、樊稠作乱。因为丈夫死了，蔡文姬回到娘家住，被北国掠走了，后来嫁给左贤王，生了两个孩子。曹操知道后，花万金和玉璧一双，遘奔北国面见左贤王，把蔡文姬赎回来。您听程砚秋先生唱的这出戏，叫《文姬归汉》。蔡文姬回来时已然三十五岁，面目憔悴。曹操曾经问过她：“我老师在世时收藏了不少书，有多少？”蔡文姬说：“家父藏书四千卷以上。”“不知夫人记下多少？”“战乱离失，家中已然荡无存书，我头脑中还记得有四百多卷。”“好吧，我给你配上十人，把这些书全部写下来。”蔡文姬说：“男女有别，还是我自己来写吧。”蔡文姬就凭着自个儿的回忆，把这四百多卷书都写下来了。曹操后来跟自己的藏书核对，基本没有错误。所以说蔡文姬也了不得。现在传下来的《悲愤诗》是蔡文姬写的，那《胡笳十八拍》呢？有人说是蔡文姬写的，有人说不是蔡文姬写的。有人说文姬没有归汉，有人说文姬归汉。这不能较真儿，咱们说的是演义，不是历史。总而言之，曹操和蔡邕既是朋友，又是师生。

说蔡邕是旷世之才，还有个小故事。有一回他串门儿去了，跟朋友正说话，突然就听厨房那儿“噼里啪啦”烧火呢，一听声音，蔡邕撒腿就跑，就把正烧着的这块木头抢出来了，敢情这是做琴最好的材料，可尾巴已然烧焦了。后来蔡邕做了一张琴，就叫焦尾琴。这说明蔡邕的耳音好。有个亭子叫柯亭，蔡邕说："把第十六根柱子这根竹子给我拿出来。"结果做出来的笛子，笛音特别好听。

今天曹操想起来了，要去文姬庄也就是蔡邕庄，看一看蔡文姬和她丈夫董祀。书不说废话。人马止住，曹操带着杨修、刘晔和随从人员，七八个人来到蔡邕庄。有人禀报蔡文姬，蔡文姬出来跪倒相迎："臣妾拜见魏王千岁。""夫人请起。你的丈夫何在？""董祀出去办公事了，就是我一人在家。千岁请。"蔡文姬把曹操一行人等让到家中。陕西蓝田，好吃的有石榴、枣，摆出来，然后沏上茶。

蔡文姬跟曹操的感情可不一般。蔡文姬由北国回来，是曹操安排她嫁给董祀，董祀是屯田都尉。据说后来董祀犯了死罪，曹操已然传令要杀他，蔡文姬跑来了，披散着头发，光着脚，求曹操："无论如何你不能杀我丈夫。"曹操说："命令已然传下去了，即便现在赦他没罪，也来不及了。"蔡文姬说："不对，您马厩里养着多少匹千里马，您手下有多少英勇的士卒？您派个人骑着千里马，马上就能把我丈夫赦免。难道说您舍不得一匹千里马，救一个将死之人吗？"曹操挺感动，派人骑着千里马前去传令，把董祀的命保住了。

蔡文姬沏上茶来款待众人，刘晔端起茶盅一看，了不得，蓝田玉的盏，讲究。喝茶都能使这么讲究的东西，自然而然就引得刘晔往四外观瞧，想看看蔡文姬家中都是什么摆设。只见靠墙有一张儿案，儿案旁边有多宝阁，里边摆的净是值钱的东西。曹操跟蔡文姬说话，别人也不能搭茬儿，刘晔就拉着杨修，两个人靠近儿案看。当中间儿有个东西，大肚子小口儿。正好蔡文姬站起来续水，一看："哟，先生是在看这缶吗？""啊，夫人，这缶……""这就是当初渑池会秦王击的缶。我父亲是个大收藏家，我把它带到北国，然后又把它带回来，这东西应该是国家所有。"您都知道渑池会，蔺相如保赵王跟秦王在渑池相会。蔺相如不愿意自己的国家遭到侮辱，捧着一个缶，就是大肚子小口儿这么个陶器，跪在秦王面前："请您击缶。”大伙儿都不干。蔺相如眼睛都瞪圆了：“您要是不击缶，我就磕死在您面前。”秦王没办法，拿起槌儿来敲了一下儿。蔺相如一看：“记。”史官就记上了：“某年某月某日，秦王为赵王击缶。”现在刘晔看的就是这缶。蔡文姬说：“是我爹给买来了，先生您看怎么样？”“好啊好啊……”

这时，杨修在旁边拿起一块跟麻袋片儿似的东西。“请问夫人，这是何物？”“先生贵姓？”“姓杨名修字德祖。”“哎呀，原来是杨先生。您看的这个看似不值钱，可您要知道，这是当初伯邑考为救自己的父亲，献到朝歌的三件宝贝之一，叫醒酒毯。”杨修一听，赶紧把这块醒酒毯放下了。您看《封神演义》，当初西伯侯姬昌，没当周文王之前，纣王把他囚禁到羑里，一困就是七年。姬昌老老实实的，但纣王还是不相信他，把他的大儿子伯邑考做成肉丸儿送来了。姬昌知道不知道啊？知道，但为了掩饰自己，强忍着吃下去，然后吐出来。据说现在羑里还有吐儿冢，就是埋伯邑考的地方。伯邑考为了救父，到朝歌面见纣王，进献三件宝贝：第一件是七香车。第二件是醒酒毯，就是现在蔡文姬家的这块，跟麻袋片儿似的，据说喝多少酒都没关系，只要躺在醒酒毯上，一会儿酒劲儿就过去了。现在如果谁能发明出来醒酒毯，酒驾的朋友每人准得买一块儿。我知道了，马上就得把专利买下来，这太发财了，是吧？（注：笑声）第三件宝贝是修行千年的小白猿。据说大曲子能唱八百首，小曲子会唱三千首，能在掌上起舞，而且看透人间的妖魅。这样，三件宝贝送到朝歌，虽然姬昌后来被释放，但伯邑考却搭上了自己的性命。蔡文姬家这块就是醒酒毯。

杨修心想：蔡邕是个大收藏家，肯定他们家有很多好东西，我得看看都有什么。再往四外一看，可了不得了，秦砖汉瓦，周鼎商彝，没有蔡家没有的。看着看着，就见在几案犄角儿这儿有张破琴。“夫人，这是不是当初俞伯牙摔的那琴啊？”“不错，正是俞伯牙摔的琴。”“哎呀……那这是姜太公钓鱼的竿儿？”“没错儿，您看，钩儿是直的。”姜太公直钩垂钓，钩儿是直的。曹操心说：你们怎么这么讨厌啊？我这儿跟文姬夫人正说话呢。

曹操不由得也站起来了，走到几案旁边，一伸手，拿起个小宝剑来。

曹操一看，高兴了："夫人，这是鱼肠剑吗？"千岁，您说得真对，这就是当初专诸刺王僚所用的鱼肠剑。""好啊好啊……"蔡文姬也不傻，一看："千岁爱的话，就送您吧。""好吧。"曹操倒不客气，带起来了。杨修抖机灵儿，一看鱼肠剑："哎？这是专诸刺王僚的鱼肠剑，那这是不是伍子胥鞭挞楚平王死尸的鞭啊？""啊，您说得没错儿。"杨修拿起鞭来，"啪"的一抖，曹操顺着鞭抬头一看："嗯？"曹操愣了。在墙上挂着一幅画，画得不简单：一条江，江边有个女孩子，女孩子背后驮着一个老爷子，旁边有座庙，庙前有一座石碑。曹操极聪明，明白了："夫人，我看这画中有书，书中有画呀。""千岁，您看得太对了。""此画何也？"蔡文姬这才讲出三绝碑的故事。

曹操大队人马进兵汉中，战对山以逸待劳，黄忠刀斩夏侯渊。谢谢众位，下回再说。

（《评书三国演义》第七集《刘备进川》到此结束，敬请关注第八集《火烧连营》）